L'AMOUR
EST UNE CHOSE ÉTRANGE

Du même auteur

Vacances anglaises, Éditions de l'Olivier, 2000 ; Points Seuil, 2001.
N'oublie pas mes petits souliers, Éditions de l'Olivier, 2001 ; Points Seuil, 2002.
Drôle de bazar, Gallimard, 2002 ; Folio, 2003.
Ça ne peut plus durer, Éditions de l'Olivier, 2003 ; Points Seuil, 2004.
SOS, Éditions de l'Olivier, 2004 ; Points Seuil, 2005.

Joseph CONNOLLY

L'AMOUR
EST UNE CHOSE ÉTRANGE

*Traduit de l'anglais
par Alain Defossé*

Flammarion

Titre original : *Love is Strange*
Éditeur original : Faber and Faber Limited
© Joseph Connolly, 2005
Pour la traduction française :
© Flammarion, 2007
ISBN : 978-2-0806-8991-6

*À la mémoire de
Giles Gordon
et
Alexander Walker*

*Les gens ne comprennent pas
Ils croient qu'aimer
C'est avoir de l'argent en main.*

Love is Strange, Smith/Baker, 1965.

La fin

Ceci donc doit être la fin, les tout derniers instants de ma vie. Et j'ai beau m'y accrocher de toutes mes forces, je n'arrive pas à me fixer sur la plus infime partie de ce dont il est question, là : l'histoire de mon trépas, aimablement badin mais inévitable. Les seules préoccupations qui font rage dans ce que l'on peut encore appeler, je suppose, mon esprit, prennent l'aspect de moments forts, parfois ombreux et chétifs, puis balbutiants, et soudain somptueux de ce qui doit être, oui, un passé réellement affreux. Le sexe, déjà : le choc à la fois doux et exubérant (bien sûr, il doit y avoir cela) – mais plus encore, le frisson de la lutte, le voile d'obscurité déchiré de tous ces rapts extraordinaires, à minuit... et à présent, s'insinuant en moi (tout naturellement, mais comment pourrais-je y échapper ?), la sensation d'une tache qui va s'élargissant (de son éclat luisant, malveillant).

Et là, gisant parfaitement inutile, je me souviens de Melissa, quand elle souriait et me disait : Sais-tu bien, Clifford, qu'il n'y a aucune limite ? Aucune limite à mon amour pour toi. Je ferais tout pour toi. Mais Clifford, mon Clifford, tu dois savoir que je saurai aussi ne pas tout faire. D'ailleurs elle ne l'a pas fait. Mais auparavant, mon existence avait été réduite en charpie par ce train emballé qu'était, appelons-la ainsi pour le moment, la seule autre femme qui ait jamais vraiment compté. Et tout mon amour, et toute ma bonne volonté ont commencé de s'aigrir, puis de mal, mal tourner, et puis très vite – plus mal encore, avant qu'un péché assez horrible, tout empreint de crime arrive, et que cette locomotive haletante, dans laquelle j'étais monté avec tant d'entrain, rugisse et hurle et déraille, droit vers l'enfer là-haut, tonnante et allègre tandis que nous restions là, terrassés (je me calmais, et elle – s'accrochant si fort à ce que, je suppose, elle s'imaginait encore et le plus sincèrement du monde être au plus près de mon âme, du cœur de moi-même – hurlant... et puis, oui – oh oui : hurlant, comme une folle). Je suis certain qu'elle rirait à en perdre haleine, d'un rire hideux – ma dame noire et étincelante – à cette suggestion insensée que c'est ainsi que les choses se sont réellement passées. À condition même qu'elle daigne simplement entendre parler de ce terrible enchaînement d'événements. Et cela est en soi, déjà, présupposer que – dans la lumière crue du... oh, de tout ce qu'elle a fait subir à, mon Dieu, tant d'entre nous – que, devenue si délicate, elle décide de s'en remémorer la plus infime parcelle. Et là, gisant, parfaitement inutile, je dois me contenter de trouver une sorte de refuge glacé dans cette vérité mesquine : elle n'a plus les moyens de m'atteindre.

Il y a des gens, vous savez : apparemment, ils me regardent avec mépris, ici, là, dans tous les coins (tandis que je demeure là, gisant parfaitement inutile). Toutefois, je ne parviens pas à en identifier un seul – pas plus, pour être honnête, que je ne parviens à analyser leur comportement, la nature, l'essence de ce rassemblement (ni même – et vraiment je me concentre au maximum – leur sexe, individuel et collectif). Je dois les *connaître*, sans doute – sinon, Dieu du ciel, pourquoi seraient-ils là à battre la semelle autour de moi, ici ? Quel que soit cet « ici ». Tout ici m'apparaît très blanc et très lourd. J'ai le sentiment que l'on me souhaite une bienvenue hostile.

Parler semble hors de question – et même si ce n'était pas le cas, que voulez-vous exactement que je profère, face à cette masse coagulée, informe de traits indistincts (qui fondent sur moi, puis reculent et se brouillent) ? Il m'apparaît soudain que tout ceci n'est ni plus ni moins que ce qu'un bébé peut ressentir, seul et cloué à son landau, tandis qu'autour de lui, tous braillent et gesticulent comme des fous dans leur détermination glacée à attirer l'attention exclusive de la minuscule créature, en dépit non seulement de sa suprême absence de réaction, mais aussi de sa terreur palpable.

Donc, voyez-vous, je crois que je ne peux que m'accrocher et m'enfoncer dans un de ces replis choisis parmi le tumulte qui se déchaîne en moi – un et un seul moment choisi dans cette cohorte de mes souvenirs ébréchés, furtifs. Mais pas les kidnappings, pas les assassinats, je me sens franchement trop faible pour affronter ça. Bientôt, peut-être, mais non – pas maintenant : pas *encore*, sûrement pas. Donc peut-être... mmm, peut-être mon mariage en fait, oui, le jour de mon mariage. Voilà : le jour de mon mariage. Cela fera très bien l'affaire. Le jour de mon mariage au paradis de Melissa, la pierre de touche, réellement, de tout ceci : de tout ce qui m'amène à ceci (gésir là, parfaitement inutile). Le moment où tout a commencé de se déformer et de mal, mal tourner (mais bien avant d'avoir atteint la pureté absolue du mal, avant qu'il ait failli avoir ma peau).

Donc voilà – tendons l'oreille à ces cloches du mariage, dont la clameur me ramène, avec une impatience tout innocente, à ce matin ensoleillé, il y a longtemps, un matin très doux rempli d'espoir et d'amour, il y a tant, tant d'années.

*

La suite au Savoy – oh oui, je me souviens très bien de cela, ce paysage d'opulence miroitante et délicieusement crémeuse, douce comme une poudre de luxe, – un sentiment de, mmm, oui, j'étais presque suffoqué par un sentiment de... mon Dieu, de quoi, en fait ? De sécurité, sans doute, c'est sans doute ce qui s'en rapproche le plus – un sentiment de sécurité, voilà, et moi là, immobile tout raide, au milieu. C'était l'unique chose dont je m'étais nourri, ce jour-là, – et pourtant j'étais tout excité (bien que sous-alimenté) par la simple possibilité (car elle existait, n'est-ce pas ?) de voir mon espoir justifié, et peut-être même tout mon avenir illuminé – si lumineux, de fait, qu'il annihilerait le passé en un simple flash, le réduirait à un vague vertige de doute, trop précaire, trop fragmenté pour avoir même existé ; à moins qu'il ne s'enflamme et brûle et se calcine et tombe en cendres. Quant à l'amour – l'amour triompherait, certainement, comme on dit toujours qu'il le fait. Si l'amour était bien ce dont il s'agissait là – ce qui nous occupait en cet instant, et pas seulement une chose étrange.

Oh, et Melissa, si je puis me permettre – si tout cela intéresse un tant soit peu quelqu'un, qu'il l'entende au moins de ma propre bouche – Melissa n'était pas ma première épouse. Il y en avait eu une autre, avant. Enfin, *deux* autres, si l'on veut être d'une scrupuleuse honnêteté – mais la première, dont le nom va me revenir, sans aucun doute, tandis que je continue de m'étendre sur des détails et des trucs totalement autres (ainsi qu'à mon habitude, n'est-ce pas), n'avait – tout comme moi en fait – guère plus de seize ans. Nous avions été mariés sur un ferry-boat, par un pauvre type grisonnant, à l'haleine fétide qui, si je me souviens bien, s'était déguisé en capitaine. À Jersey, elle semblait enthousiasmée à l'idée de consommer cette union bénie ; en réalité – et alors même qu'elle ne cessait de babiller et de se faire belle pour moi –, je l'ai violée sans même un sourire, et cela a été délicieux, je vous prie de me croire. Sur quoi je suis rentré tout seul (je suis parti, je l'ai plaquée, comme ça), et je ne peux pas vous en dire plus : c'est tout ce que je sais.

Ensuite, il y a eu Sonya – laquelle n'était pas, comme on pourrait aisément l'imaginer, russe, ni exotique en aucune manière, ni même franchement très intéressante, à aucun égard. Je l'ai épousée parce qu'elle me l'a demandé. C'était une brave femme, ma Sonya – elle s'est dévouée à moi pendant plus de trois ou cinq ans, tandis que je poursuivais une carrière professionnelle que nous qualifierons de tout juste passable. Une carrière – vous l'ai-je dit ? – de tailleur. C'est assez curieux, je sais : vous ne vous attendiez pas du tout à ça. Ce n'était pas, bien entendu, le métier auquel j'étais destiné. Exhumez mon père et interrogez-le à ce sujet, si ça vous dit : vous le verrez certainement encore écumant, violet de rage (au sein même de la glaise et de l'éther). Mais la simple bonté finit sans doute par m'irriter. J'ai quitté Sonya. Comme ça. Elle vagissait et s'accrochait à moi tandis que je prenais la porte. Je lui ai envoyé un peu d'argent – pas trop. Elle m'a écrit qu'elle ne supporterait pas de divorcer (car elle m'aimait trop !), et de mon côté je ne voyais aucun inconvénient à laisser les choses en l'état.

Donc, Melissa – mais ça, c'était plus tard. Elle, je l'ai épousée en affrontant la fureur glacée, fort dangereuse, de la femme qui brillait d'un éclat noir de jais – parce que je la connaissais depuis toujours : elle avait toujours été là. Elle ne s'était aucunement opposée à mon mariage avec Sonya : elle était ravie, je pense, d'avoir sous la main quelqu'un à tourner en ridicule, voire à accabler de manière impitoyable. Pour Melissa, en revanche, c'était autre chose : *Moi*, disait-elle sans cesse : ce devrait être *moi* – c'était censé être *moi*... ! Et dans ces instants-là, ses yeux pouvaient littéralement vous calciner de terreur.

Mary. Voilà, Mary, c'est le nom de la petite fille, la gamine que j'ai épousée, la première fois. Vous voyez : j'étais sûr que ça me reviendrait. Ça revient toujours, il suffit d'être patient. Quant à cette apparente bigamie compulsive (ou même trigamie, finalement – assez difficile de faire le point), je ne peux absolument pas vous expliquer (parce que je ne vois pas moi-même) pourquoi ni comment c'est arrivé. Pourquoi j'ai toujours omis de m'occuper de divorce avant de contracter béatement un nouveau mariage. Et des conséquences. Qui persistent, je n'en suis que trop conscient : toujours là à me guetter, prêtes à me sauter dessus.

Une idée me vient : ce serait très amusant, si la simple idée vous agrée (si l'humeur vous en dit), que ma seule vraie vie, légitime, après le passage de toutes ces décennies, soit toujours les moments passés avec la petite jeune fille, l'enfant du ferry-boat, ma chère petite violée. Mary : vous voyez – je n'avais pas oublié. Oh, et vous avez entendu, n'est-ce pas ? Au moment précis où je l'ai dit ? Ce mot pesant, ce mot immuable que je ne pensais pas vraiment avoir proféré, si doucement ? Ces *décennies*. Oui – celui-là. Des dizaines d'années, des dizaines d'années, cette boule de neige de dizaines d'années. Et me retrouver soudain au bord d'un nouveau mariage. Situation relativement idiote, je le vois très bien. Et pourtant... l'expérience, c'est ça la clef de tout. Arrivé à mon âge (et en cet instant, je ne sais pas trop bien quel il est), un homme ne devrait pas se retenir de désigner d'un index orgueilleux la richesse de ses réussites. Les dizaines de millions de livres gagnées au fil de plusieurs postes éminents, alors qu'il était encore relativement jeune. Une des carrières les plus fulgurantes connues au registre du Cresta. Un prix littéraire de premier plan, et une décoration non négligeable octroyée par la reine. Les vierges jumelles blondes joyeusement déflorées l'après-midi même. La Bugatti bleue volée au cœur de la nuit, tout près du Ritz, et abandonnée remplie de fleurs presque au sommet de Primrose Hill. Les treize douzaines d'huîtres de Colchester allègrement dévorées en une seule séance, les joues rouges, avec des bruits de succion ! Avec un magnum de Krug pour faire glisser, siroté dans une paille de cristal. Cette subtile tentative d'approche par le responsable d'une grande agence de mannequins, un jour, à Heathrow, et le refus poli qu'on lui oppose (avec, espérons-le, une grâce infiniment délicate). Les cartes de membre non seulement du White's, du Pratt's et du Boodle's, mais aussi de l'Atheneum, du Garrick et... c'est quoi, l'autre ? Du Beefsteak. Un éditorial bihebdomadaire dans un journal traduit dans le monde entier. Une proposition permanente d'entrer au Gouvernement... de descendre visiter l'épave du Titanic, y voler quelques objets par pur romantisme... Une place réservée dans la première navette sidérale britannique... ! Oh oui. Oh que oui. Eh bien tout cela – et tant d'autres choses encore – m'a échappé, complètement. Tout ce que j'ai fait a été nocif pour moi-même, et encore bien pire pour les autres. Quant au mariage... Juste ciel. Pourquoi faut-il ? Pourquoi devrais-je recommencer ? Pour la « compagnie » ? Mais je l'avais, la compagnie, n'est-ce pas ? La dame en noir, avec son éclat de jais, nous sommes toujours bien la compagnie l'un de l'autre, nous l'avons toujours été, à chaque souffle, à chaque respiration. Mon Dieu. Il m'apparaît de plus en plus clairement que je n'ai pas la réponse.

Et il me semble ne pas pouvoir davantage parler d'elle (n'est-ce pas ?) comme de l'étincelante dame en noir. J'ai plaisir à utiliser cette expression, comme on a probablement pu le deviner – et elle illustre sans doute fort bien ce vernis qu'elle a récemment acquis (celui de l'excitation et du danger) ; néanmoins, elle est de toute évidence encombrante et peu pratique. Et pour m'adresser à elle (et puisque nous y sommes, je vous pose la question : l'imaginez-vous, ce visage qui est le sien, large, aux pommettes saillantes, avec des yeux immenses et fascinants – ce sont eux qui scintillent tellement –, aussi sombres qu'un brun puisse l'être avant de se perdre dans l'obscurité mortelle de l'onyx, avec deux étincelles blanches pour suggérer la vie, derrière ? Est-ce ainsi que vous la voyez, la dame en noir ? Parce que dans ce cas, eh bien non, désolé : elle ne ressemble pas du tout à ça). Mais en m'adressant à elle – avec son teint parfois d'une pâleur alarmante, même si une rougeur subite n'est jamais très loin –, je l'appelle Émeraude. Ce qui ne convient pas vraiment non plus. Mais voilà, c'est ainsi que je l'appelle. Personnellement (c'était ce jour-là, que nous avions passé à trier des pierres), il m'avait semblé que Rubis était parfait, impeccable – mais non, a-t-elle dit : oh non, non non. Ruby, ce n'est pas du tout la bonne nuance, m'a-t-elle patiemment expliqué. Rubis, ça fait penser à du porto bon marché, à des serveuses de bar minable qui le servent en traînant les pieds (même si je n'y aurais jamais pensé avant qu'elle ne me mette cette image en tête : moi, je ne voyais qu'un joyau étincelant). Non, ce doit être Émeraude, a-t-elle déclaré. Sur quoi elle s'est mise à m'appeler Diamant – et mieux vaut, somme toute, ne pas trop poser de questions. Ce que je veux dire (et j'y ai un peu pensé – quoique pas trop, pas très souvent), c'est : a-t-elle brusquement décidé que c'était là une union évidente, d'une simplicité lumineuse ? Deux pierres précieuses, et on n'en parle plus ? Ou bien a-t-elle perçu quelque adéquation certaine ? Une valeur évidente, cette dureté (cette résistance), cette lumière blanche, éclatante en moi ? J'ai un doute. Les facettes ont-elles, peut-être, eu leur rôle à jouer ? Que vous répondre, mon Dieu ? Ce n'est pas à moi de le dire. Mais aucun de ces noms ne nous convient, même s'ils ont continué d'être mutuellement proférés jusqu'à aujourd'hui, jour de mon mariage. Non – Émeraude et Diamant, je l'ai toujours pensé, sont l'un comme l'autre – dans un sens comme dans l'autre – infiniment trop purs et trop précieux. Jais, voilà comment j'aurais dû l'appeler. Parce que c'est ce qu'elle est, du jais. Et moi ? Mais enfin, comment voulez-vous que je le sache ? Je ne peux absolument pas vous le dire ; mais bon, si vous insistez vraiment... eh bien dans ce cas : Jade, peut-être ?

Bon, très bien. Parfait. On arrête avec tout ça. Il est temps de savoir si même un tel espoir pourrait jamais se justifier, temps que le portail de mes bras s'ouvre en grand, pour accueillir Melissa et permettre à son amour de triompher (comme on dit toujours qu'il finit par le faire). Si... s'il s'agit bien d'amour, là. Si... c'est bien d'amour qu'il est question, en l'occurence... et non pas quelque chose d'autre, une chose étrange. Donc maintenant, il faut que je... Donc il faut que je... Il faut que je... Que je quoi ? Que je *quoi*... ?

Attendez : une seconde, là. Le fil de ma mémoire me tiraille. Vers ailleurs. Il y a soudain un obstacle dont je suis fort conscient – une raison d'importance, pour laquelle je ne peux pas continuer plus longtemps. Je sens tout mon visage vibrer, jusqu'à l'os, et il me semble bien voir (autant que je puisse voir quelque chose, pour la dernière fois, tandis que je gis, là, parfaitement inutile) un homme penché au-dessus de moi, et que j'ai déjà vu auparavant – un homme dont j'ai décidé, il y a bien longtemps, que c'était un médecin (quelque chose dans ses manières dures, ses gestes vifs, son assurance inflexible). Tenez, regardez-le : il a fini de pincer la vague et morne chair qui reste encore sur mes joues, et tire maintenant sur une de ces poches aqueuses (mais je ne sais pas trop laquelle) accrochées sous mes yeux. Il semblerait que sa bouche molle s'agite – il rumine peut-être du chewing-gum, ou bien fait une déclaration brillante, ou grotesque. Et derrière sa silhouette impressionnante, je devine une vague agitation générale – des ombres qui vont et viennent et se penchent, dans les rais de lumière empoussiérée qui apparaissent brutalement avant de retomber tant bien que mal en un tas grossier. Je ne peux guère donner le moindre signe de vie, me semble-t-il, mais par contre je suis certain d'être au cœur d'une nouvelle étape, d'une transition peut-être essentielle : un nouvel étai vient d'être ôté de sous la ruine de ma dépouille, d'un coup de pied, sans ménagement. On dit toujours – je sais que vous l'avez entendu dire – que quand vous sentez la vie, le moi vous abandonner pour se carapater et disparaître discrètement, quand l'ombre et la lumière deviennent indistincts l'un de l'autre, quand chaque muscle intact au tréfonds du foutoir général est à la fois tendu à se rompre et mollement relâché, prêt pour l'envol final ou la chute définitive, un montage effréné et assourdissant, un instant illuminé de chacun des moments les plus exaltants de votre vie passera comme un express devant ces globes oculaires brûlants pour ne vous laisser que la possibilité d'un soupir d'effroi mêlé d'une certaine satiété, et un dernier gémissement avant le hourra final...

Mais non. Oh que non, que non. Je crie ma révolte, je clame mon défi. Je me bats, et ça ne se passera pas comme ça ; ce médecin – si médecin il y a – peut bien me pincer l'autre joue, à présent tournée vers lui. Si je dois m'en aller – et c'est chose prévue, bien obligé d'accepter – alors j'ai l'intention de m'en aller à ma manière et quand je le voudrai, selon mon bon plaisir. Je veux me souvenir. Je le veux, je le veux – et franchement j'ai peine à comprendre cette précipitation dont fait preuve la mort (puisqu'elle me tient, de toute façon). Donc je suis décidé à retourner de plus en plus loin en arrière – et ce jusqu'au tout début. Là où les colonnes alignées de nos tentatives, et toutes ces bornes qui jalonnent la route, se perdent jusqu'à un point blanc, plus que blanc, invisible. Jusqu'au tout début, donc ; allons-y, tant que je me sens encore à peu près capable de supporter cette horreur. Au début, oui – car où ailleurs peut-on (quand on est à la fin) trouver refuge ?

MATIN

J'étais jeune, si jeune – Dieu du ciel, mais j'étais un enfant, j'étais tout petit. Mais quel âge pouvais-je avoir, selon vous ? Était-ce réellement il y a si longtemps, des dizaines et des dizaines d'années de cela, si je peux encore me le remémorer aussi clairement (parce que tout cela est très clair), si parfaitement ? Non seulement les mots, les chuchotements mouillés de cet instant avec ma mère, celui-là parmi des millions d'autres, mais la montée et la retombée très douce de chaque syllabe, les soupirs que laissait parfois échapper sa gorge, mais plus souvent ses narines, comme elle tournait la tête ou baissait les yeux ; les petits plis au coin de ses yeux, ceux plus marqués aux coins de sa bouche, les stries serrées, bien nettes de ses lèvres encore douces, comme des aiguilles poudrées au-dessus du menton, qui leur donnaient l'air d'avoir été tendrement pochées dans du petit-lait, mises à refroidir, et d'être encore juste tièdes. L'odeur de ses doigts – vieille graisse des boutons de la cuisinière – et puis un souffle impalpable de lavande, comme une plume (et cette imperceptible dureté au bout, si différente des coussins moelleux de sa paume lorsqu'elle enveloppait ma joue dans sa main, son pouce tiède effleurant le bas de ma joue). Ensuite, je sentais la poudre, cette petite gifle collante de la poudre adhérant au rouge : du bout du doigt, je touchais cette surface veloutée, maternelle. Je connaissais ce visage, et je l'aimais ; des années durant, j'ai eu besoin de ce visage, plus que de mon cœur, de mes membres, de mes yeux, car sa simple présence me permettait de voir et de vivre – ce visage qu'une chère, triste femme m'offrait... Là n'étaient pas seulement les frontières de mon être, mais plus encore son noyau palpitant.

« Tiens, Clifford – voilà. Tu veux ouvrir le paquet de thé ?

— Oh oui, oui, maman – donne. Je ne savais pas que tu en avais acheté. Oh, j'espère que c'est l'Oiseau de paradis, cette fois – J'espère, j'espère. Il m'en manque seulement quatre, maintenant.

— Je sais mon chéri, je sais. Cela fait des jours et des jours que tu me le dis. Attends, pas comme ça – tu vas tout le déchirer sur le côté, regarde.

— Oui, mais tu vas le mettre dans la boîte en fer, de toute façon, hein ? Plus que quatre cartes, et j'aurai fini mon album. Ooooh – la voilà – je l'ai. Qu'est-ce que c'est ? Qu'est-ce que c'est ?

— Qu'est-ce que c'est, Clifford ? Fais-moi voir. C'est l'Oiseau de... ?

— C'est la Chouette de grenier. La Chouette de grenier.

— Ooooh... Ce n'est pas grave. Tu l'auras la prochaine fois.

— Mais non, non, maman – c'est *bien*, la Chouette de grenier. Je n'avais pas la Chouette de grenier. Il ne m'en manque que *trois*, maintenant ! Plus que trois. Ouaaaaais ! Je vais chercher l'album pour la coller dedans.

— Oh, mais tu es un sacré petit *veinard*, Clifford. Hein, mon chéri ? Et finalement, tu n'en as pas beaucoup en double, si ?

— Un moment, je n'arrêtais pas de trouver l'Aigrette – mais Brian et Anthony, ils n'avaient pas l'Aigrette, alors je leur ai apporté les miennes et à la place, j'ai pris la Grèbe à Dismal et la Mouette dactyle à Anthony.

— Anthony Parsfield ? Et la mouette d'Anthony, pas à Anthony. Tu l'as prise *à* Anthony, mais c'était celle *d'*Anthony.

— Oh non, sûrement pas ! Pas Anthony *Parsfield* ! Parsfield, il a jamais rien de bien à échanger, *jamais*. Parsfield le Persil.

— Ce n'est pas gentil de l'appeler comme ça. Je croyais que vous étiez copains ?

— Oh non, sûrement pas ! On n'est pas copains. On a été *un peu* copains, mais c'était au début de l'année. Non, je veux dire Anthony *Hirsch*. C'est la Mouette dactyle à Anthony *Hirsch* que j'ai pris.

— Clifford... !

— D'Anthony Hirsch. La mouette d'Anthony, c'est ça ? Je vais chercher mon album.

— N'oublie pas tes devoirs, hein ? De toute façon, on ne touche pas au puzzle tant que tu n'as pas fini tes devoirs.

— Je sais maman, je sais. J'ai des maths et de la géo, ce soir. Je le déteste, ce sale Meakins. Il nous donne toujours deux fois plus de devoirs que les autres maîtres. C'est vraiment un sale type. Mmmm – ça sent tellement bon, ces cartes. Tiens, sens ! Tiens – sens-la !

— Mais je croyais que tu n'aimais pas le thé, Clifford ? Tu ne veux jamais en boire. Mmm. Oui, ça sent bon.

— Oui, je sais bien – mais c'est l'odeur des *cartes* que j'aime. Je déteste le thé. Pouah. Ce que j'aime, c'est le *Tizer*. Le Tizer, c'est ça que j'aime !

— Oui, eh bien trop de limonade, et tu perdras toutes tes dents.

— Oui, mais c'est tellement bon, le Tizer, maman. Je peux en avoir un maintenant ?

— Les *devoirs*, jeune homme. On verra après, si tu as bien travaillé. En faisant le puzzle. Viens voir un peu ! C'est quoi, cette trace sur ton pull, là ? Oh nooon, ce n'est pas de... ? Mais comment as-tu fait ton compte ? J'espère que ce n'est pas de l'encre, quand même !

— Où ? Où il y a une trace ?

— Là – sur le – approche-toi que je... oh, mais si, si, c'est de l'*encre* ! Oh mais *Clifford* – comment as-tu fait ton compte pour en mettre sur ton... ?

— Oh là là, ça doit être quand Pearson a rempli tous les encriers après la récré et il a dit qu'il n'y avait pas de place dans le mien à cause des boulettes de papier et il m'a obligé à les enlever avec mon compas, et mon compas il est tout tordu maintenant, mais j'étais drôlement content de moi parce que je ne m'étais rien mis sur les mains, ni sur les doigts, pas une goutte, rien du tout. J'avais pas vu. Je suis désolé.

— Bon... Ça partira sans doute au lavage. Et maintenant, au travail, espèce d'affreux garnement : tes *devoirs*.

— J'y vais, j'y vais. Mais je colle ma carte d'abord. Et puis j'y vais. J'ai une de ces faims... Il y a quelque chose à manger ? Je *meurs* de faim...

— On mange *après* les devoirs, Clifford. Donc plus vite tu les auras faits, plus vite on pourra dîner tous les quatre. Je vais t'apporter des biscuits. Tu veux un Nesquik ?

— Papa est là, ce soir ? Il ne travaille pas de nuit ?

— Non – il est là. À la maison. Tu veux un Nesquik, ou pas ?

— Parce qu'il n'aime pas ça, hein ? Quand on fait un puzzle et tout ça, et lui, il veut écouter sa musique, et il dit qu'on le *dérange*. Il dit toujours ça, qu'on le *dérange*, moi je trouve ça pas possible parce qu'on ne fait aucun, mais aucun bruit. Il y a des – tu as des biscuits au chocolat ?

— Papa adore sa musique – et puis c'est sa manière de se détendre, tu comprends ? Il travaille très dur, papa, tu sais. On va essayer de faire encore un tout petit peu moins de bruit. Et maintenant, tu y *vas*, Clifford, sinon on n'aura même pas le temps de dîner ni de faire un puzzle ni rien avant de dormir. Bon, alors : Nesquik ou pas Nesquik ?

— Oui oui, Nesquik. Je t'ai dit. Oui.

— Tu ne m'as rien dit *du tout*, jeune homme. Ça fait vingt fois que je te pose la question. Bon – tu files travailler, et je t'apporte tout ça sur un plateau, comme à un pacha. Allez, hop, file.

— Avec des biscuits au chocolat... ?

— Ooooh... tu es un vrai petit voyou, Clifford. Non ? Tu ne crois pas que tu es un vrai petit voyou ? Je vais voir ce que j'ai. Mais tu files *tout de suite*, et tu commences tes devoirs. J'ai dit tout de suite. D'accord ?

— Merci maman. J'y vais. Je colle juste la carte d'abord. Et puis j'y vais. La Chouette de grenier – chouette ! Plus que trois, maintenant. Où elle est la colle ?

— C'est toi qui l'avais. Quand tu as couvert tes cahiers, pendant le week-end.

— Ah oui. Ça marche pas. La couverture n'arrête pas de se décoller. C'est du Scotch qu'il me faut, et papa dit que c'est trop cher. Anthony, il en a chez lui, avec un *distributeur* en plastique. Elle est nulle, cette colle. Elle colle rien du tout. C'est nul.

— Oh Clifford, mais on s'en *fiche* de la colle. Tu vas faire tes devoirs, maintenant. Et j'ai dit *maintenant*, Clifford. Immédiatement.

— Mais il faut d'abord que je colle ma *carte,* quand même ! Donc il faut bien que je trouve la colle, quand même ! Parce que comment je vais coller la carte si je n'ai pas de colle... ?

— Tu chercheras ta colle *plus tard*, Clifford. Ooooh, mais vas-y, et je vais la chercher moi-même, ta sacrée colle. D'accord ? Et je te l'apporte avec le lait et les biscuits. D'accord ?

— Bon. Elle doit être dans le débarras, en fait. Merci, maman. Dis-moi, maman – tu crois qu'on va réussir à le finir ce soir ? Moi, je crois qu'on peut. Je suis sûr qu'on peut réussir à le finir ce soir.

— Mais à finir *quoi* ? Mmm ? De quoi parles-tu, maintenant, Clifford ?

— Le puzzle. Il ne manque plus que la pièce au milieu. Et puis le morceau tout bizarre – et je suis sûr qu'il est pas *là*, tu sais, parce que j'ai regardé des millions de milliards de fois dans toute la boîte, et il est pas là, il existe pas, le morceau tout bizarre.

— Écoute, ce n'est pas le moment de – *Clifford*, si tu ne te dépêches pas un peu, on n'aura le temps de rien *du tout*. Je suis sérieuse, là : au travail, jeune homme. Tu files dans ta chambre et tu t'y mets. Et si je ne te trouve pas le nez dans tes devoirs quand je t'apporterai le plateau... Alors fais bien attention à toi, tu verras tes oreilles, je peux te le dire.

— D'accord – j'y vais, j'y vais. Saleté de Meakins... Il n'y a *aucun* autre maître qui nous donne autant de devoirs que Meakins, c'est vraiment un sale type. Oh, maman...

— Qu'est-ce que tu *veux*, maintenant, Clifford ? Il faut avoir de la patience, tu sais.

— Tu n'oublieras pas les biscuits au chocolat... ?

— Oooooh... ! Mais qu'est-ce que je vais faire de toi ? Mmm ? Qu'est-ce que je vais bien pouvoir faire d'une pareille petite crapule ? Mmm ? Tu y *vas*, Clifford, sinon il n'y aura pas de biscuits, ni de dîner. Allez, du vent ! Ouste ! Oh, et pense à allumer le chauffage, sur un. Je ne veux pas que tu prennes froid, en plus. Ah – j'entends la porte. C'était la porte, non ? Tu as entendu, mon chéri ? Ce doit être ton père.

— Oui. J'y vais. »

*

Toutes les chambres sont à l'étage – et au-dessus, il n'y a que le vieux grenier plein de poussière. Celle de maman et papa donne sur le devant, avec une grande fenêtre en rond qu'on appelle un bow-window, si vous voulez le savoir, comme celle du salon juste en dessous, et puis cette espèce de truc qui fait le tour au-dessus, et ça ça s'appelle un lambrequin. Ils ont aussi une grande, grande penderie avec des grosses portes en bois qui craquent, et dedans il fait noir, ça fait vraiment peur, et puis ça sent plein d'odeurs, de papa plus que de maman – celle de ses pipes surtout, et quand on met le nez dedans, ça me rappelle quand il reste un fruit tout pourri et tout écrasé au fond de la coupe, tout mou et marron et dégoûtant. Ça sent aussi ses gilets de corps, tout minables, des Aertex (et c'est plein de petits trous carrés, comme les Shreddies au petit déjeuner, mais en blanc), comme quand il les enlève et les met dans le panier dans la salle de bains, avec le couvercle au-dessus. Mais ses chaussures sont pas mal – elles deviennent très très brillantes quand on passe le pied dessus quand on est en chaussettes, sur la pointe toute douce, et elles sentent un peu comme les gommes rondes, et ça, j'aime beaucoup – bien plus que les nounours en gélatine, en tout cas, et les vertes, c'est celles que je préfère.

Ma chambre à moi, elle est tout au bout du couloir, entre celle d'Annette et le débarras. Dans le débarras, il y a la machine à coudre de maman, une Singer, elle dit toujours ma Singer, toute noire, avec le truc en-dessous, qui bouge et qui s'appelle la pédale, comme chacun sait, et puis il y a aussi le secrétaire avec le couvercle qui se soulève plus, et puis des tas de choses encore trop bonnes pour jeter. La chambre d'Annette est plus grande que la mienne, je l'ai mesurée, et la fenêtre aussi est plus grande, mais c'est parce qu'elle a deux ans de plus que moi, et moi je trouve ça injuste parce que c'est moi le garçon et elle la fille alors je pense que je devrais avoir la grande chambre, mais papa a dit que je pourrais l'avoir quand j'aurais un an de plus qu'Annette, et je lui ai demandé quand ça serait, parce que ça peut prendre beaucoup de temps, et il a répondu on verra (il dit souvent ça, on verra – ça, et puis que les choses le *dérangent*), et pour attendre, j'ai attendu, jusqu'au jour où Anthony Hirsch, à l'école, s'est fichu de moi en disant que j'étais vraiment benêt parce que je peux toujours attendre mais ça n'arrivera jamais, et que c'est une question de mathématiques. Maintenant, j'ai compris qu'il avait raison, et c'est vrai que je me sens un peu idiot. Et à propos de mathématiques, je ferais mieux de m'y mettre, là. La géo, j'en ai pour cinq minutes ; il faut juste que je dessine sur le livre une carte en relief du Dogger Bank, avec le calque, et que je la colorie. Mais les maths, ça, j'ai du mal, parce qu'il n'y a que des x, des y et des chiffres, et il faut déterminer leurs valeurs, et ils doivent tous finir par avoir la même valeur, enfin c'est ce qu'il me semble, donc tout ça est assez compliqué. Et puis il y en a des tonnes, tout ça pour ce sale type de Meakins – toute la page 92 et presque les trois quarts de la page 93, et en plus il se fâche drôlement si on rate la ligne à la règle, sous le devoir, mais il ne veut pas qu'on utilise un crayon et c'est carrément dur avec le porte-plume, parce que la plume part dans tous les sens quand on appuie, et du coup quand on enlève la règle ça fait des traînées, et il râle, Meakins. Et j'ai un stylo-bille, ça, c'est chouette. Un Bic, ça s'appelle, c'est marqué dessus, et il est transparent comme du verre, avec à l'intérieur une sorte de tube plein d'encre qui passe au milieu et qu'on n'est jamais obligé de remplir, et ça, c'est vraiment chouette. Anthony Hirsch, il en a un bleu (comme moi, il est bleu, le mien), mais aussi un rouge, un vert et un noir, et il les porte tous accrochés à la poche de son blazer, et c'est vraiment chouette. Mais Meakins, il ne veut même pas qu'on les utilise, il dit que ça va gâter notre écriture, et moi je trouve ça idiot parce que dans sa classe, de toute façon, on n'écrit que des chiffres et des signes plus et moins et des trucs comme ça, et des petits x et y pourris, alors... D'ailleurs je ferais mieux de m'y mettre, là. Mais Meakins, moi je suis sûr que c'est le diable – en tout cas c'est toujours ce que dit Hirsch, et je crois que c'est exactement ça.

Mais en fait, j'aime bien ma chambre – beaucoup plus que celle d'Annette, parce qu'en me mettant debout sur le lit, je peux voir le jardin, et quand un pigeon arrive et se pose sur le toit de la remise, moi je m'amuse à compter et à deviner à quel chiffre il va s'envoler – et c'est drôlement difficile, en fait, parce que si on parie que c'est onze, en fait on ne sait jamais si le pigeon va décider de repartir tout de suite, ou bien s'il va rester planté là pendant des heures à se farfouiller sous les ailes ou je ne sais quoi. Et puis c'est là que maman étend le linge le lundi, s'il ne pleut pas, et comme ça, on sait quelles affaires on portera le week-end, la chemise et tout ça. Papa, il porte tout le temps des chemises blanches, comme tous les hommes. Une fois, maman a fait une bêtise avec la lessive, et une de ses chemises est sortie toute rose et papa est devenu dingue. Maman a dit qu'elle la trouvait jolie comme ça, et qu'il pourrait au moins l'essayer parce que ça faisait ressortir ses yeux, et il a répondu qu'il y avait des lois dans ce pays, et qu'elle voulait peut-être qu'il se fasse arrêter par la police, c'est ça ? Je ne savais pas que la police pouvait vous empêcher de porter un vêtement, mais j'espérais qu'il la porterait quand même, vous savez, parce que s'il se faisait arrêter, moi, ça ne me ferait pas grand-chose, puisque quand il est là, je le dérange tout le temps. En tout cas, il a pas voulu la mettre.

Dans ma chambre, j'ai une table sur laquelle je fais mes devoirs, et mes maquettes aussi. Elle est tout en bois foncé, comme mon lit, le placard et tout ici, d'ailleurs. Anthony Hirsch, lui, il a plein de couleurs dans sa chambre ; il y a une banquette de fenêtre qui se trouve sous la fenêtre, comme chacun sait, avec dessus des coussins rouges avec un truc blanc sur le bord, bien à leur place. Tous les meubles vont bien les uns avec les autres et sont de la même taille que la chambre, et il a aussi une batterie et une guitare qu'on branche, rouge aussi, avec une espèce de poignée sur le côté pour faire des woooah-woooey, comme les Shadows, parce que j'adore les Shadows, mais surtout Cliff. J'essaie tout le temps de me faire appeler Cliff au lieu de Clifford, mais ça ne marche pas. Les autres à l'école, ils me disent hé, mais tu n'es *pas* Cliff : Cliff il est super-chouette, et puis tu n'es pas un chanteur. Dismal-le-Minable n'arrête pas de m'appeler Cliffy, et je ne supporte pas ça. Mais rien à faire, il continue. Papa et maman, ils disent que Cliff, ça fait commun. Quand à Annette, elle m'appelle tout le temps le Niais, mais bon, ça, c'est les sœurs. Pour mon anniversaire, j'ai reçu *Living Doll*, mais je suis obligé de l'écouter sur le tourne-disque du salon quand papa n'est pas là, sinon il dit que ça braille comme dans la jungle. Lui, la musique qu'il aime, c'est le genre de truc que les gens mettent à l'église quand quelqu'un est mort. Anthony Hirsch ne sait pas vraiment jouer de la guitare, mais il tape sur les cymbales et ça fait un bruit infernal. Et sa mère est toujours parfumée comme une fleur très, très chère, et elle a des boucles d'oreilles avec des pendants, qu'elle met à ses oreilles (évidemment). La bagnole de son père s'appelle une Jaguar. Maman et papa m'ont dit que c'est parce qu'ils sont jouifs, donc moi j'ai décidé, quand je serai grand, de travailler dur et dur et dur pour devenir jouif moi aussi. Je voulais peindre ma table et tous les meubles en rouge, avec de la laque Valspar, celle qui sèche en deux à quatre heures comme ils disent, parce que j'en ai vu dans la vitrine chez Stammers, mais maman a dit pas question ça va faire un chambardement pas possible, et papa a dit que ce serait un crime de cacher la beauté des grains de bois. Et puis aussi, c'est un peu la même chose, je n'ai le droit de rien mettre aux murs de ma chambre, à part cette gravure où on voit une espèce de vieux cheval avec un chariot au milieu d'une rivière, et qui est là depuis ma naissance, et qui l'était même sans doute avant la bataille de Hastings. Les murs, on dirait la semoule qu'on nous sert à l'école, mais papa dit que si je punaise ma photo de Cliff et des Shadows, je vais tout abîmer. Mais ce que j'ai fait, quand même, c'est que j'ai échangé avec Dismal une Vauxhall Victor avec une roue arrière fichue contre une ampoule orange, une Mazda, parce que son père est électricien. C'est chouette parce qu'on dirait que la pièce est un vaisseau spatial ou un truc comme ça. Maman m'a dit de faire attention à ce que papa ne voie jamais ça, mais c'est pas très difficile parce qu'il n'entre jamais dans ma chambre, mais en même temps je vois pas ce qu'il y a de mal, tant que je n'abîme pas l'électricité. Parce que là, il deviendrait dingue.

J'entends craquer les marches de l'escalier, c'est maman qui arrive avec mon plateau, donc je n'ai qu'une chose à faire, et vite, c'est sortir ces saletés de livres de maths de mon cartable et les étaler sur la table, et me mettre à mâchonner le bout de mon porte-plume en prenant l'air de réfléchir sur un problème compliqué.

« Voilà, Clifford. Je le pose là. Ça marche bien ? Tu t'en sors ?

— Mmm ? Oh – c'est drôlement difficile. Sale vieux Meakins. Tu as trouvé la colle ?

— Elle est là – mais ne t'interromps pas pour faire ça maintenant, mon chéri. Il faut que tu restes concentré. Oh, mais qu'il fait *froid*, ici. Tu n'as pas mis le chauffage, Clifford.

— J'ai oublié. J'en ai pour des heures à finir ce truc. Pour toute la nuit, sûrement. Quel sale vieux...

— Ne travaille pas trop, mon amour. Voilà – j'ai allumé le chauffage. Tu seras mieux comme ça, hein ?

— Non non. Merci maman. Bon, il faut que je continue, là... »

La voilà partie, et j'ai déjà mangé les deux Fingers au chocolat, en même temps. Le truc, c'est d'en tenir un dans chaque main et de se les fourrer sur le côté de la bouche, comme les riches avec leurs cigares, s'ils en avaient deux, et puis on fait gnamgnamgnamgnam, et on les croque petit à petit, un peu comme une bûche dans une scierie, ou Chip'nDale dans le dessin animé que j'aime bien. Ensuite, on avale le Nesquik d'un seul coup et si on ne se lèche pas la bouche, on garde une moustache brune qui sèche et devient toute raide au-dessus de la lèvre. J'ai essuyé mes doigts sur mon short, que je déteste, pour nettoyer les miettes de Finger, et aussi les traces de colle, parce que je viens de mettre ma Chouette des greniers dans mon album (c'est génial – plus que trois), et cette bouteille de colle, c'est horrible parce qu'on a beau faire attention en dévissant le petit bouchon en caoutchouc, ça gicle dans tous les sens et on s'en met partout. Moi, je voudrais un distributeur de Scotch, rouge, mais papa répond toujours que ce sera bientôt Noël. Anthony Hirsch, lui, il n'a pas eu à attendre Noël : il l'*a*, son Scotch.

Mais vraiment, je le hais ce short, vous savez – de toute façon j'ai toujours détesté ça, les shorts, et on n'a pas le droit de porter de vrais pantalons longs avant le lycée, et au lycée on n'est pas obligé non plus de porter sa casquette en ville, mais j'ai encore trois milliards d'années à attendre. Je vais vous demander de m'excuser une minute. On a les cabinets dans la salle de bains, où il fait toujours un froid horrible, mais il faut dire toilettes, on ne doit pas dire je vais aux W.-C., ça ne se dit pas, et dire cabinets, c'est encore pire. Près de Kenton Road, il y a un endroit appelé W.-C. publics, et j'ai dit à maman, mais alors W.-C. c'est bien comme les toilettes et elle m'a dit non, Clifford, pas du tout, mais un jour j'y ai été et je vous *jure* que ça ressemblait bien à des cabinets, franchement. À part que ça sentait drôlement – mais il n'y avait pas d'assassin là-dedans, comme disait Annette, mais Annette, c'est une poule mouillée, une lavette de fille.

Dans ma chambre, il y a un tapis au milieu avec des feuilles et des zigzags, et autour c'est du lino qui ressemble au bois des meubles, mais ce n'est pas du vrai bois, c'est comme une photo. Dans la salle de bains, il y a juste du lino, mais il est bleu comme mon maillot de football mais pas aussi foncé, et sur les bords, sous la fenêtre, il est tout craqué et, en dessous, ça ressemble plutôt à des Shreddies qu'aux maillots Aertex de papa, parce que là c'est tout marron et tout. J'aime beaucoup les Shreddies. J'aimais encore mieux les Sugar Ricicles, mais j'ai dit à maman de ne plus en acheter parce qu'il y avait Elmer le chasseur sur le paquet, et c'était vraiment de l'enfantillage. Ces temps-ci, je mange du blé soufflé, ils le font avec des canons, c'est vrai – c'est sûrement vrai parce que dans le paquet il y avait toujours une vraie balle du Lone Ranger, et j'ai déjà un masque qu'on avait gratuitement avec *Dandy*, et je faisais Hi Ho Silver, c'est un cheval, et Tonto le monsieur indien pouvait m'appeler Kim O'Shabby et tout ça – même si naturellement je n'ai pas de cheval à moi, ni d'Indien. L'ennui, c'est que je déteste vraiment le blé soufflé et maman m'a dit écoute tu m'as forcée à en acheter alors maintenant tu vas tout manger, mais je déteste vraiment ça donc c'est maman qui le mange, et elle aussi elle a horreur de ça. Elle m'a cousu la ceinture, et c'est génial – mais je n'aurai qu'une seule balle en argent, maintenant, et ça, c'est vraiment moche. Alors elle m'a racheté des Shreddies, même si je ne voulais pas parce qu'il n'y a rien de gratuit dedans, mais au moins, c'est mangeable.

Le rideau de la salle de bains, ça s'appelle du macramé, et si on le suce, ça a le même goût que le brouillard. Il n'y a pas grand-chose d'autre, à part la baignoire, évidemment, comme chacun sait, puisque c'est la salle de bains. Elle est immense et c'est drôlement difficile d'y entrer, et il y a un compteur dans lequel on met les pennies, et même en en mettant cinq, on obtient une petite flaque d'eau chaude, et je trouve que c'est vraiment du gâchis, parce qu'avec cinq pence, on peut acheter dix soucoupes volantes, ou une glace à l'eau et deux têtes-de-nègre. L'eau sort de l'appareil qui s'appelle Ascot, et qui fait boum comme quand on jette une grenade, et que c'est rempli de flammes jaunes et bleues. Je déteste tout ça. Les seuls bains que j'ai aimés, c'était quand il y avait des sous-marins dans les paquets de Corn Flakes, et maman m'avait acheté de la levure, on en mettait dans les sous-marins, et ils plongeaient et remontaient sans arrêt, sauf la fois où ils ont coulé au fond, et la baignoire s'est remplie de levure et j'ai cru que j'allais cuire, alors je me suis mis à pleurnicher, mais maman m'a dit de ne pas faire le bébé, mais moi je ne tenais pas à me transformer en gâteau. Mais c'est vrai que c'était des enfantillages.

Il y a aussi une glace posée sur l'étagère, et quand je me suis excusé, quelquefois, je la pose par terre et je baisse mon short jusqu'à ce que le bas touche mes chaussures, et je me dis que ça ressemblera à ça, quand j'aurai un pantalon long (à part qu'on ne verra pas ma culotte, naturellement), et vraiment j'aimerais en porter, maintenant. On n'existe pas vraiment quand on porte un short. Dans *Maverick* et *Wagon Train*, tout le monde porte un pantalon long – mais par contre je n'aime pas ce qu'ils ont dans *Robin des bois*, on dirait des bas comme les vieilles dames, pas du tout des pantalons. Mais c'est vrai que les gens étaient démodés, à cette époque-là. On n'a pas encore la télévision, mais elle arrive la semaine prochaine, alors vivement la semaine prochaine. Je la regarde beaucoup chez Anthony Hirsch ; ils en ont deux – la deuxième pour quelqu'un qui s'appelle Nanny, même s'ils n'ont pas de bébé ni rien.

J'entends maman, sur le palier. Elle m'appelle pour le dîner. Ce que je vais faire, c'est que je ferai ma carte en relief avant le petit déjeuner, et pour les maths, si je suis un peu en avance pour l'école, je peux toujours copier dans le cahier à Dismal. Oh, mince, c'est vrai : le cahier *de* Dismal. C'est mieux, comme ça ?

*

Tous les quatre étaient à présent installés autour de la table, une table en noyer, carrée, à rallonges, Clifford ne cessant de frapper de la cheville contre un des montants torsadés. Bientôt, son père allait poser ses couverts et lui enjoindre sans ambages d'arrêter ce boucan infernal, jeune homme – mais ce n'était pas encore chose faite, ce soir, et donc Clifford continuait, pour le moment. Il faisait aussi froid dans la salle à manger que dans le jardin derrière la porte-fenêtre. Clifford et Annette observaient toujours les rideaux qui oscillaient et se gonflaient langoureusement dans les courants d'air ; on les entendait même soupirer et murmurer. Il y avait un chauffage à paraffine, un gros truc de marque Aladdin, là-bas dans le coin, vous voyez, mais Clifford et Annette ne supportaient pas qu'on l'allume parce que beurk, l'odeur les rendait malade – et de toute façon ça donnait une chaleur minable. Une des nombreuses raisons pour lesquelles Clifford préférait tant que son père ne soit pas là était que quand ils n'étaient que tous les trois – maman, Annette et lui –, ils dînaient dans le salon, à côté, Clifford et Annette avec un plateau en contreplaqué posé sur leurs genoux nus, d'un rouge sanglant dû aux nombreuses éraflures, les tibias luisant à la lueur du charbon brasillant dans la cheminée. Mais le père de Clifford déclarait que c'était du laisser-aller, que ça n'allait pas du tout, ce genre de chose. Que si le bon Dieu, dans son immense mansuétude, avait jugé bon d'octroyer à sa famille l'avantage considérable de posséder une salle à manger séparée dans laquelle partager les bienfaits qu'il nous accordait, il leur appartenait de profiter avec reconnaissance de cet insigne privilège. La mère de Clifford s'employait à fourrer de vieux bas dépareillés et tout filés, de vieux gilets d'école et de vieilles chaussettes impossibles à repriser dans ces immondes boudins de tissu (Clifford avait la nausée rien qu'à les voir : pour rien au monde il n'y aurait touché) qu'elle calait bien devant la fente chuintante sous la porte-fenêtre pour seconder discrètement les bandes de carton ondulé coincées tout autour du chambranle – mais la pièce n'en restait pas moins glacée, et n'en était que plus triste. Annette disait toujours que c'était son nez qui concentrait le froid, et elle le prenait dans sa main comme si sa simple présence était une surprise totale – ou bien comme si elle s'apprêtait à y visser une ampoule rouge vif (comme un clown) –, sur quoi son père lui enjoignait de cesser ces enfantillages et de prendre son couteau *et* sa fourchette, jeune demoiselle, au lieu de ramasser son chou comme avec une pelle, comme un cantonnier en train de nettoyer un fossé.

« Gillian, dis-moi une chose, aurais-tu la bonté de me passer la sauce ? »

La mère de Clifford tendait déjà la main, deux doigts pianotant dans l'air au-dessus des flacons de verre au bouchon bien revissé.

« Sauce tomate ou sauce brune ? »

Le père de Clifford posa ses couverts et tapota sa petite moustache du bout du doigt.

« Jeune homme, voulez-vous cesser *immédiatement* ce boucan infernal ! Merci infiniment, je vous en suis très reconnaissant. Mais *brune*, bien sûr, ma chérie. Toujours, toujours, avec une bonne assiettée de chou braisé. Annette, si tu continues à tirer comme ça sur ton nez, il va très probablement finir par te rester dans la main, le sais-tu ? »

Gillian passa à son époux la bouteille de Daddies – tout en se rendant vaguement compte qu'elle était parfaitement à sa portée.

« Redresse-toi, Clifford, fit-elle machinalement, faute de mieux. Ça va, ça vous plaît ? »

Clifford se contenta de serrer les lèvres, tandis qu'Annette passait la main dans son épaisse tignasse auburn, examinant les pointes fourchues avant de les laisser glisser de ses doigts.

« Absolument, dit le père de Clifford avec enthousiasme. Plus que bon. Comme toujours, ma chérie.

— Merci, Arthur... répondit son épouse dans un souffle.

— Je reprendrais volontiers un peu de la boisson originale. Clifford, te serait-il possible de te rendre utile et de filer à la cuisine pour renouveler les rafraîchissements ?

— Oh – non, j'y vais », dit Gillian, plongeant vers la carafe d'eau.

Arthur tendit la main pour modérer son élan.

« Laisse le petit s'en occuper, Gillian. C'est un bon entraînement pour plus tard. Il est jeune, il a de bonnes jambes. Allez, vas-y, Clifford – tu es un bon petit gars.

— Oui, *vas-y*, le Niais, glissa Annette.

— Oh, mais non, Arthur, objecta Gillian. Il va mettre deux heures, et son assiette sera toute froide. Non, j'y vais – j'en ai pour une seconde. »

Elle saisit la carafe et s'éloigna en hâte, sur quoi son époux fit remarquer à voix haute qu'elle gâtait ces enfants, ne s'en rendait-elle pas compte, et qu'un jour viendrait – tu peux l'en croire – où ils le lui reprocheraient.

« Alors, jeune garnement – on finit ce chou, Clifford... Il y a plein d'enfants affamés qui ne demanderaient pas mieux. Qu'as-tu appris à l'école, aujourd'hui, hein ? Ah, Gillian – oui, tout à fait, un verre. Merci. Je demandais juste à notre jeune savant quelle nouvelle science les autorités compétentes avaient réussi à faire entrer dans son crâne, aujourd'hui. Eh bien, mon garçon ? Allez, exprime-toi. »

Annette était très visiblement ravie de cette nouvelle direction que prenait la conversation, de manière très solennelle (elle se fourra un index à chaque commissure et étira sa bouche en une affreuse grimace). Clifford, pour sa part, se mit à faire les ciseaux sous la table, ses deux jambes nues s'agitant éperdument, raidies et désespérées, comme s'il tentait d'y emprisonner quelque objet glissant et grouillant, prompt à s'échapper. Il serra fort les paupières, tira violemment sur l'arrière de son col.

« Réponds à ton père... intervint sa mère, les yeux brillants de sollicitude.

— Oh – tu sais... se força-t-il à articuler. Des trucs. Comme d'habitude. Un peu de, enfin – de maths, tout ça. On a un peu étudié les adverbes, avec Collywobbles. Anthony dit qu'il y a une émission à la télé ce soir, ça s'appelle *Doublez la mise*. »

De l'index et du majeur, le père de Clifford s'assura vivement que sa moustache était bien en place.

« Je ne vois pas très bien...

— Anthony, il dit que c'est vraiment bien. Ils vous posent des questions, comme à l'école, mais si on répond juste, on gagne plein d'argent, et si on répond encore juste, ils vous donnent *deux fois* plus d'argent, et comme ça à chaque question, et on finit par gagner une fortune – des milliards de milliards – et avec Anthony, on pense que ce serait vraiment chouette si à l'école on gagnait de l'argent quand on répond bien, parce que ça aiderait à se souvenir de *tout*.

— Pour ma part, fit remarquer le père de Clifford d'un ton posé, je pense que quand nous entrerons – et ceci contre mon gré et contre toute sagesse, comme, me semble-t-il, je te l'ai plus d'une fois expliqué, Gillian –, que donc, quand nous entrerons, c'est-à-dire très bientôt en fait, en possession de notre poste de télévision...

— Oh, *chouette* ! s'exclama Clifford, tout énervé, faisant claquer ses doigts et roulant des yeux.

— Il me semble que je *parlais*, Clifford. Aurais-tu l'extrême bonté de me dire quand je pourrai terminer ma phrase ?

— Excuse-toi auprès de ton père, intervint Gillian, de manière toujours aussi automatique.

— Excuse-moi... articula Clifford d'une voix sourde, avec juste le degré de mauvaise volonté qui convenait.

— Mais je t'en *prie*... répondit Arthur, avec une magnanimité glacée. Donc comme je le disais, me semble-t-il, avant qu'un certain jeune homme mal élevé trouve bon de m'interrompre... lorsque nous accueillerons dans notre foyer cet objet inédit et, je dois le dire, remarquablement onéreux... et nous aurions mieux fait, et de loin, n'est-ce pas Gillian, d'isoler le grenier et de cimenter les parties broussailleuses du jardin. Quoi qu'il en soit, et toutes choses égales par ailleurs, je peux d'ores et déjà vous assurer qu'il ne sera pas question de regarder le genre de programme auquel vous faites allusion, Mister Clifford Coyle. »

Clifford le regarda, bouche bée, mâchoire décrochée. Ainsi que sa mère. Et Annette.

« Absolument pas, continua Arthur – savourant infiniment le frisson de désespoir que jetaient ses paroles. Je considère cet appareil essentiellement comme un outil de communication. D'information. Je pense à la situation internationale, au monde dans lequel nous vivons. Aux documentaires sur la vie des animaux sauvages. Je crois aussi savoir que des concerts sont régulièrement retransmis. Je ne vois pas la télévision comme un prolongement de ces ridicules petites bandes dessinées que ta mère trouve convenable d'acheter, quitte à dilapider le budget de la maison, et tout cela pour toi, Clifford. Nous n'allons pas regarder une version télévisuelle de *Deano*, jeune homme. Et j'espère que cela est bien clair, pour tout le monde. Euh... Il y a quelque chose d'*amusant*, jeune demoiselle ?

— Cesse de ricaner, Annette, intervint sa mère. Et toi aussi, Clifford. Que vous êtes donc mal élevés.

— Peut-être, reprit Arthur, levant les sourcils jusqu'à la racine des cheveux, peut-être ai-je fait par inadvertance une plaisanterie *particulièrement* irrésistible... la plaisanterie du *siècle*. Parce que je vois que notre jeune Clifford lui-même se joint à l'allégresse qui agite toute notre petite bande. Votre mère et moi-même pourrions-nous, si vous le voulez bien, être mis au courant des *raisons* de cette hilarité... ?

— Eh bien, Clifford, intervint Gillian dans un soupir, réponds à ton père.

— C'est *Beano*, fit Clifford en étouffant un rire niais. Et *Dandy*. Mais pas... pas *Deano*...! »

Sur quoi Annette et lui s'effondrèrent, victime de ce genre de fou rire qui vous fait pleurer comme un veau et met de longues minutes à se calmer.

« Eh bien, que ce soit ce que c'est, quoi que ce soit... dit Arthur d'une voix coupante – nullement ébranlé par cette interruption futile. Quel que soit le *nom* de cette imbécillité, je peux vous assurer que notre récepteur de télévision sera utilisé à des fins autrement plus nobles. »

Clifford ne riait plus : il lui semblait avoir reçu une grande gifle. Les paroles de son père pénétraient peu à peu dans son cerveau. Il voyait avec un désespoir croissant la forme que prenaient les choses : sa mère et lui penchés sur un puzzle, tandis que son père ne se contenterait plus d'écouter sa musique minable, à mourir d'ennui, mais regarderait sur l'écran tous ces vieux, vieux, vieux, en train de pincer des cordes et de souffler dans des trompettes, et à chaque fois que Clifford chuchoterait oh, *regarde*, maman, *voilà*, tiens – le morceau, là, tu vois ? – c'est un bout de la taie d'oreiller, je suis sûr qu'il va *là*, tiens, tu vois... son père froncerait les sourcils et s'emploierait à claquer des dents d'agacement, avant de finir par lui dire d'une voix sèche qu'il le *dérangeait*. Et tous les feuilletons de cow-boys et les dessins animés bébêtes – et tous les programmes comme *Doublez la mise*... Il n'y aurait *rien* de tout ça !

« Mais quand même, Arthur, intervint Gillian d'une voix hésitante, une fois de temps en temps, ça ne peut pas faire de mal... ? Je veux dire, je comprends très bien, naturellement, mais mon Dieu, enfin – *une* fois de temps en temps... ? »

Arthur se cala contre le dossier de sa chaise et posa les deux mains sur la table devant lui, les doigts bien écartés. Puis il eut un large sourire – déclenchant chez Gillian une pointe de perplexité ; Annette, un peu effarée, regarda avec des yeux exorbités un Clifford saisi d'un froid de plus en plus mortel.

« Ceci est tout à fait impossible. Je suis au regret. Tous les programmes de cette nature passent sur cette misérable chaîne commerciale appelée Channel Nine, me semble-t-il, d'après ce que j'ai vaguement pu lire dans le *Telegraph*. Des sottises américaines et des jeux abondamment parsemés, si mes informations sont exactes, de réclames pour des choses telles que des *détergents*. Notre poste de télévision sera réglé pour ne recevoir que la BBC. Il n'est besoin de rien d'autre. Sinon, comment pouvez-vous même imaginer que j'aurais donné mon accord ? Bien. Je suis heureux de voir que nous nous comprenons. Et à présent, ma chérie – il me semble me souvenir que tu avais fait allusion à une tarte à la rhubarbe ? »

Clifford fixait aveuglément le mur, derrière la tête de sa mère, sans enregistrer tous les détails de la lithographie déprimante, exsangue et trouble dans son cadre de plastique doré accroché à un rail par deux chaînettes. Il y avait deux gravures de ce genre dans la salle à manger, d'une couleur rappelant étonnamment celle du thé ; l'une montrait une vache, l'autre pas. La gravure commençait de se liquéfier sous le regard de Clifford, sous la gélatine de larmes sur le point de gicler, d'éclabousser ses joues.

« Je peux... demanda-t-il d'une voix atone, je peux sortir de table, s'il vous plaît ?

— J'arrive dans une minute », dit sa mère, le surveillant tandis qu'il quittait sa chaise. Elle se sentait toujours le cœur pris dans un étau, et ses yeux brûlaient non seulement du feu de l'amour maternel, mais aussi d'une impuissance éternelle, épuisante et épuisée. « J'arrive dans une minute, je t'apporte des Smarties...

— *Bébé !* lança Annette d'une voix rauque, tandis que Clifford filait vers la porte. Un vrai *bébé*, le Niais... !

— Tu vois ! coassa Arthur. Tu vois, Clifford, ce que ta sœur pense de toi, maintenant ? Tu devrais avoir *honte*. Un garçon de ton âge. De toute ma vie, je n'ai jamais vu une telle comédie pour... !

— Arthur, intervint Gillian, avec une douceur affreusement douloureuse. Arthur, je t'en prie. Cela suffit. » Elle se leva, soupira. « La tarte... » fit-elle dans un chuchotement parfaitement machinal.

*

Maman va bientôt venir me border et voir si je me suis bien lavé les dents et si j'ai fait mes prières. Je trouve que je dois toujours me coucher beaucoup, beaucoup trop tôt, mais papa dit que quand je serai adulte, en mesure de gagner ma vie et dans une maison à moi, je pourrai aller me coucher à l'heure qui m'assiéra (et là je ne vois pas pourquoi il faudrait que je m'assoie pour me coucher, mais il y a sûrement un truc que je ne comprends pas). Ce soir, il a été encore pire que d'habitude. C'est dégoûtant, ce qu'il a dit à propos de la télé. Il y a une autre, non, deux autres émissions dont Anthony Hirsch m'a parlé, et je parie tout ce que vous voudrez qu'elles aussi, elles sont sur la bonne chaîne. Il y en a une qui s'appelle *Faites votre choix*, et c'est un peu comme *Doublez la mise,* mais là il faut ouvrir des boîtes avec des cadeaux à l'intérieur, ou bien ils vous donnent des montagnes d'argent pour répondre à des questions vraiment fastoches. Et puis ils posent d'autres questions, et il ne faut jamais répondre par oui ni par non. Vous pouvez dire tout ce que vous voulez d'autre mais vous n'avez pas le droit de dire oui ou non parce que sinon ils tapent sur une cloche – et moi j'ai dit à Anthony Hirsch que je serais drôlement fort pour ça parce que si on peut dire tout ce qu'on veut d'autre moi je répondrais tout le temps Clifford Coyle Clifford Coyle Clifford Coyle (c'est mon nom) et ils seraient obligés de me laisser ouvrir toutes les boîtes et gagner tous les cadeaux et me donner tout l'argent et tout, parce que c'est la *règle*. Il y a aussi le prix de la lanterne rouge, c'est amusant comme mot mais en fait ça veut dire que ça ne vaut rien du tout, pas comme les autres qui sont vraiment chouettes. Anthony Hirsch m'a dit que la semaine dernière, c'était un paquet de marshmallows et une fourchette pour les faire griller, et moi je trouve que c'est un chouette cadeau parce que les marshmallows, miam-miam, et moi je préfère les roses mais maman elle dit que c'est la même chose que les blancs mais en rose, c'est tout, et moi je comprends pas ce qu'elle veut dire. Mais ils font des bulles quand on les met dans le feu, et maman dit toujours que ça va faire des saletés. Quelquefois – mais là, je pense qu'Anthony Hirsch invente, parce que ce n'est pas *possible* –, mais quelquefois, il dit qu'ils donnent une *voiture* comme prix. Pas un jouet, hein, pas une Dinky Toys ou une Corgi ou une Matchbox, non, une vraie voiture, et moi je dis qu'il doit falloir une sacrée boîte. Cela tombe sous le sens, comme dirait cette saleté de Meakins. Et on doit deviner qu'on a une voiture à gagner, rien qu'à voir la boîte, parce qu'ils ne mettraient pas des marshmallows et une fourchette dans une énorme boîte comme ça, hein ? Quelquefois, c'est une Ford Angular, et une fois, ils ont gagné une Sunbeam, c'est ce que m'a dit Anthony Hirsch. J'aimerais bien qu'on ait une voiture. Celle du père à Anthony, elle est bleu foncé, comme nos blazers, et elle a une espèce de lion en argent sur le devant, et il me dit que c'est un jaguar, le lion, mais je ne vois pas trop, parce que Jaguar c'est le nom de la voiture tout entière, pas seulement du lion devant. C'est peut-être un surnom, comme « le Minable » pour Dismal. Et quelquefois, quand maman et moi on va à l'école à pied, Anthony et son père s'arrêtent avec la Jaguar, kkkkrrriiii, et ils m'emmènent, et quand il pleut, maman dit que c'est une vraie bénédiction pour elle. Je lui demande tout le temps pourquoi on n'a pas de voiture comme plein de pères de mes copains – et même quelquefois leur maman a *aussi* une voiture, mais pas une vraie grosse voiture comme la Jaguar – et elle dit, maman, que l'argent ça ne pousse pas sur les arbres (c'est comme quand je veux avoir des cavaliers à mettre dans mon fort, parce qu'un fort sans soldats ça ne sert à rien), et que je ne me rends pas compte de ce que l'école coûte à papa chaque trimestre mais en attendant elle vient de s'acheter un aspirateur, elle. Alors moi j'ai dit mais on ne peut pas aller à l'école en *aspirateur*, quand même ? Enfin on *pourrait*, mais ça mettrait des heures et il faudrait quelqu'un pour le pousser et de toute façon ce serait de l'enfantillage. Et si ça coûte vraiment les yeux de la tête pour m'envoyer dans cette vieille école minable, alors pourquoi est-ce que je n'arrête pas l'école parce que de toute façon ça ne sert à rien, et comme ça on pourra s'acheter une voiture comme celle du père à Anthony Hirsch et peut-être même que maman pourrait avoir une Sunbeam à elle. Maman, elle répond tout le temps que je leur serai reconnaissant plus tard dans ma vie, sans doute quand j'aurai cent ans, comme le vieux croûton chez Stammers, là où ils vendent la Valspar, la laque rouge qui sèche en deux heures et que je n'ai pas le droit de mettre dans ma chambre, et le vieux on dirait qu'il est là depuis que Jésus est né à Bethléem ou quelque chose comme ça – mais là c'est vrai que je pourrai aller me coucher à l'heure qui m'assiéra. Moi, je dis que quand je serai grand, je n'irai jamais, *jamais* me coucher, et j'achèterai une Jaguar. Papa dit toujours qu'une voiture c'est un luxe somptuaire, et je ne vois pas ce qu'il veut dire par là mais il ne veut pas m'expliquer, et il dit que les transports en commun c'est très bien, et moi je ne comprends pas et maman dit que c'est une expression. Comme quand il dit la boisson originelle alors que c'est simplement de l'eau du robinet, alors pourquoi est-ce qu'il ne dit pas de l'eau du robinet ? Quand je serai grand, je ne dirai jamais d'expressions, je dirai le vrai nom des choses.

En tout cas, ç'a été une soirée drôlement pénible, et pas seulement à cause de papa et de ce qu'il a dit sur la télévision. Je ne vois pas l'intérêt d'*avoir* une télévision si on ne peut rien regarder de bien. Ah oui, l'autre truc, l'autre émission qui est vraiment très chouette, d'après Anthony Hirsch, ça s'appelle *Samedi soir au London Pal quelque chose*, et il y a des chanteurs et des comiques et des gens comme Mister Pastry qui me fait vraiment rire quand il se dépatouille avec ses tartes à la crème et Arthur Askey qui dit « Hello Playmates », ça, je l'ai lu dans un livre que j'avais qui s'appelait *Film Fun* et puis ils parlaient aussi d'un truc qui s'appelle *Gagnez du temps* où il y a une horloge qui fait tic tac, mais quelquefois ils ont des gens moins vieux que ça, une fois ils ont même reçu Cliff Richard ! J'aimerais bien que mes cheveux poussent en l'air devant, comme Cliff Richard, mais papa dit que ça lui donne l'air de sortir tout droit de la jungle et maman dit qu'il se coiffe comme ça parce que c'est une vedette mais que sur quelqu'un d'autre ça fait très vulgaire et que s'il était normal, il se ferait une jolie coupe, et là moi je ne vois pas. J'ai l'impression qu'être jeune, ça prend un temps incroyable. Au moins, je sais que je ne serai jamais vieux et gâteux et croûton et mort et tout ça – ça n'arrivera jamais. En tout cas, nous, on n'aura qu'un droit, c'est de regarder des vieux avec une moustache et un costume comme mon père, en train de discuter et de faire du blablabla comme ils font toujours, et des leçons de géographie à mourir d'ennui sur des trucs comme le Dogger Bank (d'ailleurs il ne faut pas que j'oublie que j'ai la carte en relief à dessiner et à colorier).

On a bien avancé sur le puzzle, mais il n'est pas fini. On a quand même trouvé le morceau tout bizarre, ça, c'était chouette – et quand j'ai crié là ! là ! Regarde maman, il va là ! – papa a dit bon ça suffit maintenant – j'en ai par-dessus la tête de ces cris incessants, alors tu me ranges tout ça immédiatement, jeune homme. Oui, eh bien c'est *moi* qui ne supportais plus sa musique, mais je ne vais pas lui dire de me ranger tout ça, oh là là, sûrement pas. Il a plein de disques et il les nettoie et il les fait briller comme si c'était des meubles et tout, et il met des heures à les sortir de la pochette et à les mettre en marche. Tout ça est barbant, lent, mais lent, ça se traîne à deux à l'heure, et ça fait boum boum boum et crrrriii, crrriiii, crrriiii, et en plus ils sont tous morts, ses fameux Shopang et Bark et Gilberty Sullibum, et celui-là est un tout petit peu mieux parce que tous les autres chantent des trucs complètement idiots que j'arrive pas à comprendre.

Annette a passé presque toute sa soirée à découper des photos dans les vieux *Woman's Own* et *Girls* et *Radio Times* de maman, parce qu'elle doit les coller ensemble pour son cours d'activités libres. Oui, eh bien bonne chance avec la colle, c'est tout ce que je lui souhaite : ça gicle dans tous les sens, c'est infernal, cette colle. J'ai des Smarties, j'en ai gardé trois orange en dernier, et je les suce et ils deviennent blancs. Papa a pris ses Trois Nonnes pour sa pipe (c'est marqué sur le paquet de tabac) et ça puait, comme d'habitude. Maman dit qu'elle aime bien voir un homme fumer la pipe, et je lui dis toujours ben oui forcément, tu ne vois pas beaucoup de *femmes* fumer la pipe, hein ? J'aime bien les pipes en réglisse à un penny, c'est bon, avec les crottes de souris rouges dessus, mais les vraies, celle qu'on fume, je trouve ça horrible. Quand je serai grand, je fumerai ces énormes cigares comme ils ont dans *Beano*, et qui vont avec les chapeaux hauts de forme tout noirs et luisants comme les disques et les cols en fourrure et les lunettes qui ne sont pas vraiment des lunettes parce qu'il n'y a qu'un seul verre et une espèce de ficelle qui pend. Ils sortent de Rolls-Royce, des grosses voitures très chères qui appartiennent à la reine, et ils vont à l'hôtel de Posh, je ne sais pas où c'est (et peut-être qu'il n'existe pas vraiment, parce que ce n'est pas dans le quartier en tout cas), et ils donnent un repas énorme pour tous les gamins de la rue, avec des pétards et de la purée et du poulet et du soda et des tartes à la confiture, aussi. Moi, je ne connais personne comme ça, mais le père à Anthony Hirsch, un jour il nous a emmenés dans un vrai restaurant, ça s'appelait Wimpy, et on a mangé des Wimpys avec des frites et jamais de ma vie je n'avais mangé quelque chose d'aussi bon, même depuis que je suis né, mais maman dit que ce n'est pas de la nourriture saine, et papa dit ça, c'est l'invasion américaine, comme si c'était la guerre. De toute façon, ils n'arrêtent pas, papa et maman, sans arrêt, « pendant la guerre », « depuis la guerre », « avant la guerre », tous les jours, vingt millions de fois par jour. Je ne sais pas pourquoi, mais c'est comme ça. Et moi je dis mais il n'y a plus de bataille ni rien depuis longtemps et longtemps, on a battu ces sales Allemands et on a gagné la guerre, donc pourquoi vous en parlez sans arrêt ? Papa dit que je ne connais pas mon bonheur, ce qui est idiot parce que je le connais, mais bon, je ne vais pas lui dire. Mister Churchill, il fume des cigares comme je disais. Je suis sûr qu'il va tout le temps à l'hôtel de Posh, parce qu'il a gagné la guerre. J'aimerais bien qu'il m'invite avec lui, mais ça m'étonnerait. J'aimerais aussi que l'argent pousse sur les arbres, parce qu'on en a plein dans le jardin, et il suffirait de se balader en cueillant des billets de dix shillings et même peut-être de une livre et on pourrait peut-être carrément *vivre* tout le temps à l'hôtel de Posh avec des serviteurs et tout ça et ils passeraient *Living Doll* à n'importe quelle heure qui m'assiérait. Mister Churchill n'est plus Premier ministre. Mais Mister Macmillan, oui – et il n'arrête pas de parler de la crise de Suez (c'est peut-être une dame de sa famille qui est malade), et il dit aussi, parce qu'on a fait ça en classe d'instruction civique, qu'on n'a jamais eu la vie aussi belle, mais ça se voit qu'il ne vit pas avec papa. En fait, il ressemble au vieux schnock de chez Stammers – pas mon père, Mister Macmillan, même si à mon avis, mon père aussi lui ressemblera bientôt, parce qu'il est quand même drôlement vieux – pas comme le père d'Anthony Hirsch, qui est beaucoup plus jeune et sourit – et à mon prochain anniversaire, il sera peut-être très très vieux ou même mort, comme grand-père.

D'ailleurs ça me fait penser : il faut qu'on aille voir grand-mère dimanche prochain, parce qu'elle est dans une maison. Nous aussi, on habite dans une maison – maman et papa et Annette et moi – mais grand-mère, elle est dans une maison spéciale, une grande maison où on met les gens chroniques quand ils sont vieux, comme le monsieur de chez Stammers et Mister Macmillan qui sont peut-être dans la même maison, mais ça, je n'en suis pas sûr. Elle suce toujours des pastilles au citron dans un sac en papier tout froissé et je crois que c'est pour ça que ses dents sont toutes jaunes, et elle a aussi une moustache, même si les dames n'ont pas de moustache, et pas de pipe. Anthony Hirsch il a trois hamsters dans une cage, Rag, Tag et Bobtail, et ils courent tant qu'ils peuvent dans la roue et ils glissent sur des toboggans et tout ça, et grand-mère, elle sent pareil. Elle met toujours des trucs en fer dans ses cheveux, et ses mains sont toutes couvertes de grosses lignes bleues et de taches marron, un peu comme les cartes d'état-major qu'ils ont chez les scouts. Ce que je déteste plus que tout, c'est quand elle dit viens là faire un gros câlin à grand-mère Clifford, et que maman me pousse dans le dos pour m'obliger à y aller, et grand-mère, qui sent aussi comme les vieux oreillers dans le débarras, en plus des hamsters à Anthony, elle me dit toujours qu'elle pourrait me manger en une seule bouchée, et je trouve ça dégoûtant. Maman dit qu'elle ne sera pas toujours là, mais personne ne dit quand elle va partir. Elle va peut-être épouser le vieux de chez Stammers et avoir des bébés avec lui.

Maman va bientôt monter pour me border et tout ça, donc j'ai intérêt à faire vite. Mon dentifrice, c'est du Pepsodent, et sur la boîte il y a marqué *Utilisez Pepsodent et dites adieu aux dents jaunes*. Pour grand-mère, c'est des tonnes qu'il en faudrait. Je ne me brosse jamais les dents, j'ai horreur de ça. Ce que je fais, c'est que je mets du Pepsodent sur mon doigt et je me frotte un peu le devant de la bouche avec et puis je suce mon doigt et je l'essuie sur mon gant de toilette, et ensuite j'en fais tomber une goutte dans le lavabo parce que sinon, à tous les coups maman dit êtes-vous bien sûr de vous être brossé les dents, jeune homme, parce que c'est bizarre mais je n'ai jamais besoin de racheter de dentifrice. Il fait vraiment, vraiment froid dans la salle de bains, et la lumière est tellement moche que ça fait peur, la nuit. Je suis obligé d'écouter pour vérifier qu'Annette n'est pas dans le couloir quand je sors, parce que sinon elle entre de force et me repousse à l'intérieur pour faire des trucs bizarres, et moi j'aime pas ça parce qu'elle relève sa chemise de nuit et me dit tu veux voir ce que je fais quand je dois aller m'excuser, tiens, regarde le bas, le trou devant, et puis elle veut toucher ma quéquette parce qu'elle, elle en a pas, je crois que c'est parce que c'est une fille, un truc comme ça. Moi, j'aime bien quand c'est *moi* qui la touche, dans mon lit, mais ça fait drôle quand c'est elle, c'est tout bizarre, ça chatouille comme quand on monte à la corde en cours d'éducation physique. Je pense qu'elle est jalouse parce qu'elle en a pas, comme la fois où elle avait plus de Smarties parce qu'elle avait tout mangé la veille et que moi si.

Ce soir, ça a été, dans la salle de bains, et je suis revenu dans ma chambre sans problème. Maintenant, il faut que je fourre tout ça sous mes deux oreillers. D'abord ce transistor (papa appelle ça une T.S.F. !) que j'ai reçu à Noël dernier. Sur celui d'Anthony Hirsch, on arrive à capter Ray Joe LukSam Berg, je crois que c'est le nom qu'il a dit, c'est sans doute un chanteur, mais je n'en avais jamais entendu parler – et de toute façon il n'arrive pas à la cheville de Cliff. Sur le mien, on entend du bruit, comme la mer à Bournemouth, et puis ça siffle un peu, et il faut tripoter l'espèce de cadran, et là on dirait quand maman fait frire des œufs le dimanche matin, et puis on capte des voix et puis de la musique minable comme celle que papa écoute. Je l'adore, mon transistor, et je l'écoute tous les soirs dès que j'ai promis à maman que je ne l'écouterai pas – simplement, il faut faire attention parce que si on s'endort en le laissant allumé, le matin il ne marche plus du tout, et une fois ça m'est arrivé et j'ai cru que je l'avais cassé, mais Anthony Hirsch m'a dit qu'il fallait une nouvelle pile alors j'ai dit à papa que j'avais besoin d'une nouvelle pile pour mon transistor et que des piles on en trouvait chez Stammers, et il a répondu que l'argent ça ne pousse pas sur les arbres, comme si on ne le savait pas. Sous l'oreiller, j'ai aussi une lampe de poche, et elle aussi il lui faut une pile. Le monsieur de chez Stammers doit être drôlement riche, avec toutes les piles qu'il vend à tout le monde. Finalement, il ne vit peut-être pas dans la même maison que grand-mère, mais à l'hôtel de Posh, et donc ils ne vont pas se marier du tout, et c'est mieux pour lui, en fait, parce que s'ils avaient des bébés ensemble, grand-mère voudrait les manger en une bouchée. Et la dernière chose, c'est une tranche de pain de mie Hovis que j'ai prise dans la boîte à pain du placard, avec l'espèce de couvercle en forme d'accordéon. C'est vraiment chouette quand on se la met sur la figure, dans le noir, et on l'écrase bien, et on respire dedans, avant de manger un morceau au milieu, et ensuite on mange les bords. Oui, c'est chouette, même si on se réveille plein de miettes.

« Ça va, Clifford ? Tu t'es brossé les dents ?

— Oui, maman.

— Fais-moi sentir. Très bien. Allez, on se borde bien pour la nuit. Tu as fait tes prières ?

— Oui, maman.

— Qu'est-ce que tu as demandé au bon Dieu ?

— Je lui ai demandé s'il vous plaît mon Dieu de bénir maman et papa et ma sœur Annette et de faire de moi un bon petit garçon.

— Mais tu *es* un bon petit garçon, n'est-ce pas mon chéri ? Allez, dodo maintenant, Clifford. Dors bien, mon chéri, fais de beaux rêves. À demain.

— Et j'ai aussi dit au bon Dieu de faire tout ça seulement si ça l'assied.

— L'assied ?

— Oui.

— Mais pourquoi ça, Clifford ?

— Oh, je sais pas. J'ai trouvé que c'était plus poli.

— Tu es un drôle de numéro, hein ? Oh là là, qu'est-ce que je vais faire de toi, moi ? Hein ? Qu'est-ce que je vais faire de toi ?

— Je sais pas. Pas grand-chose.

— Allez, dodo maintenant. Un bisou.

— 'nuit, maman. »

Ça y est, elle est partie, elle a éteint. Ce que je vais faire – avant de sortir la tranche de pain de mie et le transistor –, c'est que je vais allumer la lampe de poche et éclairer l'espèce de gros truc rond tout croûteux au milieu du plafond, et mes avions accrochés à du fil de pêche, et dans la lumière, leur ombre, on dirait des vrais avions. C'est des maquettes Airfix, il y en a un, c'est un Hurricane, et l'autre c'est un Wellington, et je les ai peints tout seul, à part les décalcomanies, ça, il faut les mouiller et les coller dessus. Avant, il y avait une lampe là-haut, avec un abat-jour avec des franges, mais on l'a enlevée et papa a dit que je pouvais accrocher mes avions parce qu'il y avait un crochet, et que si je les mettais ailleurs j'allais abîmer le plafond. Il y a aussi une petite tache, on dirait du flocon d'avoine, à côté du gros truc rond, avec des lignes qui partent, et elle fait un dessin comme un pays appelé la Tasmanie que j'ai vu dans l'atlas. Il faut du temps pour réchauffer mon lit, alors je me mets en boule, tout petit, avec les pieds rentrés sous moi, et comme ça je suis bien. En hiver, j'ai une bouillotte enveloppée dans une serviette, mais plus maintenant, parce que papa dit qu'il fait largement assez bon. Demain, on a du gâteau au fromage à déjeuner, à l'école, et ça me donne envie de vomir, même l'odeur. C'est le pire truc que j'aie mangé de toute ma vie, même depuis que je suis né. Ce serait chouette s'ils nous donnaient des Wimpys et des frites à la place. Ou des saucisses et de la purée et du poulet et du soda et aussi des tartes à la confiture. Mais non.

Quelquefois, j'oublie d'aller à la salle de bains avant de me coucher, et alors là je déteste ça parce qu'il est vraiment tard quand je me relève et il faut que je passe devant la chambre de maman et papa pour y aller, et quelquefois j'entends des choses derrière la porte. La dernière fois, c'était papa qui disait mais *vas-y*, Gillian, *vas-y*, ne discute pas, *vas-y*. Et après, en revenant de la salle de bains, j'ai entendu maman qui pleurait – et papa qui lui disait d'arrêter d'être idiote. Je me suis recouché et j'ai essayé de me réchauffer, mais je me suis mis à pleurer moi aussi, parce que j'étais triste que maman soit triste. Et quand je me suis réveillé, j'avais les yeux tout gonflés et tout plein de crottes, mais je les ai enlevées avant que maman vienne me réveiller, pour qu'elle ne voie rien. Parce que si elle savait que je pleure, ça la rendrait très triste elle aussi.

*

« Regarde, maman – regarde ! C'est la Jaguar du père à Anthony Hirsch, et ils sont dedans, tous les deux.

— J'espère qu'ils vont nous voir », dit la mère de Clifford – Dieu sait qu'elle l'espérait, vraiment, ce matin en particulier. Le jour était à peine levé, il faisait froid, il bruinait, et elle avait du pain sur la planche à la maison. Vingt minutes pour aller jusqu'à l'école de Clifford (et vingt minutes retour) – cela prenait un bon morceau de la matinée ; c'était déjà assez pénible en soi, mais quand en plus il faisait ce temps-*là*...

« Ils nous ont vus ! Ils nous ont vus ! Ils s'arrêtent.

— Oh, c'est une vraie bénédiction. Bonjour, Mr Hirsch. Bonjour Anthony. Merci mille fois. Allez, monte, Clifford. Allez...

— C'est toujours un plaisir, Mrs Coyle, sourit le père d'Anthony, se penchant pour refermer la portière. Clifford est un gentil petit gars, n'est-ce pas, Clifford ? »

Clifford baissa les yeux en grimpant sur la banquette arrière (Anthony le coiffait d'un livre de classe ouvert et il repoussait son bras avec une grimace de joie), vraiment heureux de ce qu'avait dit Mr Hirsch, et que sa mère ait été là pour l'entendre. Laquelle souriait jusqu'aux oreilles, en faisant des signes à la voiture qui s'éloignait – parce que *oui*, c'était un bon petit gars, son Clifford, un adorable petit gars. Et tout en se détournant et en ajustant sous son menton le lien de sa capuche en plastique transparent, elle ressentait déjà un pincement au cœur de devoir le laisser.

Ça tombe très bien que personne ne traîne au lit aujourd'hui, parce que j'ai intérêt à m'y mettre tout de suite, vous savez. Depuis des années, je me lève tous les jours à six heures et demie pile : c'est devenu une seconde nature, chez moi. Je pourrais sans doute me permettre de commencer un peu plus tard, mais je n'ai jamais été pour la précipitation – vite vite vite, ce n'est pas moi du tout, ça : je préfère de beaucoup faire les choses tranquillement, en prenant tout mon temps. Autrefois, je mettais à sonner le vieux carillon Westclox, avec les cloches au-dessus (ça réveillerait un mort, ces trucs-là), mais je détestais être tirée du sommeil comme ça, si brusquement. Et Arthur... eh bien quelquefois, il passait le bras autour de moi, ou il se retournait ou je ne sais quoi, et commençait à pousser des grognements, et je dois dire que ce n'était pas très agréable, honnêtement, dès le matin au réveil. J'ai toujours été effarée de voir comme il pique, Arthur, à quel point ça pousse entre le moment où il rentre du travail et le lendemain matin. Ce doit être affreux d'être un homme. Je me dis souvent ça. Avec de grands pieds, et des gros bras, et puis la – enfin, la transpiration, enfin je ne sais pas, cette odeur, tout le temps. Ou bien c'est peut-être Arthur, seulement, franchement je ne pourrais pas vous dire : on ne parle pas trop de ce genre de chose, n'est-ce pas ? Mais c'est les poils, surtout : depuis quelque temps, ça lui pousse dans le nez et dans les oreilles – de vrais petits buissons, horribles. Ça n'était pas comme ça avant. Quant à la tache toute rose et luisante sur sa nuque, elle grandit aussi, un peu plus tous les jours. Mais bien sûr, on ne parle pas de ça. L'autre semaine – ou bien c'était la semaine dernière, je ne sais plus, c'est possible –, il y avait une lettre dans le courrier d'Evelyn Home, dans *Woman's Own* – ou bien c'était peut-être *Woman*, je ne sais plus – à propos de ça, le fait que les hommes étaient extrêmement susceptibles par rapport à ces choses-là – enfin, à propos de tout, d'ailleurs ; les hommes sont parfois de véritables bébés, comme chacun sait. En tout cas, ça n'apporte jamais rien de bon d'aborder certains sujets. Je n'arrive pas à me dire que mon Clifford sera comme ça – non, impossible. Enfin, j'espère ne pas réagir bêtement, comme une mère poule, hein – je sais très bien qu'il va grandir et vieillir, et je n'ai pas l'intention de m'accrocher à lui pour toujours (c'est ainsi qu'une vraie mère doit agir – sourire et dire adieu quand les oisillons quittent le nid, et refouler ses larmes, se débrouiller seule avec sa peine, sans la montrer), mais en même temps, je ne sais pas... Je n'ai pas du tout l'impression qu'il sera grossier et débraillé, jamais... ce sont vraiment les seuls mots qui me viennent pour dire ça. Et de toute façon, Clifford ne transpire quasiment pas. Tous ses maillots de corps, et ses chemises d'école et tout ça – je les récupère impeccables avec juste un petit trempage au Dref, à l'eau tiède. Ceux d'Arthur, par contre, je n'ose même pas vous dire – il faut que je les fasse bouillir, avec de l'Omo, et même comme ça je n'arrive jamais à les ravoir complètement ; parfois je suis même obligée d'ajouter une pincée de peroxyde.

À peine levée, je me prépare en vitesse, sans réveiller personne. C'est sans doute idiot, mais je suis très fière que ni Clifford ni Annette ne m'aient jamais vue autrement que parfaitement présentable, le matin. Je ne sais pas, je trouve que la maîtresse de maison ne doit jamais se négliger chez elle. Les hommes, c'est différent, mais une femme – non, ça ne se fait pas, je trouve. Et les enfants ont besoin de repères, dans leur vie quotidienne – et je pense que c'est à nous de les leur donner. J'ai peut-être tort, mais voilà, c'est moi. Oh, je ne suis pas en train de dire que c'est toute une affaire de me préparer le matin, du tout, parce que je dors avec des pinces et un filet sur les cheveux – d'ailleurs c'était horrible au début, quand j'ai commencé, parce qu'on se réveille avec l'impression d'avoir eu la tête mordue par quelque chose pendant toute la nuit, mais je m'y suis habituée, maintenant. Et c'est vraiment magique, au réveil : on enlève le filet, on enlève les pinces, on ébouriffe un peu, avec ce petit peigne spécial que j'ai – un vrai peigne de coiffeur, avec un manche en fuseau – un peigne de professionnel ; je l'ai acheté chez Marshall & Snelgrove, pendant la braderie. Je me suis aussi offert ce petit tailleur vert foncé qui me donne l'air si net, si impeccable, c'est ce que tout le monde dit. Huit guinées et demie, mais c'est de la très belle qualité, il me fera des années et des années. Il faudra bien, d'ailleurs... mais non, je ne vais pas recommencer à m'inquiéter pour toutes ces histoires d'argent : pas question de passer encore une matinée à ça, à m'angoisser à propos de l'argent. Parce que le sens de l'économie – eh bien, c'est une seconde nature chez moi, en fait. Même si je suis très fière de cette petite permanente, parce que c'est la première fois que j'ose en faire une toute seule, à la maison. Avant, j'allais toutes les huit semaines chez Aimée, le salon de l'avenue (je suppose que la patronne doit s'appeler Amy : tout à fait charmante, mais alors une vraie pipelette, je vous jure qu'il vaut mieux faire attention à ce qu'on raconte), mais quand elle a augmenté ses prix, jusqu'à treize livres onze pence, là je me suis dit que ce n'était plus possible de m'autoriser ça (parce qu'il y a tout le reste, aussi). L'affreuse Mrs Farlow, au-dessus de la boulangerie, a toujours été fidèle à ses permanentes Toni faites à la maison, et je me suis dit Gillian, si Mrs *Farlow* peut y arriver sans avoir l'air d'avoir une choucroute sur la tête, tu peux sûrement faire aussi bien. Trois livres et onze pence et demi, voilà ce que ça coûte – et je dois dire que ça n'a pas été si compliqué, et je suis absolument ravie du résultat. Clifford m'a dit que j'étais belle comme ça (oh, quel amour, mais quel amour). Annette, elle, elle trouve ça démodé, mais de toute façon avec Annette tout est toujours démodé – c'est systématique. C'est l'âge, pour les filles. Elle comprendra qu'il n'y a pas que la mode qui compte, quand elle aura des responsabilités à elle (et ne me demandez pas quel genre d'épouse et de mère elle fera, parce que je ne peux pas vous le dire). Arthur, je ne crois pas qu'il ait remarqué la permanente – en tout cas, il n'a rien dit ; mais bon, ça, c'est les hommes, n'est-ce pas ? Tout craché.

Et quand on se lève tôt, au moins on a la salle de bains à soi toute seule. Je me mets toujours une petite touche de fard à joues – il faut bien aider un peu dame Nature ! Dans le temps, j'achetais du Coty, mais c'est devenu trop cher. À présent, je suis passée à Outdoor Girl (Woolworth, mais ccchhhhut, pas un mot, à personne !), et un nuage de poudre. Et puis j'ai mon gros tube de fond de teint Max Factor, depuis – oh là là, mais des siècles ! Je ne sais pas ce que je vais faire quand il sera vide. J'irai peut-être voir aussi dans la gamme de Outdoor Girl. Quel drôle de nom, cela dit : Outdoor *Girl*. Dieu sait que je ne suis plus une *girl*, depuis bien longtemps – et quant à sortir, c'est pour aller faire des courses ou emmener Clifford à l'école. L'institution religieuse d'Annette est quasiment au coin de la rue – mais Clifford, mes pauvres enfants, pour aller jusqu'à son école primaire, c'est un voyage au long cours. Une vraie bénédiction, quand Anthony Hirsch peut l'emmener en voiture, avec son père. Très belle voiture, d'ailleurs ; je ne sais pas exactement ce qu'il fait mais, de toute évidence, il n'est pas dans la gêne. Juif, bien entendu, mais très charmant, comme homme. Arthur dit qu'il est dans les fripes – et moi je dis et alors ? Il n'y a rien de mal à faire de jolis vêtements. Après toutes ces années passées à raccommoder et transformer et nous débrouiller comme on pouvait avec le rationnement et les tickets de textile, un peu de couleur dans la vie, ça ne fait de mal à personne. En ce qui me concerne, je fais presque toutes mes robes moi-même (le tailleur de chez Marshall & Snelgrove, c'était une petite folie). Je prends des patrons chez John Lewis, qui vend aussi des restes de coupons très jolis, des fins de série. Une fois, j'ai même copié un patron sur *Vogue* (eh oui, Madame ne se refuse rien !), mais pour être tout à fait honnête, c'était un petit peu trop compliqué pour moi. Je ne suis pas une couturière hors pair – cela fait moins d'un an que j'ai ma Singer (je paie le crédit chaque semaine, en rognant sur l'argent du ménage – cinq livres six pence, ça tire un peu sur le budget, mais voilà : pas le choix. Je fais aussi les robes d'Annette, et je lui ai même réussi un adorable petit manteau qu'elle refuse de porter ; elle dit qu'elle veut un blue-jean – eh bien, elle peut toujours vouloir. Ne dites rien à Arthur – à propos du crédit pour la Singer, je veux dire : il serait furieux. Il est radicalement contre ces choses-là. Enfin, moi aussi, en fait – je déteste l'idée d'avoir des dettes, mais... non non non. J'ai dit pas d'inquiétude sur l'argent ce matin. Donc je m'y remets, là).

C'est juste que... comment dire... quand je suis là devant l'évier – le seul moment de tranquillité que j'aie à moi (une fois Arthur parti au travail et les enfants à l'école), à touiller mon thé, en trempant un petit biscuit dans la tasse – c'est vraiment dur de ne pas laisser mon esprit vagabonder. Et c'est d'ailleurs pour ça que je préfère avoir toujours quelque chose à faire : trop réfléchir, c'est malsain. Mais Arthur, vous voyez – je sais qu'il s'inquiète, lui, ça se voit, mais jamais il n'en *parlera*, jamais. Je ne sais même plus à quand remonte la dernière fois où on a discuté, tous les deux – oh, même comme ça, de tout et de rien. De choses et d'autres. Tout ce qu'il dit, c'est par exemple oh, au fait, – je ne rentre pas pour dîner demain soir, et moi je lui réponds ah bon, d'accord, Arthur. Ou bien je vais lui dire oh, Annette a eu dix-huit sur vingt en anglais aujourd'hui, et il va répondre oh, très bien très bien. Parfois – pas souvent – je lui demande (même si je ne devrais pas) ça va, Arthur ? Tout va bien, n'est-ce pas ? Et il répond moi ? Ça va très bien. Je ne peux pas me plaindre. Pourquoi, qu'est-ce qui t'inquiète, Gillian ? Tu n'as pas pris froid, ni rien ? Et je réponds non, non, rien du tout, je suis en pleine forme. Ensuite, on reste un peu silencieux – Arthur aime bien faire tranquillement ses mots croisés, le soir – et tout d'un coup, il va me demander parce que s'il y a quelque chose, Gillian... enfin, si tu sens que tu as les sinus pris, moi je te conseillerais vivement de prendre tout de suite de la poudre Beechams : c'est radical – vraiment, ça te coupe le rhume en un rien de temps. Et moi, je vais sourire, peut-être même poser ma couture (autrefois, je tricotais, le soir, mais Arthur disait que le bruit des aiguilles le dérangeait), et le rassurer, parce que je n'ai rien du tout, tout va bien, je suis en pleine forme, aucun problème. Alors il tapote sa pipe et bâille bruyamment – il a toujours fait ça, Arthur – en s'étirant et en offrant une vue dont on se passerait bien sur ses dents du fond (il refuse absolument d'aller chez le dentiste, vous savez – un jour, j'ai même pris rendez-vous pour lui, mais il n'y est pas allé ; j'étais affreusement gênée), puis il se lève en pliant son journal et dit qu'il est temps d'aller rejoindre Morphée au pays des songes et qu'il va éteindre le feu, à moins que je ne m'en occupe moi-même ?

De sorte que je me mets à penser à... oh, toutes sortes de choses, ce qui n'est pas sain. Je ne veux pas dire qu'Arthur n'a pas un bon emploi ni rien. Il est clerc dans un cabinet d'avocats très réputé qui a son siège dans Baker Street, tout près de Regent's Park (un jour, il nous a tous emmenés voir l'immeuble ; je n'étais pas peu fière). Nous avons décidé ensemble, dès le début, qu'Annette irait dans une école privée religieuse. Arthur est anglican, et il s'en moque un peu ; moi je suis catholique, baptisée, mais je ne vais pas à la messe aussi souvent que je le devrais – même si j'essaie de faire en sorte que Clifford et Annette, eux, y aillent. Non, ce n'était pas pour le côté religieux (et d'ailleurs vous devriez entendre Annette ! Vous devriez entendre ce qu'elle dit des sœurs !). Non, c'était plus le fait que toutes les charmantes jeunes filles du quartier ont l'air d'aller là, et puis l'uniforme est tellement, tellement mignon – blanc à rayures vert printemps, avec un joli blazer marron et un canotier en paille absolument adorable. Arthur et moi voulions offrir à Annette ce que nous n'avions pas eu, nous – parce qu'on est d'un milieu très ordinaire, tous les deux, en fait. Moi, je n'ai jamais travaillé, contrairement à lui – mais ce serait bien si Annette pouvait un jour faire, je ne sais pas, secrétaire ou quelque chose comme ça ; elle rencontrerait un homme d'affaires aisé, elle aurait la belle vie.

Cela dit, je pense qu'on ne s'est pas rendu compte que les frais, ma foi... tous les deux trimestres, Arthur a droit à une lettre du genre « Nous sommes désolés mais... limites du budget qui... dans l'obligation de... » – enfin bref, ils augmentent encore leur tarif (c'est bien joli tout ça, comme dit Arthur, mais ça n'augmente pas d'autant *mon salaire*, n'est-ce pas ? Non – pas du tout). Bon, ça pourrait encore aller, mais il y a aussi Clifford. On n'en a jamais vraiment parlé, quand je suis tombée enceinte de mon cher petit Clifford ; j'étais allée chez le médecin à cause de petits problèmes urinaires (j'avais laissé traîner, parce qu'on n'aime jamais les déranger pour rien). Je suis tombée des nues, quand il m'a annoncé ça. Et j'étais heureuse, mais heureuse. Je m'en souviens très bien – mais aussi que je ne devais pas le montrer, ou du moins pas tout de suite, et en tout cas pas avant de savoir ce qu'Arthur en pensait. Ce soir-là, j'ai acheté un bon morceau de morue, et je lui ai fait une sauce au persil. C'est drôle, de se souvenir de certaines choses, comme ça : après, il y avait une tarte aux pommes avec une petite crème (en poudre, toute prête) comme dessert. « Qu'est-ce qu'on fête ? » a demandé Arthur. Alors, je lui ai dit – je lui ai dit que j'étais allée chez le docteur, et ce qu'il m'avait dit. Au départ, Arthur, il est resté comme ça, sans rien dire, et j'ai eu peur. Ensuite il a baissé les yeux : « Je vois. » Et je crois deviner ce qu'il a pensé : Comment cela a-t-il pu arriver ? Parce qu'Arthur, à ce moment-là, il faisait très, très attention. Au bout d'un moment, il a croisé les bras et il a dit « Bon. Bon. Quand le vin est tiré, il faut le boire. » Mais es-tu *content*, Arthur ? Je me souviens que je me suis penchée sur la table et que je lui ai posé la question, parce qu'il fallait vraiment que je sache, vous voyez. J'ai eu l'impression qu'il se forçait à faire bonne figure ; il m'a tapoté la main, avec un petit sourire, et a dit : « Je n'ai plus qu'à retrousser mes manches. » Mon Dieu, ce n'était pas exactement ce que j'avais envie d'entendre, mais les hommes, n'est-ce pas, je crois que les hommes sont tous pareils dans ces cas-là. Ils pensent que ce ne serait pas viril, n'est-ce pas ? D'exprimer leurs émotions.

Pauvre Arthur. Il a gardé tellement de choses enfouies en lui, même avec moi, depuis toutes ces années. Par exemple, il n'a pas été soldat, vous voyez, pendant la guerre, et je suis sûre qu'il croit que les gens parlent de ça. Moi, je l'ai rencontré juste après la Victoire – à Camden Town, dans une soirée organisée par les conservateurs en l'honneur de Winston Churchill. Mon père – il est mort à présent, cela fait quelques années, et je ne peux pas dire qu'il me manque trop – payait sa cotisation et tout, un vrai militant, très convaincu (« Winnie va nous sauver la mise » – le nombre de fois où j'ai pu l'entendre dire ça !), et il voulait que j'y aille à sa place, parce que son arthrite le faisait tellement souffrir qu'il pouvait à peine se déplacer d'une pièce à l'autre. Maman (ma chère vieille maman – toujours bon pied bon œil) était tout à fait contre (je me demande si elle s'en souvient) et ça a fini par une vraie dispute. Rien à voir avec les conservateurs, ni avec Churchill (elle est aussi patriote que nous tous) – non, c'était l'idée que j'aille à Camden Town : un sale quartier, dangereux, disait-elle, et d'ailleurs elle n'était pas très loin de la vérité – aujourd'hui encore c'est un sale quartier, je n'y remettrai jamais les pieds. Bref, pour résumer, c'est là que j'ai rencontré Arthur ; on ne voyait que lui – tous les autres jeunes gens étaient en uniforme, et lui portait son costume de sergé marron (il le porterait toujours, si je n'avais pas mis le holà), avec un faux col en celluloïd. On s'est mis à parler – enfin, je dis parler, mais naturellement je n'ai rien dit. Même pas à propos du costume – je n'ai pas ouvert la bouche ! Dieu seul sait ce qu'il a dû penser de moi. J'étais absolument nulle, avec les garçons – carrément muette, et gourde comme pas possible. C'était déjà la même chose avec ceux que j'avais connus à l'usine d'armement, dans le Middlesex. J'ai passé les dix-huit derniers mois de la guerre à vérifier des bombes de douze kilos et des obus mortels. Mes collègues tenaient quelquefois des propos un peu verts à mon goût, mais c'étaient de braves garçons, en fait. Il m'est arrivé d'aller au pub avec un ou deux d'entre eux – je me souviens de Dicky, un très jeune homme, qui portait toujours un pull Fair Isle. Très franchement, j'étais terrifiée. Ils devaient me trouver d'un ennui épouvantable, et ils avaient sans doute raison : parce que je me sentais *moi-même* très ennuyeuse. Quoi qu'il en soit, Arthur m'a dit qu'il faisait un stage pour devenir clerc chez un avocat, et j'ai répondu oh mais je suis sûre que c'est absolument passionnant, sans savoir le moins du monde ce que c'était, naturellement. Il m'a invitée à voir un film au Gaumont le samedi suivant et j'ai répondu ma foi pourquoi pas, qu'est-ce qu'ils passent ? Et il a dit qu'il ne savait pas trop, mais que c'était sûrement très bien. C'était comme ça, à l'époque – on ne savait jamais trop ce qu'on allait voir. Quoi qu'il en soit, la semaine suivante – c'était le jeudi, en fait – on est allés au Gaumont, et c'était un re-je-ne-sais-plus-quoi, un re... une nouvelle version d'un vieux film, quoi – *Notre-Dame de Paris*, voilà, avec Charles Laughton et Maureen O'Hara – un film d'une tristesse, mais d'une tristesse, enfin moi j'ai trouvé. Je suppose qu'Arthur ne se souvient absolument pas de quel film on a été voir, mais le contraire serait étonnant, n'est-ce pas. Les hommes et la mémoire... Enfin – pour des choses comme ça, en tout cas. C'est plus tard, au Kardomah, que je lui ai demandé pourquoi il n'était pas dans l'armée, la Navy ou quelque chose. Mais je lui ai demandé ça très gentiment – j'étais un peu plus à l'aise avec lui, et j'ai posé la question comme ça, l'air de rien, tout naturellement. C'est mes pieds, a-t-il dit : c'était à cause de ses pieds. Au départ, il pensait qu'il n'y aurait pas de problème – qu'il serait juste dispensé de porter des godillots – mais apparemment un quelconque médecin de l'armée, un officier, l'a examiné et a dit que non, hélas, ça n'irait pas du tout. Pauvre Arthur, ai-je dit, c'est bien triste. Mais je n'ai pas du tout réussi à savoir si *lui* trouvait ça triste ou pas : il ne laissait rien passer – mais ça, c'est Arthur tout craché. « Ce sont des choses qui arrivent », voilà tout ce qu'il a dit. Et on a commandé des pâtisseries et encore du thé. Il m'a courtisée – si on peut appeler ça comme ça, je ne sais pas – pendant plus de deux ans. C'est maman qui a dit qu'il était quand même temps que je sois fixée, et j'ai répété ça à Arthur, et nous avons plus ou moins décidé que lui et moi, on pouvait trouver pire comme couple, et dès la semaine suivante il m'offrait une ravissante petite bague qu'il avait achetée chez Bravingtons. En vrai or, neuf carats, avec des petits zircons sertis en forme de camée. Je la porte tout le temps, avec mon alliance, tous les jours. Je ne sais pas ce que je deviendrais, sans cette bague ; je ne l'enlève que pour faire la vaisselle.

Et donc il garde toujours tout pour lui, enfermé, c'est là où je voulais en venir : il ne parle pas, vous voyez. Jamais. Quant à ses pieds, le pauvre chéri, ça ne s'arrange pas non plus – c'est un affaissement de la voûte plantaire, en fait, plus des cors en quantité industrielle : il porte des semelles spéciales. Clifford, le petit vaurien, m'a dit un jour, à l'oreille, que quand Arthur descendait l'escalier, il lui faisait penser à Donald ; j'ai été obligée de le gronder – mais bon, je suppose que vu sous un certain angle, ça peut être assez drôle, c'est vrai (mais pour l'amour de Dieu, ne vous avisez pas de répéter ça à Arthur : ça ne le ferait pas rire du tout, mais alors pas du tout, comme vous pouvez l'imaginer). Une voiture, bien sûr, ça lui rendrait grand service, parce qu'il a du mal à marcher vite. Jusqu'à l'avenue, ça va – et naturellement, il peut prendre le 47 pour aller travailler, il le dépose juste devant la porte. Et pourtant, jamais il ne dira ni ne voudra entendre un mot contre la marche à pied – donc vous voyez, il est courageux, quand même : un vrai petit soldat, à sa manière, même s'il n'a jamais porté l'uniforme.

Juste ciel – vous avez vu l'heure ? Vous voyez, c'est *ça*, le problème : on se fait une bonne tasse de thé avec un petit gâteau, et comme on n'a rien à faire de mieux, on se met à réfléchir à des sottises – à se perdre dans les souvenirs, tout ça, et tout d'un coup, hop, voilà la moitié de la matinée de passée. Bien, il serait temps d'arrêter de rêvasser, Gillian, tu ne crois pas ? Au boulot ! Non mais, tu as vu l'heure ? Et j'ai du pain sur la planche, moi. Je vais déjà rincer cette tasse et cette soucoupe, et je m'attaque au salon. Je fais toujours la vaisselle du petit déjeuner dès que je rentre de l'école de Clifford, je ne supporte pas de voir ça traîner dans l'évier. On ne prend pas grand-chose, en semaine – les enfants mangent des céréales, celles que Clifford me tanne tant qu'il peut pour que j'achète (et d'ailleurs, devinez qui finit par devoir les manger), et deux ou trois toasts avec de la Marmite. Arthur, il aime bien son petit porridge, l'hiver, et un œuf mollet. Le samedi et le dimanche, je mets quand même les petits plats dans les grands – j'ai l'impression d'être une machine à faire du bacon –, et Arthur dit toujours qu'il va m'aider à essuyer ; mais à ce moment-là, il est déjà en train de bricoler dans sa remise, comme d'habitude. Et ne me demandez pas ce qu'il trafique là-dedans, parce que je ne pourrais pas vous le dire.

Jean Beery, la voisine d'à côté, me disait qu'elle ne peut plus se passer du liquide-vaisselle en flacon souple, comme on fait maintenant – elle dit que ça lui fait gagner la moitié du temps – avec une petite Spontex, ou Addis, ils en font aussi. Oui, c'est bien joli tout ça, mais c'est extrêmement cher ; je m'en tiens à mes bons vieux cristaux et à ma lavette – j'ai l'habitude, et ça marche tout aussi bien. Remarquez, c'est aussi ce que je disais avant qu'on ait la Hotpoint (« c'est un gaspillage... ! »), et à présent, je ne sais pas comment je m'en sortirais. Parce que je lavais ici, dans l'évier, les draps, les vêtements, tout, vous savez – vraiment, et j'étais rouge comme une tomate, avec des bras comme des jambons. Et pour essorer, oh mon Dieu, quel travail de Titan. Mais avec la Hotpoint, on arrive, on met tout en vrac – enfin, en séparant les couleurs, bien sûr (une fois j'ai oublié une paire de chaussettes d'Annette, rouges, dans le blanc, et une des chemises d'Arthur est sortie toute rose. Je lui ai dit que je trouvais ça joli, et qu'il devrait essayer : j'ai cru qu'il n'arrêterait jamais – on aurait cru que je lui avais dit de porter un tutu et un justaucorps, à l'entendre). Donc j'en étais où, là... ? Ah, oui – la Hotpoint. Donc oui, on n'a qu'à verser la lessive, appuyer sur le bouton, et hop, c'est fait ! Cela dit, je n'ai pas de séchoir à la maison, donc je mets tout ça à sécher dehors, s'il ne pleut pas – sinon j'emmène le tout au lavomatic (on se demande ce qu'ils vont inventer, après ça !) et que ça tourne ! C'est lourd quand c'est encore humide, mais j'ai un panier en osier à roulettes. Tout est tellement plus simple pour nous, les ménagères, de nos jours ; quand je pense à ce que ma pauvre mère était obligée de se coltiner – les courses à faire, à porter, allumer la cuisinière à charbon, faire bouillir la lessiveuse, se donner du mal pour qu'on ait toujours des vêtements propres et assez à manger... sept, on était, avec mon grand-père et ma grand-tante Florie, et ses pauvres poumons qui faisaient un bruit de soufflet de forge, la malheureuse, Dieu ait son âme. Mais moi, regardez ! J'ai ma Hotpoint, j'ai mon Hoover, j'ai ma Singer – et, le plus important, j'ai mon petit frigo, un Kelvinator : plus jamais à court de lait (le gâchis que c'était), plus jamais à s'inquiéter de faire des courses pour deux jours, avant le week-end. Non, nous sommes terriblement gâtées, nous, les femmes d'aujourd'hui, mais nous le savons. Il suffit de repenser à ces horribles années de guerre : les black-out, les bombes, les nuits à la cave. Le mari de Jean Beery l'emmène huit jours en Espagne, cette année. En Espagne ! Jean, je lui ai dit comme ça – mais attendez, Jean, c'est une vie de star de cinéma que vous menez ! Et puis ils ont un petit bassin ornemental dans le jardin, et une Humber Snipe, toute neuve ; je ne sais pas exactement ce qu'il fait, Mr Beery –

Evelyn, c'est son prénom ; drôle de nom pour un homme, je trouve – mais en tout cas, ils ne sont pas dans la gêne, ça, c'est clair. Jamais eu le bonheur d'être parents, bien sûr – et c'est sans doute un peu pour ça que je m'entends si bien avec elle, bizarrement. Je ne suis jamais très très à l'aise avec les autres mères, quand j'attends Clifford à la sortie de l'école, ou quand Annette a sa remise des prix, des choses comme ça. Elles ne font que radoter, sans arrêt, sur leurs enfants qui sont si extraordinairement intelligents et brillants – elles ne vous laisseront pas placer un mot, hein – et de toute façon, elles font toutes partie d'un certain milieu, ça se voit tout de suite. Elles me regardent en tordant le nez, pas sympathiques du tout. (Pour cette pauvre Jean, je crois que c'est les trompes.)

Bon, très bien – alors je range un peu cette maison, et ensuite je file faire deux trois courses. Je ne déteste pas du tout le ménage, vous savez, enlever la poussière, cirer – surtout dans le salon, parce que... oh, je pense que c'est pour tout le monde pareil, c'est là qu'il y a nos objets préférés, les choses de valeur. Et en faisant le ménage, on en arrive à les voir comme si c'était la première fois, et on les apprécie d'autant mieux. Oh, je ne suis pas en train de dire que nous avons des trésors, hein – ce n'est pas Buckingham Palace, ici, pas de vases Ming ni rien de ce genre – mais il y a deux ou trois choses dont je suis assez fière. La pièce n'est pas très grande – le tapis fait trois mètres sur deux mètres vingt, je le sais parce qu'on l'a mesuré quand on l'a acheté à la braderie de chez Gamages – quinze pour cent de remise, et ils nous l'ont livré dès le lendemain matin. En fait, je voulais quelque chose dans les beiges, mais bon, je ne sais pas – celui-là, celui qu'on a fini par prendre, il m'a attiré l'œil, il sortait de l'ordinaire. D'ailleurs il est à peu près beige, mais avec un bord dans les marron-rouge, et je trouve que ça fait bien ressortir les rideaux que j'avais pris pour la fenêtre, vous voyez – en reps lie-de-vin, très chic, avec les voilages en filet – et ceux-là, je peux vous dire que c'est de l'entretien. Je les mets au programme cent degrés, mais quelquefois, au bout de quelques jours, ils sont bons à relaver. C'est à cause de l'encadrement – il y a des fuites partout. C'est comme la porte-fenêtre de la salle à manger – je passe ma vie à empêcher les courants d'air de passer. Arthur dit tout le temps qu'il va s'en occuper, mais je me demande bien quand. Enfin bref – donc le salon : le plafond et le haut des murs sont peints en rose magnolia, et au-dessous du rail pour accrocher les tableaux, on a un papier peint crème à fleurs que, personnellement, pour être honnête, je changerais volontiers, mais ce n'est pas vraiment ce qu'on peut appeler une priorité. Comme l'abat-jour du plafonnier, d'ailleurs ; il est en parchemin, avec des grosses coutures au bord, et à chaque fois que je lève les yeux et que je le vois, ça me fait penser à de la peau, ce qui est immonde. On n'a pas énormément de meubles – le salon trois pièces, beige – mais j'ai fait des têtières et des protège-accoudoirs avec les chutes du tissu lie-de-vin qui me restaient des rideaux. Et je peux vous dire que c'est une bénédiction, quand on a un mari qui ne jure que par le Brylcream et des gamins aux doigts collants. Sur la commode, il y a un vase en Doulton qui appartenait à ma mère. Du Royal Doulton. Tu le prends, Gillian, voilà ce qu'elle m'a dit, c'est pour *toi* : à quoi veux-tu qu'il me serve, maintenant ? Je suis vieille. J'ai toujours adoré ce vase – tout arrondi, comme dans le temps, avec des fleurs et des feuilles. Il me fait toujours penser à quand j'étais petit fille, parce que maman y rangeait ses bobines de laine à repriser, et j'étais la seule à avoir la main assez fine pour pouvoir les prendre. C'est drôle – jamais ma mère n'aurait rangé sa laine dans un tiroir ou quoi que ce soit : c'était le vase, un point c'est tout.

Et puis il y a le combiné radio-pick-up – le grand bonheur d'Arthur. Donnez-lui sa musique, sa pipe et ses mots croisés, et il est heureux comme un pape. C'est un Ferguson, une excellente marque, et ça fait un très très joli meuble – du noyer vernis, m'a dit Arthur, et équipé comme un tableau de Rolls-Royce, rien de moins, c'est ce qu'il m'a assuré. J'utilise de la vraie cire d'abeille pour le pick-up, parce que c'est mieux d'en prendre soin, quand on a quelque chose de bien, non ? Là, je suis en train de la faire pénétrer, et rien que l'odeur, c'est divin. L'autre jour, Jean Beery me parlait de ces nouvelles cires en bombe, que l'on pulvérise comme de l'insecticide ; ça brille en un clin d'œil, d'après elle – mais moi, je préfère la vraie cire ; un peu d'huile de coude, ça n'a jamais fait de mal à personne (et de toute façon, avec ces nouveaux trucs, c'est surtout la bombe qu'on paie). Naturellement, pour Jean, il n'y a que Channel Nine qui compte, c'est comme ça qu'elle est au courant de tout. Par la réclame. Et la réclame, ça marche vraiment, vous savez – ils ne sont pas fous ces gens-là, n'est-ce pas ? J'ai quelquefois l'impression que Jean se précipite pour acheter tout ce qu'on lui dit. Je comprends bien Arthur, à propos des chaînes commerciales, mais en même temps je suis vraiment triste pour le pauvre Clifford – vous auriez dû voir sa tête, quand Arthur lui a dit qu'on ne recevrait que la BBC. Mon Dieu – il peut toujours aller regarder la télé chez Anthony Hirsch ; à chaque fois, je dis à Arthur qu'ils font leurs devoirs ensemble – c'est notre petit secret, à Clifford et moi. J'ai dégagé un espace à côté de la fenêtre, là où était posé le porte-revues. Pour la nouvelle télévision – jeudi, elle arrive. Entre dix et onze heures, si je me souviens bien. D'après Arthur, c'est un gros appareil (je n'ai pas vu le catalogue), mais le coffrage est en vrai bois. Tout cela est bien excitant, Channel Nine ou pas.

Maintenant, j'enlève la poussière sur la cheminée en carrelage marron (en soulevant la pendule et les chandeliers) qui doit dater de la construction de la maison – avant-guerre, sans doute vers 1930, d'après Arthur. Heureusement que nous avons Jean comme voisine, cela dit, parce que le mur mitoyen, mon Dieu – quelquefois, quand ils s'enguirlandent, on entend absolument tout, donc autant qu'on soit en bonnes relations, c'est toujours préférable. Et tard le soir, je suis obligée de faire attention au bruit. Entre vous et moi, c'est d'ailleurs une des raisons pour lesquelles je n'aime pas qu'Arthur fasse l'idiot avec moi – une des raisons pour lesquelles je n'y tiens pas plus que ça.

Il faut que je passe la balayette sur le rebord du lambris. Arthur y a mis deux bonnes couches de Darkaline, pendant les vacances de Pâques, et c'est brillant comme tout, aucun souci d'entretien. L'aspirateur vient à bout du tapis en un rien de temps – il y a une petite lumière sur le devant, et il aspire que c'en est incroyable ; j'y tiens, à mon Hoover. Cela dit, c'est horrible quand il faut vider le sac – parce que franchement, toute cette poussière, elle vient d'*où* ? On prend bien soin, tous, de ne pas en ramener du dehors – tout le monde s'essuie bien les pieds. Oh mon Dieu ! Je viens de voir l'heure ! Je ferais mieux d'enfiler mon manteau et d'y aller, sinon il n'y aura plus de pain. Je ne m'habille pas, pas pour faire les courses au coin de la rue – comme certaines, dont je ne dirai pas le nom : vos oreilles sonnent, Mrs Farlow ? Non – non, je ne dois pas être aussi mauvaise : elle se donne du mal, Mrs Farlow. Mais je m'arrange un peu quand même, un petit coup de rouge à lèvres, un nuage de poudre – et puis hop, j'enlève mon tablier, hop, je passe mon manteau, et voilà. Dieu sait qu'il m'a fait de l'usage, ce vieux manteau. Je l'aime bien parce que la couleur va avec tout, et qu'il est bien chaud – je ne crois pas qu'on en trouve encore d'une telle qualité, aujourd'hui. Je mets un foulard autour de mon cou, pour donner un peu de couleur, et j'ai ma broche en forme de panier de fleurs – c'est du faux, un bijou fantaisie, Arthur l'a achetée dans un vide-grenier à la sortie du métro, la fois où on était allés à Amersham – elle est restée épinglée au col depuis je ne sais combien de temps. Je ne déteste pas mettre un chapeau, aussi, enfin quelque chose de très simple, parce que ce sacré vent arrive dans tous les sens à la fois, et que je ne supporte pas des épingles et un filet pendant toute la nuit pour voir ma permanente massacrée au beau milieu de Kenton Road, merci bien. Ensuite, les gants, et hop, je suis dehors.

Juste ciel – j'ai failli mourir ! Le téléphone, dans l'entrée. Jamais je ne pourrai m'habituer à cette sonnerie, à chaque fois je fais un bond de trois mètres. Mais qui cela peut-il être ? Et naturellement, juste au moment où j'allais sortir. Je suis sûre que c'est maman.

« Primrose 5056... ?
— Gillian ?
— Oh, bonjour, maman. Qu'est-ce qui se passe ? Qu'est-ce qui ne va pas ?
— À mon âge, rien ne va, Gillian. Tu verras ça, un jour. Tu ne peux pas comprendre, tu es jeune.
— Plus si jeune que ça. Qu'est-ce qu'il y a, maman ? Qu'est-ce que tu veux ?
— Tu as déjà fait tes courses ?
— J'y allais. Pourquoi ? Tu as besoin de quelque chose ?
— Je voulais juste te rappeler de prendre mes pastilles au citron. Tu oublies tout le temps.
— Mais non, je n'oublie jamais, maman. J'ai déjà oublié une fois ? Elles sont sur ma liste. Tiens, regarde : pain, thé, pommes, oranges, Golden Syrup, paraffine, pastilles citron maman. Tu vois ?
— Bon, eh bien, fais attention à ne pas oublier.
— Sinon, tout va bien ? On vient te voir dimanche.
— Si je dure jusque-là. Bon, je te laisse, je suis occupée. »

Ohhh. Enfin – ce n'est pas sa faute, hein ? Ce ne doit pas être drôle d'être vieille – parce qu'elle n'a pas *demandé* à être vieille, n'est-ce pas ? La pauvre. Cela dit, elle a bien fait d'appeler – parce que je les avais complètement oubliées, ses pastilles au citron. Je vais les ajouter à ma liste. Et pendant que j'y suis, je prendrai aussi chez Lawrence ces fameux cachous pour Annette – elle s'est découvert une passion pour ces cachous, tout d'un coup. Mais Dieu du ciel, qu'ils sont chers – huit pence les cent grammes. Les *cent* grammes, oui oui, pas la demi-livre. Enfin, elle aime tellement ça... J'espère qu'elle va bien, Annette. Elle a de bonnes notes, à tous ses devoirs, mais ce sont ses bulletins, je ne sais pas... les sœurs n'ont jamais l'air d'être vraiment – disons, *satisfaites* d'elle. Elles ne *disent* rien, ni rien – elles ne donnent pas de précisions – mais c'est une impression que j'ai. Et à la maison, elle ne parle jamais vraiment, vous savez, de moins en moins – on croirait qu'elle n'a rien à dire. Rien à moi, en tout cas. Ce n'est pas comme avec Clifford – on n'arrête pas de papoter, tous les deux. Mais Annette, je ne sais pas... elle me regarde, comme ça, vous voyez – elle me *regarde*, et allez savoir ce qui se passe dans sa tête. Enfin. J'espère simplement qu'elle va bien. Bon, ce n'est pas le tout, il faut que j'y aille, là, parce que sinon, il va être l'heure d'aller chercher Clifford à l'école, et Arthur sera là à attendre son dîner, et moi, j'ai encore du pain sur la planche.

*

Chaque matin, la deuxième partie du cours d'anglais était rituellement ponctuée par la vibration sonore des cloches de l'angélus. Sœur Joanna se dressait au tout premier écho, comme programmée depuis toujours, ses lèvres exsangues encore souvent entrouvertes sur une phrase aussitôt abandonnée. Toute la classe se levait, mains jointes devant soi ; toutes les têtes se baissaient, toutes les paupières se serraient bien fort, bien que nulle instruction n'eût été donnée en ce sens. La suite du rituel – prières murmurées, signes de croix synchronisés, impeccablement exécutés sous le regard d'acier de sœur Joanna – tout cela était aussi obligatoire qu'automatique, à présent.

Tout en tirant bruyamment sa chaise pour s'y rasseoir avec force contorsions – faisant en sorte, grâce à une longue pratique,

que cette agitation dure très précisément le temps que sœur Joanna le tolérerait –, toutes avaient bien conscience que dans dix-neuf minutes exactement la cloche annonçant la fin du cours retentirait et qu'ensuite, après un bref interlude de silence réservé à ce qu'il convenait d'appeler, non sans optimisme, une minute de méditation, elles se dirigeraient, toujours silencieusement, vers le réfectoire austère et sans joie pour demeurer là, bâillant et se taisant toujours, jusqu'au mal de tête, attendant le temps qu'il faudrait jusqu'à ce que la Mère supérieure daigne pénétrer et prendre place au centre de la table principale, sur l'estrade, sous l'immense crucifix ombreux (dont on disait que son crucifié, à Pâques, voyait du vrai sang suinter d'entre ses saints membres), puis dire le bénédicité de sa voix d'ours – selon Annette – en une profération basse, grondante et quasiment incompréhensible. C'était généralement sœur Andalucia qui agitait alors la petite clochette dorée, à la dernière note de laquelle toutes les filles s'installaient, raides et bouche cousue, sur leur siège sans dossier, à la grande table de planches, attendant avec résignation qu'atterrisse devant elles, avec un bruit sourd, le repas frugal pour lequel elles avaient, à voix haute, présenté par avance leur profonde gratitude, non seulement au Seigneur tout-puissant, mais aussi à la Vierge Marie (et Jésus, le fruit de ses entrailles). Annette avait depuis longtemps associé les lourds effluves qui régnaient dans la salle pleine d'échos à celle du linge qui bout, comme quand sa mère disparaissait dans la vapeur et la buée, tout occupée à ravoir les sous-vêtements de son père ; filtraient aussi, de manière discrète mais tenace, les relents d'une cire d'abeille écœurante et collante – celle-là même, Annette l'aurait juré, avec laquelle, pour quelque mystérieuse raison, sa mère enduisait non sans une absolue dévotion, un soin presque amoureux, le pick-up Ferguson, dans le coin du salon.

Un soleil timide, réticent, filtrait par les hauts vitraux qui montraient un jeune homme barbu mais chauve serrant dans sa main droite un gros livre noir, les yeux levés vers le ciel, visiblement inconscient du feu de broussailles qui embrasait une bonne moitié inférieure de son anatomie, les langues de feu venant presque lécher sa ceinture. Cela faisait des années qu'Annette – pendant les minutes interminables qu'il fallait toujours à sœur Andalucia pour annoncer d'un coup de clochette la fin du repas (et les grâces, cette fois) – observait cet inconscient, et en était arrivée à la conclusion qu'à l'époque Dieu, dans son omnipotence, avait dû ignifuger ses serviteurs les plus valeureux, ce qui n'était plus le cas à présent. Ou bien peut-être que si, finalement – d'ailleurs j'ai demandé à sœur Agnes, qui nous fait l'instruction religieuse, parce qu'il me semblait, en étant si pieuse, qu'elle devait être en première ligne au royaume des cieux, donc oui, je lui ai demandé – sœur Agnes, dites-moi, est-ce que Dieu vous a faite incombustible ? Du coup, sœur Agnes, rouge d'indignation, avait répondu à Annette que ce genre de réflexion pouvait la conduire tout droit à une excommunication suivie d'une consumation éternelle dans les flammes de l'enfer. Ce qui semblait une perspective horrible – parce que maintenant Annette savait pertinemment que Dieu n'ignifugeait plus personne, et que même s'Il le faisait, elle n'en bénéficierait sûrement pas, parce qu'elle n'était pas si pieuse que ça, Annette. Et à présent, tout en remuant délicatement son tapioca du dos de sa cuiller dans son bol de faïence, afin qu'on ne vienne pas lui dire de le finir, elle tentait de ne pas lever les yeux vers le vitrail, car ce n'était là qu'un des derniers illuminés à l'épreuve du feu – et est-ce que ça valait le coup ? D'aller en enfer pour ça ? Et encore moins de faire la queue au Vatican pour voir le pape se retourner vers vous et dire okay, c'est bon : vous êtes excommuniée, voilà. Maman serait consternée si ça arrivait. Encore plus si c'était Clifford, naturellement, parce qu'elle l'aime mille fois plus qu'elle ne m'a jamais aimée. Et papa – papa aussi, il serait drôlement contrarié, parce que cette école, « ton couvent », c'est toujours comme ça qu'il l'appelle – ça lui coûte la peau des fesses. C'est lui qui l'a dit ! Un jour, il a dit ça, la peau des fesses, devant moi. La peau des fesses, des fesses, des fesses ! Maman en serait restée bouche bée, mais elle n'était pas dans la pièce, à ce moment-là. Mais il faut dire que papa n'est pas très pieux. Cela dit, d'après moi – je pense au type sur le vitrail –, ils devaient simplement avoir des quantités d'amiante à l'époque, comme le truc sur lequel on pose la théière, et tous les meilleurs copains de Dieu devaient être servis en premier, et en rafler un maximum. Bon, je ne vais pas poser la question à sœur Agnes, parce qu'elle pensera que je suis devenue folle et me frappera dans les jambes avec ce gros chapelet en peau de fesses qu'elle a accroché à la taille, et je peux vous dire que ça brûle drôlement, et *naturellement*, on n'a pas le droit de rendre les coups – on n'a même pas le droit de *dire* quoi que ce soit parce que Dieu est toujours en train de regarder et d'écouter, comme on le sait depuis le catéchisme. « Qui t'a créée ? Dieu m'a créée. Pourquoi Dieu t'a-t-Il créée ? Dieu m'a créée pour L'aimer et Le vénérer... » enfin vous connaissez. Il y en a comme ça tout un gros livre, mais l'idée, en gros, c'est de ne prendre aucun risque, parce que Lui ne prend jamais de vacances, *jamais*, toujours là à regarder et à écouter – même le dimanche, alors qu'en principe on n'a pas le droit. Ce qui est quand même bizarre – mais je suppose qu'Il peut se permettre de ne pas suivre le règlement, puisque le jour du Seigneur, c'est Lui qui l'a créé, n'est-ce pas ? En tout cas, moi je sais qu'à sa place, je ferais pareil. Et *évidemment*, Il est très pieux – ce qui fait que, même si c'est incompréhensible, il faut avoir la foi. La foi, dit sœur Agnes, c'est ce qu'il faut avoir quand un truc vous semble complètement dingue, ou simplement pas vrai, parce qu'en fait c'est un signe de Dieu parce que Lui comprend et pas nous parce que Dieu est naturellement le plus intelligent de nous tous parce que c'est Lui qui distribue Ses bienfaits dans le jardin d'Éden, et tout ce qu'on peut faire, c'est avoir des sacs et des sacs de foi, et prier devant Ses bienfaits, qui sont une merveille offerte à nos yeux.

Après ce qu'elles appellent le déjeuner, ici – une demi-patate bouillie et une tranche de jambon en boîte (on dirait la flanelle du short de Clifford, mais en rose), et une cuillerée de verdure tout droit sortie de l'étang d'à côté, avec encore un poisson dedans, voilà à quoi on a eu droit aujourd'hui, plus ce tapioca infect, qui ressemble à du vomi –, donc après ce soi-disant déjeuner, on doit toutes aller à la Sieste. En été, elles installent des lits de camp sur la pelouse et on doit s'allonger dessus sans frapper des pieds ni rien, et employer ce moment de paix à méditer en silence, même si personne ne sait ce que ça peut bien vouloir dire. En tout cas, il fait drôlement froid aujourd'hui, donc on ne va pas s'allonger, on va s'occuper à ceci et cela. Helen va toujours regarder les images pieuses à sœur Jessica, de sœur Jessica je veux dire, et elle en achète plein. Trois pence pièce, cinq pence celles en couleurs, et Helen, elle en a des millions – elle en a tant, de ces images minables, qu'elle est obligée de mettre trois élastiques pour tenir son missel fermé, et même comme ça, il est gonflé à exploser. Tu es dingue, franchement – c'est ce que je viens de lui dire. Tu aurais pu t'acheter des tonnes de bonbons, ou même sans doute un *jean*, avec tout ce que tu claques en images pieuses. Et tout ça parce que tu crois que ça va te faire aller au *paradis*... ! Mais *j'irai* au paradis, qu'elle m'a répondu, Helen (elle était presque en larmes – quel *bébé*) – j'irai au paradis, et un peu plus vite que *toi*, Annette, ça, je peux te le dire, parce que toi, tu n'es pas *du tout* pieuse. Mais *si*, je suis pieuse, je lui ai fait – je suis drôlement pieuse, même. Mais je n'ai pas besoin de le prouver en me baladant partout avec des millions et des millions d'images pieuses ni cette idiotie de bouteille d'eau bénite dans laquelle tu trempes sans arrêt ton doigt, devant tout le monde.

« *Bravo*, Annette ! Cette fois, tu es bonne pour l'enfer. Vous avez entendu, toutes ? Vous avez entendu ce qu'elle a dit ?

— Oh, mais tais-toi, Helen...

— Non, Annette, je ne me tairai pas, parce que tu es un instrument du diable ! Tu as dit que l'eau bénite était *idiote*, et tu vas filer tout droit en enfer.

— Oui, eh bien, c'est là que tu te *trompes*, Miss Je-sais-tout, parce que je n'irai *pas* en enfer, j'irai au *Paradis*, gna-gna-gna-gna-gna.

— Et en *plus*, je t'ai vue sucer le Christ de ton chapelet pendant la bénédiction, et ça, c'est un péché mortel, de mouiller Jésus avec autre chose que de l'eau bénite.

— En attendant, ce n'est pas un péché mortel de te mouiller, *toi*, pas vrai, Helen ?

— Arrête ! Rends-moi cette – rends-moi cette bouteille, Annette, sinon je te jure que je le dis à la Mère supérieure. Arrête, Annette – je te préviens ! Ooooh ! Oh – mais tu es *infecte* – j'ai les cheveux trempés maintenant, et je vais attraper un rhume, et je peux te dire que *là*, ça va mal aller pour toi. Et regarde ! Tu as renversé de l'eau bénite par terre, et ça fait pleurer le bon Dieu, et tu vas brûler pour l'éternité, maintenant, de toute façon je vais le dire à sœur Joanna, et elle le dira à ta mère, et là je peux te dire, tu vas *regretter* ! »

Sur quoi Annette baissa les paupières en une expression de mépris souverain et la planta là – écœurée, et quelque peu inquiète, aussi, des conséquences de tant de péchés accumulés. Parce qu'elle n'avait pas *voulu* renverser de l'eau bénite sur le sol – simplement, cette Helen était toujours tellement *agaçante*, à se croire si pieuse, avec sa petite voix geignarde et ses fleurs et ses génuflexions stupides.

Il reste encore quelques minutes de sieste, donc je vais prendre mon dernier cachou – J'ai lu dans *Girl* qu'Elizabeth Taylor suce des cachous, et vous voyez comme elle est belle – comme moi quand j'aurai son âge. Et maintenant, je vais aller voir Margery. Elle me dira que je n'irai pas en enfer, et que sœur Joanna ne dira rien à ma mère. Quelquefois, vous savez (les yeux me brûlent, mais je ne dois rien montrer), je hais cet endroit ; quelquefois, je le hais réellement, ce sale couvent. Clifford, il n'a pas à supporter tout ça, dans son école – elle est normale, son école, ils ne passent pas leur temps à prier et à dire le chapelet et à faire les stations de la croix ni rien, ils n'ont pas sur le dos des bonnes sœurs complètement dingues et carrément effrayantes – et l'eau bénite, je suis même sûre que Clifford ne sait pas ce que c'est, de l'eau bénite ! Il n'ira sûrement pas au ciel ni rien, – il ne s'assiéra pas à la droite du Seigneur, parce qu'il n'est pas, mais alors pas du tout pieux, mais en même temps, il a *passé* l'âge de raison, donc il ne peut plus faire et dire n'importe quoi et s'en tirer comme ça, sous prétexte que tout sera pardonné aux innocents, hein.

J'aimerais bien aller dans une école comme celle de Clifford ; je pourrais parler avec maman, et je n'aurais pas sans arrêt la trouille de Dieu.

*

Ce que Gillian préférait, pour être tout à fait honnête, c'était le chatouillis de la bouche du cheval au creux de sa main, reniflant et soufflant et fouinant : elle adorait cela. Chaque matin, elle lui apportait des morceaux de sucre – et maintenant, c'est drôle, on dirait qu'Hercule les attend comme un dû. Cela dit, je ne le verrai plus bien longtemps, parce que Dave, le laitier, m'a dit la semaine dernière que d'ici un mois ou un peu plus United Dairies lui fournira une de ces voiturettes électriques, et qu'Hercule, eh bien on l'emmènera je ne sais plus où, dans une ferme ou quelque chose comme ça, pour passer le reste de sa vie à gambader dans les prés. Dieu sait qu'il l'a bien mérité, le pauvre vieux. Mais ça fait tellement partie de ma vie, cette carriole orange vif, avec la tête d'Hercule qui va et vient entre les brancards. Dave me disait qu'il n'avait plus besoin de le guider ni rien – il sait d'instinct devant quelles portes il doit s'arrêter. Le clip-clop des chevaux – voilà encore une chose qui fera bientôt partie du passé. Bien sûr, nous avons toujours le charbonnier (un homme on ne peut plus charmant ; je n'ai jamais su son nom. On n'a pas trop envie de s'approcher, n'est-ce pas), et puis aussi le chiffonnier, avec ce drôle de truc qu'il crie sans arrêt : Jean Beery dit que ce qu'il dit, c'est « Vieux chiffons, vieux métaux ! », et mon Dieu, je suis sûre qu'elle a raison (je lui fais tout à fait confiance), mais personnellement je ne comprends pas un traître mot. Enfin, peu importe – quand on l'entend crier, on sait que c'est lui. Je lui ai donné une vieille baignoire en zinc, il n'y a pas longtemps (cela faisait des siècles qu'elle traînait dans la remise ; Arthur disait qu'on pourrait y faire pousser des tomates, et j'ai été obligée de lui répondre, aussi délicatement que possible, mon cher Arthur, regardons les choses en face : ce jour-là, les poules auront des dents. Parce que sans moi et mes petits sachets de graines et mes bulbes de printemps, et mes énormes roses trémières contre le mur du fond, ce jardin ne serait qu'un terrain vague, ni plus ni moins). Et donc, le chiffonnier, je lui ai aussi donné des grands draps très vilains, tout gris, que ma mère a laissés chez moi, il y a des années de ça, je ne sais pas du tout pourquoi : elle est très bizarre, quelquefois. Il me semble que c'étaient des surplus de la guerre, ou quelque chose comme ça : pas bien jolis, en tout cas. Mais ce qui m'a le plus surprise, c'est que le chiffonnier, au lieu de les charger tout de suite sur son chariot, les draps et la vieille baignoire, il me fait comme ça : Une livre et dix sous, ça vous va ?, vous voyez, avec cet accent cockney qu'ils ont. Et moi je lui fais : Juste ciel, mais je pensais que vous les emportiez pour rien ! Mais en fait, c'était *lui* qui me proposait sa livre dix sous, et je peux vous dire que ça m'a laissée comme deux ronds de flan, et du coup je lui ai dit de garder son argent pour offrir une petite gâterie à son cheval : des morceaux de sucre, je ne sais pas. Je doute un peu qu'il l'ait fait, mais voilà.

En tout cas, j'ai donné sa petite friandise à Hercule (il a de beaux yeux bruns et de très grandes dents, mais il ne mord jamais), pendant que Dave déposait les deux bouteilles de lait (capsule rouge) sur le seuil. Elles attendront là, le temps que je revienne de faire mes courses. Généralement, je finis par

Mr Levy, parce que les fruits et les légumes, c'est ce qu'il y a de plus lourd. Ce cher Mr Levy – il m'a dit qu'il a toujours été épicier, depuis tout jeune, et il doit avoir la soixantaine largement sonnée, maintenant. Quand c'est la saison, il donne toujours une belle grosse fraise à Clifford ; cela dit, si on ne se dépêche pas de rentrer, le jus traverse le sac en papier – ça peut finir en catastrophe. Il a une grosseur affreuse sur le côté du cou, et Jean Beery dit qu'il n'y a rien à faire, on ne peut pas y toucher. Mais en plus, il faut que j'achète de la paraffine, aujourd'hui (autrefois je la prenais par dix litres, mais je ne peux plus, je ne peux plus porter ça, donc je me contente de cinq maintenant, même si ça reste lourd et encombrant comme tout). Il me faut aussi une caisse d'oranges. Les grandes, vous voyez, avec une séparation au milieu. Clifford, avec ses bandes dessinées (il n'en jettera jamais une, il les garde toutes, jusqu'à la dernière), ça devient complètement infernal maintenant – on peut à peine bouger dans sa chambre, avec elles –, donc j'ai eu l'idée d'utiliser une caisse à oranges : en la mettant debout, ça fera comme une étagère assez profonde, et puis je peux la couvrir avec le reste du reps lie-de-vin des rideaux du salon, fixé au-dessus par des punaises. Ça habillera, vous voyez, ça cachera le bois et les étiquettes, un peu comme ces coiffeuses en forme de haricot de chez John Lewis, dont Annette raffolait à une époque. Une comédie pour en avoir une ; tout à fait hors de question – c'est tellement cher pour ce que c'est. Oh, mais tenez, j'ai une idée : Je peux aussi prendre deux caisses d'oranges, un autre jour, et chez Willis, ils pourraient peut-être me découper une chute de contreplaqué pour faire comme une sorte de plateau au-dessus, et ensuite il doit bien me rester un coupon de tissu, quelque chose de joli, pour faire des petits rideaux à mettre devant. Et il me semble bien qu'on a encore le vieux miroir de maman, quelque part dans le cagibi. Oui, je vais faire ça : une petite surprise pour Annette – ça lui arrachera peut-être un sourire, pour une fois. Elle est à cet âge bizarre, vous voyez – elle adore toujours les trucs de petite fille (de moins en moins, cela dit – elle a monté toutes ses poupées au grenier), tout en se passionnant pour tout ce qui est neuf, moderne comme, juste ciel, ces fameux jeans, ces derniers temps. Moi, je ne trouve pas ça féminin du tout – le tissu est affreusement rêche. Mais bon, si c'est toujours sa grande passion quand arrivera son anniversaire...

mais Dieu sait qu'elle aura pu avoir une autre folie en tête d'ici-là. Enfin, c'est l'âge qui veut ça, n'est-ce pas ?

Juste ciel – à propos de *moderne*, regardez-moi ces deux-là ! Je file chez Rumbold, le boulanger (un pain de campagne et deux petits pains moulés, comme d'habitude), et ensuite je passe chez Lawrence pour prendre les pastilles au citron de maman, parce que sinon je vais encore oublier (il va falloir que je casse un billet, c'est ennuyeux), mais là, je m'arrête net : ce jeune homme avec sa petite amie, je vous jure que la manière dont ils sont attifés, hein... ça laisse sans voix. Bon, j'ai déjà vu des photos de la dernière mode pour les jeunes dans le *Daily Sketch*, et puis sur des réclames et tout ça, mais je n'aurais jamais cru que des gens oseraient vraiment se promener comme ça dans la rue. Le garçon – et d'ailleurs, pourquoi n'est-il pas au travail, à cette heure-ci ? À gagner sa vie, au lieu de se balader comme ça en pleine journée ? C'est probablement un jeune délinquant (attendez qu'il fasse son Service, ça lui remettra les idées en place)... il a les cheveux complètement remontés sur le devant, comme ce fameux Richard, cette vedette de la chanson dont Clifford parle sans arrêt, et puis des... comment appelle-t-on ça déjà ? Un nom idiot – des castagnettes, quelque chose comme ça – qui lui descendent sur le côté jusqu'à la moitié de la figure, et puis un pantalon serré, mais alors serré, et des chaussettes criardes au possible, et une veste trop longue et claire, pastel, croyez-le ou pas – mauve, pour être précise : Arthur en ferait une attaque. Quant à la fille, mon Dieu – pendant la guerre, on avait un mot pour les jeunes dames qui se baladaient dans ce genre d'attirail : les cheveux, j'ai vu ça dans *Woman's Own*, ça s'appelle une choucroute. Elle s'est donné du mal, la petite chipie, et elle exhibe ses jambes comme si elle était sur scène. Eh bien, si c'est ça la dernière mode, vous pouvez la garder, franchement. Parce qu'ils s'imaginent avoir l'air de *quoi* ? C'est à désespérer, quelquefois, vous savez – franchement, qu'est devenue l'élégance, le sens des jolies choses ? Si mon Clifford, et Annette donc, s'habillaient comme ça, mais je ne saurais plus où me mettre. Quelquefois, c'est à se demander si tout ce qu'on a subi pendant la guerre, la dureté de la vie, tout ça, ça valait vraiment la peine, quand on voit comment les jeunes nous remercient aujourd'hui. Ils font un pied de nez à leurs aînés, littéralement. Pour être tout à fait franche, je ne sais pas où va le monde.

C'est comme tout ce mobilier soi-disant « contemporain », je ne sais pas si vous avez déjà vu. Il y avait un article dans *Woman's Own* il n'y a pas très longtemps. Complètement rachitique – ça ne ressemble pas du tout à des vrais meubles –, avec des petites pattes noires qui partent bizarrement, tout en biais, et dans des couleurs, mon Dieu – tout à fait le genre de choses que l'on verrait chez Bertram Mills, par exemple. On ne peut pas vraiment vivre au milieu de ça, quand même ? On ne doit jamais pouvoir se détendre ; je ne pense pas que ça prenne. Et certaines chaises, mais c'est carrément comique – des paniers à chien sur pattes, voilà à quoi elles ressemblent. Il doit falloir être très, très bizarrement fichu pour réussir à s'installer confortablement dans ce genre de truc, c'est tout ce que j'ai à dire. Ressembler aux personnages de ce soi-disant génie Picasso dont tout le monde fait tellement de cas – avec les deux yeux du même côté et les bras et les jambes emmanchés n'importe comment. Comment peut-on appeler ça de l'art, j'avoue que j'ai du mal, là : mon Clifford faisait mieux au cours préparatoire. Quant à la fameuse « architecture » d'aujourd'hui... des boîtes à cigare, et voilà : vous pouvez me dire où est l'architecture, là-dedans ? Enfin je ne sais pas – moderne par-ci, moderne par-là : moi, je me dis quelquefois que le monde est devenu fou. Ooooh, d'ailleurs, il faut que je fasse un saut chez Menzie, pour m'acheter une paire de bas ; et cette fois, je prends du quarante deniers, parce que sinon, rien que de les enfiler, on se retrouve avec une échelle. Et ça fait mal au cœur, pour l'argent – affreusement cher, et ça vous fait à peine deux minutes, mais bon, il n'y a rien à y faire. Oh, tant pis – je crois que je vais laisser tomber la glace et les petits gâteaux (Clifford va faire la tête), et je crains que les cachous d'Annette doivent attendre eux aussi. Tant de dépenses, et on est seulement en milieu de semaine : ça va être plus que serré.

Oh nooooon ! il ne manquait plus que ça. Mrs Farlow et Mary Jessop, en train de cancaner tant qu'elles peuvent. Et Mrs Farlow sur son trente et un, comme si elle allait prendre le thé à Buckingham, pour ne pas changer – je ne sais pas ce qu'elle a, Mrs Farlow. Elles viennent de faire une pause entre deux ragots et, oh non, ça y est, elles m'ont vue, elles me regardent. Mary Jessop, c'est une forte femme comme on dit, avec une tête à ne pas lui prêter dix pence, mais ses genoux lui font vivre un martyre, comme elle le répète sans cesse – tenez, elle vient de porter la main à sa bouche comme pour étouffer un rire, et je vous jure qu'elle me fixe, maintenant, et elles ont rapproché leurs têtes, et ça recommence à chuchoter, quelque chose de bien ; Mrs Farlow m'observe, maintenant, ça me met très, très mal à l'aise. Je n'aime pas. Je sais pertinemment qu'elles viennent de parler de moi, et elles sont bien décidées à m'arrêter pour me dire quelque chose et il est beaucoup trop tard pour faire semblant de ne pas les avoir vues et moi je n'ai qu'une envie, c'est de filer d'ici, mais je ne peux tout de même pas faire demi-tour comme ça et m'éloigner. Pourtant, c'est ce que je vais... oh, il est trop *tard*, ça y est, je vois ce sourire, ce sourire horrible de Mrs Farlow, qui me semble toujours cruel au possible.

« Oh, mais *bonjour*, Mrs Coyle. Regardez donc qui voilà, Mary. C'est Mrs Coyle.

— Oh, mais oui. Mrs Coyle. Alors, Mrs Coyle ? On fait ses courses ? Comment ça va ?

— Bonjour. Je – oui, les courses, oui. Ça va très bien, merci. Et vous-même ?

— Oh – toujours la même chose, rien de très nouveau. Mais il ne faut pas se plaindre, n'est-ce pas ? À part mes genoux, naturellement – c'est un véritable martyre, mais il faut s'y faire, c'est sans arrêt. Et euh, comment va *Mister* Coyle, Mrs Coyle ?

— Mais *oui*, Mrs Coyle, comment va Mr Coyle ? Il va bien ? En forme ?

— Euh... oui. Il va très bien, merci.

— Oh, parfait. Ravie de l'apprendre. N'est-ce pas, Mary, ravies de l'apprendre. En tout cas, il a *l'air* d'aller très bien, n'est-ce pas, Mary ? Enfin, je dirais plutôt qu'il a l'air d'un homme *comblé* – c'est le mot. À chaque fois que je le croise – assez tard le soir, n'est-ce pas, Mary ? Oui, c'est franchement tard quelquefois. Il doit travailler énormément. Mais je vous dis toujours – n'est-ce pas Mary ? Je vous dis toujours tiens, voilà Mr Coyle, et ma foi, il a l'air en forme, n'est-ce pas ? L'air d'un homme *comblé*...

— Tout à fait, c'est exactement ce que vous me dites. Et elle a raison, n'est-ce pas, Mrs Coyle ? Moi aussi, je l'ai vu, de mes yeux, et je dois dire qu'il a l'air très en forme – enfin, quand je le vois, dans la soirée, assez tard – tout à fait heureux de vivre. Cela doit vous faire tellement plaisir pour lui... »

Tandis que Mrs Farlow et Mary Jessop échangeaient un long regard de complicité repue, le sang frappait comme sur un tambour aux tympans de Gillian, qui ne put continuer plus longtemps à fixer le trottoir avec une attention sans bornes.

« Bien, il faut que je... », fit-elle – puis elle se retourna brusquement et s'éloigna d'un pas de plus en plus déterminé, la tête pleine à exploser de choses qui n'avaient rien, absolument rien à y faire.

*

« J'ai envie de vomir, dit Clifford à voix basse. Même avant qu'on entre, j'avais déjà envie de vomir, rien qu'à l'*odeur*. »

Anthony Hirsch lui donna une claque entre les omoplates.

« Fais comme moi. Tu fourres toute cette saloperie dans ta bouche d'un seul coup, et puis tu prends dix litres d'eau, et tu avales tout ça en imaginant que c'est quelque chose de super bon, comme un sorbet à la framboise, ou du poulet rôti, un truc comme ça. »

Clifford regarda autour de lui. Les tintements de fourchettes s'étaient faits sporadiques, et le murmure sourd des bavardages de cantine se ponctuait du claquement des assiettes passées de main en main et empilées sur le chariot, en bout de table.

« Tout le monde a terminé, fit-il d'une pauvre voix. Tout le monde a terminé, et moi je commence à peine. Et du coup, cette sale Mrs Chadwick va se ramener, et je ne peux pas la voir, je la déteste. Elle me déteste aussi, Mrs Chadwick.

— Moi, j'aime bien le gâteau au fromage, intervint soudain Dismal. Ce n'est pas aussi bon que le pâté à la viande du vendredi, mais c'est quand même pas mauvais.

— Ouais, mais ça, c'est parce que tu es *minable*, Dismal, rétorqua Clifford avec animosité. Et de toute façon, puisque tu aimes tant ça, pourquoi tu ne manges pas le *mien* ?

— Parce qu'on n'a pas le droit, Cliffy. Parce que Mrs Chadwick, là, elle nous regarde, avec ses petits yeux de lézard, et je peux te dire que je ne tiens pas à avoir des ennuis à cause de *toi*.

— Oh, non, c'est pas vrai ? Elle regarde ? Anthony, elle regarde ? Oh... mais moi, je ne peux *pas* manger ce truc-là. Je ne peux pas. Je vais vomir...

— Passe-moi-z-en un gros morceau sous la table, Clifford, fit Anthony d'une voix précipitée. Je vais l'émietter et en mettre partout par terre.

— Merci, *merci*, Anthony. Tiens, tu l'as ? Mais il m'en reste quand même plein. »

Il eut soudain conscience d'un brusque silence dans la salle, à peine troublé par la fin des rires des traînards qui, pris de court, n'étaient pas encore à l'unisson. Et la voix qui résonnait à présent dans ce silence – cette voix, elle lui faisait penser à la reine, c'est ce qu'il disait toujours à sa mère, sauf qu'elle était beaucoup plus sévère et qu'elle le faisait se raidir d'angoisse et lui donnait mal au cœur (comme en éducation physique, quand Mallison le Dingue, derrière l'énorme, immense cheval-d'arçon sifflait tant qu'il pouvait et claquait le cuir sombre en lui enjoignant de courir, allez, on y va, on y va, on court et on *saute*, espèce de lavette).

« N'auriez-vous pas fait *tomber* quelque chose, Hirsch ? »

Anthony leva les yeux vers la femme qui le toisait. Ne distingua que le duvet finement poudré qui luisait au-dessus de sa lèvre, et le double rang de perles qui entourait ses bajoues ; il ne pouvait regarder plus haut. Il avait la bouche toute sèche, et les yeux écarquillés à leur maximum.

« Moi, Mrs Chadwick ? Non, je ne crois pas, merci, Mrs Chadwick.

— Ah, mais *moi*, il me semble bien, Hirsch. Ramassez ça.

— Ramasser quoi, Mrs Chadwick ?

— Vous irez chez le directeur aussitôt après le déjeuner, Hirsch. Est-ce bien clair ? Et maintenant, veuillez *immédiatement* ramasser ça. »

Un silence absolu planait sur le réfectoire, à présent – plus d'une centaine de garçons se tordant le cou, chacun d'entre eux vibrant du plaisir de ne pas être l'objet de cette scène pénible qu'ils tentaient de voir pour mieux en jouir. Anthony se laissa glisser de sa chaise sous la table et en émergea bientôt avec au creux de ses mains jointes un monticule de gâteau au fromage tout émietté et collant, mêlé de moutons de poussière ; son pouce était tout orange de cire Mansion.

« Vous voyez bien, Hirsch – votre mémoire vous a fait défaut, n'est-ce pas ? Vous avez un problème de mémoire, Hirsch ? Vous n'avez plus de mémoire ? C'est cela ?
— Oui, Mrs Chadwick.
— Et plus de cervelle, non plus. Maintenant, veuillez rendre ce qui est entre vos mains à son légitime propriétaire.
— Euh... je ne comprends pas bien ce que... euh...
— Hirsch ! Si vous ne remettez pas dans la seconde cette nourriture gâchée à sa place, c'est-à-dire dans l'assiette de Coyle, vous vous préparez de très, très sérieux ennuis, qui vous laisseront de *très* mauvais souvenirs, est-ce bien clair, mon garçon ? Vous allez déjà vous rendre chez le directeur – tenez-vous à aggraver encore votre cas ? »

Anthony, tête basse, laissa les miettes de gâteau au fromage tomber dans l'assiette de Clifford, dont le visage exprimait toute l'angoisse du traumatisme, les traits si tendus qu'il en avait mal aux pommettes (sans parler de son estomac, qui luttait âprement contre cette nouvelle attaque de panique, si inattendue).

« Mrs Chadwick, s'il vous plaît, dit-il. Ce n'est pas la faute de Hirsch, et...
— Vous ai-je demandé quelque chose, Coyle ?
— Non, mais simplement...
— Non *qui* ? Non *qui*, Coyle ?
— Non, Mrs *Chadwick*. Mais simplement...
— Alors taisez-vous mon garçon : *taisez-vous*. Si je ne vous demande rien, vous n'avez rien à dire. Est-ce bien clair ? Il me semble que cela devrait être parfaitement compréhensible, même pour un garçon particulièrement peu éveillé comme vous, Coyle. Hirsch, veuillez aller dire aux cantinières d'apporter le pudding. Nous sommes extrêmement en retard, à cause de votre conduite inqualifiable. Coyle, finissez votre déjeuner. »

Clifford la regarda.

« Vous avez entendu, Coyle ? Voilà une nourriture excellente, pour laquelle, me semble-t-il, vous avez rendu grâce au Seigneur, comme tout le monde, au début de ce repas. Vous avez bien dit votre *bénédicité*, n'est-ce pas, Coyle ?
— Je... je... oui. Oui, Mrs Chadwick.
— Et vous ne *mentiez* pas, n'est-ce pas ? Vous n'oseriez pas mentir à *Dieu*, n'est-ce pas ? »

Clifford sentait ses yeux gonfler, sa vue se brouiller. L'odeur de soufre qui montait de son assiette, ajoutée à la terreur qu'il éprouvait, le faisait déglutir et lui soulevait l'estomac. Il ouvrit de grands yeux d'animal blessé, puis la bouche, pour dire quelque chose peut-être – puis la referma, et secoua lentement la tête. À présent, des soucoupes de Bakélite vert pâle, chacune avec en son centre un petit tas de matière brune et luisante jetée d'un rapide coup de louche, atterrissaient sur les tables avec un claquement sec. Une main rougeaude, tendue vers l'assiette pleine de Clifford, se vit brusquement interrompue dans son geste. Mrs Chadwick fixa la cantinière avec dans les yeux une étincelle menaçante, et si Clifford put distinguer dans le regard que la femme lui lançait une amorce de clin d'œil, teinté d'une lueur de compassion, il savait qu'elle ne pouvait rien pour lui. Mrs Chadwick posa brutalement un grand pichet d'eau en émail juste à côté de son verre en Duralex.

« Buvez, buvez autant que vous voudrez, Coyle. Vos camarades vont se régaler avec leur pudding au chocolat – et vous, Coyle, allez finir ce gâteau au fromage jusqu'à la dernière miette. Je reste là, je vous regarde. Suis-je bien claire, Coyle ? Coyle ? Je vous ai posé une question, me semble-t-il ?

— Oui. Oui, Mrs Chadwick.

— Est-ce bien clair ? »

La première larme, lourde et chaude, tomba de la joue de Clifford et vint éclabousser le dos de sa main blanche agrippée au rebord de la table.

« Oui, Mrs Chadwick.

— *Parfaitement* clair ?

— Oui, Mrs Chadwick.

— Dites-le, alors.

— C'est parfaitement clair, Mrs Chadwick.

— Très bien. Alors allez-y. Les autres, vous empilerez vos assiettes sur le chariot quand vous aurez terminé votre pudding. Quant aux grâces, cela dépend entièrement du temps que votre camarade Coyle mettra pour se décider à ne plus être un *bébé* gâté et capricieux, et à finir son déjeuner. Ce qui peut tout à fait rogner sur votre récréation, voire même vous mettre en retard pour les cours de l'après-midi, retard entraînant, bien sûr, une punition collective. Tout ceci sera la faute de Coyle, et vous aurez le loisir de vous arranger avec lui en temps et en heure. »

Ce qui donna le signal d'un sourd murmure de rancœur ponctué de menaces sifflantes, proférées à voix basse : « *Coyle... !* », « ...va *voir*, Coyle ! », « ...allez vas-y, *mange*, Coyle, espèce de *bébé...* ! » Les yeux d'Anthony exprimaient son désarroi impuissant. Le Minable, du bout de sa cuiller, traçait des rails de tram dans le reste de son pudding au chocolat ; il les effaça soudain du dos de la cuiller, les étalant avant de dessiner des croisillons du bout de sa langue pointue.

À présent, Clifford – il avait eu beau se mordre abondamment la lèvre inférieure – pleurait ouvertement, ce qui augmentait d'autant son malheur ; il se sentait noyé dans la touffeur de la honte. Son désespoir était tel qu'il nota à peine le goût acide, corrosif, de la pâte de gâteau qu'il se fourrait dans la bouche avec une détermination aveugle, avant de prendre une grande gorgée d'eau, les joues toutes gonflées, toussant, écarlate tandis qu'il faisait de son mieux pour avaler le tout en une seule fois – et toussant de plus belle comme la suffocation menaçait. Il la haïssait, cette Mrs Chadwick – mon Dieu comme il la haïssait, la haïssait, la haïssait, de tout son cœur. Mr Chadwick – le directeur –, lui, ça pouvait aller, mais moi je crois que Mrs Chadwick, c'est le diable incarné, tout droit sorti de l'enfer, celui dont on nous parle en instruction religieuse, et je parie qu'elle a une longue queue rouge pointue sous sa jupe. Quand je serai grand et que je serai un vrai jouif costaud et tout, avec un chapeau haut de forme et des cigares et un pardessus avec un col de fourrure, alors je reviendrai dans cette sale école, et elle s'agenouillera devant moi en disant ah, Lord Clifford Coyle, mais quel honneur, êtes-vous venu avec la reine ? Et moi, je dirai à mes hommes de la maintenir par les bras, et je lui ferai manger de force des tonnes et des tonnes de gâteau au fromage que j'aurai acheté spécialement pour elle au magasin de vomi, et je leur dirai de lui jeter des millions de tartes à la crème à la figure, et ensuite je prendrai ma Rolls-Royce et je foncerai à l'hôtel de Posh et je me servirai une, deux, trois quatre parts de pudding au chocolat, parce que c'est celui que je préfère dans cette sale école, enfin s'il n'y avait pas cette espèce de peau au-dessus, et quand même je viens de réussir à finir cette infection de gâteau au fromage, et du coup, la vieille garce de Mrs Chadwick, elle me dit – exactement comme je l'avais pensé –, elle me dit que je peux sortir de table, à présent, Coyle, vous voyez – ce n'était pas si pénible, n'est-ce pas, Coyle ? Tant d'histoires pour rien du tout – quel *enfant* vous faites. Et *non*, Coyle – non, vous n'avez *pas* droit au pudding au chocolat, car seuls les jeunes garçons qui se sont comportés correctement et ont mangé sans qu'on le leur *dise* ont droit au pudding au chocolat – donc vous vous contentez d'emporter votre assiette à la cuisine, Coyle, et de réfléchir un peu pour savoir si cette leçon vous aura servi à *quelque chose*, et soyez heureux de ne pas devoir aller trouver le directeur en compagnie de votre *camarade* à la conduite si déplorable, je veux bien sûr parler de Master Anthony Hirsch.

« Qu'avez-vous dit, Coyle ? Je n'ai rien entendu.

— Merci, Mrs Chadwick.

— Parfait. Filez à présent, sinon vous serez en retard pour le cours. »

Et puis je lui planterai des épingles de sûreté partout, et je la ferai bouillir dans l'huile comme ils faisaient dans le temps, et je ferai venir des cannibales et ils la mangeront pour dîner – même qu'ils seront tous malades après, parce que même avec des litres de sauce brune, elle aura un goût de gâteau au fromage, en plus dur. En plus, j'ai une dent qui bouge maintenant – elle se balade dans tous les sens, quand on la triture avec la langue. Si ça se trouve, toutes mes dents vont tomber, à cause de Mrs Chadwick, et je ne pourrai plus avaler que du soda au citron et je finirai par ressembler à grand-mère. Mais si j'arrive à la faire complètement tomber avant de me coucher, la petite souris m'apportera une pièce de six pence sous mon oreiller – et ça ce serait vraiment génial parce que j'ai déjà un shilling et neuf pence dans ma tirelire, donc si j'ai six pence en plus ça fait – euh, attendez, plus trois, ça fait deux shillings et je retiens trois, donc ça fait deux shillings et trois pence, et ce serait génial parce que chez Moores ils ont le Spitfire Airfix, celui qui a gagné la bataille d'Angleterre, et il coûte une demi-couronne chez Smith ou chez Woolworth, mais celui de la vitrine, il ne coûte que deux shillings et un penny, comme ça il me reste assez pour quatre têtes-de-nègre à un demi-penny, chez Lawrence.

Mais je me sens drôlement mal, pour Anthony. J'ai juste le temps de descendre en vitesse et d'attendre devant le bureau de Chadder, et de lui dire quelque chose de gentil quand il sortira. Peut-être qu'il aura juste droit à des lignes, et pas à la savate. Je vais lui offrir quelque chose, je ne sais pas – tout ce que j'ai sur moi, c'est le Caniche de la série des Chiens du monde de Rice Krispies, mais je ne suis pas sûr qu'il a le Caniche parce qu'il y en a tellement, des chiens du monde, et de toute façon, celui-là, il est complètement idiot comme chien. Je sais qu'il n'a pas le Scottie, mais ça, je ne peux pas lui donner, parce que je n'en ai qu'un de Scottie, et ils ne sont pas faciles à trouver. Il ne me manque plus que le Golden Retriever, et j'aurai la série complète. Mais celui-là, personne ne l'a parce que c'est le plus rare. Et de toute façon, je ne crois pas que je l'aurai, parce que maman elle dit qu'elle n'achètera plus de Rice Krispies parce que c'est encore elle qui a été obligée de finir la boîte. C'est vrai que je les aimais bien au début, et puis ça a fini par me dégoûter. C'est les Shreddies que je préfère, mais c'est nul maintenant, il n'y a plus rien dedans. Le Greyhound, c'est mon préféré, parce qu'ils courent à deux cents à l'heure et ils sont tout minces et tout maigres, comme un squelette ; maman, c'est le Daschund à poils longs son préféré, mais c'est normal parce que les filles et les dames et les mamans elles aiment toutes ces chiens-là parce qu'ils sont très doux et font des caresses et des câlins et des léchouilles et elles adorent ça, comme chacun sait. Il faut être idiot pour ne pas le savoir. Et à propos d'idiot, Mrs Chadwick était idiote de nous dire qu'Anthony et moi on n'était pas éveillés ou je ne sais quoi, parce que moi je peux vous le jurer : on est tous les deux drôlement plus malins qu'*elle*, cent fois plus intelligents.

C'est alors qu'Anthony sortit du bureau du dirlo, refermant soigneusement la porte derrière lui. Il avait les joues toutes roses, et les yeux brillants de larmes ; il fourra brusquement ses mains sous ses aisselles.

« Oh non, fit Clifford, consterné. Combien ? »

Anthony s'efforça à un sourire, guère convaincant.

« Deux sur chaque. Ça va encore. »

Anthony, il est beaucoup plus courageux que moi à sa place, se disait Clifford. Parce que la fameuse savate, ce n'est pas vraiment un chausson, si vous voulez le savoir – c'est une chaussure de gym en caoutchouc, et ça fait un mal de chien, enfin il paraît.

« Ce n'est vraiment pas *juste*. Quelle sale bonne femme, cette Mrs Chadwick. J'aimerais qu'elle se fasse assassiner ou quelque chose. Je suis vraiment désolé, Anthony, pour le... je ne voulais pas... enfin tu vois. Ni rien.

— Ça va. Elle est dingue, c'est tout. On ferait mieux de monter vite fait chez Meakins-le-Grincheux, sinon ça va être encore une histoire.

— Je le hais, Meakins. Il est complètement dingue. Tu as le Caniche ?

— *Évidemment* que j'ai le Caniche. Tout le monde a le Caniche. Je vais me passer les mains sous l'eau chaude. Mais je ne vais pas pouvoir écrire pendant un moment. Il ne me manque que le Scottie et le Golden Retriever.

— Il nous manque à tous, le Golden Retriever. Oh mince – super ! Je viens de me rappeler. J'ai de l'argent ! Je peux te le donner ! »

Clifford déboutonna la poche arrière de son short et en tira fébrilement son porte-monnaie Davy Crockett. À l'intérieur se trouvait une liasse de billets bleu et blanc couverts de signes et de chiffres abondamment ornés, et de camées renfermant de mystérieux portraits. « Nix », proclamait chacun d'eux : « Ce billet ne vaut pas le prix du papier. » Clifford fourra d'office la liasse dans la paume d'Anthony (se sentant assez jouif, et riche comme Crésus), Anthony qui fit *aïe*, ma *main*, espèce de crétin, puis s'exclama oh mais c'est génial – tu es sûr ? J'adore ces trucs : ça vient de chez Ellisdon ? Ouais, répondit Clifford – neuf pence, mais on t'en donne vingt-cinq, donc ça vaut vraiment le coup. Anthony fit remarquer qu'avant, c'était sept pence et demi, et que ça avait dû augmenter. Dis donc, Clifford, tu ne veux pas venir ce soir ? Il y a *Popeye* et *Maverick* à la télé. Ah oui, dit Clifford, *Maverick*, j'adore Maverick, avec son gilet à dessins, quand il joue aux cartes au saloon, et tout d'un coup il pose ses cartes et il fait « Bieeeeen, gennulemn... » et paf, il ramasse tous ces paquets de billets, tous ces dollars... ah ouais mais attends, ça ne va pas, parce que je viens de te donner tous mes Nix, et moi je n'aurai rien à mettre sur la table devant Maverick. Anthony dit que ce n'était pas grave parce qu'il lui en rendrait la moitié avant, et que de toute façon il avait plein de billets de Monopoly, même s'ils n'étaient pas aussi chouettes parce qu'ils étaient bien trop raides. Et après, ils pourraient avoir des petits pots. Des petits pots ! Oh, chouette, des petits pots ! Clifford était émerveillé : il fallait vraiment aller chez Anthony pour avoir des petits pots ; parce que sinon, c'était au cinéma, quand les lumières se rallument après les nouvelles et que les vendeuses de glaces apparaissent et descendent dans toutes les allées – avec cette espèce de plateau accroché autour du cou et leur petite lampe rouge marquée Kia-Ora, et Kia-Ora, c'est le jus d'orange en carton et on perce un trou avec la paille et on fait des bruits mal élevés en aspirant quand on arrive au fond du carton. En même temps, il ne faut pas être le dernier de la file parce que quelquefois la lumière se ré-éteint et c'est horrible de retrouver sa place dans le noir – mais maman agite toujours son foulard pour me faire signe. Alors oui, quand on mange un petit pot, on garde le truc en bois et on le suce longtemps après ; quelquefois c'est un sorbet ou un Choc-Ice, et c'est vraiment bon mais ça peut aussi se casser et couler dans le noir et quand on sort du cinéma on en a partout sur la figure et il y aura toujours un idiot comme Dismal-le-Minable pour dire oh, regardez – il lui faut un *bavoir*, à ce bébé. J'aime vraiment Anthony Hirsch, vous savez – c'est mon ami, et je le trouve vraiment chouette. Quand je serai grand et riche comme Crésus et tout, en fait je n'aurai pas besoin d'aller vivre à l'hôtel de Posh ; j'irai m'installer chez Anthony – je pense que son père ne dira rien parce qu'il est vraiment sympa pour une grande personne, et il sourit tout le temps. Et puis je vais lui donner mon Scottie, à Anthony. Finalement. Mais en attendant, il faut aller retrouver Meakins-le-Grincheux. Heureusement que j'ai copié tout le devoir d'algèbre sur le Minable avant la récré, sinon il m'en ferait voir. Et puis la carte de géo, aussi – j'ai décalqué celle de Dismal. Je pourrai toujours la colorier pendant que Samways ramassera les cahiers, parce qu'il est tellement vieux qu'il met des années et des siècles.

Finalement, je ne sais pas trop. Pour le Scottie, je veux dire. Parce que j'en ai qu'un, et ils sont vraiment très, très rares. Et peut-être que maman, ou Annette, ou quelqu'un va se mettre à aimer les Rice Krispies, et on en rachètera, et là je trouverai enfin le Golden Retriever, et du coup j'aurai l'air drôlement crétin si j'ai donné mon Scottie à Anthony. Oh là là, ma dent commence à bouger vraiment. Si la petite souris m'apporte assez, demain je vais chez Moores, sur le boulevard, et je m'achète mon Spitfire.

*

Une fois à la maison, et mon manteau accroché, je me suis sentie complètement idiote. Elles ont dû fameusement s'amuser, Mrs Farlow et Mary Jessup, en me voyant me carapater comme un lapin. Elles ont dû hurler de rire. J'aimerais tellement, tellement être le genre de femme qui – oh, je ne sais pas, le genre de femme qui fait *face*, en fait. Aux situations. Avec un peu de classe, comme, disons – Mrs Goodchild, c'est l'exemple type. Jamais elle n'aurait accepté ces absurdités de la part de bonnes femmes comme Mrs Farlow et Mary Jessup. Mais évidemment, elles lui auraient passé de la pommade, à elle, n'est-ce pas ? Elles lui auraient fait la révérence, à elle, naturellement – l'épouse du directeur de la Westminster Bank de Kenton Road, et avocat, d'après ce que j'ai entendu dire : ce doit être Jean, il me semble que c'est Jean qui m'a dit ça. Son aîné est à Oxford, et Jean dit qu'à Noël, ils commandent une dinde chez Selfridges. Mais en même temps, qu'est-ce que Mrs Goodchild aurait fait dans l'avenue avec un panier en osier accroché au bras, à se demander si elle va réussir à porter une boîte de paraffine et si elle peut oui ou non se permettre d'acheter cent grammes de cachous ? Que je n'ai pas achetés, d'ailleurs, vous savez – Annette, elle va faire la tête. Oh mon Dieu – et les pastilles au citron de maman : il faut absolument que je n'oublie pas d'ici dimanche, sinon ça va être une histoire infernale. Et à propos, je n'ai pas pris de paraffine non plus, finalement – et je ne suis pas non plus passée à la bibliothèque pour changer le livre de Clifford : il est toujours là, dans mon panier. Je ne sais pas ce qu'elles ont, ces deux bonnes femmes – dès que je les vois, tout me sort de la tête, et là, je n'avais plus qu'une envie, rentrer à la maison aussi vite que possible, allumer un petit feu, et commencer à m'activer avant le retour des enfants. Leur préparer une soirée agréable et tranquille, aux enfants, et à Arthur. Même si Arthur, ce soir, ne va pas rester. Ce matin avant de partir, il m'a dit qu'il passait juste se changer et faire un brin de toilette, se rafraîchir un peu. Bon. Franchement, je ne sais pas. Pas vraiment. Ce qui se trame, là. Mais quoi qu'il en soit, je considère que ce n'est pas vraiment à moi de, enfin vous voyez – de poser des questions, ni rien. Arthur, il est chez lui, après tout – c'est le maître des lieux, le patriarche. Moi, je n'ai jamais travaillé, n'est-ce pas, je n'ai jamais eu d'emploi – et sans Arthur, hein... qu'est-ce qu'on deviendrait, tous ? Et absolument *rien* de tout cela ne concerne Mrs Farlow ni Mary Jessop : comment ont-elles pu avoir le *culot* de me parler comme ça, de me dire des choses comme ça ? Et en pleine *rue*, encore. Je regrette bien de ne pas avoir répondu quelque chose, n'importe quoi, au lieu de tourner les talons comme je l'ai fait. Comme si *leurs* bonshommes à elles étaient particulièrement intéressants ; Mr Farlow – un grand type tout maigre, le teint jaune –, moi je trouve qu'il n'a pas l'air en bonne santé, cet homme, je ne lui ai jamais adressé la parole – et son argent lui vient d'un héritage, comme chacun sait. Une petite chaîne de magasins de tissu autour de Londres, selon Jean Beery : ce doit être bien agréable de se la couler douce en regardant l'argent rentrer. Quant à Mr Jessop, mon Dieu, monsieur se fait appeler « entrepreneur en bâtiment ». Il a même été peindre ça sur le côté de sa vieille Morris Traveller toute rouillée – et d'occasion, d'après Arthur, ça ne vaut plus rien aujourd'hui. *Entrepreneur* en bâtiment... ! Terrassier, oui. Ce serait déjà plus ça. Des chaussures que c'en est une véritable honte, et on ne voudrait même pas le toucher avec des pincettes, vous pouvez m'en croire : je n'en dirai pas plus. Je n'en voudrais pas à dîner chez moi, ni de l'un ni de l'autre, pour être franche. En tout cas, la prochaine fois que je tombe sur ces deux-là et qu'elles commencent à déblatérer comme ça, oh là là – elles comprendront tout de suite, rien qu'à mon regard.

Tiens, c'était la porte, ça ? Ce n'est pas possible, quand même ? Il ne peut pas être déjà cette heure-là ? Oh, j'ai complètement la tête à l'envers moi, ça ne va pas du tout, aujourd'hui.

« C'est toi, Annette... ?

— Ben oui, c'est moi. Tu attendais quelqu'un d'autre ?

— Euh non – mais tu es en avance, non ?

— Un peu. Je sais pas. Qu'est-ce qu'il y a pour le thé ? Tu m'as pris des cachous ? Parce que je n'en ai plus du tout. »

Gillian savait que ce serait là la première chose qu'Annette lui demanderait, et avait décidé de se montrer ferme. Parce qu'elle n'a pas l'air de se rendre compte, cette petite – et Clifford non plus, Clifford c'est la même chose – que l'argent, ça ne pousse pas sur les arbres. Que tout le monde doit trimer et suer pour joindre les deux bouts. Que tout le monde n'est pas Mrs Goodchild. Comment auraient-ils fait, ces enfants, pendant la guerre, hein ? Arthur a tout à fait raison : ils ne connaissent *pas* leur bonheur.

« J'en prendrai demain, dit Gillian. Je n'ai pas eu le temps, là.

— *Oh,* maman... !

— Demain, Annette. Pas la peine d'en faire une telle histoire. Tu as des devoirs à faire ?

— Du travail à la maison. Je n'arrête pas de te le dire, maman – dans mon école, on dit du travail à la maison, c'est dans celle de Clifford qu'ils appellent ça des devoirs.

— Oui, eh bien c'est la même chose. Tu en as ? Parce que tu ferais aussi bien de les faire avant le dîner, tu en seras débarrassée, et comme ça, tu pourras profiter tranquillement de ta soirée. Ton père n'est pas là ce soir.

— Tant mieux. Au moins, on ne mourra pas de froid. Je suis dans ma chambre. »

Oui, tout à fait, je suis dans ma chambre. Et si vous voulez tout savoir, j'y suis pour toute la soirée et toute la nuit jusqu'à ce que je doive me lever pour retourner dans cette saleté d'idiotie de couvent, et je n'aurai pas dormi du tout et j'aurai ces horribles valises sous les yeux et tout le monde s'écriera oh, regardez, voilà Boris Karloff qui arrive, comme la dernière fois, d'ailleurs moi je ne sais pas qui c'est, Boris Karloff, mais il doit sûrement passer sur Channel Nine, parce que toutes les filles ont compris. Ç'a été une journée épouvantable, et ça va être une soirée épouvantable parce que *oui*, maman, j'ai du travail à la maison, ou des devoirs comme tu dis : oui, j'en ai – j'en ai même des tonnes et des tonnes, parce que non seulement on doit rédiger un exposé sur le printemps et ce que cela signifie pour nous, non seulement on doit dessiner un triangle isocèle en expliquant pourquoi il l'est, résoudre une équation en expliquant le raisonnement, non seulement on doit déterminer si Joseph était un saint de première grandeur et dans ce cas, pourquoi, mais *moi*, et moi seulement, il faut que je recopie le Notre-Père en entier. Vingt fois. *Vingt fois* – tout ça parce que cette pitoyable petite crétine d'Alice a été cafter à sœur Joanna, à propos de Margery et moi.

On a fini par se parler, avec Margery – c'est presque ma meilleure copine, mais pas encore complètement, parce que j'ai jamais été chez elle et qu'on n'a pas échangé de cadeaux. Mon ancienne meilleure copine, c'est Clodagh parce que mercredi, pendant la récré, elle a été avec Susan et toute sa bande, et moi je dis que c'est un geste de mépris et une trahison, et du coup j'ai tendu l'autre joue. Donc pour le moment je n'ai pas vraiment de meilleure copine, mais ça sera peut-être bientôt Margery parce que sa meilleure copine c'est Olivia, mais Olivia est absente à cause du ver solitaire et elle ne reviendra peut-être pas avant le trimestre prochain, et Margery dit que c'est comme la lèpre qu'attrapent les Africains et encore pire que la polio d'Emily, avec ses béquilles, et qu'on peut même en mourir et monter tout droit au ciel. Donc Margery, ce sera peut-être ma meilleure copine, mais je ne vais pas lui demander la première, j'attends qu'elle me demande.

Enfin bref, j'ai été la voir, après qu'Helen m'a dit qu'elle allait le dire pour moi à la mère supérieure et à sœur Joanna, et sûrement aussi au cardinal Redmond, si elle a son numéro de téléphone – c'est lui qui est venu en début d'année nous parler de la transsubstantiation, en nous disant qu'il ne fallait pas toucher l'hostie avec les dents pendant la communion, du tout, parce qu'il y a le corps du Christ dedans et que si on le mord, on va tout droit en enfer, forcément. Margery, elle a joué au « berceau » avec son chapelet dans le vestiaire, et elle en a fait un méli-mélo affreux, alors je l'ai aidée à défaire les nœuds. Je lui ai dit bonjour, et elle m'a répondu bonjour, et puis on s'est mise à parler de sœur Joanna qui est en fait un homme, comme chacun sait, mais le pape lui a fait une dispense spéciale et elle se rase tous les matins et Clodagh dit qu'elle a des tatouages, elle les a vus. Le truc qu'elles portent sur la tête, les sœurs, ça s'appelle une guimpe, et elles le tiennent en place avec des épingles qu'elles se plantent dans la tête. Elles n'ont pas droit au maquillage, même Outdoor Girl ou Coty, rien du tout, mais elles ont quelquefois les joues toutes rouges parce que les guimpes sont trop serrées, et une fois j'ai demandé à sœur Geraldine, à peu près la seule sœur gentille, enfin la seule qui ne soit pas complètement dingue et bonne à enfermer, donc je lui ai demandé comment elles faisaient pour ne pas exploser ou quelque chose, en été, quand il fait chaud – parce qu'elles ont des longues robes noires, lourdes, avec des manches longues et des revers blancs et des chaussures comme celles de papa, en plus de la guimpe, vous voyez –, et sœur Geraldine m'a répondu que c'était une offrande à Dieu, ce qui, quand on y réfléchit, est vraiment très

très pieux. Je pense que sœur Geraldine ne doit pas être vraiment une sœur comme les autres – plutôt comme celles qu'on a dans les Jeannettes, j'ai passé deux mois avec elles, et je peux vous dire que j'ai détesté ça, je voulais partir et maman m'a dit mais juste ciel pourquoi ne m'as-tu pas dit ça avant que je t'achète ce sacré uniforme et je lui ai répondu qu'à ce moment-là je ne pouvais pas le savoir. En tout cas, oui – comme chez les Jeannettes, quand vous n'avez pas tellement de grade, et vous voyez une autre fille plus âgée, qui est carrément couverte d'insignes et de décorations, et donc c'est elle la cheftaine des Jeannettes et tout. Eh bien je crois que ça doit être un peu pareil avec les sœurs, mais quand elles ont des décorations, elles sont obligées de les cacher et de les porter sur leur chemise et leur culotte, toutes noires aussi, sinon c'est un péché. Pas un péché mortel, mais drôlement véniel en tout cas. Et je crois que sœur Geraldine ne doit pas avoir beaucoup de décorations parce qu'à chaque fois que je la vois, elle est à quatre pattes dans la grande salle du bâtiment des sœurs, en train de passer une grande serpillière sur les carreaux noirs et blancs. Elle a toujours un seau d'eau fumante avec elle, et elle porte une espèce de tablier en caoutchouc, et elle a même les manches relevées, alors que je croyais que c'était un péché, pour les sœurs. C'est peut-être pour ça qu'on l'a mise en deuxième classe – parce qu'elle livrait sa chair dénudée en pâture à la concupiscence, un peu comme Marie-Madeleine qui 1) n'était pas digne de toucher le bas d'un vêtement, et 2) gagnait sa vie en lavant des pieds. Mais elle, elle passe son temps à frotter le sol, cette pauvre vieille sœur Geraldine (il ne doit pas y avoir assez de pieds à laver, je suppose) – et c'est idiot en fait, quand on y pense, parce que justement, les carrcaux noirs et blancs du bâtiment des sœurs, on n'a jamais le droit d'y mettre le pied. C'est typiquement elles, ça : complètement dingues et bonnes à enfermer.

« On va aller voir Alice, dit soudain Annette. Allez, viens, Margery – on a encore un peu de temps avant le cours d'anglais. On va aller voir Alice.

— Alice ? Mais pourquoi veux-tu aller voir Alice ? Elle est en 5e A. C'est une pauvre gamine.

— Je sais *bien* que c'est une pauvre gamine ridicule et minable et c'est justement pour ça. On peut lui faire du mal.

— Comment... comment ça, lui faire du mal ? En lui disant qu'elle est coupable, qu'elle a des péchés sur la conscience, des trucs comme ça ? Et qu'elle aura beau prier encore et encore, le Seigneur ne lui accordera jamais aucune indulgence, pas à elle ?

— Non – non, pas comme ça. Non, je veux dire – du mal. Lui faire du mal. Je fais ça, souvent – faire du mal à Alice. J'aime bien. Elle reste là sans bouger, elle ne réagit pas. Allez, viens ! »

Alice était assise sur le banc, à la porte de la chapelle (tout à côté de la vasque d'eau bénite) apparemment concentrée sur le travail de ses doigts d'où partait un serpent de tricot multicolore et interminable. Elle venait d'expliquer abondamment à sœur Jessica que son père lui avait fabriqué lui-même ce tourniquet pour faire du tricotin, parce que les vrais coûtent sept shillings et onze pence en magasin, et que c'est du vol organisé, ni plus ni moins, donc ce qu'il avait fait, il avait cloué des espèces de pointes, des semences de tapissier, il a appelé ça comme ça, je crois, sur une vieille bobine de fil à maman, et regardez : ça marche vraiment bien : vous voulez voir ? Et sœur Jessica avait été drôlement gentille – elle avait dit que c'était du très beau travail – et Alice était contente, elle ne voulait qu'une chose maintenant, c'était faire un tricotin si long qu'elle pourrait l'entourer encore et encore autour de sa taille et ça deviendrait la mode, on verrait ça dans tous les magazines et tout, et peut-être même qu'Alma Cogan ou quelqu'un comme ça voudrait absolument en porter, et je pourrais les vendre cinq guinées les vingt-cinq grammes. Mais je suis inquiète, là, tout d'un coup, vraiment embêtée, parce que je viens de lever les yeux, et qu'est-ce que je vois ? Je vois Annette, juste là, à côté de moi. Avec une autre fille. Margery, je crois qu'elle s'appelle. Et je n'aime pas ça, je n'aime pas ça du tout, et en plus il n'y a personne et moi je n'aime pas ça du tout et j'aimerais bien que sœur Jessica ne soit pas partie tout à l'heure ou bien que ce soit l'heure de rentrer à la maison et que la cloche sonne et que maman arrive pour me chercher.

« Salut, Alice. Je te présente Margery. Dis bonjour à Margery.

— Bonjour... Margery.

— Et moi, alors ? Dis-moi bonjour, à moi aussi. Ce n'est pas poli.

— Bonjour, Annette.

— Bonjour, Alice. Qu'est-ce que tu fais ?

— Je... je tricote. J'essaie de faire une écharpe, très longue.

— Ah bon ? Elles sont où, les aiguilles, Alice ? Puisque tu tricotes.

— Ce n'est pas du tricot comme ça. Écoute – tu veux bien me laisser ?

— Eh bien décidément, tu n'es pas très polie. Il faut être polie, Alice. N'est-ce pas, Margery ? Elle n'est pas polie du tout. C'est quoi comme tricot, alors, Alice ?

— Ça s'appelle un tricotin.

— Donc ça n'est pas du tricot ?

— Euh, ça n'est pas du tricot-tricot.

— Donc, tu *mens*, hein ? Alice nous *ment*, Margery – et juste à la porte de la chapelle, en plus. À mon avis, Jésus, il doit drôlement pleurer, à cause de toi.

— Non ! Non, ne dis pas... pas *ça* !

— C'est pourtant vrai. Je pense que la seule chose qui peut te sauver, maintenant, si tu ne veux pas brûler en enfer pour l'éternité, la seule chose qui peut te sauver, c'est les saints sacrements. Ferme les yeux, Alice. Lève-toi, tiens-toi droite, et ferme les yeux.

— Je... je ne veux pas. Fermer les yeux. *Va-t'en*, s'il te plaît.

— J'ai dit ferme les *yeux*. Allez, Alice – *vas-y*. Tu les fermes bien ? Bon. Sens ça – sens ce que je vais te mettre sous le nez – ferme les *yeux* Alice, et ne bouge *pas*. Je ne te le répéterai pas. Maintenant, tu sens ça, et tu me dis ce que c'est.

— Je... je ne sais pas ce que c'est. C'est horrible. Oh, non, Annette – c'est horrible, c'est dégoûtant. Qu'est-ce que c'est ? Mais qu'est-ce que c'est ?

— Tu veux que je te dise ? Tu veux vraiment savoir ce que c'est, ma pauvre Alice ? C'est mon *derrière*. Je me suis fourré le doigt dans le *derrière* ! Et je te l'ai mis dans le *nez* !

— Oh *beurk*, c'est répugnant ! Tu es *répugnante*, Annette – et toi aussi Margery, vous êtes deux dégoûtantes, toutes les deux. Mais qu'est-ce que vous avez à *rire* comme ça ? Ce n'est pas drôle – c'est *répugnant*. Enlève tes mains, Annette, laisse-moi, je vais aller le dire, et tu seras *renvoyée*.

— Oh, mais il faut se calmer, Alice. Tiens-la, Margery. Oui – par les bras, c'est bon. Oh, et arrête de te tortiller comme ça – de toute façon tu ne peux pas t'en aller. Voilà Alice – plein d'eau fraîche pour te calmer.

— Oh, mais *arrête*, Annette – c'est un *péché*. Tu es une affreuse *pécheresse*. Tu m'as toute trempée ! C'est de l'eau *bénite*, et le Seigneur te regarde faire de là-haut. Aïe. Aïe. *Aiiiiiie !* Oh mais *arrête*, Annette, je t'en supplie – tu me fais vraiment mal... !

— J'espère bien que je te fais mal, Alice. Parce que les brûlures indiennes, ça *doit* faire mal, c'est fait pour ça, espèce de gourde. Tiens, je recommence, pour que tu comprennes.

— Aaaah – *Aiiiiiiie !* Oh, tu es *horrible*, Annette – je te hais. Et de toute façon, ça ne fait *pas* mal, voilà ! Parce que je suis sous la protection de Dieu, et que toi tu es sous celle du *diable*... !

— Pourquoi tu pleures alors, Alice, si ça ne fait pas mal ? Pourquoi tu pleures, hein ? Oh, écoute ! Tu en as de la chance : la cloche. Bien – on va devoir te laisser, Alice – n'est-ce pas, Margery ? Sinon on va être en retard au cours d'anglais. Je vais te dire – pour prouver qu'on est réconciliées, je vais te prêter mes ciseaux à ongles, d'accord ?

— Tu es *infecte*, Annette ! Je vais le dire à sœur Joanna, pour toi. Je n'en veux *pas*, de tes sales ciseaux, là – Va-t'en !

— Toujours aussi polie, hein ? Très bien – je le fais moi-même.

— Oh non... *non*, Annette – ne fais pas ça, je t'en supplie, Annette – Oh *nooooooon*... ! Mais tu as... mais pourquoi l'as-tu *coupé,* sale fille ! Sale fille ! Je vais...

— Et voilà, encore des larmes. Minable. Bon, eh bien adieu, pauvre petite Alice. Adieu adieu. Allez, viens, Margery. On laisse ce bébé – à tous les coups, elle va faire pipi dans sa culotte. Autant la laisser. »

Oui. Et voilà, tout simplement parce qu'Alice a été cafter, pour presque rien, je me suis fait tirer les cheveux et pincer l'oreille par cette sale sœur Joanna, et ensuite elle a commencé à me donner des coups de chapelet sur les jambes, et ensuite elle m'a hurlé dessus en me disant de me mettre à genoux et de prier le Seigneur de calmer toute cette violence qui est en moi. Ensuite, elle m'a dit de recopier vingt fois le Notre-Père en entier et de le déposer sur son bureau demain matin à la première heure, et que si ce n'est pas fait, je file chez la Mère supérieure, et que quand le père Doobey viendra, vendredi, je devrai aller me confesser pour implorer le pardon du Seigneur. Alors bon, je recopie ces saloperies de Notre-Père parce que je n'ai pas le choix mais j'aurai jamais le temps de m'occuper du printemps et de tout ce que cela représente pour moi ni de saint Joseph ni de ces imbécillités de triangles isocèles – j'aurai pas le temps pour tout ça... mais en tout cas, pas question que j'aille me confesser avec le père Doobey, ça, je peux vous le dire. La dernière fois, j'ai inventé plein de trucs pour avoir quelque chose à lui dire. On ne peut pas tout le temps répéter « J'ai menti », ou « Je n'ai pas suffisamment pensé à autrui. » Parce que je n'allais pas lui raconter mes vraies pensées, parce que certaines, c'est carrément le serpent qui essaie de pénétrer dans mon âme, et il pourrait se dire qu'il y a quelque chose de vraiment mauvais en moi et il le répéterait, et moi je finirais à Borstal, en maison de correction. Je sais bien qu'ils disent que non, mais moi je crois que si. Qu'ils le répéteront, je veux dire. Donc j'ai confessé que j'avais « comploté », ce qui me semblait plutôt pas mal. Alors lui, il m'a demandé mais qu'entendez-vous par « comploter » ? Comme je n'en avais aucune idée, j'ai fait semblant de pleurer, alors il m'a demandé, au travers de la grille de la cabine (drôlement sombre et sinistre, et pleine d'échos) si j'avais d'autres péchés à confesser et je lui ai dit oh oui : j'ai volé, et je lui ai dit que j'avais tous ces outils, là, les trucs de cambrioleur, j'ai entendu ça à la radio. J'aurais bien dit que j'avais assassiné quelqu'un, mais là il l'aurait répété, aucun doute. Alors, au lieu de me donner les trois Notre-Père et les trois Je vous salue Marie, comme d'habitude, il m'a dit venez avec moi dans la sacristie, mon enfant, nous allons parler de tout ça. Moi je n'avais pas spécialement envie d'y aller, j'aurais voulu rentrer à la maison parce que c'était le jour où sortait le dernier *Girl* et que je ne l'avais pas encore vu, et que de toute façon je n'avais rien d'autre à dire – d'ailleurs je ne me souvenais même plus de ce que je lui avais raconté. Mais de toute façon, impossible de dire non puisque c'est un prêtre, et si je me souviens bien ils sont assis dans la main droite de Dieu – en tout cas, c'est ce qu'on nous dit en instruction religieuse, qu'ils sont assis dans une de ses mains, à Dieu, et si je disais non, à tous les coups il le dirait à sœur Joanna ou même à la Mère supérieure, et elle pourrait aller trouver le gouvernement pour leur parler de ces outils que j'avais dit que j'avais, et Mr Macmillan serait capable de me condamner à être pendue par le cou jusqu'à ce que mort s'ensuive. Donc je l'ai suivi dans la sacristie, et là-dedans ça sentait une odeur de vieux, et de cire, et puis une autre que j'ai fini par reconnaître quand il a ouvert une bouteille de whisky, du Haig – parce que papa en a une pareille dans la remise du jardin. Le père Doobey est venu s'asseoir à côté de moi et m'a dit que j'étais une enfant très tourmentée, mais en fait pas du tout, enfin pas comme il le pensait, en tout cas. Ensuite il a dit que je devais avoir froid, et il s'est mis à me frotter les genoux, puis les jambes et tout, tout du long, et il avait sa tête juste devant moi, toute rouge, et je me suis dit qu'il allait se lancer dans un sermon de trois heures, et c'était vraiment affreux. Et les vieux, ils ne sentent vraiment pas bon, vous savez. Une odeur de veste en tweed et de pipe et de whisky. Les jeunes gars, c'est déjà mieux, ils sont plus comme des filles – comme le frère de Clodagh qui, un jour – je n'en ai jamais parlé à personne, même pas à Clodagh –, m'a embrassée sur la bouche, derrière chez Woolworth. Clifford aussi, j'aime bien le toucher, mais il ne se laisse jamais faire : lui, il n'aime toucher que maman. Mais le père Doobey, c'était vraiment horrible, alors je me suis levée et j'ai dit que je devais y aller maintenant, et il avait de grosses mains toutes caoutchouteuses, un peu comme le tablier de sœur Geraldine, et il les fourrait partout sous ma jupe et sur ma culotte et même sous l'élastique et tout, mais peut-être qu'on a le droit quand on est prêtre, comme pour les docteurs, et de toute façon, qu'est-ce que ça pouvait me faire, à moi ? Pas de quoi hurler. Donc j'ai dit que je devais y aller et il m'a dit qu'il ne parlerait à personne de tout ça, là, et tant mieux : parce que j'ai eu peur qu'il me dénonce.

Enfin bref. Autant attaquer tout de suite ces idioties de prières parce que je viens d'entendre la porte d'entrée, ça veut dire que maman est partie chercher Clifford chez Anthony, donc on mange dans une demi-heure, et je ferais mieux de m'avancer un peu. Mais il fait un froid de canard ici, je peux aussi descendre mes trucs et faire ça dans le salon, sur un plateau. Mais à propos du père Doobey, c'est drôle, j'ai l'impression que tous les vieux font ça, c'est bizarre. Je ne sais pas. Ça doit être normal, parce que Mr Levy, le marchand de légumes, quand j'y vais toute seule, il me donne une prune ou quelque chose, et il fait ça aussi, un peu, avec ses mains – et même papa, vous savez, lui aussi.

Vingt fois, vingt fois, que je dois recopier ces idioties. Notre Père... qui êtes aux cieux... que votre nom... que votre règne... que votre volonté : allez, qu'elle soit faite, hein, encore et encore et encore.

*

« C'est incroyable, je te jure, il suffit que je t'emmène à l'école ou que j'aille te chercher quelque part pour qu'il se mette à pleuvoir. Le reste du temps, il fait un temps superbe. Oh, Clifford – ne laisse pas ton imper sur la rampe, comme ça, il goutte partout. Va l'accrocher au-dessus de la baignoire, mon chéri. Et puis mets tes chaussons et change de chaussettes, si elles sont humides. Et dis à Annette qu'on mange bientôt. Elles sont humides, tes chaussettes, Clifford ? Oui ? Donne voir. Oh que oui – tu as les pieds trempés. Ça, c'est ces sacrées chaussures – les nouvelles semelles, elles n'auront pas fait deux jours. »

De toute façon, ça n'est pas bien grave, puisque ses orteils arrivent déjà au bout (il n'y a qu'à appuyer le doigt) – et Annette aussi d'ailleurs, il va lui falloir de nouvelles sandales et des chaussures de classe. C'est devenu affreusement cher, les chaussures d'enfants, et on les a à peine achetées qu'elles sont déjà trop petites pour eux – ça pousse en un rien de temps. Et ce n'est pas comme l'uniforme d'école, que l'on peut acheter quelques tailles trop grand, pour qu'ils puissent le porter un moment. L'été dernier, on est tous allés chez John Lewis, et tous les deux, ils n'ont pas arrêté de mettre leurs pieds dans l'appareil à rayons X qu'ils ont là-bas (c'est incroyable ce qu'on fait de nos jours – on voyait tous les petits os à l'intérieur. J'ai eu un mal fou à arracher Clifford à la machine, le petit bougre : il a dû y retourner vingt fois. Enfin, ce n'est pas dangereux). La vendeuse a dit qu'il faisait du trente-deux, et j'ai dit prenons du trente-trois, alors – qu'elles lui fassent un peu d'usage, au moins. Et alors la vendeuse me dit comme ça (à peine vingt ans, hein, une gamine, la vendeuse), elle me dit comme ça mais chère madame (et puis vraiment, de haut, hein), bien sûr c'est comme vous voudrez, mais permettez-moi de vous demander une chose : tenez-vous à ce que votre fils ait les pieds déformés ? Voulez-vous *absolument* qu'il souffre de problèmes de pieds pendant le reste de sa vie ? Mon Dieu, je vous demande – on est censé répondre quoi, à ce genre de question ? Eh bien *non*, voilà ce que j'ai répondu : bien sûr que non. Alors dans ce cas, chère madame (et vraiment, on aurait cru entendre la reine de Saba s'adressant à une clocharde pouilleuse), dans ce cas, je vous recommande vivement de prendre du trente-deux. Ce que j'ai fait, naturellement – j'ai pris du trente-deux, et en un rien de temps la couture était fichue, et ses chaussures prenaient l'eau, et comme je n'avais pas le courage de retourner jusque chez John Lewis, je les ai apportées chez Dudgen's, dans Kenton Road, et le vieux bonhomme m'a mis une paire de semelles neuves (des Stick-a-Sole, je crois, c'est Phillips qui fabrique ça, une très bonne marque), en me disant que ce serait moins cher et qu'elles dureraient aussi longtemps qu'un ressemelage classique. En effet – deux jours plus tard, elles reprennent l'eau en toute beauté. Mais pourquoi ne peuvent-ils pas faire des choses qui durent, comme dans le temps ? Mais comme je disais, ça n'a pas grand importance parce que de toute façon il est déjà au bout. On aurait dû prendre du trente-trois, comme je le voulais ; mais elles auraient pris l'eau, elles aussi, n'est-ce pas ? Et en plus, peut-être que Clifford aurait eu, je ne sais pas, une déformation quelconque, plus tard, même si j'ai peine à y croire. Enfin voilà – samedi prochain, retour chez John Lewis, j'en ai bien peur. Je sais bien que je devrais m'en tenir aux Start-Rite et aux Clarks, mais c'est tellement cher. Je peux peut-être trouver quelque chose de meilleur marché dans Kenton Road ? Chez Freeman, Hardy and Will, possible – même si Jean Beery dit que leurs chaussures sont faites en carton, et viennent de Hong-kong, ce qui n'est pas vraiment bon signe, du point de vue de la qualité, n'est-ce pas ? Et Clifford, ses cheveux : ils lui descendent sur le col, avec des épis partout. Donc voilà encore trois shillings six pence de fichus. J'ai essayé de les lui couper moi-même, une fois, de rafraîchir un peu tout ça, mais c'est plus difficile que ça n'en a l'air, pour être franche, et il m'a dit que tous ses camarades de classe s'étaient moqués de lui parce qu'ils partaient en l'air sur un côté. D'ailleurs, en parlant de Clifford... il vient d'entrer dans la cuisine pour me demander un peu de papier d'argent, parce qu'il a encore une dent qui tombe ; non seulement c'est encore six pence qui filent – je sais, je sais, six pence, ce n'est pas une fortune, mais les petits ruisseaux, n'est-ce pas... Comme je disais, ce n'est pas seulement les six pence, mais il faut que je pense à me glisser dans sa chambre avant de me coucher, pour essayer de récupérer la dent sous son oreiller sans le réveiller. La dernière fois, il voulait la mettre sous le matelas, parce que la petite souris savait tout, elle saurait la trouver là. Quel petit bêta. Oh, que je l'*aime*, le petit bougre...

« Et ne reste pas directement devant le feu. N'est-ce pas, Clifford ?

— Mais pourquoi ? J'ai froid, moi.

— Tu sais très bien pourquoi. Parce que tu vas attraper des engelures. Je te l'ai dit cent fois. Annette... ? ! Annette, tu m'entends ? Annette ! Tu descends, Annette ? ! Oh, Clifford, j'ai l'impression qu'Annette ne m'entend pas. Monte vite lui dire que c'est l'heure de manger. Dis-lui que c'est prêt. Tu es un amour.

— Mais il *gèle*, là-haut. Elle ne peut pas descendre toute seule ?

— Oh, Clifford, fais ce que je te dis, sinon pas de puzzle après dîner. Ni de bonbons. Ah, la voilà – c'est bon, elle descend. Ça va, Annette ? Oui ? Tu ne m'as pas entendue ? C'est prêt, là.

— Je meurs de faim. Qu'est-ce qu'on mange ? Ne prends pas toute la chaleur, Clifford, je grelotte, moi.

— Tu vas attraper des *engelures*. Et arrête de le *pousser*, Annette, franchement. Et c'est quoi, tout ça ?

— Oh... du travail à la maison. J'en ai des tonnes. Qu'est-ce qu'il y a pour dîner, maman ?

— Ha ha ! Annette a du *travail à la maison*, maintenant...

— Un hachis parmentier – il n'a plus qu'à gratiner, là. Arrête de bouger, Clifford. Annette, tu veux bien prendre les plateaux, tu seras mignonne. Et les fourchettes et tout. Comme ça, on va s'installer tranquillement et tu pourras me raconter tout ce que tu fais de beau à l'école.

— Je n'ai pas envie de parler de l'école...

— Moi non plus. Je peux avoir du Tizer, maman ? Papa n'est pas là.

— Oh... allez, oui. Qu'est-ce que tu bois, Annette ? Limonade, toi aussi ?

— Non, je vais prendre un jus d'orange. Le Tizer, il y a trop de bulles.

— Trop de bulles ! Tu es malade ! C'est génial, le Tizer.

— C'est pour les *bébés* comme toi... !

— Ce n'est pas *moi*, le bébé – c'est *toi*. Nanananère.

— Bon, vous arrêtez, tous les deux. Tu as pris ce que je t'ai demandé, Annette ? Parce que c'est prêt, là. »

Clifford, pour sa part, passa une super soirée – vraiment chouette, enfin jusqu'à ce que vous-savez-qui arrive pour tout gâcher. Le hachis parmentier était fameux comme toujours et puis après il y avait des pêches au sirop avec de la crème toute prête en poudre, et ça ce n'est pas tout le temps, on se serait cru à Pâques ou quelque chose, et maman nous a dit que c'était un secret et de ne rien dire à notre père. Ce qu'on fait toujours, quand on mange dans le salon, c'est qu'on ferme les rideaux – c'est moi qui le fais – et ensuite je tire le fauteuil de maman tout près du feu parce qu'elle aime ça (et *elle* n'a jamais peur d'attraper des engelures), et ensuite Annette va chercher deux chaises dans la glacière à côté et elle en prend une et pose son plateau sur l'autre en face, et moi je m'assois sur le pouf devant le pare-feu avec mon plateau en équilibre sur mes genoux, il faut être drôlement doué pour ça, et on sent son visage tout chaud, comme s'il devenait orange, et on n'allume pas la grande lumière au milieu du plafond, mais l'espèce de petite lampe posée sur la cheminée et qui représente un kookaburra en porcelaine posé sur une branche d'arbre, et un kookaburra c'est un oiseau australien que personne ne connaît – Anthony Hirsch, quand il est venu, il ne connaissait pas, il ne savait pas que c'était ça – et il a un abat-jour posé sur la tête mais moi je dis toujours que c'est son chapeau, comme ça, je suis sûr que c'est le seul kookaburra avec un chapeau, dans le monde entier, même en Australie, à des kilomètres et des kilomètres. On est bien comme ça, il y a des ombres sur le plafond et sur les murs et tout, et maman et Annette ont la tête tout éclairée, et le feu fait des crac-crac et des pet-pet un peu comme les Rice Krispies avec les Chiens du monde, et aussi un peu comme quand on casse les flaques de glace avec ses bottes de caoutchouc, sur la dalle devant la porte, le matin, avant l'école. À part ça, il y a quand même un truc qui ne va pas : maman n'est pas passée à la bibliothèque pour me prendre un autre *Jennings*. Je n'aime pas les livres, c'est barbant, comme les livres à l'école, mais j'aime bien *Jennings*. J'aime aussi *Beano* et *Dandy* parce que c'est ce qu'il y a de mieux, comme chacun sait, mais j'aimais aussi beaucoup Pop, Dick et Harry de *Beezer*, c'est un père et ses deux fils qui se ressemblent, à part que l'un a les cheveux blonds et l'autre les cheveux noirs, mais ils ont tous les deux des chemises noires et ça, moi, j'aimerais bien. L'autre jour il y avait un film de gangsters à la télé, chez Anthony Hirsch, et il y avait un gangster, c'est-à-dire quelqu'un qui fait des trucs contre la loi et qui est contre les policiers, et il avait une chemise noire avec une cravate blanche et ça, ça me plairait bien parce que la seule cravate que j'ai, c'est celle de l'école, bleu et vert avec des rayures, et c'est vraiment moche, vous pouvez demander à n'importe quel garçon de l'école. Anthony m'a dit que je ne pouvais pas savoir si c'était une chemise noire et une cravate blanche parce que ça pouvait être une chemise marron et une cravate jaune, à cause de la télévision qui fait tout voir en noir et blanc, et on ne pourra jamais le savoir, si c'est vraiment une chemise noire, tant qu'on aura pas la télévision en couleurs, mais la télévision en couleurs, ça n'existe pas, même sur Mars, comme chacun sait. Donc je les aime bien, eux, dans *Beezer*, et j'aimais bien Ginger dans *Topper*, lui, il est roux, ça, c'est facile à voir parce que *Topper* est en couleurs. Anthony Hirsch, il m'a prêté *Jennings à l'école*, et je n'ai pas aimé parce qu'il n'y avait que trois images dedans mais je l'ai quand même aimé parce que c'est vraiment bien, même si je ne comprends pas tout, parce que maman elle dit que je suis un peu trop jeune. C'est un peu comme la vraie école, mais ils y vivent tout le temps, et pas nous. Même si ce n'est pas comme la vraie école, parce que le pire professeur qu'ils ont s'appelle Mr Wilkins, et il fait je... je... et *flouffff*, il devient dingue et tout ça – et il ne passe pas son temps à jeter la brosse à tableau sur les élèves, ni les craies, comme tous les dingues de mon école. Et le directeur, c'est Mr Pemberton-Oakes, et lui, il ne passe pas son temps à faire pleurer les élèves en les frappant avec une chaussure de gym, et je ne sais pas, mais je ne crois pas qu'il y a une Mrs Pemberton-Oakes, mais s'il y en avait une, elle ne serait sûrement pas pire que l'autre diable, parce que je suis sûr si Mrs Chadwick a les cheveux tout gonflés en hauteur comme ça, c'est parce que sinon, on verrait ses cornes. Et le professeur le plus sympa à la Linbury Court School – c'est le nom de l'école de Jennings, c'est là qu'il va –, c'est Mr Carter, mais nous, on n'a pas un seul professeur sympa, ils sont tous comme Meakins-le-Grincheux, qui est le pire de tous, toujours en train de grincer. En fait Jennings s'appelle John Christopher Timothy Jennings et son copain a des cheveux blonds et des lunettes et il s'appelle Charles Edwin Jeremy Darbishire et ils s'appellent Darbi et Jen, maman dit que ce sont des noms de vieilles personnes mais elle se trompe parce que non, et ils disent des trucs bizarres qui n'existent pas mais c'est quand même drôlement chouette. En tout cas, j'en ai lu déjà quatre et je voulais que maman rende *Ce qu'en pense Jennings* et prenne *Prenez Jennings, par exemple*, à la place, c'est le dernier, mais elle n'a pas pu parce qu'elle m'a dit que cette sale bibliothèque était fermée, mais elle retournera demain en allant chercher les bonbons pour Annette, ses trucs tout collants qu'elle aime parce que c'est une fille, et puis les pastilles au citron de grand-mère, pour qu'elle ait encore plus les dents jaunes comme des bananes Jaffa. J'adore les bananes, à part que dès qu'on en pèle une, il y a toujours quelqu'un qui dit qu'on n'en trouvait pas pendant la guerre et que c'était un luxe et qu'il fallait être riche pour en trouver au marché noir. Je suppose que le père d'Anthony Hirsch était assez jouif pour acheter toutes les bananes qu'il voulait, et il prenait sa Jaguar et allumait les phares pour éclairer tout le marché noir et voir ce qu'il faisait. Moi je colle toutes les petites étiquettes Jaffa au dos de mes cahiers d'école.

Et avant, c'était chouette aussi, j'ai été chez Anthony et le père d'Anthony, il a téléphoné à maman pour qu'elle vienne me chercher mais il lui a dit qu'il pouvait me ramener avec la Jaguar si elle préférait et maman au bout du fil a répondu qu'elle ne voulait même pas en entendre parler, mais ça n'était pas la peine puisque c'était trop tard puisqu'il venait de lui dire. En tout cas, on a regardé deux *Popeye*, et Popeye il parle comme un canard, avec une pipe dans la bouche et il mange sans arrêt des épinards qui font comme une fontaine quand il appuie sur la boîte et qu'il rattrape avec sa bouche, ça c'est drôlement fort mais moi je ne voudrais jamais même si ça me rendait super-musclé comme Popeye, parce que les épinards, on dirait le tas de trucs trempés et dégoûtants au fond du jardin, et c'est dix fois moins bon que les petits pois Birds'Eye qui sont frais comme un matin d'été, c'est ce qu'ils disent dans la réclame dans *Maverick*, il était chouette avec son gilet et son chapeau et il a gagné plein d'argent au poker et ensuite il a été obligé de quitter la ville en vitesse. Je n'ai pas dit à maman que j'avais mangé un petit pot à la framboise, sinon elle ne m'aurait pas donné de pêches au sirop ni de crème. Miam. Dans Popeye, il y a aussi un gros type appelé Wimpy parce qu'il en mange sans arrêt, des Wimpys, et moi, les Wimpys, miam aussi.

Après le dîner, maman a emporté les assiettes et Annette a continué à écrire dans son coin, en répétant sans arrêt des trucs comme donnez-nous aujourd'hui notre pain quotidien, alors qu'on venait de manger. Je plaisantais : vous avez compris ? Parce que je sais bien que ça vient d'une prière, ce truc sur le pain, et ensuite ça dit qu'on doit pardonner ceux qui nous ont enfoncés, et là je ne vois pas, et pour finir ça dit délivrez-nous du mal, et peut-être que moi, si j'avais demandé ça à Dieu pendant que Mrs Chadwick me fourrait du gâteau au fromage dans la bouche avec une pelle, peut-être qu'il serait descendu pour la délivrer du mal, mais je ne suis pas sûr du tout. Et ensuite j'ai été mettre *Living Doll* sur le pick-up, et je l'ai écouté cinq fois, parce que maman et Annette, elles aiment vraiment Cliff, parce que Cliff il est vraiment super, mais elles ne veulent toujours pas m'appeler comme ça, Cliff je veux dire, et ensuite Annette a écouté son disque de Alma Cogan et des Everly Brothers qu'elle a eu pour sa première communion, et maman et moi, on avait presque fini le puzzle en entier – il ne reste qu'un morceau du toit – quand la porte s'est ouverte et papa est entré tout d'un coup. Il a allumé la lumière en grand et on s'est tous retrouvés éblouis, à cligner des yeux, et il a dit mettons un peu de clarté dans tout ça, hein ? Et puis c'est quoi ce vacarme ? On se croirait dans la jungle. Personne n'a rien dit, et maman s'est levée et elle a éteint le pick-up, dommage, et lui a demandé mais Arthur, je pensais que tu étais pris ce soir... ?

« Je suis pris. Tout à fait. Je passe juste, là. Eh bien, vous avez fait une fameuse flambée. J'espère qu'il restera assez de charbon pour le week-end... Et puis je vois que l'on ne s'embête pas, une orgie de bonbons, les derniers succès à plein volume. On se vautre dans le luxe. Intéressant de voir comment vivent les privilégiés. Bien – je dois vous laisser. Je suppose que tout le monde a terminé ses devoirs de classe, n'est-ce pas. Alors ne restez pas à traîner dans les jambes de votre mère, tous les deux

– je suis sûr qu'elle a mille choses à faire. Et de toute façon, il va être bientôt l'heure de vous coucher, me semble-t-il. N'est-ce pas, Gillian ? Eh bien bonne nuit, Clifford.

— Bonne nuit, papa.

— Très bien. Ne ferme pas le verrou, Gillian, si tu veux bien. Sinon la situation risque fort d'être problématique. Je ne rentrerai pas trop tard. Bonne nuit, Annette ? J'ai dit bonne nuit, Annette. Tu es devenu sourde, d'un seul coup ?

— Réponds à ton père, Annette...

— Bonne nuit, papa.

— Parfait. Bien, je file. »

Et comme la porte se refermait derrière lui, Clifford et Annette levèrent les yeux, puis leurs regards se soudèrent avec un bruit parfaitement audible. Bien que cela n'arrive guère très souvent, chacun savait ce que l'autre voulait dire. Leurs regards se dirigèrent d'un même mouvement vers leur mère qui demeurait là, immobile, caressant machinalement de deux doigts raidis un bracelet à son poignet.

« Clifford, tu veux bien éteindre la grande lumière ? Merci, mon chéri. Ne travaille pas trop tard, Annette – tu vas te crever les yeux. Bon – et si on se remettait un petit coup d'Everly Brothers ? Et le premier qui lève le doigt a droit au dernier Smartie ! »

*

Vous avez vu ça ? Vous avez entendu ? Ça n'a pas pu vous échapper – la tête qu'ils ont faite, tous, quand je suis entré. Et le pire, c'est que ceci était censé être une de mes entrées les plus inoffensives, les moins impressionnantes, croyez-le si vous voulez. En fait, je l'avais répétée – je me l'étais passée et repassée dans ma tête, sur l'impériale de l'autobus, en fumant une ou deux pipes. Cette fois, Arthur, me disais-je, tu dois faire un petit effort – essayer de ne pas débarquer comme un épouvantail à la fête, enfin je ne sais plus quelle est la... le... le dicton, c'est ça ? Parce que c'est Geoff, au bureau, qui a le premier remarqué ça, chez moi. Et cela m'est tombé dessus comme une bombe. Arthur, m'a-t-il dit, mon vieil Arthur – bon, j'espère que tu ne vas pas penser que je me mêle, hein, ni rien de ce genre, mais bon... Donc moi je lui ai répondu oui, eh bien vas-y, Geoff, qu'est-ce qu'il y a – cela fait quand même assez longtemps que nous sommes amis ? Et Geoff (un brave gars, vous savez – un gentil garçon. Ne ferait pas de mal à une mouche – enfin vous voyez le genre, vous en avez forcément rencontré – quoique ça ne coure plus trop les rues de nos jours : ce n'est plus comme avant guerre). Donc Geoff me dit comme ça : Eh bien voilà Arthur, j'ai remarqué une chose – comme la fois où je suis tombé sur toi dans Kenton Road, tu te souviens ? Je sortais du bureau de poste, c'était un samedi, il y a quatre semaines de ça, et tu étais avec Gillian et tes gamins. Oui, tu vois ? Tu te souviens ? Je crois que vous reveniez du magasin de fournitures électriques. Et bon, ce n'était pas la première fois que je le remarquais, ça, et je me suis promis de t'en parler la prochaine fois qu'on, enfin tu vois – qu'on discuterait un peu, comme ça, tous les deux, je me suis juré d'aborder le sujet, quoi. Je veux dire, ce ne sont pas non plus mes oignons, si tu vois ce que je veux dire – mais simplement je me suis dit ma foi, peut-être qu'il n'en sait rien, peut-être qu'il ne, comment dire, qu'il ne s'en rend pas compte, ni de l'effet que ça peut avoir sur l'entourage, si tu vois où je veux en venir. Mais je suis désolé si je me mêle, parce que ce n'est peut-être pas à moi de te dire ça, mon vieux – si tu préfères, je me tais immédiatement : tu n'as qu'un mot à dire, mon cher Arthur.

Oui, il est comme ça, Geoff : il lui faut une éternité pour arriver à dire quoi que ce soit, et même quand il le dit, ça vous laisse un peu perplexe. Mais c'est sa nature, voyez-vous – et il a une bonne nature, un bon fond, ce vieux Geoff. Il préférerait se couper la main droite plutôt que de froisser quelqu'un, sacré Geoff. Il est célibataire – et plus que probablement destiné à le rester, si je puis me permettre de risquer une opinion : il me faisait un peu pitié, autrefois.

« Oh, mais vas-y, pour l'amour de Dieu, Geoff – allez mon vieux. Je te l'ai dit : je ne le prendrai pas mal. Pas venant de toi, pas entre nous.

— Eh bien, Arthur – simplement, j'ai remarqué que quand tu es avec, enfin tu vois – ta famille, si tu veux, ce genre de choses, eh bien... tu es tout à fait différent, tu sais. Tu n'es pas le même avec eux... pas du tout comme pendant, disons, la pause thé au bureau, ou quelque chose comme ça. Pas le même du tout.

— Vraiment ? Mais que veux-tu dire par là, Geoff ? En quoi, pas le même... ?

— Mon Dieu – c'est dur à définir, en fait. Ça paraît un peu idiot, dit comme ça, crûment. Mais bon, prends nous deux, quand on discute, comme ça, comme maintenant par exemple. On bavarde, n'est-ce pas ? Nous deux. Le truc normal. Mais si ton garçon était là, disons, ou Gillian ou je ne sais pas, eh bien alors tu serais plutôt, comment dire... pontifiant, voilà. Bon, ne te vexe pas, n'est-ce pas, Arthur.

— Pontifiant ? Mais euh, qu'est-ce que ça... ?

— Bon, c'est comme maintenant, justement – tu viens de me renvoyer le mot, n'est-ce pas ? Immédiatement, normalement, et il n'y a aucun problème. Et j'ai l'impression que si tu étais, enfin, en famille, tu vois, tu aurais pu répondre un truc du genre, oh, je ne sais pas trop, mais quelque chose du style : « *Pontifiant*, dis-tu ? Voilà un bien grand mot pour une si petite bouche. » Ce genre de chose. Tu vois ? Ce que je veux dire ? Une sorte de manière de rabaisser tout – mais pas seulement de rabaisser, parce que finalement rabaisser, ça passe encore – mais c'est les mots, le vocabulaire que tu utilises et qui, enfin je ne sais pas – que tu n'utilises pas d'habitude. Dans la vie courante. Enfin, moi je ne t'entends jamais parler comme ça. Pas au bureau en tout cas. Et donc voilà ce que je veux dire, plus ou moins. Pour résumer. Est-ce que ça te semble, comment dire, cohérent, mon vieux ? »

Ma foi, il me semble que ma première réaction a sans doute été de réfuter – je pense que c'était la manière dont j'aurais d'abord réagi à tout cela. Tu ne sais *pas* de quoi tu parles, Geoff, étais-je probablement sur le point de lui répondre : c'est dans ta tête – tu regardes trop Channel Nine, trop de films et de pièces de théâtre, c'est ça le problème, Geoff. Puis je me suis pris à réfléchir, à me repasser en tête quelques petites scènes récemment vécues, si vous voyez ce que je veux dire – et vous savez quoi ? Je me suis dit, ce gars a mis le doigt dessus : en plein dans le mille. Parce que je *suis* comme ça, tout à fait. Et je *fais* exactement ce dont parlait Geoff, et je ne m'en étais jamais aperçu – personne ne m'en avait jamais parlé. Personne ne l'avait vu jusqu'à présent. Mais c'est ce que je *fais* – je ne peux pas vous dire mieux : jamais je n'y avais réfléchi. Et cela a dû commencer, oh – il y a très, très longtemps, j'imagine, et au fil des années, devenir une sorte de seconde nature, quelque chose de tout à fait naturel chez moi. Et c'est venu de deux choses, pour autant que je puisse le deviner. Gillian, au début de notre mariage, on a eu du bon temps vous savez. Bon an mal an, c'était quand même gai, on s'amusait bien. C'était une fille épatante, à l'époque, je peux bien vous le dire, et on en a fait de belles tous les deux. Et elle m'admirait, Gillian – comme une vraie petite femme le fait : ça, je n'ai pas eu à me plaindre. Elle m'appelait toujours « le Maître de céans » et tout ça – et pas seulement quand on avait des gens à la maison, n'est-ce pas. Et j'ai dû prendre le rôle au sérieux, devenir ce personnage, au fil des années. Parce que vous voyez – à la plus petite question, au moindre petit problème, j'avais l'impression qu'elle m'appelait au secours et me demandait de, enfin – de *pontifier* (je ne trouve pas de meilleur mot, là, tout de suite). Et une fois que j'avais prononcé ma sentence, en somme – eh bien tout allait de nouveau pour le mieux dans le meilleur des mondes, et on continuait notre chouette petite vie.

Et je suppose que tout cela s'est, comment dire – amplifié, avec la naissance d'Annette ; et celle de Clifford, bien entendu (parce que ça, ç'a été une sacrée surprise : je peux vous dire que mon budget en a pris un drôle de coup, avec l'arrivée inattendue de Mister Clifford). Parce que soudain, voyez-vous, je n'étais plus seulement le Maître de céans, moi, j'étais aussi le *Pater familias*, et je peux vous dire que Gillian n'a jamais manqué une seule occasion de me le rappeler. Et cela a tout changé, pour moi, vous comprenez. Au lieu de voir ça comme, oh, je ne sais pas – un honneur, une fierté, un statut, quelque chose, j'ai fini par le ressentir plutôt comme un poids, un fardeau que je devais me coltiner jour et nuit, que je n'avais jamais le droit de déposer une minute, de confier une seule seconde à quelqu'un d'autre. Je ne suis pas en train d'accuser Gillian, là – ni les petits, ce n'est pas leur faute non plus. Comment cela pourrait-il être leur faute ? Ce sont des gamins – comment pourrait-on les rendre responsables, franchement ? Mais je ne pouvais pas... comment exprimer ça ? Je n'arrivais pas non plus à accepter l'idée que ce soit *ma* propre faute, cette pression permanente sur moi, cette obligation d'être toujours parfait, toujours en représentation, d'avoir toujours les réponses à tout. Parce que pour être tout à fait honnête, les réponses, je ne les avais pas, je n'ai jamais eu de réponse, à rien – j'ai toujours été pris de court, paumé ; et aujourd'hui encore, je ne suis pas du tout certain de comprendre les *questions* elles-mêmes, pour ne pas parler des réponses qui vont avec.

Donc c'est ce qui s'est passé, j'en suis convaincu – après quoi, j'ai dû entrer dans la deuxième phase, la deuxième étape, et j'en suis venu à littéralement avoir besoin de ça : j'*exigeais* un respect quasi religieux, et ce doit être, oh mon Dieu, tellement ennuyeux, tellement pénible et attendu, toutes ces sottises que je leur sers, mon vocabulaire, mes manières – j'en suis venu à exiger cela pour, voyez-vous, pouvoir me cacher derrière. Pour dissimuler le peu qui reste de moi-même. Et quand on me posait une question, au lieu d'y répondre directement, un point c'est tout, je multipliais les commentaires acerbes et méprisants sur l'étrangeté ou la stupidité de ladite question, quelle qu'elle soit. Et à présent, tout est mélangé, brouillé – c'est là le drame. Parce qu'en même temps, un certain nombre de choses que je dis sont parfaitement sincères. Tenez, prenez ce disque de Clifford, avec son fameux chanteur, là, avec une coupe de cheveux de tapette, je n'arrive pas à me rappeler son nom, à cet idiot – Richard quelque chose, c'est ça ? Horrible, je ne supporte pas, ça devrait être interdit, comme tout le reste du hit-parade, comme ils appellent ça. Mais il y a d'autres fois – comme par exemple quand tous les deux, Gillian et lui, s'amusent avec un puzzle – où franchement cela ne me dérange pas du tout – au contraire, en fait, j'aime bien : c'est l'image parfaite d'une soirée paisible à la maison, n'est-ce pas. Personne n'y trouverait rien à redire. Mais à certains moments, et pour une raison qui m'échappe totalement, il a dû m'arriver de déclarer, n'est-ce pas, que ça me dérangeait – que ça me dérangeait ! –, de sorte que depuis quelque temps, à chaque fois qu'il est question de sortir le puzzle, Gillian ou Clifford vont forcément s'écrier oh non c'est vrai, non, pas ce soir, pas maintenant, parce que papa est à la maison ce soir, et cela le *dérange*. Même chose avec le tricot de Gillian – je trouvais le clic-clic des aiguilles réellement apaisant, un bruit très doux, régulier (ça me donnait l'impression que j'étais, ne riez pas, une espèce de Maître de céans, quelque chose comme ça), mais entre deux curetages de pipe, et pendant que j'étais en train de me colleter avec le 17 horizontal ou le 20 vertical, j'ai dû, dans mon infinie sagesse, dire que cela me dérangeait, le bruit des aiguilles, et naturellement il n'est plus question de sortir le tricot en ma vénérée présence.

Donc ce que je tente d'expliquer, de manière plutôt tortueuse et maladroite, c'est que je suis *conscient* de tout cela – que je *sais* tout cela, non seulement grâce à Geoff, mais aussi pour y avoir longuement réfléchi, même si le fait de le savoir et d'y réfléchir ne m'*aide* absolument pas. Je n'arrive pas – j'ai beau essayer, encore et encore, parce que j'essaie, croyez-moi –, je n'arrive pas à mettre un terme à la chose. Les mots sortent de ma bouche et planent dans l'air puis descendent sur l'assemblée tel un nuage miasmatique de désespoir, avant même que mon cerveau les ait formulés. Au début de cette période, nombre de mes prétendues soirées « prises », hors de la maison, l'étaient pour leur *bien*, en toute honnêteté. Je n'avais nulle part où aller, rien de particulier à faire – je me contentais de leur épargner ma présence redoutable, alors qu'ils étaient sans reproche : histoire de les laisser respirer un peu. Et je sais très bien qu'ils en sont venus à attendre impatiemment ces soirées sans moi – je suis parfaitement conscient (et je ne dis pas que cela ne me fait pas de peine) que mon absence est devenue synonyme de bonne nouvelle et, mon Dieu, comment ne pas les comprendre. Mais tout ceci, comme je le disais, c'était au début. C'est autre chose, à présent. Je sors parce que j'en ai besoin, purement et simplement – encore que bien sûr, cela ne puisse être ni pur ni simple. Parce que vous voyez, quand vous vous retrouvez à errer sans but, soir après soir, nécessairement quelque chose vous arrive – la Nature a horreur du vide. Les dieux là-haut auront vite fait de discerner le caractère douteux de vos besoins profonds, et de leur trouver tôt ou tard un lieu où se satisfaire. Ai-je dit les dieux ? Non, en fait je ne pense pas que les dieux, vous voyez, aient été à l'origine du complot qui m'a mené à tout ceci. Les dieux n'avaient strictement rien à y voir. Honnêtement, je ne pense pas m'écarter outrageusement de la vérité si je dis que, si j'avais pu trouver en moi-même un époux et un père plus attentionné, plus démonstratif, je n'en serais pas aujourd'hui réduit à ça, à ce que je suis devenu. Si seulement Gillian s'était une fois, deux fois rebiffée (chose, bien évidemment, qu'elle ne ferait jamais) ; si seulement mon vieux Geoff avait été moins discret et m'avait dit tout cela un peu avant ; si seulement j'avais pu voir et entendre tout seul ce qui se passait, ce qui m'entourait, ce que j'avais si tristement créé. Eh oui – mais non, ils n'ont pas su, je n'ai pas su, et voilà où j'en suis.

Ce soir, ce soir j'ai fait un effort ; je sais que ce n'est pas évident, mais pourtant si. J'ai laissé passer mon arrêt de bus et j'ai continué, deux arrêts encore, parce que je n'avais pas encore complètement fait le point dans ma tête : j'ai tellement peu l'habitude de tout ça. Puis, quand j'ai jugé que je ne pouvais pas faire mieux, je suis rentré à pied à la maison, en marchant lentement (j'ai aperçu la lueur du feu derrière les rideaux) et je suis entré aussi discrètement que possible. J'apportais une boîte de chocolats mélangés, des quoi déjà... des Dairy Box, voilà, une demi-livre, achetée chez Lawrence, dans l'avenue. Mon idée était la suivante : ils auraient fini de dîner – dans le salon, naturellement, le feu à fond, et non pas autour de la table de la salle manger, à regarder les stalactites leur pendre au nez, ainsi que je l'avais décrété – en train de papoter tant et plus, de s'amuser un peu avec le puzzle, et donc j'avais l'intention d'entrer avec un sourire aux lèvres (non mais tu t'entends, Arthur ? Un *sourire* aux lèvres ?) et de dire quelque chose du genre oh, finalement j'ai décidé de ne pas bouger, ce soir – il fait un froid horrible, quelle sale nuit – et regardez, surprise ! Des Dairy Box ! Je sais que vous aimez ça. Mmm – je vais me réchauffer un peu, moi. Oh là là – mais ça avance drôlement ce puzzle, non ? Vous y êtes presque, là – il sera fini en deux coups de cuiller à pot. (J'aurais bien sûr pris soin d'englober Annette dans cette bonne humeur générale – mais sans m'adresser à elle directement, impossible vu l'ambiance actuelle.) Et l'idée était que l'on me ferait donc bon accueil – que je me sentirais le bienvenu au foyer, sur quoi je demanderais à Gillian (j'avais réfléchi à ça, vous voyez – j'avais tout panifié dans l'autobus), donc j'allais lui suggérer de me tricoter, ma foi pourquoi pas, une nouvelle écharpe bien chaude en prévision des jours de givre et de brouillard qui n'allaient pas manquer de nous tomber dessus – et je vais te dire, Gillian, si tu commençais tout de suite, par exemple, hein ? Et elle aurait répondu – en souriant, bien sûr, et en riant, comme autrefois – elle aurait répondu oh mais qu'elle *merveilleuse* idée, Arthur – et as-tu dîné, au fait ? Il me reste un peu de jambon, je peux te préparer un sandwich. Avec des cornichons. Et moi j'aurais dit non non – j'ai mangé un feuilleté à la viande au pub. Va plutôt chercher ta laine et tes aiguilles et tout ça, pendant que je file à la cuisine nous préparer un bon petit thé, à tous – à moins que tu ne préfères une limonade, Clifford ? Mmm ? Un petit Tizer ? Je sais que tu en raffoles.

Oui. Voilà. Vous avez entendu, vous avez vu comment ça s'est passé. J'ai du mal à expliquer vraiment. Ç'a été les Smarties, en fait (ça semble complètement idiot) – qu'est-ce qu'ils en avaient à faire, de ma boîte de Dairy Box, s'ils étaient déjà en train de se gaver de Smarties ? Et puis vous voyez, Clifford avait déjà son Tizer – et puis cette horrible chanson qui passait sur le pick-up, ça m'a horripilé, et Gillian a bondi pour l'éteindre et tout d'un coup le silence est tombé, et ils étaient là, comme ça, à me regarder, à me regarder comme ça, comme ils le font, et j'ai... enfin, j'ai dit ce que j'ai dit, et je les ai laissés continuer, et maintenant je suis là. Ici. Ici même, une fois de plus. Il semblerait que j'ai ce que l'on appelle en terme de psychologie une tendance à l'addiction (c'est une sorte de maladie) – et je dois dire que c'est une immense surprise pour moi. Enfin, une surprise de savoir que c'était ça. Je suppose que si je n'avais jamais eu connaissance de ma tendance à l'addiction, c'est que, mon Dieu, je n'avais jamais jusqu'alors été exposé à celle-ci, ni à la merci de son impitoyable perversité. Parce que jusqu'alors, je n'avais jamais vraiment rien *fait*, dans ma vie, voyez-vous – jamais rien fait ni rien vécu ni rien vu de très notable. Quand j'étais gamin, l'argent était si compté que je n'avais jamais ce que je pouvais désirer. Je me faisais des jouets avec des bouts de bois, de vieux morceaux de laine, de ficelle, des trucs comme ça. Une fois, papa et maman m'ont emmené au Peak District pour ce qui devait être mes premières et dernières vacances. Au lieu de rester à la maison, dans notre entresol de Clerkenwell, à regarder la pluie cascader dans les gouttières, nous avons fait la même chose pendant une semaine à Peak District. J'ai quitté l'école – si on pouvait appeler ça une école et, encore enfant, ai trouvé un emploi chez Cole, le mercier de High Street, en tant que garçon à tout faire. Mon père est mort d'épuisement général à quarante-trois ans – je ne l'ai jamais vraiment connu –, et ma mère m'a dit que je devais me débrouiller et travailler pour devenir quelqu'un ; qu'il n'était pas question de me ruiner la santé et de me tuer à la tâche nuit et jour, sans repos : regarde comment a fini ton pauvre père. J'étais enfant unique ; je pense que ni l'un ni l'autre n'aurait pu assumer une deuxième naissance. Donc, à la bibliothèque, j'ai lu quelque part que, même sans viser les diplômes pour devenir avocat à la cour, on pouvait faire des études pour être clerc chez un avocat. Ce que j'ai fait – sans cesser de transporter les paquets et les ballots, pour me permettre tout juste de survivre. J'ai raté mes examens, alors que j'avais tant, tant travaillé. Je n'ai jamais dit à ma mère que j'avais raté mes examens – et je ne l'ai jamais dit à Gillian non plus, d'ailleurs. Elle a plaisir à penser que je suis clerc, mais en fait non, pas du tout. Oh, je travaille dans les bureaux, je suis *employé* là-bas, tout à fait, mais je classe les dossiers, c'est tout. Je classe les dossiers, je prends les rendez-vous des uns et des autres, et puis je porte le courrier, je transporte des paquets à l'occasion. Toutes les heures supplémentaires sont bonnes à prendre. Quand la guerre est arrivée, j'ai pensé que l'armée me sauverait – m'arracherait à tout ça – mais ce sont mes pieds qui m'ont arraché à l'armée. Et voilà, c'est l'histoire de ma vie, j'en ai bien peur – pas comme les gosses d'aujourd'hui, n'est-ce pas ? Parce que les gosses d'aujourd'hui, déjà, ils n'ont pas connu la guerre (ma mère, au fait, est morte pendant un bombardement – sur le coup : une bombe est tombée droit sur notre entresol de Clerkenwell. Si elle ne m'avait pas poussé à bouger, à partir et à gagner ma vie, j'aurais sûrement été là, avec elle, au moment où elle est tombée). Et l'argent, ils s'imaginent que ça pousse sur les arbres, l'argent, qu'il n'y a qu'à ouvrir un robinet – vraiment, ils ne connaissent pas leur bonheur. Donc ce que je veux dire, là, enfin je suppose, ce que j'essaie d'expliquer, c'est qu'avant – oh, récemment, il y a quelques années, disons deux ans, guère plus, je n'avais jamais été exposé, à rien, rien du tout. Mais à présent oui – maintenant, je suis exposé à plein de choses, qui toutes me prennent à la gorge.

Et comment, pourra-t-on se demander (et c'est là une question tout à fait légitime, je la comprendrais très bien), comment puis-je me permettre de vivre ainsi, aussi modestement cela soit-il, si c'est là mon emploi (depuis toujours, et pour toujours) ? Parce qu'après tout, j'ai bien un loyer à payer, n'est-ce pas ? J'ai deux enfants à élever (oui, deux, au début c'était un, et puis ç'a été deux), tous deux dans des écoles privées. Avez-vous une idée, la moindre idée de combien ils vous demandent, dans ces établissements ? Pour être franc, je suis presque littéralement incrédule devant la somme qu'ils demandent. Mais voilà – je suis coincé. Complètement coincé, n'est-ce pas ? Et puis il faut compter la vie de tous les jours, l'argent dont Gillian a besoin pour la maison. Il faut. Et puis dernièrement, il y a eu l'aspirateur, et puis le petit réfrigérateur – et la Hotpoint, elle n'était pas donnée, je vous prie de me croire. Et les enfants, Clifford et Annette, qui ont sans cesse besoin de quelque chose – c'est bien simple, quand ce n'est pas une chose, c'en est une autre –, de chaussures, de crayons et de stylos, enfin je ne vais pas vous faire la liste : les enfants, vous savez ce que c'est. Mon Dieu, en qui concerne l'équipement de maison, là je n'avais pas le choix : Gillian y aurait laissé sa santé, il n'y avait qu'à la voir. Je lui devais bien ça, parce que bon, regardons les choses en face : que lui ai-je apporté d'autre ? Quoi d'autre ? Elle s'est acheté sa petite Singer (sans faire remarquer que c'est parce qu'on ne peut pas s'offrir de vêtements neufs) ; elle a dit qu'elle avait économisé peu à peu sur son mois – ce qui serait assez drôle en soi, pauvre Gillian, si ça n'était pas d'une affreuse tristesse ; incroyable qu'elle ait réussi à tirer encore sur la corde, avec ce que je lui donne. Si je pouvais lui donner davantage, je le ferais. Si elle avait un penny de plus par mois, il y aurait de quoi fêter ça. Je sais bien qu'elle l'a achetée à crédit, la Singer, mais je n'ai rien dit – je n'ai pas abordé le sujet avec elle. Parce que je ne peux pas, n'est-ce pas ? Elle sait que je suis farouchement opposé à toute idée de crédit, à toute dette – combien de fois ne l'ai-je pas fait mourir d'ennui avec mes discours interminables sur ça, sur le scandale du crédit ? Le plus horrible, c'est (et voilà exactement ce dont je veux parler : de ce qui m'arrive maintenant, de ce que je ne peux pas supporter), que je crois fermement à ce que je dis – je pense véritablement que s'endetter, c'est une catastrophe, que le crédit est le chemin honteux qui mène à la ruine. Mais selon vous, comment ai-je bien pu lui acheter le Hoover, et la Hotpoint, et le Kelvinator ? Je rembourse chaque semaine. Le versement hebdomadaire minimum. Même si je vis jusqu'à cent ans (chose fort peu probable), je ne suis pas sûr qu'ils seront à nous d'ici là. Ah, et oui, les écoles. J'avais fait un emprunt à la banque. Mais la banque – parce que c'est une banque, n'est-ce pas – a eu vite fait de voir que mon maigre salaire, en outre apparemment gelé pour l'éternité, ne pourrait aucunement suffire aux frais de scolarité qui, eux, grimpent sans cesse ; elle m'a très poliment suggéré de chercher une autre solution à cet état de choses. J'ai demandé une augmentation. On m'a dit non. On m'a très poliment suggéré, si j'étais insatisfait dans mon emploi, de chercher une autre solution à cet état de choses. Donc je suis allé trouver un prêteur privé, et je suis toujours en affaires avec lui. Peu importe ce que vous remboursez, la dette augmente toujours : on ne peut jamais envisager une relation provisoire, ponctuelle. Voir ça écrit, noir sur blanc, il y a de quoi devenir fou. Et ne croyez pas que ce soit difficile à trouver, un prêteur privé (il paraît qu'on appelle ça un usurier). En fait, ce ne serait pas outrageusement déformer la vérité que de prétendre que c'est eux qui vous trouvent ; ils flairent la situation désespérée, voyez-vous. Même de très loin ils sentent une bouffée de désarroi, suivent la piste, le nez au vent, aboyant plus fort au fur et à mesure que la pestilence se fait plus dense, et remontent immanquablement à la source de cette puanteur : moi, en l'occurrence. C'est alors que j'ai découvert le whisky, lequel me coûte plus de deux livres la bouteille (sur l'argent que je devrais donner à Gillian ; et que je lui donnerais, si j'en avais les moyens). Mais je considère que c'est une nécessité. Au départ, c'était juste un petit quelque chose pour moi, un petit plaisir solitaire, un minuscule espace préservé des ravages de toutes ces dépenses accumulées. Mais j'y ai pris goût, très vite, avec même une vélocité remarquable ; au départ, c'était juste pour la chaleur que ça procure, plus qu'autre chose – une petite gorgée, et je me sentais réconforté, j'avais l'impression d'avoir quelque part où aller. Mais très vite, une bouteille a filé entre mes mains en un rien de temps.

Donc voilà. Me voilà soudain extrêmement endetté, auprès des pires créanciers, et je déteste, je hais, j'abhorre tout prétendu homme qui se mettrait dans une telle situation. Mon besoin de whisky est absolu – et je ne supporte pas cela, voyez-vous : être dépendant d'une substance, quelle qu'elle soit, est une chose que je méprise au plus haut point. L'autre chose que j'ai toujours tenue dans le plus grand mépris (vous n'avez qu'à demander à Gillian), c'est le jeu, bien sûr, donc c'est vers lui que je me suis tourné ensuite. C'est d'ailleurs en partie pourquoi je me trouve ici. Dans cet endroit. Parce que j'y suis. Une fois de plus. Parce que tout cela se résume à une histoire de survie, voyez-vous, la forme la plus précaire, la plus minable de la survie. Celle du petit avion crachotant, au moteur criblé de balles, qui doit sans cesse s'efforcer de rester en l'air, en l'air, encore quelques instants : de l'ascenseur qui doit sans cesse vaincre la pesanteur, parce que sinon on tombe, on tombe et on s'écrase.

Voilà Hortense, elle vient d'entrer. On le sent tout de suite – malgré la pénombre et l'air saturé de fumée, comme un voile épais dans l'atmosphère, on sent tout de suite quand un nouvel arrivant se fraye un passage dans la pièce, les yeux pleins d'espoir, ou quand un pauvre type éperdu, désespéré, sort en furie, parce que la pièce, donc, cette pièce, n'est pas plus grande qu'un salon de taille moyenne, et cela probablement, j'imagine, parce que c'en fut un, très exactement. Oui – en d'autres temps, ce petit appartement en entresol, toujours humide, très quelconque et à la fois chaleureux à son étrange, triste manière, a dû être un appartement familial dans un petit immeuble que nous qualifierons de victorien, ce doit être ça... Il y a quelques années de cela – avant guerre en tout cas – cela devait être un petit appartement modeste, pour une famille modeste : deux ou trois personnes, quatre au maximum. Avec un bout de jardin derrière. Avant, toutefois – et là, je veux parler de l'époque où l'immeuble a été construit –, c'étaient sans doute les cuisines, l'office, le garde-manger, tout ça, où s'affairaient les domestiques au service des appartements au-dessus. Et les gens qui vivaient au-dessus, probablement des commerçants aisés, ils sont morts à présent, n'est-ce pas ? Depuis belle lurette. Tout comme les domestiques, les bonnes à tout faire, les esclaves qui, pour une croûte de pain et un toit, travaillaient à s'en user la santé au service de leurs prétendus supérieurs – comme mon père, par exemple : à quarante-trois ans, il est mort d'épuisement. Morts. Tous. Tous ceux qui vivaient il y a un siècle à peine – la reine Victoria, la reine mère, son Premier ministre, qui que ce fût, et aussi les bouchers et les crieurs de journaux et les cireurs de chaussures et les dames de la bonne société et les soldats et les types qui ramassaient le crottin de cheval à la pelle dans les rues de Londres – tous ont disparu, tous, jusqu'au dernier. Même les croque-morts – la lie de l'humanité, mis à part le gouvernement : morts, tous. Mais les bâtiments, par contre – et c'est là que Londres est la ville qu'elle est, n'est-ce pas ? Enfin, comme toutes les villes, j'imagine – parce que c'est valable pour toutes les villes, ça –, mais moi je n'en connais pas d'autre. Je ne connais que Londres. Et les bâtiments, ils tiennent le coup, n'est-ce pas ? Solides, impassibles, au travers de tout. Malgré toutes les traces des bombardements que l'on trouve encore un peu partout, elle semble étonnamment intacte, la ville. Parce qu'on s'adapte, voyez-vous – un peu comme les colonies de fourmis. Quand vous écrasez la fourmilière d'un grand coup de pied, vous créez une seconde de désorganisation, certes, mais très vite cette armée solidaire et toute dévouée reforme les rangs, ramasse ses morts, et reprend sa marche en se disant que Dieu sait ce qu'il fait, reprend sa course effrénée, obsédée par cette urgence extrême de n'aller nulle part. Et c'est exactement ce que nous avons fait, je suppose, depuis la fin de la guerre. Continuer, peu importe à quoi faire (parce que ça, personne ne vous le dit jamais), mais nous adapter et tenir le coup, comme de braves petits soldats.

Donc oui, ce vieil immeuble – ou plutôt cette petite partie de l'immeuble – est devenu ce qu'il est devenu parce qu'il faut bien, d'une manière ou d'une autre, qu'il se justifie d'exister encore. Chez Rosie, ça s'appelle – mais je n'y ai jamais vu la moindre Rosie. Et Chez Rosie attire le genre de personnes qui font face au même dilemme ; mais ce n'en est pas un en fait, n'est-ce pas ? De dilemme. S'adapter ou mourir ? Pour l'instant, je devrais me féliciter d'opter sans hésitation pour la première proposition : espérons que mon choix demeurera toujours aussi clair et net. Donc oui, cette pièce – ce n'est guère qu'une accumulation de tapis désassortis et d'abat-jour qui ne valent pas l'ampoule qu'ils masquent. Il y a une sorte de musique pleine de parasites, à peine audible – peut-être du jazz, de la musique de nègres, mais pas forcément non plus. Il y a aussi une accumulation de divans et de fauteuils dépareillés, et puis le petit bar, là, dans le coin, avec Saul, c'est le gars qui tient le bar – il boite et il a un œil de verre (bleu, alors que l'autre, le vrai, est marron – on ne va pas poser de question) – qui a toujours le bras levé vers une lame de volet en fer embouti, juste au-dessus des bouteilles dans leur doseur, prêt à la sortir pour le cas où arriverait une personne pas vraiment bienvenue. Quoi qu'il en soit, c'est Hortense qui vient d'entrer – apparemment, elle ne prend jamais une soirée libre, Hortense ; c'est un drôle de nom (et les plaisanteries lourdes ne manquent pas, tous les soirs). Je ne pense pas que ce soit son vrai nom. Et de toute façon, la voilà qui file droit sur moi, ce qui, je dois le dire, ne me surprend aucunement. Elle sait bien qu'avec moi, c'est tout ou rien – et que donc si je suis là, c'est que ça va valoir le coup. Et tous ces gens que je vois là, vautrés, et que je connais à peine, et dont je ne me soucie guère, finiront tous gagnants ce soir, d'une manière ou d'une autre ; seuls moi et les gens que j'aime – nous seuls, pauvres malheureux, sommes destinés à perdre. Même si ce soir, bien sûr – ce soir, peut-être que j'aurai un coup de chance, allez savoir : croisons les doigts.

« Je rhabille les gamins, mon chou ? »

J'ai baissé les yeux sur mon verre de whisky et je me suis mis à rire. Un éclat de rire brutal – comme une sorte d'éternuement en chaîne, incontrôlable, mais infiniment plus grave. Un peu comme quand ils – comment appelle-t-on ça, déjà, quand vous suffoquez et qu'ils vous font un truc, là ; un nœud dans la gorge, un cri étouffé de joie amère, qui m'a échappé malgré moi. C'est à cause de ce qu'elle disait – entendre ça, ici. Des gamins ; et puis moi, un chou...

« Qu'est-ce qui te fait rire comme ça, mon chou ? Tu as quelque chose derrière la tête, hein ? Tu as l'air fatigué, Arthur, si. Tu veux qu'on passe à côté, c'est ça ? S'allonger un peu ? Tu veux que l'infirmière Hortense vienne rafraîchir ton front brûlant ? Qu'est-ce que tu en dis ? »

Ma première pensée a été oh non, *pitié* – parce que je n'ai que huit livres sur moi, et je dois les garder pour jouer parce que si je ne sors pas d'ici avec cinquante livres au minimum (cent, ce serait la fête), alors je vais me trouver dans une très sale situation – par rapport à Mickey, en particulier ; vous ne connaissez pas Mickey, et croyez-moi, vous ne perdez rien, rien du tout. Et toi, Hortense – même pour un petit câlin rapide et ce truc que tu fais avec ces seins extraordinaires que tu as, tu vas me demander trente shillings, n'est-ce pas ? Oh, ce n'est pas un reproche – il faut bien qu'on s'en sorte, tous, du mieux possible. Et soudain, j'ai senti que ça montait en moi – le désir, d'un seul coup. Une seconde avant, je n'y pensais même pas. Mais voilà, n'est-ce pas, elle a dit ça, elle a dit ce qu'elle a dit, et je me suis souvenu de la dernière fois, et j'ai vu ses mains aux ongles rouge sang, et puis elle se passait la langue sur les lèvres en me regardant, et moi je caressais sa hanche sous la robe de cocktail verte, moulante, et j'ai dit *oui*, Hortense, allons-y maintenant, parce que si j'attends après la partie, il ne me restera peut-être même plus une livre et dix pence, c'est-à-dire ce que tu me demandes pour me transporter hors de tout ça, l'espace de quelques brefs instants d'un jaillissement de joie.

Donc nous sommes passés à côté, Hortense et moi, dans cet espace de cabines qui devait être autrefois une demi-chambre, avant qu'on ne le redivise encore. Derrière les cloisons en Placoplâtre, on entendait un pauvre diable s'écrier lèche ! lèche-moi, lèche-moi ! Sur quoi une fille à la voix graillonneuse a répondu allez, jouis, pépé – t'as pas payé pour la lèche. Est-ce que ça m'a démonté ? Est-ce que ça m'a attristé, écœuré, dégoûté ? Non : j'en avais envie plus que jamais envie – et Hortense, elle est vraiment gentille, parce que je crois qu'elle l'a deviné, et elle s'est occupée de moi sans délai, et soigneusement. Tout a été fini en deux secondes – j'ai eu à peine le temps d'extraire un téton tout gonflé d'entre mes gencives. Je me suis senti épuisé, une seconde, et puis plus du tout.

« Ta moustache », a fait Hortense dans un petit rire, tout en tirant et rajustant quantité de sous-vêtements roses et noirs, croisant les élastiques et fourrant de nouveau ses seins dans une paire de manches à air baleinées (parce que c'est une costaude, Hortense, on peut dire ça). « Elle pique toujours autant, ta petite moustache. Ça va, Arthur ? Ça va mieux, mon chou ? Ouais ? Bien. Donc ça te fait trente shillings, mon petit lapin. » Elle a posé ses lèvres sur les miennes tout en fourrant les billets craquants dans son corsage, et moi j'ai fermé les yeux et l'ai embrassée en inhalant son haleine de gin.

Le temps que je me fasse marquer un autre scotch et que j'arrive, la partie était largement commencée, mais il n'y a jamais de problème pour me servir mes cartes – quel problème y aurait-il ? C'est Jimmy qui servait ; il paraît que c'est un Maltais ; très franchement, peu m'importe ce qu'il est. Un costaud, Jimmy, cela dit – des mains comme des battoirs, et quand il prend les cartes, on dirait des miniatures, dedans : on n'a pas trop envie de se faire mal voir de lui. Les autres visages m'étaient plus ou moins familiers – j'ai même pu naguère mettre un nom sur certains d'entre eux. Je les ai salués d'un bref signe de tête, j'ai allumé ma pipe et pris une bonne lampée de whisky, puis j'ai posé une livre au milieu de la table, comme si cela m'indifférait complètement – comme si c'était un papier gras dont j'étais ravi de me débarrasser (on fait comme ça : j'ai appris en les regardant. C'est comme ça qu'on fait). Quant au jeu... mon Dieu, ce n'est pas un jeu au sens habituel, ce que la plupart des gens appelleraient un jeu. Ce que je veux dire, c'est qu'il ne s'agit pas de poker, ni de gin-rummy ni de rien de tout cela, ni même d'un jeu au sens où on l'entend habituellement. À la base, ça se résume à des chiffres – on distribue les cartes, et le plus gros chiffre emporte la mise : l'as est la carte la plus faible, pour quelque mystérieuse raison, et le roi le plus fort. C'est fastidieux, j'ai l'impression d'être encore en train de classer des dossiers – mais quand on commence à gagner (quand on commence à perdre), on sent une sorte d'enthousiasme, d'avidité monter, suffocante, – quelque chose vous projette en avant, et vous êtes là, penché sur la table, comme les autres – pipe froide, verre abandonné. J'aime bien ça – j'aime bien, mais en même temps ça m'effraie un peu : parfois, je porte ma main à mon cœur, tant l'angoisse est forte.

Comme maintenant, tenez – ce billet d'une livre que je viens de miser ? Disparu. Ramassé, comme s'il n'avait jamais existé. Donc j'en ai mis un autre – et j'ai tiré un valet, c'est pas mal. Le chauve à côté de moi – je me demande comment il peut voir quelque chose tellement ses verres de lunettes sont épais, on dirait des culs de bouteille dans un vitrail – il a eu droit à un trois, donc c'est fini pour lui, déjà. Le suivant à reçu un neuf, et le type à côté, un six. Je pose mon valet, et le gros en bout de table, lui, met une reine, donc c'est fini pour moi aussi. Alors je calcule, quand même. J'avais huit livres ; trente shillings pour Gyspy Rose Lee, me restent six livres dix. Moins deux que je viens de miser. De la pure arithmétique. Mais c'est comme ça, la vie, non ? Oui, c'est comme ça. Si j'avais réfléchi un peu, j'aurais gardé mes trente shillings – quitte à réveiller Gillian, tout à l'heure, et à lui dire d'arrêter d'être idiote, et de faire ce qu'on lui dit de faire... et puis imaginons que j'aie gagné les deux dernières manches, là – eh bien j'aurais déjà dix-huit livres en poche et, tel que ce serait parti, je filerais droit vers les cinquante tant espérés (cent, ce serait la fête). Mais en attendant – quatre livres dix, voilà, et puis j'ai mon ardoise au bar, dans les quatorze ou quinze shillings, c'est le tarif, ici – et un jour j'ai compris leur système : pour le prix d'une bouteille, bue au verre, on s'offrirait presque une caisse chez Victoria Wine : du vol patenté. Même s'ils n'ont pas de patente, justement. Quoi qu'il en soit – j'ai intérêt à faire attention. Encore que tu ne peux pas, ça ne veut rien dire, mon garçon, n'est-ce pas ? Faire attention. Parce que les cartes sont ce qu'elles sont. La seule manière de faire attention, ce serait de ne jamais mettre les pieds ici, et il est beaucoup trop tard pour y songer. Bref, encore une livre qui file – et le chauve, il a senti un bon coup, parce qu'il vient de renchérir (on a le droit – on peut faire monter les enchères, dix shillings par dix shillings, et les autres joueurs suivent ou arrêtent). Ma foi, je vais être obligé de suivre, parce que c'est *moi* qui ai une reine, cette fois, ce qui veut dire que dans tout le paquet, seules quatre cartes peuvent me battre – donc quelles sont les probabilités pour que le chauve ait un roi ? À ma gauche, il y a un dix, puis une main dépose un deux, avec un soupir écœuré. Je pose ma dame, et le chauve jette son valet, en sifflant entre ses dents. Il ne reste plus que le gros, maintenant – et je ne vais pas tarder à savoir, parce qu'il plie la carte, regardez, il est sur le point de la plaquer sur la table : oh non – croyez-le ou pas – une dame. Ce n'est qu'un hoquet de surprise – le mien. Donc ce qui se passe maintenant, c'est que nous tirons de nouveau, juste lui et moi. Il commence – un sept ! Un sept, un sept – il a ramassé un malheureux sept ! Il y a donc vingt-huit cartes maintenant à pouvoir battre son sept minable, et un joli tas de billets froissés à récupérer. Donc je fais un brusque signe à Jimmy qui m'en lance une que je retourne vivement et que je regarde fixement – et là, ce que je ressens, je ne pourrais même pas vous dire – parce que ce que je regarde fixement, là, c'est l'as de carreau. Je retombe sur ma chaise comme si j'avais reçu un coup de pied dans la figure. Un grondement sourd s'élève autour de moi, et j'entends le gros, avec un sourire d'enfant ravi, répéter ça c'est de la veine, ça c'est de la veine, en ratissant tous les billets. Si je veux pouvoir payer mes verres (et je vais payer mes verres – ils savent comment s'occuper des gens qui ne les paient pas), en gardant de quoi en prendre encore un double, au moins, sans oublier le ticket de bus pour rentrer à la maison, alors il me reste au grand maximum deux livres vivantes en poche. C'est-à-dire loin, très loin des cinquante dont j'avais besoin, Dieu sait (et encore plus loin de cent : ça ne va pas être la fête).

Et tout à coup, j'ai l'impression que tout le monde a les yeux fixés sur moi. Mon regard quitte le verre de whisky, remonte, fait le tour et oui, tout à fait, ils m'observent. Qu'est-ce qui ne va pas, me dis-je : il y a quelque chose, là ? Et maintenant, Jimmy ôte le bout de cigare du coin de ses lèvres et me demande alors, on y va, oui ou non ? Et moi je dis oui, naturellement – bien sûr, on y va. Et il demande bon, alors ? Alors ? Alors je comprends ce qui s'est passé – j'étais tellement préoccupé que j'ai dû dériver pendant quelques secondes, guère plus. Les cartes sont déjà distribuées et tout le monde a posé sa mise sur la table, sauf moi. Donc je dis désolé – excusez-moi –, voilà, voilà, une livre. Désolé, vraiment. Donc je jette un coup d'œil sur la carte que je tiens à la main et, oh joie, je n'arrive pas à y croire ! Voici l'instant, la seconde qui justifie enfin tout ce tourment. C'est le roi de pique que je tiens à la main – et j'ai envie d'embrasser ce profil sévère. C'est encore au tour du gros de parler : il dit qu'il souhaite doubler les mises, si personne n'y voit d'objection, parce qu'il va bientôt devoir y aller. Pas de problème pour moi, dis-je – sur quoi je laisse tomber un autre billet d'une livre sur la table (mon dernier, en fait, mais il n'est pas censé le savoir – personne d'ailleurs – et de toute façon ce n'est que provisoirement mon dernier, ça ne va pas durer). Un des gars se défile (« ça dépasse mes moyens, là »), mais les autres suivent. Tombent un huit (pourquoi a-t-il suivi, lui ? S'il n'avait qu'un huit ?) puis une dame et, mon Dieu, si vous saviez avec quelle jouissance je dépose à ses côtés mon noble roi de pique. J'ai déjà presque la main sur les billets – j'avais oublié le gros, mais je me rappelle de sa présence, car il vient de plaquer un roi de cœur sur la table. Ce n'est pas possible ! Ça recommence. Pareil, exactement. Même Jimmy – même Jimmy vient de dire quelque chose, faire un commentaire, et Jimmy, comme chacun sait, ne fait jamais de commentaire, à part les menaces. Mais là, il a parlé – je l'ai entendu. Il a dit mmm – c'est rare, ça. Et il a raison, tout à fait raison – c'est rare, très rare – ça n'arrive pas souvent du tout – ça n'arrive *jamais – jamais* ça n'arrive, ça, parce que ça fait deux donnes que le gros tire la même bonne carte que moi, et donc il va falloir qu'on recommence, comme la dernière fois, et je ne suis pas sûr de pouvoir à nouveau supporter ça, cette seconde-là, où je ne sais pas si je vais m'envoler de joie ou m'effondrer de désespoir. Bon, Jimmy – il vient de distribuer deux cartes, une au gros, une à moi. Je la fais glisser, soulève un peu le coin... c'est... ç'a l'air pas mal. Je ramasse la carte et la tiens au creux de ma paume, comme un objet infiniment précieux – ce qu'elle est, bien sûr (et d'autant plus pour moi). C'est un valet. Un valet rouge. Je regarde le gros. Et là, dans ses yeux, je ne lis rien. Mais bon, en même temps il n'a pas l'air trop mécontent non plus. Il n'aurait tout de même pas un valet ? Lui aussi ? On ne va pas devoir *re-re-jouer*, quand même... ? J'ai l'impression que je vais mourir de tension nerveuse, là. Mais en fait je n'aurai jamais l'occasion de savoir si j'en serais mort ou pas, de tension nerveuse – parce qu'il vient d'abattre une dame. Mon visage a dû lui dire tout ce qu'il voulait savoir : je n'ai même pas posé ma carte, et déjà il n'a pas assez de doigts pour saisir tous ces billets froissés en tas au milieu, les ratisser vers lui, avec ce bruit de feuilles mortes – ce bruit qui, avec l'éructation métallique d'une machine à sous, sont les deux murmures les plus doux aux oreilles des sans-le-sou. Parfait, dit le gros, reculant sa chaise avant de se mettre péniblement debout – et mon regard est maintenant au niveau de son derrière, et je peux vous dire qu'à voir les coutures de son pantalon, il a aussi de la chance de ce côté-là : il doit peser cent trente kilos, cet homme. Parfait, dit-il – tout en fourrant tous ses billets dans les poches de son blazer, là, avec des boutons en cuivre et une espèce d'écusson de la RAF, on dirait bien : des deux mains, qu'il attrape les billets pour les fourrer de force dans ses poches béantes. Parfait, dit le gros – et pour être parfaitement honnête, je préfère ne même pas calculer combien il vient de ramasser ; un bon paquet, en tout cas. Qu'il vient de ramasser. Le gros. C'est lui qui empoche tout – et c'était joué d'avance, avant même que je m'asseye à la table. Cinquante, facilement – voire même cent parce que regardez-le : c'est la fête, pour lui. Parfait, dit-il – merci, messieurs, nous aurons certainement l'occasion de nous revoir, dans un avenir que je me plais à ne pas imaginer trop lointain : d'ici là, *adieu !* Jusque-là, j'étais parfaitement indifférent à son existence même, jusqu'à ce qu'il sorte ce petit discours : à présent je le hais, et je le haïrai toujours. Cela dit, vous avez vu cette surcharge pondérale ? Probablement la punition divine. Gros comme il est, il risque de faire une crise cardiaque à tout moment, et de s'effondrer, lourd comme un cheval mort. Dommage que ça ne soit pas arrivé il y a dix minutes, mais bon, voilà. Et moi ? Eh bien, je vais devoir y aller aussi, je suppose. Jeter un coup d'œil sur ma montre – hausser les sourcils pour manifester une légère suprise – puis me diriger en traînant les pieds vers Saul, au bar, et régler ma note (dix-neuf shillings et neuf pence – comment osent-ils, simplement ?), et me voilà déjà dans le petit couloir, avec le plâtre qui s'écaille juste au-dessus du portemanteau, dans une vague odeur d'urine, de chat peut-être – et oh, regardez donc, voilà Hortense, c'est Hortense qui est là, elle ouvre les verrous, fait un pas rapide au-dehors, dans le noir, regarde à droite et à gauche, et un courant d'air glacé s'enroule autour de mes chevilles tandis qu'elle me tient la porte ouverte et dit okay mon chou – allez hop, en route – tu as passé une bonne soirée, hein, mon petit lapin ? Tu reviens nous voir, Albert, promis ? Et moi je réponds bonne nuit, Hortense, à bientôt, mais d'ici-là, *adieu !* Mais je ne dis pas – à quoi bon – oh, au fait, Hortense, c'est Arthur, pas Albert. Non, je ne lui dis pas ça, non. Parce qu'à quoi bon ? Ce n'est pas comme si nous étions deux amoureux, n'est-ce pas ? Non.

Il fait un froid, mais un froid... – et puis il fait noir, mais noir... Cela dit, je ne suis pas en retard, j'ai encore au moins deux bus devant moi. Il va falloir que je sorte de ce petit jardin, maintenant, parce qu'il fait vraiment un noir d'encre, et j'ai senti mon pied glisser, comme aspiré par quelque chose de vaseux. Je ne me pose pas la question – je n'y pense même pas, parce que j'ai soudain conscience d'une présence à côté de moi, quelqu'un, tout à coup. Oui ? Il y a quelqu'un ? Que puis-je faire pour vous ? Une allumette craque, comme il allume sa cigarette, et je vois alors qui est là, immobile à côté de moi.

« Oh. Oh, c'est vous, Mickey. Bonsoir. Comment allez-vous ? Ça va bien ?

— Non non, c'est moi qui pose la question : comment allez-*vous* Arthur ? Ça a marché ce soir ? Fait un petit câlin ? Gagné quelques shillings ? J'espère que vous n'avez pas tout claqué en filles et en alcool.

— Non – bien sûr que non. Ouais – ouais ça a plutôt pas mal marché. Sympathique.

— Eh bien je suis ravi d'entendre ça, Arthur. Absolument ravi. Parce que vous n'avez pas oublié, n'est-ce pas ? Arthur. Notre petit rendez-vous, demain soir ? Ce serait dommage de l'oublier.

— Bien sûr que je m'en souviens, Mickey. Bien sûr. Je serai pile à l'heure.

— Très bien, Arthur. Je suis content. Parce que comme je le disais, ce serait dommage d'oublier. Très. Parce que voyez-vous, Arthur, cela ne fait pas très longtemps qu'on est en affaires, tous les deux, n'est-ce pas ? Et je ne sais pas ce que vous avez entendu dire de moi, mais sachez bien une chose : essayez de me refaire, et moi, je vous fais *mal*. Vous entendez ? Vous aurez mal, tout à fait. Il n'y a pas d'autre mot. D'accord ? Mais ne vous froissez pas, Arthur. Je suis certain que nous n'aurons jamais à en arriver là.

— Ha ha. Bien sûr que non.

— Eh bien bonne nuit, Arthur. Et à demain soir, alors. »

Il a jeté sa cigarette, et tout a replongé dans le noir total. Il a disparu – je ne l'ai pas vu partir, j'ai juste su qu'il n'était plus là. Je tremblais ; j'ai posé une main sur l'autre, et j'ai bien senti qu'elles tremblaient, toutes les deux. Mais je ne peux pas y penser – à ce que Mickey vient de me dire. Ce que je vais faire, c'est que je vais sortir très lentement de ce sale petit jardin, aller jusqu'à l'arrêt de bus, et ce faisant, réfléchir aux quelques rares, piètres solutions qu'il me reste à présent. Et à la manière dont je vais les présenter à Gillian. J'ai bien songé, autrefois (ça m'est venu à l'esprit) qu'elle pourrait prendre un emploi quelconque, mais bon – soyons francs : que pourrait-elle bien faire ? Et de toute façon – soyons honnêtes : elle a déjà beaucoup à faire, n'est-ce pas ? Avec les enfants, la maison, tout ça. Donc c'est à moi d'assumer, comme toujours – et la seule idée qui me vienne est celle-ci : je vais inviter mon patron à dîner. Je sais, je sais – ce n'est pas une initiative brillantissime, hein ? Ce n'est guère un trait de génie. Mais je me suis dit que si je pouvais l'avoir à la maison un soir, dans notre intimité, vous voyez, qu'il rencontre ma femme, mes enfants, qu'il voie notre charmante petite maison... Eh bien, après un bon petit dîner (et là je dois dire que je n'ai pas à me plaindre, elle sait tenir sa place derrière les fourneaux, Gillian), il pourrait peut-être, le lendemain matin, disons, enfin vous voyez, évoquer la possibilité d'une augmentation. De salaire. Après je ne sais combien de temps. Il y a une chance, non ? Mince, certes – mais c'est quand même une chance, et je dois la saisir. Et puis il y a aussi la possibilité d'avoir un locataire – c'est d'un bon rapport, un locataire, me disait l'autre jour Geoff, au bureau : il loue une chambre, de temps en temps. Et c'est de la main à la main, en liquide, ce qui est toujours une bonne chose en soi. Donc voilà encore une option. Et naturellement, je pourrais aussi arrêter le whisky et le tabac, et cesser de jeter par les fenêtres de Chez Rosie les trois sous qui me restent, mais ça non, bien sûr. Je ne le ferai pas, parce que je ne peux pas, tout simplement.

Bien, me voilà à l'arrêt de bus, et il n'y a pas trace du moindre bus, aussi loin que je puisse voir. Et – oh non – par contre je vois arriver cette affreuse Mrs Farlow, celle qui habite au-dessus de la boulangerie, et cette souillon, là, cette amie à elle, je ne me rappelle plus son nom – Jessop, un truc comme ça. Je crois bien qu'elles vont faire leur partie de loto, chaque soir, pour mieux dilapider l'argent du ménage. Combien de fois ne suis-je pas tombé sur elles...

« Oh, bonsoir, Mr Coyle. Mais *quelle* coïncidence. C'est une *vraie* coïncidence, n'est-ce pas, Mary ? Pas plus tard que cet après-midi, nous avons taillé une petite bavette avec *Mrs* Coyle, n'est-ce pas, Mary ?

— Tout à fait. Cet après-midi même. C'est une vraie coïncidence. Et elle avait l'air en *pleine* forme, n'est-ce pas ? Tout à fait dans son assiette.

— Oui oui, Mary, tout à fait en forme. Réellement. »

J'ai dû esquisser un vague sourire, puis j'ai relevé le col de mon manteau et je me suis éclipsé. Je me suis dit que j'allais peut-être rentrer à pied, finalement – oui, ce n'est pas bien loin, je vais marcher. Mais du coup, elles m'ont fait penser à Gillian. C'est cette bonne femme, là, la mère Farlow, elle m'a fait penser à Gillian, rien qu'en parlant d'elle. Et je vais devoir la réveiller, Gillian – je n'aime pas ça, mais j'ai besoin d'un peu d'action, là, à cause d'Hortense. On y prend goût, à ce truc-là, comme à presque tout, d'ailleurs. Bon, je sais qu'elle se lève tôt et tout ça, Gillian, mais je ne vais pas trop prendre sur son sommeil : elle n'aura qu'à s'occuper un peu de moi – je lui préparerai le travail. Une fois – une seule fois – elle n'a pas voulu, j'avais beau insister, rien à faire, et j'étais dans un tel état que j'ai dû aller voir si la petite Annette dormait bien – lui faire un petit câlin, comme ça – rien de bien méchant. Je ne pense même pas l'avoir réveillée – parce que pour rien au monde je ne lui ferais du mal, voyez-vous, sûrement pas. Il faut seulement que je veille à rester dans certaines limites, parce qu'une seule fois, ce n'est jamais assez : pas pour moi. Mais je les aime, vous savez – je les aime, les miens, tous les trois – ils me sont terriblement chers. C'est ma manière de faire qui, mon Dieu... ça paraît bizarre, quelquefois. C'est comme l'ascenseur qui doit vaincre la pesanteur : toujours, sinon on s'écrase.

Et quelquefois, vous savez, j'espère que tout ça – tout ça, c'est-à-dire ma vie, en fait – n'est qu'une phase. Une phase que je traverse, rien de plus.

*

Annette venait d'aller chercher le petit miroir posé sur l'étagère de la salle de bains pour le poser sur le sol de sa chambre, juste à côté de la commode – maintenu verticalement par deux livres d'Enid Blyton, de la série des *Malory Towers*. Puis elle glissa ses pieds dans les escarpins bicolores (crème et bleu marine) de sa mère et plissa les yeux pour mieux voir quelle allure cela avait. Ils sont dix fois trop grands, évidemment, parce que je ne fais que du trente-trois, mais en gros, ce n'est quand même pas trop moche, je trouve. C'est vrai, ce que dit Margery, la preuve – même des petits talons minables comme ça, ça vous fait tout de suite des jambes plus longues, un peu comme ces femmes dans ce truc appelé *Vogue* que maman n'achète jamais, mais que je vois chez le marchand de journaux – plus longues et plus galbées, et c'est d'ailleurs pour ça que les femmes en portent : je ne suis pas idiote, merci – je sais parfaitement que c'est pour ça. Et puis ce slip – un slip à maman –, je le trouve très agréable à porter, aussi. Tout doux, tout glissant, vraiment chouette. Et quand on passe les mains dessus, et qu'on ferme les yeux, on peut imaginer ce que c'est un garçon de terminale qui vous fait ça, et qu'après, on va s'abandonner aux délices de l'amour et des baisers passionnés. En suçant des réglisses, les rouges, là, on peut étaler le rouge sur ses lèvres et ça a carrément l'air vrai. Elizabeth Taylor, elle a toujours les lèvres rouges, comme ça, et toutes brillantes, et je suppose qu'elle se met de la laque dessus – enfin, pas la laque qu'on utilise pour les planchers, naturellement, parce que ça aurait un goût épouvantable. Et sur toutes les photos, elle porte une nouvelle robe – et puis elle a aussi des fourrures et des bijoux et tout ce que vous voudrez. J'aimerais bien que maman s'habille comme ça, mais non ; moi, c'est ce que je ferais, si j'étais grande. Maman, ses robes, elle porte sans doute les mêmes depuis avant la guerre. Quelquefois, elle en fait une nouvelle, mais elle ressemble exactement aux vieilles, alors je ne vois pas l'intérêt. Et pour moi, elle fait des trucs de petite fille – avec des fronces et des petits pois, enfin le genre de machin que cette pauvre mocheté d'Alice pourrait mettre. Moi, je veux un blue-jean, mais tout ce que maman trouve à répondre, c'est que papa ferait une attaque. Clodagh en a un, elle, elle m'a dit qu'il venait de chez Levy, mais je ne crois pas que ce soit de chez Mr Levy de l'avenue, parce que lui, il ne vend que des prunes et des légumes. Donc c'est sans doute une coïncidence.

Mais ça fait quand même des poches, en haut du slip, parce que je ne me suis pas encore totalement épanouie dans toute ma féminité – c'est ce qu'ils disent dans un livre qu'avait Clodagh, un livre de Milzum Boom. Deirdre, en 3e A4, elle, elle a une poitrine presque comme Elizabeth Taylor – et son maillot de gym bâille tant qu'il peut sous les bras à cause de toute la poitrine qu'elle a devant. Margery aussi, ça commence à venir, ses seins. Elle m'a laissée les toucher l'autre jour, au vestiaire, et j'ai dit que c'était très agréable, on dirait un peu des prunes, et elle a dit que c'était aussi très agréable quand je les touchais, et que ça lui faisait des chatouillis partout. Si on nous avait surprises à faire ça, le pape aurait fait de nous des martyres. Je n'arrête pas de tirer sur les miens, sur les bouts roses qu'on appelle des tétons, pour essayer de les faire pousser, mais ça ne marche pas. Margery m'a demandé si je me touchais quelquefois entre les jambes, tout en bas du ventre, là où on fait pipi, et je lui ai dit que oui, tout le temps, et que ça fait une impression bizarre, mais je n'arrive pas à dire laquelle. C'est mieux quand j'oblige Clifford à le faire, mais il ne l'a fait qu'une fois, et il a retiré sa main tout de suite, et il a fait l'andouille, il était sans doute gêné, on aurait dit qu'il allait fondre en larmes ou je ne sais quoi, ou bien que ça lui avait fait mal, enfin je ne sais pas. Tout à l'heure, je vais aller dans sa chambre. Mais il faut que je sois sûre que papa dort, parce que sinon il pourrait venir dans ma chambre comme quelquefois. Il se met à pousser des grognements, et je n'aime pas ça du tout. Il voudrait sans doute être marié à Elizabeth Taylor, et s'abandonner aux délices de la passion, mais avec maman, je ne crois pas qu'il puisse beaucoup. Moi, j'aimerais bien être mariée à Elizabeth Taylor, même si je suis une fille. Elle a une maison toute rose, et une immense voiture très longue sans toit, rose aussi, et le rose est ma couleur préférée, maintenant. J'ai vu ça dans *Girl*. Et puis dans *Girl*, aussi, j'ai découpé la photo d'un garçon qui s'appelle Fabian, dont je n'avais jamais entendu parler, et au-dessous ils disent qu'il est rêveur, ça doit vouloir dire qu'il est vraiment gentil – mais peut-être aussi qu'on rêve de lui quand on dort, et moi j'aimerais bien, mais pour l'instant ça ne marche pas. Il a un sourire adorable, plein de dents, et des cheveux en hauteur, comme Elvis le Pelvis, mais clairs. Je voulais punaiser la photo de Fabian sur le mur de ma chambre (il paraît que c'est un chanteur américain, mais personnellement, je n'ai jamais entendu un disque de lui), parce que toutes les filles à l'école ont des photos punaisées sur les murs de leur chambre. Clodagh – je ne vais plus chez Clodagh, parce que ce n'est plus ma meilleure copine, depuis qu'elle s'est mise avec Susan et sa bande, mais quand c'était ma meilleure copine et que j'allais chez elle, elle avait punaisé au-dessus de son lit des photos de Cliff Richard (Clifford l'adore, alors j'essaie de ne pas dire que je l'aime bien aussi, sinon il ne va pas arrêter de me casser les pieds en disant que je vois, il avait bien raison ; mais jamais je ne l'appellerai Cliff, en tout cas – jamais, il aura beau me supplier et me supplier, parce que ce n'est qu'un gamin, et que c'est « le Niais », que tout le monde devrait l'appeler). Et en plus des photos de Cliff Richard, Clodagh, elle avait mis la reine avec ses poneys, et Blanche-Neige et les sept nains, que j'adore, et aussi son chat, et puis Sir Laurence Olivier qui est vraiment vieux, pas aussi vieux que grand-mère, mais drôlement vieux quand même, et qui doit être de sa famille. En tout cas, il n'y en a pas un seul qui arrive à la cheville de Fabian – mais maman a poussé des hauts cris quand je lui ai demandé quatre punaises, et a dit que papa aurait une attaque parce que j'allais abîmer les murs. Et ça, c'est carrément injuste, parce que tout le monde a des photos et moi je n'ai pas le droit, et c'est carrément injuste. Donc la photo de Fabian (j'ai décidé que c'était mon amoureux), je la garde cachée sous mon lit, dans mon journal intime – d'ailleurs je ferais mieux d'écrire un peu dedans, avant d'aller voir Clifford (j'ai entendu papa rentrer, donc il doit dormir maintenant).

Bon, j'ai fini de recopier ces saletés de prières, et j'ai écrit un peu sur le printemps et ce qu'il représente pour moi (rien du tout, franchement), en parlant de Pâques et des œufs et tout ça, mais Saint Joseph et les triangles isocèles, là je n'ai pas pu, parce que je suis fatiguée, fatiguée, et donc je vais avoir des problèmes, et je n'aurai même pas le droit de dire que c'est la faute de sœur Joanna, ce qui est injuste parce que tout ça c'est à cause d'elle. Et en instruction religieuse, sœur Agnes va penser que je n'ai rien écrit sur Saint Joseph parce que je ne suis pas pieuse, et ce n'est pas juste de dire ça, parce que je suis très pieuse – pas comme Helen qui se croit plus pieuse que tout le monde, avec ses millions et ses millions d'images saintes, mais quand même plus pieuse que, disons, *Clifford*, parce que lui, il n'est pas pieux du tout, mais c'est vrai que c'est un garçon. À propos, je suis sûre que le livre de Clodagh, celui de Milzum Boom, il doit être à l'Index, comme tous les trucs chouettes qui sont inspirés par le péché et mauvais pour nous. Il y a une immense bibliothèque de livres, ce doit être au Vatican, en Italie, là où vit le pape avec tous ses prêtres et tout le monde, et elle est pleine de milliers et de milliers de livres que personne n'a le droit de lire. Enfin sauf *lui*, naturellement, puisque ce sont ses livres, avec son nom dessus, et qu'il est le pape et donc imputrescible. Je suis pas sûre que ce soit le bon mot, mais en tout cas ça veut dire que vous ne pouvez jamais faire d'erreur, parce que vous êtes au sommet de l'échelle de la piété, au moins aussi pieux que Saint Joseph qui était le père de l'enfant Jésus qui, comme chacun sait, portait des langes et dormait dans une auge, et à la Nativité, on le voit avec un bœuf et des Rois mages, et Marie, évidemment, parce qu'il lui fallait bien une maman. Même si elle n'a pas été maman – pas vraiment. Et d'ailleurs Saint Joseph ce n'était pas vraiment le papa non plus parce que c'était Dieu, et que Marie et Joseph, tous les deux, ils ont eu droit à l'Immaculée Conception ce qui veut dire que vous avez un bébé comme tout le monde et tout, mais en même temps ça reste vraiment propre et immaculé, donc ils n'ont pas eu tous les soucis qui vont avec. C'est drôlement compliqué, mais vous pouvez réussir à comprendre un peu, quand vous avez des tonnes et des tonnes de foi à offrir à Dieu.

Mon journal, c'est un gros cahier en faux cuir, comme sur les chaises de la salle à manger, mais la différence, c'est que mon journal est vert vif, et les chaises de la salle à manger marron et moches, comme tout dans la maison. Il y avait un cadenas dessus, mais il s'est cassé tout de suite. J'essaie d'écrire tous les jours, mais je n'y arrive jamais. C'est mon journal intime, et c'est ce que j'ai de plus intime à moi, et j'aimerais aussi avoir une coiffeuse comme celle que j'ai vue chez John Lewis, avec des rideaux et tout ça, parce que je pourrais le ranger là au lieu de sous le lit, avec le parfum et les écharpes en plumes et les houppettes et tous les bijoux que je n'ai pas non plus. Pendant le dîner, maman a dit qu'elle allait me faire une coiffeuse avec ces caisses d'oranges et des vieux coupons qui lui restent : ça n'arrive qu'à moi, ce genre de truc. J'écris mon journal à l'encre imputrescible, ce n'est peut-être pas le bon mot, mais en tout cas ça veut dire que personne ne pourra jamais l'effacer ni rien, et qu'il durera toujours, comme cette île Porte-Sceptre dans la mer de je ne sais plus quoi. Je commence toujours par « Cher Journal », même si c'est un peu pitoyable parce que de toute façon c'est à lui que j'écris et que personne d'autre que moi ne le lit, donc à quoi bon. En fait je ne le lis jamais vraiment parce que c'est assez barbant, et qu'il y a plein de taches et de traînées et tout ça, et ce serait sûrement plus propre si j'utilisais mon stylo-bille mais ce ne serait pas aussi romantique qu'avec de la vraie encre. Enfin, bon, allons-y :

« Cher Journal – la journée est terminée, et voilà ce que j'ai fait : 1) J'ai eu des ennuis à cause des images pieuses d'Helen et de sœur Joanna. 2) Je suis devenue meilleure amie avec M*A*R*G*E*R*Y, et c'est vraiment chouette parce qu'elle fait ce qu'on lui dit et qu'on peut lui toucher les seins si on veut. En plus je ne l'ai jamais appelée Margarine, comme certaines filles. 3) J'ai fait plein de mal à Alice, c'était super et je recommencerai. 4) J'ai recopié vingt fois le Notre-Père, à cause de 1. »

Je suis vraiment crevée maintenant : il est tard. Je vais ouvrir doucement la porte et aller jusqu'aux cabinets sur la pointe des pieds, et ensuite je vais écouter à la porte de papa et maman pour voir s'ils ronflent et si je peux entrer dans la chambre de Clifford qui doit dormir comme un bébé. Quand je serai grande et que j'aurai ma maison à moi, dans un endroit comme Hollywood ou pas loin de Selfridges, avec un grand grand divan rose et tout, je pourrai avoir ma propre chambre. Je détesterais partager une chambre avec quelqu'un comme papa – ça doit être horrible. Un jour, maman a dit que j'avais tout pris de mon père, et que Clifford, lui, tenait d'elle, c'est ce qu'elle a dit, et elle devait vraiment me détester ce jour-là. J'avais vraiment dû faire quelque chose de très mal, parce qu'elle ne m'avait jamais dit un truc aussi méchant, aussi dégoûtant, et généralement elle n'est pas comme ça, jamais, donc ça devait être de ma faute. Le soir, je me suis agenouillée sur le lino de la salle de bains, les jambes nues, et j'ai répété Mayor Cooper Mayor Cooper, comme quand on a fait quelque chose de grave, et le lendemain j'ai fait pénitence en offrant mon Milky Way à une pauvre fille complètement pitoyable comme Alice, même si ce n'était pas Alice, et j'ai vraiment souffert comme une pécheresse parce que sur le papier ils disent que c'est la seule sucrerie qu'on peut manger entre les repas sans se couper l'appétit et je ne sais pas si c'est vraiment vrai puisque naturellement je ne l'ai pas mangé mais au moment de dîner j'ai carrément eu une attaque d'appétit. Ils disent aussi que le truc mou au milieu du Milky Way, c'est fouetté et refouetté des milliers de fois, et c'est ce que je méritais moi aussi, pendant que je répétais Mayor Cooper – j'ai essayé une fois avec une ceinture à élastiques, mais c'est dur d'atteindre mon dos, et ça fait drôlement mal.

En même temps, je trouve ça sinistre, quand il fait noir dans la maison. Elle paraît beaucoup plus grande et on bute dans des meubles même si on sait qu'ils sont là, et il fait encore plus froid que quand la lumière est allumée. Pas un bruit dans la chambre de papa et maman, tant mieux – au moins, il ne l'embête pas affreusement, comme des fois. Donc je vais appuyer sur la poignée de la porte de Clifford et rentrer vite fait, et je vous jure que je ne vais pas traînasser parce que j'ai oublié mes chaussons et que j'ai les pieds comme des gla-gla-glaçons.

« Clifford... ? Clifford – tu dors ? C'est moi. Allez, bouge.

— Mmmm... ? Quoi... ? C'est l'heure de se lever ?

— Oh, mais ne sois pas idiot, Clifford. Et ne parle pas si *fort*, il est tard.

— Mais qu'est-ce que tu *fais*, Annette... ? Pourquoi tu ne vas pas dans ton lit à toi ?

— Oh, mais tais-*toi*, Clifford, d'accord ? Bouge-toi un peu. Là. Maintenant, laisse-moi... oh, mais enlève tes *mains*, Clifford, arrête de faire le bébé. Incroyable. Tiens – donne-moi ta main...

là. C'est chouette, hein ? Et je vais te faire pareil. C'est chouette, hein ? Tu aimes bien ? Tu aimes bien ? »

Clifford, il ne dit rien. En tout cas, *moi*, je trouve ça chouette. Je ne sais pas ce qu'il a. Parce que si *moi*, j'avais une quéquette comme lui, ou des seins comme Deirdre, en 3ᵉ A4, je resterais au lit ou je passerais mon temps dans les vestiaires à les tripoter tout le temps. Mais je n'ai rien, ni les trucs de garçon, *ni* les trucs de fille – juste les trous pour la petite et la grosse commission, et c'est vraiment injuste.

« Oui, c'est – c'est chouette, dit Clifford – et Annette perçut à peine sa voix étouffée, parce qu'il parlait dans l'oreiller, en le mordant. Mais c'est *sale*, Annette. Si on se fait prendre ?

— Ccchhht. On ne va pas se faire prendre. Ça chatouille ?

— Oui, ça chatouille drôlement...

— Margery m'a dit que ça chatouillait. Non, pas là. Là. Pourquoi tu ne mets pas ton doigt, Clifford ? Pour voir jusqu'où tu peux aller ?

— Mais tu ne vas pas avoir mal ? Et si tu te mets à saigner ?

— Oh, mais ne sois pas idiot, Clifford. Quand tu te mets le doigt dans le nez, tu ne te fais pas mal, hein ? Je ne vais pas saigner par mon trou à pipi, quand même ? »

Mais Deirdre, si, elle a saigné, parce que Clodagh me l'a dit – et elle a même vu du rouge sur sa culotte. Clodagh pense que c'est parce que Deirdre est sûrement très très pieuse, parce que la seule autre personne qui saigne comme ça, c'est Padre Pio, et c'est un nom qui veut tout dire – et lui aussi il saigne tant qu'il peut, mais seulement des mains et des pieds, comme Jésus sur la croix, parce qu'il est astigmate, et pas de son trou à pipi naturellement, puisqu'il n'en a pas puisque c'est un garçon, dont il doit avoir une quéquette comme Clifford. Sauf que les saints et les prêtres et le pape aussi, sûrement, ils n'ont rien du tout, parce que Dieu n'aimerait pas. Ce doit être drôlement embêtant quand on est pieux comme ça et qu'on a besoin d'aller aux cabinets – mais les voies de Dieu sont impénétrables et immenses les bienfaits qu'il nous accorde, et quand on a la foi, il étend sa main sur vous et vous donne la paix, même quand on est prêt à exploser de pipi.

Ce que je veux faire maintenant, c'est m'entraîner à embrasser vraiment pour le cas où je rencontrerais Fabian, mais Clifford, il serre des lèvres comme pas possible, et si on lui dit d'être romantique et qu'on essaie de lui ouvrir sa sale petite bouche, il se met à baver et à dégouliner comme un bébé, et une fois il m'a même mordue, mais je ne pense pas que c'était exprès. Bien sûr, les vrais garçons sont plus vieux que Clifford, mais je ne sais toujours pas comment Elizabeth Taylor arrive à s'en tirer – mais elle a plein de maris, j'ai lu ça dans le *Woman's Own* de maman, et moi ça me paraît une bonne solution, parce que s'il y en a un qui ne marche pas, on en prend un autre. Et puis elle a les moyens. Peut-être que dans son jardin l'argent pousse sur les arbres, pas comme chez nous. En tout cas, là, je caresse tout doucement la quéquette de Clifford, tout doucement, et elle bouge un peu dans ma main, on dirait un bébé hamster ou un truc comme ça. Et puis il a mis son doigt, maintenant – et ça aussi ça chatouille, ça fait bizarre, mais ça me donne aussi envie de faire pipi, il va falloir que j'aille aux cabinets, après.

La poignée de porte tourna, et Clifford poussa un gémissement angoissé. Quant à Annette, ses yeux étaient immenses, son corps tétanisé, tous ses sens en alerte, comme elle attendait la confirmation de ce qui arrivait. Au premier rai de lumière qui pénétrait dans la chambre par la porte entrebâillée, elle se replia comme un couteau suisse et roula au bas du lit, et demeura là, cachée derrière, accroupie et tremblante, se couvrant la tête d'un bout de dessus-de-lit. Elle serra le bras de Clifford pour le mettre en garde, et comme il avait l'air de vouloir se mettre a pleurer, le serra derechef, plus fort, pour le forcer à arrêter. Elle savait à présent que sa mère était dans la pièce, elle sentait sa présence autour d'elle, et se mordit la lèvre pour s'empêcher de grelotter davantage, puis offrit à Jésus la douleur qu'elle s'infligeait, comme tout bon pécheur, tout en se demandant ce qu'elle allait pouvoir dire si on la tirait de sa cachette. Sa mère rôdait à présent de l'autre côté du lit, elle semblait fourrager dans quelque chose, puis se pencha soudain et embrassa doucement Clifford sur le front, et lissa tendrement ses cheveux emmêlés sur son front, d'une main infiniment aimante, et Annette se mordit la lèvre sauvagement parce qu'elle savait que si sa mère faisait ça, c'est parce que Clifford, il tient d'elle, et que moi, Annette – moi j'ai tout pris à mon père. Elle n'osa pas faire le moindre geste jusqu'à ce que la porte se soit refermée sans bruit derrière sa mère, sur quoi le silence envahit la chambre, pesant, lourd de respirations retenues.

Gillian rompit son silence pesant, lourd de sa respiration retenue, et poussa un soupir de soulagement en traversant le couloir jusqu'à la salle de bains. Tout d'abord, elle s'était dit oh mon Dieu, je ne vais pas réussir à la trouver, à tous les coups. La petite dent de Clifford. Et il n'est pas question que je m'amuse à soulever son matelas, s'il a eu par hasard la bonne idée de la fourrer quelque part en dessous Et puis tout d'un coup je l'ai sentie, alors je l'ai tirée tout doucement, avec deux doigts, de sous ses oreillers (dans tous les sens, ses oreillers, comme ses draps d'ailleurs – j'espère qu'il n'a pas de fièvre ni rien). Donc j'ai mis cette petite pépite d'argent dans ma poche, et je l'ai remplacée par une autre – un peu plus grosse, j'en ai peur, parce que j'ai fouillé dans mon porte-monnaie pour trouver une pièce de six pence, et j'ai même été voir dans le petit coffret avec le gland rouge dans lequel je garde tous mes trésors, dont cette petite bourse en feutrine avec un cordonnet dans laquelle on m'a rendu ma montre la fois où je l'avais donnée à réparer, et dans laquelle je mets maintenant la petite monnaie qui me reste, tous les jours, histoire de faire comme ça des économies sans qu'il y paraisse. Pas une seule pièce de six pence, vous vous rendez compte ? Il y avait une demi-couronne, ce qui m'a bien surprise (je devais rouler sur l'or cette semaine-là, franchement je ne sais pas comment), et des demi-pennies et autres piécettes de cuivre, mais pas une seule de six pence, pas *ça*. Donc j'ai finalement pris deux pièces de trois, que je gardais enveloppées bien serrées dans un bout de papier-alu. Ça ne fait pas très petite souris, c'est sûr, mais bon – voilà. Il était si mignon, mon Clifford – mon petit ange, au pays des songes. J'ai posé ma main sur son front, pour voir, mais il n'était pas chaud – même pas un petit train de fièvre ni rien. Donc il a peut-être fait un mauvais rêve – parce que généralement, vous voyez, il ne bouge pratiquement pas dans son sommeil, la nuit. Le matin, il y a à peine besoin de refaire son lit.

Oh, je suis crevée, crevée – et dire qu'il va être tout de suite six heures et demie ; je n'aurai pas vu passer la nuit. Mais je vais faire un brin de toilette avant de me remettre au lit – à moins que je descende dormir un peu sur le canapé du salon. Arthur est rentré dans un état épouvantable. Il arrivait à peine à monter l'escalier tout seul – il a fallu que j'aille l'aider, tellement il faisait de bruit, je me disais ça y est, il va réveiller les enfants.

Et le pire, ce n'était pas l'alcool – encore qu'il avait cette odeur sur lui, naturellement ; à chaque fois qu'il sort, quand il revient, il sent le whisky que c'en est affreux. Je me demande vraiment comment il peut s'offrir ça, d'ailleurs, parce que c'est terriblement cher, le whisky – mais bon, c'est son argent, n'est-ce pas. On va dire ça. C'est lui le Maître de céans, après tout – parce que moi, je n'ai jamais travaillé, jamais gagné ma vie, donc ce n'est pas la même chose. Donc non – c'était ses pieds, vous voyez. Il était rentré à pied de Dieu sait où, alors je lui ai dit mais enfin Arthur, mais pourquoi n'as-tu pas pris le bus ? Pourquoi avais-tu besoin de rentrer à pied, pour arriver si tard, et en plus avec tes pieds et tout ? Il m'a répondu qu'il avait envie de se balader un peu, et puis qu'il avait manqué le dernier bus, et que je n'avais qu'à choisir entre les deux, comme je préférais. Du coup, je l'ai mis au lit tout de suite, et il a commencé à faire l'idiot. Arthur, lui ai-je dit comme ça – Arthur, il est vraiment tard et tu vas réveiller les enfants et tu sais bien que je dois me lever tôt le matin. Mais rien à faire – il n'a rien voulu savoir. Donc on a fait un peu ce qu'il voulait, mais pas l'autre truc, parce que je trouve ça absolument dégoûtant, pour être tout à fait franche avec vous – et comment ça peut lui plaire, à *lui*, j'aimerais bien le savoir. Parce que si les femmes commençaient à vouloir qu'on leur fasse toutes sortes de choses bizarres, oh là là, on n'aurait pas fini d'en entendre parler, n'est-ce pas ? Les hommes seraient déjà sur le pied de guerre. Mais bon, aucune femme ne demanderait des choses pareilles, bien sûr, donc ils peuvent dormir tranquilles. Quelquefois, je me dis que j'aurais dû être bonne sœur – mais évidemment, je n'aurais pas eu Clifford, mon petit trésor, n'est-ce pas ? Et à quoi je servirais, alors ? Et puis Annette – je n'aurais pas eu Annette, non plus. Quoi qu'il en soit, j'ai fait ce que voulait Arthur, ç'a été expédié en deux coups de cuiller à pot – il n'a pas fait de difficultés – et à présent, il ronfle comme un sonneur. Donc moi, je n'ai plus qu'à me rafraîchir un peu, et voilà.

Oh, mais quel amour, quand même – mon petit Clifford. Si doux, si innocent. J'espère qu'il ne changera jamais, mon petit garçon adoré. Parce que ça ne dure pas toute la vie, n'est-ce pas ? Cet âge-là. Pendant combien de temps encore vais-je pouvoir jouer les petites souris avec ses dents de lait ? Pendant combien d'années encore vais-je pouvoir remplir son bas avec toutes les petites surprises que le Père Noël lui a apportées ? Fais en sorte de rester tendre et innocent et heureux, mon petit Clifford. Ne te presse pas de grandir, comme tant de jeunes gens d'aujourd'hui. Parce que l'enfance – ça file si vite. Et ensuite, eh bien regardez ce qui se passe.

*

Le truc le plus pénible, avec l'éducation physique, c'est que je suis obligé d'y aller, maintenant. Pendant les trois premières semaines du trimestre, ce que j'ai fait, c'est que je débarquais à la salle de gym avec le short blanc et le maillot idiot qu'ils nous forcent à mettre, et qui me fait des bras tout maigres, mais je gardais mes grosses chaussures de ville, et le nouveau prof de gym, Mr Rawlings – qui est aussi dingue que Mallison-le-Cinglé, et tous les autres profs de gym que j'ai eus, et il serait plus à sa place dans une cage à Bertram Mills, à recevoir des bananes – il me voyait arriver comme ça et me faisait eh bien Coyle, vous avez oublié vos chaussures, hein ? Dans ce cas, vous n'allez pas pouvoir participer au cours, petit imbécile : allez vous asseoir contre les barres d'exercices et regardez les autres. Il est tellement abruti qu'il lui a fallu trois cours pour comprendre que ce n'était pas moi l'idiot, mais *lui* – et maintenant, il fait eh bien nous allons tous devoir patienter pendant que Mister Coyle retourne à son casier pour prendre ses chaussures de gymnastique – alors *allez-y*, Coyle, espèce de petit flemmard, et *vite* : je compte. Si dans deux minutes chrono vous n'êtes pas revenu, je vous colle vingt pompes à faire. Il est répugnant, avec du poil qui lui sort de sous les bras, un maillot affreux, et le cou plus large que la tête. Donc j'ai pris ma formule 1 et j'ai foncé dans les couloirs, en faisant crisser les pneus à chaque virage, et les freins et tout, et puis j'ai fait un demi-tour super-réussi dans les vestiaires avant de repartir à fond, pied au plancher dans la dernière ligne droite, en doublant toutes les Ferrarri et BRM et Alfa-Machintruc pour passer juste à temps sous le drapeau à damiers, même si je savais bien qu'il ne m'avait pas minuté ni rien parce que les grandes personnes disent toujours qu'elles comptent le temps que vous mettez mais elles ne le font jamais, – mais en même temps je savais que si je n'avais pas été à une vitesse supersonique, il m'aurait collé ces vingt pompes horribles que je ne peux pas faire de toute façon, et il te pose un pied sur le derrière, Rawlings-le-Cinglé, en criant *menton*, mon gars – lève ce menton, le dos bien droit, et tout le monde regarde et se marre et tout. Quand je serai plus grand, je le tuerai, Rawlings – lui et Mrs Chadwick.

Et l'autre truc horrible en éducation physique, à part devoir y aller, c'est qu'on doit partager le cours avec les garçons de la 3ᵉ A4, qui sont costauds comme tout et se prennent pour Maverick ou je ne sais qui, et vous bousculent dès que Rawlings a les yeux ailleurs, et l'un d'eux que tout le monde appelle Skippy, parce qu'il a des jambes de kangourou (mais évidemment on ne l'appelle pas comme ça devant lui), il me colle toujours son doigt dans l'estomac en disant fais gaffe branleur ou des trucs comme ça, et ça fait un mal de chien. En fait, c'est le grand frère de Dismal, Skippy, et je dis toujours à Dismal écoute Dismal, pourquoi il est aussi infect, ton frère, pourquoi tu ne lui dis pas d'arrêter de me chercher des crosses et de me faire mal sans arrêt, et Dismal répond toujours bah ne t'inquiète pas, il te fait moins d'ennuis et moins de mal qu'à moi, donc arrête un peu de pleurnicher. Je suis bien content de ne pas avoir de grand frère. Skippy, il sera prof de gym quand il sera grand, parce qu'il n'arrête pas de crier dans tous les sens et de venir me pincer les muscles et qu'il est carrément cinglé et dingue et mauvais comme Rawlings. Et c'est sa faute si j'ai eu des poux, au dernier trimestre, parce que Dismal dit que c'est Skippy qui les lui a filés, et moi j'ai dû attraper ceux de Dismal, et plein d'autres aussi, même si en fait je ne sais pas exactement ce que c'est, des poux, sauf Dismal, naturellement, Dismal c'est un pou, comme chacun sait, mais en attendant quand je suis rentré à la maison et que j'ai dit à maman que j'avais ça, des poux, elle a répondu qu'elle ne savait plus où se mettre, et je n'ai pas bien compris parce qu'elle a toute la maison pour ça. Et elle m'a lavé les cheveux avec un truc qui sentait comme le tas de cochonneries trempées au fond du jardin, et ça piquait drôlement les yeux, et elle a frotté et frotté tant qu'elle pouvait, ce n'était pas du tout comme quand elle me lave les cheveux le dimanche, avec du Vosene, c'était vraiment dur, et j'avais les oreilles toutes rouges. Et tout ça à cause de Skippy – et moi, je serais un pou, je n'aurais pas envie d'aller sur lui, même avec des pincettes.

« Bien, bande de misérables flemmards ! Écoutez-moi attentivement, parce que je ne le dirai qu'une fois. Comme vous le voyez, j'ai préparé tout le matériel pour vous – on ne pourra pas dire que je n'ai pas à cœur de tout faire pour vous, messieurs. Ne râlez pas – écoutez. Bien – on court jusqu'au mur du fond, on touche les barres, demi-tour, roulade avant sur le tapis – arrêtez de vous gratter comme ça, Simpson, vous n'êtes pas au zoo – donc roulade avant sur le tapis, élan sur le tremplin, saut au cheval-d'arçon, rétablissement pieds joints, puis – Gibson ! C'est le directeur que vous voulez aller voir ? Non ? Alors arrêtez de traîner les pieds. Donc saut au cheval, rétablissement, puis corde, jusqu'en haut. Redescendre, retour ici en courant, toucher les barres. Je vous chronomètre. C'est clair ? Bien, à vos marques... Prêts... »

Et là, il souffle dans ce sifflet en argent qu'il a autour du cou, comme un collier, tellement fort qu'on est obligés de fermer les yeux, et tout le monde y va en même temps et se bouscule et se crie pousse-toi dégage et se rentre dedans, et se jette hors des tapis parce qu'il n'y en a que deux et que tout le monde veut passer dessus en même temps sauf moi parce que moi je prends mon temps, parce qu'ils sont drôlement brutaux, les gars de 3e A4, et que c'est déjà assez pénible de devoir faire tout ça, d'ailleurs je ne sais même plus ce qu'il nous a dit, mais si en plus on doit se faire cogner dessus, c'est encore plus horrible. Je hais l'éducation physique. C'est bête. On fait ces trucs-là, et on attrape chaud, et on se brûle les bras et les jambes sur cette saloperie de tapis, tout ça parce que Rawlings-le-Cinglé a décidé qu'on devait faire ça. Il devait être général pendant la guerre, il commandait aux Allemands, même si on n'est pas allemands, ce qui est le bon sens même, comme dirait Meakins-le-Grincheux. Je trouve qu'on devrait lui mettre du plomb dans la cervelle à Rawlings-le-Cinglé, six balles. Moi, je le ferais, si mon pistolet Cisco était un vrai, avec des vraies balles, je le ferais. Et ensuite je soufflerais dessus, comme Maverick, et ça serait marqué « fin de la première partie », et ensuite il y a Daz et Camay, le savon des stars, et les petits pois Bird's Eye, frais comme un matin d'été, c'est ce que je préfère.

« *Coyle*, espèce de lombric, espèce d'invertébré ! Oui, vous ! *Allez*, du nerf, sinon vous allez faire connaissance avec ma chaussure, jeune homme. Vous avez entendu ? Venez – venez là, Coyle – ici, tout de suite. J'en ai par-dessus la tête de votre mauvaise volonté et de vos manières de fainéant. Bien. C'est bien votre oreille, ça, n'est-ce pas ? C'est exact ? C'est bien votre oreille ?

— Oui, monsieur.

— Oui, monsieur, parfaitement. Et ça, c'est bien mon pouce et mon index – vous les voyez bien, Coyle ? N'est-ce pas ?

— Oui, monsieur.

— Oui, monsieur, exactement, vous les voyez bien. Donc ce que je vais faire, là, Coyle – arrêtez de vous tortiller comme un ver et tenez-vous droit, regardez-moi en face – ce que je vais faire, Mister Coyle, c'est prendre votre jolie petite oreille toute rose entre le pouce et l'index, et tourner – comme ça – *tourner*, Coyle !

— Aïe ! Aïe !

— Aïe comment, Coyle ? Aïe *comment* ?

— Aïe *monsieur*, monsieur. Aïe ! Monsieur.

— Absolument, Coyle. Aïe, monsieur. Et maintenant vous filez à la corde et vous *grimpez*. Vous *grimpez* jusqu'en haut. Ne restez pas à la regarder. *Grimpez.* »

J'ai coincé mes pieds sur le gros nœud en bas de la corde, et la corde, elle sent comme les Shreddies, qui ressemblent à des petits oreillers, mais en raphia, comme celui avec lequel Annette fait des cache-pot en activités libres. S'il y avait des gros nœuds comme ça tout au long, ce ne serait pas si dur. Et de toute façon, quel intérêt de grimper à une corde ? Quand on veut monter quelque part, on peut passer par l'escalier ou prendre l'ascenseur et monter comme une fusée, comme chez Selfridges. En plus, Rawlings-le-Cinglé est là, à côté de moi, avec ses poils qui dépassent et tout, et il me crie dans l'oreille allez, plus *haut* ! Allez, mon gars ! Allez, espèce de *fillette* ! Il faudrait qu'il se décide. En tout cas, je tire sur mes bras et il me semble que j'ai avancé un peu, et là je coince la corde entre mes chaussures de gym, et je tire encore, et il me semble que j'ai monté encore un petit peu, et puis je recommence, et tout d'un coup je sens un drôle de chatouillis dans ma quéquette, exactement comme cette nuit, quand Annette me la tripotait et tout ça. J'avais du chagrin, cette nuit. Dans mon lit. Ça m'a vraiment rendu triste. Pas Annette, non, cette fois c'était chouette : j'ai bien aimé, de mettre mon doigt et tout. Non, j'étais triste parce que ce n'est pas la petite souris, c'est juste maman. Pourquoi ce n'était pas la petite souris ? Elle ne m'aime plus, c'est ça ? C'est peut-être parce qu'Annette, elle dit que je ne suis pas pieux, même si je ne comprends pas. Ou bien la petite souris a tellement de dents qu'elle n'en veut plus, maintenant. Ou bien elle est allée trouver maman en lui demandant si elle ne pouvait pas y aller à sa place parce qu'elle avait un rendez-vous important. Mais en même temps, la petite souris ne donne jamais des pièces de trois pence, comme chacun sait. Enfin je ne sais pas – je ne sais pas pourquoi ça m'a fait de la peine. J'étais triste parce que ce n'était pas pareil, cette fois.

« *Allez*, Coyle – on *s'accroche*, mon garçon ! Mais qu'est-ce qui ne va pas chez vous ? Hein ? Qu'est-ce qui ne va pas ? Tout le monde a *terminé*, Coyle. Vous faites perdre du temps à tout le monde. *Allez*, bougez-vous un peu, espèce de petite feignasse ! »

Je n'arrive pas à monter plus haut, et je ne veux pas lâcher non plus, parce que je glisserai d'un seul coup et je ne sentirai plus le chatouillis dans ma quéquette, et puis je me brûlerai les mains – mais trop tard, ça y *est*, je glisse, oh là là, j'ai glissé, me voilà en bas, et plus de chatouillis et j'ai les mains en feu et Rawlings avec sa tête de cochon me crie que je suis trempé comme une éponge et me dit de filer aux barres sinon je vais faire connaissance avec la giroflée à cinq pétales. Si j'étais un pirate, je courrais sur la passerelle et je l'enverrais à l'eau d'un grand coup de mon fidèle sabre d'abordage, avec tous les requins et tout, et il me supplierait et se ferait bouffer. En même temps, le truc chouette, avec les deux pièces de trois pence, c'est qu'après l'école, je vais pouvoir aller m'acheter mon Spitfire chez Moores dans l'avenue.

Au bout d'un million d'années, la gym a été terminée, et Rawlings est sorti en me répétant je vous ai à l'œil, mon petit gars, ne vous en faites pas, je vous ai à l'œil – et maintenant, il y a des garçons qui vont prendre une douche, mais moi jamais parce qu'on est tout mouillé, et ensuite il faut se sécher. Ensuite ils nous donnent du lait à boire, dans des bouteilles comme celles que le laitier nous met devant la porte avec son cheval et sa carriole, mais en beaucoup plus petit, et jamais bien frais comme à la maison parce qu'ici c'est l'école, et ils n'ont pas de Kelvinator ni rien, et papa dit toujours qu'avec ce qu'ils lui prennent ils pourraient carrément envoyer le foutu *Queen Mary* au pôle

Nord pour ramener des icebergs, mais moi je crois que ce n'est pas possible. Mais en même temps, ils nous donnent les pailles, là, et si on écrase le bout on dirait des rames, mais alors on ne peut plus aspirer dedans. Papa, il dit souvent foutu, et c'est un gros mot, mais je crois qu'il ne le pense pas vraiment. Ensuite on a deux heures d'anglais et ensuite le déjeuner ; aujourd'hui c'est du hachis et ensuite de la jelly en petites parts, chacun sa soucoupe, et ça, moi, miam-miam, et cette sale Mrs Chadwick n'aura pas à me dire deux fois de finir mon assiette.

Ça alors ! C'est un type appelé Hancock qui dit toujours ça à la télévision, parce que je l'ai entendu un jour que je la regardais chez Anthony Hirsch. Et Anthony m'a dit aussi deux autres trucs qu'ils disent à la télévision. Un, c'est un grand monsieur dans une émission sur l'armée, et Anthony me dit que c'est très drôle mais moi je ne l'ai jamais vue et le grand monsieur dit toujours « Saperlicocu ! ». Annette aussi a trouvé ça drôle, mais moi je ne comprends pas bien. Elle m'a dit que si je disais ça à papa ou maman ils auraient une crise cardiaque, donc j'ai tenu ma langue. (Ils disent toujours qu'ils vont en avoir une, de crise, mais ils n'en ont jamais ; c'est peut-être comme avoir des bébés comme le chat de Dismal.) Et puis dans *Dimanche soir au London Palquelquechose*, avec des gens comme Norman Wisdom qui est encore plus drôle que Mister Pastry, et même une fois ils ont invité Cliff Richard – là, il y a ce monsieur avec un nom que j'ai oublié et il dit « Je m'occupe de tout », et moi je ne trouve pas ça drôle du tout, et Anthony non plus ça ne le fait pas rire, et j'aimerais qu'on ait une télévision avec plein d'émissions intéressantes, au lieu d'émissions barbantes. Quand maman va faire les courses aujourd'hui, elle m'a dit qu'elle passera à la bibliothèque pour prendre mon livre de Jennings, et puis elle va acheter du thé alors je lui ai demandé d'acheter du Hornigan's parce qu'ils ont les Capitales du monde et les Drapeaux du monde, et elle m'a répondu qu'elle prenait toujours du PG Tips et je lui ai dit je sais bien mais je n'aurai jamais tous les Oiseaux du monde parce qu'il m'en manque plus que trois mais si je commence à collectionner les Capitales du monde et les Drapeaux du monde j'en aurai forcément un nouveau puisque je n'en ai pas du tout. Mais maman a répondu qu'elle aime bien le PG Tips et que papa aime bien le PG Tips et que ce sera du PG Tips et pas autre chose, mon garçon, et quelquefois les grandes personnes on dirait qu'elles n'écoutent rien parce que j'ai été obligé de lui expliquer encore et elle ne comprenait toujours pas et donc je ne crois pas qu'elle va acheter du Hornigan's finalement, et c'est toujours comme ça – et elle ne veut pas acheter non plus de Rice Krispies parce qu'elle dit que les Rice Krispies lui sortent par les trous de nez, mais moi j'ai bien regardé et ce n'est pas vrai. De toute façon ça m'est égal maintenant parce qu'Antony Hirsch, il dit que dans les Corn Flakes ils ont des vrais hommes de l'espace de toutes les couleurs avec des casques qu'on voit au travers et sa mère elle va acheter le paquet familial parce que dans le paquet familial ils mettent deux hommes de l'espace, et je suis sûr que c'est uniquement parce qu'ils sont jouifs qu'ils peuvent parce que si on ne l'est pas alors on n'a qu'à suer sang et eau pour joindre les deux bouts, et même si je ne sais pas du tout ce que ça veut dire, je sais que c'est ce que nous on fait tout le temps.

Vivement après l'école, que j'aille chercher ma maquette chez Moores dans l'avenue, parce que comme ça, je pourrai la monter samedi et puis la peindre et coller les décalcomanies et tout ça dimanche, et ensuite je pourrai faire *ouaiiiis*... ! en courant et en le tenant comme ça dans ma main, et lâcher des bombes partout et tuer plein d'Allemands, parce que les Allemands ils n'avaient qu'à pas être contre nous pendant la guerre, comme les japes, je ne sais pas ce que c'est mais papa dit ça. Mais en attendant que ça sonne, il reste... six heures et quatre minutes et vingt-huit secondes... vingt-sept secondes... vingt-six secondes... vingt-cinq secondes... Oh là là, il va falloir des millions et des millions de secondes et ça va faire des années et moi je vais devenir vieux avec une grande barbe blanche comme le Père Noël et puis je vais sentir comme grand-mère et puis ensuite mourir et devenir un squelette. Je ne sais pas pourquoi il faut aller à l'école. C'est idiot. Maman dit que c'est pour apprendre, mais la seule chose que j'ai apprise, moi, c'est que l'école, c'est complètement idiot.

*

« Tu ne sembles pas très bien comprendre, Gillian. Tout ceci n'est rien moins qu'une sage initiative, compte tenu des circonstances. Économiser ses ressources, c'est bel et bon... mais si nous voulons maintenir notre niveau de vie...

— Oh, mais je sais, Arthur – je ne discute pas ta décision, du tout, mais...

— Laisse-moi terminer, je t'en prie, ce serait très aimable à toi. Si nous voulons que ce niveau de vie dont nous jouissons tous demeure plus qu'aisé, dirais-je – entre les frais de scolarité, la maison, et j'en passe n'est-ce pas –, il nous faut trouver des revenus supplémentaires. D'où ma décision. En tant qu'unique soutien de famille.

— Je ne – je ne discute pas, Arthur, ce n'est pas cela. Et je sais bien que je ne travaille pas – je le sais parfaitement. Mais simplement – mon Dieu, avant d'inviter Mr Henderson à dîner chez nous, tu aurais pu m'en parler, ou au moins me prévenir un peu à l'avance. Parce que là, je n'ai plus que demain pour trouver quoi faire à manger et faire les courses et tout... et cette semaine, je tire sur la corde, Arthur. Je ne sais pas si je vais y arriver.

— Quelquefois, Gillian, je ne comprends pas du tout ce que tu fais de tout l'argent que je te donne.

— Je suis désolée, Arthur. Mais la vie est si chère maintenant... »

Arthur soupira, puis s'employa, avec une immense lenteur, à tirer son portefeuille de la poche intérieure de son costume de bureau. Il déposa deux billets d'une livre sur le manteau de la cheminée, puis déplaça soigneusement la pendule qui trônait au milieu, les coinçant au coin sous l'un des pieds. Tout ceci, il le fit avec cette même assurance nonchalante qu'il affectait pour, dans la pénombre, laisser tomber l'argent sur le feutre glauque et taché de la table de bridge, chez Rosie.

« Je suis navrée, Arthur. Je ne te demanderais rien si... enfin, tu sais que je n'aime pas te demander, mais...

— Cchhht... c'est bon. Je comprends parfaitement que je t'impose là un petit supplément de travail. Une petite corvée en plus. Mais je suis certain qu'elle nous rapportera des dividendes inestimables. C'est un sage investissement. J'avais deviné que tu me demanderais une petite rallonge, et j'ai donc pris mes précautions. »

Oui – oui, je l'avais prévu, tout à fait. C'est d'ailleurs pour cela que j'ai emprunté deux livres à ce bon vieux Geoff, au bureau. Oh nooooon – pas *encore*, a fait Geoff. Navré que ça tombe sur toi, mon vieux, avait répondu Arthur avec allégresse, mais c'est un peu une question de vie ou de mort. Jusqu'à vendredi. C'est ce que je lui ai dit – sans ambages. Je n'ai pas parlé de sage investissement. Je n'ai pas, Dieu du ciel, précisé qu'il nous rapporterait des dividendes inestimables. Mais où je vais chercher ça, moi ? Pourquoi Gillian ne dit-elle jamais *rien* ? Comme Geoff. Me dire une bonne fois pour toutes d'arrêter. Quant à la prévenir d'avance – elle pense peut-être que ça a été facile de réussir à faire venir Henderson ? Mon Dieu, Coyle, a-t-il dit, tout cela est bien soudain. Évidemment, il essayait de gagner du temps, pour trouver un moyen de refuser, d'échapper à ça. Évidemment. Eh bien monsieur, ai-je dit, j'aurais même dû vous le proposer depuis longtemps, en fait. Mon Dieu, Coyle, voyez-vous, il y a toujours ceci et cela, et je suis extrêmement occupé ces temps-ci. Nous devons partir pour la France dans pas très longtemps – et je me méfie terriblement des engagements pris trop longtemps à l'avance, vous savez : je suis un homme d'impulsion. C'est d'ailleurs ce qui fait mon succès au tribunal, Coyle. Je fonctionne à l'impulsion – c'est ainsi que je gagne mes procès ! Mon Dieu, je suis parfaitement, entièrement de votre avis, cher monsieur, ai-je dit – et c'est pourquoi j'ai pensé à ce soir. *Ce soir*, Coyle ? (Il avait l'air effaré.) Euh, non, je crains que ce ne soit pas possible ce soir, non, pas du tout – c'est même tout à fait hors de question, j'en ai bien peur. Alors, ai-je enchaîné aussitôt – rapide comme l'éclair – disons demain, alors ? Pourquoi pas demain, dans ce cas ? Demain, cela me paraît... ma foi, assez difficile. Après-demain soir, pourquoi pas après-demain soir, monsieur ? Acceptez, je vous en prie – Gillian, mon épouse, serait tellement déçue : cela fait des siècles qu'elle meurt d'envie de faire votre connaissance et celle de Mrs Henderson... Je l'ai regardé accuser le coup, devenir verdâtre, mais sans reculer d'un pouce, ni lui tendre la moindre bouée de sauvetage. Et il a fini par grommeler, non sans une énorme réticence, eh bien, hum – Coyle. Très bien. Disons après-demain soir, alors. C'est extrêmement aimable à vous. Et à Mrs Coyle.

« Bon, en tout cas, Arthur – je vais faire mon possible pour te faire honneur. Tiens, je vais sortir la nappe damassée – elle aura besoin d'un petit coup de fer. Je ne sais pas quand on s'en est servis la dernière fois, mais cette tache – oh, je crois que j'ai réussi à la ravoir finalement. Ça n'a pas été facile, mais si, j'ai réussi à la ravoir.

— Je compte sur toi, et je te fais toute confiance en ce qui concerne l'intendance.

— Oh, attends une seconde, Arthur – je viens de penser à une chose. Il y aura bien une *Mrs* Henderson, n'est-ce pas ? Il est marié, ton patron, n'est-ce pas ? Mr Henderson ?

— Bien sûr. C'est un homme marié, tout à fait.

— Oh là là. Donc oui, il y aura aussi une Mrs Henderson.

— Bien, passons à autre chose – peux-tu, si tu veux bien, jeter un regard sur cette petite carte que j'ai tapée au bureau, cet après-midi ? Je crois qu'elle résume les points essentiels.

— Une carte ? Pourquoi une carte, Arthur ? Qu'est-ce que c'est ? Oh, attends une seconde – il faut que je mette mes lunettes, c'est écrit trop petit. Bon, où les ai-je pos... ? Dire qu'elles étaient là il y a une min...

— Peu importe. Je vais te la lire. C'est une petite annonce. Tu es prête ? Tu écoutes ? Très bien : "Chambre à louer dans une maison de famille. Rue tranquille, proche magasins et toutes commodités. Plein sud, usage de la salle d'eau et eau chaude selon horaires. Petit déjeuner, dîner et blanchissage compris. £4.2.6d. par semaine. Références exigées. Emploi stable, fonctionnaire de préférence. Irlandais, gens de couleur, animaux exclus."

— Je... enfin – mais qu'est-ce que ça veut *dire*, Arthur ? Ça veut dire *ici* ? Dans cette maison ? Un locataire ? Mais *où*, Arthur ? Et pourquoi ne m'as-tu rien dit ? Pourquoi ne m'en as-tu pas parlé avant ? Et puis le cagibi n'est pas plein sud – et on ne peut vraiment pas appeler ça une fenêtre...

— Non non. Je pense à la chambre de Clifford. C'est la chambre de Clifford que nous louons – le cagibi, on n'en tirerait rien. Et Clifford peut s'installer dans le cagibi.

— Oh Arthur...

— Attends que j'aie terminé, si tu veux bien, et ensuite, bien sûr, tu seras tout à fait libre d'exprimer ton point de vue, quel qu'il soit. Comme je le disais, Clifford va s'installer dans le cagibi, et nous allons rafraîchir un peu sa chambre, un petit coup de peinture – je suis absolument persuadé que, malgré toutes mes recommandations, il a massacré les murs. Et mon Dieu, Gillian, de ton côté, tu pourrais sortir ta machine à coudre magique et nous confectionner, je ne sais pas, de jolis rideaux, un couvre-lit attrayant par exemple. Enfin, je laisse tout cela à ton jugement.

— Excuse-moi, Arthur, il faut que je m'assoie, là. Je suis assommée. Mais, et *Clifford*, Arthur – as-tu pensé à Clifford ? Il a tous ses trucs, toutes ses affaires dans sa chambre – ses maquettes et tout ça. Il va être, oh – mais il va être bouleversé. Oh non, Arthur – non, on ne peut pas lui faire ça. Et le cagibi – mais il est minuscule, le cagibi, il y aurait à peine la place de mettre un lit. Et moi, où veux-tu que je range ma Singer, et le secrétaire, et tous les cartons, tout ça ? Oh, sommes-nous *obligés*, Arthur ? Il n'y a vraiment pas d'autre solution ?

— Hélas, trois fois hélas. Qui veut la fin, etc. J'ai – cela ne te surprendra pas – j'y ai longuement, longuement réfléchi. Donc, dès que Clifford revient de là où il peut encore se trouver, ce garnement – sans doute encore fourré chez ses fameux juifs, poser la question c'est y répondre – tu l'envoies chez Lawrence, dans l'avenue, pour que cette annonce soit en vitrine dès que possible.

— Ça ne te semble pas un peu beaucoup, Arthur ? Non ? De demander à Clifford d'aller porter lui-même l'annonce ?

— Je ne vois absolument pas ce que tu veux dire. C'est une course comme une autre. »

Oh mon Dieu. Mon Dieu. Regardez sa tête, mais regardez-la. Défaite. Elle tombe de haut, ma pauvre Gillian. Où qu'elle ait pu se trouver par le passé, elle en tombe, elle n'en finit pas d'en tomber. Qu'ai-je fait ? À quoi nous ai-je menés ? Et je suis là, à exiger l'obéissance – alors que je mériterais d'être insulté, et congédié. Et Clifford, pauvre gamin – de quel œil va-t-il me voir ? D'un œil encore plus noir que maintenant, sûrement. Si possible. Et bientôt, tous les trois – tous les trois poseront sur moi ce regard à demi voilé de mépris, aux paupières lourdes de dégoût, nourrissant en leur sein, et à juste titre, une extraordinaire rancune, tout en gardant pour eux, en secret, des moments privilégiés en mon absence, dans cette complicité, cette collusion tacite qui ne peut émaner que d'un amour débordant, ou d'une haine commune. Et en l'occurrence, l'amour n'y aura pas de part, soyons en certains.

« La porte, Arthur. C'est Annette qui rentre. S'il te plaît, pas un mot à propos de... enfin, de tout ça.

— J'ai dit ce que j'avais à dire. On pourra me trouver dans la remise, pour le cas très improbable ou quelqu'un aurait besoin de moi.

— Oh Arthur – ta main ! Je me demandais pourquoi tu la gardais cachée dans ton dos. Oui, j'ai bien remarqué, mais je n'ai rien dit. Tu t'es coupé ? Au bureau ? »

Arthur baissa les yeux sur le petit doigt qu'il avait, l'espace d'une seconde, négligé de dissimuler, et autour duquel une étroite bande de gaze s'enroulait bien proprement.

« Au bureau, oui. Ce n'est rien. Avec un coupe-papier, tu vois. En principe, ce sont les petites secrétaires qui s'en servent, mais là j'étais un peu pressé et, mon Dieu – enfin ça m'apprendra, la prochaine fois, à laisser ce genre de tâches subalternes à des mains plus aptes à les gérer.

— Mon Dieu. Ce n'est pas trop grave, j'espère. Tu veux que je jette un coup d'œil ?

— Mais non, Gillian. Non. Ce n'est rien. Ça ne vaut même pas la peine de regarder. »

Hop, me voilà dans la remise. C'est drôle, le nombre de fois où je finis ici. Je trouve un curieux réconfort dans ce reliquaire pourrissant, ce mausolée de toutes les choses non faites. Prenez ce chauffage à paraffine – pour remarcher, il n'a besoin que d'un nouveau tube de combustion, qu'il n'aura jamais, bien entendu ; mais l'odeur imprègne tout – envahissante, infecte, et si familière. Voici le vieux tricycle de Clifford – déjà vieux lors de son achat et encore infiniment plus vieux à présent – et le boulon nécessaire à fixer cette pédale n'est toujours pas trouvé, et ne sera jamais posé. Des bocaux à confiture fissurés, avec leur couvercle rendu inamovible par la rouille, sont alignés sur le rebord de la fenêtre, remplis en vrac d'objets inidentifiables mais soigneusement classés par usage : ici les machins, là les bidules, et celui-là, au bout, est destiné à recevoir divers trucs. Dans des sacs bien rangés sur le sol, reposent des chutes de lino moisissant et de polystyrène expansé. Les pots de peinture au couvercle tout cabossé d'avoir été mille fois ouverts en force avec un tournevis, puis ré-enfoncé en force à coups de marteau, chacun arborant à son flanc de longues coulures pétrifiées de Brolac, de Ripolin et de Darkaline hors d'âge. L'horloge de cuisine qui devra pour toujours faire son deuil d'un ressort. Le panier d'osier éventré, le balai chauve, les longueurs et pelotes de ficelles pleines de nœuds – et au-dessus de ma tête, pendu à un croc de boucher rouillé, peut-être le témoignage le plus parlant de l'esprit du lieu : un seau en galvanisé vilainement cabossé, avec au fond, bien au milieu, un trou parfaitement circulaire et frangé de noir.

Bien. À présent, je peux réfléchir un peu, avec un sentiment grandissant de – non pas de bien-être, mais de soulagement, provisoire en tout cas, accroupi dans ma remise, avec entre les lèvres le goulot de cette bouteille de Haig pratiquement vide. Il me semble que j'ai avalé presque tous les... comment déjà ? Les Dairy Box, voilà : un peu écœurant. Non, Gillian, ce n'est rien du tout, surtout par rapport à ce que ça aurait pu être : bien, bien pire. Comme, et cela ne fait aucun doute, c'est destiné à l'être sous peu. Je sens encore l'odeur de l'hôpital, elle imprègne tout – et puis cette sorte d'engourdissement, c'est sûrement ce qu'il y avait dans la seringue. Je tremble à présent, je le remarque sans émotion particulière : ce doit être le contrecoup, si je ne m'abuse. Parce qu'il a bien fallu, n'est-ce pas – avais-je le choix – que je me rende à ce rendez-vous avec Mickey (j'étais pile à l'heure, comme je l'avais dit) et que je lui explique la situation. Lui, en retour, et avec une patience admirable, m'a fait part de sa propre situation – sur quoi, et sans doute était-ce un vœu pieux, j'ai pensé que les choses en resteraient là. Je n'avais même pas remarqué l'autre, dans l'ombre, au coin. Mais il a surgi bruquement, sans un bruit, et son énorme, lourde main a aussitôt saisi la mienne (toute pâle et innocente) sur le plat de la table devant moi. Il a soulevé le doigt avec une facilité déconcertante – comme si c'était de la pâte à modeler – il y a eu un crac, un peu comme un os de poulet, et j'ai baissé les yeux effarés sur mon doigt à présent tout de travers, et tout raide. C'est alors seulement qu'une douleur fulgurante m'a traversé tout le corps, mais déjà l'homme avait posé une main sur ma bouche, avant que ne jaillisse ce cri de pure horreur : le cri, étouffé en moi, a failli me faire exploser. Puis il s'est apaisé, transformé en sanglots incontrôlables. Là, c'était ton doigt, Arthur, m'a dit Mickey avec une infinie douceur. La prochaine fois (et il avait ce ton particulier qui ne laisse aucun doute) – la prochaine fois, Arthur, ce sera ton cou.

*

À la récré, cet après-midi, j'ai dit à Anthony que je ne pouvais pas venir chez lui ce soir et il m'a dit mais attends il y a deux *Popeye* à la télé, et puis j'ai du pop-corn, et moi je ne sais pas ce que c'est mais Anthony il me dit que c'est drôlement bon et qu'ils en ont en Amérique, et moi j'ai répondu je sais mais je ne peux quand même pas venir parce qu'il se passe plein de trucs à la maison aujourd'hui, et c'est drôlement chouette pour une fois qu'il se passe quelque chose. Du coup, Dismal arrive et fait ah ouais ? Qu'est-ce qui se passe chez toi, Cliffy ? Et Anthony et moi, on lui fait oh mais ça va, va jouer ailleurs, *bébé*, mais alors tous les deux en même temps, hein, et pour bien le tuer, on ajoute tu es carrément *minable*, Dismal, Dismal-le-Minus – et ton sale frangin Skippy c'est encore pire parce que c'est le plus grand salaud de tout l'univers et il te cogne parce que tu es un minus alors va te faire voir, gna gna gna ! Mais il est quand même resté à traîner, ça, c'est tout lui, et il me fait ah ouais, mais qu'est-ce que tu sais, toi, *Coyle*, parce que tu ne sais rien de rien même que c'est pour ça que tu es toujours le dernier de la classe chez Meakins, et Meakins il pense que tu es bête comme un âne, et de toute façon moi je suis sûr qu'il ne se passe *rien* de chouette chez toi parce que c'est pourri chez toi et que ce n'est pas possible – parce que c'est carrément *nul* chez toi ; vous n'avez même pas la télé. Et là, ça a été super parce que j'ai pu répondre oui eh bien c'est là que tu te trompes, monsieur le Minable-je-sais-tout, parce que justement on a une télé toute neuve, même que c'est une Ferguson, et que Ferguson c'est une super-bonne *marque*, si tu veux le *savoir*, et même qu'elle arrive *aujourd'hui*. Alors mets-toi ça dans la tête et ton bonnet par-dessus, et enfoncé jusqu'aux yeux, parce que tu n'es qu'une *nouille* et un bébé, et du coup il s'est barré sans demander son reste.

Parce qu'en plus c'est vrai – la télé arrive aujourd'hui : c'est maman qui me l'a dit. Elle a dit que quand elle viendra me chercher à l'école, la télé sera déjà à la maison – installée dans le salon – et ça, c'est super, même si on ne reçoit que les trucs pourris. Et de toute façon, je ne suis pas ce qu'il a dit – le dernier de la classe de Meakins, ça n'est pas vrai, du tout. Je suis avant-avant-dernier – enfin, la semaine dernière, j'étais avant-avant-dernier, mais cette semaine j'ai raté mes devoirs à la maison parce que je n'avais pas trop bien compris, et je suis avant-dernier, mais pas dernier, parce que c'est Troon le dernier, parce que Troon est toujours le dernier en tout, comme chacun sait. Mais ce n'est pas ma faute si je n'arrive à rien avec Meakins-le-Grincheux. Ce n'est pas ma faute s'il est piqué. Dire qu'il y en a qui *l'aiment* – oh, il est bien, Meakins, il est sympa et tout. Eh bien moi je ne trouve pas. Il est le troisième sur ma liste des gens à tuer, après l'horrible Mrs Chadwick, et cet affreux singe poilu de Rawlings. En fait, je crois qu'il n'y a aucun bon prof ici, et d'ailleurs ils ne m'aiment pas beaucoup non plus, il n'y a qu'à lire mes bulletins, c'est carrément dégoûtant. Ils disent que je ne fais pas d'efforts ni rien, mais c'est eux qui mettent des heures et des heures à expliquer les trucs, et maman me dit toujours il faut que tu fasses un effort, Clifford – il faut que tu arrêtes de rêver, parce qu'as-tu une idée de combien ton père dépense pour ton école ? Non, évidemment, je n'en ai aucune idée, mais j'aimerais mieux qu'il me donne directement l'argent à moi. J'irais chez Toys Toys Toys, dans Kenton Road, parce que c'est l'endroit le plus beau du monde, encore mieux que Selfridges, et mille fois mieux que Moores dans l'avenue – mais j'ai quand même acheté mon Spitfire là-bas, deux shillings et un penny, et je vais le commencer ce soir, quand j'aurai regardé la *télévision* : tu parles. Mais s'il me donnait directement l'argent, j'irais chez Toys Toys Toys et dans une vitrine, ils ont rangé tous les soldats dans une étagère qu'on voit au travers et c'est super parce qu'ils ont absolument tout – en haut, c'est les soldats de la Deuxième Guerre mondiale, les Anglais, les Américains et les saloperies d'Allemands avec leur uniforme gris, mais ils sont vachement bien quand même, et les chefs ont des pantalons bouffants comme pour monter à cheval avec des bottes toutes brillantes et noires comme des bonbons acidulés au cassis et je ne sais pas pourquoi c'est eux qui ont les plus beaux uniformes puisque c'est les mauvais et qu'ils ont perdu la guerre, mais c'est comme ça. Et puis il y a la cavalerie américaine – des deux côtés, en bleu et gris – et puis aussi des chevaliers en armure et des chevaux habillés avec des draperies en couleur et les chevaliers ont des boucliers et des casques avec des plumeaux qui sortent du dessus, et dans cette série-là, il y a aussi des grandes grandes catapultes qui marchent vraiment – pas comme le chat de Roger The Dodger dans *Beano*, et les policiers qui ont des casques sans plumes, eux, évidemment, mais ils ont des autos, et on met d'énormes rochers dessus, comme ceux de la rocaille dans le jardin mais en plus gros, et fffffooouuu, ils s'envolent et retombent dans le château, droit sur la tête des chevaliers, et pof, ils sont morts. Et puis il y a aussi les cow-boys et il y en a un que j'aime bien qui est en train de courir, et il a juste un pied sur le socle, avec un revolver à la main, et on peut carrément enlever le revolver et le ranger dans l'étui à sa jambe, tout petit. Il y en a un autre avec un grand chapeau et un gilet tout décoré, et je crois que c'est Maverick, et lui, je le voudrais plus que tous les autres, mais il coûte un shilling et neuf pence. Pour les cow-boys, ils ont installé un saloon avec les portes à moitié coupées comme dans tous les saloons, et quand on les pousse le piano s'arrête de jouer et elles te reviennent dans la figure comme un boomerang, le truc recourbé que les gens lancent en Australie, là d'où viennent les kookaburras. Et puis il y a des diligences avec Wells Fargo marqué et des tonneaux attachés dessus et des bagages qu'on peut enlever aussi et des portes qui s'ouvrent et quatre chevaux avec des vraies rênes, et on fait Yahoo ! Yahoo ! Et Wahoo ! Celles-là, elles coûtent vingt-huit shillings et six pence, et quand j'ai dit à papa que j'en voulais une pour mon anniversaire, il m'a demandé si elles étaient en or massif, et je lui ai dit que non – c'est uniquement du plastique coloré et les roues tournent vraiment, à toute vitesse, wiiiizzzz, wiiiizzzz, parce que Anthony Hirsch il en a une. En tout cas, moi je ne l'ai pas eue. J'ai eu une voiture de police à friction marquée Police, et il faut la frotter par terre en arrière, c'est drôlement dur, et quand on la lâche elle part droit devant, à des millions de kilomètres-heure, et le mieux c'est quand elle sort du tapis parce qu'elle fait un bond et elle se met à glisser sur le lino et s'écrase sur le mur, mais je ne joue pas avec quand papa est là parce qu'il dit que ça abîme les plinthes. J'ai aussi reçu des chaussons et des marshmallows. Une fois, chez Anthony Hirsch, j'ai vu *Highway Patrol* à la télé. Il y a un gros type qui est détective en Amérique, et la voiture de police est immense et toute noire et blanche, et elle fait iiiiiiii-ou-iiii, iiii-ou-iiii, et ça fait peur aux méchants quand ils l'entendent arriver, et maman, elle dit qu'elle ne supporte pas ce bruit-là parce que ça lui rappelle les sirènes pendant la guerre, et je ne comprends pas parce qu'il n'y avait pas de détectives américains pendant la guerre, pas en Angleterre en tout cas. Mais elle est un million de fois mieux que les voitures de police anglaises, parce que nous, on a juste des autos noires normales comme la Humber Snipe de Mr Beery mais avec des cloches au-dessus et des vitres noires pour quand on est malade et qu'on va à l'hôpital. Et puis évidemment il y a des Indiens chez Toys Toys Toys, avec un totem et un feu et une marmite dessus et des peaux-rouges avec des plumes et une femme assise avec son bébé parce que c'est une squaw et le chef lui a dit. Et aussi des tipis avec des bâtons qui sortent – super, drôlement mieux que les petites tentes minables qu'ils ont chez les scouts. Et puis ils ont aussi les légionnaires avec un mouchoir sur leur chapeau et maman dit que c'est parce qu'ils veulent oublier quelque chose mais non parce que tous ils ont un mouchoir. Il y en a un qui tient un détecteur de mines, c'est ce que dit papa, mais moi je trouve que ça ressemble à un aspirateur, comme une squaw. Il y a aussi des trucs moins chouettes, des animaux et tout ça, mais j'aime bien l'éléphant, je lui ai donné un petit pain un jour au zoo, et puis le poulailler aussi parce que les portes s'ouvrent en bas et on peut leur glisser quelque chose, aux poussins. Et ce qu'on fait – parce qu'ils sont tous alignés les uns derrière les autres, ce qu'on fait c'est qu'on sort dehors et on montre ce qu'on veut, et le monsieur dans le magasin prend par-derrière celui qu'on lui a montré et il le sort, et quand je serai vraiment jouif et que j'allumerai mes cigares avec des billets de dix livres, moi je passerai toute la journée devant la vitrine et je lui montrerai tous les jouets et il les sortira un par un et comme ça j'aurai tous les personnages, encore plus que Anthony Hirsch. D'ailleurs c'est ce que je ferais si papa me donnait directement l'argent au lieu de le donner à l'école. Mais il ne voudra jamais.

Et c'est vraiment pas drôle quand on a les bulletins de fin de trimestre, parce qu'ils restent là deux heures sur la cheminée à côté de la pendule, et on attend que papa rentre, et maman et moi on les regarde mais on ne dit jamais rien. Et papa, il entre l'air de rien, et il fait tiens tiens tiens, que vois-je là ?, ce qui est idiot puisque maman vient juste de lui dire Clifford a eu son bulletin, je l'ai mis sur la cheminée, Arthur. Ensuite il l'ouvre et il le lit et il fait mmmmm. Et maman me regarde, mais moi je ne regarde nulle part ni rien, parce que de toute façon ça servirait à quoi ? Le problème, c'est qu'ils sont tous pareils, tous les maîtres. Ils ne disent pas que je suis bête, parce que je ne suis pas bête – mais ils ne disent pas non plus que je suis intelligent. Il paraît que je manque d'application, et que je suis dissipé, et moi je ne sais pas ce que c'est, même si Annette dit que les applications, c'est ce qu'on fait aux gens qui ont le ver solitaire, mais ça non plus je ne sais pas ce que c'est, mais de toute façon avec Annette on ne peut jamais savoir si elle dit la vérité ou pas parce qu'elle est toujours en train de mentir pour un oui pour un non. Maman me dit mais il doit bien y avoir des *matières* que tu aimes bien, Clifford, mon chéri ? Mais non. J'aime bien un peu le dessin. Une fois, on a eu un professeur de dessin, et c'était une dame, il n'y a qu'à mon école que ça arrive, et un jour que je peignais, elle me dit mais le ciel n'est pas *rouge*, n'est-ce pas ? Petit idiot. Ça n'existe pas, un ciel *rouge*, n'est-ce pas ? Petit imbécile. Et moi je lui ai dit pourquoi pas et elle a pris la feuille et l'a déchirée en morceaux et tout le monde regardait et j'ai pleuré un peu mais pas beaucoup beaucoup et de toute façon ce n'était pas le ciel c'était du sang, mais simplement je n'avais pas encore dessiné le personnage qui saignait. Mais à part ça, je n'aime pas grand-chose. Je n'aime pas les rédactions, surtout parce que je n'ai rien fait pendant les vacances, comme d'habitude, donc comment je pourrais faire deux pages sur mes vacances ? Les maths, c'était pas mal, et puis il y a eu tous ces x et ces y et ces triangles et tout ça, et là je n'y comprends plus rien. Quand j'étais tout petit, je ne comprenais jamais quand on apprenait l'argent, parce qu'ils disaient qu'il y a douze pennies dans un shilling, et si on regardait un penny, et puis qu'on regardait un shilling, on voyait bien que c'était le plus gros mensonge du monde. La géo, ce n'est même pas la peine d'en parler, je ne sais même pas où se trouvent les hauts-fonds du Dogger Bank ni les collines des Mendips, et que je n'en ai rien à faire de savoir si à des kilomètres d'ici, il y a des moutons complètement abrutis, et combien de laine ils produisent. L'histoire, c'est idiot, parce qu'il n'est question que de gens morts depuis longtemps, même avant la guerre, donc ça sert à quoi ? Mais j'aime bien les batailles, en 1066, et 1215, et 14-quelquechose, mais je ne sais plus comment elles s'appellent parce que j'ai oublié. Le français, c'est marrant, parce que notre prof c'est une autre bonne femme, et elle dit comme ça *Écoutez**[1] *!* On est obligés de parler uniquement en français pendant toute la leçon, et elle arrive avec

---

1. Les mots en italique suivis d'un astérisque sont en français dans le texte. (*N.d.T.*)

ses grands pieds qui font flac-flac sur le lino et elle prend sa craie et elle fait *bonjour mes enfants**, et nous, on prend tous une grande respiration et on répond *bonjour madame Slingby**. On vient de commencer le latin, que personne ne parle plus nulle part, alors nous, il faut qu'on l'apprenne. Ça fait j'aime, tu aimes à la deuxième personne, il ou elle aime, nous aimons, vous aimez, ils aiment, ils aiment. Je ne sais pas pourquoi ils aiment deux fois, mais en tout cas c'est comme ça... ou bien c'est en français, je ne sais plus. Et puis il y a Hick et Nunck, deux idiots. La gym, c'est infect, et aussi le football, parce que tous les jeudis, on prend le bus pour aller au stade, et au fond du bus on s'écrase la figure sur la vitre en roulant des yeux de monstre, et le conducteur dans la voiture derrière il finit par montrer son poing, et là on lui tire la langue. C'est le seul truc chouette avec le foot, parce qu'une fois arrivés, on retrouve toujours des vrais sportifs acharnés, comme Murchison et Dingwall et Stevenson, et ils sont toujours avant-centre et tout ça, et moi je ne sais jamais quelle est la place la pire, parce que si on est ailier, on a sans arrêt ce singe poilu de Rawlings à vous crier dessus de marquer votre *homme*, espèce de petite chochotte, et moi je ne sais même pas qui c'est, mon homme, et en plus je m'en fiche complètement. Quand on est arrière, on doit essayer de les arrêter quand ils arrivent à toute blinde vers les buts, mais moi je préfère les laisser passer. Anthony, il est bon, au foot – et puis en gym, aussi, il est bon. Et puis en anglais – et puis l'année dernière, il a eu aussi le premier prix en maths et en français. Dismal, on le met dans les buts parce qu'il ne peut pas courir, et il plonge toujours du mauvais côté, splash, dans la boue, et tout le monde rigole bien. Et puis on revient tous à nos postes et on est obligés de tout reprendre à zéro dès que Rawlings souffle dans son sifflet et braille Neuf à un ! Allez, les bleus ! Et puis aussi, il faut penser à prendre à la maison la brochette du four, celle qui sert au rôti du dimanche, pour décrotter toute la boue entre les crampons des chaussures, sinon ils ne nous laissent pas remonter dans le bus, et en hiver on a les mains tellement raides de froid qu'on arrête pas de la laisser tomber et on finit par le faire directement avec les doigts et ensuite il faut faire la queue pour montrer ses semelles à Rawlings, et il fait c'est quoi, ça, Coyle ? C'est de la boue, ça, n'est-ce pas, Coyle ? Il me semble bien, si je ne m'abuse, que c'est de la *boue*, non,

Coyle ? Retournez là-dedans et nettoyez-moi correctement ces chaussures, sinon vous rentrez à pied, mon jeune ami. Et cetera, et cetera.

Donc je n'aime pas grand-chose, en fait – et c'est sans doute pour ça que mes bulletins sont aussi minables. Et quand les gens me demandent alors, qu'est-ce que tu veux faire plus tard, Clifford, je réponds que je ne sais pas. Avant, je disais rien, je ne veux rien faire plus tard, mais ils font une drôle de tête quand on répond rien, donc maintenant je dis que je ne sais pas. Mais en fait, je sais – je ne veux rien faire, sauf devenir vraiment jouif et fumer des cigares et manger tous les jours à l'hôtel de Posh. Je crois que les gens voudraient que je dise que je veux être maître d'école ou clerc d'avocat ou quelque chose comme ça, mais jamais, jamais je ne le dirai.

*

« Elle est graaaande. Qu'est-ce qu'elle est graaaande. Pas aussi grande que celle d'Anthony Hirsch, mais elle est quand même drôlement grande. »

Clifford bondissait littéralement autour de l'appareil : le simple fait de voir un poste de télévision chez lui, dans son salon à lui, semblait lui donner la danse de St-Guy – il sautait sur place, faisait claquer ses doigts, s'installait en tailleur devant l'écran pour se relever aussitôt, et à chaque fois qu'Annette lui criait d'arrêter de sauter sans arrêt dans tous les *sens* (tu vas me rendre folle !), se révélait sincèrement surpris, car il n'avait aucune conscience de s'agiter ainsi – mais cela dit, si tu veux une réponse, Annette, eh bien c'est non : il n'arrêtera pas, parce qu'il ne peut pas arrêter.

« J'aime bien les petites portes, dit Annette. Et puis les trucs dorés au bas des pieds.

— Ça va demander pas mal de cire, pour le garder aussi impeccable, fut l'appréciation de Gillian. Et ne vous avisez pas de coller vos mains partout dessus, tous les deux.

— Elle va rester comme ça, en biais ? S'enquit Annette. De travers ?

— Pourquoi on ne peut pas *l'allumer* ? » demanda Clifford d'un ton pressant. Une fois de plus.

« Oh, mais arrête un peu, Clifford. Ou bien on la met contre le mur ?

— Les messieurs qui l'ont apportée disent qu'il faut que l'air circule. Il faut laisser un espace derrière, sinon, le... enfin je ne sais plus, quelque chose, dedans, un truc très cher, un composant, risque de chauffer et ça peut être très très dangereux. Et de toute façon, si on la colle au mur, eh bien... on ne verrait rien du tout, n'est-ce pas ? Depuis le divan. Et papa va vouloir bien voir de son fauteuil.

— Mais pourquoi on ne peut pas *l'allumer*... ?

— Je te l'ai déjà dit, Clifford. On attend que ton père rentre – je te l'ai dit et répété, non ? Il va lire le mode d'emploi et tout ça. Il faut apprendre à s'en servir, ne pas faire n'importe quoi.

— Mais on pourrait au moins la *brancher*... !

— Ça ne me dit rien. Je n'ai pas envie d'abîmer quelque chose. On attend que ton père soit rentré.

— C'est quoi, ce machin en fil de fer ? Demanda Annette, tripotant le truc métallique insolemment perché au coin de l'appareil.

— Tu ferais mieux de ne pas y toucher. C'est une antenne. Une antenne intérieure. Mais le monsieur m'a dit que dans le quartier, si on veut une bonne image, il vaut mieux en installer une vraie, grande – au-dehors, tu sais, sur le toit, comme chez les Beery, juste à côté. On dirait un grand H. On en voit partout, maintenant. Mais ça doit coûter très cher. Enfin, ton père décidera.

— Mais moi, je ne vois pas pourquoi on a pas le droit de *l'allumer*. C'est pas *juste*...

— Oh, Clifford, je ne vais pas encore te le répéter. Bon, allez, tout le monde – on n'a pas que ça à faire. Annette, tu as des devoirs ? Du travail à la maison, je veux dire ? Clifford, toi, tu en as sûrement, n'est-ce pas ? Allez, allez – j'ai du pain sur la planche, moi. Déjà, il faut que je continue à débarrasser la chambre de Clifford. Et d'ailleurs je ne sais pas où je vais faire ma couture – ici, en bas, j'imagine... On a tous un peu la tête à l'envers, hein mes chéris ?

— Je les fais où, mes devoirs ? Demanda Clifford.

— Écoute, je ne sais pas – de toute façon, c'est provisoire. Une fois ta chambre bien rafraîchie, et quand j'aurai fini les nouveaux rideaux et tout, eh bien... enfin c'est provisoire, comme je dis. Tu peux peut-être faire tes devoirs dans la chambre d'Annette, ce soir – ça ne t'ennuie pas, Annette, n'est-ce pas ? Il ne t'embêtera pas.

— Il a intérêt à se tenir tranquille. Tu te tiendras tranquille, Clifford, tu éviteras de chantonner et de donner des coups de pied dans les trucs, comme d'habitude ?

— Oui. Je me tiendrai tranquille. Promis. »

C'est vrai, ça ne m'ennuie pas de me tenir tranquille. Rien ne m'ennuie aujourd'hui, parce que c'est vraiment chouette. Pas seulement la télévision (youpi ! Cela dit, c'est quand même injuste de ne même pas pouvoir l'*allumer*...), mais en rentrant de l'école, maman m'a dit que papa et elle avaient décidé que ma chambre était vraiment trop vilaine et triste et moche – et ça, on peut le dire, toute marron et minable, d'ailleurs ça fait des millions d'années que je leur dis. Donc ce qu'ils vont faire, c'est qu'ils vont la nettoyer et tout ça, et ensuite papa va acheter de la peinture chez Willis dans l'avenue (j'ai dit oh chouette – je peux avoir du rouge dans ma chambre ? Et maman a répondu, oh ne sois pas sot, Clifford, mais moi je ne vois pas ce qu'il y a de sot là-dedans, parce que les bus sont bien rouges, et les boîtes aux lettres aussi, et les vestes des uniformes des soldats avec des bonnets à poils aussi, et le rouge à lèvres Outdoor Girl de maman aussi, il est rouge, et son rouge à joues, il est bien rouge, aussi, donc pourquoi pas du rouge ? Mais elle a répondu que ce serait du rose magnomachintruc et je suis sûr que ça va être nul), et ensuite maman va faire des nouveaux rideaux et le truc qui va sur le lit, et ça c'est chouette, et j'ai demandé est-ce que *ça*, ça peut être rouge et elle a répondu que ça dépendait des chutes de coupons qu'elle trouverait chez John Lewis, mais moi je suis sûr que ce sera rose magnomachintruc, et moche et nul. En tout cas, c'est mieux que du marron, et je suis drôlement content. Et elle m'a même donné un shilling et je n'ai pas compris pourquoi mais je l'ai pris, et je l'ai mis de côté parce que je ne vais pas le dépenser en bonbons ni rien parce que quand j'aurai encore neuf pence, enfin si j'ai encore neuf pence, je les ajouterai au shilling et comme ça ça me fera un shilling et neuf pence (calcul mental) et je pourrai aller m'acheter Maverick chez Toys Toys Toys. Et puis elle a aussi acheté des Corn Flakes, même si je n'aime pas trop ça, mais les Shreddies qui sont super-bons n'ont rien dans le paquet – parce que je lui ai dit pour les hommes de l'espace et tout, et là, j'ai celui tout vert avec un vrai pistolet à rayons et il est vraiment chouette parce qu'on peut lui enlever son casque transparent et après on peut le remettre et Anthony Hirsch dans le paquet familial il a trouvé un rouge et un bleu parce qu'il me les a montrés et comme ça il n'a pas le vert et demain je lui montrerai mon vert à moi au moment du lait et je suis sûr qu'il va le vouloir mais moi je ne vais sûrement pas l'échanger, contre rien, même pas son taille-crayon-crocodile avec les mâchoires qui s'ouvrent quand on le fait rouler et quand on met son doigt dedans on dirait qu'il va le manger et moi je l'aime beaucoup mais il dit qu'il ne veut pas l'échanger, contre rien mais je suis sûr qu'il l'échangerait quand même contre l'homme de l'espace vert parce que comme ça il n'aurait plus qu'à trouver le jaune et le blanc et le marron qui est moche mais on est obligé de l'avoir aussi – mais moi je ne vais jamais échanger mon vert parce que je l'ai trouvé dans mon paquet et il va en avoir drôlement envie mais jamais il ne l'aura, jamais. Mais elle n'a pas acheté du Hornigan, et dans le PG Tips, il n'y avait que la Paonne, et ça, j'en ai des millions et des millions, et je ne peux même pas l'échanger parce que tout le monde en a des millions et des millions, de Paonnes, même Dismal. Elle n'a pas été à la bibliothèque me chercher mon livre de Jennings, en plus – mais ce n'est pas grave parce que j'ai ma maquette Airfix à faire, et aussi un truc idiot que nous a donné Meakins, et aussi du latin – et toutes mes affaires sont rangées dans le cagibi, même le Hurricane et le Wellington, ils sont décrochés et ils sont posés sur mon lit, en tas, avec plein de trucs, et mon lit il entre à peine dans le cagibi et c'est vraiment horrible et tout petit et tout noir là-dedans, mais je m'en fiche parce que c'est provisoire et après ma nouvelle chambre quand elle sera finie et toute propre et belle elle sera bien mieux que celle d'Annette parce qu'elle, elle ne va pas être repeinte avec des nouveaux rideaux ni rien, seulement la mienne. Mais elle n'est pas jalouse ni rien, elle ne fait pas d'histoires à cause de ça, donc je vais être vraiment gentil avec elle et je vais faire mes devoirs dans sa chambre là où elle voudra, sans chantonner ni donner des coups de pied dans tous les trucs, parce qu'il paraît que c'est ce que je fais même si je ne savais pas.

Je ne suis jamais entré dans la chambre d'Annette sans elle. Elle a le droit d'avoir des trucs roses parce que c'est une fille, mais elle a pas le droit non plus d'en mettre aux murs, comme moi, et on trouve ça dégoûtant, tous les deux. Sur son lit, elle a un nounours qu'elle avait quand elle était un petit bébé et avant même que je sois une lueur dans les yeux de papa, c'est toujours ce que maman dit, et moi je ne comprends pas parce que je ne les ai jamais vraiment vus s'allumer, ses yeux, à papa – il a toujours l'air sévère, comme Meakins et Chadwick et Mister Churchill et tous les vieux messieurs. Et sous son lit, elle range tous ses vieux *Girls*, comme moi j'ai mes bandes dessinées, et il me reste même encore des *Beezer* et des *Topper* et maman me dit qu'elle va me faire un truc avec des étagères en orange pour les ranger dans ma nouvelle chambre et ça va être chouette quand tout sera refait. Mince alors – elle en a des tonnes, de *Girls*, là-dedans – certains sont tout marron au bord, parce qu'ils sont vraiment vieux. Et puis il y a un gros gros cahier marqué Journal, mais ce n'est pas le journal, parce que dedans, c'est son écriture. Oh, ça y est, j'ai compris – parce que c'est écrit tous les jours de la semaine, comme un journal, voilà, et elle écrit ce qui est arrivé et ce qu'elle a fait ce jour-là et tout ça. Je suis bien content qu'Annette ne soit pas là, parce qu'elle deviendrait dingue si elle me voyait toucher à ses trucs, et j'ai aussi l'impression que mes oreilles deviennent toutes chaudes, je sais qu'elles sont toutes rouges, et puis toute ma figure aussi, et quand ça arrive à l'école, tout le monde fait hou, regardez Coyle, il *rougit* comme un bébé ! Et là je rougis parce qu'Annette, elle a marqué des trucs drôlement mal élevés, elle raconte la fois où elle m'a touché dans le lit, et puis qu'elle a touché – elle a vraiment touché, avec les doigts, les seins de Margery ! Je ne sais pas qui c'est, mais ce que je sais, c'est que les seins, c'est un truc que certaines filles ont, et puis les femmes aussi mais pas les hommes ni les garçons, mais en même temps Annette n'en a pas non plus même si ce n'est ni un homme ni un garçon, alors je me trompe peut-être. Je suis sûr que si Annette en avait, j'aimerais mieux la toucher parce que ce serait plus marrant que de fourrer ses doigts dans un trou, parce qu'on peut faire ça dans n'importe lequel, de trou, les oreilles, le nez et même, si on est sale, faire comme Turpin, une fois, en devoir sur table, dans son derrière, et tout le monde a fait beuuurk, beuuurk, Turpin – tu es dégoûtant et vraiment il est sale et dégoûtant, on ne peut pas dire le contraire. Maman, elle a des espèces de vêtements roses sous son oreiller, avec deux grands trous et puis des trucs roses, et comme des petites ceintures qui pendent et qui vont dans ses bas qui s'appellent Aristoc, elle l'a dit, et c'est une très bonne marque. Je trouve ça très bizarre, c'est comme dans *Contes macabres*, je ne sais pas ce que ça veut dire mais c'est une bande dessinée américaine qu'a Anthony Hirsch, avec des lettres toutes rouges qui coulent sur la couverture, et on dirait que toutes les femmes dedans doivent porter ce truc-là parce que c'est des créatures de la crypte, et que les hommes portent des vêtements normaux parce qu'eux, ils viennent d'Angleterre. Oh là là, j'entends Annette qui cavale dans l'escalier, je range son Journal vite fait, hop là, vite vite, sinon elle va me voir et être furieuse et aller le dire.

« Salut Clifford – ça va ? Je vais m'installer sur mon lit, toi tu peux te mettre où tu voudras. C'est super, la télé, hein ? »

Il a l'air bizarre, Clifford – il fait oui oui, et il a une drôle de tête, parce que j'ai simplement dit ça, au lieu de lui foncer dessus et de lui donner des ordres comme je le fais toujours, puisque j'ai deux ans de plus que lui. Mais il va être tellement malheureux quand il va comprendre ce qui se passe, pour sa chambre et tout, parce que moi je sais bien ce qui va arriver parce qu'en rentrant de l'école, maman, elle m'a dit de porter l'annonce chez Lawrence dans l'avenue, pour la mettre en vitrine, et elle m'a dit comme ça : écoute Annette – pas un mot à Clifford, ça sera notre petit secret à toutes les deux, d'accord ?, et moi j'ai dit d'accord mais de toute façon il va bien finir par *savoir*, non ? Et là elle a dit je sais bien mais moi je n'ai pas le courage de le lui dire, et de voir son pauvre petit visage et ce sera à ton père de le faire en temps voulu, mais en attendant, tu ne dis *rien*, c'est d'accord ? Moi, d'abord, je me suis dit hi hi hi – Clifford va se retrouver coincé dans le cagibi avec toutes les saloperies, et puis je me suis rappelé d'un truc en instruction religieuse, qui dit qu'il faut faire aux autres ce qu'ils vous font ou quelque chose comme ça, et du coup je me suis dit oh là là, si c'était *moi* qui me retrouvais virée de *ma* chambre, je serais trop trop malheureuse, et je crierais et je me mettrais à pleurer et à jeter des trucs dans tous les sens et de toute façon à refuser de bouger et tout ça, donc oui, ça va être vraiment dur pour Clifford, alors je vais essayer d'être une bonne samaritaine et de mettre mes pas dans ceux de Jésus (jamais compris ce truc-là). Faire ça, c'est vraiment pieux, ça me semble évident ; chez les Jeannettes, on gagnerait des bons points, mais dans la religion catholique, on offre ça au Seigneur, et ensuite on espère une bonne place là-haut, à sa droite, de préférence.

Au départ, ça me barbait d'aller jusqu'à l'avenue, parce que je venais de rentrer et que ç'avait encore été une sale journée à l'école et j'étais crevée. Mais elle m'a donné un shilling pour m'acheter des cachous parce qu'elle avait encore oublié, et du coup j'ai dit oui. J'ai lu le papier à mettre dans la vitrine de chez Lawrence et j'ai dit à maman ça, c'est sûr qu'on ne veut pas de gens de couleur parce que papa dit toujours qu'ils feraient mieux de retourner dans leur jungle et même si je n'en ai vu qu'une fois en vrai, moi je trouve qu'ils font carrément peur, ils ont des têtes à faire de la magie et à manger les gens et tout ça, pas du tout comme sur les étiquettes de Robertson's que je collectionnais, j'ai même réussi à avoir deux badges, le joueur de tennis et le guitariste, mais je ne les porte plus maintenant, je suis trop vieille. Clifford en crève d'envie, mais je ne les lui donnerai pas, parce que c'est moi qui ai collectionné toutes les étiquettes. Maintenant, on achète une autre marque de confiture, parce que maman dit que la Robertson's est devenue trop chère. Clodagh, elle dit que les gens de couleur ne sont pas noirs partout mais seulement sur les morceaux qu'on voit, mais ne me demandez pas comment elle peut savoir ça, parce que de toute façon elle invente toujours des tas de trucs. Mais en même temps, c'est sans doute vrai – je ne crois pas qu'on peut être noir comme ça partout parce que ça partirait forcément quand on prend un bain ; ça doit être horrible. Mais les Irlandais, c'est bien – il y a plein d'Irlandaises dans mon école religieuse, déjà sœur Geraldine, et Clodagh, et Deirdre avec ses seins énormes, en 3e A4 – je le sais parce que son nom, c'est Milligan et tout le monde dit que c'est irlandais et les filles de sa classe l'appellent la patate, ce qui n'est vraiment pas gentil, et elles font toutes O'Patate – vous n'avez pas compris, vous non plus, mais moi il faut bien que je fasse semblant, mais je suis sûre que même si je comprenais je ne trouverais pas ça drôle ni rien. Deirdre dit « catlic » au lieu de « catholique », tout le temps. Maman dit qu'on ne peut pas prendre un Irlandais parce que papa dit que les Irlandais sont tous des cantonniers qui sont venus ici pour réparer les routes et boire de la bière dans les pubs et se cogner dessus dans la rue, mais sœur Caroline et Clodagh et Deirdre, elles ne font pas ça, du tout. Et ce serait sympa, si le locataire (et je sens que ça va être carrément amusant, d'avoir quelqu'un de nouveau à la maison ; je ne vais pas trop aimer, moi) – donc ce serait chouette, quand même, s'il avait un chien ou un chat ou quelque chose parce que Clifford et moi, on n'a jamais eu le droit d'avoir un animal, même pas un animal pas vraiment animal, comme une gerbille ou un poisson rouge, comme dans absolument toutes les maisons du monde, parce que papa dit toujours qu'un animal ça ne fait qu'abîmer les meubles, et de toute façon qui devra le sortir, hein ? À votre avis ? Mais une gerbille ou un poisson rouge, ça n'abîme pas les meubles, n'est-ce pas ? Puisque ça ne touche même pas les meubles. Et puis ça n'a pas non plus besoin de se promener, surtout les poissons rouges, évidemment, mais il n'a rien voulu entendre, comme d'habitude, et il a dit que la discussion était close. J'ai voulu savoir pourquoi il n'avait pas interdit les juifs, sur l'annonce, parce que les juifs ont tué Jésus sur la croix et ils lui ont collé une couronne d'épines et lui ont fait boire du vinaigre, ce qui n'est pas sympa, et je sais que le copain de Clifford est juif, aussi, et Clifford dit qu'il est vraiment chouette et qu'il l'a invité au Wimpy et tout ça, quant à maman, elle connaît le père du copain de Clifford et elle dit qu'il est très gentil et tout parce qu'il les emmène ensemble à l'école en voiture et tout, mais moi, jamais je n'aurai une copine comme ça, à cause de ce qu'ils ont fait à Jésus, même si naturellement, les vrais, ceux qui ont fait le coup, sont tous morts maintenant, mais quand même. Maman dit qu'on n'a pas le droit de mettre les juifs à l'écart à cause de Hitler pendant la guerre, et moi je ne savais pas que Hitler *était* juif, mais bon, il était quand même contre nous, non ? En même temps, ce n'est pas lui qui va venir louer la chambre de Clifford. Hitler, il ne va pas faire ses courses chez Lawrence, hein ? Ce serait idiot. Et de toute façon, lui aussi il est mort, parce que papa m'a dit un jour qu'il est mort dans son bunker, comme un chien qu'il était. Je ne sais pas ce que c'est qu'un bunker, sans doute une espèce de lit sur lequel le chien a le droit de monter quand la personne n'est pas là.

Donc j'ai été chez Lawrence, et c'était génial parce que je suis tombée sur Margery, là-bas. Elle rapportait des tonnes de bouteilles consignées de soda à trois pence pièce, et achetait à la place un pain de glace napolitaine Wall's, parce que sa mère lui avait dit qu'elle avait des framboises en boîte pour manger avec. On s'est regardées comme ça, avec Margery, parce que je lui ai encore touché les seins derrière le rideau de scène, en cours de musique, et elle aussi a touché les miens, même si je n'en ai pas, mais elle a dit que si, j'en avais, et j'ai bien aimé sa main toute chaude, là, mais je pense qu'elle a dit ça pour me faire plaisir. Quant au cours de musique, ç'a été n'importe quoi, comme d'habitude, parce qu'il ne restait que le tambourin de disponible, et de toute façon il manque la moitié des clochettes ; je n'arrive jamais à avoir la trompette, et la batterie a été cassée dès le début du trimestre et de toute façon il n'y a plus de baguettes. Après, on a bien ri, Margery et moi, parce que Marie-Antoinette, de la classe au-dessous, ne voulait pas participer à la Sainte Communion, et sœur Joanna est venue lui dire quelque chose à l'oreille et la lui a pincée en tournant, et Marie-Antoinette, elle est devenue toute rouge et elle a secoué la tête sans bouger d'un pouce, et après on a su qu'elle ne voulait pas y aller parce que ses parents lui ont dit hier soir qu'ils allaient tous devenir végétariens, que ça s'appelle, et ça veut dire qu'on ne mange plus que des légumes, comme des choux de Bruxelles pourris et dégoûtants, et des rutabagas, tous ces trucs-là, et que comme l'hostie que nous distribue cette vieille horreur de père Doobey est faite avec le corps et le sang du Christ, et qu'elle n'a pas le droit de manger de la viande morte, ses parents la tueraient, et en même temps sœur Joanna lui a dit que si elle continuait à fréquenter un lieu saint tout en refusant l'hostie sacrée qui est le don que le Seigneur nous fait par l'intermédiaire du corps de Jésus son fils, elle serait dévorée par les flammes de l'enfer, et du coup Marie-Antoinette a éclaté en sanglots et elle est sortie à toute vitesse en criant qu'il fallait qu'elle se purifie, et elle a plongé la tête dans tous les bénitiers, à l'entrée de la chapelle, et les a vidés, et ensuite elle a vomi devant la porte. Avec ça, elle sera excommuniée, au moins. Cela dit, ils doivent être timbrés, les parents de Marie-Antoinette, parce que bon, on ne mange pas de viande le vendredi, bien sûr, parce que sinon on va en enfer, mais les autres jours on doit en manger parce que c'est dit dans les Saintes Écritures, et je crois que les apôtres mangeaient toujours leur rôti du dimanche, ou une sorte de Wimpy biblique de l'époque, après la grand-messe qu'ils venaient juste d'inventer. Pauvre sœur Geraldine, cela dit – elle a été obligée de nettoyer tout le vomi à l'entrée, mais en même temps, comme ça, elle pourra l'offrir au Seigneur.

Clifford fait son latin, le pauvre chéri. Nous aussi on fait du latin, mais on est bien plus avancées que lui – et puis on en entend plein pendant la messe, naturellement – comme Mayor Cooper, Agnes Day, et tout ça veut dire quelque chose. Clifford, il est toujours sur les trucs fastoches – il vient de me demander qu'est-ce que ça veut dire, ça, Annette, et je lui dis que c'était bien facile : il ou elle aime la table. Il a répondu que c'était complètement idiot et moi j'ai dit je sais, mais qu'est-ce que tu veux, c'est du latin, c'est comme ça. Un jour Clodagh a dit que puisque c'était une langue morte, pourquoi on ne l'enterrait pas, alors – et j'ai trouvé ça drôlement malin et intelligent, comme réflexion, en fait, mais on n'a osé la répéter à personne, pour le cas où ce serait impie. Je vais descendre et demander à maman si on peut avoir du jus d'orange et des biscuits en attendant le dîner.

« Oh, tu es là, maman. Je t'ai cherchée partout. Ça avance bien ? »

Gillian se tenait au milieu de la chambre vide de Clifford, les mains aux hanches, la taille ceinte d'un tablier, un seau d'eau grisâtre et fumante posé à ses pieds.

« Je viens de faire les peintures – et je suis morte de honte, quand je vois à quel point elles étaient sales, mais bon, on ne peut pas déplacer tous les gros meubles tous les jours de la semaine, n'est-ce pas ? Tu ne lui as rien dit, Annette ? Tu ne lui as pas dit... ?

— Non, je n'ai rien dit du tout. Mais je ne veux pas être là quand il va apprendre. Maman, est-ce qu'on peut avoir du Sunfresh et des biscuits, en attendant le dîner ? Quand est-ce que papa rentre ? Pour qu'on puisse allumer la télévision.

— Écoute, va les chercher toi-même, Annette, tu veux bien ? Il y a des biscuits au chocolat dans la boîte en fer – pas celle avec les roses, la grande. Tu diras à Clifford que je n'ai plus de Fingers. Et prends les verres à eau, sur l'étagère. Là, il faut que je finisse la fenêtre, et puis j'ai la moquette à aspirer. Et je ne sais pas quand ton père sera là. Je n'en ai aucune idée. »

Non, aucune idée ; aucune – mais en ai-je jamais une idée ? Il ne me dit que ce qu'il pense que j'ai à savoir, et pour le reste, débrouille-toi, ma fille. Mais bon, il ne faut pas que je me mette martel en tête – garder mon calme avant tout... mais simplement, j'ai tellement de pain sur la planche, là, que je ne sais même plus où donner de la tête. Parce que bon, je me disais que j'allais commencer les rideaux, mais regardez l'heure qu'il est, déjà. Parce qu'en triant, j'ai ouvert les vieilles valises rangées au-dessus de la penderie, et devinez ce que j'ai trouvé dedans : des coupons de chintz – une sorte de vieux rose avec un très joli bleu, ravissant – que j'avais mais alors *complètement* oubliés. Jean Beery faisait faire de nouvelles housses – oh, il y a des années et des années de cela – pour son salon (je crois qu'elle en a changé depuis, de salon je veux dire – parce c'était il y a vraiment des siècles, et on la connaît, Jean Beery, dès qu'il s'agit de dépenser de l'argent) – et donc elle me dit comme ça, tenez Gillian – est-ce que ça peut vous être utile, tout ce chintz qui me reste, parce que je sais que vous êtes tellement adroite de vos mains, alors que moi, je ne serais même pas capable d'enfiler une aiguille. Et d'ailleurs c'est vrai, pauvre Jean, elle n'est absolument pas douée pour tout ça – mais c'est vrai que comme elle est mariée à Evelyn (et franchement, c'est un *drôle* de nom, n'est-ce pas ? Pour un homme ; je n'ai aucune idée de ce qu'il fait, d'ailleurs), donc oui, comme elle est mariée à Evelyn, je pense qu'elle n'a pas besoin de savoir enfiler une aiguille : ils ne sont pas exactement dans la gêne. En tout cas, moi, je me retrouve avec quatre bons mètres, à vue d'œil, donc je me dis ça, c'est une bonne surprise, je ne vais pas être obligée d'aller jusque chez John Lewis, parce qu'avec tout ce que j'ai à faire, comment aurais-je trouvé le temps pour ça, je vous le demande. Parce que s'il ne s'agissait que de débarrasser une chambre et de faire une paire de rideaux, eh bien j'ose dire que je m'en sortirais sans problème. Mais il y a *Clifford*. Je veux dire, Clifford, je ne peux pas le mettre de côté comme ça, n'est-ce pas ? Je suis comme Annette – je ne veux *pas* être là quand Arthur le lui dira. Mais je n'ai pas le choix – il faudra bien que je sois là, non ? Il faudra que je sois là parce qu'il aura besoin de moi, même si j'espère qu'il ne se mettra pas en tête que l'idée vient de moi – j'espère bien que ça ne me retombera pas dessus. Et puis il y a toute cette histoire de locataire – bon, évidemment, si on touche effectivement le loyer qu'Arthur demande (il dit qu'il s'est renseigné sur les prix), oui, ça fera une jolie différence, c'est sûr. Mais mis à part le fait de devoir s'habituer à avoir un étranger dans la maison (et la nuit, si on a besoin d'aller au toilettes ? Ça se passera comment ? Vous imaginez, heurter dans le noir un parfait inconnu, au milieu de la nuit, en allant aux toilettes ? C'est agréable, n'est-ce pas ? Très agréable, vraiment, on ne peut pas dire le contraire) – mais mis à part tout ça (et les enfants, s'ils ne l'aiment pas, s'ils ne s'entendent pas avec lui ? Parce que les enfants, vous savez, ça peut parfois réagir très bizarrement, quand on leur impose quelque chose de nouveau, comme ça, d'un seul coup) – mais mis à part tout ça, cela veut dire du travail en plus pour moi – n'est-ce pas ? Cela veut dire un petit déjeuner en plus à préparer (et je suis bien certaine qu'il voudra manger quelque chose de chaud le matin), et un dîner en plus, aussi. Est-ce que nous mangerons tous à la même heure ? Arthur n'a pas précisé. Sans parler bien sûr du ménage supplémentaire. Et du linge, aussi – ses draps, ses chemises, et puis le reste, hein, le reste aussi, j'en ai bien peur. Dieu merci, j'ai ma Hotpoint, sinon je serais perdue. Et d'après Arthur, une chambre comme ça dans une rue comme ça, et dans ce quartier – d'après Arthur, on va se l'arracher en dix secondes, vous pouvez l'en croire –, mais on ne peut pas avoir de visites, on ne peut laisser personne venir visiter l'endroit avant que Gillian ait tout fini, n'est-ce pas, que tout soit impeccable, et je me demande si je vais voir mon oreiller ce soir, parce qu'au rythme où vont les choses, je ne suis pas couchée, moi, du tout.

Mais ce qui me ronge, ce qui me met dans un état d'angoisse infernal, c'est toute cette histoire, demain soir (demain soir ! Dieu du ciel !) – Mr et Mrs Henderson, vous savez. Parce que je ne pourrais même plus vous dire quand on a reçu des gens pour la dernière fois – enfin, vraiment reçu, à dîner, je veux dire. Anthony Hirsch passe quelquefois, mais là, c'est juste des haricots sur toast et un verre de Tizer, s'il m'en reste. Jean Beery a gagné une bouteille de vin doux, du Xeres Emva Cream, dans une loterie ou une tombola, une espèce de vente de charité, et elle l'a apportée le soir où elle est venue, parce qu'elle voulait fêter ça (c'était il y a un moment, Clifford devait être en CE1) et je me souviens m'être dit mon Dieu, quelle chance que j'aie gardé cette boîte de *langues de chat* depuis Noël, sinon je n'avais strictement rien dans la maison à lui offrir. Elles venaient de France : quelqu'un les avait offertes à maman, mais elle ne supportait pas du tout le bruit que ça faisait, et elle me les avait données. Mais là – là, c'est d'un vrai dîner qu'il s'agit, entrée, plat, dessert, Arthur en a décidé ainsi, avec la nappe damassée et les serviettes en tissu, à condition de me souvenir où j'ai pu les fourrer, et sur les deux livres qu'il m'a données (même si j'ai trouvé ça très généreux, sur le coup) – sur ces deux livres, il faut aussi que j'achète une bouteille de vin, dit-il. Du vin, carrément ! Mon Dieu, je sais que ce sont des gens très bien et importants et que c'est un avocat et tout ça, mais quand même – il y a des limites, non ? En tout cas, je lui ai dit comme ça, écoute Arthur – je me ferai un plaisir de préparer une viande et deux légumes et puis une soupe, et puis un dessert, aucun problème, mais si on boit autre chose que du thé ou de l'eau minérale, alors je te serais très obligée de t'en occuper toi-même parce que personnellement je n'y connais rien de rien, pas *ça*. Jean Berry, elle me disait qu'en Espagne ils en boivent à tous les repas, du vin, et moi je lui ai répondu grand bien leur fasse, mais là, nous ne sommes pas en Espagne, n'est-ce pas ? Arthur m'a simplement dit que l'épicier me dirait quoi prendre pour accompagner quoi, et donc me voilà avec ce souci-là en plus de tout le reste. Et moi, vous pourriez me cogner dessus tant que vous voulez, je serais toujours incapable de reconnaître une bouteille de bon vin. Une fois, j'ai bu du champagne, au mariage de Nora, à Hayes, et j'ai dit, je m'en souviens comme si c'était hier, eh bien si c'est ça du champagne, vous pouvez le garder, merci bien : je ne vois pas pourquoi on en fait tout un monde – c'est amer, et il n'y a presque pas de bulles. Il faut sans doute être né dedans, je ne sais pas. Je vais peut-être simplement acheter une bouteille d'Emva Cream (délicieux, pour autant que je m'en souvienne – mais ça m'est monté directement à la tête ; un verre de plus, et je me mettais à danser les Gay Gordons au milieu de Kenton Road, en chantant *It's A Long Way To Tipperary*). Moi, j'aurais bien dit que de la bière blonde, légère, ferait tout à fait l'affaire – encore que, pourquoi faut-il absolument boire de l'alcool avec son dîner, ça, ça m'échappe complètement, parce que c'est toujours affreusement amer et que ça ne va pas du tout avec la sauce de rôti, et encore moins avec la crème anglaise. Et comment Arthur réussit à absorber tout ce whisky, c'est un vrai mystère.

Oh, *écoutez*... travail ou pas, là, il faut absolument que je descende me faire une bonne tasse de thé. On pourrait penser n'est-ce pas, que vu les circonstances, Arthur aurait jugé bon, pour une fois, de rester là et de, disons, enfin je ne sais pas – m'aider un peu, peut-être ? Je ne le lui ai pas dit, bien entendu, mais ç'aurait été gentil qu'il y pense de lui-même. Ce n'est pas trop exiger, n'est-ce pas ? Et ça m'a fait mal au cœur de dire non aux enfants, quand ils ont voulu allumer la télé – d'ailleurs, j'avais moi-même terriblement envie de la voir marcher, comme ça j'aurais enfin quelque chose à raconter à Jean, si je la croisais dans l'avenue – mais jamais je n'oserais y toucher, pas sans lui, parce qu'avec la chance que j'ai, elle est capable de prendre feu ou d'exploser à cause de la circulation d'air, et qui porterait le chapeau, si je peux me permettre ? Oui – Gillian, tout à fait. Donc autant ne toucher à rien.

Mmmmm... ça fait du bien. Rien de tel, n'est-ce pas ? Rien au monde ne vaut une bonne tasse de thé quand on a des soucis jusque par-dessus la tête et qu'on vient de travailler comme un nègre. Et tant pis pour Mister Clifford, avec son Horniman's : du Horniman's, je vous demande un peu ! Moi, j'en reste à mon PG Tips, merci infiniment – l'essayer c'est l'adopter : TG Tips, c'est l'ami de la famille. Cela dit, je lui ai pris ses Corn Flakes – même si c'est encore moi qui vais devoir les finir, j'imagine. Mais vous auriez dû voir son petit visage tout illuminé quand j'ai sorti le paquet. C'est incroyable, n'est-ce pas, qu'un simple petit joujou en plastique puisse leur faire à ce point plaisir, à ces petits gars. Et puis je lui ai donné un shilling, aussi, parce que, oh – c'est tellement horrible, cette histoire de chambre et tout ça... il a toutes ses affaires, là-haut... Et j'avais aussi donné un shilling à Annette pour la récompenser d'être allée poser l'annonce, et de ne rien dire à Clifford, comme ça, elle a ses fameux cachous parce que moi, je les oublie tout le temps. Mais là, il va falloir réfléchir sérieusement, parce que du coup, il ne me reste que trente-huit shillings, maintenant, et je n'ai aucune idée de ce que va pouvoir me coûter cette sacrée bouteille de vin – il va falloir voir : j'espère que ce n'est pas hors de prix. Je crois que je vais prendre un bon morceau d'épaule de porc chez Barret, dans l'avenue – ça leur conviendra très bien, et puis ça les changera des restaurants français très chics. Et pour le reste, on verra ça demain... je suis incapable de m'y atteler maintenant. J'espère vraiment, vous savez – j'espère vraiment que tout se passera bien. Parce que je comprends très bien pourquoi Arthur fait tout ça – réellement, je comprends. Inviter son patron à dîner, ma foi, ce n'est pas une idée franchement nouvelle, n'est-ce pas ? Tout le monde sait très bien ce que ça veut dire. Et donc, si je fais les choses bien et que je soutiens Arthur – mon Dieu, ça ne peut qu'être une bonne chose pour tout le monde, n'est-ce pas ? Finalement. Cela dit, je n'ai pas encore prévenu Clifford et Annette que Mr et Mrs Henderson venaient dîner. Il faudra que j'y pense demain, bien sûr, si je veux qu'ils s'habillent un tant soit peu. Je peux peut-être insister pour qu'Annette mette cette petite robe que je lui ai faite – absolument adorable, et elle tombe superbement sur elle, mais elle dit qu'on dirait une robe à *grand-mère* ! Franchement – les trucs qu'elle sort quelquefois, cette gamine : on se demande où ils vont chercher tout ça. Oh – et quand on parle du loup : la voilà, tiens... aaaaah, elle a redescendu le plateau et les verres, Dieu soit loué. Ça m'évite encore une expédition à l'étage, tout à l'heure. Bien : fin de la pause – tu as du pain sur la planche, Gillian.

Mais franchement – ce n'est pas *ma faute*, quand même... ? Si on est toujours aussi serrés, question argent ? Parce que j'essaie vraiment de ne faire aucune extravagance, et je ne gaspille jamais. D'ailleurs je ne supporte pas le gaspillage, sous quelque forme que ce soit. Si je pouvais dépenser encore moins, je le ferais, mais là, pour être honnête, je ne vois pas, mais alors pas du tout comment ce serait possible. Et je sais, je sais bien que tout ça pèse lourd sur les épaules de ce pauvre Arthur, parce qu'en fait, *c'est* ma faute, voyez-vous, parce que je n'ai jamais travaillé, vous voyez : je n'ai jamais eu d'emploi, donc en fait, voilà, c'est ma faute. Oh mon Dieu, mais regardez-moi ça... vous savez, quelquefois... quand je regarde Annette... comme maintenant, tenez, penchée sur l'évier pour ouvrir le robinet, comme ça – mais attendez, elle va effectivement *laver* les verres et les assiettes : il faudra que j'aille mettre un cierge, moi... Donc quand je la regarde, comme ça, je me dis qu'elle a peut-être raison, à propos de certaines choses, comme cette petite robe que je lui ai faite. Et quelquefois... on devine déjà la jeune femme en elle, vous savez. Ça crève les yeux. La jeune femme qui un jour surgira de cette petite fille devant moi. Et avec elle, une nouvelle cascade de problèmes, naturellement – des choses à faire, des choses à gérer : de nouvelles choses – différentes. La dernière fois que je suis passée à son école, vous savez (et j'évite, autant que possible – enfin, pour les réunions de parents d'élèves, je suis bien obligée – on n'a pas le choix – mais sinon j'ai tendance à ne pas trop m'occuper de l'école d'Annette. Ce sont les religieuses. Pour être honnête – je les trouve un peu effrayantes : c'est idiot, n'est-ce pas, et complètement horrible de dire ça. Jamais je ne le dirais à Annette, bien entendu – pas un mot sur ça). Mais la dernière fois que j'y suis allée, à son école – elle avait besoin de quelqu'un pour ramener un truc à la maison – ah oui, c'était une crèche, très jolie d'ailleurs, mais l'auge n'arrêtait pas de tomber, et on a failli perdre l'Enfant Jésus en route, dans une bouche d'égout, il s'en est vraiment fallu de peu – donc bref, oui, j'étais allée la chercher là-bas, et alors, je ne sais pas, elle était peut-être un peu en retard ou quelque chose, et comme une sotte, je me suis mise à parler plus ou moins avec une autre mère qui attendait (du genre un peu prétentieuse, selon moi), et donc elle me dit, cette femme me dit avez-vous déjà parlé à Annette ? Et moi je lui réponds – et je me souviens très bien m'être dit, mais quelle *drôle* de question, n'est-ce pas ? Me demander si j'ai déjà parlé à Annette. Et donc je réponds mais naturellement – mon Dieu, mais je parle *tout le temps* à Annette – c'est ma fille, n'est-ce pas ? On se parle tous les jours. Et là, cette femme – je n'ai pas retenu son nom –, la voilà qui se met à chuchoter, la main autour de la bouche, et elle me fait non, je veux dire lui avez-vous déjà parlé, *parlé*... à propos de... vous savez quoi. Ma foi, je devais être particulièrement dure à la détente, ce jour-là, parce que j'étais mais alors complètement perdue, incapable de comprendre ce qu'elle voulait dire par là (j'ai raconté tout ça à Jean Beery, après – elle a ri, mais elle a ri...), donc je l'ai regardée comme ça, cette femme, et je lui ai dit mon Dieu, je suis affreusement désolée, mais je ne... enfin... Et elle me sifflait à la figure, littéralement, comme un serpent – en disant oh mais enfin vous savez *bien*... lui parler de, euh... des réalités... des oiseaux, et des abeilles, etc. ; donc, vous lui avez parlé ? Juste ciel, c'est comme si j'avais reçu un coup de gourdin ! Je veux dire, on était là, toutes les deux, devant la porte de ce sacré couvent du Sacré-Cœur de Jésus, et cette femme me demandait si j'avais parlé à ma petite fille de ces choses qui ne concernent que soi-même, selon moi, quand on est adulte, épouse et mère. Sauf, bien sûr... de cette horreur qu'une fille doit endurer non pas une fois, mais toute sa vie (ou du moins jusqu'à l'âge où ce genre de choses, comme tout le reste d'ailleurs, cesse simplement d'avoir la moindre importance : regardez maman). Donc je lui fais oh, excusez-moi – sans être impolie, j'espère, mais sans me laisser prendre non plus à son petit jeu –, il me semble que je vois ma fille qui arrive : vous m'excuserez, n'est-ce pas ? Et je l'ai plantée là, bouche bée : non mais je veux dire – les gens ont un *toupet*, quelquefois.

« Bon, j'y retourne, Annette. Je finis de passer l'aspirateur et puis je me mets à la machine à coudre. Il y a un reste de ragoût pour ce soir, je le ferai réchauffer quand ton père rentrera. Si ce n'est pas une de ses soirées "prises", bien sûr : il ne m'a rien dit. »

Annette continuait de passer machinalement le torchon sur l'assiette parfaitement sèche qu'elle tenait à la main. Elle eut un sourire d'encouragement – et dès qu'elle entendit sa mère atteindre le palier et refermer la porte de la chambre sur elle, posa n'importe où assiette et torchon, et fonça dans le salon, où Clifford se tenait déjà, vacillant sur une seule jambe, les doigts croisés.

« C'est bon, Clifford. Elle est remontée. On y va. Tu es prêt ? On y va maintenant.

— Mais si ça ne marche pas, ou qu'on casse quelque chose ? S'il n'y a pas assez d'air ? Papa va nous massacrer si on la casse, et en plus elle est toute neuve.

— Mais on ne va pas la *casser*, enfin. On va l'allumer. Bon – tu branches la prise, et moi je mets sur ON – mais il faudra mettre le son vraiment bas, sinon maman va entendre.

— Tu es *sûre* Annette ? Parce que moi j'en ai vraiment envie et tout, mais tu es vraiment *sûre*, Annette... ?

— Ne sois pas aussi trouillard. Tiens, voilà – je l'ai branchée *moi-même*, d'accord ? Bon, tu veux mettre sur ON, ou c'est moi ? »

Clifford faisait face à l'écran luisant. Il jeta un regard hésitant vers la porte, puis se retourna, avec une assurance renouvelée.

« C'est *moi*... », dit-il d'un ton farouche, comme Maverick – pas question de céder aux battements fous de son cœur, à ce froid glacé dans ses doigts devenus tout mous, qui tous conspiraient à atomiser sa volonté, à le faire détaler en poussant de grands cris. Il tourna le bouton, le faisant passer de OFF à ON – et se rétracta devant le bruit de limonade qui s'ensuivit, sur quoi Annette et lui demeurèrent pétrifiés tandis que l'averse gris et argent qui ponctuait tout l'écran se transformait peu à peu en une silhouette presque impalpable, fantomatique, celle d'un homme derrière un bureau, avec, posé devant lui, un micro annonçant fièrement qu'il était celui de la BBC. Annette monta doucement le son, et un frisson parcourut Clifford en entier comme il entendait la voix de l'homme : « ...la fin de ce journal. Et maintenant, vos prévisions météorologiques... »

« Wouah ! Wouah, ça *marche*... »

Déjà Annette tripotait l'antenne, – la soulevant, la posant de biais, l'agitant dans tous les sens.

« Là, c'est un *petit* peu mieux... mais on ne voit toujours pas grand-chose.

— C'est quoi ce bouton, Annette ? Tu sais ? Celui qui a marqué un deux trois quatre cinq six sept huit neuf zéro ? Pourquoi ça ne finit pas par dix ? C'est fait pour mettre plus fort ?

— Non – ça, c'est les chaînes. Mais nous, on n'en a qu'une. Tiens, regarde. »

Annette saisit le gros bouton et le fit tourner par saccades, passant d'un chiffre à l'autre – et l'homme de la BBC disparu, avalé par un néant noir et crachotant. Puis soudain, tous deux poussèrent un « Ah ! » sonore, les yeux écarquillés, comme une autre silhouette surgissait, celle d'un homme de grande taille, qui disait... ! Bien qu'il eût parfaitement entendu, Clifford n'arrivait pas à y croire : *Saperlicocu !* l'homme, là, venait de dire Saperlicocu ! Clifford se tourna vers Annette – bouche ouverte, yeux étincelants, et Annette posa un index sous un de ces yeux pour y cueillir tout doucement la larme toute chaude qui roula sur son doigt. Quel *bébé*... ! chuchota-t-elle. Puis elle le serra contre elle et, tout étourdi, le souffle court, il la serra contre lui, très très fort.

*

Je reconnais que cela a été un peu – bizarre, dirons-nous, de frapper à la porte de Mr Henderson pour lui demander s'il ne voyait aucun inconvénient majeur à ce que je parte une heure ou deux plus tôt ce soir. Je n'ai pas trop aimé devoir ajouter une explication du genre « J'ai deux ou trois choses à régler », parce que je ne tenais pas, probablement, à ce qu'il imagine que recevoir des gens à dîner était chose si exceptionnelle qu'elle rendait toute une somme de préparatifs, et de fait ma simple présence, indispensables. « Plus tôt ? », telle fut la réponse de Mr Henderson. « Comment – vous êtes *malade*, Coyle ? » Il semblait plein d'espoir. Non, non, monsieur, l'ai-je aussitôt rassuré – juste deux ou trois choses à régler. « Ah... » a-t-il fait, l'air affreusement dépité. « Ah, bien. Très bien, très bien. » Toutefois, il est évident que je dois être *là* pour superviser les préparatifs ; je n'ai jamais vu Gillian dans un état de surmenage tel que ce matin, avant de partir. Elle n'avait même pas ôté ses bigoudis, chose encore jamais vue. Et elle s'était levée une heure encore plus tôt, par rapport à ses horaires déjà inhumains – il m'a semblé que c'était le beau milieu de la nuit. Elle faisait des listes, voilà ce qu'elle faisait. Quand je suis arrivé dans la cuisine, la table en était couverte. De listes. Vous savez, je ne comprends pas du tout le fonctionnement des femmes. Certes, j'étais fier et flatté de voir que cette soirée à venir, cette soirée relativement décisive, mobilisait toute son attention – qu'elle empoignait la chose à bras-le-corps, en fait – mais bon, enfin, quand tout est décidé, combien de listes faut-il pour organiser un simple petit dîner ?

« Tu écris un roman, Gillian ?

— Mmm ? Qu'est-ce que tu dis, Arthur ? Il y a du pain dans le toaster.

— Je dis qu'est-ce que tu fais ? Tu écris un roman ?

— Un roman ? Non. Je fais mes listes pour ce soir.

— Oh – tes listes. Je n'aurais jamais cru. Je croyais que tu écrivais un roman.

— Allons donc. Tu ne pensais pas *vraiment* que j'écrivais un roman, Arthur ? Si ?

— Non, Gillian. En fait non. Pas vraiment. Il y a du thé quelque part ?

— Dans la théière. Je suis désolée, Arthur – j'ai un peu la tête à l'envers, ce matin. Je t'ai réveillé, en me couchant ? Je suis désolée. Comment va ton doigt ?

— Non, tu ne m'as pas réveillé. Tu t'es couchée tard ? Mon doigt, ça va, merci. Il m'a l'air un peu trouble, ce thé.

— Je vais en refaire. Il devait être quelque chose comme deux heures. Enfin, j'ai fini les rideaux, en tout cas. Quand t'occupes-tu de la peinture ? Tu crois qu'ils aiment les petits pois ? C'est un tel souci, tout ça... mais des petits pois, ça devrait aller, tu ne crois pas... ?

— J'allais justement t'en parler. Tu as fait un travail de nettoyage tellement extraordinaire, pour la chambre, tu vois, que finalement, je pense qu'on pourrait se passer de la repeindre. Ça ne fera que nous retarder pour la location. Tout le monde aime les petits pois, à mon sens. Mais frais, naturellement, pas en boîte. Et ce thé, alors, Gillian ? Mmm ? Allez hop, et que ça saute. »

Oui, je sais. Ça reste un peu comminatoire – fais ceci, fais cela, reprends-toi – mais les mots, la manière de parler – il y a du mieux, vous ne trouvez pas ? Moins guindé, plus – ma foi, un peu plus naturel, non ? Parce qu'il m'est apparu, voyez-vous – ah oui, si Gillian ne m'a pas réveillé en se couchant cette nuit (à deux heures vingt-trois pour être précis), c'est que je ne m'étais pas encore endormi. Je dois avouer que cette soirée me tourmente plus que je ne le laisse paraître – parce que regardez Gillian : elle est bien assez angoissée comme ça, n'est-ce pas ? Mais donc il m'est apparu, vous voyez – et Dieu sait qu'elles sont longues, interminables, même, ces nuits où le sommeil se refuse à vous –, qu'en fait je ne rencontre pratiquement jamais personne quand je suis avec les miens, de sorte que j'ai dû m'habituer, je suppose, à tenir des langages séparés, à employer deux – deux modes, dirons-nous, totalement différents. Et Geoff, au bureau – Geoff, il l'a tout de suite remarqué, n'est-ce pas ? C'est évident à ce point. Donc ce qui m'est apparu, pendant toutes ces heures sans sommeil (c'est quand même un petit peu mieux, non ? Un peu mieux que « ces nuits où le sommeil se refuse à vous », enfin, bref... ça demande encore pas mal de travail, tout ça), c'est que pendant cette petite soirée, je ne pourrai pas, en aucune manière, parler à Gillian et aux enfants sur un mode, et m'adresser à Mr Henderson et à son épouse de manière totalement différente. Ce qui paraîtrait assez obséquieux, enfin il me semble. Mais si c'est le cas, comme je le soupçonne fort, – eh bien je vais devoir également faire attention à cela. Geoff pourra sans doute me donner quelques conseils, mais je ne lui poserai probablement pas la question : tel que vous me voyez, là, maintenant, je pense qu'assez, c'est assez.

« Tu ne rentres pas tard, Arthur ? Tu ne – enfin, tu ne vas nulle part, ni rien ?

— Non non. Je rentre tôt, même. J'ai l'intention de rentrer tôt, en fait. J'aurai peut-être le temps, avant le coup d'envoi de la soirée, d'écouter les nouvelles à la télévision.

— Oh, Arthur – les enfants étaient ravis. Mais tellement déçus, aussi, que tu ne sois pas rentré. Ils meurent d'impatience de la voir marcher. »

Mon Dieu oui – je comptais bien rentrer à la maison pour le dîner : c'était mon intention. Mais à la dernière minute, j'ai sauté dans le bus pour passer, comme ça, très rapidement, chez Rosie – histoire de voir si je ne pouvais pas gagner quelques sous, pour Mickey, afin de différer éventuellement le moment où, fidèle à sa parole, il ne se contentera pas de me casser, mais m'effacera littéralement (j'essaie de garder un ton léger, mais ce n'est pas ainsi que je le sens, croyez-moi ; quelquefois, cela m'apparaît tellement étrange, tellement irréel, tellement extérieur à tout ce que je peux être, que j'ai l'impression de regarder, et de me retrouver soudain plongé dans un film avec Richard Attenborough, ou quelqu'un comme ça). Enfin bref. Quoi qu'il en soit, j'avais juste assez pour un petit scotch, et ça a fini par trois, voire même quatre, peut-être. Donc j'ai emprunté cinq livres à Hortense (elle m'a dit il faudra me payer les intérêts, Albert – il y aura des intérêts à payer, mais bon, je le fais parce que je t'aime, mon chou ; Dieu du ciel, quand je pense à tout l'argent que cette femme a dû amasser – le mien en grande partie). Donc j'ai payé ma note et joué le reste et tout perdu (contre le chauve, pas contre le gros, cette fois), et puis je suis parti, craignant de tomber sur Mickey. Hélas, c'est sur Mrs Farlow que je suis tombé, avec son amie toujours mal fagotée, là, à l'arrêt de bus (m'attendent-elles ? Me guettent-elles ?) et j'ai fini par rentrer *pedibus*. Et je peux vous dire qu'avec mon doigt abîmé et mes problèmes de pieds, hein... Je suis bon pour faire de la pâtée pour chiens, moi – chose pas si irréaliste que cela, s'il ne tenait qu'à Mickey ; et je crains fort, fort, qu'il ne tienne qu'à lui, en effet. Bien. Autant penser à autre chose. Je vais finir tranquillement ce petit toast, me reprendre un petit thé, et penser à autre chose, de tout à fait différent, comme... mmm – la télévision, voilà – ce sera parfait. J'y ai jeté un coup d'œil en rentrant (la Singer fonctionnait à plein rendement dans la salle à manger, à côté). Bel engin – et elle peut, pour dix-sept shillings et six pence par semaine (je sais, je sais – mais dix-sept six, ma foi, cela semble bien peu de chose, vu la situation générale, ces derniers temps). Et si je connais mon Annette aussi bien que je le pense, elle l'aura déjà mise en marche – elle n'est pas du genre à patienter, Annette, du tout : quand elle a quelque chose en tête, elle y va. Elle n'a pas les deux pieds dans le même sabot, Annette. Et Clifford, le pauvre petit chéri-à-sa-maman, elle l'aura entraîné dans l'aventure, bien sûr, elle en aura fait un complice du crime. Et je suppose qu'ils seront déjà tombés sur Channel Nine. Oh, que j'aurais donc aimé être une petite souris dans un coin. Ils ont peut-être fait un pacte ou quelque chose : ne jamais dire à *papa* qu'on reçoit Channel Nine, sinon ce vieux croûton va leur dire de la *reprendre* : c'est notre secret, d'accord, Clifford ? Jure, vas-y : *jure*. Et si tu as juré et que tu romps ton serment, tu vas directement en enfer, mais d'abord on te casse les doigts un par un, et puis on t'envoie dans une usine pour faire de la pâtée pour chiens... Oh là là. Oh là là là là...

« Bien, Gillian. Je prends congé. Enfin j'y vais, je veux dire : j'y vais.

— Parfait, très bien, Arthur. Et donc, oui, n'est-ce pas ? Comme tu as dit ? Tu rentres tôt ? Pour vérifier que je n'ai rien oublié, ou que je n'ai pas fait de bêtise.

— Dès que je peux me libérer. Allez, bye. »

Et, tout en refermant la porte d'entrée sur lui, Arthur se dit que « bye » – c'était plutôt pas mal, ce « bye » : déjà plus ça. La veille, en partant, il avait dit « Et que ton chemin soit béni jusqu'à nos retrouvailles » – donc approximativement *adieu*, pour être honnête – mais en fait, Gillian, je me demande si elle entend un traître mot. Et Gillian, entendant la porte se refermer, leva les yeux de la liste intitulée « À emprunter à Jean Beery » et se dit tôt, hein ? Tu rentres tôt, c'est ça ? Eh bien, il faut un début à tout, n'est-ce pas ? Oh là là – j'ai laissé passer l'heure de lever Clifford, avec tout ça – et Annette, je crois bien l'avoir entendue dans la salle de bains, il y a un petit moment. Bon, je rebranche la bouilloire et je monte m'occuper de lui. Juste ciel, mon Dieu aidez-moi à traverser cette journée. Faites que je survive. Je ne suis pas très prière, comme vous le savez, mais là, c'est pour Arthur, en fait, et j'ai complètement la tête à l'envers, et du pain sur la planche : donc Dieu, si vous pouvez faire en sorte que ça aille, d'accord ? D'accord ? Je vous en serai éternellement reconnaissante.

« Clifford... ? Clifford... ? Allez allez, debout, c'est l'heure, Clifford !

— Mmm ? Qu'est-ce qu'il y a ? Annette ? C'est l'heure de l'école... ?

— Oh, mais ce n'est pas *Annette*, quel idiot, c'est maman. Et oui, c'est l'heure de l'école, jeune homme. Allez, vite – habille-toi. Tu as une chemise sur la poignée de la porte. Et débarbouille-toi bien pour enlever tout le sommeil. Et n'oublie pas tes dents. Je vais mettre des rondelles de banane sur tes Corn Flakes.

— Je ne peux pas avoir juste la banane ?

— Oooh, Clifford – mais quel petit bougre, tu sais. Tu le sais, que tu es un petit bougre ? Hein ? Allez, hop – on ne traîne pas. »

Ah oui, bien sûr, c'est maman. Ma chère petite maman. Et cinq minutes en retard, ça, ça n'arrive jamais. Annette, elle est venue dans ma chambre après la télévision qui a – vraiment – toutes les chouettes chaînes ! Attendez que je dise ça à Dismal. Et Annette, elle m'a dit de ne rien dire à papa, parce que s'il s'en aperçoit, il leur dira de la reprendre, ce vieux croûton, et on n'aura plus que les nouvelles et tout ça, et les nouvelles, c'est toujours la même chose, tous les jours. Et j'ai dit oui d'accord, mais maman, alors ? Il faut bien qu'on le dise à maman, quand même ? Et Annette a dit on le dira à maman seulement si elle promet de ne pas le dire à papa, et moi j'ai dit oui mais il faut bien qu'on lui dise pour qu'elle promette de ne rien dire et si elle ne promet pas de ne rien dire alors elle ira le dire et comme c'est un vieux croûton, il leur dira de la reprendre, non ? Et Annette a dit bon d'accord, on ne le dit pas à maman non plus – et moi je n'aime pas qu'on ne le dise pas à maman parce que maman, elle devrait tout savoir, mais je ne veux pas non plus que papa leur dise de la reprendre, la télévision, parce que dessus on a *Doublez la mise* et *Faites votre choix* et *Popeye* et puis aussi quand l'horloge fait tic-tac et que le monsieur dit qu'il s'occupe de tout et l'autre monsieur qui est drôle et qui dit Saperlicocu et puis surtout *Maverick*. Donc je ne vais rien dire à maman : c'est un secret. Et ensuite, Annette, elle est venue dans mon lit et elle m'a tripoté et tout, et finalement j'avais mal à la quéquette, Annette a dit qu'elle était bizarre et gonflée comme un gros bouton, et moi j'espère que je ne vais pas avoir un gros bouton parce que j'en ai eu un, une fois, en CE2, et ils le percent avec une aiguille et dedans c'est tout beurk. Et puis j'ai mis mon doigt, avec Annette, et j'ai été loin, loin, et après je l'ai senti et ça sent bon, un peu comme sous le truc vert qu'ils mettent sur les gâteaux d'anniversaire. Anthony Hirsch, il dit que les programmes de télé intéressants ils sont dans le *T.V. Times*, et que les programmes nuls ils sont dans le *Radio Times*, et moi je lui ai dit mais non, ça c'est juste pour la radio et il m'a dit non, il y a aussi les programmes de télé, les plus nuls, et nous naturellement on reçoit le *Radio Times*.

Ah oui, il faut que je me lève, parce que je viens de me rappeler qu'on joue aux marrons pendant la récré aujourd'hui, et ça, c'est chouette. Parce qu'Anthony Hirsch, il a un grand marronnier au fond de son jardin qui est grand comme Regent's Park mais il n'a pas de zoo dedans, et hier il est arrivé avec plein de marrons. J'en ai gagné plein une poche et demie, et ils sont beaux et tout brillants, comme le tourne-disque, et hier soir, j'ai demandé à maman d'en mettre deux dans du vinaigre parce que ça les rend très très durs, même s'ils deviennent tout ridés, on dirait grand-mère si c'était une vieille vieille squaw et tout, mais il faut d'abord faire un trou dedans, avec la brochette du rôti du dimanche que l'on prend pour nettoyer la boue des chaussures de gym, même que ça ne marche pas, et maman en me voyant faire elle a dit oh là là, Clifford, donne-moi ça parce que tu vas te faire mal c'est tout ce que tu vas faire et moi j'ai dit non je ne vais pas me faire mal je peux le faire tout seul et elle a dit certainement pas sur ma table de cuisine alors tu me donnes ça Clifford et je vais le faire moi-même au-dessus de l'évier parce qu'il va y en avoir partout. Donc elle a fait les trous et elle les a mis dans du vinaigre dans un pot de confiture parce qu'on n'a plus le droit de les mettre au four comme avant mais plus maintenant parce que tout le monde dit que ce n'est pas de jeu, mais dans le vinaigre on peut. Ensuite on prend un lacet de chaussure de gym et on le passe dans le trou et on fait un nœud à chaque bout et on a le super marron le plus fort du monde, et moi c'est ce que je vais faire après ma banane. Mais d'abord il faut que je frotte un peu de dentifrice dans le lavabo et que je suce mon doigt, et puis que je mouille un peu la serviette.

Je trouve ça délicieux, les bananes, miam-miam, mais on ne peut jamais en avoir deux à cause des enfants qui meurent de faim en Afrique parce qu'eux, ils n'en ont même pas une. En tout cas, je suis drôlement content qu'on ne vive pas en Afrique parce que ça ne vaut pas la peine, alors. Mais les Corn Flakes, pfffffou – mais quand même, j'ai l'homme de l'espace, le vert, il est dans la poche de mon blazer, et je le tripote avec mon pouce et je vais le montrer à Anthony Hirsch, pendant le lait, et il va en avoir drôlement envie mais moi je ne l'échangerai pas, jamais, contre rien, c'est ce que j'ai dit à maman, et maman elle m'a dit je sais, Clifford, tu me l'as déjà dit, même si moi je ne me souviens pas que je lui ai dit. Elle a fini tout un rideau pour ma chambre, comme ça, elle n'a plus qu'à en faire un autre, et j'aurai les deux. J'espère qu'Anthony il ne les trouvera pas chochottes ni rien, les rideaux, parce qu'il y a des fleurs partout, et puis des notes de musique, et des espèces de guitares, mais pas comme celle de Cliff Richard, et Anthony Hirsch il dit qu'il a un nouveau disque au hit-parade, encore mieux que *Living Doll*, et encore mieux je suis sûr que ce n'est pas possible mais je ne vais même pas demander si je peux l'avoir parce que papa vient d'acheter une télévision et maman m'a donné un shilling que j'ai mis de côté pour acheter Maverick et j'ai une chambre toute refaite et l'argent ça ne pousse pas sur les arbres et un disque ça coûte au moins un million de livres – six shillings et huit pence, c'est ce qu'il dit, Anthony, et c'est tout petit et tout rond. Je peux peut-être essayer de l'écouter sur mon transistor, mais depuis un moment, il fait un bruit bizarre, comme quand on ouvre une nouvelle bouteille de Tizer et qu'on se sert un verre.

En allant à l'école je n'arrêtais pas de me dire que j'allais le dire à Anthony Hirsch, pour la télé, parce que maintenant je peux lui dire de venir à la maison quand papa n'est pas là et même si on n'a pas de pop-corn, on a des Fingers. Et puis maman a dit que des gens venaient manger ce soir et donc je ne peux pas dire à Anthony de venir ce soir et moi j'ai demandé mais qui ? C'est Mr et Mrs Beery ? Et elle a dit non. Alors j'ai demandé c'est oncle Bob ? Parce que quelque part, loin mais pas en Afrique non plus, j'ai un oncle Bob que j'ai vu quand j'étais tout bébé, alors maman dit que je ne peux pas m'en souvenir mais moi je sais que si parce qu'il avait quatre pattes et il était tout noir et tout poilu parce que c'est le mouton noir, c'est toujours ce que dit maman, et je crois aussi qu'il avait des lunettes de l'Aide sociale, comme Dismal qui a cassé les siennes et maintenant il a un bout de sparadrap au milieu pour les tenir. Oncle

Bob, il vit peut-être en Australie, c'est là qu'il y a les kookaburras. Et puis Anthony Hirsch et le père d'Anthony Hirsch sont arrivés en Jaguar et maman a dit que c'était une vraie bénédiction et moi j'ai foncé et j'ai dit à Anthony tu ne devineras jamais et il a dit quoi et j'ai dit je ne peux pas te le dire maintenant et il a dit pourquoi tu ne peux pas me le dire maintenant et j'ai dit je ne peux pas c'est tout. Mais quand maman est partie, je lui ai dit. Je croyais qu'il serait très très content quand je lui ai dit pour la télévision et Channel Nine et tout, mais il a fait un peu la tête. Alors à la récré je lui ai dit pourquoi tu fais la tête, parce que je croyais qu'il ne m'aimait plus, et il a dit non ce n'est pas ça, c'est que tu ne viendras plus chez moi et que mes parents ils sont d'accord pour que tu viennes mais pas les autres garçons parce qu'ils sont brutaux ou alors c'est leurs parents qui ne sont pas d'accord pour qu'ils viennent parce que mes parents sont jouifs mais avec moi ils sont d'accord et si je ne viens plus personne d'autre n'a le droit de venir et j'ai dit mais *si,* je viendrai encore chez toi, je viendrai – et bien sûr que je viendrai parce qu'ils ont du pop-corn, là-bas, des tonnes et des tonnes de pop-corn et puis il me prête sa guitare et il a une grande grande glace dans sa penderie et si on se met devant on se voit comme si on était une vedette du hit-parade sauf qu'on a l'air idiot en culotte courte et que mes cheveux sont trop courts aussi, c'est minable, et quand je serai grand je les coifferai en hauteur devant comme Cliff ou bien je mettrai un chapeau haut de forme parce que je serai jouif comme Anthony Hirsch et je m'en ficherai que les parents des autres ne veulent pas qu'ils viennent chez moi parce que de toute façon j'habiterai à l'hôtel de Posh donc nananère. Ce n'est pas vraiment mon oncle, l'oncle Bob – pas comme quand on a des parents avec des frères et sœurs, comme Annette et moi. Parce que papa et maman, ils n'en ont pas parce que tous les deux c'est des enfants uniques.

*

C'est parfait. Il ne manquait plus que ça – après la journée que j'ai eue, là, c'est complet, bravo. Comment Arthur *peut*-il me faire ça ? Comment peut-il ? Après m'avoir dit – parce qu'il me l'a bien dit, n'est-ce pas ? Je ne suis pas folle, c'est bien la dernière chose qu'il ait dite en sortant ? Qu'il rentrerait tôt. Que ce soir, il rentrerait tôt. Ce sont ses propres mots – de sa propre bouche. Eh bien regardez l'heure, allez-y. Allez-y, regardez l'*heure* qu'il est ! Tout est arrangé, prêt, ravissant. J'ai travaillé comme une négresse. Cela fait je ne sais combien de temps que j'oblige Annette et Clifford à attendre dans le salon, assis l'un à côté de l'autre, le feu est superbe et tout, et Mr et Mrs Henderson seront là d'une minute à l'autre – dans attendez – dans six minutes et demie, pour être précise. Six minutes, maintenant. Et où est Arthur ? Où peut-il bien être ? À quoi pense-t-il ? Que lui est-il arrivé ? Parce que je veux dire, ce n'est pas son patron qui l'a gardé plus tard au bureau, n'est-ce pas ? Parce que son patron, son patron, là, il est peut-être en train de se garer dans la rue, juste devant chez nous, et moi j'aimerais bien, mais alors bien savoir où est la personne qui l'a invité à dîner. *Où* ? Parce que moi, je ne vais pas pouvoir, vous savez – pas toute seule. Parce que qu'est-ce que je suis censée leur *dire*, moi ? « Oh, chers Mr et Mrs Henderson, je suis affreusement désolée, Arthur m'a chargée de vous présenter ses excuses, mais il était pris ce soir » ? Je ne vais pas survivre à ça – et il est beaucoup trop tard pour les décommander ou quoi que ce soit – pour téléphoner, inventer quelque chose, vous voyez – parce qu'ils vont arriver, ils seront là dans à peine un peu plus de cinq minutes. À l'instant où je vous parle, ils sont peut-être en train de descendre de voiture, dans la rue, devant chez nous. Et Arthur, lui, il est *où*... ? Pourquoi n'est-il pas *là*... ?

« Papa n'est pas encore rentré, maman ?

— Clifford, tu retournes immédiatement t'asseoir à côté de ta sœur sur le divan dans le salon. Et tu ne touches pas aux cacahuètes tant que les gens ne sont pas arrivés.

— Mais ils vont arriver quand, les gens ? Et papa, il est où ?

— Maintenant. Ils arrivent maintenant. Et je ne sais pas – je ne sais pas où est ton père. Et arrête de poser des questions. Il avait sûrement quelque chose de très important à faire. Et ne m'oblige pas à répéter, Clifford. Tu retournes dans le salon et tu attends sagement. »

Jean Beery – Dieu la bénisse, cette femme m'a sauvé la vie, aujourd'hui – Jean Beery dit que les gens un peu chics arrivent toujours légèrement en retard pour un dîner, ce qui ne me semble pas très correct. Personnellement, je ne supporte pas qu'on soit en retard, pour quoi que ce soit, et si ça fait de moi quelqu'un de pas si chic que ça, eh bien tant pis. Parce que je ne vois pas, mais alors pas du tout comment le fait d'avoir de mauvaises manières peut être considéré comme chic. Mais c'est vrai que Jean connaît tellement mieux toutes ces choses que moi – ils sont vraiment très mondains, Evelyn et elle. Très sophistiqués – pas comme nous, du tout. Ils sont déjà allés dîner au restaurant chinois de Kenton Road, et elle me disait qu'elle achète de ces petites bouteilles d'huile d'olive chez Allchin, le pharmacien, et elle en met sur la salade et les tomates ! Quelle idée – en principe, c'est pour les oreilles, quand on a un bouchon. Elle dit que c'est très cosmopolite (?) – en assaisonnement, je veux dire, pas dans les oreilles. Mais je suis sûre qu'elle a raison. Tout ce que je sais, c'est qu'aujourd'hui, je n'aurais pas pu m'en sortir sans Jean, impossible. J'aimerais tellement qu'elle soit là, maintenant. J'ai bien pensé à l'inviter aussi, mais j'aurais été obligée d'inviter Evelyn, et je ne peux pas mettre huit personnes autour de cette table, et avec ma petite cuisine, mon Dieu – enfin je n'ai pas la place, quoi. En tout cas, je ne sais pas ce que j'aurais fait sans Jean, franchement je ne sais pas.

Je suis simplement passée pour voir si je pouvais lui emprunter quelques serviettes, parce que j'en ai quelque part, j'en ai six, en lin d'Irlande, très élégantes, dans un carton, mais alors impossible de remettre la main dessus – disparues, nulle part. Je ne vois pas du tout ce qu'elles ont pu devenir – mais on arrive à peine à entrer dans le cagibi maintenant, avec toutes les affaires de ce pauvre Clifford et tout ça, donc elles sont peut-être quelque part tout au fond. Donc je me suis dit Gillian, tu te calmes, tu fais les choses dans l'ordre. Si tu passes encore une heure à chercher ces sacrées serviettes, tu n'auras plus le temps de rien faire, d'accord ? Donc tu en empruntes à Jean – elle en aura bien, forcément. Et ma foi – je ne m'étais pas trompée ! Quelle couleur ? me demande-t-elle. C'est un peu habillé, ou très habillé ? Parce que j'en ai plein de blanches bien sûr. Ou bien des rouges, si vous voulez un style plus Bisto (chose absurde, parce qu'elle sait pertinemment que je n'achète que de l'Oxo, jamais de Bisto, j'ai toujours été fidèle à Oxo, depuis toujours, et je n'ai pas l'intention de changer : du point de vue du goût, c'est sans comparaison). Donc j'ai dit oh, des blanches, ce sera parfait, Jean – je les mettrai dans la machine juste après, bien sûr, avec un peu de Robin, comme ça, elles seront impeccables, même si je suppose que personne ne va trop les tacher ni rien. Jean dit toujours que je devrais prendre du Daz – c'est bleu, mais tout ressort d'un blanc parfait, c'est ce qu'elle dit (j'ai un doute – qu'est-ce qu'ils ne vont pas encore inventer ?). Enfin bref – les serviettes : vous êtes sûre que ça ne vous ennuie pas, Jean... ? Oh mais pour l'amour de Dieu, mais prenez-les, mais prenez-les, Gillian ! Et là, elle me demande et des assiettes, vous en avez ? Et moi je lui dis mon Dieu, mais bien sûr, Jean, bien sûr que j'ai des *assiettes* ! Que croyez-vous ? On ne mange pas dans une auge, vous savez ! Aaaaah, dit-elle, je sais bien, mais il va vous falloir des assiettes pour mettre sous les assiettes, c'est vraiment chic, et puis des assiettes à dessert, et puis des assiettes à pain, et des assiettes à potage, et n'oubliez pas que vous êtes six – et en fait, oui, elle m'a coincée, là. Donc elle m'a prêté un très très joli service en Royal Quelque chose, dit-elle – Fournisseur de la Couronne, en tout cas – et je lui ai dit que c'était absolument *superbe* et je lui ai promis qu'on y ferait très, très attention. Ensuite, elle me demande et avez-vous des bougies ? Et moi je réponds non – non, on n'a pas de bougies, non – on allume tout en grand, et là elle fait oooooh, non non non – il vous faut des bougies, c'est ça qui crée l'ambiance. Des bougies crème, c'est toujours le plus chic. Et donc elle m'a donné une paire de bougies, de ces bougies très longues et tout effilées – très chères, selon moi, donc moi je lui dis oh mais là, Jean, j'insiste absolument pour vous les payer et elle dit oh mais ne soyez pas sotte, je ne veux même pas en entendre parler parce que j'en ai toute une boîte pleine parce qu'Evelyn connaît quelqu'un chez les grossistes qui fournissent Price's, et il en a, vous voyez : il en a. Sur la cheminée, j'ai une très jolie paire de chandeliers que je tiens de maman (tu les prends, m'a-t-elle dit – moi je suis vieille), donc un petit coup de Miror, j'y mets les bougies crème de Jean, et hop, voilà pour l'ambiance, c'est déjà ça de réglé. Et elle m'a aussi donné des sets de table avec des reproductions de paysages sépia dessus, très élégants, et un vase en cristal taillé – Mr Levy, dans l'avenue, me fera un joli bouquet mélangé – et des couteaux supplémentaires, parce que je n'ai déjà jamais assez de couteaux en temps normal, et puis tout d'un coup elle a pensé aux verres, et du coup ça m'y a fait *repenser*, et je lui ai dit oh, oui, Jean – vous m'y faites *penser* : dites-moi – Arthur m'a dit d'acheter une bouteille de vin pour l'occasion, et vous me connaissez, Jean – je n'ai pas la moindre idée de quoi prendre. Je lui ai dit que je faisais une bonne épaule de porc, et elle a dit qu'un vin rouge italien irait très bien avec, alors elle m'a écrit le nom sur un papier et j'ai filé chez Victoria Wine et j'ai tendu le papier, et le vendeur, très aimable d'ailleurs, a dit que je voulais du Key Auntie, alors que ce n'est pas du tout, croyez-moi, ce que Jean a écrit sur le papier, mais bon – c'est étranger, n'est-ce pas. Il faut s'attendre à tout. Je n'ai aucune idée de quel goût ça peut avoir – je lui ai demandé, au vendeur, si c'était acide, et il m'a répondu qu'il était désolé mais qu'il ne pouvait pas m'aider parce que lui-même ne détestait pas un peu d'âpreté – mais en tout cas, Jean avait raison pour une chose : c'est une ravissante bouteille, dans son petit panier en osier, avec une poignée. Ça va faire extrêmement chic sur la table, et je compte bien la garder après comme décoration. Mais le prix ! Je suis encore sous le choc, pour ne rien vous cacher : seize shillings et neuf pence ! Je sais ! Du coup, mon épaule de porc n'est pas aussi copieuse que prévu, mais je me contenterai de grignoter – je n'y toucherai pas. Mais en tout cas, personne n'aurait jamais acheté de vin italien, juste après la guerre, n'est-ce pas ? Et je doute qu'il y ait eu des réserves. Le vendeur de Victoria Wine m'a dit qu'ils avaient même du vin *allemand*, maintenant, et je dois dire que ça m'a un peu surprise : il faut bien passer l'éponge, j'imagine, mais je ne sais pas ce que Mr Churchill trouverait à dire à tout ça. Parce que je l'imagine mal fumer des cigares italiens ou allemands, si vous voyez. En tout cas, heureusement que Clifford avait cette espèce de tortillon sur son canif, sinon, on n'aurait jamais réussi à l'ouvrir, parce que j'ai fouillé dans le tiroir sans trouver de tire-bouchon, et je suis sûre qu'on en avait un autrefois. En plus, j'avoue qu'un peu d'aide n'aurait pas été de refus : j'ai failli me faire un tour de reins.

Enfin bref. J'ai été chercher ma viande chez Barrett, dans l'avenue – c'est Mr Barrett lui-même qui m'a servie, et il me dit comme ça : voilà Mrs Coyle, voilà un bon morceau d'épaule – et en effet, je dois dire qu'il avait fière allure : du genre à bien croustiller sous la dent, comme Arthur aime. Je voulais prendre de la rhubarbe chez Mr Levy, pour le crumble, mais il me l'a honnêtement déconseillé, donc j'ai pris des Bramleys à la place, et je nous ai fait une belle tarte aux pommes. Comme me l'a dit

Mr Levy, c'est toujours délicieux, Mrs Coyle, une belle tarte aux pommes bien garnie de crème anglaise dessus, c'est toujours une réussite. Et il a bien raison. J'ai aussi pris un beau bouquet d'œillets, avec quelques marguerites pour aller avec, et il ne m'a même pas compté la fougère ; il m'a demandé des nouvelles d'Annette, comme toujours – il est si charmant, ce Mr Levy. J'avais mis le potage à petit feu, et ressorti les cacahuètes que j'avais sorties à Noël mais personne n'en voulait donc je les avais rangées. Jean Beery dit qu'après dîner, les gens chics ne détestent pas croquer un petit chocolat à la menthe, c'est ce qui se fait, et que je devrais aller chez Lawrence, dans l'avenue, et leur demander une boîte de Bendicks, mais je ne suis pas trop sûre qu'elle ne se soit pas trompée, parce que Bendix, c'est le séchoir que j'utilise quelquefois au lavomatic, mais j'ai préféré ne rien dire. En tout cas, ils en avaient bien, chez Lawrence, mais juste ciel, à un prix ! Mais pour ce prix-là, mais on aurait un kilo d'assortiment Black Magic ou All Gold, et on vous rendrait encore la monnaie. Et pour une petite boîte toute ridicule. Et d'ailleurs ils n'en avaient qu'une, et j'ai bien été obligée de remarquer que la cellophane autour, elle était toute poussiéreuse, donc j'ai dit à la fille non merci, merci bien, et j'ai pris cent grammes de pastilles de menthe Imperial à la place, seulement huit pence et demi, et tout à fait délicieuses – encore que je me demande bien pourquoi on se met à manger des sucreries après une tarte aux pommes à la crème anglaise, mystère, vraiment : très mauvais pour les dents, en plus. Ensuite, il a fallu que je me coltine ce sacré bidon de paraffine, naturellement, parce que dans notre salle à manger, on mourrait de froid, sans le petit poêle Aladdin dans le coin, mais en même temps l'odeur n'est pas très très agréable, en mangeant – Clifford dit toujours que ça lui donne envie de vomir, donc je vaporiserai un petit coup d'Airwick, et advienne que pourra.

J'avançais bien dans mes courses, et on avait échappé à la pluie, ce qui était une vraie bénédiction, je peux vous le dire : ça a menacé toute la matinée. Et il a fallu que je tombe sur... oh, je n'arrête pas d'y penser, depuis – je ne peux pas m'en défaire... Donc il a fallu, comme par hasard, que je tombe sur cette horrible Mrs Farlow – qui d'autre, n'est-ce pas ? –, juste au moment où je rentrais à la maison. J'ai fait comme si je ne la voyais pas, mais elle, naturellement, elle me dit – avec cette voix horrible qu'elle a, qui n'appartient qu'à elle –, elle me dit oh ! Mrs Coyle ! Je suis ravie de vous rencontrer ! Moi, j'ai baissé les yeux sur ma liste de courses, comme si je vérifiais quelque chose, et j'ai accéléré l'allure – pas très facile, croyez-moi, avec un cabas plein à craquer et ce sacré bidon de paraffine qui me cognait sur la cuisse. Mais vous croyez que ça l'a démontée, peut-être ? Que non. Mrs Coyle ! Mrs Coyle ! Bon... que pouvais-je faire ? J'étais bien obligée de m'arrêter, de me retourner, n'est-ce pas ? Pas le choix.

« Oooh, Mrs Coyle – vous m'avez fait courir, j'en suis tout essoufflée. Vous ne m'avez pas entendue ? Vous faites vos courses ? J'espérais justement tomber sur vous, Mrs Coyle. Mary Jessop me dit mais passez donc la voir, mais moi je lui dis non non, c'est bien plus sympathique de tomber sur quelqu'un comme ça, dans l'avenue ou quelque part, à l'improviste, et de bavarder un peu. Beaucoup plus agréable.

— En fait, je suis un peu pressée, Mrs Farlow. Si cela ne vous ennuie pas, je préfère...

— Oh, mais vous avez bien une seconde, Mrs Coyle. Parce que mon Dieu – il y a des choses, je pense que vous devriez être au courant. Bon, n'allez pas penser oh, cette Mrs Farlow, toujours à fourrer son nez partout – je ne tiens pas du tout à ce que vous pensiez ça. Mais il y a certaines choses, à propos de Mr Coyle, et vraiment, je tiens à...

— Je suis désolée. Il faut que j'y aille, maintenant. Je suis très en retard. Il faut que je file.

— Mais Mrs Coyle – c'était juste un mot, en toute amitié...

— Je n'en doute pas. Bon, je vous laisse, Mrs Farlow. Je file.

— Mrs Coyle... ! Mrs Coyle... ! Eh bien, quelles drôles de manières – de tourner le dos et de me planter là, alors que je veux juste aider. Mrs Coyle... ! Mrs Coyle... ! »

Oh, le *toupet* de cette femme... J'en suis encore furieuse. Sans arrêt, elle a continué à m'appeler – sans arrêt, plantée au beau milieu de la rue, et tout le monde s'arrêtait et se retournait pour voir ce qui se passait. J'ai été obligée de courir jusqu'à la maison, vous savez – jamais je ne suis rentrée si vite, je ne sentais même pas le poids du cabas et de ce sacré bidon de paraffine. J'étais rouge comme une pivoine et complètement à bout de souffle, mais je peux vous dire que j'ai poussé un ouf de soulagement une fois la porte refermée – tellement soulagée de me retrouver chez moi, en sécurité. J'ai tout laissé tomber par terre dans la cuisine et j'ai immédiatement branché la bouilloire pour me faire une bonne tasse de thé (ensuite, j'ai jeté un coup d'œil sur le potage, et j'ai baissé un peu le feu en dessous). Et ce thé, mais mon Dieu, mais c'est une vraie bénédiction – comme toujours, en fait : rien ne vaut une bonne tasse de thé. Et je tremblais, vous savez – et avec le gaz qui marchait et tout, il ne faisait pas froid dans la pièce, du tout. Et je me suis dit, finalement c'est très bien que j'aie tant de pain sur la planche, aujourd'hui, ça me change les idées. Bien, Gillian, tu finis ton thé, et tu attaques sérieusement, d'accord ?

Et pour attaquer, j'ai attaqué ! Je n'ai pas arrêté de la journée. D'abord j'ai dressé la table (Jean est passée il y a un petit moment, et elle m'a dit que c'était ravissant) ; j'ai mis ma viande et mes pommes de terre au four, émincé le chou (les petits pois, finalement j'ai décidé que non), préparé ma pâte à tarte, vidé, pelé et coupé les pommes, ciré les chaises de la salle à manger, rempli le poêle à paraffine (il fait bon maintenant, mais c'est vrai qu'il y a une odeur, on ne peut pas le nier ; Airwick ou pas). Ensuite j'ai poli les chandeliers, tapoté et réinstallé les coussins du salon, fait un feu, passé un petit coup d'aspirateur un peu partout, allumé l'Ascot, mis sept pence dedans pour être sûre d'avoir vraiment de l'eau chaude, pas une flaque ridicule, ensuite j'ai sorti le costume du dimanche de Clifford, avec une belle chemise blanche et son petit nœud-papillon écossais, et pour Annette, la robe qu'elle allait certainement refuser de mettre. Elle a dit qu'elle voulait le petit foulard en crêpe Georgette rouge vif que je mets souvent autour de mon cou, avec une broche, mais j'avais déjà décidé de le porter ce soir, parce qu'il est parfait avec la seule robe que j'ai pour ce genre d'occasion – en satinette, d'une très jolie nuance de marron, avec des revers de manche ton sur ton (Clifford l'appelle toujours ma robe de remise des prix). Et Jean me dit oh, Gillian – j'ai une quantité de petits foulards comme ça, que je ne porte jamais : prenez-en un pour la petite, et dites-lui que ce n'est pas la peine de me le rendre, c'est un cadeau de tante Jean. C'est vraiment un amour, cette Jean – j'ai une chance folle de l'avoir comme voisine. Donc j'ai choisi un ravissant foulard bleu turquoise, avec un liseré jaune soleil – ce sera superbe avec la robe que je lui ai faite, si j'arrive à la convaincre de la mettre, cette sacrée robe. J'avais déjà rapporté le complet Burton d'Arthur de chez Sketchley's – cela faisait des siècles, j'avais complètement oublié – et je lui ai préparé une chemise et sa cravate imprimée cachemire. Donc voilà, j'ai fait tout ça, et il était encore très tôt, donc j'ai passé ma robe à la dernière minute, pour ne rien mettre dessus, puis j'ai essayé de coiffer la tignasse de Clifford (Dieu seul sait comment il arrive à se mettre dans un état pareil), et juste comme je pensais avoir tout réglé, enfin (même si je commençais à m'inquiéter un peu, pour Arthur, parce que l'heure tournait), ç'a été la catastrophe avec Annette, et même maintenant, assise à côté de Clifford sur le divan, même maintenant, elle refuse encore de m'adresser la parole. J'étais dans ma chambre, en train de me battre avec le fermoir de ce petit bracelet que je ne porte jamais, parce qu'il est infernal à ouvrir et fermer. La voilà qui entre.

« Alors, je peux le mettre, maman ? Je ne mets pas la robe si je ne peux pas prendre ton petit foulard pour porter avec. Je peux te le prendre, maman ?

— Mmm ? Oh, non, Annette – je t'ai dit que je le mettais. Mais ne t'en fais pas, tu as une surprise qui t'attend dans ta chambre, sur ton lit. Un cadeau. De Jean. »

Mon Dieu : vous auriez dû voir sa figure. On se serait cru au matin de Noël. Elle est sortie en trombe, et je l'ai entendue cavaler jusqu'à sa chambre en poussant des cris suraigus. Deux secondes plus tard, elle était revenue, toute rouge, à bout de souffle, et d'abord j'ai cru qu'il lui était arrivé quelque chose, mais non – c'était juste l'excitation.

« Où ? Où, sur mon lit ? Je ne vois rien.

— Mais pourtant il est là, Annette, enfin. Tu as ta robe – et le foulard, mais enfin, il est posé dessus. Qu'est-ce que tu as dans les yeux ?

— Oui, je sais – je sais bien, mais où est le *jean*... ?

— Le... ? Mais qu'est-ce que tu racontes, Annette ? Je t'ai déjà dit que je ne t'achèterais pas ce truc-là, non ?

— Mais... ! Mais tu... !

— Mille fois, je te l'ai dit. Maintenant, va vite t'habiller. Ils vont arriver d'une minute à l'autre. »

Elle avait un visage à faire peur, je dois dire : j'ai cru qu'elle allait se mettre à pleurer.

« Mais tu m'as dit que j'avais un cadeau, un *jean*... !

— Je t'ai... ? Oh, *non – non*, Annette – je t'ai dit un cadeau *de* Jean – l'écharpe, c'est Jean qui te l'offre, la voisine. Oh mon Dieu – tu as cru que je t'avais... ! »

Mais déjà elle était partie, avant que j'aie pu lui expliquer. Là, elle a gardé sa robe de l'école, le foulard turquoise et jaune, elle dit qu'elle le hait et qu'elle ne le portera jamais, et elle ne m'a plus adressé la parole depuis.

Et maintenant – oh, juste ciel ! Juste ciel juste ciel seigneur priez pour moi. C'était la sonnette. La sonnette, à la porte. Les voilà, oh mon Dieu, juste ciel, les voilà – et *où* est Arthur ? *Où est-il* ? Dieu du ciel, mais où peut-il bien *être*... ? Parce que moi, je ne vais pas pouvoir, vous savez – pas toute seule.

*

Si Gillian avait eu connaissance de l'existence de Mickey, elle aurait pu imaginer – elle aurait fort bien pu en arriver à la conclusion que la raison de mon absence (et oh, mon Dieu – elle doit être dans un état épouvantable à l'heure qu'il est, cette pauvre Gillian) est que l'on m'a... que font-ils d'ailleurs, généralement, ces malfrats ? Ils vous coulent dans du ciment et vous jettent dans les fondations de cette autoroute en construction pour Birmingham, c'est cela ? Elle pourrait tout à fait supposer une chose de ce genre – mais Gillian, bien sûr, est loin d'avoir connaissance de l'existence de Mickey, ou de quiconque de ce genre. En voyant notre bobby du quartier, l'agent Sugar, toujours en train de patrouiller tranquillement dans l'avenue et dans les rues alentours, saluant les dames et gardant l'œil ouvert à tout, elle considère comme acquis que le crime n'existe pas, pas chez nous, pas avec l'agent Sugar en train de battre le pavé. À Soho, peut-être, ou en Amérique, mais pas par ici, jamais de la vie. Même la fois ou, deux jours de suite, nous n'avons pas trouvé la bouteille de lait (capsule rouge) sur les marches le matin, elle a pensé que c'était une erreur du nouveau laitier, le remplaçant – elle n'aurait jamais songé que quelqu'un ait pu les prendre au passage. Et je l'envie. Je l'envie pour cela, tout à fait. Parce que l'innocence, ça ne se retrouve jamais, voyez-vous. Quand elle est perdue, elle est perdue.

Mais non – Mickey ne m'a pas encore mis la main dessus afin de m'effacer. Il me reste, oh – quelque chose comme vingt-quatre, trente heures peut-être, avant de franchir la frontière des bornes des limites. Et je la franchirai, soyez-en sûr, bien à regret, parce que je n'ai pas d'argent, voyez-vous. Du tout. Rien à lui donner. Concept que Mickey, de manière assez compréhensible j'imagine, semble ne pas pouvoir ou ne pas vouloir envisager. Et il m'apparaît que cet état de choses ne doive guère évoluer dans un proche avenir. Mon absence prolongée à la table du dîner ne suscitera aucune estime particulière chez mon patron, et la seule demande de renseignements que j'aie reçue jusqu'à présent, à propos de la chambre à louer, émanait d'un jeune homme vaguement étudiant en musique, qui pratiquait la guitare flamenco et demandait si cela posait éventuellement problème. Je lui ai répondu qu'il plaisantait sûrement. Donc cette notable absence au dîner peut difficilement s'expliquer par une disparition aussi subite que prématurée, non non non. Non, simplement, cela fait un bon, bon moment que je suis assis là dans la remise, à essayer de réunir mon courage pour affronter tout ça. Il reste une bonne gorgée dans cette demi-bouteille de Haig que j'ai réussi, non sans mal, à me faire marquer chez Victoria Wine, et une fois cette gorgée au fond de mon estomac, je n'aurai d'autre choix que d'abandonner la paix et la sécurité de ce sordide petit abri pour me diriger vers la porte de la cuisine, entrer, et me laisser guider par le joyeux vacarme en provenance de la salle à manger.

J'ai fait un brin de toilette, tout à l'heure. Je me suis glissé dans la salle de bains pendant que Gillian était occupée en bas. J'ai fait bien mousser la savonnette, passé le gant sur ma nuque – une noisette de Brylcream pour les cheveux, bien plaqués en arrière. Ils sont de plus en plus clairsemés, savez-vous : il y en a un peu moins chaque jour. Je me suis dit que je pouvais me passer de rasage. J'ai vu les vêtements que Gillian avait préparés pour moi – éventuellement, je remonterai pour les enfiler, ou pas, cela dépend, finalement, du temps que je vais encore oser passer ici et, une fois le moment venu, de ma capacité à monter l'escalier, ou pas. Je n'ai jamais été très porté sur les vêtements, pour être honnête – mais en grande partie, me semble-t-il, parce que j'ai toujours su que je ne porterais jamais, et de loin, le genre de vêtements que j'aurais aimé porter, puisque déjà tout petit on m'habillait au décrochez-moi-ça. On voit les messieurs, en ville, on les voit bien – beau tissu, des costumes de belle qualité, toujours. De la vigogne, de la laine peignée d'Australie – enfin, du tissu de qualité, quoi. Même pas la peine de toucher – ça se voit, on le sait tout de suite. Et puis le pantalon, le pli du pantalon qui casse parfaitement sur la chaussure, et puis la chaussure qui semble avoir été sculptée et polie à la main dans de l'ébène, comme vernie tant elle est bien cirée : ils ont des gens pour ça, je suppose. La chemise avec un vrai col – et pas forcément blanche, tout le temps blanche. Une fois, vous savez, Gillian a fait une bêtise avec sa lessive : elle a mis dans la machine un truc qu'elle n'aurait pas dû mettre, ne m'en demandez pas plus, je ne suis pas spécialiste, et une de mes chemises en est ressortie toute rose. Je peux vous dire qu'elle en a entendu parler – mais vous savez quoi, pour être vraiment honnête, j'aurais bien essayé. Enfin, je veux dire pas *vraiment*, naturellement – je ne l'aurais pas *réellement* portée... Parce que Geoff, au bureau, hein – je n'en aurais pas eu fini avec les réflexions, et puis impossible de se promener comme ça dans la rue. Et Mr Henderson m'aurait peut-être même renvoyé à la maison pour me changer. Mais ces messieurs dont je parle – ceux que l'on voit en ville – portent souvent des chemises, je l'ai bien remarqué, et puis des cravates, ces belles cravates de soie bien lourdes, de toutes les couleurs possibles et imaginables. Et à rayures, si vous pouvez croire ça – il y a souvent des rayures de couleur vive, dans le tableau. Et ça leur va très bien. Mr Henderson lui-même est très élégant, très coquet, en fait. Mon Dieu – quand on se montre au tribunal tous les jours, que l'on déjeune dans des restaurants chics, il faut avoir le sens du paraître, n'est-ce pas ? Et c'est ce que les clients attendent de vous. D'un homme de la stature de Mr Henderson, ils attendent qu'il soit bien mis, cela va sans dire. Mais quand on passe la plus grande partie de la journée enfermé dans un bureau sans air, avec des classeurs, Geoff et une tasse de thé pour toute compagnie, que le déjeuner consiste invariablement en un sandwich jambon-fromage avec une cuillerée de pickles Branston avalé sur place, tout ça pour finir par faire la queue sous la flotte à l'arrêt du 47, eh bien... eh bien ça n'a qu'une importance très relative. N'est-ce pas ? Votre allure, votre aspect. Parce que qui vous regarde, en fait ? Vous voyez ? Parce que voilà. C'est comme ça. On ne peut pas tous être Cary Grant, n'est-ce pas ? Non. On ne peut pas. L'un de nous, en tout cas, a eu la malchance de tirer la plus courte paille dès le début de la partie, et est pour toujours condamné à être Arthur Coyle, pour ne pas le nommer – celui dont la présence, je m'en souviens soudain, serait plus que nécessaire à la table du dîner. Donc on se lève... ooh... c'est extraordinaire, vous savez : une demi-bouteille, ça glisse tout seul, on s'en rend à peine compte. Mais quand on se lève, eh bien – là, si, on s'en rend compte. Bon, je ne vais pas me changer, pas la peine – ça ne fera que me retarder davantage. Il est quelle heure, en fait ? Petit coup d'œil sur la montre. Oh là là – mon Dieu mon Dieu mon Dieu. Bon : là, je ne peux plus différer. Donc on y va du bon pied, mon vieil Arthur, comme à la parade : droite, gauche, droite, gauche, allez un peu de nerf, fier soldat... ! Même si je n'ai jamais pu l'être, soldat, fier ou pas, à cause de mes pieds. Enfin bref. C'est du passé.

J'ai la main qui tremble. Là, je suis juste derrière la porte de la salle à manger, je sens mes cheveux qui la frôlent, la porte. Et j'ai tendu la main vers la poignée, et j'ai vu ma main – eh bien, elle tremblait, et drôlement fort. Ce doit être la réticence, je suppose – cela prouve la réticence que j'ai à saisir la poignée et à lui faire subir un franc mouvement de torsion avant de franchir le seuil d'un pas résolu et de pénétrer dans cet autre monde, ce monde étrange, au-delà – dont de vagues, aléatoires échos me parviennent maintenant : l'éclat étouffé d'un rire artificiel – il est artificiel, ce rire, il sonne forcé à mes oreilles, même si je ne pourrais pas vous dire qui l'a lancé, là-dedans – et un bourdonnement général de conversation convenue entrecoupé de longs silences ponctués de légers tintements de couverts.

« Oh... Arthur !

— Ah... Coyle. Vous nous faites enfin la grâce de votre présence. »

Arthur écarta les mains et les regarda l'une après l'autre (le rembourrage est un peu usé, et je vois un des montants qui dépasse, là), accrochées au bout de bras très vraisemblablement reliés au reste de sa personne. Il semblait donc être là, dans cette pièce. Tout l'épisode de la porte était derrière lui, de toute évidence. Des yeux, bien sûr – il y a des yeux sur moi, ça vient de toutes les directions. Gillian s'est levée d'un seul coup, quand je suis entré, et sa serviette, regardez – elle a fait tomber sa serviette. Son expression, ma foi, son expression est mitigée, en fait. Je lis dans ses yeux écarquillés une sorte de panique absolue, sans aucun doute, mêlée d'un éclat accusateur (à quoi d'autre s'attendre ?), peut-être légèrement tempéré par une nuance de soulagement général que je sois simplement là. Et puis une question, aussi, une question pressante : *Pourquoi ?* Elle voudrait savoir. *Comment* ai-je pu ? Etc., etc., etc. Oui, eh bien, je ne sais pas trop, Gillian, pour être d'une franchise absolue, mais nous examinerons cette question délicate point par point, plus tard, et jusqu'à la fin des temps. Mr Henderson – impossible bien sûr de déchiffrer quoi que ce soit sur ce visage impassible : je le connais très bien, naturellement. Tout à fait fiable : testé et approuvé. Il attend simplement une explication convaincante, et s'il ne se trouve pas satisfait de ce que je vais bien devoir trouver, là, il le fera savoir sans ambiguïté, mais sans avoir l'air de le faire savoir. Quant à Mrs Henderson, ma foi, la pauvre femme – parce qu'à la base, elle n'avait aucune envie de se retrouver là, à cette table, n'est-ce pas ? – j'imagine très bien son visage quand son époux, le pauvre homme, a dû la mettre au courant. « Mais enfin, tu ne pouvais pas dire *non*, James ? Mais qu'est-ce qui t'est passé par la tête ? Parce que *moi*, je ne tiens pas du tout à passer une soirée chez ce type, qui que ce soit, dans une petite baraque minable. » « Mon Dieu, mais bien *sûr* que j'ai dit non, Fiona – évidemment que j'ai dit non. Mais il a insisté et insisté, tu vois ? Pénible. En me tannant avec tous les jours possibles et imaginables. Je ne pouvais quand même pas lui dire que nous étions pris *tous* les soirs de la semaine ? Mmm ? Bon, je me ferai pardonner, ma chérie, je te le promets, et on ne restera pas longtemps. On mange deux trois trucs histoire de dire, on picore un peu leur dîner miteux – comme ça, il pourra dire qu'il nous a eus à manger, comme ils disent – et puis on file, ce n'est qu'un mauvais moment à passer. » Mmm – je vois bien quelque chose de ce genre : ça a dû plus ou moins se passer comme ça. Et là, elle regarde la viande dans son assiette, du porc je crois – oui oui, c'est du porc, regardez la couenne toute croustillante, ça ne trompe pas, c'est du porc, tout à fait : cette brave Gillian, elle sait bien que j'aime ça, le porc. Et avec, des pommes de terre au four, du chou, et un grand bol de sauce. Mmm – du coup, j'ai faim, moi, si vous voulez tout savoir. Donc je vais m'asseoir, hein. En bout de table – à ma place : la place du chef de famille. C'est une véritable puanteur, ce chauffage... mais en même temps, il fait bon. Allez, je déplie ma serviette, flop flop, et je la lisse bien sur mes cuisses. Cela dit, c'est une très belle femme, cette Mrs Henderson. Un peu dans le genre Deborah Kerr, si je ne m'abuse. Et sa robe est superbe, d'après ce que j'en vois – bleu mésange avec une nuance de vert. Et puis regardez ces petits strass – un petit à chaque oreille. Sans doute de vrais diamants. Je jette un regard vers Clifford, qui me fixe. Je jette un regard à Annette, pareil. Il va falloir que je dise quelque chose, sans trop tarder : bon, autant le faire maintenant (histoire d'affirmer ma présence).

« Je suis désolé. Désolé, Mr Henderson. Désolé, Mrs Henderson. Vraiment.

— Nous avons déjà fini le potage, Arthur », déclara Gillian – avec une énergie quelque peu excessive, et à l'oreille d'Arthur ; sa voix aussi, elle me paraît un ton plus haut que d'ordinaire (Mr Henderson – il est là, il attend, c'est tout). « Veux-tu du potage ? Parce qu'il reste du potage, si tu en veux – je peux le réchauffer. Ou veux-tu directement... ? Je te sers un peu de porc, Arthur ? Une bonne tranche de porc ? Et des légumes ? Oui ? Mais il reste aussi du potage, si ça te dit – dis-moi. »

À présent, les yeux de Gillian clignaient rapidement, entre deux regards insistants, voire même suppliants, car le besoin éperdu brûlait en elle – le besoin absolu, désespéré qu'on l'aide à simplement ne pas tomber en morceaux, se fragmenter, parce qu'elle peut vous le dire : depuis le premier instant, quand elle a fait entrer les Henderson dans le couloir, dans le salon, elle se sentait à l'extrême bord, non pas d'une crise de tétanie paralysante, mais d'un débordement de panique accompagné d'un déluge de larmes. Parce que toute cette histoire, cette soirée, là, était certes assez redoutable comme ça, Dieu sait, mais *sans* Arthur, alors là... C'est simple : je n'y survivrai pas. C'est aussi simple que ça.

« Voilà, par ici – voilà, entrez je vous en prie, allez-y, oui, par ici. Voilà. Très bien. Clifford, sois un ange et prends les manteaux de Mr et Mrs Henderson, si tu veux bien. Tu les montes là-haut – tu les mets sur le lit d'Annette, d'accord ?

— Quel charmant petit salon. Et ce joli feu...

— Ne vous approchez pas trop près – vous allez attraper des engelures.

— Tais-toi, Clifford. Oh, *merci*, Mrs Henderson – comme c'est aimable à vous. Je m'appelle Gillian, au fait. Mrs Coyle, mais mon prénom, c'est Gillian.

— Fiona. Je... je m'assois ici ?

— Oh mon Dieu, oui, oui, bien sûr. Allez-y. Au contraire. Où vous voudrez. Clifford – prends les manteaux, c'est bien, mon chéri. Oh, je t'avais pourtant dit de ne pas descendre ta maquette ! Il y en a des morceaux partout... franchement, écoute. Ah, les enfants ! Et *vous,* Mrs Henderson, avez-vous des, euh...

— Fiona. Non. Non, aucun.

— Ah, très bien. Très bien très bien. Eh bien voilà, n'est-ce pas. Euh – mais asseyez-vous donc, Mr Henderson. Alors je vous présente Annette, c'est ma fille – enfin, évidemment. Suis-je sotte. Dis bonsoir, Annette. Et Clifford aussi. Oh, Clifford, enlève-moi tous ces bouts de maquette, tu seras un amour. Et les manteaux, Clifford. Tu prends les manteaux.

— C'est un Spitfire, non ?

— Oui, monsieur. Mr Henderson. Vous étiez pilote pendant la guerre, monsieur ? Et puis j'ai vu votre voiture par la fenêtre. Elle est chouette. C'est une Rolls-Royce, comme la reine ?

— Ha ha. Non – c'est une Armstrong Siddeley, Clifford.

— Ah oui – je l'ai dans mon album des Voitures du monde, donc maintenant je peux dire que ça fait une de plus que j'ai vue, hein, monsieur ? Mais elle ressemble drôlement à une Rolls-Royce, n'est-ce pas ? Et vous étiez pilote pendant la guerre ? C'est pour ça que vous connaissez les Spitfire ?

— Oh, Clifford – monte ces manteaux, au lieu d'embêter Mr Henderson.

— Non non, il n'y a pas de problème. Appelez-moi James. Eh bien en fait, j'étais dans la Navy. Enseigne de vaisseau, première classe. Ce n'est pas aussi palpitant que ça en a l'air. »

Clifford hocha la tête. Pas palpitant du tout, je trouve. Parce qu'en classe, oui, on nous enseigne, et ce n'est pas du tout, du tout palpitant. Donc Mr Henderson donnait des leçons de maths et de physique aux marins, au lieu de conduire le bateau, comme ce dingue de Mr Macy.

« Vous avez de la chance, monsieur – d'être un adulte, avec une belle voiture comme ça. Parce que tout le monde dit que quand on est à l'école, c'est les plus belles années de sa vie, mais moi je ne crois pas du tout. Moi, j'aimerais bien être déjà adultéré. »

Mr Henderson eut un très bref sourire et jeta un regard à son épouse, qui baissa et détourna vivement les yeux.

« Annette, ma chérie – demande donc à Mr et Mrs Henderson s'ils aimeraient prendre un verre de sherry avant le repas... Clifford, je ne vais pas te le répéter cent fois – tu montes les manteaux, tu es gentil.

— Je vais servir le sherry – je peux le faire, Annette. Vous voulez un verre, tous les deux ? Mais les verres, ils sont tout petits, je vous préviens. Ils sont à Mrs Beery, la voisine. Ça s'appelle du Emva Cream – c'est marqué sur la bouteille. Il vient aussi de chez Mrs Beery. Moi, je crois que Emva, c'est comme les émeus qui sont des oiseaux qui courent très vite mais qui ne volent pas, et ils viennent d'Australie comme les kookaburras, mais les kookaburras eux, ils volent drôlement vite et on en a mis un là sur la cheminée, avec un chapeau sur la tête. Je connais le sherry parce que mon copain Anthony Hirsch il m'a dit que dans *Robin des bois* il y a le sherry de Nottingham.

— Comme c'est... comme c'est intéressant...

— Merci, Mrs Henderson.

— Quel jeune homme érudit. Et si *séduisant*, en plus...

— Tu as entendu ce que dit Mrs Henderson, Clifford ?

— Oh, mais il l'*est*, Gillian – extrêmement séduisant. Plus tard, ce sera un tombeur, sans aucun doute. Croyez-moi – un tombeur. »

Clifford eut un sourire de biais et rougit vaguement, sans toutefois comprendre comment le fait de tomber pouvait être séduisant, parce que moi quand je tombe je me sens plutôt idiot et en plus ça fait rire les filles.

« Je préfère que *tu* t'occupes du sherry, Annette. Clifford – peux-tu monter ces manteaux, s'il te plaît ? Oh, et puis donne-moi ces sacrés manteaux, je vais le faire moi-même...

— Oui, un verre de sherry, avec *plaisir*.

— Eh bien c'est *merveilleux*. Annette – sers un verre de sherry à Mrs Henderson, s'il te plaît. Et n'en mets pas partout... !

— Fiona. Appelez-moi Fiona, je vous en prie.

— Oh oui, bien sûr. Je suis absolument navrée. Le sherry, Annette. Et pour vous, Mr Henderson ? Vous en prendrez bien un petit verre aussi, n'est-ce pas ?

— Oh, mais tout à fait, tout à fait.

— Donc ça fait deux verres, Annette. J'espère que vous me pardonnerez si je ne vous accompagne pas, mais ça me monte directement à la tête, et je ne veux pas me mettre à danser les Gay Gordons au milieu du salon, n'est-ce pas ? Ou à chanter *It's a Long Way to Tipperary* ? Enfin je plaisante, bien sûr. Verse le sherry, Annette. Et à côté, nous avons un Key Auntie qui nous attend pour manger, je suppose que vous connaissez. J'espère simplement qu'il n'est pas trop acide. Bien, écoutez – on va laisser les manteaux là, dans le coin, n'est-ce pas ? Ils seront très bien là. Vous n'avez pas eu trop de mal à trouver la route, j'espère ? Vous avez trouvé tout de suite ?

— Oh, tout à fait, tout à fait. Euh – dites-moi une chose, Gillian – où est, euh... ?

— Ah oui. Il est en route. Désolée, hein. Il sera là d'une minute à l'autre, je pense. Il tenait beaucoup à ce dîner. Enfin, nous aussi, nous y tenions, bien sûr. Tenons. Nous nous réjouissons tous. De ce dîner. Le sherry, Annette. Oh – c'est fait. Très bien ma chérie. Il est bon ? Pas trop acide, j'espère ?

— Il est très... très intéressant... n'est-ce pas Fiona ?

— Mmm. Très. Oh, Gillian – j'allais oublier. C'est pour vous.

— Oh... oh, vous n'auriez pas dû, c'est une folie, c'est une fortune, Mrs Henderson. Oh, regardez – regarde, Clifford. Regarde, Annette : des Bendicks. C'est drôle vous savez, parce que ce matin, je pensais justement que c'était le même nom que le séch... euh – rien. Suis-je sotte quelquefois. Bref. Donc voilà, nous voilà tous...

— Ma foi – une bonne partie d'entre nous, au moins...

— *James...*

— Oh, il ne sera pas long, je vous assure. Annette – tu t'occupes des amuse-gueules. Une cacahuète, peut-être, Mrs Henderson ? C'est un mélange, n'est-ce pas.

— Fiona. Merci, Annette. Alors, comment s'est passée la journée à l'école, jeune demoiselle ? Bien ?

— Pas trop mal – enfin si on peut dire. Si j'étais vous, je ne prendrais pas les grosses noisettes parce qu'elles ont encore de la peau dessus. On nous a donné des tirelires de la Mission sacrée, et on doit mettre tout notre argent dedans pour sauver les handicapés. Celle qui sauve le plus de handicapés reçoit un badge en vrai or, que l'on n'a pas le droit de porter sur son blazer mais qu'on a quand même le droit de porter parce qu'ils sont bénis.

— Oh, je vois. Donc tu vas dans une école religieuse, c'est cela, Annette ?

— Dis-lui, Annette – dis à Mrs Henderson à quelle école tu vas.

— C'est le couvent du Sang-du-Sacré-Cœur, mais ça ne veut pas dire qu'on saigne ni rien. Ça veut dire qu'on pleure et qu'on déchire ses vêtements à cause de Satan, parce que si on veut mener une vie vraiment pieuse, il faut se débarrasser de ses griffes.

— Je vois. Et tu t'y plais, n'est-ce pas ? Tu te sens bien, là-bas ?

— Moi, je vais à l'école primaire.

— Tais-toi, Clifford. Mrs Henderson ne t'a rien demandé, si ? C'est à Annette qu'elle parle. Réponds-lui, Annette. Réponds à Mrs Henderson.

— Oui, ce n'est pas trop mal – enfin si on peut dire. Parce qu'il y a la Mère supérieure, qui est terrible, horrible. Elle ressemble à un personnage que j'ai vu dans un film chez Clodagh, et qui s'appelle Edward G. Robinson.

— Juste ciel !

— Non, c'est vrai – elle lui ressemble, vraiment. Mais elle est pieuse que c'en est incroyable. C'est la plus pieuse de toutes parce qu'elle est au sommet de l'échelle, naturellement, et elle est sans cesse en train de faire des neuvaines et ça prend neuf jours complets, Dieu m'en est témoin. On nous dit toujours de prier pour elle, mais c'est bien la dernière qui en a besoin parce qu'elle filera directement dans la main droite du Seigneur, et tous les saints entonneront leur chœur divin, et on la portera au plus haut des cieux, et à mon avis ça ne va pas être facile parce qu'elle est vraiment énorme. Mais elle n'a jamais, jamais enfreint un seul des dix commandements, elle n'a même pas menti – et elle ne tue pas, évidemment, et on peut avoir un âne ou un bœuf ou la femme de son voisin, et elle ne les convoitera pas. Elle est vraiment vraiment pure et ce n'est pas sa faute si elle ressemble à Edward G. Robinson, ce sont les voies de Dieu.

— Oh, je suis *désolée*, Mrs Henderson ! Cette Annette – une fois qu'elle a commencé, plus moyen de l'arrêter. Comment peux-tu dire autant de bêtises, Annette ? Hein, comment ?

— Moi, j'ai joué aux marrons, aujourd'hui.

— Ah, aux marrons, oui oui. Je me souviens très bien de cela, quand j'allais en classe – il y a fort longtemps, dans un lointain passé, je dois le dire. Alors, on a gagné, jeune homme ? Un joli score ?

— Euh non, pas très bon, Mr Henderson, parce que j'avais ce gros marron super-dur parce que je l'avais laissé tremper dans du vinaigre et tout, et Dismal, il en a un encore plus gros et il est arrivé et il l'a frappé et il s'est fendu et ensuite quand j'ai frappé sur le sien il a pété en morceaux, et c'est dégoûtant parce que maintenant il en a un encore plus gros, et il n'arrête pas de se pavaner avec et tout ça, mais Dismal il est comme ça, rien à faire, il est dégoûtant, Dismal.

— Et puis il y a un autre truc chez les sœurs, c'est que les toilettes n'ont pas de verrou à la porte.

— Oh, Annette, comment *oses*-tu dire des choses comme ça devant Mrs Henderson. Je ne sais pas ce qui te prend, vraiment. Je suis absolument *désolée*...

— C'est vrai ? Très étrange, en effet.

— Oui, c'est vrai, Fiona. Vraiment vrai.

— Annette, tu dis Mrs Henderson, je te prie – pas Fiona. Qu'est-ce que c'est que ces manières ? Quelqu'un aimerait-il encore une petite goutte de sherry ?

— Si si, c'est vrai de vrai, Mrs Henderson, vous pouvez me croire. Il y a des gens qui disent que c'est parce qu'elles n'ont pas les moyens d'acheter des serrures parce que c'est très cher mais papa dit qu'avec ce qu'elles demandent par mois, elles pourraient se payer des serrures en or massif et en diamants, donc ce n'est pas ça. Il y a aussi des gens qui disent que c'est en signe d'humilité. Mais en tout cas ce n'est pas agréable parce qu'à chaque fois que j'y vais je n'arrête pas de faire le signe de croix pour que personne ne rentre juste à ce moment-là mais quelquefois ça arrive quand même et là il faut tendre l'autre joue et l'offrir au Seigneur. Et Margery – Margery, c'est ma nouvelle meilleure copine –, Margery, elle dit que pendant les vacances elle a rencontré une fille qui va dans une autre école de sœurs et que là, il n'y même pas de *portes* aux cabinets.

— Mais c'est complètement *idiot*, non ?

— Non, ce n'est pas *idiot*, Clifford, Monsieur Je-sais-tout-mais-je-sais-rien. C'est vrai, parce que Margery me l'a *dit*.

— Oui, mais si les cabinets n'ont pas de porte, comment on fait pour y *entrer* ? C'est *idiot*, je te dis... »

Durant le silence qui suivit cet échange, Gillian déglutit péniblement, à plusieurs reprises, bien consciente que sa paupière gauche n'arrêtait pas de battre, puis elle se leva et tenta un rire léger, suggérant quelque sottise imaginaire, puis elle lissa bien le devant de sa robe et déclara, de manière aussi allègre que possible, que ce serait peut-être une bonne idée si nous passions tous à côté, maintenant, qu'en pensez-vous ? Et Clifford, tu diras à tout le monde où s'asseoir, d'accord mon chéri ? Pendant ce temps-là, moi, je vais vite jeter un coup d'œil au potage.

Et une fois dans la cuisine, j'ai failli – mais alors vraiment, vraiment failli craquer, vous savez. Je ne me souvenais pas de m'être jamais sentie dans un tel état de nerfs, de toute ma vie – et ne me souvenais pas non plus de quoi on avait bien pu parler, du moindre mot. Le blanc, total. Je suis restée là, à regarder la porte, à tendre l'oreille et à prier pour qu'Arthur arrive, entre, arrange les choses. Donc voilà, je suis restée un moment immobile dans la cuisine, accrochée au rebord de la table, les paupières serrées, essayant de me concentrer sur le silence, sur les cellules rouges devant mes yeux, de reprendre un peu mon calme avant de verser le potage et de l'apporter sur un plateau dans la salle à manger. Et mon visage – j'ai le visage tout douloureux à force d'avoir souri tant et plus, j'ai l'impression que je n'arrête pas de sourire depuis un siècle. J'ai dû avoir l'air d'une folle ou je ne sais quoi, parce que mes yeux, aussi, j'ai l'impression d'avoir les yeux en feu. Et à chaque louche de soupe versée dans la soupière, je me demandais *où* est Arthur ? *Pourquoi* n'est-il pas là ? *Où* est Arthur ? *Pourquoi* n'est-il pas là ? À chaque louche. Et ça ne le faisait pas arriver. Bon, je ne peux pas traîner davantage, n'est-ce pas ? Si je n'y retourne pas, là, ils vont penser que je me suis volatilisée moi aussi, et alors, qui sait ? Les enfants pourraient très bien se mettre en tête de monter dans leur chambre, ou je ne sais quoi, et il resterait juste Mr et Mrs Henderson à table, tous seuls, en train de se tourner les pouces en se disant qu'ils sont entrés dans l'asile d'aliénés criminels de Broadmoor ou quelque chose – déjà qu'ils doivent, je suppose, lutter pour ne pas s'évanouir et mourir asphyxiés par les vapeurs de ce chauffage. Enfin bref. Au moins, on a de vraies cuillers à soupe. Au moins, ils verront que je fais les choses bien. J'avais d'abord sorti les grandes cuillers à dessert, et puis je me suis souvenu que maman m'avait donné un service de cuillers à soupe, ooooh – il y a un bon, bon moment, maintenant. En me disant comme ça tiens, Gillian – prends-les : que veux-tu qu'une vieille femme comme moi fasse avec des cuillers à soupe ? Les cuillers à soupe, c'est bon pour les jeunes : profites-en pendant qu'il est temps. Les jeunes ! Elle est bien bonne, celle-là. J'ai l'impression d'avoir cent ans – je me sens usée, brisée, et j'aimerais tellement, tellement ne pas avoir à retourner dans cette salle à manger – je n'ai qu'une envie : monter dans ma chambre, tout éteindre, m'allonger, et dormir, dormir pour les siècles des siècles.

Oui, eh bien, ça va être difficile, là. Pas de pitié pour les canards boiteux, n'est-ce pas ? Donc j'ai apporté la soupe, et naturellement, il n'avait pas fait ce que je le lui avais dit, Clifford. De montrer sa place à tout le monde – et tout le monde était planté là, hésitant, et Mrs Henderson fixait le plafond d'un air concentré (mais elle peut bien chercher tant qu'elle voudra, elle n'y trouvera pas l'ombre d'une toile d'araignée), et Mr Henderson, George – Oh non, ce n'est pas George, si ? C'est *James*, il me semble, c'est ça ? Oui, James – James, bien sûr. En tout cas, lui, il fixait le sol d'un air concentré, et je me suis félicitée pour le coup d'aspirateur, et pendant ce temps-là mon Clifford n'arrêtait pas de jacasser comme il le fait quand il est un peu excité, à propos de la nouvelle télévision, une Ferguson, excellente marque – vous l'avez vue ? Vous l'avez vue, dans le salon ? J'aurais dû vous la montrer. Mais on n'a pas le droit de la regarder ni rien : pas quand papa n'est pas là, en tout cas. Mmm – merci mille fois, Clifford, de sortir ça, pour rappeler à qui en aurait besoin (et Dieu sait que personne n'en a besoin) qu'Arthur, justement, n'est *pas* là (et moi je ne peux pas recommencer à me poser la question, je ne peux pas – sinon je ne m'en sortirai jamais : je ne vais pas laisser ça me ronger, impossible). Et pendant que je disais à Mrs Henderson – je n'avais même pas posé la soupière sur la table – oh, tenez, ici, Mrs Henderson – voulez-vous vous asseoir ici, tenez, et qu'elle répondait oh merci Gillian – mais c'est Fiona, vous savez, et que je disais oui bien sûr, Fiona, tout à fait, oui oui – et Mr Henderson, Geo... James tenez, installez-vous là, si cela ne vous ennuie pas, et nous ferions mieux d'attaquer ce potage avant qu'il refroidisse, n'est-ce pas, mon Clifford se met à embrayer sur sa chambre, expliquant qu'il est heureux comme un roi parce qu'on est en train de refaire sa chambre ces jours-ci (Oh Clifford, mon chéri – si tu savais, si tu savais), et puis il aura des nouveaux rideaux et un nouveau truc sur le lit et elle sera super-belle quand elle sera finie et mille fois plus belle que celle d'Annette qui est minable comme tout, et *ffffou...* ! ça pue drôlement ici, hein ? C'est ce vieux chauffage tout démoli. Moi, il me donne toujours envie de vomir et une fois j'ai vraiment vomi au milieu du dessert, et maman, elle dit qu'on s'habitue à cette infection, mais non, ce n'est pas vrai – moi, je ne m'y habituerai jamais, jamais.

« Mmmmm, Gillian, ce potage est divin.

— Oh, merci Mrs Henderson. Il y a un peu de tout dedans. Il a mijoté pendant des heures. Et vous-même, faites-vous de la soupe, quelquefois... ?

— Eh bien ma foi, non. Mais je devrais peut-être – c'est idéal, n'est-ce pas ? Pour les hivers horribles que nous avons en Angleterre. Mon Dieu, je n'attends qu'une chose, c'est de partir pour sentir le soleil me réchauffer jusqu'aux os. Allez-vous, euh – quelque part, dans un endroit agréable, cet été, Gillian ?

— Moi je veux aller au parc de Butlin's. On peut aller sur toutes les attractions, et en plus c'est *gratuit*.

— Tais-toi, Clifford. Et prends ta serviette. Sur tes genoux. Et toi aussi, Annette. Non, nous n'avons rien – rien de *prévu*, en fait. L'an dernier, nous sommes descendus quelques jours à Bournemouth, c'était très agréable.

— Il a plu. Tout le temps. Clodagh, elle part en retraite avec sœur Jessica.

— Oh, Annette – ce n'était pas si *affreux* que ça... ! Quelques gouttes de temps en temps. Et vous, Mrs Henderson ? Vous partez dans un endroit charmant, n'est-ce pas ? Je croyais que tu n'étais plus amie avec Clodagh, Annette ? La soupe est-elle à votre goût, Mrs Henderson ? Elle vous plaît ? George ?

— Mais non. Je ne suis plus amie avec elle. Elle va avec Susan et toute sa bande.

— Délicieuse. Très réussie. Délicieuse. Mais je m'appelle James, en fait...

— Et moi Fiona, Gillian. *Fiona*. Eh bien généralement, nous allons en France, bien sûr – nous descendons en voiture sur la Riviera, vous voyez. Comme je dis toujours à James – n'est-ce pas, James ? –, moi, tu me déposes à une terrasse, sur un boulevard ensoleillé, avec mon petit Pernod, et je suis la femme la plus heureuse du monde.

— Je n'en doute pas. Et votre petit Purr-no, c'est un... un caniche, c'est cela ? Un adorable petit caniche français ? Nous aimons beaucoup les chiens, nous aussi, mais nous n'en avons jamais eu parce que je trouve que ce n'est pas vraiment...

— Il y a le caniche dans les Chiens du monde dans les Rice Krispies, mais tout le monde en a plein.

— Un *caniche*... ? Oh non, non. Un Pernod. Un pastis, vous savez bien.

— Oh oui mais bien *sûr*, suis-je sotte quelquefois. Et moi qui ai toujours cru que c'était un plat *italien*. C'est vous dire à quel point je suis sotte quelquefois. Clifford – arrête de faire du bruit en mangeant. Je suis absolument désolée pour tout à l'heure, Mr Henderson. James, je veux dire. Vous devez me trouver affreusement mal élevée. Parce que je sais parfaitement que vous vous appelez James, je le sais très bien – je ne vois absolument pas ce qui a pu me prendre de vous appeler, euh... savez-vous que je ne me souviens même plus *comment* je vous ai appelé, c'est épouvantable n'est-ce pas ? De ne pas avoir de tête. Enfin bref – je vais débarrasser, si tout le monde a... Oh – le pain. J'avais des petits pains pour accompagner le potage et j'ai complètement oublié de les... enfin, c'est un peu tard, maintenant, n'est-ce pas ? Désolée. Enfin ce n'est pas grave. Il y a encore plein de choses à manger – vous ne repartirez pas avec la faim au ventre ! Bon, j'en ai pour une minute. »

Je n'en peux plus, se dit Gillian – provisoirement en sécurité dans sa chère cuisine saturée de rassurants fumets – Je n'en peux plus, je ne peux pas supporter ça une seconde de plus. Parce que je veux dire, mais de *quoi* est-ce que tout le monde parle... ? J'ai l'impression que je vais exploser, me désintégrer : il n'y a personne, personne pour me venir en *aide*... ! Bon, allons, allons, Gillian – ça suffit : tu as du pain sur la planche, donc tu retrousses tes manches, d'accord ? Ça ne sert à rien de pleurer sur ton sort, hein ? Au moins, tu vois, le porc – eh bien il a l'air délicieux, regarde. Je n'ai pas trop salé le chou, parce qu'on ne sait jamais. Ça dépend du goût des gens. Le chou. Mais il y a du sel sur la table. Et puis du poivre aussi, pour ceux qui aiment ça. Oh mon Dieu – mon Dieu aidez-moi dans cette épreuve, vous voulez bien ? Donnez-moi encore un peu de force mon Dieu, juste un petit peu. Et je promets qu'après, je ne vous embêterai plus.

Bref. Voilà, j'ai posé les couvercles, pour que ça reste bien chaud, et je vais mettre tout ça sur cette petite desserte que maman m'a donnée il y a longtemps (« Tiens, Gillian – prends-la : à mon âge je n'ai plus l'occasion d'utiliser une desserte, tu en auras bien plus l'usage que moi ») ; je ne pourrais même plus vous dire combien de fois j'ai demandé à Arthur d'arranger les roulettes – ça grince et ça couine tant que ça peut, sans arrêt. Une goutte de Trois-en-un, dit-il toujours – il ne lui faut qu'une petite goutte de Trois-en-un, et ça ira tout seul. C'est bien possible, mais en attendant, elle ne l'a jamais vue, n'est-ce pas. La desserte. La petite goutte de Trois-en-un. Quoi que ça puisse être, d'ailleurs : parce que vous voyez, je laisse toujours Arthur s'occuper de ce genre de choses, ç'a toujours été comme ça.

Oh juste ciel – vous savez quoi ? Annette est encore en train de tanner tout le monde avec le Saint-Esprit. Elle leur raconte la fois où, à Primrose Hill, elle a été d'un seul coup persuadée qu'elle *était* le Saint-Esprit, parce qu'elle était donc là, avec Arthur et Clifford, en train d'essayer de faire voler le cerf-volant, pour une fois – moi, j'avais profité de l'occasion pour m'occuper sérieusement de toutes les chambres, à fond, avec de l'Ajax et de la cire d'abeille et Dieu sait encore ce que j'avais monté là-haut avec moi – et la petite Annette, elle s'était mis en tête que s'il y avait déjà le père et le fils, eh bien elle devait, logiquement – juste ciel – être le Saint-Esprit. Je me pose vraiment des questions à propos de cette école, quelquefois, sur les trucs qu'elles leur mettent dans la tête. Elle a été déçue quand elle a bien été forcée d'accepter le fait que ce n'était pas le cas, la petite sotte, parce qu'elle avait vraiment envie de hanter l'école et de... quoi déjà ? Ah oui – de se balader partout avec la tête sous le bras et de transformer l'eau bénite en glace au citron, mais personne n'aurait su que c'était elle parce que comme chacun sait les esprits peuvent devenir invisibles comme ils veulent et que de toute façon même si on la découvrait ça ne serait pas grave parce qu'elle était *sainte*, et que donc tout le monde devait baisser la tête et faire la génuflexion en sa présence pour ne pas encourir la colère divine et périr dans les flammes de l'enfer où pouvait, dit-elle, les précipiter la main de Dieu. Oh, mes pauvres enfants...

« Voilà voilà. Désolée de vous avoir fait attendre. Désolée, j'espère qu'Annette ne vous a pas ennuyés en racontant sa vie. Tu as raconté ta vie, Annette ?

— Pas le moins du monde : c'était très intéressant. Vraiment.

— Vous êtes bien aimables. Euh – j'espère que tout le monde mange du porc... ?

— Oh mais oui, tout à fait. Justement, je disais à Annette, n'est-ce pas, Fiona, que nous ne, mmm – nous ne sommes pas catholiques, bien sûr, mais pas non plus, et je m'en félicite, donc pas non plus – comment dire... ? Que nous ne faisons pas partie du « Peuple élu », je crois que c'est ce que dit la Bible. Ha ha. Ce doit être abominable, d'être juif, selon moi : pas de porc, pas de bacon... Sans parler du *reste*, bien entendu... »

Clifford, ma foi, était absolument médusé. Il regardait Mr Henderson avec des yeux démesurément agrandis par une incrédulité totale, et une perplexité absolue. Parce que regardez sa voiture, une Armstrong Sidney, et ses vêtements et tout. Il a un costume encore plus beau que Mr Barrett, le boucher de l'avenue, le dimanche. Il est *forcément* jouif, Mr Henderson – il ne *peut* pas être pauvre, il ment. La chemise sous son costume, les poignets sont retournés et il y a des bijoux pour les fermer et puis il a un autre bijou piqué dans sa cravate, et Mrs Henderson, elle en a partout – ça lui sort même des oreilles. S'il avait un chapeau haut de forme, Mr Henderson, il serait exactement comme les richards dans *Beano*, et je suis sûr qu'il passe tout son temps à l'hôtel de Posh donc pourquoi dit-il qu'il n'est pas jouif s'il a des paquets et des paquets d'argent ? Peut-être parce qu'il ne veut pas que les gens disent donnez-moi-z-en un peu, donc il fait semblant de ne pas être jouif sinon quelqu'un comme Annette lui dirait de mettre plein de billets dans sa tirelire pour sauver un handicapé.

« Délicieux, votre porc, Gillian – je vous félicite. Bien sûr, on en voit partout maintenant, n'est-ce pas ? Je parle de nos chers frères juifs. Enfin pas *ici*, bien sûr, et j'en suis ravi, mais plus au nord et... enfin bref. Et en plus, dans leur grande sagesse, ils font venir des noirs, des métis, tout ce que vous voudrez. Bientôt, on ne verra plus un seul visage blanc en Angleterre – mais c'est bien pour ça que nous nous sommes battus pendant la guerre, n'est-ce pas ?

— James...

— Mmm ? Oh, désolé ma chérie. Excusez-moi, je radote un peu, je sais. Mais les métis, franchement – qu'est-ce que leurs parents avaient dans le *crâne* ?

— C'est quoi, les métisses ? Il y a encore de la sauce de viande, maman ? Elle est drôlement bonne.

— Métis, Clifford, cela veut dire – euh – enfin comment dire... de parents mélangés, Clifford. Avec des parents de... enfin de genres différents, tu vois ? »

Non, je ne vois pas, parce que c'est toujours comme ça, non ? Un papa et une maman. Différents, forcément. Je crois qu'il ment encore, Mr Henderson.

« Et en plus les *Indiens*, maintenant, naturellement. Je n'arrive pas à comprendre ça. Nous leur avons fait un pays tout à fait convenable, n'est-ce pas ? Le Joyau de l'Empire britannique. Donc pourquoi veulent-ils absolument en partir, hein ? Et tout ça pour venir ici ? Parce que *nous*, nous n'avons pas besoin d'eux.

— J'en ai, des Indiens. Il y a un feu et une marmite et puis une squaw assise avec un bébé et un tipi.

— Oh, Clifford, mais ce n'est pas ce *genre* de... ! Oh, ce gamin – les choses qu'il sort quelquefois. Attention avec la sauce, Clifford – doucement. Ne renverse pas. Annette – un peu de sauce ? Non ? Alors tu veux bien la passer à nos invités, s'il te plaît... ? »

Mmm, oui – oui, je veux bien la passer, mais Mrs Henderson n'en voudra pas, parce qu'elle n'a quasiment rien mangé. Mr Henderson, si – il s'en met jusque-là –, mais Mrs Henderson, elle dit sans arrêt à maman que c'est fameux et que c'est réussi et tout ça, mais en même temps, elle tripote ce qu'elle a dans son assiette sans y toucher, et ce doit être carrément froid, maintenant. En tout cas, elle a de sacrés seins – ça se voit bien, même avec la robe, qui ressemble à une robe à Elizabeth Taylor d'ailleurs, comme le collier aussi et les bracelets et les boucles d'oreilles et tout ça. Elle doit porter une culotte en soie rose, mais je ne vais pas lui poser la question parce que tout le monde en ferait une maladie. Margery dit qu'on voit presque mes seins, maintenant, c'est super. Aujourd'hui, on a eu un fou rire pendant la récré, parce que j'avais passé la main sous son maillot, et elle me touchait entre les jambes, devant, et tout d'un coup moi je dis et si la Mère supérieure et le pape et le cardinal Redmond et sœur Joanna entraient d'un seul coup ? Et Margery, elle a poussé un cri, et elle a fait des yeux comme ça, mais pour rire, et puis elle a battu des mains dans tous les sens comme si elle avait vraiment vraiment peur mais en fait elle n'avait *pas* peur, elle faisait comme si, comme si elle avait vu le Saint-Esprit ou un truc comme ça, et on s'est mises à rire et à rire, à rire comme des folles, on ne pouvait plus s'arrêter, et Margery elle a fourré son mouchoir dans sa bouche et moi ça m'a fait encore plus rire et je me pinçais le nez mais ça me faisait bizarre dans les oreilles et tout d'un coup j'ai explosé de rire avec ma bouche et Margery elle avait glissé du banc et elle se roulait par terre en se tenant les côtes et en disant oh j'ai mal j'ai mal, oh j'ai trop mal, mais elle ne pouvait pas s'arrêter de rire et je suis tombée sur elle et on criait et on hurlait de rire comme des folles en se roulant par terre, j'en avais la figure toute mouillée de bave et c'est à ce moment-là qu'Helen est arrivée et elle fait mais qu'est-ce qui se passe, Annette, pourquoi vous criez comme ça ? Qu'est-ce qu'il y a de si drôle, Margery ? Et nous on l'a regardée et on lui a répondu oh mais fiche le *camp*, Helen, d'accord ? Va plutôt compter tes images pieuses, espèce de bébé, et elle a dit qu'elle allait le dire, pour nous, parce que parler comme ça des images saintes c'est blasphémer parce que c'est comme invoquer en vain le nom de Dieu et ce n'est même pas vrai parce qu'on n'a *pas* dit le nom de Dieu donc on n'a pas pu l'*invoquer* même sans le vouloir et du coup on lui a balancé toutes les chaussures de gym les unes après les autres et elle est partie en piaillant, et elle est vraiment nulle et minable. Et alors là, Margery et moi, on s'est regardées toutes les deux, et d'un seul coup on s'est remises à rire comme des folles, en même temps, et la cloche sonnait et nous, on ne pouvait plus s'arrêter de rire mais il fallait bien quand même alors on s'est essuyé la figure avant d'entrer dans la classe d'instruction religieuse. Mais pendant toute la leçon, je n'ai pas osé regarder Margery parce que je sais que j'aurais explosé de rire, et on aurait récupéré des tonnes de prières à recopier et une pénitence en plus, ce qui en fait serait plus sympa que d'être là en train de manger avec ces deux vieux qu'on ne connaît même pas.

« Fiona ? Non ? Tu n'en veux pas ? Bon – eh bien je vais reprendre un peu de sauce, moi. Les pommes de terre sont délicieuses, Gillian – je vous félicite. Merci Annette. Euh... Gillian, n'allez pas penser de moi que je, euh – mais Coyle, enfin je veux dire Arthur... Il va, enfin... ? Je veux dire...

— Eh bien voyez-vous... Oh ! Arthur... !

— Ah... Coyle. Vous nous faites enfin la grâce de votre présence. »

Arthur s'immobilisa une seconde sur le seuil, saisissant la scène d'un regard. Puis il se dirigea vers la table d'un pas aussi résolu que possible et s'assit brusquement.

« Je suis désolé. Désolé, Mr Henderson. Désolé, Mrs Henderson. Vraiment. »

Gillian, tout en lardant machinalement sa viande de coups de fourchette, hochait énergiquement la tête en direction d'Annette, tout en désignant frénétiquement du menton le plat de chou et de pommes de terre, les yeux écarquillés – qui sait, peut-être un jour, dans une autre vie, cette enfant finira par comprendre ce que j'essaie de lui dire, et mettra des légumes dans l'assiette de son père – mais pas *tous* les légumes, Annette, parce que Mr Henderson est bien capable d'en reprendre une deuxième fois. J'ai l'estomac un tout petit peu moins noué, maintenant, je dois le reconnaître, mais je ne veux même pas imaginer combien de temps ça va durer. Très franchement, je suis inquiète. Peut-être que personne n'a remarqué – ce serait tellement bien – la manière dont Arthur se tenait, là, à la porte, et la façon dont il est venu s'asseoir à table – mais moi si, tout à fait. Parce que je l'ai déjà vu comme ça, vous savez, bien sûr que je l'ai déjà vu comme ça – bien souvent, depuis tant d'années, mais un peu plus souvent ces derniers temps, je dois dire. Je ne sais pas d'où il vient – et je ne peux pas le savoir, n'est-ce pas ? Lui poser la question, maintenant. Et il le sait très bien. Mais d'où qu'il vienne, il y avait de l'alcool dans les parages, vous pouvez en être sûr : il n'y a qu'à le regarder une seconde – ces yeux à moitié fermés, les bruits qu'il fait avec sa bouche. Et tout le monde le regarde, d'ailleurs. Évidemment que tout le monde le regarde – enfin, pas Mrs Henderson, elle pas : elle garde les yeux fixés sur son assiette – et elle a à peine touché à ce qu'il y avait dedans, vous savez, ce qui me paraît quand même légèrement mal élevé, malgré ses robes luxueuses et tous ses bijoux, et de toute façon, moi, je ne supporte pas : le gaspillage, n'importe quel gaspillage, je ne supporte pas. Parce que si encore on avait un chat ou quelque chose pour lui donner les restes. Mais – oh là là, regardez plutôt Mr Henderson. Il a posé son couteau et sa fourchette, et là, il se penche en avant. Il va dire quelque chose – je ne sais pas quoi, mais en tout cas il va le dire, ça, c'est sûr.

« Eh bien Coyle. Ou plutôt Arthur, devrais-je dire. C'est gentil d'être venu. J'espère que vous nous pardonnerez à tous d'avoir commencé sans vous... ?

— *James... !*

— Non, laissez, Mrs Henderson – votre mari a le droit de me parler comme ça. Le droit, tout à fait. Et il a aussi parfaitement raison de, euh... il a raison de, oh... ça m'a complètement échappé. Parti, comme ça. Il y a de la sauce, ou pas du tout ? Ah, Annette – merci, merci. Me *réprimander*, voilà, il me semble que c'est ce que je voulais dire. Je suis – je suis vraiment désolé de ne pas être arrivé plus tôt. Le fond de l'histoire, c'est – mmm bien croustillant, délicieux, Gillian. Oui. Non – la raison qui fait que je n'étais... enfin la raison qui fait que je n'étais pas là, c'est que j'étais *ailleurs*, bien entendu. Il n'y a pas besoin d'être un génie pour avoir compris ça, je n'aurais même pas dû avoir à le dire. Donc – de quoi avez-vous bavardé, tous ? De moi, je suppose.

— Tout au contraire, Coyle. Votre nom n'a même pas été prononcé.

— Encore un peu de chou ? De pommes de terre ? Mr Henderson ? Quelque chose... ?

— Je crois que j'ai atteint la limite de mes possibilités, merci infiniment, Gillian. Je dois dire que notre *hôtesse* a été absolument charmante. Ainsi que les enfants. N'est-ce pas, les enfants ? Exemplaires.

— Je vais chercher le dessert. Non, Arthur, nous étions en train de parler – enfin c'est Clifford qui a mis ça sur la table – n'est-ce pas Clifford, mon chéri ? Donc je disais le dessert – je vais chercher le dessert. Oui, de la – enfin tu sais – de la nouvelle télévision. Clifford disait à Mr et Mrs Henderson que...

— Mmm. Mmm. Il est comment, ce vin ? Annette, passe-moi le vin. Oui. Nous avons une nouvelle télévision. Un ouvrier vient poser une antenne sur le toit. Mmm – pas mal, il râpe un peu.

Je suppose que vous vous y connaissez en vin, n'est-ce pas, monsieur ? N'est-ce pas ?

— Je ne prétendrais pas être un grand connaisseur...

— Oui, eh bien moi je n'ai pas les moyens d'en acheter. De vin. Comme beaucoup d'autres choses, en fait. Et c'est cela dont je voulais vous parler, monsieur.

— Ça ne me semble guère le...

— Papa, tu n'avais pas dit qu'on aurait une antenne...

— Bon, le dessert, comme je disais. J'ai fait une tarte aux pommes, ça convient à tout le monde ? Et pour aller avec, j'ai de la crème Eden Vale Farmer's Wife Double Devon. C'est un nom à coucher dehors, mais ça vaut la peine, elle est délicieuse. J'en ai acheté spécialement.

— Non non, écoutez-moi, monsieur, – j'ai une *proposition* à vous faire.

— Au bureau, Coyle. C'est au bureau que l'on parle de ce genre de choses. Euh – pardonnez-moi, Gillian, mais nous trouveriez-vous affreusement mal élevés si nous prenions congé maintenant ? Ç'a été une soirée absolument magnifique, mais je me sens vraiment très...

— M'oui, je pense que James a raison. Ç'a été un *enchantement*, Gillian...

— Oh, merci Mrs Henderson, c'est bien aimable à vous. Mais le dessert – j'en ai pour une seconde. La tarte. Ou bien sinon j'ai des pastilles de menthe, si vous préférez, et... oh, mais *dis* quelque chose, Arthur... !

— C'est ce que j'essaie de faire. Mais il ne veut rien entendre. Alors que veux-tu...

— Je peux me lever de table ? L'odeur du poêle me donne envie de vomir.

— Tais-toi, Clifford.

— Mais c'est *vrai* – c'est vrai. Et si je ne peux pas sortir de table je vais vomir partout et tu ne seras pas contente. Mr et Mrs Henderson, monsieur et madame, vous aimeriez monter voir ma chambre ? Elle n'est pas finie, mais elle est déjà très belle, et puis je pourrai vous montrer mes maquettes et tout.

— Oh, mais tais-toi, espèce de *niais*.

— Non, *toi*, tais-toi.

— Taisez-vous, tous les deux ! Clifford ! Annette ! Arthur – mais *dis* quelque chose... !

— Non, c'est *toi* qui te tais, espèce d'andouille, parce que ce n'est *même pas* ta chambre, si tu veux le savoir, parce que dès qu'ils auront fini de la refaire ils vont la louer à un *locataire*, voilà.

— Oh *non*, Annette... ! Je t'avais *dit* de ne rien dire... !

— Oui eh bien je l'ai dit quand même. Et c'est vrai, Clifford, je le sais parce que j'ai vu l'*annonce*. C'est *toi* qui vas te retrouver dans le cagibi, avec tous les vieux trucs, donc gnagagna, et *toc*.

— Mrs Coyle – Gillian : nous devons filer, maintenant. Nous devons réellement y aller.

— Oh mais non – attendez ! Attendez, monsieur. Vous n'avez pas l'air de comprendre. J'ai une *proposition* à vous faire – il faut m'écouter.

— Bien, Fiona. Clifford, serais-tu assez mignon pour aller nous chercher nos manteaux ? Mmm – Clifford... ? Ça va, mon garçon... ? »

Mais Clifford ne bougeait pas. Clifford demeurait assis à table, raidi, les épaules voûtées. Ses yeux se remplissaient lentement de larmes tandis qu'il regardait devant lui, simplement, ne voyant que ces molécules colorées qui s'épanouissaient dans la lueur des bougies. Gillian ne put s'empêcher de se précipiter vers lui et de le serrer contre elle, essayant tant qu'elle le pouvait de contenir ses propres larmes. Et Arthur – oh non, mon Dieu, regardez-le ! Il a repoussé sa chaise d'un coup, et le voilà qui fait le tour de la table en s'accrochant à la nappe, et c'est Mr Henderson qu'il a dans le collimateur – et Mr Henderson l'a bien senti, ça se voit – il recule maintenant, il recule – il est déjà dans le couloir, son bras passé autour de Fiona – comme pour la protéger de quelque agression possible.

La résolution d'Arthur, si c'est bien ce qu'il avait senti le parcourir tout entier, s'était évaporée en une seconde – la détermination farouche qui, espérait-il, avait étincelé dans son regard s'était transformée en une pure et simple supplication enfantine. Il posa sur l'épaule magnifiquement coupée du costume de Mr Henderson ce qui lui apparaissait comme une papatte plus que comme une main, baissa les yeux vers ses chaussures somptueuses, et chuchota, très lentement :

« Parce que j'ai une – une *proposition*, vous voyez...

— Demain, Coyle. Nous en parlerons dans la matinée. Et à présent, euh – Gillian, auriez-vous l'amabilité d'aller nous chercher nos manteaux... ? »

Annette aidait déjà Mrs Henderson à passer le sien – Mrs Henderson, dont les yeux brillaient d'un éclat étrange, tandis que sa bouche demeurait en permanence entrouverte en un sourire sans joie, défense systématique contre toute nuisance qu'il convient d'ignorer, mendiants, bébés, et toute circonstance comparable à cette situation affreuse, absolument immonde qu'elle était contrainte – elle avait peine à le croire – d'affronter là, seconde après seconde, et mon Dieu, tu ne perds rien pour *attendre*, James, attends d'être dans la voiture et je ne me gênerai pas pour te dire ma façon de penser, ce que je pense de tout ce, oh mon Dieu – de cette horreur *totale*... !

« Non, Annette, non – tu te trompes de manche, tu vois bien. Arrête de tirer comme ça – c'est la mauvaise *manche*, regarde... !

— Écoutez, écoutez-moi, s'il vous plaît – c'est une proposition en *béton*... »

Gillian s'était approchée par-derrière et le tirait doucement par le coude.

« Arthur, mon chéri – autant ne pas insister maintenant, mmmm ? Mr et Mrs Henderson vont rentrer, là, tu vois ? Tu pourras en parler à Mr Henderson demain matin, non ? »

Le claquement métallique, tandis que l'enveloppe glissait au sol, fit sursauter tout le monde, et se tourner tous les regards vers la porte, comme si c'était un messager du diable (Mrs Henderson en particulier tressaillit vilainement), et c'est Arthur qui se rua pour ouvrir la porte à toute volée, foudroyant déjà du regard quiconque pensait pouvoir se permettre de venir fourrer une lettre chez lui à cette heure impossible, en en faisant claquer le rabat de la fente, en plus, en faisant un *raffut* du feu de Dieu... !

Mrs Farlow fit vivement un pas en arrière, réellement effrayée – puis se reprit sans tarder.

« Oh, vous êtes *là* pour une fois ? Eh bien, il faut croire aux miracles. Quoi qu'il en soit, ce n'est pas vous que je suis venue voir. C'est *vous*, Mrs Coyle – je vous vois, là-bas. La lettre est pour vous. Juste ciel, mais je ne savais pas que vous aviez des invités, ma chère – je ne voulais pas être importune – mais je pense que vous devriez être au courant de certaines choses, c'est tout. »

Arthur la regardait, figé. Et, tout soudain, il se mit à gesticuler, mains écartées, doigts raidis, comme pour prendre la mesure de quelque vaste objet invisible, mais aux contours aléatoires, tandis que sa bouche expectorait ce que l'on ne pourrait même pas qualifier de paroles. Gillian se précipita à la porte, bousculant légèrement Mr Henderson dans sa hâte ; elle sentait son visage brûlant – elle savait qu'elle devait être écarlate, et ses yeux douloureux demandaient grâce, la suppliaient de les laisser en paix, tandis qu'elle disait à Mrs Farlow, d'une voix sifflante, que ce n'était vraiment pas le moment, pas du tout le moment, Mrs Farlow, et je vous serais reconnaissante de bien vouloir quitter immédiatement cette maison, je vous prie (elle entendit vaguement la voix de Mr Henderson disant mais c'est quoi, maintenant, c'est *quoi* cette histoire... ?). Et c'est alors qu'Arthur se mit à rugir.

« Mais nom d'un chien de nom d'un chien, mais qu'est-ce que vous *foutez* ici, espèce de vieille *mégère*... ? !

— Arthur ! Oh mon Dieu, Arthur – arrête... !

— Bien – c'est parfait, Coyle. Nous partons. Laissez-moi passer.

— Mais Mr Coyle, comment *osez*-vous me parler sur ce ton ! Franchement Mrs Coyle – je ne sais pas comment vous faites pour *vivre* avec un tel monstre, honnêtement.

— Fiona, prends ton sac. Nous partons. Excusez-moi, madame.

— Vous n'avez pas à parler comme ça à mon mari. Annette ! Monte te coucher immédiatement.

— Je lui parlerai comme j'ai envie de lui parler, merci infiniment. Oooh – mais si vous en saviez seulement le quart, Mrs Coyle, vous ne le défendriez pas, je vous assure. Vous seriez déjà en train de faire vos valises et de quitter cette maison avec vos deux petits sous le bras.

— Madame – si vous voulez avoir la gentillesse de vous pousser un peu... »

La sonnerie stridente du téléphone figea tout un chacun, et tous les regards se tournèrent une seconde vers l'appareil. Gillian, dans un accès de rage soudaine, décrocha violemment, à la seconde même où les arguties et agressions verbales reprenaient de plus belle à la porte ; Annette, elle, demeurait assise au pied de l'escalier, le menton dans les paumes, avec à ses côtés Fiona Henderson accrochée au pilastre, luttant pour ne pas s'évanouir d'embarras.

« Oh, c'est *toi*, maman – écoute, je vais devoir te rappeler...

— Lisez simplement cette lettre, Mrs Coyle. Vous n'avez qu'à lire cette *lettre* !

— Je vous ai dit de fiche le camp, espèce de vieille poissarde ! Allez – du balai !

— Vous brûlerez en enfer, Mr Coyle. Vous êtes un pécheur – un *pécheur*... !

— Oui, je *sais*, maman, je sais – mais là, je ne peux pas te parler. Ce n'est rien – c'est la radio qui est un peu forte...

— Je vous en *prie*, madame – veuillez vous écarter de la porte pour que nous puissions...

— Ah, n'essayez pas de me pousser, vous. Ne portez pas la main sur moi. Pour qui vous prenez-vous !

— Mais madame, je vous assure que je n'avais aucunement l'inten... !

— Vous en êtes, vous aussi ? Vous aussi, vous passez votre temps à fréquenter des femmes faciles, à jouer et à boire jusqu'à plus d'heure ? Vous êtes un *ami* à lui, c'est ça ?

— Mais *oui*, maman, oui – j'ai *pensé* à tes pastilles au citron...

— Écartez-vous immédiatement, madame, ou j'appelle la police. Fiona – on y va ! Nous allons devoir passer en force. Bonsoir, Gillian !

— Oui maman – la soirée s'est très bien – oh, bonsoir, George ! À bientôt j'espère ! Oh, mais *raccroche*, je t'en prie, maman...

— Fous-moi le camp, vieux machin ! Non, pas vous, monsieur ! C'est à cette espèce de grosse morue que je parlais. Non, attendez une minute, il faut que je vous parle de ma *proposition*...

— Oh, c'est parfait, Mr Coyle – parce qu'en matière de morues, vous vous y connaissez, je n'en doute pas un instant. Je pars. Lisez bien cette lettre, Mrs Coyle ! »

Et à l'instant où Mr Henderson réunissait ses forces pour enfin s'extirper et passer – oh aidez-moi mon Dieu – dehors, s'enfuir loin dans la nuit, son épouse accrochée à son bras et caquetant comme une démente, à cette seconde, Mrs Farlow se détourna brusquement et recula, avec une célérité si surprenante que, pris de court, il manqua la marche du seuil, trébucha, et finit par rouler sur les dalles, percevant au passage le bruit d'une déchirure au niveau de son genou de pantalon, avant même qu'une douleur fulgurante irradie dans toute sa jambe. Tandis que Fiona tentait tant bien que mal de le relever (sans cesser de répéter ce n'est pas possible, ça, ce n'est pas possible, ça, d'une voix sifflante), il leva vers Arthur un visage furieux, poignardant l'air d'un index vengeur.

« Demain matin, Coyle – c'est compris ? À la première heure. À neuf heures pile, je veux vous voir dans mon bureau. Dans mon bureau, Coyle. Vous avez entendu ? Vous avez bien entendu, Coyle ? ! »

Arthur esquissa brièvement ce genre de sourire signifiant, il l'espérait, qu'il était à cent lieues de voir quoi que ce fût d'un tant soit peu *cocasse* dans cette situation, et qu'il avait, de fait, parfaitement entendu. Enfin, se dit-il vaguement, refermant la porte à toute volée et s'adossant au panneau, tout mou – de toute façon, j'en avais jusque-là de passer ma vie à classer, classer, classer des paperasses ; prendre des rendez-vous avec des gens que je ne rencontrerai jamais, réserver des tables dans des restaurants où je ne déjeunerai jamais... et puis classer, classer, classer des paperasses...

Quand Arthur releva enfin les yeux, Gillian était là devant lui, inerte. La bouche tordue, elle pleurait sans retenue – elle avait essayé, essayé, mais à présent elle ne pouvait plus retenir ses larmes – et sa tête oscillait doucement d'un côté à l'autre. Peut-être qu'elle ne comprend pas ; ou bien peut-être qu'elle comprend parfaitement et se – comment dire ? – se résigne ? Je ne sais pas. Si elle comprend ou pas. Je ne sais pas. Ce qu'elle pense.

Gillian se reprit soudain en entendant la voix de Clifford – son visage grimaça et elle ouvrit les yeux, sans du tout s'être rendu compte qu'elle les avait fermés un moment.

« Pourquoi une grosse morue... ? »

Gillian gémit – elle ne pouvait rien faire, que laisser échapper ce long gémissement bas, parce que tout autour d'elle, tout l'univers se défaisait, brusquement, s'émiettait de manière effarante.

« Oh *Clifford*... ! Je ne savais même pas que tu étais là. Annette... Je croyais t'avoir dit de monter te coucher. Allez, tous les deux – hop, là-haut. Vous montez, maintenant. La soirée a été longue, il est tard...

— Mais je peux quand même aller dans ma *chambre*, maman... ?

— *Non* ! aboya Arthur, et tous reculèrent, les yeux agrandis. Non, tu ne peux pas aller dans ta *chambre*, comme tu dis, parce que ce n'est plus ta chambre, tu as compris ? Il me semblait qu'Annette avait été assez claire. Et de toute façon, ça n'a *jamais* été ta chambre. C'est *ma* chambre – toutes les pièces de cette maison sont à moi. Tu comprends ça ? Vous tous, là – vous êtes... vous êtes là parce que je le veux bien. Par *générosité* de ma part. C'est compris ? Alors ne l'oublie jamais. Et va où on te dit d'aller. »

Gillian, qui s'était contentée de regarder Arthur fixement, figée, se détourna soudain. Elle posa les mains sur les épaules de Clifford et le guida jusqu'au pied de l'escalier.

« Tu peux dormir dans ta chambre, Clifford. Je vais faire ton lit. Annette, viens m'aider, s'il te plaît.

— *Non* ! rugit Arthur – et il vint droit sur eux ; se rua sur eux. J'ai dit *non*. Vous n'avez pas entendu ? Vous n'avez pas entendu ce que je viens de *dire* ? Comment osez-vous me défier ? Comment osez-vous ? J'ai dit *non* ! C'est ça le problème, vous voyez – c'est ça le problème, dans cette maison. Il n'y a aucun *respect* – je n'ai pas le respect auquel j'ai droit dans cette maison, de personne. Il n'y a *aucun* respect... ! »

Il fit brusquement un pas en avant, et Annette sauta sur la première marche, se collant à sa mère avec un petit gémissement aigu, tandis que Gillian réunissait derrière elle, contre le mur, ses deux enfants accrochés à ses bras.

« Oh, mais c'est *parfait*... ! s'exclama Arthur avec un rire mauvais – vacillant dangereusement et faisant des moulinets avec ses bras. Oui oui – c'est magnifique, magnifique – allez tous vous réfugier dans les jupes de votre mère. Très bien. Allez trouver votre mère – votre père, on s'en fiche. Oubliez votre *père* qui vous nourrit et vous habille et vous, et vous, euh – enfin tout ce que je peux faire pour vous, bande de petits ingrats ! *Lui*, on peut bien l'oublier, pas vrai... ? Et c'est toi ! Tout ça, c'est *toi*, Gillian – c'est ta faute, tout ça – cette soirée, cette soirée de malheur – c'est ta faute si tout a été de travers, parce que si tu avais réussi à préparer un repas décent pour une fois dans ta vie, et si tu n'avais pas acheté ce pinard infect qui a dû les empoisonner à l'heure qu'il est – et si tu avais su tenir les enfants pour qu'ils ne soient pas sans cesse à m'embêter et à m'interrompre et à me *déranger*...! Comment voulais-tu que je parle, avec toutes leurs...?! Si tu avais...! Si seulement tu avais...! »

Arthur s'élança, s'immobilisa tout près d'elle, et les larmes roulaient librement sur les joues de Gillian, tandis qu'elle relevait le menton pour faire *face*, tout en maintenant à tâtons ses deux enfants en sécurité dans son dos.

« Clifford ! Annette ! Sortez de là immédiatement ! Vous avez entendu votre père ? Vous avez entendu ? Sortez de là ! »

Gillian lui prit le bras.

« Laisse-les, Arthur. Laisse-les, maintenant !

— Ah, pas *toi* ! Tu es...! »

Et sa main au poignet osseux vint heurter le nez et la joue de Gillian, sa paume claqua sur son front en un aller-retour vigoureux, et elle laissa échapper un hoquet silencieux sous le choc, avant même que monte la douleur cuisante qui embrumait ses yeux. Annette se mit à hurler, au bord de l'hystérie, et Clifford, s'arrachant du mur, se rua sur son père et lui martela l'estomac de coups de poing, les tibias de coups de pied, luttant bientôt pour se libérer d'une force évidemment supérieure à la sienne qui lui maintenait les bras, et se recroquevillant de terreur et de dégoût, hurlant au visage de son père de la *laisser* – tu la *laisses* – tu ne *touches* pas à maman, tu la *laisses*...! Déjà, Gillian arrachait son fils des griffes du monstre hideux et le poussait dans l'escalier, criant toujours, puis elle attira Annette contre elle, et Arthur demeura là, immobile, tandis que tous trois gravissaient l'escalier dans un vacarme de semelles, et se prit la tête à deux mains, la bouche étirée en une grimace qui dévoilait ses dents, les lèvres tordues en un rictus irrépressible de douleur pure, et du fond de ce maelström de tourment et d'angoisse, il laissa échapper un long hululement d'agonie, comme un animal pris dans les barbelés et souffrant mille morts, sans pouvoir trouver un soulagement dans un évanouissement de douleur. Il s'effondra au sol, étreignant sa cage thoracique, secoué de sanglots convulsifs.

Plus tard, comme brutalement réveillé par un coup de pied vicieux et soigneusement calculé, il tressaillit, essayant aussitôt de rassembler ce qu'il pouvait de conscience – mais non, il n'y avait personne là, nulle menace immédiate, et il pouvait donc se laisser aller de nouveau, se fondre dans un doux chaos. Toutefois, il se trouvait plié en deux, vautré sur le tapis du couloir, une jambe affreusement tordue sous lui, et tous ses raclements de gorge et grognements porcins ne servaient de rien, car ses yeux, ma foi, semblaient toujours réticents à s'ouvrir. Avait-il vraiment dormi ? Gémissant de douleur, luttant contre une fureur intérieure proche de l'implosion, tout son corps trémulant jusqu'à se retourner comme un gant – il fait quoi, là... ? Il passe sans cesse de la conscience à la syncope ? Tout cela est-il vraiment arrivé ? Eh bien en cet instant, on dirait bien que oui – oui oui, ça m'a tout l'air d'être le cas. Donc dans un premier temps, je vais localiser cette jambe morte et la tirer de sous moi – lui faire faire tout le tour jusqu'à ce qu'elle se retrouve devant – ha, je te tiens ! – et ensuite, je peux – Dieu du ciel, ma pauvre tête – m'adosser au mur, n'est-ce pas ? Voilà, je me traîne jusqu'au mur et je cale bien mon dos – mon doigt me tue, c'est l'horreur – et à présent, je vais supplier ma tête d'arrêter de bouillonner comme ça et de se concentrer un peu – parce que j'ai besoin d'en savoir plus, là. Parce que je ne me souviens pas vraiment de la manière dont tout cela s'est terminé – pas bien, je peux le supposer : ça ne s'est pas bien terminé. J'ai froid. Je suis gelé. Je pense qu'il est temps d'essayer de me redresser, d'une manière ou d'une autre – un vague sentiment que j'ai, que ce n'est pas une bonne chose de rester ainsi allongé dans le couloir ; le couloir, c'est fait pour passer, n'est-ce pas, pour aller autre part – ce n'est pas un endroit pour se vautrer.

Donc voilà. Me voilà debout, en tout cas. Je suis remonté en glissant dos au mur, et je me retrouve sur mes deux pieds. Donc je vais prendre, euh – j'essaie quelle porte, à votre avis ? Celle de la salle à manger, peut-être... non, trop de mauvais souvenirs dans la salle à manger – mais je vais quand même aller éteindre cette bougie, oui – je vais faire ça. L'autre, elle est morte – la cire a dégouliné partout sur le bougeoir, toute noircie et durcie. Vous savez quoi, je ne les ai même pas remarquées. Parce que j'étais bien là, n'est-ce pas. Je me suis bien trouvé assis à cette table, même brièvement. J'y étais, non ? Eh bien ça m'a échappé, je ne les ai même pas vues, ces bougies. Rien de si étonnant, vu le contexte général, j'imagine – mais cela trahit quand même vaguement mon état de... de distraction, de relative absence au monde, si vous voulez. Et je pense que tout le monde a dû le noter ; j'ai peine à croire que ce soit passé inaperçu.

Regardez, une tarte. Sur la desserte. Elle a une bonne tête, elle a l'air fameuse. Est-ce que ça me tente ? Oui ? Une petite part de tarte ? Et puis je vois un pot de... c'est quoi ? Eden Wife Farmer Double... quelque chose. Non. Non ce n'est pas une bonne idée. Mais le temps que je réfléchisse, immobile devant la table, j'ai bien l'impression d'avoir fini ce vin italien, parce que je me retrouve fermement accroché d'une main à un dossier de chaise, la bouteille vide pendant mollement dans mon autre main, tandis qu'une brûlure acide se fait sentir quelque part au fond, là où ça se rétrécit, ce doit être mon gosier – quelque part en bas de ce gros ballon molletonné que mon pauvre cou réussit tant bien que mal à empêcher de rouler d'un bord sur l'autre et de m'entraîner avec. Je passe à côté – je vais m'asseoir un peu. Je vais me poser deux minutes sur le divan, histoire de faire le point – de voir où j'en suis, et d'envisager la suite. Mmm. Eh bien m'y voilà – ce n'était pas si difficile finalement – et il fait même encore bon, ce qui est une bénédiction. Le poêle a dû s'éteindre dans la salle à manger. C'est sûrement ce qui est arrivé. Mais la puanteur – elle reste, elle, elle stagne dans l'air – impossible de s'en débarrasser. Quant au couloir, c'est le pôle Nord en permanence, comme chacun sait. Mais ici, les braises – les braises d'un orange profond, toutes couvertes de cendres à présent, eh bien elles tiennent le coup, elles ne lâchent pas la rampe.

Je pourrais allumer la télévision. Oui, je peux faire ça. Bon, on s'y prend comment, à votre avis... ? Ah oui – voilà : ON. Pas bien compliqué, n'est-ce pas ? Un peu délicat, mais tout à fait dans mes compétences. Tiens, un petit point – il s'élargit, là... et... rien. Juste des parasites. Rien de plus. Alors tenez, je vais tourner ce gros bouton, je vais le faire tourner – passer sur une autre chaîne, carrément, et... rien. Rien du tout. Donc c'est aussi bien, n'est-ce pas ? De faire poser une antenne sur le toit. C'est aussi bien. Oh mais non, attendez – ce n'est pas ça. Rien à voir avec l'antenne. C'est l'*heure* – regardez l'*heure* qu'il est.

Presque... oh mon Dieu, mais comment peut-il être cette heure-là ? Il faut que je m'asseye, là. Pour faire un peu le point sur deux trois choses.

Bon. Bien sûr, je n'ai pas *vraiment* oublié. Là, j'essayais juste de me persuader que tout était noyé dans un brouillard soudain, mais on peut rarement s'offrir ce genre de luxe. S'y vautrer et en jouir impunément. Certes se vautrer comme un porc dans sa bauge, on peut, mais dans le soulagement, dans une douce béatitude, c'est rare, très rare. Alors voyons voir, voyons voir... Juste ciel, ma pauvre tête : ça continue. Je pourrais peut-être prendre quelque chose. Tiens – c'est quoi, ça ? Emva Cream ? Jamais entendu parler. Qu'est-ce que c'est ? Oh – du sherry. Je ne bois pas de sherry – je ne suis pas très sherry, comme garçon. Mais ça n'a pas l'air mauvais du tout, savez-vous, une fois qu'on s'est fait à ce côté sirupeux, et que cette douceur sur la langue commence à se diffuser un peu partout, pour exhaler tous ses arômes. Bref. Alors – voyons voir, voyons voir... Ah oui. Oui, bien sûr, il y a toute cette malheureuse histoire avec Mr et Mrs Henderson, n'est-ce pas ? Qu'a-t-il dit, déjà... ? Ah oui – à neuf heures dans son bureau ; ai-je bien entendu ? Ma foi oui, tout à fait – j'ai très bien entendu, naturellement j'ai entendu (comment ne pas entendre ?). Mais je n'irai pas, n'est-ce pas ? Non, je n'irai pas. À quoi bon ? Je ne sais pas trop pourquoi, mais je ne crois pas qu'il puisse avoir quelque chose à me dire que je n'aie déjà deviné. Parce que quoi, alors ? Hmm ? Il va me proposer une place d'associé, c'est cela ? Un poste au comité d'administration ? J'ai un doute. Un gros doute. Il va me supplier de le laisser accepter cette extraordinaire, cette miraculeuse *proposition* que j'ai à lui faire ? J'ai un doute énorme. Ce qui, somme toute et tout compte fait, est aussi bien, vous savez, parce que voilà : il n'y en a pas. De proposition. Je n'en avais aucune – je n'avais rien à lui dire, pas même l'idée d'une idée, si vous voulez tout savoir – rien du tout. Je devais savoir, tout au fond de moi, que ça n'irait jamais jusque-là. J'ai dû le sentir, intuitivement. Parce que tout ce que j'attendais de lui, tout ce dont j'avais besoin, c'était qu'il me propose plus d'argent pour faire toujours la même chose – c'est-à-dire pas grand-chose du tout, rien qui vaille la peine qu'on s'y attarde. Et à présent que j'y pense, était-ce envisageable, en fait ? Non. Non. Donc on aurait pu s'épargner tout ça vous voyez – toute cette soirée aurait pu ne jamais avoir lieu. Le porc. Les bougies. Le White Farmer's Cream. Et l'autre Cream, là – c'est quoi déjà ? Ah oui : Emva, voilà. D'ailleurs il semble bien qu'il n'en reste plus, là. Pas trop mauvais – pas mauvais du tout, ma foi.

Donc, hum – ah oui : la lettre. Elle n'était pas dans le couloir. J'ai vaguement regardé : elle n'y était pas. Donc Gillian a dû la lire, alors. J'imagine, je pressens le message, grosso modo, la couleur générale de ce qu'elle contient. Et je... Non. Je ne peux pas me mettre à penser à ça. Laissons tomber. Mais c'est très étrange, savez-vous. De me voir agir ainsi. Avec eux. Parce que le plus terrible dans, oh – pas seulement dans cette soirée, en fait, c'est que quand je les regarde, vous voyez : Gillian – Gillian en particulier, quelquefois – et Clifford ; et Annette. Quand je les regarde comme ça, dans les yeux, je sens l'amour s'épanouir en moi. Je les aime vraiment, vous savez, pour autant que je le sache – et puis je suis obligé de détourner les yeux ; certaines fois, je suis obligé de, oh – de sortir mon mouchoir et de me moucher, ou de quitter la pièce ou je ne sais quoi, de peur de me trahir moi-même, même un tout petit peu. C'est à cause de ma manière de m'*exprimer*, voyez-vous : c'est ça qui est le plus dur. Dès que j'ouvre la bouche, dès que je fais un geste – et même, mon Dieu, quand je ne fais rien, ne dis rien... eh bien ça... comment dire... ça part de travers, d'une manière ou d'une autre : ça sonne faux, ça sonne bizarre.

Mais je peux me racheter. Envers Gillian, au moins. Pas réparer complètement, mais rattraper un peu. Je peux sûrement réussir à négocier cet escalier – *whoa...* ! Hou là là – ça tangue... Oui, ce que je vais faire, c'est monter cet escalier, jusqu'en haut, et prouver à Gillian combien je l'aime – parce que je ne le lui dis jamais et donc je pense que finalement, ça lui fera plaisir. Et puis je vais essayer d'être un peu moins, vous voyez... enfin, je vais essayer de ne pas penser qu'à moi, tout le temps. Je peux peut-être *l'embrasser*, même ? Bon, nous verrons. Nous verrons. Mais en fait, maintenant, je ne sais plus si nous verrons, justement, ou si nous ne verrons pas, parce que je me rends compte que cela fait un bon moment que je suis devant la porte de la chambre – l'escalier, je ne l'ai pas vu passer, aucun souvenir – et que je tourne la poignée comme ci et comme ça, et vous savez quoi – elle ne marche pas, la poignée, du tout. Et là, je crois que j'ai compris. Elle a fermé à clef, voilà ce qu'elle a fait. De l'intérieur. Enfin évidemment, de l'intérieur, puisqu'elle y est, à l'intérieur, alors que moi – moi, je me trouve dehors, mais alors très, très dehors : je suis là, devant la porte, dehors. Je regarde autour de moi. Bien, je vais vous dire ce que je vais faire : la seule chose que j'aie à faire maintenant, c'est trottiner doucement jusqu'au bout du couloir, et jeter un petit coup d'œil sur Annette, pour voir si tout va bien. Mais là – ça, cest bizarre, aussi, parce que j'ai bien ouvert sa porte, elle est entrebâillée, mais elle ne veut pas s'ouvrir davantage. Ça y est, j'ai réussi à glisser une main et je tâtonne de l'autre côté pour essayer de voir ce qui se passe exactement parce que franchement je suis complètement dans le noir, moi. Ah, voilà, j'ai compris – je vois quel est le problème. Une chaise. Ce doit être une chaise d'Annette, elle a été appuyée contre la porte et calée en biais sous la serrure, tenez, regardez – mais ça y est, je l'ai décoincée – j'ai réussi à la repousser. Donc je me glisse doucement dans la chambre – chhht, chhht ! pas un bruit – je veux juste m'assurer qu'Annette dort bien, dans son petit lit. Oui. Juste m'assurer qu'elle est en sécurité, que tout va bien.

*

Clifford n'arrivait pas à y croire : ce n'est jamais arrivé, jamais, pas ça. De toute façon tout est bizarre à la maison, ces derniers temps, surtout depuis que papa a eu son attaque. On a tous un peu la tête à l'envers, comme dit toujours maman. Maman, elle m'a fait lever vraiment très tôt ce matin, et quand j'ai regardé le réveil je lui ai dit oh maman... ! Mais elle a dit non non écoute – on part tôt à l'école, comme ça, on aura le temps de passer chez Lawrence dans l'avenue et je t'achèterai des bonbons ! Et j'ai reçu plein de trucs ces derniers temps, donc je me dis que quand papa est furieux et méchant comme ça, eh bien c'est mieux finalement parce que maman devient encore plus gentille que d'habitude même si d'habitude elle est gentille, et on a plein de trucs. On a pris le petit déjeuner en vitesse, maman courait dans tous les sens en disant vite, vite – il faut qu'on parte dans cinq minutes, et hop, elle recommençait à courir partout. Annette, elle restait assise sans rien dire, avec l'air de faire la tête, et je lui ai dit qu'est-ce qu'il y a Annette ? Le chat t'a avalé la langue ? Ce qui est idiot, je sais bien, parce qu'on n'a même pas de chat et que même si le chat lui avait avalé la langue (beurk), alors elle ne pourrait même pas dire oui ou non, comme dans *Faites votre choix*, parce qu'on n'a pas le droit. J'ai été un peu méchant avec Annette, parce qu'elle a commencé, avec ma chambre et tout ça, et quand on est montés se coucher hier soir, parce que maman disait que papa ne se sentait pas bien, j'ai dit à maman mais pourquoi tu vas donner ma chambre à quelqu'un, ce n'est pas juste, et elle a dit chhht, Clifford : chhht. Oui, je sais, j'ai dit, mais *pourquoi* ? *Pourquoi* vous faites ça ? Et elle a dit qu'elle allait en parler à papa mais de toute façon papa ce n'est jamais la peine de lui parler parce qu'il répond des trucs qu'on ne comprend pas ce que c'est ni ce que ça veut dire et de toute façon il finit par faire ce qu'il veut comme toutes les grandes personnes, et vivement que j'en sois une, de grande personne.

Mais chez Lawrence ça a été super parce qu'il restait vingt minutes avant l'heure de l'école et maman m'a dit bon, alors, qu'est-ce que tu veux, Clifford ? De quoi as-tu envie ? Alors j'ai demandé pour combien je pouvais en prendre et elle a répondu oh, tu choisis, et on verra bien. Donc j'ai regardé tous les grands pots alignés sur l'étagère, derrière la caisse, avec les petits napperons accrochés, où c'est marqué Batger's, et Pascall et Bassets et Trebor, et moi j'ai toujours envie de *tout*, sauf les bonbons à l'anis qui ont goût de sirop pour la toux, mais je sais bien que je ne peux pas demander tout parce que c'est de l'enfantillage. Donc je suis allé voir au comptoir à un penny et un demi-penny parce que là on peut en avoir plus et j'ai pris deux Blackjack et deux salades de fruits et mes têtes-de-nègre préférées parce qu'on peut commencer par leur arracher l'oreille mais je n'ai pas pris de soucoupe volante parce que je mange seulement l'extérieur parce que la poudre à l'intérieur ça fait bizarre dans la bouche, et Annette dit toujours que les soucoupes volantes, c'est fait avec l'hostie de la sainte communion et moi je ne sais pas ce que c'est mais de toute façon je n'en prends pas. J'en ai aussi assez des grosses boules parce qu'on ne peut même pas parler quand on en a une dans la bouche, et en plus quand on l'enlève elle a tout de suite perdu toutes ses couleurs et elle est toute blanche. Dismal, lui, c'est le champion des grosses boules, c'est le seul truc qu'il sait bien faire, il suce et il suce et il suce, ça, il sait faire, et quand le truc est devenu tout petit petit il continue à sucer jusqu'à ce que ce soit un millionième de milliardième et ensuite il le sort pour le montrer et un jour il l'a fait et ça a duré trois heures quarante-sept minutes et des secondes en plus. Et une fois il en a acheté des centaines et des centaines et il s'est mis à les compter pour voir combien il en avait mais il a laissé tomber parce qu'il n'arrivait pas à savoir combien il y en avait dans une demi-livre, mais que ça faisait vraiment beaucoup en tout cas. Et après tous les bonbons, maman m'a demandé est-ce que tu veux autre chose Clifford et j'ai dit chouette et j'ai pris une roue de chariot et un Jamboree Bag, à trois pence chacun, et en plus elle m'a acheté un Beezer et un Topper, et moi j'en avais vraiment envie, du Beezer et du Topper, mais j'ai dit maman si on achetait pas de Beezer et de Topper mais que tu me donnes l'argent à la place, ça fait six pence les deux, et puis tu pourrais me donner encore trois pence en plus, et elle a dit oh écoute, si tu veux Clifford, mais tu es vraiment bizarre quelquefois – et je sais bien que si elle dit oui, c'est parce qu'elle a la tête à l'envers, mais maintenant moi j'ai les neuf pence en plus de mon shilling, et samedi, je pourrais aller chez Toys Toys Toys et acheter mon Maverick.

Il était encore tôt quand on est arrivés à l'école – même Anthony Hirsch n'était pas là, et pourtant il vient en Jaguar. Il n'y avait que les nouilles et les patates et les grosses têtes qui traînaient là en attendant l'appel, et je suis sûr qu'ils parlaient de trucs idiots comme les cartes en relief de Dogger Bank ou alors ils discutaient pour savoir si une table, c'est *lui* ou *elle*, enfin les trucs absurdes de l'école. Et Dismal est venu me trouver et il me fait Clifford, tu vas avoir de sacrés ennuis si on te voit avec tous ces bonbons, et il fait est-ce que je peux en avoir un, et moi je lui ai répondu non tu ne peux pas et pousse-toi que je passe parce que je vais aller les enfermer dans mon casier et peut-être que je t'en donnerai un plus tard, si tu me donnes ton marron, et il a dit ça va pas, Cliffy, de toute façon tu ne pourrais même pas le soulever, et alors Anthony Hirsch est arrivé en courant et j'ai dit hé, Anthony – regarde, j'ai des tonnes et des tonnes de bonbecs et tu peux m'aider à les ranger dans mon casier si tu veux et pendant le lait je les sortirai et il a fait wouah ! wohouah ! Et j'ai dit ça vient de chez Lawrence et il a dit je sais et puis on a filé à toute vitesse parce que c'était presque l'heure de l'appel et Anthony il faisait des cris de Peau-Rouge quand ils mettent leurs peintures de guerre et qu'ils se frappent la bouche en faisant woo woo woo, un peu comme la Chouette des greniers que j'ai dans les Oiseaux du monde, mais je n'arriverai pas à avoir les trois qui restent. Et en courant dans le corridor il a tiré sur ma cravate alors je lui ai fait tomber sa casquette et j'ai attendu qu'il la ramasse et je lui ai dit vite vite on va être en retard pour l'appel et on est repartis à toute blinde et j'ai demandé à Anthony est-ce que tu sais ce que c'est qu'une morue et il m'a dit c'est un gros poisson que l'on trouve dans la mer du Nord mais moi je ne sais pas si c'est vrai parce que papa il a dit que Mrs Farlow était une poissarde donc finalement c'est peut-être Mr Farlow le poisson qui est une morue et au moment où on prenait le virage à toute vitesse, oh là là, je ne sais pas comment c'est arrivé mais tout d'un coup on est rentrés dans quelqu'un et je me suis cassé la figure et mes Blackjack et mes salades de fruits et mes têtes-de-nègre ont volé dans tous les sens, et quelqu'un m'a hurlé dessus dans l'oreille, et puis m'a pincé l'oreille en la tordant vraiment fort, et m'a relevé comme ça, et moi je fermais les yeux de toutes mes forces en faisant aïe aïe aïe, et puis j'ai vu Anthony à côté de moi, il était tout rouge et il me donnait des coups en douce pour me dire de me taire, et là j'ai vu que c'était l'horrible Mrs Chadwick qui me tenait par l'oreille, et je la déteste, et elle était furieuse, elle crachait avec sa bouche en disant vous auriez pu me *tuer*, mais qu'est-ce que ça signifie ces comportements – et moi j'aurais bien aimé qu'on la *tue*, ça m'aurait fait drôlement plaisir qu'on la *tue* pour de vrai, parce qu'elle est mauvaise et mauvaise et mauvaise et elle me fait peur, mais on ne l'a pas tuée, même si j'aurais bien aimé. Et elle a dit ramassez-moi tous ces bonbons, vous savez très bien que les friandises sont interdites à l'école et rajustez votre cravate, Coyle, vous avez l'air d'un petit vagabond et ôtez votre casquette, Hirsch, où avez-vous appris la politesse ? Vous vous présenterez tous les deux chez le directeur aussitôt après l'appel, est-ce bien clair ?

« Oui, Mrs Chadwick.

— Et vous, Coyle ? Tenez-vous droit. Regardez-moi.

— Oui, Mrs Chadwick.

— Très bien. Maintenant, filez. C'est la cloche. Filez, immédiatement. »

C'est ce qu'on a fait, et pendant tout l'appel, Anthony et moi, on n'arrêtait pas de se regarder et de se faire des grimaces, comme quand on sait qu'on va avoir de gros ennuis, mais qu'au moins on est deux à les avoir ensemble. Et après, ça a été horrible, parce que tout le monde a pris son cartable sur le tas au dehors, et ils allaient tous en anglais et tout le monde nous a demandé hé mais qu'est-ce que vous faites tous les deux et Anthony a dit il faut qu'on aille chez Chadwick, et tout le monde a fait sssssss, en fourrant ses mains sous ses bras comme pour les protéger et en sautant sur place et tout ça, et moi j'avais vraiment peur parce que je n'avais vraiment pas envie de recevoir une correction mais je sais qu'il y a plein de garçons qui ont tout le temps droit à la savate mais moi jamais, jamais je n'y ai eu droit parce que j'ai juste eu des retenues et des devoirs en plus et des lignes et tout et que je ne me suis jamais fait frapper, par personne, jamais, même quand il y a une bagarre dans la cour parce que si quelqu'un vient essayer de me chercher, comme Derringer ou Goodbody ou Dobson ou Smythe, enfin toute la bande, eh bien Anthony Hirsch, il arrive en courant pour me sauver, et ils dégagent tous, parce qu'il est beaucoup plus costaud que moi, Anthony, et que tout le monde l'aime bien, en plus. Je n'aime pas ça, me battre – je trouve que ce n'est pas bien. Je n'ai jamais frappé personne, sauf avec mon coussin spécial que j'ai pour me battre comme Maverick quand il y a une bagarre dans le saloon et que quelqu'un renverse la table avec toutes les cartes qui volent partout par terre, et que quelqu'un d'autre sort un revolver et que quelqu'un d'autre lui enlève le revolver d'un grand coup de pied et que tout le monde se met à cogner dans tous les sens et qu'il y a un type qui passe par la fenêtre et qui tombe dans l'abreuvoir du cheval et qu'il est obligé de quitter la ville dans les vingt-quatre heures et moi je fais ça avec mon coussin spécial mais jamais je ne le ferais à quelqu'un, même pas à Dismal – et pas seulement parce qu'il se vengerait, mais aussi parce que je n'aime pas frapper, et papa il ne m'a jamais frappé, jamais jamais, et il n'a jamais frappé personne sauf hier soir, hier soir il a frappé maman et moi je l'aime ma maman alors là je l'ai frappé, donc finalement j'ai déjà frappé quelqu'un – mon papa – et je pleurais et maman aussi elle pleurait et pendant qu'on montait l'escalier j'ai entendu papa pleurer aussi et maman a dit qu'il pleurait parce qu'il ne se sentait pas bien, mais moi je pense qu'on pleurait tous parce qu'on s'était frappés parce que c'est toujours comme ça. Annette, elle, elle n'a pas pleuré – mais au petit déjeuner, ce matin elle pleurait quand même – je l'ai bien vue – donc c'est bien la preuve.

Et nous, on était là devant le bureau de Chadwick et il faisait silence dans toute l'école, et jamais on entend le silence comme ça dans l'école parce qu'après l'appel, forcément, on va en classe. Anthony, il a frappé à la porte et il y a la lumière rouge qui s'est allumée au-dessus et ça veut dire qu'on ne peut pas entrer, donc on est restés là à attendre. J'ai dit Anthony, qu'est-ce que tu crois qu'il va nous faire ? Et Anthony, il a fait comme ça avec ses épaules et il a dit deux coups sur chaque main, un truc comme ça, et j'ai senti mes yeux se gonfler et j'ai commencé à trembler comme quand on a de la température et que maman apporte des magazines pour enfants et de la Lucozade, et elle dit que ce n'est rien, juste un petit train de fièvre, et qu'on sera sur pied en un rien de temps, et j'aimerais bien qu'elle soit là, maman, parce qu'elle l'empêcherait, elle ne le laisserait pas faire – elle ne le laisserait pas me faire du mal parce que je ne veux pas me faire frapper, jamais, par personne, et ce n'était pas notre faute si on est rentrés dans Mrs Chadwick et en plus elle a confisqué tous les bonbons que maman avait achetés juste pour moi et l'argent ça ne pousse pas dans les arbres, et de toute façon si elle a déjà pris mes bonbons, comme une voleuse, pourquoi est-ce que je dois me faire corriger en plus ? C'est dégoûtant, c'est tout. Et j'ai la trouille, j'ai une trouille bleue, mais je ne vais pas le dire à Anthony, qui n'arrête pas de souffler dans ses joues et quand je le regarde il lève les sourcils, comme ça. Et puis la lumière rouge s'est éteinte et la lumière verte s'est allumée et ça, ça veut dire qu'on peut entrer, alors j'ai regardé Anthony, et ses joues se sont dégonflées comme s'il faisait une bulle de chewing-gum, et il est entré en premier, tant mieux, et moi je l'ai suivi, et on a attendu, moi je regardais mes chaussures, donc je ne sais pas ce que faisait Anthony, et ça sentait comme quand maman vient de cirer le pick-up, et il y avait un tapis très épais, et qui allait jusqu'au bas des murs, on ne voit pas ça partout. Mr Chadwick était assis à son bureau, avec ces lunettes qu'il a, qu'on dirait qu'elles ont été coupées au milieu, et il nous regardait comme ça, et puis j'ai vu Mrs Chadwick assise sur une chaise et elle aussi elle nous regardait comme ça, et je me suis mis à trembler vraiment fort et j'ai regardé Anthony, mais lui, il ne m'a pas regardé. Chadwick, il a enlevé ses lunettes et il les a presque jetées sur son bureau, et puis il s'est levé en faisant du bruit en respirant, et il est venu droit vers nous.

« Mrs Chadwick m'a fait part de votre comportement tout à fait déplorable. En outre, Hirsch, il me semble vous avoir déjà vu ici, il n'y a pas longtemps, si je ne me trompe. Visiblement, vous n'avez guère retenu la leçon. Je vais donc devoir faire en sorte que vous la reteniez, cette fois. Bien, il n'y a aucune excuse valable, aucune, pour ces comportements de voyous. Enfreindre la règle concernant les friandises au sein de l'établissement, courir dans les couloirs, agresser un enseignant... Avez-vous quelque chose à dire pour votre défense ? Hirsch ?

— Non, monsieur. Je suis désolé, monsieur.
— Coyle ?
— Non, monsieur, mais simplement...
— *Silence*, Coyle – je ne veux plus entendre un mot. Tendez votre main. »

Et la chaussure de gym surgit soudain de nulle part entre les mains de Chadwick qui saisissaient les doigts tremblants de Clifford, et la chaussure s'abattit, et le bruit, le choc, la terreur secouèrent Clifford qui instinctivement fit un bond en arrière, mais ses doigts demeuraient prisonniers dans l'attente de la rencontre entre chaussure et main, de la douleur affreuse qui irradiait jusqu'à sa paume, et déjà Mr Chadwick avait réuni le bout de ses doigts entre les siens et la chaussure s'abattait de nouveau, et les larmes jaillirent des yeux de Clifford qui, comme assommé, tendit son autre main comme on lui ordonnait de le faire, et gémit sous la cruauté, la brutalité du coup, son autre main déjà martyrisée, endolorie, énorme, pendant à son flanc, et il poussa un vrai cri comme la chaussure s'abattait de nouveau, puis retira d'un coup sa main et la regarda changer de couleur tandis que la douleur l'envahissait, les yeux brouillés, les lèvres articulant des paroles indistinctes, silencieuses et inutiles. Avant de serrer les paupières pour faire jaillir de nouvelles larmes, il entrevit derrière un rideau liquide la silhouette de Mrs Chadwick – il ne l'avait encore jamais vue arborer un sourire.

« Sortez, Coyle. Qu'est-ce qu'on dit ? Arrêtez de balbutier. Qu'est-ce qu'on dit ?

— Je... Je... !
— Qu'est-ce qu'on *dit* ?
— Je... Merci... Monsieur...
— Très bien. Dehors. Hirsch, tendez votre main. »

Et même au travers de la porte fermée derrière lui, Clifford perçut un premier, puis un deuxième coup de chaussure sur les doigts d'Anthony, et il se détourna et s'enfuit à toutes jambes dans le corridor, avec des sanglots pathétiques, se ruant sur le lavabo, et sentant son visage se déformer d'angoisse comme il constatait que ses mains refusaient de lui obéir et de tourner le robinet, ses pauvres menottes toutes mâchées, endolories, qu'il regardait essayer d'accrocher les poignées glissantes, son torse et son ventre toujours secoués, déchirés de spasmes, la respiration lui manquant tandis que le choc de la douleur n'en finissait pas de se décanter et de s'étendre en lui. Entendant des pas s'approcher, il tendit le bras vers la serviette accrochée à son rouleau – et vit arriver Anthony, les yeux brillants, qui tourna aussitôt le robinet, puis celui du lavabo voisin, sur quoi Anthony et Clifford, ignorant leur reflet dans le miroir piqué face à eux, se trempèrent les mains en les faisant doucement tourner sous le jet, Clifford poussant un aïe *aïe* au premier contact de l'eau chaude, tandis qu'Anthony déclarait, la voix cassée, hachée, ce salopard, il m'en a donné trois coups sur chaque, en disant que ça me servirait de leçon.

Ils tamponnèrent leurs mains avec la serviette, puis les immergèrent de nouveau, puis les enveloppèrent de nouveau, tout doucement, comme des petits animaux blessés, craintifs.

« Écoute, dit Anthony, et ses yeux brillaient, plus que jamais, d'un éclat farouche. On va être frères de sang. J'ai vu ça dans *Hawkeye*. On y va, maintenant.

— Qu'est-ce que tu veux dire ? Parce que ça brûle tellement. Ça ne te brûle pas, toi ? Moi si – ça me brûle drôlement. Je ne peux rien tenir – regarde, mes mains, elles sont devenues énormes...

— Tu te piques le pouce et je me pique le pouce, et on les met l'un contre l'autre et comme ça, on est frères de sang pour toujours.

— Qu'est-ce... qu'est-ce que tu veux dire, on se pique *pique*, comme avec une aiguille ? Je ne veux pas, moi.

— Tu ne sentiras rien. Parce qu'on a les doigts abîmés, alors on ne peut rien sentir, là. Regarde – j'ai un badge d'Uncle Holly – donne-moi ton pouce.

— J'ai eu assez mal comme ça, Anthony...

— Donne-moi ton pouce. Ça ne fait pas mal, je te promets. »

Et non, ça ne faisait pas mal, pas vraiment. Ils pressèrent leurs pouces l'un contre l'autre, bien serrés, échangeant trois, quatre, cinq gouttes de sang, en les frottant lentement, puis se séparèrent et les plongèrent de nouveau dans le tourbillon d'eau rosie, puis claire, du lavabo. Clifford laissa échapper un éclat de rire, de soulagement peut-être, qui le surprit lui-même au plus haut point. Il pénétra dans une des cabines, décrocha un rouleau de Bronco et en arracha quelques carrés de papier très fin qu'il tendit à Anthony, qui en enveloppa son pouce. Clifford le regarda faire, puis l'imita, avant de se tamponner les yeux, mais le papier était si cassant qu'il ne faisait que lui irriter davantage les paupières, et il renonça.

« C'est quoi, un salopard... ?

— C'est un sale type. Une mauvaise personne. Des gens comme Chadwick et Mrs Chadwick. Et nous, on ne sera jamais comme ça, parce qu'on est frères de sang maintenant. On fait partie d'une société secrète qui venge les injustices et se bat pour le bon droit. Ça vient de *Robin des bois*, ça – ça passe le dimanche. Allez, viens, on ferait mieux d'aller en anglais, maintenant. Sinon Meakins va encore grincher et regrincher, tu sais bien comment il est. »

Et tandis qu'ils s'éloignaient dans le couloir, Anthony assena une grande claque sur les épaules de Clifford, puis rit presque de s'être fait mal à la main, et Clifford – Clifford riait lui aussi, alors qu'il pensait ne plus jamais, ne plus jamais pouvoir rire de sa vie.

« Alors, frangin ? fit Anthony.

— Ouais, qu'est-ce qu'il y a, *frangin* ? » répondit Clifford, avec un sourire jusque là.

*

C'est extraordinaire, vous savez : deux personnes à la maison pour manger un petit quelque chose, et on se retrouve avec une quantité industrielle de plats et d'assiettes et de verres. Je n'ai pas arrêté depuis que je suis rentrée après avoir emmené Clifford à l'école, et j'ai encore du pain sur la planche. En même temps, ça occupe l'esprit. Ce n'est pas sain de trop réfléchir – enfin selon moi, en tout cas. Parce que je n'ai fait que ça, n'est-ce pas, toute la nuit, je n'ai fait que réfléchir : pas fermé l'œil une seconde. Je tournais et retournais tout ça dans ma tête. Et ça a eu beau tourner et tourner tant que ça pouvait, je ne sais toujours pas quoi en penser. J'ai la tête complètement à l'envers. Mais c'est vraiment inacceptable ce qu'Arthur m'a fait, vous savez. Inacceptable, c'est le mot. Et devant les enfants, c'est ça le pire. Je sais bien qu'il a plein de soucis, ces temps-ci, mais quand même, il n'avait pas besoin d'agir comme ça – c'est un très mauvais exemple. Ça ne lui est pas arrivé souvent, il faut le reconnaître, et jamais devant les petits. J'ai entendu parler d'autres femmes, dans le quartier, qui ont la vie beaucoup plus dure que moi, par rapport à ça, donc je ne peux pas me plaindre, vraiment. Mais mon Dieu – Clifford, mon petit chéri, vous auriez dû voir sa tête : bouleversé, il était. Une fois couché, j'ai eu un mal fou à le calmer – en lui caressant les cheveux, en disant tout va bien tout va bien tout va bien, tout ça –, et en plus il m'a reparlé de cette affreuse histoire de chambre, et franchement je ne savais pas quoi lui dire. Parce que je *vais* en parler à Arthur, essayer de savoir s'il n'y a pas un autre moyen, pour ce problème d'argent, mais vous savez, Clifford voit parfaitement juste quand il dit que de toute façon Arthur finira par faire ce qu'il veut. Quoi qu'il en soit, j'ai estimé que le mieux était de lever les enfants et de les expédier à l'école bien plus tôt que d'habitude, avant qu'Arthur apparaisse – histoire d'éviter encore des scènes désagréables, c'est ce que je me suis dit : je suis peut-être folle, mais pas idiote. Annette était très, très silencieuse. Encore à moitié endormie, sans doute. Parce que non – elle n'est tout de même pas encore en train de faire la tête à cause de cette histoire de *jean*, quand même ? Non, sûrement pas. Et elle a à peine touché à ses Corn Flakes, vous savez. Elle tient peut-être de moi, pour ça : pas très Corn Flakes. Et donc à la porte, je lui fais bonne journée, Annette, au revoir ! Bonne journée, à ce soir ! Et rien. Aucune réaction. Elle ne s'est même pas retournée, pas un signe de la main, rien. Elle s'est éloignée en traînant les pieds, comme si elle portait tout le poids du monde sur son dos. Elle n'avait pas l'air triste, ce n'est pas exactement ça – plutôt comme si elle était en colère pour une raison ou pour une autre, c'est l'impression que ça m'a fait. Mon Dieu, allez savoir. Je ne suis jamais que sa mère, n'est-ce pas ? Comment savoir ce qui se passe dans la tête des enfants, de nos jours ? Ils ont tellement d'idées bizarres. Beaucoup de gens accusent la télévision, mais en ce qui nous concerne, ça ne peut pas être ça, n'est-ce pas ? D'ailleurs je ne sais même pas si elle marche, celle-là. Ah oui, et Arthur – à propos de la télévision, Arthur, quand je suis rentrée après avoir dépensé des sommes folles chez Lawrence, parce qu'il fallait bien que je le console, mon pauvre petit Clifford, donc en l'emmenant à l'école, j'ai... qu'est-ce que je... ? Ah oui – Arthur – il était bien parti au bureau, comme je l'espérais (je suis revenue de l'école en marchant tout doucement, ce qui ne me ressemble pas du tout, vous savez, du tout), et il m'avait laissé un mot sur la table de la cuisine. D'abord, j'ai eu peur de le lire, mais en fait il ne disait que « Le type pour l'antenne vient à midi. » Rien d'autre. Mon Dieu, je suppose qu'il avait d'autres soucis en tête. Parce qu'à moins que Mr Henderson se soit un peu calmé (et vous savez quoi, j'ai la vague intuition que je l'ai encore appelé George – je suis vraiment épouvantable) – eh bien, ça risque d'être pénible, n'est-ce pas ? Ça ne va pas être simple pour lui, ce rendez-vous. Pauvre Arthur. Si seulement il avait, oh – s'il avait été *là*, simplement – s'il avait agi comme il le fait toujours, au lieu de se comporter de manière aussi – oh, je ne sais pas moi. Enfin, ce qui est fait est fait. Et le petit coup de whisky avant d'arriver, ce n'était pas une bonne idée, du tout. Mais c'est vrai que ce pauvre Arthur – il a tellement de choses à penser, et il ne parle pas, vous savez, il garde tout pour lui, je suis certaine que ça joue. Jamais il ne me dit ce qu'il ressent, et moi je reste là sans savoir, je n'ai plus qu'à deviner comme je peux, c'est tout ce que je peux faire. Et puis cette affreuse Mrs Farlow qui débarque comme ça, tranquillement, pas gênée pour deux sous ! Quelle affreuse bonne femme, toujours à se mêler de tout. Avec sa lettre ! Je ne l'ai pas lue – je ne vais pas lui faire ce plaisir. Et je suis certaine que ce sont des mensonges de A à Z, quoi qu'elle ait écrit – comme si ça la regardait. Quand je vais allumer le feu, plus tard dans l'après-midi, je peux vous garantir que c'est le premier papier qui va filer dans la cheminée. Je n'apprécie pas du tout les médisances et les ragots ; du tout.

Vous savez quoi, je vais brancher la bouilloire et me faire un petit thé, moi. Ensuite, je rapporte à Jean toutes ses assiettes et tout ça – je mets les serviettes dans la Hotpoint. J'imagine qu'elle va vouloir savoir comment tout ça s'est passé, et franchement, je ne sais pas trop quoi lui dire. Oh – je trouverai bien quelque chose. Mais c'est Annette qui m'inquiète, vous savez. Cette tête qu'elle faisait – je ne lui ai jamais vu une figure pareille, jamais vraiment comme ça. J'espère qu'il n'y a pas de problème ; j'espère vraiment qu'il n'y a rien de grave : ah là là, être épouse et mère, je vous jure que ce n'est pas une bénédiction, du tout. Ho ho, regardez – je viens d'ouvrir un paquet de PG Tips, et qu'est-ce que je trouve dedans ? L'Oiseau de paradis : je ne suis pas sûre, mais je ne crois pas qu'il l'ait, celui-là, vous savez – l'Oiseau de paradis. Oh, qu'il va être *content*, mon pauvre petit bonhomme. Parce qu'Annette, vous voyez – elle n'a pas de distractions, elle ne s'intéresse à rien, ce n'est pas comme Clifford, avec ses soldats et ses maquettes et ses images et ses marrons. Dieu seul sait ce qu'elle fabrique dans sa chambre, moi je ne pourrais pas vous dire, franchement. Il y a des mères avec qui je discute, elles me disent qu'elles ont souvent des petites conversations avec leur fille, à propos de, oooh – je ne sais pas, ces trucs dont les femmes discutent entre elles, je suppose. Mais entre Annette et moi, ça n'arrive pas, non. Quand elle sera un peu plus grande, peut-être... mais en tout cas, pas pour l'instant. Sûrement pas. Enfin – peu importe. L'important, c'est qu'elle aille bien : j'espère qu'il n'y a pas de problème, rien de grave – c'est tout.

Tiens – vous avez entendu ? Qui cela peut-il être ? C'est toujours comme ça – ça ne rate pas : Dieu sait qu'on ne sonne pas souvent à la porte (Jean passe toujours par-derrière, et frappe à la porte de la cuisine, en utilisant notre petit code à nous) – mais à chaque fois qu'on sonne, vous pouvez être sûrs que j'ai les deux bras dans la lessive ou que je suis à quatre pattes en train de nettoyer. À tous les coups. Bon, j'enlève vite mon tablier, un petit coup sur les cheveux – pas la peine de terrifier les gens n'est-ce pas ? Pas envie de ressembler à une folle échappée de l'asile. Ce doit être le facteur, mais en même temps ça m'étonnerait, parce que le seul courrier qu'on reçoit, c'est les avis de loyer que je fourre sous la pendule, en attendant qu'Arthur les prenne quand bon lui semblera : je me sens toujours un peu coupable, voyez-vous, quand je les lui donne directement. Quelquefois, c'est aussi des réclames avec des échantillons, qui sont toujours les bienvenus. Il n'y a pas longtemps, on a reçu sept mini-savons Palmolive, et je peux vous dire que ça va nous faire de l'usage. Mais le facteur, n'est-ce pas, il ne sonnerait que pour un colis ou quelque chose comme ça, et ça, on n'en reçoit jamais. Oh mon Dieu mais *si*, je *sais* qui c'est – évidemment, évidemment, ça m'était complètement sorti de la tête : ma tête, c'est une passoire, ces derniers temps. C'est le monsieur de l'antenne, bien sûr. Il est un peu en avance, mais bon – mieux vaut tôt que tard.

« Oh, bonjour – bonjour. Désolée de vous avoir fait attendre. Le toit se trouve... oh, suis-je sotte. Vous devez très bien savoir où se trouve le toit. C'est votre spécialité, n'est-ce pas ? »

L'homme sur le seuil la regardait sans rien dire.

« Vous n'êtes pas venu pour, euh – pour poser l'antenne ?

— Nan. Je suis venu pour voir Mr Coyle. J'ai deux mots à lui dire.

— Oui, mais il n'est pas là, j'en ai bien peur. Pas pour le moment. Est-ce que je peux faire, euh – quelque chose, une commission ? Je suis Mrs Coyle.

— On doit parler affaires.

— Vraiment ? Oh. Oh – je *vois* – c'est à propos de la *chambre*, n'est-ce pas ? Mon Dieu, elle n'est pas complètement terminée, j'en ai peur, et de toute façon nous ne sommes pas certains qu'elle sera libre. Je suis affreusement désolée, si vous vous êtes dérangé pour rien. »

L'homme sur le seuil la regardait sans rien dire.

« C'est d'argent que je veux parler.

— Eh bien, c'est quatre livres, deux shillings six pence par semaine. Mais...

— Ça suffit pas.

— Ah bon ?

— Nan. Carrément pas. Dix par semaine. Au minimum.

— Je... je vois. Eh bien il faudra voir ça un peu plus tard, avec mon époux, si vous voulez bien. Je suis certaine que vous parviendrez à trouver, disons, un arrangement...

— C'est bien ce que je crois. Dites-lui que Mickey est passé, d'accord ? Dites-lui juste ça.

— Mickey. Je vois. Et avez-vous un numéro de téléphone où l'on pourrait vous joindre, Mr, euh... ?
— Nan.
— Je vois. Une adresse, peut-être, où l'on pourrait vous, euh... ?
— Nan.
— Très bien très bien. Eh bien parfait – je ne manquerai pas de lui faire la commission, Mr, euh... »
Sur quoi le type se détourna et s'éloigna. Ça alors, c'est extraordinaire. Qu'est-ce qu'il faut en penser ? Bon, quoi qu'il en soit, je crois que je ferais aussi bien de le noter, parce que sinon je vais oublier, à tous les coups. Alors... crayon crayon crayon. Pourquoi n'y a-t-il jamais de crayon en vue quand on... Je m'assure toujours qu'il y en a un dans ce petit pot près du téléphone, et je n'arrête pas de répéter à tout le monde si vous prenez le crayon, essayez de penser à le remettre dans le petit pot près du téléphone, d'accord ? Autant parler aux murs. Ah en voilà un, enfin un bout – ce n'est pas celui que je voulais, mais bon. Bon... bout de papier bout de papier bout de papier. Oh, je vais prendre le dos de ce – oh non, voilà que ça sonne encore. Ah oui, il est midi pile – au moins, ils sont ponctuels, ces gens-là ; j'espère qu'ils ne vont pas faire trop de saletés.
Annette se tenait sur le seuil, flanquée d'une religieuse.
« Mrs Coyle, vous souvenez-vous de moi ?
— Oh, mais bien *sûr*, sœur, euh... Qu'est-ce qu'il y a, Annette ? Tu es malade ? Elle est malade ? Qu'est-ce qu'il y a ?
— Mrs Coyle, je pense que cette lettre vous expliquera la, euh – la situation. Nous vous recontacterons plus tard. Mais dans l'immédiat, Mrs Coyle, j'ai été chargée par la Mère supérieure de vous ramener Annette, en vous demandant de la garder à la maison. Une enquête est en cours.
— Une *quoi*... ? Mais enfin ! Elle est malade ? Tu es malade, Annette ? Qu'est-ce qui s'est passé ? Qu'est-ce qui ne va pas ? Mais enfin, est-ce qu'on va me dire... ?
— Je dois vous laisser à présent, Mrs Coyle. Veuillez lire cette lettre, je vous prie. Annette, je prierai pour toi. »
Sur quoi elle se détourna et s'éloigna. Le regard de Gillian, éperdu, frénétique, implorait Annette de lui donner une explication. Mais Annette se contenta de pincer les lèvres, de secouer la tête, et s'élança dans l'escalier jusqu'à sa chambre, claquant la

porte derrière elle. Non seulement claquant la porte, d'ailleurs, mais coinçant la chaise sous la serrure – encore que ça ne marche pas, ni rien ; ça n'empêche personne d'entrer. Je pensais que j'allais me mettre à pleurer, mais non. Pas à pleurer parce que j'étais triste ni rien – mais à pleurer comme quand des choses comme ça arrivent, et que tout le monde se tait, avec un air grave, mais alors grave, et il faut aller trouver la Mère supérieure et tout ça, et elle, elle est assise là comme si c'était la reine sur son trône ou je ne sais quoi, à part qu'elle ressemble à Edward G. Robinson, et toute la pièce sent la bougie et l'essence de menthe et comme ce flacon qu'on a dans la salle de bains, du Synthol, et on ne peut même pas mettre son nez au-dessus sans fermer les yeux tellement ça... Je ne pensais pas que les sœurs avaient le droit d'aller à la pharmacie – mais en même temps, quand on est Mère supérieure, on doit pouvoir enfreindre plein de règles, comme sécher la bénédiction par exemple, et ne pas porter des culottes noires, parce que de toute façon personne ne va venir vérifier. Donc après des trucs comme ça, en principe on pleure. Mais pas moi.

Je ferais sans doute mieux d'écrire tout ça dans mon journal. Je m'en fiche de ce qui peut m'arriver. Il va m'arriver des sales trucs parce que j'ai été une mauvaise fille et une pécheresse, mais je m'en fiche. Je m'en fiche complètement. Parce que de toute façon je *sais* que je vais brûler en enfer pour l'éternité, aucun doute, donc je ne vois pas de quoi je pourrais avoir peur, maintenant. Je suppose que je ne reverrai jamais Margery : elle me déteste, c'est ce qu'elle a dit – elle ne m'aime plus. De toute façon personne ne m'aime. Plus personne ne m'aime. Maman un peu, elle m'aime bien – mais pas autant que Clifford, de loin, donc ça ne compte pas vraiment. Papa, il dit qu'il m'aime, mais je pense qu'il me déteste, dans le fond. Maman n'est pas pieuse, mais elle ira quand même au paradis parce que les mamans y vont toujours, c'est obligatoire. Quand papa mourra, il ira en enfer, et on se retrouvera tous les deux en bas, et pour toujours, et moi je n'ai pas envie de ça, pas envie du tout. Mais c'est quand même là qu'il va filer.

Je ne savais pas ce qui allait arriver aujourd'hui. Enfin je veux dire, on ne peut jamais savoir, pas vraiment, mais la plupart du temps, quand on est à l'école, il ne se passe rien, donc on ne pense pas au fait qu'on ne pouvait pas savoir. C'est seulement quand il arrive quelque chose qu'on se rend compte qu'on ne pouvait pas savoir que ça arriverait. J'étais drôlement en avance ce matin, parce que maman a décidé qu'on devait tous se lever tôt, je ne sais pas pourquoi. J'avais très très sommeil, et je me sentais bizarre aussi, je ne sais pas, comme quand on a envie de vomir mais qu'on n'y arrive pas et qu'en même temps on a faim mais on a l'impression d'avoir avalé deux assiettes de quelque chose de bourratif. Je n'ai pas dormi, du tout. Je suis restée assise sur ma chaise, accrochée à mon club de hockey, pour le cas où il reviendrait, mais il n'est pas revenu. Et quand je suis arrivée à l'école, c'était super parce que Margery était déjà là et elle me fait oh bonjour Annette – généralement tu arrives beaucoup plus tard, et moi je lui ai répondu je sais. Et j'ai dit si on allait au vestiaire, hein Margery, et elle a répondu tu veux, maintenant ? Et j'ai dit oui, on y va maintenant et elle a dit pourquoi pas plutôt après les activités libres et moi j'ai dit j'ai envie d'y aller maintenant. Donc on y est allées, au vestiaire, et Margery, comme elle est dans l'équipe de netball, elle n'avait que son maillot de corps sur elle, et elle a défait les boutons et j'ai glissé ma main dedans et elle était toute douce et toute chaude, et après elle m'a touchée aussi et tout d'un coup elle me fait oh, regarde, Annette ! Regarde ! Tu as vu ? Alors moi je lui demande j'ai vu quoi, et elle me dit mais *regarde* – tes seins commencent à pousser ! Alors j'ai regardé, et elle avait raison. Ils avaient vraiment commencé à pousser, et c'était carrément bizarre, d'un seul coup comme ça, parce qu'hier encore ils ne poussaient pas parce que je me souviens bien avoir tiré dessus pour les obliger. Ensuite, j'ai mis ma main sous la tunique de Margery, et elle portait une grande culotte bleue comme elle met pour le netball, et elle s'est mise à rire et moi aussi parce que j'avais vraiment du mal à passer sous l'élastique et ensuite j'ai enfoncé mon doigt, et puis un autre doigt, et Margery elle a fait ooooh, alors j'ai enfoncé encore plus et elle a fait oooh, ooooh, Annette – pas si fort, mais moi j'ai enfoncé encore plus fort, et puis plus fort, et de plus en plus vite, et Margery a commencé à essayer de me repousser en faisant ooooh, oooh, tu me fais mal, Annette – tu me fais vraiment mal, et moi je disais non, je ne te fais pas mal, pas du tout – au contraire je t'aime, et je continuais encore et encore, et ça n'était pas facile parce qu'elle essayait de se dégager et de rabaisser sa jupe et tout, et puis elle s'est mise à pleurer, carrément, et j'ai dit attends il n'y a pas de quoi pleurer, espèce de gros bébé – pas de quoi – c'est bon, ça ne fait pas mal, c'est bon parce que c'est parce que je *t'aime*, tu comprends – je t'aime je t'aime je t'aime. Et là, tout d'un coup elle a crié – elle s'est levée et elle était toute rouge et elle a crié que j'étais *affreuse*, qu'elle ne pensait pas que je pouvais être aussi *affreuse*, et elle pleurait et elle pleurait, et des gens sont arrivés en demandant mais qu'est-ce qui se passe, qu'est-ce qui se passe, pourquoi pleures-tu comme ça, et Margery a fait c'est *elle* ! C'est *elle* ! Elle a mal agi au regard de Dieu, alors elles ont toutes dit alors il faut aller le dire à sœur Joanna et Margery leur a dit de fiche le camp parce que ça n'était pas leurs affaires et qu'elle n'était pas rapporteuse et ensuite elle m'a dit je te *déteste* Annette, vraiment je te *déteste* et je ne suis plus ton amie et moi j'ai dit ça m'est bien égal que tu me détestes et que tu ne sois plus mon amie et je m'en *fiche* que tu ailles le dire à sœur Joanna parce que je n'ai rien fait de mal parce que je t'ai *aimée*, moi, et la Bible dit qu'on doit aimer tout le monde, tout le temps, alors tu peux bien faire ce que tu veux je n'en ai rien à fiche et elle a répondu que de toute façon, comme Dieu était témoin, j'allais périr dans les flammes de l'enfer et moi j'ai dit je sais *très bien*, je sais *très bien* que je périrai dans les flammes de l'enfer et je vais même te dire un truc c'est que je m'en *fiche* ! Et là, elle est partie en courant et elle pleurait toujours et tout – ça résonnait dans tout le couloir – et moi je me suis levée et je suis sortie dans l'autre direction et je suis arrivée à la chapelle, et devant la porte de la chapelle il y avait Helen et Alice, Alice elle était encore en train de faire son tricotin pourri, et Helen elle était en train de lui montrer toutes ses nouvelles images pieuses, et elle a levé les yeux et elle m'a dit va-t'en, Annette, on n'a pas envie de te parler, alors va-t'en. Et moi, je n'ai rien dit à Helen, mais je lui ai pris son missel, du coup elle a poussé un gémissement en me regardant avec des yeux comme ça, et j'ai arraché l'élastique autour, et elle essayait de le récupérer en disant arrête, arrête ! Rends-le moi, Annette !, et moi je lui ai dit oui eh bien si tu veux le reprendre va le chercher, et je l'ai jeté au loin, de toutes mes forces, et ses millions et ses millions d'images pieuses ont volé dans tous les sens, et Helen elle hurlait et elle hurlait tant qu'elle pouvait, et elle était déjà par terre en train d'essayer de les ramasser, en demandant à Alice de l'aider à les récupérer parce que ses images pieuses étaient toutes bénies par le père Doobey, et là j'ai dit le père Doobey est un *pécheur*, et alors Alice aussi s'est mise à hurler et je lui ai dit arrête, Alice, arrête maintenant, mais elle n'arrêtait pas, rien à faire, alors je lui ai collé la main sur la bouche et je lui ai tordu un bras dans le dos, et elle braillait que je lui faisais mal et tout ça, et moi je disais mais non, mais non je ne te fais pas mal, pas du tout, donc tu te tais – mais rien à faire, elle ne se taisait pas et Helen était toujours à sangloter à quatre pattes en ramassant ses images pieuses et là j'ai dit je te préviens Alice, tu arrêtes de faire ce boucan, et du coup elle a hurlé encore plus fort – de plus en plus fort, encore et encore, et moi je lui tordais le bras et tout d'un coup son bras a fait un bruit, et là elle a hurlé tellement fort, tellement fort que plein de monde est arrivé en courant, alors moi j'ai lâché son bras, mais il est resté dans une position bizarre, comme une aile de canard, et elle continuait de hurler tant qu'elle pouvait, et puis elle est tombée par terre et on aurait dit qu'elle était morte ou un truc comme ça, mais en fait elle n'était pas morte parce qu'on voyait son ventre qui montait et qui descendait, et il y avait des filles de la 3ᵉ A, elles sont arrivées et elles m'ont attrapée, et quelqu'un a dit d'aller chercher sœur Joanna, et elles m'ont emmenée en disant que j'étais le mal incarné et que mon âme était entre les mains du diable et moi j'ai dit je *sais*, je *sais*, et en plus je m'en *fiche*... !

Donc voilà bien la preuve que c'est seulement quand quelque chose arrive que l'on s'aperçoit qu'on ne savait pas que ça allait arriver. Et en attendant, moi je n'ai toujours pas pleuré. Toujours pas.

*

« Donc j'ose espérer que c'est sans rancune, Coyle. »

Voilà ce qu'il m'a dit, Mr Henderson – comment il a conclu. Et honnêtement, je peux vous assurer qu'il n'y avait aucune rancune, savez-vous, parce que pendant que j'étais là, debout devant lui (il ne m'avait pas proposé de m'asseoir – quelquefois, dans son bureau, il vous propose de vous asseoir – généralement il vous le propose ; bon, en fait, il le fait *toujours* – il vous propose toujours de vous asseoir, mais pas là, pas aujourd'hui, aujourd'hui il ne l'a pas fait : aujourd'hui il ne m'a rien proposé du tout). Donc comme je disais, j'étais là debout devant lui, et c'était – ma foi, sans rien, sans rien du tout. Quelquefois il y a quelque chose, mais là, pas du tout, il n'y a rien, rien sous le soleil. Mis à part ce mal de tête persistant et une dyspepsie manifeste, mais somme toute, en y réfléchissant bien – qui s'en étonnerait ? J'ai fait très fort hier soir – entre le scotch, le vin, et cet exécrable sherry. C'est d'ailleurs pourquoi je ne m'en souviens pas. Du tout.

Au réveil, j'ai perçu un certain remue-ménage. À ma grande surprise, j'ai constaté que j'étais accroché au divan du salon. J'ai encore mal au cou, à l'heure qu'il est. Et pour quelque raison, j'ai jugé plus sage de ne déranger personne – de ne pas me manifester ; profil bas. Ensuite, il a bien fallu que je décide quoi faire. Les options n'étaient pas si nombreuses, je l'avoue. Une fois le silence établi, je suis allé dans la cuisine et j'ai bu tasse sur tasse d'eau du robinet (la boisson originelle, ainsi que je l'appelle si sottement, dès qu'un membre de ma famille est à portée de voix : la boisson originelle, juste ciel). Puis je suis monté dans la chambre et j'ai sorti cette petite boîte que Gillian range sous les mouchoirs, dans l'armoire. Les priorités m'apparaissaient les suivantes : première chose, trouver un peu d'argent liquide pour repousser autant que possible dans le temps les excès de notre ami Mickey – et deuxièmement, faire et dire n'importe quoi, ce qui serait nécessaire, quoi que ce fût, pour rentrer dans les bonnes grâces de Mr Henderson. Pas simple ; à la lueur de tout ce qui s'était passé, cela ne s'avérait pas simple, pas simple du tout, soyons francs. La troisième priorité, moindre, était de savoir exactement ce que cette horrible vieille morue de Mrs Farlow avait écrit dans cette satanée lettre, et de quelle manière exactement Gillian y avait réagi ; ceci toutefois pouvait attendre. Je pourrais toujours me justifier, ou nier, dans le pire des cas.

Il n'y avait pas grand-chose – vraiment pas grand-chose dans la petite boîte de Gillian – car en ce domaine, je ne lui ai jamais offert qu'une bague de fiançailles bon marché, il y a un siècle ou deux de cela, et ensuite une alliance un petit peu moins bon marché, et elle n'ôte jamais ni l'une ni l'autre. Cela dit, il y a aussi une espèce de bracelet, là-dedans – j'ai dû lui offrir ça pour une raison quelconque qui m'échappe à présent, perdue dans les brumes d'un lointain passé. C'est marqué « plaqué or » dessus : j'espère bien que je savais ce que j'achetais, à ce moment-là. Mais il y a aussi deux ou trois trucs de sa mère, un peu moins minables – enfin, Dieu sait que je ne suis pas expert en joaillerie, mais ils me semblent un peu plus lourds dans la main, si vous voyez. Parce que ce bracelet, on le pose près de la fenêtre, un coup de vent, et il s'envole tout seul. Et ça, c'est un pendentif, n'est-ce pas ? Comment appelle-t-on ça ? Une sorte de collier avec des petits diamants d'aspect plutôt terne et antipathique, si diamants il y a. Bon, ce ne sont pas les joyaux de la Couronne, certes, mais faute de grives, etc. Et puis il y a une montre. Une montre d'homme – celle de son mari, qui sait ? Enfin bref – je fourre tout ça en vrac dans un sac ou quelque chose, et je file chez Lawson's, dans Kenton Road. J'ai déjà mis des choses au clou là-bas, bien sûr – toujours eu l'intention d'aller les récupérer, mais il y a sans cesse un truc ou un autre, bref. D'ailleurs je n'ai plus aucune idée de ce que ça pouvait être ; de toute évidence, rien dont je n'aie pu me passer. Mais ils n'étaient pas encore ouverts, chez Lawson's, – et je me souvenais très bien que Mr Henderson m'avait dit neuf heures pile – et plus d'une fois, me semblait-il. Et je sais que j'avais décidé que je n'irais pas, je sais parfaitement que j'avais décidé de ne pas y aller – mais je n'avais pas tous mes esprits, n'est-ce pas ? Je ne réfléchissais pas sainement – je ne réfléchissais pas du tout, en fait. Mais là, si, maintenant, si : obligé.

Dans le bus, en route vers le bureau – je voyage toujours sur l'impériale, je fume une petite pipe ou deux – j'ai regardé les mots croisés, histoire de me changer un peu les idées, vous voyez. Je ne les *fais* jamais, bien sûr, ces sacrés mots croisés. Gillian pense que si – je suis sûr que Gillian me croit complètement plongé dans les mots croisés, mais en fait non. Je les regarde, je les fixe, en pensant à autre chose, je ne pourrais absolument pas vous dire quoi. Parce que les définitions – enfin je veux dire, mais c'est quoi, des plaisanteries, des blagues, c'est cela ? Tous ces rébus grotesques ? Je n'y comprends jamais rien – pour moi, c'est le mystère total. Donc j'écris les premiers mots qui me passent par la tête. Il faut qu'ils entrent dans la grille, cela dit – il faut qu'ils aient le bon nombre de lettres, les mots, mais ça ne va pas plus loin, je m'en tiens là. Je tire sur ma pipe et je suce mon stylo et je fronce vaguement les sourcils et j'écris le premier truc qui me passe par la tête. Cela fait des années que je fais ça. Des années.

Et naturellement, ça ne m'a *pas* changé les idées – parce que comment, hein ? Comment cela aurait-il pu ? Mais au moins, il était *tôt*, c'était déjà ça. J'essayais de ne pas trop réfléchir à la suite – de ne pas trop prévoir, répéter d'avance l'entrevue. Toutefois, il m'a semblé malvenu d'envisager une augmentation. J'ai décidé de laisser passer un peu de temps avant d'en parler. J'ai pensé le complimenter sur l'élégance de Mrs Henderson, sur ses boucles d'oreilles et son allure en général, et puis finalement je me suis dit que non. Et puis neuf heures sont arrivées, comme neuf heures arrivent toujours, quoi qu'on fasse, et je me suis retrouvé comme je suis là : debout devant lui.

« Eh bien, Coyle. On est ponctuel, c'est déjà ça.

— Oui, monsieur. Neuf heures pile. Oh, et puis-je me permettre de vous remercier, pour – et je suis affreusement désolé si...

— Coyle – je pense que nous pouvons nous épargner tout ceci, ne croyez-vous pas ? La soirée d'hier a largement suffi à, euh – nous amener à prendre une décision, dirons-nous.

— Une décision, monsieur... ?

— M'oui, Coyle. À prendre une décision, tout à fait. Je ne dirais certes pas que votre travail au sein de notre société ait été à la hauteur de nos attentes, n'est-ce pas, Coyle ? Pour être franc, Coyle, j'ai trouvé des dossiers dans les endroits les plus improbables.

— Pas à la hauteur de nos attentes, monsieur... ?

— Et *donc*, Coyle – je pense qu'il serait bénéfique pour l'entreprise comme pour vous de vous mettre en quête de, euh – enfin de trouver un autre arrangement.

— Oh, je ne pense pas, monsieur.

— Je vous demande *pardon*, Coyle ?

— Je ne vois pas du tout en quoi ça pourrait m'être bénéfique. Je ne vois pas. Certes, j'imagine que bien que l'*entreprise*, elle, ne souffrirait guère si je devais, enfin...

— Coyle. Écoutez-moi. Vous partez.

— Oh, mais monsieur, je... !

— Il n'y a pas de mais. Il n'y a plus de si, il n'y a plus de mais. Je vous serais reconnaissant de bien vouloir prendre vos affaires et de libérer votre bureau d'ici – une heure, disons ? Deux, si vous préférez ? Robinson vous aidera.

— Oh, mais monsieur, je... !

— Et bien que rien ne soit stipulé en ce sens sur notre contrat de travail, et donc sans aucune obligation légale de ma part, je vous alloue gracieusement quatre semaines de salaire en dédommagement. Vous recevrez une lettre de référence – appelons ça ainsi. Je pense que c'est tout. Donc j'ose espérer que c'est sans rancune, Coyle. »

Et comme je disais : non, c'est sans rancune. Sans rien. Et d'une certaine manière, c'est un soulagement, comme quelquefois ces choses-là. Je devais savoir que ça allait arriver, mais quand on est habitué à vivre en permanence en compagnie d'un espoir débile, anémié, sous-alimenté, c'est instinctivement que l'on ouvre grand les bras à l'ombre de la silhouette du désespoir. (Non pas à la hauteur de nos attentes, mais au-dessous de *tout* – voilà ; parce que si j'avais simplement été à la hauteur de quoi que ce soit, ça se saurait. Mr Henderson n'est pas très précis dans son vocabulaire, parce qu'il sait que personne n'osera jamais le corriger.)

Je lui ai demandé s'il y avait la moindre possibilité pour que la comptabilité puisse me verser le mois de salaire maintenant, là, tout de suite (sans prendre la peine de lui expliquer que cela m'éviterait d'aller mettre au clou, pour trois sous, les trois bijoux de famille de mon épouse), et il a répondu que non, il n'y en avait pas ; pas la moindre. Et il a ajouté – et là, il y avait du mépris dans sa voix, du mépris, ça s'entendait très bien –, il m'a dit qu'il pouvait peut-être m'avancer cinq livres sur le fond de caisse, si cela pouvait m'aider d'une quelconque manière, et moi j'ai dit oh oui, s'il vous plaît, merci monsieur, ça pourrait, ça pourrait.

Donc j'ai débarrassé mon bureau et j'ai dit adieu à Geoff, qui n'arrêtait pas de secouer la tête en répétant ce n'est pas possible, ce n'est pas vrai, ce n'est pas possible, Arthur, après tant d'années – mais il n'avait pas le moins du monde l'air surpris, je dois le dire. Tiens Geoff, ai-je dit, et je lui ai tendu la montre, une montre d'homme – celle de l'époux, qui sait ? Et il a dit oh mais je ne peux *pas* accepter, Arthur – mais il a accepté quand même. Parce que nous savions l'un comme l'autre, n'est-ce pas, que c'était tout ce que je pouvais lui donner. Le type de la comptabilité, avec sa tête longue comme un jour sans pain, m'a tendu cinq livres comme si le billet était contaminé – ou moi-même peut-être – en ricanant « bonne chance ». Et une fois dehors, je me suis dit bon, eh bien voilà, parfait – je vais passer chez Lawson's (tu ne réfléchis pas, tu ne réfléchis à rien – à rien pour l'instant : tu vas chez Lawson's et c'est tout) pour voir ce que peuvent bien rapporter ces misérables babioles, ajoutées au billet de cinq, et tu apportes tout ça à Mickey, fissa. Donc c'est ce que j'ai fait, je suis allé chez Lawson's – et non, je ne vous dirai pas ce qu'il m'en a donné, ce juif de Lawson, parce que cela ne ferait que vous attrister ; en tout cas, moi, ça m'a attristé. Ce n'étaient pas des diamants : apparemment, ça s'appelle des marcassites. Et cela a beaucoup moins de valeur – il s'est empressé de le préciser. Bref. Sur quoi je me suis dit ma foi, le meilleur endroit pour trouver Mickey, à cette heure-ci, c'est chez Rosie, en fait, donc j'y suis allé, et Hortense m'a répondu non, Mickey n'est pas là – il était là tout à l'heure, mais il est parti, à ta recherche, je crois. Ah oui, et puis elle m'a dit aussi : au fait, Albert – elles sont où, mes cinq livres, hein ? Donc je lui ai donné le billet, ce qui nous a surpris autant l'un que l'autre, je pense, puis elle a dit que j'avais l'air fatigué, pas en forme : est-ce que ça me disait de faire un petit tour à côté pour me détendre un peu ? Cela m'est apparu comme une proposition raisonnable et même tentante, somme toute, et puis elle a dit écoute, mon chou – si tu offrais un grand gin-orange à une gentille fille de ma connaissance, et toi tu te prends un bon petit scotch, et pendant ce temps-là je vais tout préparer à côté pour que tu sois bien à ton aise. Donc c'est ce que j'ai fait. Et en revenant (elle travaille à une vitesse étonnante), je me suis pris encore un verre mais Mickey n'avait toujours pas l'air d'être dans les parages donc j'ai tué le temps en faisant quelques manches à la table de jeu, que j'ai gagnées sans difficulté – et sans même transpirer, chaque carte qui tombait était gagnante, de ma vie je n'avais eu une chance aussi persistante. Et puis j'ai perdu, naturellement. Le tout. Ça va sans dire. Donc je n'avais plus qu'à sortir de chez Rosie aussi vite que la décence m'y autorisait, sinon je risquais fort de voir Mickey débarquer d'une seconde à l'autre (raison pour laquelle, bien sûr – et il n'est nul besoin de me souligner l'ironie de la chose, je la perçois très bien – j'y étais entré, au départ). Et tout cela ne s'arrange pas, c'est même de moins en moins facile, vous savez : tenir, tenir, tenir encore un peu plus longtemps, essayer de lutter contre la pesanteur – parce que la pesanteur, elle est plus forte que l'ascenseur.

Donc je me suis baladé. Il fait froid aujourd'hui, mais c'est un froid sec – à peine un léger brouillard. Parce que si j'étais rentré directement à la maison, eh bien... j'aurais dû répondre à des questions, n'est-ce pas ? Et je ne tiens pas à y répondre, très franchement : je ne veux même pas y penser. À un moment, dans le parc, je me suis assis sur un banc juste à côté du bac à sable et des jeux pour les tout-petits. J'y emmenais Clifford et Annette autrefois. Enfin je dis *j'y emmenais* – ça a dû m'arriver une fois. Je ne sais plus du tout si ça leur a plu ou pas, aucun souvenir ; mais ça m'étonnerait. Annette surtout : elle n'a jamais rien aimé de ce que je faisais. Mais là, il y avait un petit bonhomme avec sa mère, je suppose, et il ne se lassait pas du toboggan, vous savez. De grimper à l'échelle, aussi vite que ses petites jambes pouvaient le porter, avant de se laisser glisser avec un cri de ravissement, jusqu'aux bras grands ouverts qui le recevaient en bas – et la maman semblait s'amuser autant que son petit garçon. Et puis il repartait en trottinant, clip-clop-clip-clop, et puis wwwwoouuuuh ! Jusqu'en bas ! Et encore, et encore. Il n'avait besoin de rien d'autre pour être heureux. Monter, descendre. Bien. Et là, assis sur le banc, j'ai jeté un coup d'œil dans le sac de supermarché que quelqu'un, au bureau, m'avait gracieusement donné pour faire disparaître toute trace de ma présence branlante et brutalement interrompue à un poste qui, pour un homme d'envergure différente, aurait pu se révéler être non seulement un travail définitif, mais un emploi d'avenir, riche de promesses. Et donc, en regardant et en fouillant dans le sac, je n'arrivais pas à comprendre pourquoi je m'étais donné la peine d'emporter quoi que ce fût. Parce que je veux dire, cette agrafeuse – elle n'a jamais fonctionné. Je ne supporte pas les stylos bille. Et la tasse ? La tasse dans laquelle je bois depuis, oh, combien de temps ? Combien de centaines et de milliers de litres de thé ai-je absorbés dans ce bureau ? Et tout ça avec cette tasse ? Fêlée, regardez. Cela fait combien de temps qu'elle est fêlée ? Je n'avais jamais remarqué. Peut-être qu'elle ne l'était pas – que c'est récent, tout récent. Quoi qu'il en soit, elle ne m'est plus d'aucune utilité. Et puis cet agenda, cadeau d'entreprise de cette boîte qui fabrique les tampons légaux, oublié leur nom. J'ai toujours eu l'intention de m'en servir, vous savez – d'écrire dedans. Eh bien regardez : toutes les pages sont vierges, blanches, immaculées. Et il date d'il y a trois ans. Mon Dieu mon Dieu, comme le temps passe. Donc j'ai vidé tout le sac dans la corbeille à côté, et puis je me suis dit bon – je rentre, je n'ai plus que ça à faire, il me semble.

La télévision est allumée, comme on pouvait s'y attendre. Donc le Pater Familias va devoir donner sa leçon.

« Ah – je vois que l'on se livre à une orgie télévisuelle, jeune Clifford. Pas au détriment des devoirs à la maison, j'ose l'espérer. Et donc l'ouvrier est passé, pour l'antenne – il a daigné nous honorer de sa présence ? Il aurait fait beau voir. Quoique l'image ne soit pas très très nette, me semble-t-il...

— Ça ne t'ennuie pas qu'on ait allumé, Arthur, n'est-ce pas ? C'est vendredi – Clifford a demain pour faire ses devoirs – n'est-ce pas mon chéri ? Euh... Arthur ? Il faudrait qu'on, euh... je peux te dire un mot ? À propos d'Annette. C'est un peu...

— Cette image – non, cette image est loin d'être parfaite, je trouve. Très loin. Il s'en faut de beaucoup. Et quelle sorte de programme particulièrement imbécile avez-vous choisi de regarder, jeune homme ? Une émission pour les jeunes, c'est cela ?

— C'est *Popeye*. C'est *Popeye the sailor man, poo poo* ! C'est le bruit qu'il fait avec sa pipe. Mais pas toi, hein, papa ? Toi tu ne fais pas *poo poo* ! Avec ta pipe. »

Je ferais mieux de continuer à parler – sinon il va s'apercevoir qu'on a Channel Nine et il va renvoyer la télé parce que c'est un vieux croûton. Et puis plus tard il y a *Faites votre choix*, et *Maverick*. Maman a dit que je pouvais regarder parce que c'est vendredi et on va manger du poisson. On mange toujours du poisson le vendredi parce qu'Annette dit que c'est pieux et maman dit que c'est moins cher. Elle fait toujours du merlan ou du cabillaud, mais jamais rien d'autre, jamais de la morue en tout cas. Elle est toujours bizarre, Annette. Elle ne veut pas descendre, et elle dit que *Popeye* c'est idiot et qu'elle ne touchera pas à son poisson même si c'est un péché parce que ça n'a plus d'importance maintenant. Je n'ai rien dit à maman, pour la correction (j'ai toujours les doigts qui me font mal, vous savez) parce que ça la rendrait sûrement triste – et je ne lui ai pas dit non plus qu'Anthony et moi, on était devenus frères de sang pour toujours et qu'on allait faire la loi et tout ça, j'ai oublié tout ce qu'il a dit, parce qu'elle dirait que je vais attraper des microbes. *Robin des bois*, ça passe dimanche, comme ça, je pourrai vérifier. Et papa, il regarde la télé avec une drôle de tête – ct je suis sûr qu'il va dire quelque chose mais je ne veux pas parce que maintenant c'est Wimpy et moi j'aimerais bien manger un Wimpy au lieu du merlan ou du cabillaud ou même de la morue et puis après Brutus va arriver et les épinards vont sauter en l'air comme une fontaine et retomber dans la bouche de Popeye et il y a cette fille toute maigre qui va l'embrasser, elle s'appelle Olive Oyl et maman dit que c'est bizarre parce que Jean Beery, la voisine, elle l'achète à la pharmacie et elle en met dans la salade. Maman, elle est en train de repasser, et elle dit qu'elle n'avait jamais, jamais de sa vie, repassé dans le salon, mais qu'il faut un début à tout. J'aime bien quand elle repasse parce que ça fait un bruit tout doux quand ça glisse et ça sent le chaud, et on se sent bien à la maison. Popeye, il vient de cogner sur Brutus et il a gagné et tout et il y en a un autre juste après, mais papa continue de regarder l'écran comme ça, et ça y est, il va dire quelque chose.

« Je suis persuadé que l'on pourrait obtenir une image infiniment plus nette. A-il au moins fait des *essais*, notre ami le poseur d'antennes ?

— Oh, Arthur, il a essayé comme ci et comme ça pendant des heures, et Annette – il faut qu'on parle à Annette, qu'on parle d'Annette, Arthur. Mais ça n'est pas la peine de monter maintenant, parce que l'ouvrier a été obligé de passer par sa chambre deux ou trois fois, tout à l'heure, parce que c'est la fenêtre la plus pratique pour arriver à l'antenne, et à chaque fois, on a été obligés de frapper et frapper encore, parce qu'elle s'est mise en tête de coincer quelque chose – une chaise, je ne sais trop quoi, derrière la porte, et elle est vraiment à cran. C'est une histoire absolument... ! Oh, écoute Arthur – on ne peut pas en parler pour l'instant... pas devant... enfin tu vois.

— Et que fait-elle à la maison au beau milieu de la journée, si je puis me permettre ? Cette enfant est-elle souffrante ?

— Oui, eh bien c'est justement de ça qu'on doit parler, Arthur. Non – elle n'est pas malade au sens où elle ne va pas bien, pas vraiment, mais...

— Je vais monter voir si je ne peux pas régler un peu mieux cette image, et j'en profiterai pour avoir une petite discussion avec elle.

— Oh, non, Arthur – je ne pense pas que ce soit une bonne chose tant qu'on n'en a pas...

— Tout au contraire. C'est une excellente chose, tout à fait raisonnable. Tout à fait. Clifford – tu sors dans le jardin – et non, Clifford, on ne discute pas : il n'y a pas de mais – il n'y a plus de si ni de mais. Donc tu files dans le jardin de devant, si tu veux bien, ta mère te dira par la fenêtre comment se comporte l'image et tu me crieras là-haut si c'est mieux ou pire et je réglerai l'antenne en conséquence. Je pense qu'en faisant montre d'une certaine cohésion familiale, pour une fois, nous devrions réussir à atteindre une quasi-perfection. »

Moi, je trouve l'image parfaite. Si je sors dans le jardin, je vais manquer le deuxième *Popeye* et peut-être même le début de *Faites votre choix*, et j'ai dit à papa est-ce qu'on ne peut pas faire tout ça après *Popeye* et les autres trucs et il a répondu *non*, jeune homme, c'est *maintenant*, et j'en étais sûr. Donc je me retrouve au milieu de cette espèce de marécage avec des bouts de tiges drôlement pointus qui dépassent du sol, et en été, dessus, il y a des roses qui sentent vraiment bon et maman, quelquefois, elle enlève le stylo du pot dans l'entrée et elle met une rose à la place et elle dit sens comme elle sent bon, elle sent bon, hein ? Elle est belle, hein ? Et moi je dis oui, parce que c'est vrai. Mais pour l'instant, c'est tout trempé, il y a de la terre mais pas de fleurs, et il commence à faire sombre, et j'aurais dû mettre mes bottes en caoutchouc. Maman a ouvert la fenêtre du salon et elle dit dépêche-toi Clifford parce qu'il fait un froid terrible ici avec la fenêtre ouverte, et je réponds dehors il fait encore plus froid. De toute façon je ne peux rien dire à papa parce qu'il n'est même pas encore arrivé là-haut, je ne vois que le grand H sur le toit, exactement comme maman m'avait dit que ce serait – le même que sur le toit de Mrs Beery, à côté. En attendant, il fait un froid horrible, et moi je suis en train de manquer *Popeye*. Les trucs pointus qui dépassent sur les branches, ce serait drôlement pratique pour faire les frères de sang, parce qu'avec le badge d'Uncle Holly, on a dû s'y reprendre à trois fois. Oh là là ! J'ai sursauté. C'est papa qui m'appelle – Clifford, Clifford, qu'il fait – et il a l'air tout petit là-haut, et l'antenne elle a l'air immense.

« Comment est-ce, là... ? Demande à ta mère.
— C'est comment, là, maman ? Papa il demande.
— Pareil, je trouve... Dis-lui que c'est pareil.
— C'est pareil ! Maman dit que c'est pareil !
— Et comme ça, maintenant... ?
— J'en sais rien !
— Mais demande-*lui*, petit crétin ! Il fait un froid épouvantable, là-haut.
— Et maintenant, maman ?
— Pareil. Dis-lui que d'après moi, c'est pareil.
— D'après elle, c'est pareil !
— Mais ça ne peut *pas* être pareil ! Je l'ai complètement tournée... ! Bon – et là, comment est-ce ? Ça change quelque chose, là ? Oh mais *demande*-lui, Clifford, nom d'un chien !
— Et là, c'est comment, maman ? Papa commence à s'énerver.
— Oh, dis-lui que c'est – oh non, c'est affreux, affreux – on n'a plus d'image du tout.
— On n'a plus d'image !
— Ah bon ? Vraiment ? Bien. Bon, alors comme ça ? Mais *demande*, Clifford... !
— Et là, maman ?
— Oui, c'est bien... très bien. Dis à papa que c'est parfait. Tout à fait comme avant qu'il n'y touche... Enfin, ne lui dis pas ça.
— C'est parfait ! Maman dit que c'est parfait ! »

Et papa, il fait une espèce de signe avec les doigts, comme Mr Churchill, et il se retourne et lève la jambe pour repasser par la fenêtre, et tout d'un coup il y a une espèce de gros boum sur le toit, et lui aussi fait un bruit et... Oh là là... ! Oh non – il a glissé sur les tuiles et il continue de glisser doucement, et j'appelle maman, et il a cogné contre cette espèce de tuyau, et il est tout rouge, et il me regarde, en bas, avec des yeux comme ça, comme quand on joue à faire baisser le regard en premier avec quelqu'un, et maman me demande mais qu'est-ce qu'il y a Clifford ? Qu'est-ce qu'il y a ? Et moi j'agite les bras dans tous les sens et je saute sur place et tout ça, je ne sais pas quoi faire, et je regarde papa là-haut, il est accroché avec juste deux mains et il crie *aide-moi, aide-moi*, l'échelle, Clifford, *l'échelle*, et puis je vois une de ses mains qui fait des gestes en l'air et puis il y a un bruit horrible parce que l'espèce de tuyau s'est détaché et tordu et papa il est accroché et puis non il n'est même pas accroché – il n'est plus accroché parce qu'on dirait qu'il a lâché le tuyau et il tombe, il tombe comme une pierre dans l'air et oh là là, oh, il est tombé par terre sur les dalles et ça a fait vraiment un drôle de bruit, et maman vient de sortir en courant et elle a failli buter sur lui, et elle se met à crier, maman, à crier tant qu'elle peut, elle me crie d'appeler une ambulance mais moi je ne sais pas comment on fait pour appeler une ambulance et je tremble de la tête aux pieds et elle dit oh mon Dieu Clifford, ton père, ton père – regarde ton père, et moi je veux bien aller dans l'entrée pour chercher une ambulance, mais il n'y en a pas dans la maison, elle le sait très bien pourtant, mais je dois faire ce qu'elle dit parce que là c'est vraiment vraiment grave parce qu'il s'est peut-être cassé le bras comme Anthony Hirsch le trimestre dernier au foot quand on a joué contre Morecambe Court et moi j'ai couru vers papa et je me suis mis à genoux et je lui dis papa, papa, sans arrêt, et ses bras et ses jambes sont bizarres, et je répète papa, papa, et il regarde par terre et je dis papa, encore et encore mais il ne répond rien, il ne répond pas Clifford mais je le regarde puisque maman a dit de le regarder mais il n'y a rien à voir parce qu'il ne bouge pas et il ne dit rien donc moi je répète encore papa, papa, mais je crois qu'il n'écoute pas. Et puis maman arrive et se met à genoux aussi et elle tremble de la tête aux pieds et elle se met à genoux et elle dit ils arrivent, ils arrivent, même si je ne sais pas de qui elle parle, et puis voilà Mrs Beery qui arrive au portillon, et elle entre et elle arrive en criant et se met à genoux elle aussi, et elle prend maman dans ses bras, mais pas moi, et maman dit oh Jean oh Jean oh Jean oh Jean... Ils arrivent, ils vont arriver, ils seront là dans une minute. Et puis j'entends les cloches qui se déclenchent et il y a une super-grande ambulance qui s'arrête devant et les cloches continuent, et Mrs Beery se lève et fait de grands signes avec les bras, et les deux messieurs de l'ambulance courent dans l'allée avec leur casquette pointue et cette espèce de lit qu'ils transportent, un à chaque bout, et l'un des deux me dit écarte-toi mon petit gars, tu seras mignon, et puis il dit à maman écartez-vous madame s'il vous plaît, laissez-nous la place, voilà. Ensuite il demande à maman qu'est-ce qui s'est passé ? Mais maman ne répond pas parce qu'elle pleure trop pour pouvoir répondre, elle pleure et elle pleure, c'est tout, et Mrs Beery aussi, elle pleure, en secouant sans arrêt la tête comme si elle disait non, donc moi je dis il est tombé – il est tombé du toit – et le conducteur de l'ambulance fait mince, et c'est un gros mot, mince, et il demande à l'autre monsieur qu'est-ce que tu en dis, Alf ? Et Alf, l'autre monsieur de l'ambulance, il se lève et il pose une main sur l'épaule de maman et disant je suis désolé ma pauvre dame, je suis désolé, ma pauvre dame – on ne peut rien faire. Alors maman, elle se met à le frapper avec ses mains et elle crie mais *si*, il y a quelque chose à faire, il y a *forcément* quelque chose à faire, et le conducteur de l'ambulance lui dit venez madame, rentrons dans la maison, et Mrs Beery dit allons Gillian, viens Clifford, il faut s'écarter pour laisser les messieurs faire leur travail, et donc je vais pour me lever mais maman elle me serre et me serre de toutes ses forces et j'ai la figure et la chemise toutes mouillées tellement elle pleure, et elle n'arrête pas de répéter ton papa, ton papa, il est allé rejoindre les anges maintenant, et moi je n'ai pas dit que non, il n'est pas parti, pas encore, parce qu'il est toujours là par terre, parce que c'était tellement bizarre et moi aussi je me sentais bizarre, tout froid, et j'ai regardé maman et j'ai bien vu qu'elle était triste, mais alors triste, et ça me rendait triste moi aussi alors j'ai arrêté de la regarder et je me suis relevé, et les messieurs de l'ambulance sortaient des draps et des trucs et maman était debout maintenant, et Mrs Beery la tenait par le bras et disait une tasse de *thé*, Gillian, d'accord, on prend une tasse de *thé*, venez avec moi, je vais vous faire une bonne tasse de thé, et tout d'un coup maman s'est remise à crier et moi je suis rentré dans la maison en courant et je suis tombé sur Annette qui m'a demandé ce qui se passait et je lui ai dit c'est papa, c'est papa, il est allé rejoindre les anges, et elle est restée comme ça à me regarder et elle a dit oh non, Clifford, non, je te promets que non – et j'ai dit mais c'est maman qui vient de le dire et Annette a répété non, pas les anges, sûrement pas les anges, et j'ai regardé au-dehors et ils mettaient papa dans l'arrière de l'ambulance, et il y avait plein de gens dans la rue à regarder, et donc papa, là il est parti rejoindre d'autres gens à l'hôpital, et après je ne sais pas qui il va rejoindre, mais tout ce que je sais, c'est que maintenant, je ne pourrai jamais regarder *Faites votre choix* ni *Maverick*, parce que maman est trop triste, et papa, il est mort. Et ça, c'est vraiment dégoûtant.

Midi

Les récits oraux, les autobiographies, les souvenirs personnels – pensez-vous qu'aucune de ces choses puisse être considérée comme un tant soit peu fiable ? Franchement ? En ce qui me concerne, je crois tout à fait que la réponse dépend, voyez-vous, de la possibilité qu'on a ou non de concevoir l'intention du propos comme noyée dans l'ombre. Seule l'existence en soi de cette chose, seule la raison même de son existence peut nous conduire à déduire s'il s'agit là, ou non, d'une simple revendication à exister, d'une supplication d'être pardonné ou d'un besoin d'amour si ardent qu'il peut réduire son proférateur à un état de mendicité pathétique avant même qu'il n'ait eu conscience de sa propre génuflexion sous couvert d'humilité. Et bien sûr, rôdant comme un animal blessé mais point encore agonisant, on peut trouver là, n'est-ce pas, la puanteur de charogne d'une vengeance sans entrave, qui viendra imprégner le vernis si soigneusement entretenu de cette reconstruction miraculeuse de tant de passé, d'un temps si révolu.

Mais en l'occurence il ne s'agit pas de cela. Si j'en viens à attribuer une noirceur immaculée à, par exemple, l'étincelante dame en noir, c'est là une chose due, croyez-moi, et en aucune manière une justification de mes propres comportements. Et vous pouvez, vous devez me croire, savez-vous, car je ne cherche aucunement à être excusé. Je ne suis pas le narrateur civilisé – car si, par civilisé (et cela peut parfois se réduire à cela), il faut entendre s'être pris soi-même par surprise, au cœur silencieux d'une nuit de honte, et avoir tranché la gorge de la bête endormie qui sommeillait en soi, eh bien j'ai plaisir à demeurer sauvage et au-delà de toute rédemption. Et la raison, vous pouvez m'en croire, est que je suis vil et complaisant d'une tout autre manière : tout cela, je le fais pour moi, et je cherche la vérité fondamentale. C'est pour moi-même que je cherche un refuge, tandis que des forces extérieures, sombres, puissantes m'attirent ailleurs – même si vous êtes les bienvenus à mes côtés, et pouvez profiter de la chaleur dispensée ; toutefois, vous devrez accepter les risques non seulement de tempête et de déluge, mais également le danger qu'il y a à être ainsi mis à nu.

Et donc... donc, gisant toujours, parfaitement inutile, je comprends très bien, à présent, pourquoi ma mémoire a choisi de me ramener si loin en arrière, au temps de mon enfance, il y a des dizaines et de dizaines d'années – vers un autre individu, pourrait-on dire, vivant sur la planète du passé. Car immédiatement après cette journée de sinistre mémoire (pas dans ses événements en eux-mêmes, mais dans ses conséquences), tout se transforma, tout fut changé. Et l'on ne peut commander la mémoire. Tout comme un coude, son angle et son trajet sont déterminés par la nature, sinon s'ensuivra la fracture, la douleur. Et donc à présent, bien que je rêve de me plonger dans cette béatitude appelée Melissa (et est-ce vraiment si étrange qu'en cet instant, entre tous, j'aie le besoin éperdu d'être recouvert, envahi par cela ?), c'est Mary, voyez-vous – c'est Mary, cette petite chose, là, qui m'appelle – et sans aucun doute, derrière elle des rangées et des rangées d'autres qu'il faudra bien évoquer, d'une manière ou d'une autre, avant que l'obscurité ou l'allégresse puissent prendre possession de moi. Et avant, aussi, je devrai ressusciter le parfum de mon Émeraude, la dame en noir, la dame étincelante, la seule femme qui ait jamais vraiment compté – avant, bien sûr, puisqu'il n'y aura pas d'après.

*

C'est drôle, j'attendais si impatiemment mon seizième anniversaire, depuis si longtemps, et maintenant qu'il est là, eh bien... franchement, je ne me sens pas très différent. Je pensais que si. Mais en même temps, c'est carrément autre chose à *l'oreille*, non ? Quinze ans – ça a un côté bébé ; seize ans – c'est chouette. Cela dit, je ne crois pas que je vais faire un truc particulier – après le boulot, vous voyez, ou quelque chose – parce que je n'ai pas trop d'argent ces temps-ci. Ce week-end, je me suis payé mon pantalon pattes d'éléphant en velours côtelé, et ça m'a quasiment mis à sec. Cela dit, il est vraiment terrible – d'une espèce de rose délavé, et carrément mode, avec des poches plaquées et des grands passants de ceinture, et pas non plus trop trop large en bas. La semaine d'avant, j'avais acheté le ceinturon aux puces – il est génial, avec une énorme boucle en argent, comme un cow-boy ou un pirate, comme ceux que portent les Manfreds – et puis j'ai vu à quel point ça faisait ridic avec mon pantalon de tous les jours (parce qu'il n'arrêtait pas de remonter n'importe comment sur ma chemise, autour de ma taille, parce qu'il ne rentrait pas dans les passants de mon pantalon, les passants ils sont trop petits), donc j'ai décidé de m'acheter celui en velours côtelé et j'en suis vachement content et tout parce qu'il n'y a même pas eu de retouche à faire, même pas d'ourlet, mais par contre il n'était pas donné, c'est ça le problème, et du coup je me retrouve plus ou moins fauché, moi, donc je crois bien que ça va être léger, comme anniversaire. À moins qu'Anthony me passe un coup de fil, mais pour l'instant, rien. Ah oui – c'est mon pote, Anthony Hirsch, on vient de se retrouver tous les deux – je le connais de l'école primaire, c'était mon meilleur copain, mais j'ai été obligé de quitter cette école-là et on m'a inscrit dans une autre, carrément merdique, je la détestais, mais bon, c'est fini tout ça maintenant, Dieu merci –, et il est dingue de musique, Anthony, carrément dingue, hier encore il me disait – je crois que c'était hier – *Ticket to Ride*, c'est vraiment génial, non ? Je l'écoute en boucle, sans arrêt, et moi j'ai répondu ouais, mais moi je ne l'ai pas encore acheté parce que je suis un peu fauché cette semaine (Anthony, lui, il ne sait pas ce que c'est d'être fauché – il a toujours eu tout ce qu'il voulait, ce salaud), et il a dit pas de problème, Cliff, je peux te l'enregistrer sur mon Grundig et moi j'ai dit ouais c'est sympa merci mais ça ne va me servir à rien parce que je te rappelle que moi je n'ai pas de magnétophone pour l'écouter, tu vois ? (Anthony, il s'est mis à m'appeler Cliff – et avant, pas. Quand j'étais môme je voulais tout le temps que les gens m'appellent Cliff – à cause de Cliff *Richard*, vous vous rendez compte : je ne peux plus le blairer, maintenant.) Enfin bref – j'écoute Alan Freeman, le dimanche (« *All right, pop pickers ? Stay bright !* »), et ils le passent aussi quelquefois sur *Ready Steady GO*, mais moins maintenant, donc oui, je *connais* le morceau et tout, c'est simplement que je n'ai pas encore le disque. Et ça fait des semaines et des semaines qu'il est numéro un au hit-parade. Dans ma chambre, j'ai un grand poster avec eux – j'ai trois posters, en fait ; les deux autres, c'est une Aston Martin DB5, et Ursula Andress sous une cascade – et ils ont leurs costumes de scène, pas ceux avec le col rond, mais les bleus tout luisants, avec les grands revers de velours, et ils tiennent tous leur guitare et il y a la batterie avec Ludwig marqué dessus, et leur nom, avec le T qui descend au milieu. Ils sont super. Ils sont terribles. Si j'avais plein d'argent, j'irais m'acheter plein de fringues comme eux, et des boots Chelsea et des cols roulés et tout, et quelquefois, je vais voir les vitrines de John Lord et Take 6 – j'aime bien Take 6 – mais tout ça est tellement trop cher. Anthony, il a vraiment de la chance, parce qu'il me dit que son père fabrique justement plein de vêtements pour les boutiques de King's Road et même de Carnaby Street, donc il a tout ça pour rien, et avec ses cheveux, la manière dont il les coupe, avec la frange et tout remontés au-dessus et longs sur les oreilles, il ressemble un peu à un des Hollies ou des Kinks, parce qu'il a carrément la panoplie. Après l'école, Anthony est allé à Carmel College, mais il n'est pas resté jusqu'à son bac parce qu'à quoi bon, c'est ce qu'il dit. De toute façon, je vais travailler avec mon père. (Dans mon école minable, moi, à l'examen de troisième, je n'ai eu que l'anglais et les maths, et avec des notes lamentables.) Mais mes cheveux, ils sont pas mal pour le moment, et j'ai plus ou moins des pattes sur les côtés – maman dit qu'elles sont trop longues et que ça ne me va pas et que ça me cache toute la figure. On vit dans un coin de Londres que j'aime pas – obligés de déménager quand mon père est mort. J'aimais bien l'ancienne maison, mais on a dû la rendre aux gens à qui elle appartenait. Mon père, j'étais encore petit quand il est mort – ça a l'air un peu idiot, mais il est tombé du toit. Il y a des types à l'école – l'école minable, celle où j'ai été après – qui me disaient oh là là, tu as de la veine, Cliff – ce n'est pas à moi que ça arriverait, ça, que mon père tombe du toit ; je ne sais pas s'ils étaient sérieux ou pas, parce qu'ils n'arrêtaient pas de dire des trucs comme ça, même à propos de leur mère, quelquefois. Je ne me suis jamais fait un seul vrai copain, là-bas – je ne vois plus personne. Ils étaient tous en train de courir les filles et de fumer et tout ça, bien longtemps avant moi ; certains apportaient des canettes de Pale Ale et les buvaient derrière les cuisines. Moi, je trouve ça dégueu. Ma mère disait toujours qu'ils étaient vulgaires, et c'est vrai que je ne comprenais pas trop ce qu'elle voulait dire par là, à l'époque, mais aujourd'hui un peu mieux, et je vais vous dire un truc : elle avait raison. Anthony Hirsch, lui, c'est complètement autre chose, il n'est pas du tout comme ça – mais j'ai été drôlement surpris quand je l'ai retrouvé, vous savez, parce qu'il ne parle plus du tout de la même manière que dans le temps. Il va dire des trucs comme c'est cool, ou ça roule, ou c'est terrible et tout ça, mais c'est vrai que tout le monde parle comme ça aujourd'hui ; maman dit que je suis toujours en train de dire « génial » et que ça la rend folle. Mais les vêtements qu'il a, Anthony – Wow, c'est génial. Euh, ouais – je dois dire ça souvent, c'est bien possible. Mais ça doit être fantastique d'avoir un père comme ça – je me souviens de lui quand on était petits, et il a toujours été super, pas comme le mien, du tout. Il avait une grosse bagnole qui en jetait un maximum, je ne sais plus ce que c'était. Et Anthony et moi – là, c'est super-gênant – on est « frères de sang », carrément. Je sais – c'est dingue. C'est lui qui m'a rappelé ça. Moi, j'avais oublié. Enfin – on était tout gamins à l'époque : à cet âge-là, on fait ce genre de truc idiot, n'est-ce pas ? Et ma bonne vieille maman, ce matin, elle me dit bon, tu me promets de rentrer tôt ce soir, Clifford, parce qu'il y a un gâteau d'anniversaire, avec des bougies et tout. Moi, je préférerais aller à ce milk-bar à Marble Arch, où je suis allé avec Anthony, l'autre jour, mais bon – un gâteau d'anniversaire, c'est sympa. Et puis je sais que ça compte pour elle. Elle m'a demandé ce que je voulais comme cadeau, et j'ai pensé à un milliard de choses, mais j'ai simplement répondu oh, ce que tu voudras, n'importe quoi. Parce qu'elle n'a vraiment pas d'argent, la pauvre – elle ne s'achète jamais rien pour elle. Et Anthony, il avait emmené une fille avec lui, quand on est allés au milk-bar – moi, j'ai pris un hot-dog et un milk-shake –, elle travaille à l'emballage ou quelque chose comme ça dans l'usine de son père, et elle avait une minijupe et de longs cheveux blonds, et un maximum de noir aux yeux – une chouette nana, vraiment mignonne. En même temps, plus le genre Twinkle que Marianne Faithfull – et avec un accent cockney tellement fort que j'ai à peine compris ce qu'elle racontait. J'ai déjà rencontré des filles et tout ça, mais je n'en connais pas vraiment moi-même. Parce que quand elles voient que tu bosses chez Smith's, à te coltiner des cartons toute la journée, elles te font bien comprendre que tu n'es pas très très intéressant, parce que elles, n'est-ce pas, elles sortent toutes avec un mec qui joue dans un groupe et a une super Type E décapotable : ouais ouais, c'est ça, les filles – ouais ouais. Je suis sûr que Brian Jones crève d'envie de sortir avec une gamine boutonneuse qui vend des stylos et des B.D. chez Smith's... mais vous savez quoi – j'aimerais vraiment être riche comme Anthony. Quand on était ensemble à l'école, Anthony et moi, je savais bien qu'il était juif et tout ça, mais je pensais que ça voulait dire riche, ce mot-là – comme richard ou rupin, un truc comme ça : je ne savais pas l'écrire. D'ailleurs je ne sais toujours pas trop ce que ça veut dire – enfin, je sais que c'est une religion, naturellement, ça je le sais, mais pourquoi en fait-on une telle histoire ? Annette – c'est ma grande sœur – disait que c'est parce qu'ils étaient contre les catholiques, mais je ne pense pas que ce soit ça. En ce qui me concerne, je n'ai pas de religion particulière, enfin il ne me semble pas. Je ne suis rien du tout. Enfin – anglican, naturellement, mais sinon, rien. Mais je crois que je ne le serai jamais – riche, comme Anthony, je veux dire – parce qu'en fait je ne veux rien faire de spécial – je ne suis spécialement bon en rien. Je chante mal, je ne sais pas jouer de la guitare ; je suis nul au foot. Maman, elle ne supporte pas, quand je commence comme ça – Oh, mais *arrête*, Clifford : tu pourrais réussir tout ce que tu entreprends si tu voulais, tu es le jeune homme le plus doué du monde. Mais bon, ça, c'est les mères, n'est-ce pas ? Elles sont toutes pareilles, j'imagine. Cela dit, elle a accusé le coup, quand j'ai quitté l'école si tôt. Enfin – le coup, elle l'avait accusé depuis longtemps, en fait. Bien avant ça, quand j'ai été obligé de quitter ma première école, la primaire. Elle a versé des torrents de larmes à ce moment-là – mais la pauvre, de toute façon, elle ne faisait que ça à l'époque, pleurer et pleurer. Elle était complètement dépassée. Elle ne tenait plus le coup. Parce que vous voyez, du temps de mon père, eh bien – c'est lui qui s'occupait de tout, du point de vue argent – si ce n'est qu'il ne s'en occupait pas du tout, justement : gros souci. Quand il est parti – il n'y a pas longtemps que je sais ça, qu'elle me l'a dit –, il nous a laissés... j'allais dire sans rien, mais en fait c'est bien pire. Apparemment, il devait de l'argent à plein de gens, à droite et à gauche – y compris à mon école et à l'institution religieuse où allait Annette et au, comment, déjà ? Le truc, là, quand on achète une maison à crédit ? Enfin bref, à eux aussi. Mais Annette était déjà partie de chez les sœurs, à l'époque. Elle est partie le jour même où papa a fait son grand plongeon du haut du toit. L'hypothèque, voilà, c'est ça le mot que je cherchais. Parce que j'étais là, vous savez – j'ai tout vu. On avait une télé – je crois bien qu'elle était neuve ou un truc comme ça, et je regardais les programmes pour enfants – ne me demandez pas ce que c'était exactement, je les aimais tous, enfin j'étais collé devant la télé, et il m'a fait sortir pour, euh... enfin je ne sais plus trop pourquoi j'étais dans le jardin, maintenant que j'y pense. En tout cas, il était là-haut sur le toit, ça je m'en souviens, en train de tripoter la grande antenne, et tout d'un coup – ffuuuiiit, sssboum, patatras : plus personne. En tout cas, d'après maman, c'est le jour même où Annette s'est fait renvoyer, donc évidemment, pour elle, ça n'a pas été une très très bonne semaine, on ne peut pas dire. Pauvre vieille maman. Annette, elle, elle s'en fichait – de papa, d'être renvoyée, tout ça. Et je me souviens que je me suis dit – oh là là, elle a du cran, ma frangine. Et d'ailleurs, à propos d'Annette – je ne l'ai pas revue depuis des années. Elle a été dans un truc, je ne sais trop quoi, une espèce d'école spéciale, quelque part à Londres, je ne sais pas trop en fait, et ensuite dans une sorte de pension en Irlande, pour une raison ou pour une autre – et elle y est toujours, en fait. Maman aimerait aller la voir, mais elle n'en a pas les moyens. En fait, moi, quand mon père est mort j'étais surtout triste à cause de maman, parce qu'elle n'arrêtait pas de pleurer, tout le temps. Je ne me souviens pas vraiment de lui. Enfin je veux dire – il devait être bien, comme un père, quoi. Mais je sais qu'il radotait sans arrêt, un vrai prof. Bon, il n'avait pas l'allure du père d'Anthony, mais personne, n'est-ce pas ? Mais maman, elle l'aimait beaucoup, c'est évident – peut-être qu'elle l'aimait tout court. C'est étrange, l'amour.

Donc ouais – j'ai vraiment un boulot pourri, chez Smith's, mais c'est toujours mieux que l'école, et de loin. Même le retour à la maison, en bus, c'était – oh là là, c'était horrible, avec les chahuts et les gros mots et tout ça – et quand toutes les filles du collège de Brook Hill montaient, alors là c'était la fin de tout.

Tout le monde se mettait à parler en gueulant, de sexe naturellement, et certaines des filles étaient tellement gênées qu'on aurait dit qu'elles allaient éclater en sanglots, et moi j'aurais voulu dire quelque chose – leur dire que nous les garçons, on n'est pas tous comme ça, pas tous, mais... enfin, impossible. Impossible, voilà – à moins d'avoir envie de s'en prendre une. Par contre, il y avait d'autres filles – ça, c'est incroyable, encore maintenant, je trouve ça incroyable – qui s'y mettaient aussi, et non seulement elles braillaient aussi fort, mais elles étaient encore plus dégueus que les garçons, elles sortaient des trucs vraiment infects. Donc oui, transbahuter des cartons depuis la réserve et couper les ficelles des piles de journaux et de magazines – ce n'est pas le plus beau métier du monde, je sais bien, mais tout ce que je peux dire, c'est que ça vaut cent fois, mille fois mieux que d'être à l'école. Et puis il y a un truc sympa, c'est qu'ils s'en fichent si on lit un magazine ou quelque chose pendant la pause thé – et derrière la réserve, il y a une sorte de grand cagibi, on doit appeler ça comme ça, dans lequel ils fourrent les livres abîmés – les livres de poche, Penguin, Pan et Corgi, généralement – et Mr Rooney, c'est mon chef, il m'a dit comme ça : Vous prenez ce que vous voulez, si ça vous dit, servez-vous. Donc du coup, je me suis mis à lire, mais alors vraiment, et ça c'est quelque chose que je n'avais jamais fait à l'école, je peux vous le garantir. Quand j'étais gamin, je me passionnais vraiment pour Jennings et Darbishire, leurs histoires à l'école – avec plein d'autres garçons bien sûr, et des maîtres et tout ça... je connaissais tous les noms, mais maintenant j'ai oublié. En tout cas, après ça, ça a cessé de m'intéresser. Mais l'autre jour, j'ai lu des histoires écrites par un type appelé Somerset Maugham, et oui, je sais, c'est assez foireux comme nom (je veux dire, vous imaginez passer vote vie avec des gens qui vous font Youhou ! Youhou ! Somerset ! Somerset ! Dur, hein ?), mais en tout cas il sait vachement bien raconter, et c'est ça qui compte. Et d'ailleurs ça prouve aussi à quel point mon école était merdique : si tu te baladais avec un livre à la main, tu te faisais moquer de toi et traiter de chochotte et bousculer dans tous les sens ; et si tu avais le malheur de dire que c'était « drôlement intéressant », alors là tu te faisais tabasser à mort. Enfin bref. Un autre que j'aime bien, c'est J. B. Priestley – c'est bien, ce qu'il écrit. Et puis il y a aussi ce détective de dans le temps appelé Sherlock Holmes –

ça, c'est tellement chouette que je les ai tous lus deux fois. En principe, ils sont écrits par un certain Dr Watson, mais en fait non, c'est quelqu'un d'autre qui les a écrits – je ne me souviens plus du nom – mais il est mort, donc il n'y aura pas de nouvelles aventures. Mais ceux que je préfère, c'est les James Bond – ça, c'est vraiment génial. Et *Goldfinger*, c'est le plus chouette film que j'aie vu de ma vie. Si j'avais plein, plein d'argent, j'aurais une DB5, naturellement, et des costumes comme 007 et un Walther PPK, comme ça tout le monde se tairait quand je parle, et quand j'aurais rendez-vous avec Anthony Hirsch, j'aurais quelqu'un comme Shirley Eaton pour y aller avec moi. En fait, il n'y avait pas de livres de James Bond dans le cagibi (je vérifie tout le temps) donc j'ai été obligé de faire quelque chose de pas très correct – j'en ai abîmé quelques-uns exprès, sans le vouloir. J'espère qu'ils ne s'en apercevront pas. Donc oui, je ne suis pas trop mal, là – je m'ennuie un peu, mais je ne suis pas trop mal. Quand on est chef, on a des réductions sur les disques. Mais pas moi.

En fait, personne ne sait que c'est mon anniversaire, ici ; je n'avais pas envie de le dire. De toute façon, je crois que ça n'intéresserait pas grand monde parce que je ne connais personne vraiment bien. En fait je ne connais bien qu'Anthony Hirsch, et même lui, je ne le connaîtrais plus, si je n'étais pas tombé sur lui par un hasard complètement dingue. J'étais chez Take 6, un samedi matin, et je regardais une cravate « hareng » que je ne pourrais pas du tout me payer, avec des dessins partout dessus et tout, et il était là aussi, il venait de leur livrer un paquet de ces chemises géniales qu'ils ont, toutes plissées avec trois boutons au col et un imprimé qui s'appelle cachemire – les Small Faces en portent tout le temps des comme ça. Je lui ai donné mon téléphone et tout, et il m'a donné le sien, et en fait ça a commencé comme ça – et c'est chouette. Il n'a pas beaucoup changé – pas vraiment. Et c'est dingue, vous savez, que j'aie justement pensé à lui, parce que là, je suis en train de finir le réassort de l'après-midi, et Mr Rooney il arrive et il me dit Clifford, téléphone pour vous – un certain Anthony. Dois-je vous rappeler que vous ne devez ni donner ni recevoir de communication personnelle pendant les heures de travail ? Donc Clifford, je vous laisse répondre le temps de raccrocher, et vous lui dites bien de ne pas vous appeler ici. Et moi, je vais répondre oui, bien sûr, désolé Mr Rooney – et tout d'un coup, je lâche le morceau et je dis que c'est mon anniversaire, que c'est mon *anniversaire*, aujourd'hui, Mr Rooney, et il me regarde comme ça, sans trop savoir quoi dire, mais on voit bien, à ses petits yeux en fente de tirelire, qu'il n'est même pas sûr de me croire. *Vraiment* ? Clifford, dit-il. C'est juré ? C'est vraiment votre anniversaire, aujourd'hui ? Et moi je dis oui, vraiment, honnêtement – je vous apporterai un certificat de naissance, si vous ne me croyez pas. Ce ne sera pas nécessaire, Clifford : bon, allez-y, allez répondre en vitesse – mais juste pour cette fois, c'est bien entendu ? Et n'y restez pas deux heures.

« Allô ?
— Cliff ? 'lut, mec. C'Anthony.
— 'lut, mec.
— Ah ouais, et puis bon anniv', hein ?
— Ah ouais. Merci. Sympa. Merci, hein.
— C'est bon. Écoute – j'ai un cadeau pour toi.
— Ah ouais ? Vraiment ? Génial.
— Ouais. Donc quand tu seras... enfin, libre, tu vois...
— Je finis à cinq heures et demie. Mais j'ai dit que je...
— Okay – cinq heures et demie. Je t'attends dehors.
— Ouais c'est super mais j'ai dit que... bon, okay. Génial.
— Super. Ça marche ?
— Euh... Ouais, okay. À plus tard.
— À plus tard. »

Donc du coup, j'étais vachement impatient de voir arriver l'heure de la sortie. Parce que c'était vraiment super, je ne croyais pas avoir de ses nouvelles aujourd'hui, à Anthony. Je pensais qu'il aurait oublié. Parce qu'il n'y avait pas de raison pour qu'il n'oublie pas, après tout. Moi, par exemple – j'oublie les anniversaires de tout le monde, je suis nullissime pour ce genre de truc. Comme le sien, celui d'Anthony – je sais que c'est en été, parce qu'il faisait toujours ses goûters dans le jardin, ce jardin immense qu'ils avaient à l'époque – je ne sais pas s'ils ont déménagé ni rien – et il y avait toujours un clown ou un magicien ou un truc, et une année, on a fait une bataille de jelly, quelque chose de terrible ; ça, je m'en souviens très bien, parce que c'était super marrant mais qu'en même temps je ne pouvais pas, enfin comment dire – m'y mettre franchement, parce que j'étais *inquiet*, sans arrêt. J'avais toujours peur de quelque chose. Là, je me disais qu'une grande personne allait débarquer à la fête et piquer une colère terrible, vous voyez – mais c'était ça le plus génial, avec les parents d'Anthony : ils avaient l'air de se fiche de tout. Et maman, quand je suis rentré – maman, elle m'a fait oh *non*, Clifford, regarde dans quel état tu as mis ta belle chemise ! Allez, ôte-moi ça, que je la mette tout de suite dans la Hotpoint. Pauvre vieille maman. Ha – mais j'étais bien trop occupé, évidemment, avec le sac, ce petit sac qu'on recevait toujours tous aux anniversaires d'Anthony – dedans, il y avait (c'est dingue, non ? Les trucs dont on se souvient, et les trucs qu'on oublie...), il y avait de la pâte à modeler magique dans un œuf en plastique – ça puait drôlement, et la mienne était bleue – et un Indien que j'avais déjà, donc je l'ai échangé contre un chevalier en armure, avec je ne sais plus qui – et autre chose, un sifflet peut-être bien. C'était génial, ces fêtes. Moi, je n'en ai jamais fait, de goûter d'anniversaire – enfin, je veux dire avec des gens, des copains qui viennent, tout ça. Et on sait très bien pourquoi, hein ? Un... deux... trois... : parce que l'argent, ça ne pousse pas sur les arbres... ! Excellent. Bravo. Bref. En tout cas, c'est génial qu'Anthony se soit souvenu, pour moi, parce qu'à sa place, moi, non. Même pour l'anniversaire de maman, je ne suis pas trop sûr. Le neuf septembre, peut-être, ou bien le onze – un truc comme ça. Il faudra que je vérifie. Je me souviens seulement de celui d'Annette, parce que c'est le deux avril, le lendemain du premier avril, et moi j'ai toujours dit qu'elle était née un jour en retard parce que question mensonges elle se pose là – et là, elle prenait un air complètement supérieur comme elle sait le faire et me disait oh mais franchement, Clifford, tu es toujours obligé d'être aussi *niais* ? Et en fait, elle n'avait pas tort – je n'arrêtais pas, comme un sale petit casse-pieds que j'étais. Bref. Et en plus, il a un cadeau pour moi ! Génial ! Je me demande ce que ça va être.

Et quand on s'est retrouvés, j'étais drôlement content qu'il soit seul, pour une fois. J'avais fini par penser qu'à chaque fois qu'on allait quelque part, il amenait exprès une fille ou une autre, pour me montrer qu'il savait y faire, ou je ne sais quoi – comme si je ne le savais pas – donc ça m'a fait plaisir qu'il soit seul, cette fois-là. (Une fois, oh là là – il y en avait une, tout ce qu'elle m'a dit, c'est salut, Cliffy – tu trouves que je ressemble à Sandie Shaw ? Et moi j'ai dit ouais, ah ouais – son portrait tout craché, on pourrait vous confondre ; et franchement, pour moi, c'était plutôt le portait craché de Harold Winston.) Enfin bref, il m'a mis un grand sac dans la main, et m'a dit okay, on file au milk-bar pour faire la fête. Et moi j'ai répondu attends, Anthony, ça me ferait vachement plaisir, mais c'est carrément loin, et j'ai promis à ma mère de rentrer tôt pour le... et c'est vrai que ça avait l'air vraiment nul de dire « le gâteau », donc je n'ai rien dit. Et il me dit pas de problème, je suis avec Sid, il est juste au coin, et moi je dis ah ouais, Sid ? C'est laquelle, Sid ? Parce que moi, je me disais Sid, ça va encore être une petite nana qui se prend pour Lulu ou Cathy McGowan ou je ne sais qui, mais en fait, c'était un vieux type qui conduit Anthony à droite et à gauche dans une... comment appelle-t-on ça ? Les bagnoles avec un truc ajouté à l'arrière, très longues. Pas des camionnettes de livraison ni des breaks, c'est pas ça. Bref – une bagnole comme ça. Et il m'a dit que Sid pouvait nous emmener au milk-bar et ensuite nous déposer tous les deux chez moi. Moi, j'ai accepté – évidemment que j'ai accepté –, mais en fait, je n'étais pas trop chaud, pour la deuxième partie du programme. Enfin je veux dire, ça m'aurait fait plaisir que Sid rentre avec moi et tout mais, comment dire... c'est tellement petit chez nous, maintenant... Et la rue, elle n'est pas, euh... Enfin, pauvre maman, elle fait tout ce qu'elle peut, évidemment, mais c'est quand même un peu... Parce que vous voyez, ce n'est pas vraiment une maison, qu'on a – c'est une partie de maison. Ils appellent ça un appartement. Vous voyez, les films américains, avec Cary Grant et James Coburn et tout ça, et 007, ils habitent tous dans des appartements. Oui, eh bien il n'est pas du tout comme ça, le nôtre. Je peux vous le dire : pas comme ça du tout. Ce serait plus genre Coronation Street.

Bref, dans l'auto ou la camionnette ou je ne sais quoi (l'air vraiment sympa, Sid : un mégot à la bouche, et les cheveux gris bien plaqués en arrière et tout huilés, comme dans le temps) – j'ai demandé à Anthony si je pouvais, enfin tu vois – jeter un coup d'œil dans le sac, tout de suite ? Et il a répondu naturellement, 'videmment, je t'ai dit : c'est ton cadeau. Donc je l'ai renversé et, wouah ! c'était une de ces chemises complètement géniales, avec des dessins cachemire – rouge, vert et une espèce de jaune moutarde – vachement cintrée, avec trois boutons en haut et un col immense avec de grandes pointes, et en plus juste à ma taille et tout ! Je peux vous dire qu'avec mon patte d'eph' en velours côtelé et le gros ceinturon, ça va dégager : terrible ! Mais bon, il me faut absolument les boots, maintenant – absolument, parce que mes vieilles Hush Puppies toutes pourries, ça ne va pas aller du tout, avec tout ça : je vais devoir mettre de côté. Les siennes de boots, à Anthony, elles étaient incroyables – je ne les avais encore jamais vues, celles-là. D'une espèce d'orange-marron hyper brillant, avec des talons en bois, on dirait, comme des couches de bois collées, et des fermetures Éclair et des boucles sur le côté, et puis qui montent vraiment haut. Un jour, je lui ai dit oh là là, Anthony, tu ne connais pas ta chance – je ne savais pas que ton père faisait des pompes, en plus des vêtements, et il m'a répondu non, pas mon père, c'est mon oncle. Et apparemment, il a aussi un autre oncle qui fait des vêtements de femme. Je peux vous dire que dans cette famille, il ne leur manque plus que de posséder aussi Parlophone, et ils auraient le monde entier à eux tout seuls. Ensuite, Anthony – on était au milk-bar –, il me demande alors, elle te plaît, ta chemise ? Elle te botte ? Et moi j'ai répondu oui, carrément : elle me botte à mort. Ensuite, il me fait bon, écoute – ça, c'est juste la *moitié* de ton cadeau. Et d'abord, je me suis dit chouette ! Je vais avoir un *autre* cadeau ! Et ensuite j'ai pensé non, je ne peux pas accepter autre chose parce que non – quand on est arrivés au milk-bar et qu'on s'est installés sur ces tabourets tournants absolument super, autour du comptoir, tout chromés, avec le siège rouge, comme en Amérique – il m'a fait comme ça : bon, Cliff, qu'est-ce que tu prends ? Et j'ai dit euh, tu vois, Anthony, c'est que pour le moment, je suis un peu... enfin ces temps-ci je n'ai pas trop de... Et il a dit oh mais ça va, Cliff – c'est moi qui t'invite : c'est ton anniversaire, non ? Et j'ai dit bon... alors je prends un jus d'orange : sympa, merci. Et il a dit oh, mais ça va pas – profites-en, mon vieux ! Prends un truc sympa ! Donc j'ai dit bon, d'accord – et du coup j'ai pris un énorme Knickerbocker Glory, avec de la glace et de la crème et de la jelly et des fruits et tout et tout, et lui aussi. Donc quand il m'a parlé d'une *moitié* de cadeau, je me suis senti un peu... enfin, vous voyez. Et là, il me demande : Tu veux que je te dise ce que c'est ? L'autre moitié ? Et moi j'ai dit eh bien oui, ouais – bien sûr. Et là, il m'a carrément soufflé, le mec, parce qu'il m'a dit que son père, hein, son père avait un boulot qui se libérait dans une de ses usines, et comme ça je n'aurais plus à me coltiner des piles de bouquins et de magazines : qu'est-ce que j'en pensais ? Et ce que j'en ai pensé, c'est, bon – ouais, c'est génial, sûrement. Je veux dire oui, je me coltinerai des piles de chemises et de vestes à la place, mais cela dit ils ont peut-être un cagibi plein de fringues abîmées, au fond de la réserve. Mais non, non, me fait Anthony, c'est bien mieux que ça. Ils veulent prendre un jeune et lui apprendre à découper les patrons et les modèles et des trucs comme ça – qu'est-ce que tu en dis ? Moi, je l'ai regardé et j'ai dit tu plaisantes, là, hein ? Non non – on emploie beaucoup de mecs qui ont quitté l'école, on leur apprend le travail, et ensuite ils peuvent le faire tout seuls. Donc finalement, si j'ai bien compris, ce qu'il me demandait, c'était si j'aimerais bien – tu commencerais lundi – devenir couturier pour Carnaby Street. Et moi j'ai répondu... oh *ouais*.

*

Imperceptiblement agacée par la seizième et dernière bougie qui refusait de se tenir droite au milieu du gâteau – parce que toutes les autres ont l'air parfaitement satisfaites de leur sort, dans leur petite rose en sucre, donc pourquoi pas cette chipie-là ? –, Gillian se disait qu'il était un peu plus tard que d'habitude, Clifford – mais compte tenu du jour, peut-être que tous ses collègues l'ont emmené boire un thé, ou un Coca-Cola, plutôt, j'imagine. Enfin, tant qu'il est en sûreté, c'est ce qui compte. Parce que bon, je veux dire oui, bien sûr, il a seize ans, mais tout compte fait, en y réfléchissant, c'est encore un petit garçon, n'est-ce pas ? Mon petit garçon, malgré tous ses grands discours. J'espère qu'il ne va pas tarder : je suis tellement impatiente de voir son expression, quand il va découvrir la surprise que je lui ai faite. Mon Dieu, il la mérite bien, le pauvre chéri – parce que ça n'a pas été facile pour lui, n'est-ce pas ? Depuis quelques années. Enfin, ça n'a été facile pour personne, bien sûr ; nous ne nous attendions pas du tout à ça. Mais qui peut dire, en fait, ce que l'avenir nous réserve ?

Quand on a emménagé ici, vous savez, j'ai cru que je ne m'y ferais jamais. C'est tellement plus bruyant, et tellement moins vert. Oh, j'ai pleuré, pleuré – je ne cessais pas. D'abord, j'ai cru que je pleurais sur Arthur, mais en fait c'était sur moi – sur nous, nous tous, qui restions – que je pleurais, en fait. Nous, et puis... la situation. Parce que je n'avais aucune idée de la situation, voyez-vous – de la situation financière dans laquelle on était : je peux vous dire que ça m'a fait un choc. Bien sûr, je savais qu'on était un peu *serrés*, bien sûr que je le savais – j'avais toujours vécu avec cela en tête, n'est-ce pas, je ne pouvais pas ne pas le savoir – mais quand j'ai découvert les frais de scolarité en retard (un trimestre pour Annette, *trois* pour Clifford... je suppose que les établissements non religieux sont plus tolérants), et le crédit pour la maison, en retard aussi, de, oh, je ne pourrais même plus vous dire de combien (pourquoi d'ailleurs laissent-ils le retard s'accumuler comme ça ?), et tout ça, n'est-ce pas, sans compter ce qui tombe régulièrement, vous voyez – gaz, électricité, enfin vous voyez. Je savais qu'il y avait une assurance-vie quelque part – Arthur en avait pris une, peu après notre mariage ; à l'époque, je lui avais dit que c'était idiot, puisque nous allions vivre tous les deux heureux pour l'éternité. Bref. Mais il s'est avéré qu'en fait, en y regardant de plus près, il n'y avait pas d'assurance-vie, du tout. Liquidée depuis quelques années, pour trois fois rien. Donc maintenant, il ne nous reste que – et Clifford, il est adorable, il apporte son petit écot dès que c'est possible, mais bon, il est jeune, n'est-ce pas ? Il faut que ça vive, les jeunes. Il a besoin d'un peu d'argent de poche, et jamais je ne l'influence – jamais je ne ferais une chose pareille. Il faut que ça vive, les jeunes... c'est toujours ce que me disait maman, toujours, ma pauvre vieille maman. Elle tient le coup – on se demande comment, elle ne s'alimente quasiment plus, à présent. Par contre, les pastilles au citron, ça, ça va. Le docteur-là-bas dit que ce n'est pas bon pour elle, mais moi je lui dis enfin, quelle importance, franchement ? Si c'est son dernier petit plaisir. J'essaie d'aller la voir, quand il ne pleut pas, mais je n'ai plus mes jambes de vingt ans – mais bon, il faut bien accepter, et avec le sourire, il n'y a rien d'autre à faire. N'est-ce pas ? Au bout du compte. Mais mon petit Clifford – ne t'en fais pas, maman, me dit-il : un jour, j'aurai plein d'argent et je nous achèterai une belle grande maison – ça te dirait ? Moi, je lui réponds commence par travailler dur et gagner cet argent, jeune homme, et alors on en parlera. Mon petit amour. Donc non – en attendant que Clifford devienne milliardaire, je n'ai pour vivre que la petite pension que je reçois du travail d'Arthur, et je crois même que s'ils me la versent, c'est que son ancien patron, comment s'appelait-il déjà ? Henderson, c'est ça – George Henderson, voilà – oui, je crois qu'il me la verse parce qu'il se sent un peu, comment dire – gêné ? Coupable ? Je ne sais pas – d'avoir, enfin vous voyez, mis Arthur à la porte le jour même où il... Je veux dire, qui sait ? Qui peut savoir ce qu'Arthur avait dans la tête, ce jour-là ? Ce qui le tracassait ? Le nombre de fois où je me suis dit oh – si seulement je l'avais empêché de monter sur ce sacré toit ! Si je l'avais arrêté ! Parce que l'image était très bien – elle était absolument parfaite, cette sacrée image, n'est-ce pas ? Pourquoi avait-il besoin de grimper sur le toit ? Surtout avec ses problèmes de pieds. En tout cas – elle est repartie. La télévision, je veux dire. Ça n'a pas traîné : impossible de payer les traites. Mais j'ai gardé ma Hotpoint, cela dit – j'ai réussi de justesse à garder ma Hotpoint. Et elle marche toujours impeccablement. Et puis ma Singer – je ne pouvais pas ne pas garder ma Singer. On a une autre télévision à présent – un peu petite, mais elle marche très bien. Jean Beery – c'est elle qui me l'a donnée, elle a dit qu'elle n'en avait plus l'usage et que c'était un service que je lui rendrais en la prenant. Elle a été vraiment merveilleuse avec moi, Jean, une vraie amie ; et tant mieux, parce que je ne connais toujours pas âme qui vive dans ce quartier, vous savez. Après tant d'années. Les deux ou trois personnes à qui il m'est arrivé de parler, eh bien, elles m'ont paru soit plutôt vulgaires, soit prétentieuses et fières, et franchement on se demande bien de quoi. Ç'a été une des choses les plus dures, vous savez – de déménager. Non seulement de quitter ma petite maison, mais de ne plus avoir Jean juste à côté. Et savez-vous qu'elle a écrit à la municipalité, Jean. Elle a fait ça. Elle leur a dit que je vivais là et que je payais mes impôts locaux depuis des années, et qu'ils devaient s'arranger pour me trouver un logement comparable, dans les environs. Hélas, la municipalité n'a pas été de cet avis, j'en ai bien peur. Apparemment, ils avaient lancé une assignation pour non-paiement des impôts locaux, et leur seul devoir était de me proposer n'importe quel logement disponible à ce moment-là. Ma foi, c'est un faubourg très étendu, ici, vraiment très grand, et en plus, je n'aurais pas pu me retrouver plus loin de mon ancien quartier, même en me donnant du mal. Jean, elle a une petite Triumph Herald à elle, maintenant – elle a eu son permis du premier coup, je ne sais pas comment elle a fait son compte. Moi, j'aurais complètement la tête à l'envers. Je ne sais pas du tout comment elle peut s'en sortir avec les vitesses et tout, parce que ce n'est pas une femme très costaude ni rien, et j'ai l'impression qu'il faut une force terrible pour ça. Je lui ai fait répéter son code de la route. Elle est très mignonne, sa petite Triumph, bleu clair et blanc – et de temps en temps elle vient avec, et elle m'emmène. Elle dit que les gens qui ont repris notre ancienne maison sont inintéressants au possible, au possible, Gillian, dit-elle. Mais c'est pénible quand je vais la voir, parce que je n'arrive pas, je n'arrive pas à regarder la maison où nous vivions, où j'ai élevé les enfants et tout ça. Une fois, quand même, je l'ai regardée, la première fois, et ça m'a vraiment fait bizarre, parce que le crépi n'était plus blanc cassé, mais blanc blanc, comme un réfrigérateur ou je ne sais quoi, et que les rideaux aux fenêtres, eh bien – ce n'étaient pas les miens, ce n'étaient pas mes rideaux, vous voyez. Jean, elle a fait agrandir sa maison, et ils ont fait une véranda, sur le devant. J'ai toujours voulu avoir ça, une véranda sur le devant. Parce que les courants d'air dans l'entrée, je peux vous dire que c'était quelque chose, et... enfin bref ; plus aucune importance, maintenant. Le samedi, je vais aider Mr Levy, dans l'avenue – il ne rajeunit pas, le pauvre Mr Levy, son arthrite lui fait souffrir le martyre, mais il est toujours aussi adorable. Le trajet en bus, aller et retour, rogne un peu sur ce qu'il me donne, mais par contre on n'est jamais à court de fruits et légumes, ça c'est le gros avantage. Quand on voit ce qu'ils jettent, vous savez, il y a de quoi pleurer, surtout avec tout ce qu'on lit sur la faim dans le monde ; une fois coupées les parties pourries, jetées les grosses feuilles, il reste plein à manger, vous savez : plein à manger. À Noël, je nous ai fabriqué un joli petit placard, avec une caisse d'oranges que j'avais rapportée, j'y pensais depuis une éternité. Et c'est drôle, mais le vieux Mr Levy, il demande toujours des nouvelles d'Annette ; quel amour, il ne l'a pas oubliée.

Annette – eh oui, Annette. Ça n'a été qu'une source de soucis, cette gamine, aussi loin que je m'en souvienne – mais on les aime quand même, n'est-ce pas ? Malgré tout. Quand on est une maman, c'est comme ça, on les aime quoi qu'il arrive. Mais les sœurs de ce couvent où elle allait, vous savez, elles m'ont harcelée tant qu'elles ont pu, nuit et jour, elles m'ont fait une vie infernale. Dès le lendemain, après qu'elles me l'ont ramenée à la maison – le matin même, elles étaient au téléphone. Écoutez, leur ai-je dit – et je pleurais, je pleurais –, écoutez, je ne sais pas si vous êtes au courant, mais mon mari vient de *mourir* ! Il y a eu un silence, un petit silence, et puis cette femme – une sœur, je suppose –, cette femme, au téléphone, me dit comme ça : Je vous présente mes plus sincères condoléances en ces circonstances douloureuses – gardez la foi et la paix de l'âme, le Seigneur y pourvoira, et je prierai pour vous. Oh, très bien, me suis-je dit : tout va bien alors. Et imaginez-vous qu'elle a continué, mais alors exactement comme si de rien n'était, en disant qu'Annette devait quitter son institution et tout – trois heures comme ça. Et elle a conclu en me disant qu'elles me seraient très reconnaissantes si je pouvais payer les frais de scolarité du trimestre – une somme extravagante – dès que je serais en mesure de le faire. Moi, je lui ai répondu qu'elle devait garder la foi et que j'étais sûre que le Seigneur y pourvoirait et que je prierais pour *elle*. Jean, elle a ri, mais elle a ri, quand je lui ai raconté. Je ne sais pas où j'ai trouvé le culot – parce que ce n'est pas mon genre, vous savez, pas du tout mon genre de sortir des trucs comme ça. Quoi qu'il en soit, la municipalité, ils ont mis Annette dans ce – oh, je ne sais pas vraiment ce que c'était, en fait... ils appelaient ça une école « spécialisée » – enfin, moi, j'y suis allée une fois (une seule fois – je n'aurais pas supporté plus) et elle m'a paru tout à fait ordinaire, comme école, c'est tout ce que je peux vous dire. Elle n'avait rien à faire là-bas. Je veux dire, quoi qu'elle ait fait ou pas – et je ne cherche pas à lui trouver des excuses, je ne dis pas du tout que ce qu'elle a fait était bien, parce que je trouve ça absolument horrible, tout à fait horrible – mais elle n'avait rien à faire dans cette école, avec tous ces... enfin, des fous, voilà, certains de ces enfants m'ont paru fous, les pauvres petits. Avec de grands yeux fixes, en train de se balancer sans arrêt d'un côté sur l'autre. De crier. Il y avait même des enfants de couleur. Ce qui semble tout à fait normal aujourd'hui – puisqu'aujourd'hui, n'est-ce pas, tout est « chouette » et « cool » et tout ça – mais pas à l'époque, ça je peux vous le dire : pas à l'époque, du tout. Et puis... et puis quand elle a encore fait une bêtise... pire, bien pire... j'ai toujours du mal à en... bref, ils ont décidé qu'elle devait aller dans cette espèce de couvent quelque part en Irlande, sur la côte, une sorte de maison de redressement pour filles, et donc, la pauvre petite

Annette se retrouvait chez les sœurs, une fois de plus. Elle a poussé des hurlements quand je lui ai dit ça – des hurlements, tant qu'elle pouvait, impossible de l'arrêter. Hystérique. Ma foi, jeune demoiselle, lui ai-je dit, il fallait y penser avant, n'est-ce pas ? Tu aurais dû y penser avant de faire ce que tu as fait à ce malheureux petit garçon. Vous savez, elle a eu de la chance que ce ne soit pas une vraie maison de correction, comme Borstal – elle aurait été un tout petit peu plus âgée, ça y était. Et on m'a dit qu'elle avait aussi de la chance que la police ne s'en mêle pas. Juste ciel – vous imaginez ? Vous *imaginez* ? Et moi je pleurais, je pleurais. Les parents du petit garçon étaient remontés comme tout, ils voulaient engager des poursuites, et franchement, peut-on le leur reprocher ? À leur place, si ç'avait été *mon* petit garçon... bref. Mais c'est son âge qui l'a sauvée – trop jeune, vous voyez. Selon la loi, quelqu'un d'aussi jeune ne peut pas être mauvais à ce point.

Mais ce qui prenait le plus clair de mon temps, je dois l'avouer, c'était de faire face, du mieux que je pouvais, pour mon petit Clifford. Parce que Clifford, si l'on y pense – si on réfléchit un moment, à tête reposée – eh bien mon Clifford, il n'avait rien à y voir, n'est-ce pas ? Il était *victime* de tout ça. Ce n'est pas *lui* qui avait fait quelque chose de mal, il n'avait agressé personne, lui. Ce n'était pas sa faute à lui si son père était tombé du toit. Mais je n'avais pas trop le choix, ma foi... je n'en avais même aucun, de choix. Un peu comme pour l'appartement – enfin, ils appellent ça un appartement, mais en fait ce sont deux pièces minuscules avec une salle d'eau prise sur l'une, et une kitchenette prise sur l'autre, voilà ce que c'est, mais ce n'est pas grave, ils appellent ça appartement. Il y avait à peine la place pour le pick-up – il tient tout juste là, vous voyez, vraiment serré, et j'ai posé dessus la petite lampe en forme de Kookaburra. Je l'entretiens toujours, avec de la vraie cire ; mais j'avoue que je ne m'en suis jamais servie. Les disques d'Arthur ne m'intéressent pas – je ne les ai jamais supportés, pour tout vous dire –, et je n'ai jamais pensé à en acheter d'autres. Et la lampe, la petite lampe en forme de kookaburra : elle aussi, je la hais.

Mais ce que je voulais dire, c'est que ç'a été la même chose, quand j'ai dû choisir une école pour Clifford : je n'ai pas pu. Choisir. C'était ça ou rien. Il a dû aller où on lui a dit. C'était comme ça et pas autrement – quoi que je dise, quoi que je fasse. Et mon Dieu, il l'a tellement haïe, cette école. Parce que déjà, au départ, il devait abandonner tous ses petits copains de classe, n'est-ce pas ? Anthony et les autres. Et puis il y avait le trajet, le matin – souvent, il faisait encore complètement nuit quand on partait. Et les garçons étaient très différents de ceux qu'il avait connus, n'est-ce pas ? Très. Ça lui a vraiment fait un choc, je crois. « Ils parlent bizarrement », voilà ce qu'il me disait toujours. « Ils parlent bizarrement. » Et bientôt, il a commencé à chercher toutes sortes de prétextes, vous voyez, pour ne pas y aller. Mal à la tête, mal au ventre, mal aux jambes, fièvre – même la lèpre, une fois... Et certains matins, il faisait tellement mauvais, je peux vous dire, que j'étais bien tentée de laisser tomber, et puis je me disais non : ce n'est pas bien, ce n'est pas une leçon à lui donner pour plus tard, n'est-ce pas ? De fuir ses responsabilités, de manquer de courage. On a eu notre part de tout ça, dans la famille, n'est-ce pas – une fois suffit, amplement. Donc anorak, bottes en caoutchouc, et on y va. Mais je pleurais chaque fois qu'il rentrait à la maison avec ses petits yeux tout bleus, gonflés, fermés – rouges et bleus, il devait avoir tellement mal, le pauvre petit bonhomme. Je lui demandais mais qu'est-ce qui s'est passé ? Qui t'a fait ça ? Rien. Personne. Voilà tout ce que j'obtenais comme réponse. Et je suis bien contente, vous savez, tellement soulagée qu'il tienne de moi. Je ne dis pas qu'Arthur était un mauvais homme – parce que vraiment je ne pense pas qu'il l'était, mauvais ; simplement il n'était pas très bon non plus. Mais j'ai été bien déçue quand Clifford a quitté l'école si tôt – pourtant en même temps, je comprenais. Je veux dire, j'ai toujours pensé qu'il irait dans un collège privé, qu'il aurait son bac – peut-être même l'université : ç'aurait été une première, dans la famille. Mais mon Dieu – vu la manière dont les choses ont tourné, je ne pouvais vraiment pas lui reprocher, n'est-ce pas ? De quitter l'école comme ça. Sans compter qu'il rentrait sans arrêt avec la figure toute marquée – je m'estime simplement heureuse qu'il soit sorti vivant de cet établissement, en fait. Mais ça lui servira, à Clifford, vous savez – plus tard, ça lui servira de tenir de moi, quand on voit ce que la vie vous réserve. Savoir supporter, c'est la première chose – c'est ça qui compte. Ne jamais baisser les bras – ne jamais attaquer non plus, mais savoir résister, c'est comme ça qu'on survit.

Tiens, c'est... ? C'était... ? Il me semble avoir entendu... Oh mais oui, mais oui, très bien – parce que je commençais vaguement à m'inquiéter, là, vous voyez. C'est Clifford, mon petit chéri, il est là, pour son anniversaire, il est arrivé... et, oh... on dirait qu'il a ramené quelqu'un avec lui. Oh là là – j'aurais bien aimé qu'il me *prévienne*, quand même... enfin, ce n'est pas que... mais le gâteau est vraiment *petit*, et – bon, bien sûr, je n'ai pas à me... bon, plus le temps de me soucier de tout ça – parce que la porte s'ouvre, là, donc on va bien voir ce qui se passe, d'accord ? Et faire avec.

« 'lut' m'man – Regarde qui est là. Tu te souviens ?

— Bonsoir, Mrs Coyle. Vous vous souvenez de moi ?

— Oh, mon Dieu ! Mais bien *sûr* que je me... mais tu es devenu un *homme*, Anthony – je t'aurais à peine... et puis si *grand*, et beau garçon. Clifford m'a dit qu'il t'avait retrouvé par hasard – ça m'a fait bien plaisir. Oh, mais entrez, tous les deux, entrez et asseyez-vous – c'est un peu petit, n'est-ce pas, pour deux grands jeunes gens comme ça ; un peu petit, oui. Voilà – c'est ça, casez-vous là. Parfait. C'est bon ? Pas trop serrés ? Bien. Alors, dis-moi tout, Anthony – raconte-moi ce que tu es devenu. Mon Dieu, il y a si longtemps. Si longtemps. Vous étiez des bébés, tous les deux. Et toi aussi, tu as quitté l'école maintenant, n'est-ce pas ? Clifford m'a dit ça.

— Oh, super, ton gâteau, maman. Devine quoi – le père d'Anthony me propose un travail.

— Un... un *travail* ? Vraiment ? Mais tu as *déjà* un... quel genre de... ? Arrête de *picorer*, Clifford – on mangera le gâteau plus tard. On ne va pas le manger tout de suite. Alors, quel genre de travail ? Anthony ?

— Oh, vous savez bien – nettoyer les égouts. Attraper les rats. Le truc habituel. Non – je *plaisante*, Mrs Coyle. Ne vous inquiétez pas. Non, c'est un bon emploi – découper des modèles, en gros. Un apprentissage.

— Couturier, maman. Je vais être couturier à Carnaby Street.

— Mon Dieu, mais c'est *tout à fait* intéressant. J'ai toujours espéré que tu apprendrais à faire quelque chose de – oh non, je veux dire, enfin je ne voulais pas dire que... !

— C'est bon, maman ! Je sais ce que tu veux dire. Bon – si je soufflais les bougies, et comme ça on pourrait attaquer le gâteau ? En fait, on vient de manger deux énormes Knickerbocker Glories, et en rentrant, j'ai cru exploser – pas toi, Anthony ? J'ai cru que j'allais exploser. Mais en fait, j'ai super faim, maintenant.

— Il n'a toujours pensé qu'à manger – pas vrai, Mrs Coyle ? Enfin, sauf avec le gâteau au fromage de Mrs Chadwick. Tu te souviens, Cliff ?

— Je t'en prie, ne prononce même pas ce nom. Elle était vraiment dingue, tu sais. Bonne à enfermer. Même maintenant, rien que d'entendre son nom, ça me donne envie de... oh, beurk, même pas envie d'en parler. Allez, maman – on s'occupe du gâteau.

— Eh bien, euh – on ne peut *pas*. Pas tout de suite. Parce que regarde – sur la table, Clifford. Ton cadeau. Regarde. L'enveloppe, là.

— Ah oui – mon *cadeau*. Regarde ma chemise ! Où est-elle... ? Attends – ouais, la voilà. Regarde. Regarde-moi ça ! Elle est absolument géniale, non ? ! C'est Anthony qui me l'a offerte.

— Oh, Anthony, c'est tellement gentil à toi. Vraiment, il ne fallait pas.

— Oh, c'est une fin de série que j'ai trouvée dans une poubelle. Ne vous en faites pas, Mrs Coyle – je ne dépenserais pas un *sou* pour lui !

— Oh, vous êtes affreux, tous les deux ! Ça ne change pas, hein ? Vous n'avez pas changé – toujours deux affreux petits garnements, n'est-ce pas ?

— Pas moi, Mrs Coyle. Moi, je suis pur comme l'agneau. C'est *lui* – c'est Cliff qui est un affreux. Pas moi. Alors, qu'est-ce que c'est, Cliff ? Ton enveloppe ? Un chèque d'un million de livres ?

— Euh, je ne pense *pas*, non... c'est, euh... Je ne sais pas trop ce que c'est, en fait. Oh, attends – des espèces de tickets. Attends, je lis... Oh, ouais, c'est des billets, deux billets de ferry pour, euh – *Jersey*...

— Hé, mec, tu as un *ticket to ride* !

— Ha ha. Il me semble avoir déjà entendu parler de Jersey – c'est là qu'il y a les vaches, non ? Celles qui donnent le lait à capsule dorée ? Et puis j'ai deux nuits réservées dans une pension de famille. Wouah. C'est super – merci, maman – merci beaucoup. Mais dis-moi – ça a dû te coûter affreusement *cher...* »

Gillian arbora un large sourire ravi, écartant ce détail d'un geste de la main. Mais en fait non, ça ne m'a pas coûté cher, absolument pas – d'ailleurs ça ne m'a rien coûté du tout, en réalité, et tout ceci grâce à, mon Dieu – devinez qui ? Mais oui, ma chère, chère Jean Beery. Elle m'a donné ça l'autre jour, et vous ne pouvez pas savoir quelle bénédiction ç'a été, parce que moi, je ne savais pas, mais alors pas du tout ce que j'allais bien pouvoir offrir à Clifford pour son anniversaire. Bien sûr, j'étais plutôt serrée du point de vue budget, ça va sans dire – mais j'avais mis un peu d'argent de côté, quelque sous chaque semaine, et je savais qu'il était en admiration devant une cravate qu'il avait vue quelque part – une cravate « hareng », si vous pouvez croire ça, et moi je lui dis mais enfin Clifford, tu es bien sûr que c'est le mot juste ? Hareng ? Et Clifford, mais ça l'amuse tellement, le côté ringard de sa vieille mère – c'est comme ça qu'ils disent. Mon Dieu, personnellement je ne savais pas qu'une cravate pouvait ressembler à un hareng, n'est-ce pas. Comment aurais-je pu deviner une chose pareille ? Donc je lui ai répondu, ma foi, tant qu'elle ne *sent* pas le hareng... (Arthur, il ne crachait pas sur un petit filet de hareng au petit déjeuner, le dimanche, quand il n'était pas obligé de se dépêcher pour aller au bureau.) Et de toute façon, je n'allais pas me lancer à la recherche de sa fameuse cravate, n'est-ce pas ? Je n'aurais même pas su où aller. Donc finalement je me suis dit que j'allais simplement lui offrir, oh, un bon d'achat pour un disque ou quelque chose – et voilà que l'autre jour, Jean Beery me dit comme ça : bien asseyez-vous et écoutez-moi, Gillian. Evelyn nous a réservé un petit séjour à Jersey, ce qui est adorable à lui, mais je n'ai pas, mais alors pas du tout le pied marin, et apparemment on ne peut pas annuler ni se faire rembourser, donc ce serait un service que vous me rendriez, si vous pouviez le prendre – que quelqu'un en profite, au moins. Et puis ça vous ferait du bien, à tous les deux – ça vous sortirait un peu de ce minuscule appartement. Ça vous ferait du bien, et à Clifford aussi, d'aller respirer un peu le bon air de la mer. Qu'en dites-vous, Gillian ? Oh, mais *acceptez*, je vous en prie, sinon, de toute façon, ce sera un joli séjour jeté par la fenêtre, et vous savez que je ne supporte *pas* le gaspillage, quel qu'il soit... Oooh, c'est une maligne, cette Jean – et tellement gentille, tellement gentille avec moi. Et c'est vrai, ce qu'elle dit, bien sûr – Clifford et moi, nous n'avons pas bougé depuis, oh, je ne sais même plus quand, tenez. Et Jersey, en plus ! Je n'ai jamais été à l'étranger. Donc la petite somme que j'ai mise de côté, eh bien ce sera pour son argent de poche. Oh, je suis tellement impatiente d'y être, vous savez. Vous vous rendez compte ? Prendre le bateau, et séjourner dans une *pension de famille*, s'il vous plaît. Avec ce grand jeune homme séduisant. Et on voit bien qu'il est ravi, ça se voit – il n'y a qu'à le regarder pour voir à quel point il est content.

Lorsque la sonnette retentit, Clifford regarda vers la porte, fort surpris, parce que la sonnette, ici, eh bien, elle ne retentissait jamais. Mais à la tête de maman, je vois bien qu'elle sait qui c'est. Parce qu'en principe, elle devrait être en train de s'agiter dans tous les sens comme un oiseau affolé, en se tapotant les cheveux et en répétant mon Dieu mais qui cela peut-il *être* ? Mais enfin, mais *qui* est-ce... ? Mais là, elle me dit simplement eh bien va *ouvrir*, Clifford, sois mignon... Donc bon, j'y vais, je lève juste un peu les sourcils à l'intention d'Anthony, et puis je m'extirpe du siège et je me fraie un chemin jusqu'à – enfin, on appelle ça l'entrée, mais il y a de quoi se marrer franchement, parce que c'est à peu près grand comme un placard. Donc bien – j'ouvre la porte et... oh. Oh mon Dieu. Je ne... Je n'arrive pas à y *croire*, parce que c'est... mais elle est tellement changée... mais c'est *Annette*, vous voyez : Annette. Il y a quelqu'un d'autre avec elle, mais l'important, c'est ça : c'est Annette ! Et elle me prend dans ses bras, m'attire à elle, et elle a la joue toute fraîche et douce, avec un parfum de fleurs et d'air du dehors. Et moi, je me sens... enfin, je n'arriverais pas à dire ce que je ressens, c'est tellement... J'observe son visage, je cherche, et j'entends le rire de maman dans la pièce – elle savait qu'elle venait, c'était un coup arrangé, de toute évidence – et il y a une autre fille derrière Annette, elle se tient en retrait, l'air timide – et maman explique à Anthony que je dois être absolument stupéfait – et je le suis, je le suis, je ne sais même plus depuis combien de temps je n'ai pas vu Annette parce que maintenant, juste ciel, mais elle a dix-huit ans, et elle est là, devant moi, et je crois bien que je lui dis quelque chose, pas grand-chose – *Wouah*, voilà ce que je dis, tout ce qui sort de ma bouche, ça ne veut pas dire grand-chose – et l'autre fille, elle ne peut pas entrer, c'est ça en fait, elle n'entre pas parce qu'elle n'a simplement pas la place ; elle a des cheveux bruns, épais, raides, avec une frange – donc je crois que je vais reculer dans la pièce, moi, comme ça elles pourront entrer toutes les deux (*Annette* – vous vous rendez compte ?), donc je suis revenu et maman s'est levée et elle applaudit et pleure, regardez, elle pleure encore, mais de joie cette fois, et j'adresse à Anthony une grimace muette qui veut sûrement dire quelque chose mais je ne sais pas trop quoi en fait, parce que je me sens tellement bizarre – la fille, elle est presque complètement entrée, elle aussi, et elle baisse les yeux, avec de longs cils, ça je le vois – et c'est vraiment la bousculade maintenant parce que tout le monde s'est levé et s'agite et maman dit regarde qui est là, Annette – Anthony, tu te souviens d'Anthony, le copain de Clifford dans son ancienne école, et je ne sais pas ce qu'Annette répond parce que déjà maman continue en disant alors présente-nous ton amie, Annette – entrez, mais entrez, mademoiselle, n'ayez pas peur, je suis désolée de ne pas avoir assez de sièges – et Anthony, il reste comme ça à regarder fixement Annette, d'ailleurs je m'y attendais, à ce qu'il regarde Annette, comme ça, parce qu'elle a tellement changé, j'en reste encore éberlué, moi non plus je ne la quitte pas des yeux – et la fille dit qu'elle s'appelle Mary : elle dit que son nom, c'est Mary, et maintenant maman a allumé toutes les bougies sur le gâteau et a éteint la lumière et je m'approche, au milieu de toutes ces étincelles dans tous ces yeux autour de moi, je me penche au-dessus du gâteau et je souffle, encore et encore, et fffffooouuuut, elles sont toutes éteintes, et l'odeur de la fumée me noie la figure, et à côté de moi Mary dit joyeux anniversaire, joyeux anniversaire, et je m'aperçois soudain que toute le monde a cessé de chanter sauf elle. Et sa voix – elle est douce, il y a quelque chose dans sa voix, et elle me regarde vraiment, pour la première fois, avec ses yeux très clairs mais je ne sais pas de quelle couleur, et il y a des – des quoi, des taches de rousseur ? – autour de ses yeux, et je la trouve adorable.

« Ici, Mary, ici ! » répétait Gillian, tapotant le divan avec un sourire radieux, comme si elle encourageait un chiot à sauter pour s'installer roulé en boule. Hou là – je fourre vite ma gaine et ma chemise de nuit sous le coussin, j'espère que personne n'a rien vu. Parce que oui, je dors sur le divan – il n'y a que deux pièces ici, et je n'ai aucun autre endroit pour les ranger. « Oh, Annette, c'est *tellement* bon de te revoir, tu ne peux pas savoir. En fait, Clifford, on a bavardé toute la journée, toutes les deux, mais je lui ai dit de sortir faire un petit tour et de revenir pour te faire la surprise. Elle est partie d'Irlande hier, n'est-ce pas Annette ? C'est *tellement* bien que ça tombe juste pour l'anniversaire de Clifford, ça c'est une coïncidence... Et Mary aussi, ils l'ont relâchée hier, n'est-ce pas, Mary ? Oh non – non bien sûr, je ne voulais pas dire relâchée, je veux simplement dire qu'elle a quitté le, euh – c'était un couvent, Annette, où vous étiez, c'est ça ? Je n'ai jamais très bien su. »

Annette avait ôté une bougie rose vif de sa rose en sucre bleu, qu'elle croqua d'un grand coup de dents.

« Tu veux du gâteau, Mary ? On n'a pas mangé grand-chose, aujourd'hui. Non, maman, non – ce n'était pas un couvent. Hein, Mary ? C'était le bagne. Une prison, voilà ce que c'était. »

Gillian blêmit. « Oh, mais enfin, Annette. Nous avons des invités – Anthony est là, quand même. Mary – servez-vous de gâteau, je vous en prie. Coupe-lui une part de gâteau, Clifford.

— Oh, ne vous inquiétez pas pour moi, Mrs Coyle, sourit Anthony. Je fais partie des meubles. Donc c'était vraiment moche, Annette ? Tu étais où exactement ? »

Annette lui sourit, suçant le support en fil de fer.

« Je te raconterai tout ça plus tard. Mais Mary – elle n'avait rien fait de mal, elle, n'est-ce pas, Mary ? Pas comme moi. C'est moi, la coupable – mais Mary était là parce qu'elle est orpheline, c'est tout. Elle a eu seize ans cette semaine, et à seize ans, ils s'en débarrassent. Les coupables, ils les gardent plus longtemps.

— Oh, *Mary*... fit Gillian d'un ton éploré. Je suis *désolée*. Ni papa ni maman. Oh, c'est *désolant*. Et qu'allez-vous faire maintenant, mon petit ?

— C'est de tout ça qu'on a discuté, dit Annette. On ne sait pas du tout, n'est-ce pas Mary ? Trouver du travail, je suppose. Un boulot quelconque. Et un endroit pour vivre...

— Oh, j'aimerais tellement qu'on soit encore dans l'ancienne maison... fit Gillian dans un quasi-gémissement. Mais tu vois bien, Annette, de la manière dont on est installés, maintenant... »

Annette laissa échapper un rire bref, dur, sonore. « Mmm – oui, je vois mal comment on pourrait se loger ici – n'est-ce pas

Mary ? Oh, cela dit – tu pourrais t'installer sur la caisse à oranges, là, et moi je prendrais l'étagère du dessous. Ça te va ?

— Non, mais *où* allez-vous aller, réellement ? s'inquiéta Gillian. Ah bon, on voit quand même que c'est une caisse à oranges ?

— Oh – on trouvera bien quelque chose. Le gouvernement nous donne un peu d'argent pour débuter. On s'en sortira. »

L'air dans la pièce parut soudain électrifié, comme s'élevait la voix très douce de Mary.

« J'aimerais bien – voir un peu Londres, peut-être. Je ne suis jamais venue ici. Ni même en Angleterre, du tout.

— Mary est irlandaise, expliqua Annette. Nom d'un chien – moi, je ne veux plus *jamais* voir l'Irlande, je peux vous le dire... Rien à voir avec toi, Mary, mais bon, tu sais bien... »

Oh, ça y *est*, se dit Clifford – oui, bien sûr, c'est ça. C'est ça, que j'ai entendu dans sa voix. Comme un doux chuintement d'air – comme si elle chuchotait, qu'elle ne s'adressait qu'à vous, pour vous calmer, vous apaiser, vous assurer que tout allait pour le mieux.

« Oh, mais je suis sûre que *Clifford*... intervint Gillian en toute hâte. Clifford se fera un plaisir de vous faire visiter un peu la ville. N'est-ce pas, Clifford ? Il est toujours en train de se balader sur l'impériale d'un autobus, mon Clifford. Un véritable expert de Londres, maintenant. Qu'est-ce que tu en dis, Clifford ? Mmm ?

— Oh... non, je vous en prie... fit Mary, toujours à mi-voix. Je ne tiens pas du tout à être un poids ou une...

— Non non, coupa aussitôt Clifford – sentant déjà cet immonde et familier afflux de sang brûlant engorger les veines de son cou, et ne pouvant qu'espérer que personne ne s'en aperçoive. Non, ce sera un, euh... un plaisir. Sans blague.

— Parfait ! fit Gillian. Bien, écoutez, maintenant – je vais faire un saut à la petite épicerie du coin – ils sont ouverts tard. Vous n'êtes pas pressés-pressés, n'est-ce pas ? Personne ? Bon. C'est une telle joie d'avoir comme ça des jeunes gens à la maison. Puisque c'est quand même une journée spéciale, je vais nous chercher des saucisses et du bacon pour le thé, et puis une glace napolitaine familiale, aussi, tiens. Et puis quelque chose à boire – qu'est-ce que vous buvez, tous, maintenant ? Mmm ? Du

Coca-Cola, c'est cela ? Oh, Anthony, j'oubliais, euh, les saucisses et le bacon, c'est, euh... ?

— C'est parfait, sourit Anthony. Et le Coca aussi. Merci, Mrs Coyle.

— De l'alcool de peaux de patates, fit Annette. C'est ce que je bois, moi. Non maman – je plaisante. Du Coca, ce sera très bien. Pour toi aussi, Mary ? »

Mary hocha la tête. « Je n'y ai goûté qu'une seule fois. J'ai bien aimé les bulles... »

Clifford gardait les yeux rivés sur elle – puis il arrêta, parce que c'est mal élevé. Et puis il se dit oh, finalement, on s'en fout, c'est mon anniversaire, non ? Donc il se remit à la fixer. Il avait vaguement envie qu'elle le surprenne – il s'apprêtait à ressentir un frisson quand leurs regards se croiseraient et qu'il serait obligé de vite détourner le sien, mais elle restait immobile sur sa chaise, sa lourde frange cachant à demi ses yeux baissés sur ses doigts qu'elle croisait et décroisait et tortillait.

« C'est joli, ces vêtements, Anthony, dit Annette. Qu'est-ce qui te fait rire ?

— Désolé – je ne... Je ne riais pas, en fait. C'est simplement ton « jolis vêtements », voilà, c'est tout.

— Regarde la chemise qu'Anthony m'a offerte, fit Clifford avec enthousiasme, l'agitant en l'air. Et j'ai aussi un pattes d'eph en velours côtelé. Je ne m'habille pas toujours comme ça – mais là, je rentre du travail. Sinon, je ne serais pas fringué comme ça.

— Qu'y a-t-il de si drôle à dire que des vêtements sont jolis ? s'enquit Annette avec insistance – ses yeux (Clifford se souvenait qu'ils pouvaient très bien se comporter comme ça, ses yeux) telles deux épées étincelantes au soleil, prêtes à trancher.

— Rien, ça n'a rien de drôle. C'est sympa. Mais simplement, aujourd'hui, tout le monde va dire "Waouh, c'est cool, ce que tu portes, mec", ou bien "Ça me botte bien, tes fringues". Des trucs comme ça. Moi aussi, d'ailleurs, mais je suis dans le bizness. Simplement, c'était – autre chose, voilà. Je ne voulais rien dire de plus. C'est chouette. »

Annette hocha brièvement la tête. « Ouais. D'accord. J'ai entendu dire que Londres balançait drôlement. Le "swinging London". On n'avait pas trop la possibilité de se tenir au courant, n'est-ce pas Mary ? Pas de télé. Pas de magazines... La seule musique qu'on écoutait, c'était en latin. C'est une sorte de lavage de cerveau, mais ça ne fonctionne pas. En tout cas, sur moi, ça n'a pas fonctionné. Ils pouvaient faire ce qu'ils voulaient. La seule chose qui balançait là où nous étions, c'était le fouet. Mary n'y a pas eu droit. Moi, si. »

Clifford observait Annette avec une certaine méfiance, comme autrefois.

« Tu plaisantes... » fit-il.

Annette haussa les épaules, puis baissa les yeux. Se mit à ramasser des miettes de gâteau du bout d'un index humecté. « Si tu préfères. Mais à propos de vêtements – ou de "fringues", ou de ce que tu voudras – ne me dites pas que vous n'avez pas remarqué comment nous sommes habillées, Mary et moi. Pas vraiment les dernières créations à la mode, n'est-ce pas ? Bon, d'accord, je ne sais pas à quoi ressemblent les dernières créations à la mode, mais j'ai comme l'impression que ce n'est pas trop ça. Une robe-sac en toile grise – pas franchement "cool", n'est-ce pas, Anthony ? Je veux dire, si *quelqu'un* doit s'en apercevoir...

— En fait, répondit Anthony, un peu à la hâte, les robes-sacs ont fait fureur au printemps dernier, mais là, on est plus dans la ligne A, et puis dans le mini. Désolé – c'est mon boulot, hein. Oh – attendez, tous ! Cliff ! Écoutez, tous ! Je viens d'avoir une idée de génie. Sid ! »

Annette leva les yeux du gâteau, les paupières rétrécies.

« C'est vraiment une idée de génie, Anthony ? Clifford – de quoi veut-il parler ?

— Non non, écoutez, reprit Anthony, tout excité. Sid est mon – enfin, c'est lui qui me conduit à droite et à gauche jusqu'à ce que j'aie l'âge de passer mon permis – encore neuf mois, un peu plus, et je serai sur quatre roues. Mais vous voyez, on a toujours des échantillons et du stock dans le coffre, parce qu'on livre des clients pour mon oncle, en même temps. Il est dans la confection pour femmes – et il fait des créations pour les jeunes, aussi. Écoutez – Sid est juste là, dans la rue – n'est-ce pas, Cliff ? Si je descendais en vitesse pour voir ce qu'on a dans la voiture ? Hein ? Tu fais quelle taille, Annette ? Du 38 ? »

Annette souriait – apparaissait, à ses commissures, un léger rictus, une expression que Clifford commençait de reconnaître, vaguement, venue de si loin.

« Je n'ai aucune idée de ma taille. Ça doit sembler idiot. Devine. Et toi, Mary ? Tu sais quelle taille tu fais ? »

Mary tiraillait l'ourlet de sa robe, l'air consterné.

« Je *déteste* ces vêtements... chuchota-t-elle. Je les déteste à un point...

— Très bien ! » fit Anthony d'une voix ferme, claquant dans ses mains. « Ça marche. Cliff – je file une seconde. Tu m'accompagnes ? Tu m'aides à porter les trucs ? Je veux dire, je ne te *promets* rien, Annette, mais on doit bien réussir à trouver *quelque chose*, là-dedans... »

Et Clifford se disait que oui – que oui, il était prêt à descendre pour l'aider. Mais en même temps, il avait envie de rester, aussi – mais le, euh... comment dire ? L'atmosphère ? Non, – non, pas l'atmosphère. Disons plutôt *l'ambiance* qui règne ici est devenue un peu bizarre. Je veux dire – aujourd'hui, je m'attendais à quoi ? À une part de gâteau d'anniversaire et à un bon d'achat de trente shillings pour un disque, comme d'habitude – ce qui veut dire que je dois rajouter une demi-couronne pour pouvoir m'offrir un 33 tours – et voilà ce qui arrive. J'aurais des milliers de choses à dire à Annette, à lui demander, mais là, je n'arrive même plus à savoir quoi. Et puis Mary – je pense qu'elle ne parlera pas, ne dira rien, pas à moi en tout cas, avec tous ces gens autour. Donc ouais, je sors avec Anthony, on va voir ce qu'on peut trouver dans la voiture à Sid, de Sid je veux dire, et on remonte vite fait avec toutes les fringues et, avec un peu de chance, maman sera rentrée des courses et sera déjà en train de s'occuper des saucisses et du bacon, et puis ensuite on aura de la glace napolitaine, et pendant que les filles feront leurs essayages, je – oh oui, moi je serai à côté avec Anthony, et je pourrai lui montrer tous les trucs que j'ai gardés depuis le temps où on était ensemble à l'école, ce sera terrible, ça le fera drôlement rire. J'ai toujours les cadeaux des paquets de céréales que j'obligeais ma pauvre vieille maman à acheter, toutes les semaines, sans arrêt – les hommes de l'espace, les Chiens du monde, même les petits sous-marins à levure, j'ai tout gardé. Et j'ai aussi toujours mes Matchbox et mes soldats et les chevaliers en armure et les cow-boys – ah ouais, les *cow-boys* : il y en avait un avec un grand chapeau noir et un gilet, et j'avais décidé que c'était Maverick. *Maverick*, c'était un feuilleton à la télé, que j'aimais bien – j'ai oublié qui jouait dedans, mais je l'ai revu il y a un mois ou deux dans un vieux film avec Doris Je-ne-sais-plus-quoi, et je l'ai tout de suite reconnu et je me suis dit wouah, regarde donc – c'est Maverick ! Je l'aimais vraiment énormément. Ça fait des années et des années que je n'ai pas ressorti tous ces vieux trucs – j'espère qu'Anthony ne me trouvera pas crétin de les avoir gardés comme ça. Mais je ne crois pas. Je me demande si lui aussi a gardé ses anciens jouets et tout. Cest un entrepôt qu'il lui faudrait. Hop – il m'appelle, là, donc j'y vais. J'espère qu'Annette plaisantait, quand elle a dit ça. À propos du fouet, vous savez. Parce que ça m'a fait carrément bizarre, à l'intérieur. Et encore maintenant, un peu.

*

Oh mes pauvres enfants – mais quelle histoire ! La petite épicerie au coin, elle est toujours ouverte jusque tard, cette petite boutique, je l'ai même parfois vue encore ouverte à huit heures, mais pas ce soir, oh que non. Donc il a fallu que je cavale jusqu'au Parade, cette sorte de, euh, oh – ils appellent ça une supérette, ce que je trouve idiot, en fait, parce que c'est beaucoup plus petit que le Coop mais sans être non plus une boutique normale, disons – et quant aux prix ! Une douzaine de saucisses – neuf pence de plus que ce que je paie généralement, et le bacon, eh bien mon Dieu le bacon, là, pas question : je ne vais pas leur faire ce cadeau. J'ai pris de belles tomates de Jersey à la place, presque deux livres, et un paquet de Sunblest – ça ira très bien. Je n'achetais jamais de pain prétranché et emballé, comme ça, au début, quand c'est sorti je n'en achetais pas, mais il faut bien reconnaître que c'est pratique, et que ça se garde bien plus longtemps, on ne peut pas le nier. Des tomates de Jersey ! Bientôt, je vais pouvoir les cueillir moi-même ! Quelle journée, mes enfants ! Je ne pourrais pas vous dire si la glace napolitaine familiale Wall's était plus chère que normalement – enfin, je suis bien *persuadée* qu'elle était plus chère, puisque tout dans cette boutique est à des prix faramineux (je peux vous assurer qu'ils ne sont pas près de me revoir), mais il y a si longtemps que je n'ai pas acheté de glace que je ne pourrais absolument pas vous le garantir, très franchement. J'ai pris deux parfums, vanille-fraise, puisque c'est quand même une occasion spéciale – et une grande bouteille d'un truc marqué Cola. Naturellement, il a commencé à pleuvoter sur le chemin du retour, mais je garde toujours ma petite capuche transparente dans une poche de mon sac à main, donc au moins je n'ai pas de la laine de mouton sur la tête – je déteste quand ça fait ça : j'ai l'air d'un balai à franges.

Donc j'entre, et – oh ! Je n'ai jamais vu une chose pareille. Je trouve Annette et la petite Mary – charmante, et elle pourrait être très jolie, si elle savait sourire un peu de temps en temps, même si elle est un peu maigrichonne – toutes les deux en train de sauter dans tous les sens en poussant des cris suraigus, comme des gamines au jardin d'enfants – et mon divan totalement recouvert de robes et de corsages et de Dieu seul sait quoi encore, on aurait dit le premier jour des soldes de janvier. Et mon Annette dans une petite jupe en velours côtelé – enfin, elle appelle ça une jupe, mais personnellement j'ai déjà vu des ceintures qui en couvraient davantage –, et la voilà qui me prend par la main et qui me fait danser dans la pièce, et moi je suis obligée de rire malgré moi, mais j'essaie quand même de la ramener à un minimum de *raison*, et je répète mais *enfin*, Annette, mais qu'est-ce que tu fais ? C'est quoi, tout ce déballage ? Mary – vous qui êtes une jeune fille raisonnable – pouvez-vous m'expliquer exactement ce qui se *passe* ici ? D'où tout cela vient-il ? Où est Clifford ? Anthony est parti ? Et tout d'un coup, je regarde Annette et... elle est un peu tournée, à contre-jour, comme ça, et sur son visage, je revois ma petite fille d'autrefois – si jeune, pure, si fraîche, et heureuse : elle semblait si heureuse, Annette. Mon Dieu, comme le temps passe – et comme il est cruel...

« Toc toc ? Toc toc ? Vous êtes visibles ? Allô ? Est-ce que quelqu'un m'entend ? »

Cela faisait un moment qu'Anthony frappait à la porte, mais avec les cris que poussaient les filles, personne ne l'entendait, de toute évidence.

« C'est toi, Anthony ? fit Gillian. Oh, mais arrêtez un peu, toutes les deux – c'est Anthony. Annette – ferme-moi ces boutons. Mary – venez là, Mary, venez une seconde, que je remonte votre fermeture Éclair. Voilà. Parfait. C'est bon, les garçons ! Vous pouvez entrer ! Allez, allez, venez. Bien. Maintenant, est-ce que quelqu'un peut m'expliquer ce qui se passe, ici ? Je vous laisse deux minutes, et quand je reviens, c'est le... !

— Oh regarde, mais *regarde,* maman – regarde cette jupe ! Elle est magnifique, non ? Oh, je l'adore, Anthony – je l'adore.

Oh, merci merci merci merci. Et Mary – oh, elle te va si bien, cette robe. Et la couleur – la couleur ! Parce qu'en fait je ne t'ai jamais, jamais vue porter de *couleur* ! »

Mary baissait les yeux sur sa robe, tripotant et pinçant l'ourlet entre le pouce et l'index. Lorsqu'elle releva enfin les yeux, ils étaient tout brillants de larmes prêtes à déborder. Elle semblait aux anges, et en même temps désireuse d'exprimer quelque chose – sa bouche remuait, mais aucun son n'en sortait. Annette, à sa propre surprise, se jeta vers elle et la prit dans ses bras, en un élan irrépressible, et toutes deux demeurèrent ainsi immobiles, enlacées et secouées de sanglots et de rires mêlés, dans une étreinte qui les isolait des autres. Anthony jeta un coup d'œil à Clifford, qui haussa les sourcils, par pur automatisme. Maman est visiblement très émue, regardez, et je crois que je comprends pourquoi – mais c'est quand même bizarre, ce qui se passe, là. Parce que – enfin, je pense que c'est ça – ça vient d'ailleurs, de l'extérieur. Parce que maman et moi, on ne connaît pas, on ne voit jamais autre chose, d'autres gens. Mais moi, j'ai l'esprit ailleurs. Je n'arrive pas à être touché par ça. J'ai autre chose en tête. Parce que, au départ, ça s'est bien passé, avec Anthony, quand on est entrés dans ma chambre, on a commencé à discuter de – bon, d'Annette et de Mary, naturellement, c'est d'elles qu'on a discuté, et Anthony m'a dit comme ça : la vache, Cliff, mais ta sœur – mais elle est carrément terrible... et c'est vrai que ça me faisait un peu bizarre d'entendre ça, mais je savais ce qu'il voulait dire et tout, mais tout ce que j'ai trouvé à répondre, c'est ouais mais écoute, Anthony, elle est quand même un peu vieille, non ? Elle a dix-huit ans – pas nous. On a seize ans, non ? Comme Mary. Et il a dit ouais ouais, je sais bien, mais quand même, elle est super mignonne – je veux dire, il faudrait s'occuper de ses fringues et de ses cheveux et du maquillage et tout ça, mais quand même, quelle nana ! J'ai dit que moi, c'était Mary qui me plaisait. Vraiment. Et il a dit ouais, d'accord, elle est pas mal comme gamine, mais bon, ce n'est pas la même classe qu'Annette, hein ? Parce qu'Annette, je peux te dire – quelle nana ! Enfin, euh – désolé, Cliff, je sais que c'est ta sœur et tout, mais je te jure – quelle nana ! Et moi j'ai dit que... que Mary me plaisait. Beaucoup. Et Anthony, il m'a répondu ouais, ouais, d'accord, tu l'as déjà dit. Bon, à part ça, Cliff – et tous ces vieux jouets, alors ? Et c'est ça dont je parle, quand je dis que j'ai autre chose en tête, que j'ai la tête ailleurs, que je me sens un peu en état de choc, comme quand quelqu'un est mort, et mal à l'aise parce que je sais bien que c'est idiot, et que tout le monde est heureux, là, et je sais que c'est mon anniversaire et que c'est des vieilleries de toute façon, et que je ne devrais même pas y penser parce que là, j'ai seize ans, mais quand j'ai regardé au-dessus de l'armoire, la boîte avait disparu. La boîte avec toutes mes affaires. Et tout ce que j'ai trouvé à dire à Anthony – parce que lui, il continuait, allez, montre-moi tous tes trucs, Cliff, ça va être génial de revoir tout ça, hein, ça va être chouette – et donc tout ce que j'ai pu lui dire, c'est oui, eh bien écoute c'est bizarre parce qu'ils ont toujours été rangés là et j'imagine qu'ils ont pu être rangés ailleurs, sauf que dans cette espèce de trou à rats, il n'y a pas d'ailleurs où les ranger, donc la seule chose à faire c'est d'attendre que maman rentre des courses, et elle pourra me dire – et c'est là que je l'ai entendue rentrer, donc j'ai dit à Anthony bon, Anthony – la voilà justement, elle est rentrée, je vais lui demander, et il a dit non non, attends, tu ne peux pas y aller maintenant, avec les filles et tout, donc attends, je vais frapper, Cliff – je vais frapper à la porte pour savoir si elles sont visibles, et comme ça on pourra y aller et ta mère nous dira, et de toute façon moi je commence à avoir une vieille envie de saucisses, tu vois – mais non d'un chien, elles font un raffut pas possible là-dedans, j'ai beau frapper et frapper, je ne crois pas qu'elles m'entendent, Cliff. Et puis ensuite elles l'ont entendu, elles ont bien entendu Anthony frapper à la porte et donc on y est allés tous les deux, et on voit Annette et Mary à moitié cinglées pour deux ou trois robes qui n'arrivent pas à la cheville de ma chemise verte imprimée cachemire, mais ça n'a absolument rien à voir, parce que l'important, c'est que maman, elle ne m'*écoute* pas, là, vous voyez. Je lui ai posé la question et je ne crois pas qu'elle m'ait entendu, donc je lui ai reposé la question, et elle se contente d'une espèce de demi-sourire niais, ce qui veut bien dire qu'elle n'*écoute* pas, et Annette a enfin cessé de jacasser comme une malade, et donc cette fois je peux enfin lui reposer la question.

« Je te *demande* – tu n'écoutes pas, maman ? Je te demande où est la boîte qui était rangée au-dessus de mon armoire. La boîte avec mes affaires. Où est-elle ? Qu'est-ce que tu en as fait ?

— Mais tu ne vas pas sortir comme *ça*, Annette, pas avec cette jupe – on voit toutes tes jambes. Enfin, je sais bien qu'on voit ça à la télévision – mais ces filles-là sont *payées* pour ça...

— Maman – tu ne m'écoutes *pas*... !

— Elle n'est quand même pas *si* courte. Mais il va falloir que je me trouve des bas. Tu as des bas, Anthony ?

— Des collants. C'est des collants qu'il te faut. Et non, ce n'est pas le genre de trucs qu'on fait, j'en ai bien peur.

— Maman – *écoute*... !

— Mais qu'est-ce qu'il y a, Clifford ? Tu ne vois pas qu'on est en train de parler ?

— Ma *boîte*. La boîte au-dessus de mon armoire – elle n'y est plus. Où elle est passée ? Où tu l'as mise ?

— Où elle est *passée* – où tu l'as *mise*... ? Oh, le bébé, le *Niais* !

— Oh, tais-toi, Annette, d'accord ?

— Ne parle pas comme ça à ta sœur, Clifford – elle vient à peine d'arriver. Bon, il faut que je m'occupe de ces saucisses, sinon, à minuit on n'aura pas encore mangé. Quelle boîte ? De quelle boîte parles-tu, Clifford ?

— La *boîte* – il n'y en a qu'une, de *boîte*. Celle avec toutes mes vieilles affaires dedans. Enfin tu sais bien – ma *boîte*. Et j'ai le droit de lui parler comme je veux, parce que c'est mon *anniversaire*...

— C'est de l'enfantillage, Clifford. Ah oui – tu veux parler de... Annette, rends-toi utile – ouvre le paquet de saucisses et commence à couper les tomates, tu seras mignonne. Ah, et puis la glace ! Au frigo, tout de suite. Oui, Clifford, tu ne veux pas parler de – enfin, de tes petits jouets, tous tes petits trucs en plastique ? Ce n'est pas de cette boîte-là dont tu parles ?

— *Si* – si, c'est exactement de cette boîte-*là* dont je parle. Où est-elle ?

— Où ranges-tu les couteaux ? Tiens, viens donc m'aider, Mary – mais tu ferais mieux de mettre un tablier – tu ne vas pas abîmer ta robe. Tu as un tablier, maman ?

— Sous l'évier. Dans le tiroir. Mais Clifford, mais enfin, il y a... mais des années que je me suis débarrassée de tout ça. Ça ne faisait que prendre de la place pour rien. Je veux dire, c'était tous tes trucs d'enfant – je n'ai jamais pensé que tu voudrais les revoir un jour. Ils ont disparu depuis des années, Clifford.

Clifford... ? Oh – ne me regarde pas comme ça ! Comment aurais-je pu deviner que tu voudrais les récupérer ? Ce n'étaient que de petits trucs en *plastique* – et je me suis dit qu'il y avait sûrement des gamins très pauvres à qui ça ferait plaisir. Oh, mais pour l'amour de Dieu, Clifford, mais arrête de me regarder comme *ça* ! Oh, dis-lui, Anthony – Anthony, il ne garderait pas tous ces vieux trucs, lui, n'est-ce pas ? Il est beaucoup trop raisonnable pour ça. Bien trop adulte.

— Anthony, il a *tout* gardé. *Tous* ses jouets. Il vient de me le dire.

— Vraiment ? Eh bien je suppose qu'il y a beaucoup plus de place chez lui que chez nous. On ne peut pas tout garder, Clifford, franchement ? Et puis c'est la première fois que tu t'en aperçois, alors qu'ils ont disparu depuis des *années*... Tu t'en sors, Annette ? Oh *non*, ma chérie – pas ce couteau-là ! On n'utilise pas ce couteau-là pour les *tomates*, quand même. À quoi penses-tu ? »

Comme Gillian se frayait un passage dans la petite cuisine, chassant Mary pour pouvoir entrer, Anthony posa une main sur l'épaule de Clifford, en disant vraiment je suis désolé, mon vieux – je sais ce que tu dois ressentir. Mais bon – on est frères de sang, pour toujours, hein ? Hein, mon vieux... ? Clifford secoua la tête, le regard fixe, les yeux vides. Non, tu ne sais pas – tu ne sais pas ce que je ressens. Tu ne *peux* pas savoir ce que je ressens, parce que ça va, pour toi, tu as toujours tous tes vieux trucs – ça va *toujours*, pour toi, parce que tu as tout, tout ce que tu veux, tu as toujours eu tout ce que tu voulais et tu l'auras toujours, parce qu'on n'est pas frères de sang, on ne peut pas l'être, parce que toi tu as eu le père le plus cool du monde, et riche, et généreux, et moi j'ai eu le père qui avait un balai dans le cul mais jamais un penny dans la poche, et qui racontait des trucs de dingue, et qui a fini par tomber du toit et se casser le cou. Et ça fait une sacrée différence entre nous.

*

C'est extraordinaire, vous savez : deux personnes à la maison pour manger un petit quelque chose, et on se retrouve avec une quantité industrielle de plats et d'assiettes et de verres. Cela dit, ça valait la peine – une soirée charmante. Je ne sais même pas depuis quand je n'avais plus connu autant d'agitation et de rires et tout ça. Enfin – jamais, voilà la réalité, pure et simple ; pas dans cet appartement, et pas non plus dans l'ancienne maison. Quant à la vaisselle et au ménage après, eh bien – cela ne me dérange pas du tout, en fait, j'en suis même plutôt contente, parce que ça m'occupe l'esprit. Cet appartement, vous savez, il est tellement petit – difficile à faire comprendre, il faut le voir, y être – et entre Clifford et moi, juste tous les deux, je n'ai jamais trop trop de pain sur la planche. Enfin bref.

Tout m'a semblé tellement silencieux, quand ils sont tous partis. Annette et Mary dorment dans une espèce de foyer, pour le moment – Annette, il me semble, a dit qu'elles peuvent y rester encore quelques jours, et qu'ensuite elles devront se trouver un endroit à elles. Un endroit, et de quoi le payer, bien entendu. Oh là là – j'aimerais vraiment avoir la possibilité de, enfin – de les aider un peu, mais là, j'arrive à peine à joindre les deux bouts. C'est la vie, j'imagine – il faut que je me rappelle qu'Annette a dix-huit ans, maintenant, ce n'est plus un bébé – elle fait même très jeune femme. Je dois dire qu'elle s'est très bien développée – elle ferait presque penser à Elizabeth Taylor, qu'elle adorait tant quand elle était petite. Toutes ces années en Irlande n'ont pas l'air de l'avoir affectée, au moins. Au couvent. Elle n'a même pas fait allusion à toutes mes lettres – et Dieu sait que je me suis fait un devoir de lui écrire régulièrement. Naturellement, elle n'a jamais pensé une seconde à me répondre la moindre ligne, cela va sans dire – mais c'est ça, les jeunes, n'est-ce pas ? Il ne faut s'attendre à rien d'autre. Elle rencontrera peut-être un jeune homme charmant et plein d'avenir, le moment venu, et le fréquentera, et – qui sait ? – se rangera peut-être, deviendra une maîtresse de maison, une mère, elle aussi, avec deux ou trois gamins dans ses jupes. Oui, c'est possible, j'imagine ; parce que je veux dire, tout est possible. Et Anthony – quel gentil garçon, cet Anthony, si bien élevé, et tellement, tellement généreux – il a proposé de les déposer, toutes les deux, c'est vraiment adorable. Clifford les a accompagnés – pour la balade, comme il a dit. Ils devaient être un peu serrés, comme ça, à cinq dans une voiture, mais un peu d'inconfort, ça ne fait jamais peur aux jeunes, n'est-ce pas ? Un peu de chahut, ça fait partie de la jeunesse, tout ça.

Quand Clifford est rentré, j'avais déjà tout nettoyé et tout rangé, la maison était impeccable, je venais de me faire une bonne tasse de thé bien fort, et je finissais le puzzle, sur la table. Il adorait faire des puzzles, Clifford, vous savez, quand il était petit ; je ne sais pas combien de soirées on a passées, tous les deux, penchés sur un puzzle, à chercher les pièces, et vraiment on s'amusait bien, oui. Depuis quelque temps, il s'en désintéresse – c'est compréhensible, j'imagine. Il est jeune, n'est-ce pas ? Ça doit vivre, les jeunes – ça ne peut pas perdre son temps à faire des puzzles avec sa vieille mère ! C'est lui qui me l'a apporté, celui-là – il dit qu'il l'a pris dans le cagibi où ils mettent la marchandise abîmée, au fond de la réserve. Franchement, je ne vois pas en quoi il l'est, abîmé. Mais il est tout à fait charmant – il représente une ravissante vieille chaumière entourée de fleurs, avec une vieille clôture branlante. Comme ce doit être agréable de vivre dans une jolie maison comme ça, voilà ce que je lui ai dit tout de suite. Et là, il me répond oh ne t'en fais pas, maman – attends, attends encore un peu, et j'aurai des montagnes, des montagnes d'argent : je t'offrirai une maison bien plus belle que celle-ci – un château avec des douves, même, si tu veux. Mon Dieu, mais c'est vraiment *adorable* à toi, Clifford – et je riais, je riais, c'était plus fort que moi, c'est fou les idées qui lui passent par la tête quelquefois – c'est vraiment *très* généreux, Master Clifford, mais un simple petit cottage avec un toit de chaume me conviendra parfaitement, merci ; vous pouvez garder votre château – je n'ai pas la folie des grandeurs, moi (j'espère qu'abîmé, ça ne veut pas dire qu'il manque une pièce, ou un truc comme ça...).

Il m'a paru – oh, c'est peut-être moi, hein, ou bien simplement le contraste avec la soirée – mais je ne sais pas, je l'ai trouvé bien silencieux, un peu abattu, en rentrant. Je lui ai demandé si tout s'était bien passé. Il n'a pas répondu. Même pas un signe de tête, rien. J'ai continué : je viens de faire du thé, Clifford, à l'instant – tu en veux une tasse ? Ça te dit ? Pas de réponse, rien. Tout ce qu'il m'a dit, c'est je préfère aller me coucher tout de suite, si ça ne t'ennuie pas. J'ai répondu mais enfin bien sûr, Clifford, tu fais comme tu veux. Mais tu n'es pas malade, au moins ? Tu n'as pas attrapé quelque chose ? Parce que sinon, je peux te faire un lait chaud avec du miel, et un billet d'excuse pour ton travail, demain. Il m'a dit qu'il n'avait rien – et qu'ils ne demandaient pas de billet, ce n'était pas l'école. Je me suis sentie remise à ma place, quelque chose de bien. Mais il est resté encore un moment, assis là, sans rien dire. Moi, je me disais il y a quelque chose, il est arrivé quelque chose. Parce que mon Dieu – soyons honnêtes, ç'a été un bel anniversaire pour lui, non ? Avec tout ce qui s'est passé. Annette qui surgit tout d'un coup de nulle part, après toutes ces années ; ce nouveau travail qu'on lui propose... d'ailleurs ça me semble un peu curieux, personnellement – parce que je veux dire, on prend vraiment des jeunes gens pour devenir couturiers, aujourd'hui ? Parce que mon Clifford, il n'a même jamais enfilé une aiguille, donc il faudra lui mâcher tout le travail, c'est certain. Mais en même temps, quand on est jeune, on peut tout essayer, tout apprendre ; c'est ce que je lui dis sans cesse, en tout cas. Et tout d'un coup, le voilà qui dit quelque chose. Et je peux vous assurer que j'ai sauté sur ma chaise, moi. Cela faisait si longtemps qu'il ne disait rien que j'avais simplement oublié qu'il était là. « Tu n'aurais pas dû... » – voilà ce qu'il a dit. Je sais pertinemment que c'est ce qu'il a dit, mot pour mot, parce que je lui ai demandé de répéter. De quoi parles-tu, Clifford ? Qu'est-ce que tu dis ? Je n'aurais pas dû quoi, mon chéri... ? Et le voilà qui le redit – mais alors d'une voix dure, sourde, triste. « Tu n'aurais pas dû... », c'est tout. Donc moi je me creuse la cervelle pour essayer de deviner quoi, quelle chose je n'aurais pas dû. Dire ? Faire ? Demander à Annette de lui faire la surprise ? Acheter des saucisses ? Ne pas acheter de bacon ? Prendre un Cola qui n'était pas le bon (c'est ce qu'il m'a dit), pas le vrai Cola ? Non – non, je sais que ce n'est rien de tout ça. J'ai compris de quoi il parlait, et n'allez pas croire que je ne me suis pas sentie coupable ; en tout cas, il était clair que j'avais intérêt à me sentir coupable, et sûrement pas pour la dernière fois. C'est quand même bizarre, les jeunes gens, non ? Les choses qui les touchent, et celles qui glissent sur eux. Et tout à coup, il me dit : « J'ai prévu des sorties avec elle, avec Mary. Pour l'emmener visiter la ville, en bus. » Et moi je lui dis oh mais très bien, Clifford, c'est une très bonne idée, et elle sera ravie, elle a l'air charmante, cette jeune fille, même si elle est un peu maigrichonne. Sur ce, je me replonge tranquillement dans mon puzzle pendant un petit moment. Et tout à coup, il dit oui, et puis je lui ai aussi demandé si ça lui dirait de venir à Jersey avec moi parce qu'elle n'a jamais été nulle part de toute sa vie, elle n'a jamais vu grand chose à part l'endroit où elle est née et je pense que ça lui ferait vraiment plaisir. Et moi j'ai répondu oh mais quelle *bonne* idée – je suis sûre que tu as bien fait, Clifford –, parce que quelqu'un qui n'a jamais été nulle part de toute sa vie, et n'a jamais vu grand chose à part l'endroit où il est né serait vraiment ravi d'aller à Jersey avec toi, tout à fait, tout à fait.

J'aurais pu me fâcher, vous savez ; comme j'aurais pu me fâcher contre Arthur, pour tout ce qu'il m'a fait. Mais non, il ne faut pas. Parce que les jeunes, ça doit vivre, n'est-ce pas ? Elle est pour eux. La vie : la vie, ça appartient aux jeunes. Et aux hommes, on dirait. Donc, autant qu'ils en profitent.

*

Mary – gentille gamine, sûrement, mais maintenant, il est temps qu'elle apprenne un peu les réalités de la vie, les vérités, et ensuite les mensonges. Et ce n'est pas moi qui serai son prof. Je n'ai rien à apprendre à personne, et plus rien à apprendre moi-même : je suis seule maintenant, et je n'ai pas besoin de Mary comme boulet au pied. Elle a passé toute la matinée à regarder par cette immonde petite fenêtre dans cette immonde petite chambre, en disant oh, dieu du ciel, oh, Annette, je n'ai jamais vu de rue aussi grande, jamais, jamais de ma vie. Est-ce qu'on ne peut pas sortir un peu, Annette ? Est-ce qu'on ne devrait pas aller essayer de trouver du travail ? Où est-ce que nous allons manger aujourd'hui ? Crois-tu qu'on va réussir à trouver l'église catholique ? Où allons-nous vivre, Annette ? Nous, nous, nous. Ça ne va pas, ça – ça ne me va pas. J'ai dit que je l'accompagnerais, que je m'occuperais d'elle jusqu'en Angleterre, et c'est fait. Je ne vais pas lui servir de chien d'aveugle, moi : c'est le Seigneur qui est notre berger – elle devrait le savoir, là, elle devrait être un peu au courant... Parce que ces trucs-là, c'est tout ce qu'on nous a appris. Je lui ai dit de faire ce qu'elles attendaient d'elle, rester là-bas et devenir bonne sœur ; elle m'a répondu qu'elle n'avait pas la vocation. Donc, se déclarant indigne et incapable de se jeter dans cette auto-immolation incroyablement pénible et ardue qui consiste à prendre le voile, porter du noir, faire du mal aux enfants, en faire de véritables Cosette que l'on exploite à mort, idolâtrer des prêtres abrutis et imbibés de whisky, considérer le châtiment comme la seule véritable extase et ne jamais rien faire d'utile ou de simplement correct envers quiconque... au lieu de se vouer corps et âme à un appel aussi magnifique, elle a choisi de tout miser sur la case la plus évidente : la vraie vie. Sans jamais imaginer que l'on peut arborer autre chose que la croix – ni imaginer une seconde que l'on peut être terrassé par autre chose que des crises de Foi.

 Je suis soulagée. Soulagée et ébahie d'être si brusquement loin de l'Irlande. Le gris, le murmure de Londres, son vacarme, son agitation – je ne me suis pas rendu compte que tout ça me manquait, sans doute parce que je n'en avais jamais eu conscience... ni conscience d'en avoir besoin. L'air frais, propre, humide d'Irlande, ce silence, ce vert partout – tout ça m'a quasiment brisée. Je n'étais qu'une enfant quand on m'a emmenée là-bas. Bien sûr, quand j'ai blessé si vilainement cet idiot de petit garçon – et son nom va me revenir, dans une minute je l'aurai retrouvé –, je savais très bien que de sales trucs m'attendaient, certainement, mais si j'avais su que ce seraient encore des bonnes sœurs, et en Irlande, que ma punition serait d'une telle sévérité, je ne me serais jamais laissée aller à pécher de manière aussi horrible, et aussi délicieuse. Si l'on m'avait simplement prévenue que tout nouvel acte délictueux de ma part me vaudrait une fois de plus de connaître le froissement des robes de futaine, les corridors interminables et glacés et pleins d'échos, le cliquètement de tous ces chapelets et rosaires portés à la ceinture, le son lourd et bas de la cloche, la cloche, cette saloperie de saloperie de cloche, les sorcières à figure de rapace, avec leurs rituels de cruauté – j'ai tout d'abord pensé qu'ils étaient accidentels, instinctifs, avant de comprendre, bien plus tard, qu'ils étaient non seulement prémédités, mais chéris et appliqués avec une sombre jouissance. Les vapeurs d'encens qui brûlent les yeux et vous prennent à la gorge pour étouffer si aisément l'odeur de – non, pas l'odeur de sainteté, rien de tout cela – mais les relents mouvants, menaçants, de la putréfaction, d'une horrible corruption tenue en lisière, à peine, derrière un voile arachnéen de pureté. Si seulement on m'avait prévenue que ce seraient là, pendant des années et des années, les murs de ma prison, mon châtiment, alors j'aurais agi de telle manière que tous les saints du paradis vous paraîtraient à présent souillés, comparés à moi. Et cet idiot de petit garçon, je ne l'aurais pas cogné comme je l'ai fait, en pleine figure, je n'aurais pas tiré encore et encore sur son ridicule petit pénis jusqu'à ce qu'il soit tout rouge et à vif et même réduit en bouillie (et Dieu sait qu'il criait) ; je ne l'aurais pas frappé de nouveau en plein visage, lui cassant ses lunettes, cette fois ; je ne lui aurais pas tordu si fort le bras dans le dos, ni giflé cent fois sa ridicule petite quéquette, je ne l'aurais pas cogné encore en pleine figure, lui ouvrant la lèvre en deux cette fois, et je n'aurais pas tordu plus fort son bras dans son dos jusqu'à ce que je le sente claquer, avant de le laisser tomber au sol dans une flaque de son pipi, vomissant et criant toujours. Si seulement on m'avait prévenue que ce seraient encore les bonnes sœurs, ce petit idiot – idiot et en outre parfaitement innocent de tout, c'est ça le plus triste –, je ne lui aurais jamais fait mal, je l'aurais laissé tranquille. Mais on m'a laissé croire que la punition qui m'attendait serait supportable, juste une nouvelle occasion d'exercer et augmenter mes ressources, un nouveau défi à relever. On ne m'a rien dit, on ne m'a pas prévenue que je serais immédiatement condamnée à une mort sans fin, à un dessèchement du cœur et à une ablation de l'âme, tout cela sous les yeux de marbre du Jugement, aux mains roses de froid des Sœurs de la Charité. Simon. Voilà comment il s'appelait, cet idiot de petit garçon. Toute sa vie, il devra lutter pour s'en remettre ; c'est notre lot, aux gens comme Simon et moi.

Sur le bateau, en route pour l'Irlande, j'ai été si affreusement malade, au milieu de toute cette confusion, qu'il n'y avait plus de place en moi que pour l'effarement. C'était comme si mon corps avait décidé de se retourner comme un gant, résolu à se vider par hoquets de tous ses organes et de tout son sang, pour me laisser ouverte, déchirée, chair et os exposés au fouet de l'eau de mer et de la tempête qui nous cinglait. L'esclave qui m'accompagnait – elle m'avait dit qu'elle était novice en faisant un signe de croix – m'a obligée à rester sur le pont, et m'a enlevé le manteau que ma mère avait insisté pour que je prenne ; elle a dit qu'il existait des gens pauvres et honnêtes qui méritaient ce confort infiniment plus que moi. Je suis restée là allongée sur le sol visqueux, appelant la mort de tout mon être – même si, tandis que je tentais de me débarrasser de l'odeur pénétrante du vomi et des embruns qui souillaient mes joues et mon menton, j'essayais de toutes mes forces de ne pas prier. Plus tard, une fois la tempête calmée, j'ai contemplé mes pauvres jambes nues, mauves de froid, bientôt toutes parsemées de flocons d'écume blanche ; je me sentais plus liquide que solide.

Personne ne m'avait parlé de l'Irlande. Je pensais qu'on allait jusqu'au bout du monde ; je ne me souviens que d'une mer grise, furieuse, tout autour de moi, et que ça a duré, duré éternellement. Nous avons quand même accosté – le bateau avait cessé de bouger, mais mes membres ne répondaient plus, et je suis pratiquement tombée sur le quai. L'Irlandaise mince et dure, l'esclave, la novice – combien d'années pouvait-elle avoir de plus que moi, cette petite garce ? Très peu, sûrement, mais le gouffre entre nous était infranchissable, elle me le faisait bien comprendre – n'a pas dissimulé son sourire moqueur quand, debout sur le quai, j'ai penché la tête et saisi à deux mains la masse de mes cheveux pour les essorer en une cascade glacée, salée, qui éclaboussait les pierres. J'étais plus que trempée, je grelottais affreusement ; il pleuvait ; je ne crois pas avoir connu en Irlande une seule journée sans voir la pluie tomber, ou au moins demeurer suspendue dans un air saturé d'humidité. Seule l'agitation furieuse de la mer pouvait la distinguer d'un ciel métallique, menaçant, un ciel bas comme je n'en avais jamais vu. Il y avait un autobus piqueté de rouille, marqué par la vérole de décennies de pluie, mais je n'y avais pas droit, moi. On est montés dans une carriole, et un homme énorme sous une carapace de toile cirée s'est mis à harceler le vieux baudet crevé, paresseux, pour qu'il reprenne la route en sens inverse, vers là d'où il était venu, entre les ornières et les flaques de boue. Sur les arceaux de la carriole était posée une bâche que le vent soulevait brusquement, par rafales. À chaque virage, la pluie s'engouffrait, froide, dure, douloureuse, avec un roulement de tambour assourdi, comme celui d'une envolée de pigeons, et dehors je ne voyais que des champs d'un vert profond, quelques monticules et touffes d'herbe écrasés par des siècles et des siècles d'averses. Tandis que la carriole cahotait dans les ornières, j'essayais de ramener un peu de vie dans mes jambes. L'apprentie-sœur a interrompu soudain son marmonnement de prières, et pinçant fermement la perle du chapelet à laquelle elle se vouait corps et âme, m'a enjoint sèchement de ne pas me frotter, de ne pas me toucher, de me tenir droite et de ne jamais oublier que le regard de Dieu était sur moi, toujours.

Le gris. Difficile de ne pas revenir sans cesse à ce seul mot : le gris. Le gris était partout, me cernait, et il a bientôt réussi à m'imprégner. Quand la carriole a cessé de cahoter et que nous sommes arrivées – mais arrivées où ? –, je n'ai vu que des murs gris dressés devant un ciel gris sous une pluie grise qui ne cessait pas. Le hall n'était éclairé que par deux épaisses bougies posées dans de gros chandeliers de fer, et de loin, j'ai entendu un écho de pas décidés – un lourd, un plus léger, comme si le marcheur était boiteux ou roulait des hanches, mais curieusement cela m'a paru tout à fait naturel. Puis il y a eu le froissement, le froissement sinistre de la robe maudite – le truc, j'en étais certaine, que les sœurs préféraient dans les signes extérieurs, au moins, de leur vocation de corbeaux humains. Derrière les portes fermées, bien sûr, elles avaient bien d'autres sources de délices ; mais je ne le savais pas encore. L'esclave qui m'avait amenée jusque-là a baissé les yeux ; quand le froissement s'est enfin interrompu, et que j'ai senti la présence devant nous, elle m'a donné un coup dans le flanc et je l'ai regardée, surprise. Des yeux, elle m'ordonnait d'imiter un petit geste qu'elle-même esquissait sans cesse, quelque chose entre la révérence et la génuflexion. Je n'avais encore jamais vu ça ; mais ce geste, j'allais bientôt l'intégrer, il deviendrait un réflexe instinctif chez moi.

« Voilà, ma Révérende Mère a-t-elle chuchoté.

— Je vois », a fait une voix froide et – comment dire... ? – bizarre, à mes oreilles, un ton de voix bizarre. Je gardais les yeux baissés sur le sol, j'essayais de ne pas trembler. Les dalles de pierre se ponctuaient peu à peu de taches sombres, tandis que l'eau dégouttait de moi, avec un tic-tac d'horloge.

« Sauvez-vous, ma fille. Il y a du pain et du thé pour vous, au réfectoire. Priez pour moi, mon enfant.

— Je prierai pour vous, ma Révérende Mère. Et merci, ma Révérende Mère. Puis-je vous laisser seule avec... en êtes-vous certaine ?

— Tout à fait. Tout à fait. Filez, maintenant. »

Bizarre, tellement bizarre. Mais qu'est-ce qui était bizarre, et pourquoi étais-je soudain plus bouleversée que je ne l'avais jamais été ?

« Nous sommes de vieilles amies toutes deux, n'est-ce pas, Annette ? »

Un étrangleur invisible m'avait prise à la gorge, dans l'obscurité. Je ne respirais plus que par à-coups, je me disais juste que je ne devais pas pleurer.

« Mais je ne suis plus sœur Joanna, comme vous pouvez le voir, Annette. Quand nous nous croiserons, dorénavant, il faudra m'appeler ma Révérende Mère. Regardez-moi, mon enfant. »

Je me sentais si mal, tout d'un coup, que j'ai cru tomber. Si je ne levais pas les yeux, peut-être que tout cela ne deviendrait pas réel.

« Regardez-moi, mon enfant. Je pardonne cette insolence, pour une fois. Vous avez fait un long voyage. Regardez-moi.

— S'il vous plaît... laissez-moi partir. Laissez-moi rentrer à la maison... !

— À la maison. Eh oui – la maison. Hélas, hélas, Annette, la maison, cela n'existe plus pour vous. Vous êtes une pécheresse. Vous êtes une pécheresse au cœur noir, et vous êtes ici pour être lavée de vos péchés. Et vous le serez, Annette – vous le serez, Dieu m'en est témoin. Vous resterez ici le temps qu'il faudra pour ce faire. Parfois, quand une de ses enfants laisse le Seigneur pénétrer de nouveau dans son âme, cela ne dure que – oh, quelques années. Mais parfois, pour d'autres... eh bien certaines ne repartent jamais. Nous ne pouvons pas les exposer au Mal qui rôde dans le monde extérieur, donc nous les gardons ici, à l'abri, en sécurité. Le cimetière en est plein, Annette. Bien. Quelqu'un va venir immédiatement pour prendre vos vêtements et les brûler, et vous désigner votre cellule. La seule chose que vous aurez à faire ce soir, c'est prier et dormir, prier et dormir. Et demain à la première heure, nous vous apprendrons les règles en vigueur ici. Et, si nous estimons que vous les méritez, vous aurez droit à du pain et à un peu d'eau. Bienvenue parmi nous, Annette. Bienvenue. En arrivant ici, j'aurais pu deviner que nos routes se recroiseraient un jour. Mais n'ayez crainte, mon enfant – où que le Mal se niche en vous, nous saurons le débusquer et avoir raison de lui. Vous serez purifiée, purgée. Ah – voilà votre guide. Dieu vous bénisse, Eileen.

— Dieu vous bénisse, ma Révérende Mère.

— Eileen, je vous présente Annette. Vous savez ce que vous avez à faire. Sans parler plus qu'il n'est strictement nécessaire. Bonne nuit, Annette. Bonne nuit. Et que Dieu vous prenne en pitié. »

J'ai levé les yeux vers Eileen – et la pauvre petite fille, elle m'a fait penser au baudet épuisé, abattu, qui nous avait amenées en chariot. Elle n'a pas souri. Je l'ai suivie au long de couloirs silencieux, gris, nous avons monté deux volées de marches jusqu'à la cellule de pierre où j'allais vivre seule pendant toutes ces années. Il y régnait un silence cotonneux ; tout était gris. Une chemise de nuit, grise, était étalée sur un grabat rembourré de paille, à peine plus large que mon corps. Eileen me l'a désignée, et s'est détournée. J'ai ôté mes vêtements trempés en les laissant tomber au sol. Elle les a ramassés et a dit Dieu vous bénisse, et soudain une angoisse épouvantable m'a saisie, j'ai crié oh je vous en *supplie*, ne partez pas, et j'ai essayé de m'accrocher à son bras. Elle a reculé, avec un gémissement, et s'est enfuie en courant, claquant la porte derrière elle. Pauvre Eileen. Elle a perdu l'esprit, presque deux ans après. A tenté de s'enterrer vivante dans le potager. S'est mise à boire l'eau des gouttières. Une des sœurs a dit qu'elle avait besoin d'être mieux guidée. Pauvre Eileen. Aucune de nous ne l'a plus jamais vue. Ce serait bien, vous savez, d'avoir assez peu de cervelle pour croire au paradis, ne fût-ce que pour penser que la petite Eileen s'y trouve à présent. Mais je ne crois qu'à l'enfer, je ne pense qu'à l'enfer, et aux scélérats que je suis bien décidée à y envoyer.

L'entrée dans l'établissement ne se faisait ni progressivement, ni délicatement. Ce n'était pas leur faute, à ces pauvres filles – quand, plus tard, on m'a forcée à devenir guide moi-même, je suis certaine d'avoir été tout aussi contrariée, et tout aussi froide. On nous avait toutes battues à mort, et non seulement physiquement, mais souvent. Et quand la cloche, cette saloperie de cloche qui accompagnerait chacun de mes réveils, a sonné ce tout premier matin, dans un vacarme discordant, j'ai été surprise de constater que j'avais dormi. Le matelas était tout petit, affreusement dur, et la seule couverture, trop fine, n'avait rien de confortable ; et pas d'oreiller du tout. J'avais pleuré dans la nuit. Et puis j'avais dû arrêter. Et ce premier matin, comme tous les matins qui suivraient, il faisait encore plus gris et pluvieux, plus froid que la veille, à ce qu'il m'a semblé. Une cuvette d'eau froide était posée là, pour me laver sans doute, mais je l'avais bue entièrement, dans la nuit. J'ai passé l'épais maillot de corps et la culotte de laine noire, la robe-sac de grosse toile grise que je voyais accrochée là. Elle était beaucoup trop grande, et formait des gros angles raides, mais elle s'est bientôt faite à mon corps, à la manière d'un sac, informe, avec des plis et des poches, comme toutes les robes de toutes les filles (ces robes dont le simple contact irritait la peau à vous rendre folle). En sortant de ma cellule, j'ai entrevu deux ou trois silhouettes qui disparaissaient au bout du corridor, et je me suis dépêchée pour les rattraper, pour voir où elles allaient. Nous sommes entrées dans la chapelle – la chapelle, bien sûr, car où pouvait-on bien aller, sinon dans la glacière à demi éclairée de la chapelle ? Les autres filles avaient toutes une sorte de chiffon noué autour de la tête – de la même toile grise que les robes. Et le mien ? Je ne l'avais pas remarqué, peut-être ? Je l'aurais laissé accroché à une pince à linge dans la cellule ? Allais-je être déjà punie pour avoir manqué de l'humilité requise dans la maison de Dieu ? Non. Non. Non. L'humilité que l'on allait bientôt m'imposer aurait pu écraser un Titan. Une sœur est venue vers moi, m'a saisie par les cheveux, et traînée jusqu'à l'autel. Elle a appuyé sur mes épaules et j'ai dû me laisser tomber à genoux, de sorte que je n'avais plus devant les yeux que le rosaire accroché à sa ceinture et le pan de futaine qui, s'il s'était agi là d'un être humain, aurait pu dissimuler un sexe, et d'autres organes plus internes. Elle a soulevé mes cheveux par poignées, et les ciseaux ont opéré vite et bien, ou plutôt vite et mal – ce crissement et ce claquement des lames, je l'entends encore aujourd'hui –, tandis que je me forçais à ne pas pleurer, à n'émettre aucun son, et que les lourdes mèches et boucles qui m'appartenaient passaient devant mes yeux et tombaient au sol. Quand elle en a eu terminé, la sœur m'a ordonné de faire le signe de croix et de prier Dieu de m'accorder l'humilité. Puis elle m'a tendu un carré de toile grise, et là je me suis mise à pleurer, sur quoi elle m'a ordonné de cesser, mais je crois que je vagissais littéralement à cet instant, alors elle m'a giflée encore et encore, et l'effarement, la douleur m'ont aussitôt calmée. Une fille s'est avancée et m'a accompagnée au fond de la chapelle. Tout au long des prières du matin, je n'ai pensé qu'à ma tête, mon crâne que je sentais sous le foulard : des épis, des touffes éparses, des endroits presque ras – comme les champs massacrés par les averses de l'Irlande, tout autour de moi. Seules les sœurs avaient droit à des prie-Dieu rembourrés. Mes genoux étaient déjà douloureux. Aujourd'hui encore, je ne peux pas m'agenouiller. Nos genoux à toutes se sont usés et déformés au fil des années. Un gémissement collectif de douleur, voilà tout ce qu'on entendait quand une fois de plus la cloche résonnait et que nous nous mettions à genoux pour prier encore, pour les dévotions, les oblations, les vêpres et les bénédictions. Le cartilage est foutu, définitivement. Mais il y a d'autres blessures aussi, beaucoup plus profondes.

Au début, j'ai dû me comporter comme toutes les nouvelles arrivantes. Pas par crainte, ni parce que je pensais devoir faire preuve de déférence – ni non plus parce que je voulais désespérément, je ne sais pas... comment peut-on, honnêtement, dire ça, dans un tel endroit ? M'intégrer ? Personne ne s'intégrait. On ne pouvait pas, personne. C'était une forteresse peuplée de déjantées, dirigées de la pire manière qui soit par une hiérarchie de cinglées allant de la soumission absolue des silhouettes marmonnantes au bas de l'échelle jusqu'à un vertige de pouvoir digne de psychopathes et de criminelles à son sommet le plus saint. Donc non – au départ, je me suis simplement attachée à apprendre où étaient les choses, à suivre tel ou tel trajet pour ne plus être sans cesse punie pour mes retards. À m'accroupir comme ceci ou comme cela pour planter ou récolter les pommes de terre, de manière à ne pas rester courbée et à moitié impotente pendant trois jours. À m'arranger pour ne jamais me retrouver en bout de table, contre le mur, au réfectoire, car le plat y arrivait vide. À faire cette drôle de petite génuflexion à chaque fois qu'on croisait une sœur, et à ne jamais les regarder droit dans les yeux – non pas, dans mon cas, en signe d'humilité, mais pour éviter que ne leur vienne soudain en tête un ordre ou une tâche inédite qu'elles seraient trop contentes de m'imposer. Car l'interminable journée était déjà remplie à ras-bord par les prières et les travaux, les prières et les corvées, les prières et la sueur et l'obéissance. J'ai écrit une lettre à ma mère ; elles l'ont déchirée sous mes yeux. Elles ont dit qu'elle n'était pas pieuse. Alors j'ai écrit une lettre qui me semblait pouvoir être considérée comme pieuse – je n'ai jamais su si elles l'avaient envoyée, et si oui, ce que ma mère a bien pu y comprendre. En deux occasions, on m'a montré une enveloppe, ouverte – bleu pâle, avec le filigrane de Basildon Bond – avec mon nom et l'adresse de cet endroit inscrits de la main de ma mère, avec le vieux stylo-plume Parker de mon père, à l'encre bleue effaçable ; en haut, à droite, un timbre à trois pence, mauve, le profil de la reine lourdement maculé de cachets postaux indiquant London N.W. Les lettres elles-mêmes, d'après elle, n'étaient absolument pas convenables. Donc j'ai gardé les enveloppes, et je lisais et relisais mon nom, et sous le rabat déchiré, je m'imaginais que je pouvais sentir, flairer la salive de ma mère.

Plus tard, j'ai commencé à essayer de m'en sortir toute seule. Je n'avais appris ça de personne : toutes les autres faisaient exactement ce qu'on leur disait. Sauf Belinda, bien sûr. Mais j'ai découvert qu'en étant prudente, je pouvais facilement dissimuler une grosse pomme de terre dans la poche de mon tablier de travail – et que quand on se trouve derrière la réserve de bois, en train de brûler des mauvaises herbes, un vieux seau sans anse déniché au fond de l'arrière-cuisine fait parfaitement office de casserole. Parce que nous avions faim, toutes, tout le temps. Pain, pommes de terre, choux – et aussi soupe de pommes de terre, soupe aux choux avec du pain trempé – tel était le menu quotidien. Nous faisions pousser des tomates et des fraises, mais elles étaient réservées aux sœurs. Des pommes aussi, en saison. Parfois, on trouvait dans la soupe des petits bouts de gras et de couenne, et même des fragments de viande – on disait que c'étaient les reliefs des gigots gargantuesques que l'on mettait à la broche, ainsi que des poulets et des oies, à chaque fois que le père O'Doyle venait au couvent pour nous confesser. Donc une pomme de terre chipée – certes ce n'était qu'une pomme de terre de plus, mais le simple fait de l'avoir dérobée la rendait délicieuse.

J'ai commencé à aller à la bibliothèque, à lire. Les livres étaient ennuyeux – théologie, sermons – mais l'écriture elle-même m'inspirait parfois. Je me suis mise à écrire, sur des pages de garde que j'arrachais : former les mots me plaisait, et le son qu'ils produisaient. Nous n'avions pas le droit d'emporter un livre hors de la bibliothèque, mais j'ai bientôt trouvé un moyen. Je récupérais les restes de bougie au pied des statues de saints, et j'ai volé une boîte d'allumettes dans la sacristie. Mea culpa. Je lisais et j'écrivais la nuit, dans ma cellule, et à l'aube je dissimulais mon pauvre butin sous une dalle descellée, dans un coin de la pièce. Il m'avait fallu cinq jours, en y consacrant chaque seconde de liberté, pour creuser le ciment tout autour avec un tournevis cassé trouvé dans le garage, et toute ma force pour la déplacer ; peu à peu, ça devenait plus facile. Et j'ai aussi volé du vin, toujours dans la sacristie. Je n'avais jamais bu de vin, et j'ai trouvé ça – oh, affreux, infect. Mais l'excitation de simplement l'avoir pris, et le vertige qu'il procurait – voilà les rares moments où je m'approchais du ravissement. Moments précieux, moments infimes. Pour le reste, pendant dix-huit heures par jour, tous les jours, tous les jours, je m'ébouillantais dans la buanderie, aveuglée par la vapeur et le dos cassé par le poids du linge, je me brisais les genoux au long des prières interminables, et je restais accroupie pour planter et ramasser des patates ; et la pluie tombait, tombait.

Je n'avais plus la notion du temps – le jour, la saison étaient impossibles à déterminer : il faisait triste, il faisait humide, et souvent noir. Je ne voyais guère sœur Joanna – ou plutôt ma Révérende Mère, comme il fallait l'appeler à présent. Je ne l'ai pas vue pendant longtemps. Cela devait changer. Et Belinda – c'est elle, d'une certaine manière, qui a été responsable de ce changement. Elle devait être le catalyseur. J'aimais bien ce mot, catalyseur : je continuais à lire, vous savez – en fait, je lisais de bout en bout le Oxford Dictionary, et j'écrivais les mots dont j'aimais particulièrement l'aspect et le son : revigorant – on aurait pu passer sa vie à tenter maladroitement, vainement, de décrire, je ne sais pas, un sentiment, une action, alors que ce mot-là existait pour l'exprimer si parfaitement et si complètement. À condition, bien sûr, que la personne avec qui vous parliez le connaisse aussi. Mais c'est toujours comme ça : quoi qu'on veuille faire, il faut toujours une personne réceptive en face – sinon, à quoi bon le faire ? Ça ne sert à rien, n'est-ce pas ? Bref : Belinda. J'avais déjà remarqué que certaines filles n'avaient pas les cheveux régulièrement et abominablement tondus. Belinda en faisait partie – une très jolie fille, selon moi. De grands yeux bleus, pleins d'une vitalité que les forces maléfiques du lieu n'avaient pas encore réussi à tuer. Il lui arrivait de rire, à des moments où aucune d'entre nous n'aurait même songé à sourire. Au lieu de laisser tomber la pomme de terre fraîchement épluchée dans le sac posé à côté d'elle, elle la lançait, de loin, en chantonnant à chaque fois *Allez, hop ! Allez, hop !* Elle manquait parfois sa cible, alors elle riait et allait tranquillement la ramasser. Une fois, elle a fourré une énorme pomme de terre dans sa culotte et a fait une sorte de mouvement de va-et-vient avec ses hanches, ce que j'ai trouvé extraordinairement drôle, et affreusement audacieux. Nous étions mortes de rire, toutes les deux. Naturellement, il a fallu qu'une sœur nous repère, n'est-ce pas ? Elle est venue vers Belinda – oh, ne me demandez pas laquelle c'était : elles se confondaient toutes en une masse indistincte et malveillante de robes bruissantes de méchanceté. On pourrait penser, n'est-ce pas, qu'il y en avait au moins une bonne, une gentille, ou même une pas-trop-vache parmi elles, mais non, pas dans cet endroit ; en guise de foi, c'était la mauvaise foi qui régnait, le contraire de la charité, qui tuait tout espoir. Chacune avait dû être soigneusement sélectionnée par le Vatican pour s'être montrée performante au cours d'un examen tordu consistant à atteindre au plus près le contraire du christianisme, au sens où n'importe quelle personne de bonne foi peut entendre ce mot (un peu, je suppose, de la manière dont on recrutait les membres de la Gestapo). Donc une de ces sorcières s'est approchée de Belinda, et j'étais trop loin pour entendre – mais Belinda a baissé la tête et marmonné quelque chose avant de suivre la sœur dans le bâtiment, l'air soumis. Plus tard, je lui ai demandé : qu'est-ce qui s'est passé ? Qu'est-ce qu'elles t'ont fait ? Elles m'ont fouettée, m'a-t-elle répondu. Elles m'ont fouettée. L'incrédulité, l'impossibilité qu'elles aient pu faire une telle chose m'a saisie, parcourue tout entière, comme une décharge électrique. Mais Belinda n'en a pas dit plus : il n'y a plus jamais eu un mot sur ça.

Nous sommes devenues très proches, toutes les deux – mais pas comme vous pourriez le penser. La journée était programmée de manière à gommer chez nous toute vague trace d'individualisme, ne laissant ni temps ni place pour la moindre expression personnelle, et quasiment aucune possibilité d'intimité avec soi-même, sinon bien sûr pendant les interminables prières. Mais Belinda et moi brûlions les mauvaises herbes derrière la remise à bois, et faisions cuire nos pommes de terre volées, puis, à l'intérieur de la remise, nous nous touchions l'une l'autre, doucement d'abord, puis plus doucement du tout ; c'est Belinda qui m'a appris à la mener à ce qu'elle appelait un orgasme, puis – oh, cette extase, je ne l'oublierai jamais, la première fois – à le recevoir. Elle disait que les sœurs utilisaient des cierges. Et les prêtres. Des cierges et des prêtres ; la Révérende Mère, elle, se servait d'un crucifix. Et elle m'a montré, Belinda, comment y parvenir toute seule, et à partir de cet instant, je n'ai plus arrêté. C'était la seule chose qui, la nuit, pouvait me distraire de la lecture et de l'écriture. J'ai cherché le mot orgasme dans le dictionnaire, sans le trouver. Je pense qu'ils doivent en imprimer une édition spéciale pour le Vatican. Je suppose que le vrai Oxford Dictionary, en entier, doit être à l'Index – Index que je compte bien un jour découvrir et lire dans son intégralité, avec la quasi-certitude d'être déçue. En attendant, je m'absorbais dans le *Livre des martyrs*, de Foxe, dont je pense toujours que c'est l'ouvrage le plus explicite que j'aie lu de ma vie : délicieusement explicite.

Belinda me protégeait, aussi, car elle était beaucoup plus grande et forte que moi. Parce que ce lieu était plein de filles redoutables, cinglées, dangereuses, beaucoup d'entre elles bien pires que moi. Un jour, l'une d'elles, juste avant les vêpres, m'a frappée dans l'obscurité, en pleine figure, avec une Bible, puis a recommencé. J'étais à moitié assommée, je saignais du nez, et pendant les vêpres, j'ai été obligée de dissimuler mon visage avec les pans de mon foulard. Pourquoi tu as fait ça ? lui ai-je demandé après – encore tremblante : pourquoi tu m'as frappée comme ça ? Elle s'est retournée en ricanant – elle s'appelait Shona, elle avait deux dents cassées et des poings comme des massues – et a littéralement craché qu'elle m'avait cogné sur la gueule parce que ma gueule était *là*, tu *vois* ? Et curieusement, oui, je voyais, d'une certaine manière : ce genre de chose arrivait, dans un endroit comme ça. Mais je l'ai raconté à Belinda, et je ne sais pas ce que Belinda lui a dit, mais Shona ne m'a plus jamais embêtée.

C'était à peu près le moment où mes cheveux devaient passer au massacre rituel ; dès qu'on pouvait un tant soit peu les saisir, enrouler une boucle autour de son doigt, imaginer son visage encadré par une vraie chevelure, avoir retrouvé une joliesse d'autrefois (avant qu'on ait été arrachée à soi-même), c'est là que les lames claquantes ressurgissaient. Mais pas pour moi. Personne ne m'a dit que je pouvais ou devais laisser repousser mes cheveux : on m'a simplement ignorée. Donc, entre ma tignasse qui réapparaissait et mon amitié avec Belinda, car je pense que c'était une vraie amitié, j'ai commencé, prudemment au début, puis avec plus d'assurance, à m'affirmer au travers des minuscules occasions qui m'étaient offertes. J'ai raccourci ma robe de cinq centimètres, ce qui m'a valu de rester deux heures attachée sous la pluie, à la descente d'eau du réservoir ; c'était là une des punitions les plus inoffensives. Une autre consistait à devoir s'agenouiller sur le sol de marbre du baptistère, après quoi une sœur empilait une trentaine de livres de cantiques sur vos mollets. On restait ainsi, à adresser des Je vous salue Marie à l'effigie en plâtre de la susdite, avec ses bras tendus et son cœur dardant de rayons, jusqu'à ce que quelqu'un se souvienne de vous et envoie une autre pauvre fille, elle-même presque folle de manque de sommeil et ivre de prières, pour tenter de vous remettre sur vos pieds et vous empêcher juste à temps de sombrer dans le délire – puis vous aider, maladroite et inutile, à regagner votre cellule. Parfois, un verre d'eau bénite était versé dans nos paumes, et il fallait rester au dehors immobile au milieu des bourrasques, à envisager la plus terrible des damnations promises, si l'on avait le malheur d'en laisser échapper une goutte. D'autres punitions se rapprochaient du sadisme avoué : du plâtre était étendu sur nos jambes non rasées, puis ôté bien lentement, par bandes, dans une douleur atroce. Et puis il y avait le pénultième châtiment, le fouet. J'avais pensé que c'était le sommet de leur immonde et jouissive cruauté, mais elles avaient encore un pire tour dans leur sac. Que j'ai été une des rares à découvrir.

Belinda et moi étions en train de briquer la chaire – un énorme machin en chêne sculpté, parfaitement risible selon moi, d'où le père O'Doyle, ivre mort, lançait ses imprécations et ses platitudes le plus noires ; pour lui, le bon Dieu n'était qu'une machine à châtier, toujours prête à nous assener une terrible vengeance. Et là, je suis tombée sur une pile d'images pieuses. Peut-être ont-elles déclenché quelque chose en moi, je ne pourrais pas le dire ; mais il y a quelque chose dans la médiocrité du dessin, le flou, le contentement béat des visages de saint Joseph, de saint Benoît, de saint François, et naturellement de la Vierge Marie, qui me met instantanément dans une rage complètement disproportionnée. Et là, je leur ai arraché la tête, à tous. Belinda est restée sans voix devant mon audace, et puis elle a éclaté de rire, et moi aussi : pour nous deux, c'était la fin, même si on ne le savait pas encore. Et c'est ainsi que, ce soir-là, j'ai revu la Révérende Mère.

« Je me demandais, dit-elle – et sa voix était presque langoureuse, – combien de temps cela durerait. Combien de temps cela prendrait. Car ce n'était qu'une question de temps, bien entendu. Et le temps, comme toute chose sur cette terre, est entre les mains de Dieu. »

La sœur se leva de sa chaise, derrière le grand bureau de bois lisse. Elle prit une règle, regarda Annette.

« Faites le signe de croix, mon enfant. Agenouillez-vous devant moi et signez-vous. Et répétez. Répétez après moi, mon enfant. »

Elle se mit à agiter la règle comme un chef d'orchestre.

« Au nom du Père...

... plus fort, Le Seigneur ne vous entend pas, mon enfant.

... Au nom du *Père*...

... du Père, oui, du Père très saint...

... et du Fils...

... du Fils, le Fils béni mort sur la croix en rémission de nos péchés...

... et du Saint-Esprit...

... l'Esprit très saint, oui, très saint...

...Amen. »

La Mère supérieure posa brusquement la règle, comme si son poids était devenu trop lourd à porter.

« Amen... ! Amen... ! Amen... ! Levez-vous, mon enfant. »

Annette se releva, baissa les yeux. Elle ne supportait même pas de regarder cette femme ; que la regarder dans les yeux fût interdit tombait très bien. La pièce dans laquelle elle se trouvait à présent était chichement meublée, mais chaque objet était de bois très sombre, et luisait d'un éclat étrange. Un tapis persan d'un rouge terne était étalé en travers d'une table et, à gauche de la fenêtre à meneaux, était accrochée dans un cadre lourdement ornementé une tête du Christ, le visage renversé en arrière, les yeux pâles et suppliants, le creux de ses joues et la ligne étirée de sa gorge finement soulignés par les ruisselets de sang qui serpentaient délicatement depuis la couronne d'épines incrustée dans son front. Même tête baissée, Annette eut largement le temps d'examiner tout ceci, car la Mère supérieure demeurait silencieuse, apparemment décidée à ne rien ajouter. Derrière son voile était accroché le crucifix dont Annette supposait, sans en être certaine, qu'elle le frottait vigoureusement entre ses cuisses immondes et crayeuses, à la lisière de ses bas noirs, pour parvenir à une extase auprès de laquelle celle de sainte Thérèse n'était que les vagues prémices du désir. Puis elle parla :

« Pourquoi Dieu vous a-t-Il créée, mon enfant ?

— Dieu m'a créée pour Le vénérer et L'adorer et...

— Et Ses saints ? Dieu souhaite-t-Il que vous vénériez Ses saints également ?

— Ou... oui.
— *Oui... ?*
— Oui, ma Révérende Mère.
— Oui, ma Révérende Mère... Tout à fait, n'est-ce pas, mon enfant ? Et la Vierge Marie ?
— La Vierge Marie, ma Révérende Mère ?
— Faut-il la vénérer ? Dieu souhaite-t-Il que vous la vénériez également, mon enfant ?
— Oh – oui. Oui, ma Révérende Mère.
— Oui. Oui, ma Révérende Mère... tout à fait. Donc vous voyez que vous savez très bien tout cela, n'est-ce pas mon enfant ? Vous n'êtes pas une fille stupide ?
— Non. Non, ma Révérende Mère.
— Non. Non, ma Révérende Mère... Et cependant, vous les profanez, n'est-ce pas ? Les images des saints. De la mère du Christ. Vous les profanez. N'est-ce pas, mon enfant ?
— Je suis... désolée. Je suis sincèrement désolée, ma Révérende Mère. »

La Mère supérieure regarda vers la fenêtre. Ses yeux se rétrécirent. Sa voix se fit lointaine, mélancolique, presque blanche.

« Je suis désolée... Oui, mon enfant. Vous êtes désolée, sincèrement désolée.
— Oui. Oui.
— *Oui... ?*
— Oui – ma Révérende Mère.
— Mmm. Mmm. Oui, ma Révérende Mère... Bien. Bien. Je suis heureuse de l'entendre, mon enfant. Cela signifie que le travail que nous faisons ici n'est pas totalement vain. Repentance et pénitence – voilà qui doit être encouragé. Il faut endurer le châtiment. Je vais vous donner le fouet, mon enfant. Je vais vous donner le fouet, dans l'instant. Avec une extrême sévérité. »

Annette releva brusquement les yeux et, dans un choc, son regard rencontra l'éclat noir, furieux, de celui de la religieuse. Elle tenait à présent en main une lanière flexible d'un mètre vingt, doublée d'un réseau de fines lanières en croisillons, et repliée à son extrémité.

« Dirigez-vous vers cette table, mon enfant, et allongez-vous sur ce tapis de table. Posez vos pieds sur ce plateau. Vous allez relever votre robe, et baisser votre sous-vêtement. »

Annette ouvrit la bouche pour dire quelque chose, puis la referma. Il y avait de la haine en elle, mais aussi une violente angoisse qui battait, chacune réclamant, disputant à l'autre le droit de simplement s'exprimer. Elle ouvrit la bouche, la referma. Elle se détourna, se dirigea vers la table. La robe de toile grise lui racla les jambes, rêche, tandis qu'elle la relevait. La chaleur de sa culotte lui fut un bref réconfort, comme elle la faisait glisser sur ses cuisses. Elle s'allongea en travers de la table, et son cœur s'affolait à présent, terrifié, éperdu comme un petit animal acculé dans un coin, aux prises avec la panique. Un son glacé trancha l'air, et elle ne sentit qu'un léger impact, mais comme le chuintement se reproduisait, la douleur darda soudain, brûlante, jusqu'au centre d'elle-même, explosant en un choc d'une violence indicible, et déjà l'air vibrait une troisième fois, et elle poussa un hurlement, mais aucun son ne sortait de sa bouche, et ses doigts n'étaient plus que des serres accrochées au tapis, griffant le tapis, tout le bas de son corps à vif et plongé dans un chaudron d'huile bouillante, de métal en fusion. Le fouet se déployait et tranchait l'air et la cinglait, repartait et revenait, à chaque fois une décharge électrique, un court-circuit fulgurant dans toutes ses terminaisons nerveuses survoltées. Elle pria pour s'évanouir, tandis que le diable l'écartelait membre à membre. Et quand on lui enjoignit de se relever, une fois, deux fois, elle s'aperçut qu'elle ne pouvait plus bouger.

« Redressez-vous, mon enfant – *redressez-vous*. Obéissez, immédiatement. J'ai dit *redressez-vous* ! »

Annette décolla du tapis rugueux son visage trempé de larmes et de sueur. Elle ne parvenait pas à soulever ce corps informe, énorme, rugissant de douleur, qui ne lui appartenait plus. Quelque chose de chaud coulait lentement le long de ses jambes, dans le plateau sur lequel ses pieds s'appuyaient. Se soulevant encore un peu, elle vit les ruisselets de sang qui serpentaient si gracieusement de sa propre couronne d'épines.

« Parlez, mon enfant.

— Je... je... je ne *peux* pas... !

— *Parlez* !

— Je... Merci... *Merci*, ma Révérende Mère.

— Le Seigneur vous a accordé de subir cette douleur afin de remettre un peu de raison dans votre esprit. Vous devez lui en être humblement reconnaissante. Et maintenant, allez en paix, mon enfant. Disparaissez. »

Annette, le dos brisé, le corps ankylosé de douleur, s'éloigna en titubant, les jambes raidies, les bras en avant, comme un singe implorant. Chaque mouvement suscitait des éclairs de douleur insupportable dans sa chair brûlante, tout son corps n'était plus qu'une masse souffrante. Elle réussit à atteindre la porte, aveuglée par un brusque jaillissement de larmes.

« Vous êtes une pécheresse, mon enfant. Vous êtes la proie du Mal, du vice. Je prierai pour vous. »

Ensuite, elles m'ont envoyée ramasser des pommes de terre. Puis elles m'ont fait m'agenouiller pour les prières, et rester ainsi, par pénitence. Et enfin, quand j'ai pu ramper jusqu'à ma cellule, au milieu de la nuit, et panser mes blessures avec un torchon et une cuvette d'eau froide, une sœur est venue me dire que la nuit on s'allonge et on dort, n'est-ce pas, Annette ? Alors allongez-vous – allongez-vous, Annette. Et elle m'a forcée à m'allonger sur le dos, en pressant sur mes épaules, jusqu'à ce que je ne puisse plus contenir des cris de douleur. Alors seulement elle m'a lâchée, en me disant qu'elle prierait pour moi.

Le lendemain, avant l'aube, j'ai pris une échelle dans le garage et j'ai réussi à la traîner jusqu'à la chapelle, où je l'ai appuyée contre le mur, entre la septième et la huitième station du chemin de croix, puis je suis montée jusqu'au grand crucifix de chêne accroché là et l'ai détaché de son crochet rouillé. Il était infiniment plus lourd que je ne l'avais pensé mais j'ai fini par réussir à le descendre, et je l'ai posé au sol. Je l'ai recouvert avec ma couverture et j'ai ramené l'échelle jusqu'au garage, puis je suis retournée à la chapelle ; j'ai hissé sur mes épaules le crucifix dissimulé, et je l'ai transporté malgré son poids jusqu'à l'arrière de la remise à bois et l'ai laissé là caché dans un coin, car la lugubre cloche des matines résonnait. La pluie fine, incessante, m'avait complètement trempée. Pendant les prières, je suivais du doigt les sillons de sang séché qui dessinaient mes blessures sous la toile grise, malgré l'épaisseur du tissu. C'était là une douleur que je n'offrirais pas à Dieu. C'était ma douleur, à moi seule. Je voulais en conserver la brûlure pour toujours, de sorte que, quand le moment serait venu de la rendre et de l'infliger à mon tour, ce souvenir toujours vivace alimenterait ma totale détermination.

Plus tard, tandis que Belinda et moi étions en train de brûler les mauvaises herbes derrière la remise, j'ai déposé religieusement le crucifix au beau milieu des braises. Belinda – comme je l'espérais – ne se tenait plus de joie. Puis Mary est soudain arrivée – je la connaissais à peine, Mary –, et s'est mise à pleurer, l'air complètement affolé. Ce n'est qu'un bout de bois, ai-je dit : du bois, on en brûle sans arrêt, c'est comme de brûler une chaise, ni plus ni moins. Mary s'est mise à crier que non, ce n'était pas la même chose, pas du tout ! Et Belinda et moi savions qu'elle avait raison. Nous tisonnions rageusement, avec des bâtons, tandis que les flammes enveloppaient la croix (Mary s'était enfuie, au sommet de l'horreur), vibrant de plaisir en voyant le corps de Jésus se déformer, puis se démanteler, se dissoudre presque. C'était là un plaisir extraordinaire, un sentiment de gloire incomparable.

Pauvre Mary, cela dit : elle faisait partie des victimes. Contrairement à la plupart d'entre nous, elle n'avait jamais rien fait de mal. À sa naissance, son père était parti depuis longtemps, et sa mère n'avait pas pu supporter ni ce fardeau ni la honte qui l'accompagnait, et Dieu, dans sa grande charité, avait envoyé ce bébé ici, dans cet enfer où elle avait toujours vécu. Je pensais qu'elle serait libérée bien avant moi – les orphelines non-pécheresses partaient généralement à l'âge de seize ans – mais les choses ont tourné autrement, et cela à cause de cette immolation improvisée du Christ. Quitter cet endroit ou non dépendait le plus souvent de l'utilité que les sœurs vous trouvaient. Les pieuses, les sycophantes, les finaudes, elles les gardaient aussi longtemps qu'elles le pouvaient, avant de se heurter à telle ou telle loi infranchissable – une des rares lois qui semblaient devoir les limiter. Les mauvaises, les damnées, les jolies, comme Belinda et moi, elles les gardaient également, pour d'autres raisons, plus sordides. Certaines filles, à treize ou quatorze ans, se voyaient vendues comme des esclaves virtuelles, voire pire, à tel ou tel nanti d'un village de la région (une famille catholique bien entendu, mais au-delà, on ne posait aucune question). Contre un don respectable aux œuvres de Dieu, on revêtait l'enfant d'une robe grise toute neuve, et on l'abandonnait à son sort. Je suis persuadée qu'elles m'auraient gardée jusqu'à mes vingt et un ans – soit trois ans de plus – sans le vilain scandale qui allait éclater.

À la suite de mon petit feu de joie – car j'avais effrontément répondu que ce n'était là qu'un sacrifice rituel de pure piété, un acte de purification et de sainteté –, je me suis retrouvée dans une cellule en sous-sol, dans laquelle on ne pouvait même pas se tenir debout, sans aucune lumière du jour ; de la paille sur le sol, un trou dans un coin. Je devais y rester, avait dit la sœur qui m'y avait menée, visiblement angoissée, et même effrayée je crois, jusqu'à ce que la Révérende Mère décide quoi faire de moi. Sans doute avait-elle songé qu'une nouvelle séance de fouet risquait de se transformer en un meurtre pur et simple, dont la rumeur pouvait atteindre les oreilles de Dieu ou de la Garda, chose malvenue : ma misérable peau ne valait pas une accusation de péché mortel, ni des poursuites devant un tribunal laïc. Donc elles avaient décidé de me livrer aux instances supérieures.

Il n'y avait aucune lumière dans ces oubliettes où j'étais enfermée – aucune, pas un rai, pour lire ou écrire... de toute façon, elles ne m'avaient laissé ni papier ni livre. On m'avait ordonné de prier (ce n'était guère une nouveauté), mais à la place, je me donnais du plaisir jusqu'à l'obsession – je ne connais pas le terme exact pour cela –, en bénissant Belinda. Mon objet de fantasmes n'était que moi-même en train de le faire – l'excitation de penser à ce que je faisais était amplement suffisante ; les doigts hésitants du plaisir me parcouraient toute, rapidement, la première vague venait, en frémissements de plus en plus profonds, me conduisant déjà, le souffle coupé, au bord du... alors, au plus léger contact, je m'abandonnais, flottant sur un océan de jouissance, de chaleur, de langueur, dans un ailleurs de plénitude, apaisée. Ensuite, je grignotais un peu l'unique bout de pain sec qu'elles me laissaient, je dormais un moment, puis recommençais à me caresser, m'emmenais moi-même sur des hauteurs d'où je dégringolais dans un rêve de plaisir, pour plonger dans un bain d'extase absolue – envol passager qui me sauvait de la folie pure et simple, et appelait sa répétition, encore et encore. M'asseoir était devenu moins douloureux – et je m'asseyais, je m'accroupissais, je tendais les bras aussi loin que les murs m'y autorisaient et, muselant mon angoisse, j'empêchais mon esprit de battre la campagne.

Quand la porte s'est ouverte, ç'a été un choc – j'ai eu le réflexe de me protéger comme si la lumière allait me brûler. Je ne savais pas combien de temps s'était écoulé – peut-être juste un jour et une nuit ; peut-être aussi beaucoup plus longtemps. Une sœur – celle qui m'avait amenée là ? Une autre ? – m'a dit de la suivre, sans entrer elle-même. Tout était silencieux, j'entendais le tap-tap de mes pieds nus, engourdis de froid, me rendant soudain compte à quel point j'étais gelée, du haut en bas, jusqu'aux os. J'avais du mal à marcher, mais nous ne sommes pas allées bien loin. J'ai découvert une pièce dont j'ignorais l'existence jusqu'alors (mais il devait en exister des dizaines), au milieu de laquelle était posée une grande baignoire sabot en cuivre poli. Avant que j'aie pu dire un mot, la sœur avait disparu, fermant la porte à clef derrière elle. De la vapeur montait de l'eau qui remplissait la baignoire – j'y ai plongé un doigt, et me suis crispée de plaisir au contact si chaud, si doux. Sur une chaise, à côté, était posé un flacon à bouchon de verre – et le parfum sucré des cristaux verdâtres à l'intérieur m'a fait tourner la tête (il n'existait aucune odeur agréable dans cet endroit, sauf peut-être celle des tomates mûres dans la serre). Il y avait aussi un petit sachet contenant une chose dont je me rappelais, dont je connaissais le nom : cela s'appelait du shampooing. C'est ça qui m'a fait craquer et fondre en larmes – ce témoignage tout bête de la vie ordinaire, si loin de moi, que j'avais perdue depuis si longtemps, que je ne retrouverais peut-être plus jamais, plus jamais. À côté de la fenêtre était accroché ce qui pouvait être une chemise de nuit, de simple coton blanc. J'ai baissé les yeux sur le sac informe souillé, puant qui me recouvrait, et oui, j'ai encore pleuré, m'essuyant les yeux avec les poings, comme une enfant. Sur le coton blanc, étaient aussi accrochés deux rubans soyeux, l'un blanc, l'autre d'un rose infiniment délicat de fleur en bouton.

Je prenais un bain ! C'était incroyable, c'était invraisemblable ! Immergée jusqu'au cou dans l'eau chaude clapotante, laiteuse à cause des sels de bain, je regardais, un peu étourdie, mes deux genoux roses et luisants brisant la surface comme deux îles rondes. En cet instant, j'aurais pu mourir ainsi, entourée de chaleur, dans un espace à moi, intime. Car dans cet endroit affreux, si l'accent était mis avec une insistance maniaque sur la pureté immaculée de l'âme, on n'accordait aucune attention à sa méprisable enveloppe, le corps. Le vendredi, on passait derrière une couverture tendue entre deux poteaux, on ôtait ses vêtements crasseux, et une sœur venait renverser un seau d'eau froide sur vous ; on avait alors quinze secondes pour frotter le savon de ménage sur les parties immédiatement accessible de son corps et, claquant des dents, nue et glacée, on attendait la deuxième brève cataracte. Une autre sœur vous tendait un torchon grisâtre ; si c'était le moment des mauvais jours, comme on les appelait, vous aviez droit à un deuxième torchon. Je ne détestais pas mes règles, dont je sais à présent le nom. La première fois, j'avais cru mourir d'une hémorragie interne, mais Belinda m'avait tout expliqué. À partir de là, je les avais attendues avec une certaine impatience, me semble-t-il. Non seulement elles étaient la preuve de ma maturité, mais elles indiquaient le passage du temps – le temps qui, peut-être, un jour, me mènerait ailleurs... ? La preuve aussi que, de ce point de vue au moins, je fonctionnais normalement, comme les autres femmes ; et puis j'aimais bien cette couleur – j'adorais regarder le rouge vif qui s'étalait peu à peu, avant qu'il se ternisse en séchant.

Mais ça ! Un bain – avec de l'eau chaude, propre, sentant bon les sels parfumés. La première chose plaisante, agréable qui m'arrivait depuis, oh – des années et des années. Et non, je ne me suis pas demandé pourquoi : impossible. Tandis que l'eau commençait doucement à refroidir, je me livrais entièrement à cet enchantement provisoire. Je me suis massé le cuir chevelu avec le shampooing crémeux – mes cheveux devaient faire une quinzaine de centimètres à présent, un peu plus derrière, et j'avais même presque une frange. J'ai retenu mon souffle, la tête dans l'eau, rêvant que je parvenais à m'échapper à la nage, rencontrant soudain un cours d'eau souterrain, un torrent dont le courant m'emportait au loin, puis je remontais à la verticale, les bras le long du corps, ondulant comme une sirène, et l'eau devenait de plus en plus claire, soudain mouchetée par les rayons de la lumière du jour, et ma tête émergeait enfin dans un éclaboussement de joie, à la surface d'un lagon protégé, ensoleillé, et tandis que je crachais l'eau obstruant mon nez et ma bouche, les autochtones couverts de colliers de fleurs poussaient des vivats et venaient vers moi, m'apportant un sarong et une corbeille de fruits rouge sang, et là, j'étais saine et sauve...

Il y avait des serviettes – des serviettes blanches, immaculées, molletonnées. Je me suis enveloppée dans la plus grande, toute douce, je me suis essuyé les cheveux avec une autre avant de la poser sur ma tête, comme un capuchon. À présent que je me sentais si propre, les traces qui me marquaient m'apparaissaient choquantes. Mes mains étaient grandes et abîmées, les ongles tout fendillés, affreusement ternes et moches. Mes pieds étaient enflés et tout blancs au niveau des chevilles, là où, dans les champs de pommes de terre, les tiges dures m'avaient éraflée et où, du côté de la réserve à bois, les ronces m'avaient écorchée, et les orties mis la peau à vif. Mes avant-bras étaient rouges de froid et de pluie, mes coudes durs et râpeux – et mes genoux bleus de tant de prières et de pénitences. Puis, derrière la chemise de nuit blanche accrochée (ce pouvait être ça) – juste au-dessous, en la décrochant, j'ai découvert l'objet, et mon souffle s'est suspendu. Un miroir. Un petit miroir piqué accroché par une ficelle à un clou tordu. Parfois, rarement, dans une vitre obscure, j'avais pu discerner la silhouette grise, immatérielle d'un fantôme qui pouvait être ou ne pas être moi, celle que j'avais pu devenir. J'avais même cessé de me demander à quoi je ressemblais lorsqu'un jour, dans un meneau à demi éclairé, est apparu mon reflet brouillé, à côté celui de Belinda, et nous étions absolument semblables. Tout ce qui restait de nous était la neutralité tout juste symétrique d'un visage humain – tout le reste s'était échappé. Donc je ne pouvais pas ne pas m'approcher du miroir – quelle femme résisterait ? –, et en même temps, j'y suis allée doucement, remplie de crainte. Je me suis postée sur le bord, c'étaient mes cheveux que je voyais, puis le lobe d'une oreille ; la première vision de mon œil m'a effarée – il y avait là une tristesse, une espèce d'abandon, mais rien toutefois qui s'approchât du véritable désespoir. Au fond de cet œil demeurait la force, la ténacité de quelqu'un que je connaissais bien, et qui attendait son heure. Quant au visage entier, il n'était pas si vilain ; mon nez, toujours droit, mes lèvres, pleines, quoique très pâles. Les hautes pommettes, des cheveux d'un noir d'anthracite, et ces deux yeux sombres qui me donnaient leur force à présent, comme une promesse. Je me suis pincé les joues, fort, et un peu de couleur a surgi, pour s'effacer immédiatement. J'ai enfilé la chemise de nuit – car c'était bien une chemise de nuit, j'en étais sûre à présent – et le tissu en était très doux et frais. J'ai passé non sans difficulté mes doigts dans mes cheveux emmêlés – il n'y avait ni peigne ni brosse : j'avais cherché – puis j'ai fait glisser les rubans de soie entre mes mains, encore et encore. J'ai noué le rose autour de mes cheveux, les ai soulevés en couronne, et j'ai réussi à faire une vague boucle sur la nuque. Le ruban blanc a trouvé place autour de ma taille, où je l'ai attaché sans serrer, en le laissant pendre un peu. Je n'avais plus rien à faire de moi : tous les accessoires avaient été utilisés. Je me suis assise sur la chaise et ai fourré mon nez dans le goulot du flacon de sels de bain, inspirant jusqu'à l'étourdissement leur parfum si frais, les paupières serrées. Mais dès qu'on souhaite voir durer un instant, on sait que la fin en est proche. La porte de la pièce s'est ouverte sans bruit et, toujours silencieusement, on m'a fait signe de venir, comme il se devait.

J'ai suivi la sœur dans un escalier plus étroit – nous étions là dans la partie la plus ancienne du bâtiment, celle où l'on n'avait jamais le droit de pénétrer. C'est une chaude bouffée d'odeur de cuisine qui m'a saisie, m'a bouleversée – le fumet oublié de la viande qui rôtit, et non la vapeur de légumes bouillis en une lavasse insipide, ou celle de lessive. La lumière éclatante de la pièce où elle m'a conduite m'a tout d'abord laissée désorientée – toutes ces bougies dans des soucoupes argentées, ces flammes dansant dans la cheminée, et non à peine vivantes sous une pelletée de charbon de bois et de cendres grises. Le père O'Doyle a posé son couteau et s'est levé, raclant sa chaise sur le sol.

« Approchez, mon enfant. Approchez. Inclinez-vous. Très bien. Eh bien mon enfant ? N'avez-vous rien à dire ? Non ? Alors je vais parler à votre place. Vous n'avez peut-être jamais rencontré le père Sheridan... ? Et voici le père Morton. »

Annette leva les yeux, regarda brièvement à droite et à gauche. La petite pièce était remplie de prêtres. L'un d'eux ressemblait presque à une nonne, avec son visage neutre et avide à la fois, mesquin, hostile, l'autre était un homme immense, aux épaules larges, corpulent, la figure aussi rouge et suintante que les viandes et les volailles étalées sur la table devant lui. Elle ne parvenait pas à quitter des yeux cette abondance de nourriture – son appétit si aiguisé soudain qu'il creusait en elle un malaise sourd, insidieux. Le père O'Doyle se versa du vin – signifiant aux autres prêtres, d'un geste large de sa main rose et potelée, qu'ils étaient parfaitement autorisés à suivre son exemple.

« Bien... Vous êtes Annette, n'est-ce pas ? Oui, oui – tout à fait, c'est cela. Voulez-vous partager notre repas, Annette ? Je peux peut-être vous convaincre de goûter, disons – une cuisse de poulet, peut-être ? Ou une tranche de ce gigot ? Il y a des pêches aussi, mon enfant, regardez : des pêches. Mmm ? Toujours rien à dire ? Eh bien je vais m'occuper de vous, d'office, Annette. Je vais vous préparer un petit assortiment, un peu de tout, cela vous convient-il ? Vous picorerez ce qui vous tente, à votre convenance. M'entendez-vous, Annette ? Écoutez-vous ce que dit votre père ? »

Annette hocha la tête, très brièvement et, malgré elle, en un mouvement incontrôlé, tendit les mains vers les viandes et prit le poulet et le gigot et les déchira, les porta à sa bouche, suffoquant déjà dans sa hâte à les ingurgiter, à manger, manger, manger, encore et encore. Tandis que l'énorme père Sheridan émettait un petit rire de gorge amusé et satisfait, l'autre, le père Morton, faisait claquer sa langue, l'air désapprobateur.

« C'est une pécheresse, de toute évidence, déclara-t-il. Elle se comporte comme une pécheresse, et mérite d'être traitée comme telle. Pourquoi la gâter ainsi ?

— Oh, allons, père Morton. Elle a faim, tout simplement. Et depuis quand avoir faim est-il un péché ? Notre Seigneur n'a-t-il pas multiplié les pains pour les pauvres ?

— Je ne parle pas de son avidité de nourriture, O'Doyle. je fais allusion à d'autres appétits qui sont les siens, ainsi que la Révérende Mère nous l'a expliqué de manière très claire. Sheridan, ne pensez-vous pas avoir consommé assez de vin pour une soirée... ?

— Eh bien puisque vous me posez la question, cher père Morton – et bien non, mon père, très sincèrement je ne pense pas, pas pour une soirée – non, pas encore. Non non.

— Nous sommes en présence d'une *pécheresse*. Il n'est pas convenable de faire preuve de légèreté. C'est une *pécheresse*, O'Doyle. N'est-ce pas la raison pour laquelle nous sommes ici ?

— Mais *si*, tout à fait, père Morton. N'est-ce pas, père Doyle ? Mais sous nos surplis amidonnés, lequel d'entre nous n'est pas un pécheur ? C'est bien la vérité, n'est-ce pas ?

— Mon *père* ! Comment pouvez-vous tenir un tel langage... ? !

— Oubliez-vous le péché originel, père Morton ?

— Sheridan ! Comment osez-vous me parler ainsi ? O'Doyle – mais dites quelque chose ! Et en présence d'une créature aussi *vile*... !

— Calmez-vous, cher père Morton. Père Sheridan, vous ne devriez pas parler ainsi, vous le savez. Mais posons plutôt la question à notre jeune invitée ici présente, n'est-ce pas ? Que pensez-vous, mon enfant, de la tache du péché originel ? »

La bouche d'Annette était emplie du jus des pêches. Elle demeurait debout, mais la nourriture, la chaleur lui faisaient tourner la tête.

« Si j'ai bien compris les textes, commença-t-elle avec précaution, nous ne sommes pas tous condamnés au péché, car le péché originel n'a pas souillé l'Humanité de manière définitive...

— Vraiment ? Et pourquoi en serait-il ainsi ?

— Parce que... parce qu'il a été rédimé par le sacrifice de Jésus Christ, mort sur la croix en rémission de nos péchés... et racheté, également, mon père, par le saint sacrement du baptême. N'est-il pas vrai que tous ceux qui sont baptisés dans la foi du Christ voient la tache du péché originelle s'effacer de leur front ? Qu'ils sont purifiés ? Qu'ils ne sont plus la proie du Mal ?

— C'est tout à fait exact, mon enfant – tout à fait. Et que pouvons-nous déduire de cela ?

— Que... que faire le mal n'est pas une chose naturelle ni inévitable...

— Vous savez parler, mon enfant. Vous savez fort bien parler. Et vous avez raison – n'a-t-elle pas raison dans ce qu'elle dit, père Morton ? Le Mal, grâce à Jésus-Christ notre Rédempteur, n'est une chose ni naturelle, ni inévitable.

— C'est *parfaitement* exact, O'Doyle. Le Mal est une *aberration* – la trace du serpent dissimulé dans un individu. Et cette – cette *fille*... est percluse de mal, de péché et de vice. En d'autres termes, elle *est* une aberration – une insulte à la face de Dieu et de la sainte cérémonie du baptême. »

Le père O'Doyle hocha lentement la tête, reprit une gorgée de vin.

« Mon enfant... Je crains que ce que le père Morton vient de dire ne soit que la pure vérité de Dieu. Vous repentez-vous, mon enfant ? Parlez. Parlez, Annette. Éprouvez-vous un sincère repentir ?

— Je suis désolée... d'être ici... »

L'explosion de rage contenue du père Morton accompagna le sifflement désapprobateur du père O'Doyle et le rugissement de rire du père Sheridan qui, à l'autre bout de la table, se resservit de vin.

« Vous êtes une maligne, Annette... déclara le père O'Doyle d'un ton extrêmement mesuré. Mais vous êtes une sotte, aussi. Et vous avez des leçons à apprendre. À apprendre maintenant.

— Oh, assez de discours – *purifions* cette enfant, O'Doyle. N'est-ce pas pour cela que nous sommes ici ?

— Tout à fait. Très bien, dans ce cas... Père Sheridan – seriez-vous assez aimable de... ? »

Le père Sheridan reposa son verre, émit un grognement décidé et, non sans difficulté, se leva. Comme il la saisissait et la tirait par les deux bras, brutalement, Annette eut l'impression d'être propulsée en arrière par une force invisible. Le souffle coupé, elle fut projetée sur le canapé, le poids et la carrure du père Sheridan lui clouant les épaules avec une aisance effrayante. Elle regarda sa grosse face ronde, mauve, striée de veines, tandis que des gouttes de sueur tombaient une à une sur sa joue. Il rit, et son haleine de vin et de whisky était intolérable. Elle serra les paupières, de toutes ses forces, et sentit des mains s'emparer de ses seins, les pétrir, la parcourir toute.

« Vous voyez, père Morton – on dirait une vraie jeune fille pieuse, une bonne Catholique. Elle sent... oh oui, elle sent si bon le propre, le pur. Aurions-nous pu nous méprendre, selon vous ?

— *Impossible*, O'Doyle. Le Mal est en elle, à l'intérieur ! À l'intérieur ! Le cancer est en elle et doit en être extirpé – pour le bien de ce qu'il reste de son âme chrétienne... !

— Je crains que vous n'ayez raison, père Morton. Cette cuisse, toutefois – vous apparaît-elle comme la cuisse d'une pécheresse ? Père Sheridan – cela vous ennuierait-il de poser une main sur la bouche de cette enfant ? Elle commence à proférer les paroles du Diable, et ces mots n'ont aucune place dans un lieu de foi. Merci infiniment, père Sheridan. Et vous voyez – si nous suivons la cuisse apparemment innocente et immaculée de cette enfant – en remontant, encore encore un peu, eh bien peut-être aurions-nous un aperçu de l'entrée des enfers. Mais ce n'est sans doute pas le rôle d'un simple prêtre d'aborder le royaume de Satan en brandissant son épée, mais plutôt celui d'une sainte armée tout entière – une croisade, en somme ? Un torrent de pureté, destiné à expurger le Mal et à sauver la pécheresse... ? !

— Il le faut ! Oui, O'Doyle – il le faut ! »

Annette suffoquait, paniquée, sous la main énorme qui lui écrasait le visage, les cris irrépressibles qui montaient en elle amortis, étouffés, tandis qu'une douleur terrible, grondante la déchirait, que les mains qui la pétrissaient se faisaient dures, brutales sur ses hanches, comme si de petits animaux cruels la rongeaient, se foraient un chemin en elle, avides de faire partie de la horde frénétique des envahisseurs. Quelque chose de chaud ruisselait le long de ses cuisses ; elle se souvenait des blessures causées par le fouet ; ce devait être à présent l'aboutissement du rituel, l'affreux sacrifice de l'éventration qu'elle subissait. La main énorme s'écarta de sa bouche et elle prit une grande goulée d'air et détourna les yeux, afin d'occulter pour toujours la vision de ceux, fous, étincelants, des prêtres ivres de joie et de whisky, mais une autre main la clouait de nouveau, tandis qu'une douleur affreuse dardait soudain en elle, l'emportait toute, lui coupant le souffle à chaque coup de sabot de cette mule déchaînée qui s'acharnait contre son ventre et ruait dans ses entrailles. Tandis que d'autres mains s'emparaient d'elle, que d'autres bouffées d'autres haleines et d'autres sueurs passaient sur son visage trempé, glacé, que le poids variait sur son corps, elle souhaitait, de toutes les forces qui lui restaient, s'évanouir, en finir, et en même temps demeurer témoin abstrait, comme absente de chaque atroce seconde de cette mortification, afin que la tombe que ces trois ambassadeurs du Christ creusaient en elle, dans sa chair, dans ses entrailles, avec tant d'avidité, leur propre tombe, s'approfondisse encore, jusqu'au noyau brûlant de la terre.

Quand ils en eurent fini avec elle, elle tomba au sol. Sa mâchoire était bloquée, ses bras insensibles, tout le reste de son corps inerte, affreux à voir, comme éparpillé par la violence qui lui avait été faite. Les sœurs venues la chercher pour l'emporter se virent accablées par ce poids d'animal mort, et plus encore par la nécessité de saluer à l'unisson chacun des trois prêtres avant de franchir le seuil. Avant de perdre totalement conscience, Annette perçut les quelques mots d'excuse du père O'Doyle, qui se déclarait navré d'ajouter ainsi aux tâches de ses bonnes sœurs, mais quand elles en auraient terminé avec ceci, pourraient-elles avoir la suprême bonté de leur apporter encore un peu de cet excellent vin ? Suivit un grondement amusé du père Sheridan, puis le choc de son verre contre la table, puis de son poing.

Annette fut ramenée dans ses oubliettes. La chemise de nuit blanche – à présent déchirée et marquée de traces affreuses – lui fut brutalement ôtée, et jetée en boule dans un coin ; le ruban dans ses cheveux – d'un rose délicat de fleur en bouton – se vit arraché sans ménagement et lancé avec dégoût sur le tas de hardes. Puis on lui jeta au visage sa vieille robe grise. Elle ne sut pas combien de temps on l'avait gardée là – peut-être une nuit et un jour ; peut-être aussi beaucoup plus longtemps. Sa petite cellule, lorsqu'elle la retrouva enfin, lui parut presque amicale, bienveillante – elle s'y sentait presque bien à présent. Au fil retrouvé des jours semblables – prières, travaux, travaux, prières – Annette demeurait muette. Elle faisait ce qu'on lui demandait, s'accrochant toujours à la raison, frénétiquement, en secret, en lisant et relisant tout et n'importe quoi, en écrivant ses pensées dès qu'elle avait un papier sous la main, et en se déversant dans une orgie d'orgasmes, avec ou sans Belinda, à la moindre occasion. Ça va ? Ça va ? lui demandait sans cesse Belinda. Dis-moi, Annette – parle-moi : ça va ? Tu es à la fois la même, et différente. Et Annette de répondre, très calmement : je suis la même. Et différente. C'est Belinda qui remarqua la première que, depuis des mois à présent, Annette ne saignait plus. Annette réagit avec indifférence – elle n'avait plus guère conscience du temps. Et quelques jours plus tard, elle fut convoquée par la Mère supérieure.

« Nous nous retrouvons donc, mon enfant. Je le savais. J'apprends qu'une fois de plus, vous avez été touchée par le doigt du péché. Votre corps, mon enfant – votre corps est en état de péché, telle que vous êtes, là, devant moi. Quand vous quitterez cette pièce, une sœur vous emmènera dans un village voisin. On s'occupera de vous. Vous ne direz rien. Pas un mot, à personne. Est-ce bien clair, mon enfant ? Ensuite, vous reviendrez ici. Vous reviendrez, *bien entendu*. Le châtiment éternel, voilà tout ce qu'il vous reste. Vous êtes bien consciente, n'est-ce pas, que vous ne quitterez jamais ce lieu ? »

J'en avais la certitude – j'avais sans doute quasiment abandonné tout espoir de redevenir un être humain, si jamais je l'avais été un jour. Quant à « s'occuper de moi » – je savais ce que ça voulait dire. Belinda m'avait tout dit de cette horreur qui existe entre les hommes et les femmes, et pendant longtemps je l'avais prise pour une affreuse menteuse. Mais je savais à présent que tout cela était vrai. Je savais aussi quel était mon état – un état dont on allait « s'occuper ». Je le supporterais : je me disais que ça pourrait même m'être profitable.

Le trajet sous la pluie s'est effectué en voiture, cette fois – une vieille auto à la carrosserie tout arrondie, toute rouillée ; peut-être que les années passant – combien d'années ? Combien ? – le vieux baudet branlant, au dos creusé, avait été charitablement relaxé, le chariot abandonné à la poussière ou démantelé. Mais quelle exaltation j'ai ressentie quand nous avons franchi les grilles ! Je n'oublierai jamais cela, cet accès de bonheur, jusqu'au fond de moi. L'ivresse en voyant les arbres défiler, si vite ! Je riais devant les troupeaux de moutons qui s'enfuyaient en bêlant de contrariété – et la sœur agrippée au volant m'a dit de me taire, et de prier. Le village en question n'était constitué que d'une poignée de maisons anciennes, regroupées, comme honteuses, sous la menace écrasante d'un ciel éternellement en larmes. Nous l'avons un peu dépassé pour prendre un chemin de terre rempli d'ornières que la pluie rendait fangeuses, et comme le moteur rendait un dernier soupir, le silence est tombé, total, tout-puissant. J'ai dû baisser la tête pour entrer dans la petite maison – sombre et crasseuse, et à peine meublée ; mais j'avais envie de toucher un rideau, une serviette, l'abat-jour d'une lampe – je me souvenais à peine de toutes ces choses si ordinaires. L'homme nous a saluées d'un simple signe de tête, et a gratté sa barbe mal rasée. Dans la pièce voisine, se trouvait un nouveau divan rituel sur lequel on m'a dit de m'allonger. Un grand cylindre de métal jaune était posé à côté. On m'a appliqué un épais masque de caoutchouc sur le visage, et à la première inhalation, ma tête s'est mise à tourner, et j'ai été malade, et l'homme m'a passé un torchon pour m'essuyer le menton, en faisant claquer sa langue d'agacement, avant de reposer fermement le masque sur mon visage. Lorsqu'il l'a ôté, j'étais un peu assommée, rien de plus ; j'aurais pu protester car il me laissait dans un état de semi-conscience, tandis que je le voyais saisir une longue tige grise, une grande aiguille peut-être, mais je devais voir ce qui se passait : il me faudrait endurer cette souffrance, parce que je voulais absolument savoir. Et la souffrance, je l'ai endurée – terrible : si horrible, si atroce que je ne veux même pas m'en souvenir. J'avais l'impression que mes entrailles n'étaient faites que pour cela : être brutalisées, être curées, me faire souffrir au-delà du possible. Et c'était, là encore, un homme crasseux et imbibé de whisky, encore un – ils fourraient quelque chose en vous, et ensuite ils vous l'arrachaient.

Je grelottais affreusement, mais je n'émettais aucun son, même quand j'ai entendu quelque chose tomber dans le seau, avec un bruit mouillé. La douleur ne cessait pas, mais j'étais devenue experte à serrer les dents, à la ravaler à toute force. Lorsque l'homme a quitté la pièce, je suis demeurée parfaitement immobile. Puis, entendant un murmure assourdi de conversation derrière la porte, j'ai tenté de me redresser. J'ai dû me fourrer les deux mains dans la bouche pour étouffer le hurlement qui montait dans ma gorge. Je ne m'attendais pas à cet assaut d'une douleur infernale, jusqu'alors tapie en moi. J'ai regardé dans le seau, je n'ai rien ressenti, qu'un vide.

Coinçant la serviette entre mes cuisses, j'ai grimpé sur le rebord de fenêtre, et j'ai entrouvert le petit panneau. Elle était si étroite que j'ai dû me tortiller pour passer, et de nouveau je sentais ce ruissellement le long de mes jambes, cette disgrâce qui concluait chaque nouvelle punition. Mes pieds se sont enfoncés dans la boue, et l'humidité des monticules herbeux me semblait soudain propre à présent, désirable, et je savais que mes yeux brillaient d'excitation tandis que je décidais de m'enfuir. J'ai prudemment contourné la maison, courbée en deux, essayant de ne pas gémir à chaque pas. Je me suis accroupie contre l'aile de la voiture et j'ai essuyé le crachin incessant qui trempait mes cils et mes yeux, essoré mes cheveux (qui n'avaient toujours pas été coupés : peut-être que les prêtres pensaient devoir me purifier de nouveau). Et je me suis retrouvée sur la route, boitillant et sautillant de telle manière que je n'étais même pas certaine d'avancer vraiment. Je suis arrivée au hameau, et il y avait des gens, là, dans la rue, qui m'observaient tous. Je me suis approchée d'une vieille femme, me suis accrochée à son bras, et j'ai dit la Garda ! Où ? Dites-moi, je vous en prie – j'ai besoin d'aide. Elle a repoussé ma main comme une araignée qui serait tombée sur elle. Alors je me suis adressée à un homme adossé à un mur, qui mâchonnait sa pipe, apparemment insensible à la pluie de plus en plus drue. Pouvez-vous m'aider ? La Garda ? S'il vous plaît ? Aidez-moi, s'il vous plaît – j'ai besoin d'aide. Il a rétréci les yeux, a rabaissé sur son front la visière de sa casquette. D'aide ? a-t-il dit. Et là, j'ai sans doute dû commencer à paniquer, je me suis agrippée à sa veste, et j'ai crié pour qu'on m'aide, qu'on m'aide ! Oui, oui, aidez-moi – pourquoi ne voulez-vous pas m'écouter ? J'ai besoin d'*aide* ! J'ai entendu le moteur une seconde trop tard – nulle part où aller, et de toute façon l'homme me tenait. Elle vous cause des ennuis, celle-ci ? a-t-il demandé à la sœur. Vous voulez que je la mette dans la voiture ? Et la sœur, avec un sourire angélique, lui a dit Dieu vous bénisse, mon fils – sur quoi il m'a projetée à l'arrière de l'auto, a claqué la portière sur moi qui hurlais de douleur, et déjà nous roulions, les arbres défilaient, s'enfuyaient loin de moi, et la sœur me crachait des paroles de rage et de haine et, j'en suis sûre, de peur aussi, à l'idée de raconter ça à la Mère supérieure qui, m'assurait-elle, allait m'écorcher vive.

Elle ne le fit pas, toutefois. Je pense qu'elle aurait pu – mais le temps qu'elle me convoque, j'avais, dans mon désespoir, conçu un plan, ma seule chance, j'en étais persuadée, de rester en vie. Quand je suis entrée, toute sa tranquille et aimable cruauté l'avait quittée, je ne voyais là que fureur froide, à peine contenue. Et doute, aussi. Oui ! C'était là la merveille – cette toute petite faille de doute que j'allais devoir élargir et creuser, comme je l'avais fait du ciment autour de la dalle de ma cellule, pour pouvoir la saisir enfin, la soulever, la retourner : ma seule chance de partir d'ici.

« Je n'ai jamais... dans toute une vie passée au service du Seigneur, je n'ai jamais pensé rencontrer un jour une créature aussi mauvaise, aussi vile que vous... ! Vous allez...

— Il faut me laisser partir. »

Elle est demeurée sous le choc. Littéralement bouche bée. Et soudain, elle est devenue blanche de rage.

« Vous supplierez Dieu de faire en sorte que vous n'ayez jamais... !

— Écoutez-moi. Il faut me laisser partir. Sinon, ils viendront me chercher ici. Et je leur dirai *tout*. »

Ses paupières clignotaient, presque fermées.

« Mais que dites-vous, petite impertinente, petite impie ?

— J'ai parlé. J'ai parlé à un homme qui va chercher la Garda. Il répétera ce que j'ai dit à un journaliste de Dublin. Si je suis encore là quand ils viendront, je leur raconterai *tout*.

— C'est absurde. Vous mentez. Vous n'avez parlé à personne.

— Si. Ils vont venir. Ils sont déjà en route. »

Elle fulminait. Elle me tuait du regard, mais ses paupières cillaient.

« J'aurais dû vous faire enterrer vivante tant que j'en avais la possibilité.

— Peut-être, oui. Mais il est trop tard à présent. Ils arrivent.

— Je refuserai à quiconque l'autorisation de vous voir.

— Ils savent que je suis là. Ils ne partiront pas. Ils ne laisseront pas tomber. Et je leur dirai tout ce qui se passe ici. *Tout* ce qui se passe. Et aussi pourquoi je me suis retrouvée au village.

— J'affirmerai que vous n'êtes allée au village que pour – faire des provisions.

— Et moi j'affirmerai que j'étais au village pour qu'on m'ôte le bâtard que m'a fait un prêtre damné et imbibé d'alcool... ! »

Elle s'est accrochée au coin de son bureau, elle priait, j'en étais sûre. Puis elle a semblé reprendre un peu contenance. Elle a fermé les yeux, a toussé, une fois, doucement.

« Et que... que suggérez-vous ?

— Je suggère que l'on me laisse sortir d'ici de mon plein gré, devant témoins. Et ensuite, à toutes les questions, je répondrai que j'ai menti, bien sûr. Et je vous laisserai continuer tranquillement à maltraiter des innocentes...

— Vous êtes une *pécheresse*... !

— Me laissez-vous partir ? Le temps passe... »

Cependant, je sentais un ruisselet de sang couler le long de ma cuisse, une fois de plus, jusqu'à ma cheville à présent. Il allait bientôt souiller le sol. Je priais tout et n'importe quoi, sauf Dieu, pour ne pas m'évanouir, pas maintenant.

« Vous... Vous partez ! J'en avais décidé ainsi, de toute façon. Vous avez une influence infiniment trop perverse et mauvaise, dangereuse pour le bien que nous faisons ici. Je m'en occupe. Vous resterez dans cette pièce jusqu'à ce que j'aie tout organisé.

— J'irai où je veux. Je suis libre dès cet instant. *Libre*, sœur Joanna. »

Ses traits étaient tirés par la rage.

« Ma Révérende *Mère* !

— Non. Vous êtes sœur Joanna. Pour moi, vous serez toujours sœur Joanna.

— Vous... vous êtes... une *pécheresse* !

— Non. Vous vous trompez totalement. C'est bien pire que ça. Ce que vous n'avez jamais compris, sœur Joanna, c'est que moi, je ne suis pas une pécheresse – je suis le *péché*. »

Je tremblais de terreur et d'exaltation en quittant la pièce, d'un pas aussi ferme que me le permettaient l'angoisse d'être démasquée et la douleur physique qui me tenaillait. On a désigné une sœur pour m'accompagner – et j'en voyais une autre à la grille, envoyée là avec, j'en étais sûre, pour ordre formel d'éloigner tout visiteur. J'ai pris mes papiers sous la dalle – la sœur m'a regardée faire, bouche bée –, j'ai passé une robe neuve de toile grise que me tendait une autre religieuse encore, visiblement effrayée et incrédule, puis je suis allée trouver Belinda qui, comme d'habitude, était en train de brûler des ordures à côté de la remise à bois. Nous nous sommes glissées derrière et avons crié de joie quand elle au moins a atteint un orgasme merveilleux, presque immédiat, tandis que je gardais mes propres jambes bien serrées pour contenir le sang et la douleur. Quand je lui ai dit que je partais, elle s'est mise à pleurer, et j'ai ajouté que cela pouvait sembler bizarre, mais que je l'aimais ; puis je l'ai embrassée sur les lèvres (chose que je n'avais jamais faite auparavant). Je suis tombée sur Shona, en train de chauler une nouvelle clôture autour de l'étable. Je lui ai dit adieu, je pars – et puis je lui ai rappelé la fois où elle m'avait frappée au visage avec la Bible. Elle a reniflé et regardé ailleurs : je ne m'en souviens pas, a-t-elle dit. Oh, comme c'est curieux, me suis-je contentée de répondre – vraiment curieux, parce que moi, tu vois, je m'en souviens très bien. Ah bon, voilà tout ce qu'elle a trouvé à dire. Eh bien adieu, alors, Shona, ai-je répété ; oui, c'est ça, adieu, Annette, a-t-elle répondu. Et je me suis détournée, prête à m'éloigner, et me suis soudain tournée de nouveau, ai ramassé une paire de planches appuyées au mur et les ai brisées sur ses tibias, à toute volée, et elle a poussé un cri et est tombée comme un sac, les mains sur ses jambes, alors je lui ai soulevé la tête, en la saisissant par ses petits épis de cheveux, et la lui ai trempée dans le seau de chaux, puis je l'ai ôtée, puis retrempée, puis je l'ai fait rouler à coups de pied, tandis qu'elle tentait d'ôter la chaux qui emplissait ses yeux et sa bouche et son nez, hoquetant, suffoquant, et j'ai vu l'angle bizarre que faisait une de ses jambes, et je l'ai frappée de nouveau, et elle s'est pliée en deux, et sous la couche de peinture, son visage était terrifié et suppliant, et j'ai encore donné des coups de pied dans ce visage jusqu'à ce qu'elle s'effondre inerte contre le mur. De grosses bulles rouges commençaient à transpercer la couche blanche : on aurait dit un clown en train de fondre.

Elles m'ont donné une liasse d'enveloppes décachetées – il y en avait là des dizaines – bleu pâle, avec le filigrane Basildon Bond, et mon nom et l'adresse de cet endroit écrits de la main de ma mère, avec le vieux stylo-plume Parker de papa, à l'encre bleue effaçable ; en haut à droite, un timbre à trois pence, mauve, le profil de la reine, souillé par le cachet de la poste indiquant London N.W. Les lettres n'étaient absolument pas convenables, ont-elles dit. Elles m'ont aussi rendu mon acte de naissance, que j'ai lu avidement – je ne l'avais encore jamais vu. J'ai demandé en quelle année on était maintenant, et elles me l'ont dit. Je n'aurais jamais pensé que j'avais dix-huit ans, mais si. Puis elles m'ont donné un peu d'argent, et Mary est arrivée – occupez-vous d'elle jusqu'en Angleterre. J'ai répondu oui : je n'avais aucune raison de refuser. Je me suis simplement dit que c'était une sorte d'alibi, pour elles : deux jeunes filles chrétiennes quittant l'institution qui les avait éduquées, grâce à la bonté et à la sagesse des religieuses et des prêtres catholiques.

Ce n'est qu'une fois sur le bateau, et à mi-chemin de la traversée, que Mary a enfin ouvert la bouche.

« Qu'est-ce qu'on va faire, Annette... ?

— On va voir mon petit frère, à Londres. »

Dire ces simples mots me transportait d'exaltation – et en même temps, j'étais comme engourdie par une incrédulité totale. Je n'arrivais pas à croire que j'avais vraiment quitté cet endroit – que j'étais là, au milieu de l'océan : je n'arrivais pas à croire que j'avais retrouvé ma *vie* (pour ce qui était de mon âme, elle pouvait aller au diable : il s'était donné tant de mal, ce n'était que justice).

Puis, plus tard :

« Les sœurs – elles disent que tu es une pécheresse... Tu as du blanc sur ta chaussure, Annette...

— Ce n'est pas vrai, Mary. Ne les crois pas. Je ne suis pas une pécheresse, moi. En fait, je suis le *péché*. Du blanc... ? Oh... ça partira tout seul. »

*

    Donc dès le lendemain matin, j'ai quitté mon boulot chez Smith's : ça fait drôlement adulte, c'est sûr, mais ça fait aussi drôlement peur. Mr Rooney a dit que je le décevais beaucoup – et pouvait-il se permettre de me demander comment j'en étais arrivé à une décision aussi inconsidérée, et comment je comptais dorénavant employer mes journées ? Je lui ai dit que j'allais être couturier à Carnaby Street, et vous auriez dû voir sa tête, à ce moment-là – il a eu l'air si dégoûté que j'ai cru qu'il allait vomir. Mais c'est une toquade, une foucade, il a dit – vous n'allez pas vous laisser tourner la tête par ces sottises, mon garçon : chez Smith's, vous avez un emploi garanti à vie, il faut travailler dur, faire ce qu'on vous dit, un jeune homme intelligent comme vous ; et je ne vois pas pourquoi, d'ici une dizaine d'années, vous ne seriez pas, oooh, je ne sais pas, moi, assistant sous-directeur de magasin, disons : regardez-moi, Clifford – regardez-moi. Je suis chez Smith's depuis le jour où j'ai quitté l'école, à l'âge de quinze ans, et je n'ai jamais fait un pas de côté. Le *passé*, jeune homme – c'est à ça qu'il faut réfléchir : Smith's, c'est une institution, avec un *passé* derrière elle, vous voyez ? Deux semaines de congés payés, des rabais sur les livres pour les employés, des salaires régulièrement revalorisés, une caisse de retraite... a-t-on vraiment envie de jeter tout ça par-dessus les moulins pour des niaiseries, la poudre aux yeux de votre foutu « Swinging London » ? Et moi, je lui ai dit oui, tout à fait – moi, oui, oui, *oui*. Il a secoué la tête d'un air consterné – un peu comme s'il n'avait pas réussi à m'empêcher de me jeter du sommet de l'Empire State Building. « Allez me chercher votre contrat d'embauche, cette journée sera décomptée de votre salaire – mais ce n'est pas un adieu, Clifford. On vous verra revenir, mon garçon, quand votre petite affaire aura fermé boutique, comme toutes les autres : j'ai vu ça cent fois. Vous reviendrez – n'allez pas vous imaginer autre chose, mon garçon. »
    Donc voilà, et je crois qu'on peut appeler ça brûler ses vaisseaux – c'est bien l'expression, non ? Enfin, brûler quelque chose, en tout cas. Et j'espérais drôlement que le père d'Anthony n'avait pas changé d'avis ni rien, parce que je n'allais pas revenir voir Mr Rooney, maintenant, n'est-ce pas ? Plus après tout ce qu'il m'avait dit (et d'ailleurs j'ai remarqué qu'il utilisait le mot

« foutu », c'est d'un ringard : mon père disait ça tout le temps, mais c'était dans les années cinquante).

Mais non, pas de problème : Anthony a dit à Sid de me conduire à l'usine, qui se trouve dans un coin appelé Hayes – je dois pouvoir y aller par le métro je pense, ou par le train de banlieue – et Dave, un type vraiment sympa, vachement plus jeune que Mr Rooney, m'a fait visiter les lieux. Mon boulot va consister, en fait, à guider une espèce d'énorme machine à découper le tissu, et ensuite à arranger les bords effrangés avec une bizarre paire de ciseaux avec des lames en zigzag – ça s'appelle des ciseaux à denteler, apparemment, c'est leur nom, voilà. Ensuite, je dois ramasser toutes les chutes et les mettre dans un sac et les porter dans une sorte de bac au fond de la salle. Donc ça veut dire que je vais encore devoir porter des trucs – en fait, je m'en doutais un peu – mais Dave m'a dit que si j'apprenais vite, je passerais vite à la coupe manuelle pour ce qu'il appelle « notre ligne de vêtements mode, destinée aux jeunes gens dans le vent » – ce qu'il a ensuite traduit par « de la daube plus chère pour les minets et les fils à papa ». J'ai ri, sans trop savoir ce qu'il voulait dire par « minets ». Après, j'ai demandé à Anthony, et il m'a dit les minets, Cliff, c'est notre créneau, tu vois – et moi j'ai dit oh, d'accord (je ne voulais pas abuser ; parce que je veux dire, je ne savais pas non plus ce que c'était que la daube, pour être honnête, mais on n'a pas trop envie de passer pour un idiot, n'est-ce pas ? Vous savez – en *demandant* tout le temps).

L'autre truc chouette, avec ce boulot, c'est que je ne commençais pas avant lundi prochain, mais ils m'ont donné une semaine d'avance (deux livres de plus que chez Smith's), et du coup je me suis retrouvé avec plein de temps libre et un peu d'argent en poche, et il faisait beau et tout, donc je suis passé chez Annette pour voir si Mary avait toujours envie de faire cette balade en bus. Et à propos d'Annette, vous savez – ça m'a vraiment fait bizarre quand je l'ai vue l'autre soir, après tout ce temps. Je me suis rendu compte, finalement, à quel point elle m'avait manqué. Drôlement surprenant. Parce qu'on n'est pas jumeaux ni rien, mais en même temps, quand j'étais petit... je ne sais pas, tout était plus ou moins lié à elle, si vous voyez ce que je veux dire. Enfin, c'est un peu *normal*, bien sûr. On avait les mêmes parents, on habitait dans la même maison, on allait tous les deux à l'école... Elle était plus âgée, et c'était une fille, naturellement –

mais quand même, je crois qu'en fait, on était beaucoup plus proches que je le pensais. Je ne sais pas si elle sentait la même chose – enfin, si elle sent la même chose : je ne pourrais pas vous dire. Mais j'ai l'impression qu'on a plein de choses à se dire – même si je n'arrive pas à... enfin, à déterminer quoi exactement... mais ça doit être là, quand même, n'est-ce pas ? Après toutes ces années. Des trucs à se dire. En même temps, je n'ai pas envie de lui poser trop de questions sur l'Irlande – j'ai l'impression que ça n'a pas dû être terrible terrible. Franchement dur, même. Enfin, j'écouterai – si elle a envie d'en parler, j'écouterai, bien sûr ; mais sinon, je n'aborderai pas le sujet ni rien. Aucune allusion à ça.

C'est une petite chambre pourrie, qu'elles ont. La mienne, c'est Buckingham Palace, à côté. Annette dit qu'elle a un entretien prévu, pour un boulot (je ne sais pas lequel : elle n'a pas précisé, et je n'ai rien demandé – mais j'espère que ce n'est pas chez Smith's en tout cas), et donc, elle dit qu'elle pourra bientôt se payer quelque chose de mieux, dans un quartier plus sympa. Donc je lui ai demandé alors, ça ne te dérange pas, si je, enfin – si j'emmène Mary en balade ? En bus ou un truc comme ça ?

« Mais enfin, Cliff – pourquoi tu me demandes ça à *moi* ? Fais ce que tu veux.

— C'est que – enfin, tu vois – elle est avec toi, et...

— Non. Elle n'est pas avec moi. On est venues par le même bateau, c'est tout. Personne n'est avec moi. Et fais ce que tu veux avec elle. Et en fait, Cliff, ça me rendrait même un immense service, si tu pouvais la *sortir* un peu. Elle devient collante. Et ça, je ne supporte pas. Du tout.

— Oh. Bon, très bien. Pourquoi est-ce que tu m'appelles Cliff, d'un seul coup, Annette ?

— Je t'appelle Cliff ? Ah bon ? Je n'ai pas fait attention. Tu n'arrêtais pas de me tanner pour que je t'appelle comme ça, quand tu allais à l'école.

— Euh, ouais – mais ça, c'était quand j'allais à l'école. Enfin je veux dire, ça ne m'embête *pas*, ni rien – simplement, c'est la première fois. Avant, tu m'appelais tout le temps le *Niais*... »

Et soudain, Annette fit brusquement un pas en avant, et embrassa Clifford sur les lèvres franchement, et le maintint devant elle.

« Ça va te sembler bizarre, Cliff – mais je t'aime. Oh, mais si tu te voyais... ! Tu es tout rouge !

— Ouais, euh... je suis comme ça. Ça m'arrive tout le temps. Tu sais bien.

— Je t'aime, Cliff...

— Ouais. Je... je t'aime aussi, Annette. Et je suis content que tu... enfin, que tu sois revenue, et tout ça...

— Moi aussi je suis contente d'être revenue. Je peux te le jurer. Dis-moi, Cliff – si je trouve un endroit correct, disons, quelque chose de correct... tu pourrais peut-être t'installer avec moi ? Comme ça, on ne serait pas tout seuls.

— Wouah. Eh bien ce serait... Mais, et maman ?

— Elle a dû s'y habituer, maintenant. À la solitude.

— Oui, mais – enfin, elle serait *réellement* toute seule, non ? Si je partais. Je veux dire – oui, bien sûr, elle s'est remise de la mort de... oh là là – on l'appelle comment ? Qu'est-ce qu'on dit ? Parce que ça a un côté idiot, maintenant. De dire papa. Complètement idiot. Notre *père*... ? Ça n'est pas mieux, hein – notre *père*... !

— ... qui n'est pas aux Cieux. Alors ne l'appelle pas. Il est parti. Aucune importance. En tout cas – tu y penseras, d'accord, Cliff ? Et je te préviendrai quand j'aurai trouvé quelque chose. Ah, ouais – je voulais te demander : comment je fais pour m'inscrire à une bibliothèque, Cliff ? J'ai un besoin de lire absolument incroyable.

— C'est vrai ? Oh, c'est drôle – super. Moi aussi, je lis énormément. C'est marrant. Je peux te passer des livres. Mais avant, à la maison, on ne lisait jamais, n'est-ce pas ?

— Il n'y avait rien à lire. À part l'annuaire du téléphone. Et *Woman's Own*. C'était à peu près tout. Oh, tiens – voilà la petite Mary. Entre, Mary, ne sois pas timide. Cliff a quelque chose à te demander – n'est-ce pas, Cliff ? »

Euh, oui – ce n'est peut-être pas exactement comme ça que j'aurais dit les choses, mais bon. Elle était mignonne, Mary – de beaux cheveux (elle a dû les laver : ils sont courts, mais très brillants), et puis elle était plus petite que moi, et ça, j'aime bien : ça me fait me sentir plus grand. Elle portait les vêtements qu'Anthony lui avait donnés – une espèce de petite robe à fleurs bleues et roses – et Annette aussi, d'ailleurs. Et moi aussi, finalement : la chemise imprimée cachemire, superbe avec mon pattes d'eph' en velours côtelé et le gros ceinturon. Cela dit, j'avais mes Hush Puppies aux pieds, ça c'était la honte, mais bon, qu'est-ce que je pouvais y faire ? Si je dépensais tout mon salaire de la semaine pour une paire de boots, il ne me resterait rien pour faire autre chose. Mais elle gardait les yeux baissés, Mary – c'était toujours aussi difficile de simplement croiser son regard. En tout cas, elle avait vraiment envie de visiter Londres, apparemment, mais elle avait pensé – vous auriez dû voir la tronche qu'a fait Annette ! – qu'on allait se promener tous les trois ensemble. Oh, non, a dit Annette d'un ton très ferme, tu peux t'ôter immédiatement cette idée de la tête : je ne vais nulle part, et surtout pas en bus – je connais Londres, Mary : je connais. Et de toute façon, j'ai plein de trucs à faire ici. En fait, le plus comique – parce que je suppose que c'est comique, d'un comique un peu grinçant –, c'est que Mary ne souhaitait pas spécialement qu'Annette vienne avec nous, mais elle pensait surtout que, sortant avec un garçon, c'est-à-dire moi, il fallait qu'elle soit accompagnée ! Je sais – c'est dur à croire. Donc Annette lui a dit comme ça : écoute, Mary – il faut absolument que tu oublies les mensonges et les idioties dont les sœurs t'ont farci la tête. Oublie ces histoires de *péché* – vivre, ce n'est pas un péché, c'est ce que tu dois *faire*, maintenant. On est dans les années mille neuf cent soixante, Mary, et on est à Londres. Tu peux faire absolument ce que tu veux. Tu comprends ça ? Tu comprends ? Oui ? Très bien. Alors maintenant, fichez le camp d'ici, tous les deux – j'ai du pain sur la planche, moi. Oh là là. Qu'est-ce que... Ce n'est pas vrai. Dix-huit ans, et je parle déjà comme ma mère... Oh, c'est pas vrai, c'est pas vrai.

C'était bizarre. C'était vraiment bizarre comme sensation, de marcher dans la rue avec, enfin vous voyez – avec une fille à côté de moi. Parce que bon, je sais bien qu'Anthony, lui, il est toujours avec des filles et tout – Dieu sait d'où elles sortent, toutes ; il a peut-être aussi un oncle qui en fabrique, ou un truc comme ça (et ça, hein – *ça*, ce serait génial...). Mais moi, eh bien – les seules filles que j'aie jamais rencontrées, elles sont avec Anthony, et elles passent leur temps à dire à quel point Anthony est ceci et cela, et qu'il leur a offert des minijupes, et que ça sera super quand elles passeront à la télé au *Top of the Pops* (elles sont carrément idiotes, pour la plupart, mais elles ont toutes des jambes incroyables, et puis le reste aussi, enfin tous les trucs qui font qu'on les trouve intéressantes, même si elles sont idiotes). Donc c'est soit ça, soit les filles de chez Smith's, celles que ma mère trouve quelconques, c'est ce qu'elle dit, et qui ne seraient pas si mal, si elles n'étaient pas tout le temps si grossières. Quand par hasard je passais la tête par la porte, elles se mettaient toutes à siffler et à faire semblant de déboutonner leur blouse et à me dire de baisser mon pantalon pour leur montrer mes outils, et à parier entre elles que j'étais encore puceau ou pas. Bon, *évidemment* que je le suis encore – j'ai seize ans, hein. D'accord, je suppose qu'elles aussi, elles ont seize ans, pour la plupart, mais elles ressemblent toutes à ce qu'Anthony appelle des salopes. Je ne sais pas ce que ça veut dire exactement, mais je vois l'idée générale. Donc Mary, vous voyez – Mary, c'était complètement l'inverse. Je pense même qu'elle n'a jamais entendu parler du *Top of the Pops*, ni de Lulu, ni de Cylla et tout ça, et je crois qu'elle n'arriverait pas à être grossière avec quelqu'un, même si on la payait pour ça. Déjà, réussir à la faire parler, c'était un exploit, donc au départ, ça a été un peu laborieux. Mais elle m'a dit qu'elle aimait beaucoup les Routemaster – elle en avait vu un, une fois, sur une carte postale. Moi aussi je les aime, je ne prends que les Routemaster, et je m'assois toujours sur l'impériale, tout à l'avant – dans le temps, c'était avec papa, mais c'est mieux sans lui à cause de cette pipe puante qu'il fumait sans arrêt. Enfin bref, on y était, là, Mary et moi : assis en haut du 13, roulant vers le West End.

« Tu vois là-bas, Mary ? À ta droite ? Vite – regarde vite, on va le dépasser. Tu vois ? C'est le Lord's. C'est là qu'ont lieu tous les matches de cricket. Tu as vu ? Ah, on l'a dépassé, maintenant.

— Le Lord's... ? C'est comme une église ?

— Non – non, pas du tout – oh, ce n'est pas grave. Et tout au bout de cette grande rue, c'est Baker Street. Tu as entendu parler de Baker Street ?

— Non. Jamais.

— Mais tu as entendu parler de Sherlock Holmes ?

— C'est où ?

— Non, c'est – ce n'est pas... c'est quelqu'un. Un grand détective. Et il vivait dans Baker Street, tu vois.

— Et il est mort, maintenant ? Dieu ait son âme.

— Non, il – enfin je veux dire *si* – enfin non, il n'est pas mort parce qu'il n'a jamais vraiment existé. Sauf dans les livres. C'est un personnage de roman, tu vois.

— Je n'ai jamais lu de roman. Je n'ai lu que la Bible.

— Oh, d'accord. Okay. Il n'est pas dans la Bible. Tiens, regarde – juste là, le 221b – c'est là qu'il vivait !

— Mais – mais il ne *vivait* pas vraiment, n'est-ce pas ?

— Mmm. Ouais. Non. Pas grave. Et tout au bout de la rue, il y a un grand magasin, immense. Un des plus grands magasins de Londres, – ça s'appelle Selfridges. Ils ont de tout. On trouve tout. C'est comme Harrods – ça, c'est l'autre grand magasin. Tous les deux, ils sont célèbres parce qu'on y trouve tout.

— Oh, mais c'est un miracle, alors. Donc ils vendent des autos et des...

— Euh, non – pas des autos, mais par contre ils vendent...

— Des chiens, des chevaux ? Je les adore, les chiens. Et puis les chevaux, aussi...

— Mmm. Je ne pense pas qu'ils en, euh – vendent, en fait. Je ne suis pas trop sûr. Mais ils ont tout le reste. Tiens, regarde – c'est là. Tu vois ? Il est immense, hein ? Tu vois tous les drapeaux et tout ?

— On dirait une cathédrale. C'est sûrement là que l'Église achète les autels et les chaires et les crucifix et tout ça...

— Euh... je ne crois pas qu'ils vendent ce genre de choses. Non, je ne pense pas.

— Mais tu viens de dire que...

— Oui, je *sais* – je sais bien ce que j'ai dit, mais ils vendent tout le *reste*, d'accord ?

— Je t'ai froissé, Clifford ?

— Non. Bien sûr que non.

— Parce qu'on dirait.

— Eh bien pas du tout. Pas grave, laisse...

— Tu veux que je te laisse... ?

— Non – ce n'est pas ce que j'ai dit. J'ai dit laisse, pas laisse-*moi*.

— Parce que je ne saurais pas où aller, tu vois...

— Mais non, mais non – tu ne vas nulle part. Ffffuuu. Tiens, regarde – on arrive à Regent Street, maintenant. Et puis au bout, là-bas, c'est Piccadilly Circus.

— Oh, ça, je ne l'ai jamais vu, mais j'en ai déjà entendu parler, il passait quelquefois dans la région, le Circus.

— Oh nooon – non, ce n'est pas comme un cirque *cirque* – il n'y a pas d'animaux ni rien.

— Il n'y a pas de chiens, ni de chevaux ?

— Non. Enfin, il *peut* y en avoir, sans doute, mais ce n'est pas un spectacle, c'est juste une place. Piccadilly, quoi.

— Ça veut dire quoi, Piccadilly ?

— Euh... eh bien je ne sais pas ce que ça veut dire, en fait, mais elle s'appelle comme ça, voilà. Et au milieu, il y a une statue d'Éros. C'est le dieu de l'amour.

— Dieu *est* amour.

— Ouais – ouais, je sais. Mais là, c'est un autre dieu – il a un arc et une flèche.

— Mais il n'existe qu'un seul Dieu.

— Ouais je *sais*, mais là, c'est le dieu de l'amour *physique*. Tu vois ? Oui ? Non. Non, tu ne vois pas. Eh bien, l'amour physique, c'est quand – euh, c'est ce qu'un homme et une femme font. Ensemble. Tu sais ça ? Oui ? Mary ? Qu'est-ce qui ne va pas ? Pourquoi baisses-tu les yeux, encore ? Mary ? Qu'est-ce qu'il y a ? Mais dis quelque chose. Regarde ! Tiens regarde ! Le voilà ! Tu vois ? Éros. La statue. Tu as vu ? Non, tu n'as pas vu, n'est-ce pas. Parce que tu gardes les yeux *baissés*. Enfin bref, elle est passée maintenant. Tiens, regarde – on arrive à Haymarket. Et *non*, ce n'est pas un *marché*, d'accord ? Oh mon Dieu, je suis *désolé*, Mary – non, écoute, ne pleure pas. Oh je t'en prie ne pleure pas. Bon – on va descendre là, d'accord ? D'accord ? On va descendre là, et on va aller à pied jusqu'à Trafalgar Square, pour voir la colonne de Nelson. Mmm ? Et les lions. Non non, n'aie pas peur – ce ne sont pas des *vrais* lions, Mary... »

Donc oui – plutôt laborieuse, cette première balade, en fait. Cela dit, il faisait un temps superbe, donc on est allés au parc, et je me suis assis à l'ombre d'un platane, et Mary, elle est restée plantée là. Donc moi je lui ai dit mais enfin, tu ne t'assois pas ? Mary ? Et elle a répondu tu veux que je m'assoie ? Et moi j'ai dit eh bien... enfin pas si tu ne veux pas t'asseoir, mais c'est quand même drôlement plus confortable que de rester debout, enfin moi je trouve. Et elle a dit donc ce que tu veux, c'est que je m'assoie à côté de toi, n'est-ce pas ? Et j'ai dit euh, enfin ouais – mais seulement si ça te dit, tu vois. Et elle a dit et si je m'asseyais plutôt là-bas, et comme ça on pourrait quand même se parler ? Et moi j'ai dit bon écoute – tu peux t'asseoir ici, tu peux t'asseoir là-bas, tu peux rester debout – tu peux aller t'asseoir dans un autre parc si ça te fait plaisir... et puis j'ai dit oh, Mary – je suis – je suis désolé – je ne voulais pas – non, ne pleure pas, Mary, ne recommence pas à pleurer – je me lève, d'accord ? Tiens, regarde – je suis debout, tu vois ? Debout. C'est mieux comme ça ? Et elle a dit non non, ce n'est rien, Clifford – je vais m'asseoir à côté de toi, je vais m'asseoir. Attendez : je m'étais assis, je m'étais relevé, et j'étais complètement crevé.

Quoi qu'il en soit, elle s'est assise – elle s'est accroupie, a entouré ses genoux, bien serrés, le visage enfoui dans le creux de ses bras, et elle a dit que mon ami Anthony était vraiment très gentil de lui avoir donné cette robe (sa voix était si étouffée que j'avais du mal à entendre) et qu'il serait récompensé au centuple au Royaume des Cieux, mais que quand même elle aurait préféré, elle devait bien le confesser, qu'elle soit beaucoup plus longue. Donc elle a changé de position – elle s'est assise les jambes repliées sous elle, appuyée sur un bras, mais ça n'a pas duré longtemps parce qu'elle fatiguait, donc elle s'est allongée face contre terre et ça ne convenait pas non plus parce qu'elle s'est redressée et m'a tourné le dos, toute courbée, comme si elle essayait de rentrer sa tête dans son corps – j'avais l'impression qu'elle était furieuse contre toutes les parties les plus jeunes et les plus jolies de son corps – de les voir bouger, s'étirer, être là simplement –, même si je dois avouer, moi, que de les voir bouger sans arrêt avait un effet carrément excitant – l'inverse complet de ce qu'elle souhaitait, j'en suis bien certain, mais rien qu'en voyant la courbe de ses jambes, et en imaginant le lieu sombre et secret où elles se rejoignaient... je me suis décalé pour m'approcher légèrement, l'encercler plus ou moins, mais elle continuait de regarder absolument tout sauf moi, enfin surtout ses pieds, le plus souvent – ils semblaient la fasciner cent fois plus que tous les autres morceaux réunis. Moi, je les trouvais très bien, ses pieds – bon, des pieds, c'est des pieds, si vous voyez ce que je veux dire, et pour des pieds, mon Dieu, mais ils étaient très bien, ses pieds, très bien, pas de problème avec ses pieds – mais le reste, je n'aurai qu'un mot : waow. C'est tout ce que je peux dire, waow, parce que vous savez, je ne m'étais jamais retrouvé comme ça, assis seul avec une fille comme elle. Bon, c'est vrai qu'elle se comportait comme si j'étais une pelletée de déchets contaminés, mais au moins, elle ne s'enfuyait pas en poussant des cris suraigus. En même temps, je me rendais bien compte que si je faisais le moindre geste pour m'approcher encore, elle risquait non seulement de le faire, mais peut-être d'avoir une attaque, ou une crise d'hystérie, ou de m'agresser physiquement – parce que je peux vous dire : « timide », ce n'est même pas le mot, du tout, pour parler de la petite Mary... C'était comme si elle voulait être invisible, inexistante, glacée, se dissoudre dans l'air (pour rejoindre les anges, peut-être). Alors j'ai dit c'est sympa, n'est-ce pas ? De s'asseoir dans l'herbe, comme ça. Et puis il y avait deux oiseaux qui gazouillaient dans l'arbre au-dessus de nous, alors j'ai dit c'est sympa, non ? De s'asseoir dans l'herbe, comme ça. Et puis un tout petit garçon est arrivé vers nous en riant, clopinant sur ses petites jambes, pour récupérer sa balle, et j'ai dit c'est sympa, non ? De s'asseoir dans l'herbe, comme ça – et là, elle a hoché la tête, très vite, et il m'a même semblé qu'elle avait dit quelque chose, alors je me suis précipité : Quoi ? Qu'est-ce que tu dis, Mary ? Tu as dit quelque chose, Mary ? Et elle a juste fait *gnié*, et j'ai répété : *gnié* ? Comment ça, gnié, Mary ? Je suis désolé, je n'ai pas bien... Et elle a dit mouillé, c'est un peu mouillé.

 Le soleil filtrait entre les branches, mouchetant de lumière ses deux joues roses et le rideau de ses cheveux, et donnait à un de ses bras un éclat délicieusement tiède sous le duvet doré et très doux. Oh là là. J'avais moi-même les pires soucis avec mon propre corps, naturellement, comme cent fois par jour – mais au moins, là, j'avais une bonne raison pour me tortiller et tenter d'ordonner, aussi discrètement que possible, ce qui se passait sous le velours côtelé de mon pattes d'eph' ; si serré, ce pantalon, plus cette énorme boucle de ceinturon – je peux vous dire que ce n'était pas confortable du tout. Quelquefois, je pouvais, oh je ne sais pas, regarder une pile de pains dans la vitrine d'une boulangerie par exemple, et me retrouver soudain dans un tel état d'excitation que c'en était effrayant. Ou bien alors le présentateur débitait d'une voix monocorde les résultats de foot – Queen of the South, Wolverhampton Wanderers, Lake and Orient, tout ça – et moi, j'étais là comme si Ursula Andress venait de sortir de son poster et se triturait les tétons devant moi. Un jour, j'avais mis la main sur cette revue appelée *Parade* (mais pas chez Smith's, cela dit – non non, pas chez Smith's), et cette revue, elle est pleine de filles jeunes, pures, enfin il me semble, et finalement elles ne portent rien sur elles, simplement elles sourient en tenant des ballons de plage et des caniches, sous un parasol, tout ça, et elles ont des poitrines vraiment sympa, mignonnes comme tout, on ne peut pas dire, mais là où leurs jambes se rejoignent, où les garçons ont quelque chose, on ne voit rien, qu'une sorte de morceau tout flou, un peu comme une prise d'air rebouchée au ciment, et ça m'a longtemps, longtemps laissé perplexe parce que je savais bien qu'il devait y avoir un trou, là, vraiment bien visible, comme chez Annette, sinon ça ne, enfin – bon, ça ne marcherait pas, n'est-ce pas ? Anthony m'a expliqué que c'était fait exprès, pour des raisons légales. Et moi, j'ai imaginé toutes les jeunes et jolies filles, dans tout le pays, se baladant avec rien dans la culotte à part cette grande truellée de ciment rosâtre, tout moche, pour des raisons légales. Quoi qu'il en soit, les photos de *Parade*, elles me font un sacré effet – quelquefois, je n'ai même pas le temps d'enlever mon pantalon, et oui, je sais que c'est beurk et tout, d'accord, mais en même temps ça montre à quel point je suis, euh – passionné, non ? Notez bien que ça peut aussi m'arriver pendant que je parcours les petites annonces dans *Exchange & Mart,* donc tout ce que j'en conclus, c'est que je suis vraiment prêt, plus que prêt – il est grand temps d'y aller, en fait. Parce que maintenant, il suffirait que je lève les yeux sur une corde de gymnase, et j'exploserais sur place. Et la première fille avec qui je me retrouve seul, assis dans un coin tranquille, eh bien il faut que ce soit Mary. Pas possible, ça.

« Alors, Mary. Ça te dit, ce voyage à Jersey ? Avec moi. Ça te fait plaisir ?

— Je ne sais pas... Jersey, je ne sais pas trop ce que c'est.

— C'est une île. Enfin je veux dire, je ne sais pas non plus à quoi ça ressemble, pour être franc. Je n'y ai jamais été ni rien. Je n'ai jamais été nulle part, en fait. Jamais, nulle part. Mais bon, c'est une île. On y va par bateau, par le ferry.

— C'est comme l'Irlande, alors ?

— Beaucoup plus petit. Et puis il fait beaucoup plus beau. Il paraît que ça ressemble un peu à la France. Je n'en sais rien. On verra bien en arrivant, hein ?

— Et Annette – elle ne vient pas avec nous, Annette ?
— Elle... non. Non. On n'a que deux billets. Pour toi et moi.
— Peut-être que... peut-être que c'est Annette que tu devrais emmener.
— Pourquoi ? Pourquoi j'irais avec Annette ?
— Parce que c'est ta sœur.
— Je sais. Je sais bien. Je sais que c'est ma sœur. Donc, pourquoi est-ce que je voudrais partir avec ma sœur ? C'est à toi que je l'ai proposé. C'est avec toi que je veux y aller. Pourquoi ? Tu ne veux plus venir ? C'est ça ? Tu ne veux plus venir avec moi ? »

Clifford la regardait avidement, très conscient cependant d'avoir bêtement, sans le vouloir, ouvert grand les portes à une cruelle déception. Parce que là, elle est capable de dire oh mon Dieu je suis affreusement désolée, mais j'ai l'impression que je ne devrais pas y aller. Ou qu'il ne faudrait pas que j'y aille – quelle que soit sa manière de le dire. Elle risque de dire ça. Elle risque de me tanner encore avec Annette, je ne sais pas. À moins – à moins qu'elle ne dise tout simplement oh non, je serais *ravie* d'aller à Jersey avec toi, Clifford : je meurs d'impatience – quand partons-nous ? Peut-être qu'elle va dire ça, aussi. Bref, soyons francs – je ne savais pas du tout, mais alors pas du tout ce qu'elle allait sortir, mais quand elle m'a répondu – alors là, je l'ai regardée avec des yeux comme ça, bouche bée, et puis j'ai éclaté de rire.

« Oh, Clifford... J'aimerais, vraiment j'aimerais bien voir cet endroit, cette île. Mais si nous y allons ensemble, juste toi et moi, alors il faut qu'on soit mariés au regard de Dieu et de l'Église. »

C'est là que j'ai fait des yeux comme ça. Et maintenant, j'éclate de rire.

« Mais tu... ! Tu *plaisantes*, hein ? C'est – c'est de l'humour, c'est ça ? Mary ? Tu as l'air bien sérieuse. Ah, tu ne plaisantes pas, n'est-ce pas ? Non – non, ce n'est pas de l'humour, pas du tout. Bon. D'accord. Eh bien – on peut en parler, Mary. Tu veux ? Parce que – enfin, tu sais qu'on n'a que seize ans, tous les deux, n'est-ce pas ? Seize ans. C'est très jeune, n'est-ce pas ? On a toute la vie devant nous, tu sais. Tellement de choses à faire. Et puis, tiens : on ne se connaît pas si bien que ça, tous les deux, n'est-ce pas, Mary ? Je veux dire, on vient de faire connaissance. Tout ce qu'on a fait ensemble, c'est un tour en bus. Et ce n'est peut-être pas une base idéale, tu vois, ce n'est pas une base très très solide. Pour un mariage. Enfin pas encore, en tout cas. C'est peut-être un peu tôt. Tu ne penses pas ?

— Tu as peut-être raison. C'est dommage. J'aurais bien aimé voir cette île.

— Quoi ? Attends, là – tu veux dire... tu ne veux tout de même pas dire qu'on ne peut pas aller passer deux jours à Jersey parce que nous ne sommes pas *mariés*... ? Ce n'est pas ce que tu veux dire, n'est-ce pas ? Mary ? En disant ça ? Oh non, non, ce n'est pas *ça* que tu veux dire ? Oh mon Dieu, mon Dieu...

— Je t'en prie – n'invoque pas en vain le nom du Seigneur.

— Mmm ? Oh – okay, d'accord. Bon. Désolé. Mais *écoute-moi*, Mary – les gens vont en voyage, tout le temps, tout le monde. Ils n'ont pas besoin de se marier pour ça. Je veux dire – souviens-toi de ce qu'Annette t'a dit, hein ? Nous sommes dans les années soixante – et à Londres. Tu fais ce que tu *veux*. La vie, ce n'est pas un péché, d'accord ? Et euh – enfin, je ne me souviens plus de ce qu'elle t'a dit d'autre, mais tu as saisi l'idée *générale*, n'est-ce pas, Mary ? Mmm ? Oui ?

— Mais c'est *ça* que je veux. J'aimerais beaucoup. Je pense que tu es une bonne personne, Clifford. Tous les deux, nous pourrions fonder un foyer et avoir de nombreux enfants et les élever dans la foi catholique.

— De nomb... ! Oh mon Dieu – oh, désolé, désolé : pas mon *Dieu*, non – mais mon Dieu, je ne sais pas bien ce qu'on peut dire si on ne peut pas dire mon Dieu, mais bon, je veux dire – comment on est arrivés à parler de *foyer* ? Tout ce qu'on a fait, c'est s'asseoir ensemble sur l'impériale d'un *autobus*. Le numéro 13. Le numéro de la malchance, pour certains. Non ? Bref. Écoute – on est presque encore nous-mêmes des enfants, pour l'amour de – de je ne sais pas qui, Mary. Enfin, tu dois bien comprendre que je suis simplement *raisonnable*, là...

— Je regrette ta décision. Même si elle est sage, je n'en doute pas.

— Hein ? Non – non, je ne veux pas être *sage*. Je veux juste aller à Jersey, c'est tout ce que je veux. Avec toi. Mais pourquoi est-ce impossible ?

— Ce n'est pas impossible.

— Ce n'est pas... ? Oh. Très bien. C'est parfait, alors. Voilà une chose réglée.

— Mais il faut d'abord nous marier. Nous sommes sans cesse sous le regard de Dieu. »

Mmm, c'est cela, oui – d'ailleurs je L'entendais bien rigoler, là-haut, en nous observant. Je la regardais avec des yeux ronds – c'est tout ce que je pouvais faire, là. Elle, baissait les siens – *naturellement*, qu'elle baissait les siens –, et je regardais son petit nez – et son petit nez, vous savez, il est tout couvert de taches de son, très mignonnes ; et puis ses bras, ils sont si fins, si gracieux. Et ses seins remplissent juste, parfaitement, cette petite robe à fleurs. Donc somme toute, quelle pitié, franchement, que cette nana soit purement et simplement dingue. Il faut lui apprendre – il faut que je lui explique. Je veux dire, il faut lui remettre les idées en *place*.

« Eh bien écoute, Mary — okay. Très bien. Ça marche. Comme tu voudras.

— Tu veux bien ?

— Ouais. Absolument. On se mariera sur le bateau. C'est possible, ils font ces trucs-là.

— Il y a un prêtre sur le bateau ?

— Une espèce de prêtre, oui. De la marine... Ils peuvent s'occuper de ça.

— Mais en même temps, un bateau... ce n'est pas la maison de Dieu ?

— Eh bien si, d'une certaine manière, Mary. Je veux dire, immense est la maison du Seigneur, je crois qu'on dit ça. Et les bateaux – ce sont des espèces de maisons flottantes, finalement, et Dieu, il a bien créé la mer, non ? À son image. Comme la terre. Et si tu veux, on pourra aller dans une vraie église, après. Plus tard. C'est bon ? Ça te va ?

— Eh bien... tu es sûr que c'est... ?

— Oh, oui, oh oui. Aucun doute. Aucun. Pas le moindre doute.

— Bon... alors je veux bien, Clifford. Mais il faut que tu me fasses ta demande.

— Ma demande ? Mais je viens de la faire.

— Non, une vraie demande.

— Mmm. Okay. Mary, veux-tu venir à Jersey avec moi ?

— Non. Non, pas celle-là. Il faut prononcer notre engagement à l'oreille de Dieu.

— Ah oui. Ça. Eh bien, Mary – veux-tu, euh... m'épouser ?

— Oh oui, Clifford, *oui*.

— Boooon. Voilà, c'est arrangé. Je peux t'embrasser, Mary ? J'aimerais vraiment beaucoup.

— Oh, oui, Clifford, bien sûr ! Mais seulement quand nous serons mariés.

— Je vois. Très bien. Écoute – on fait ça demain, Mary. Demain – on s'en occupe demain. D'accord ? »

Oui : demain, absolument. Parce que là, je regarde ses jambes et son visage et sa poitrine et tout et tout, et je n'ai qu'une chose à vous dire : si je ne me marie pas très, très vite, moi, je vais exploser sur place.

Ce n'est que plus tard, il me semble, que je me suis rendu compte que je ne savais rien faire – de toutes ces choses, vous voyez, que les adultes font depuis des années sans même y penser, et tiennent pour acquises. Comme descendre sur la côte, par exemple. Je veux dire, je savais où on devait aller et quand on devait y être et tout ça, et cela voulait dire prendre le train, ça c'était une évidence, mais le train, on le prenait où ? Vous voyez, là ? Et comment on achète les billets ? Et puis, plus important, combien ça coûte ? Des petites choses comme ça. Les valises : je n'avais jamais fait de valise de ma vie, donc qu'est-ce qu'on emporte ? Bon, ça n'a pas été trop difficile, parce que je n'avais pas grand chose à emporter, et que j'avais presque tout sur le dos. J'ai demandé à Anthony s'il y avait un système de rabais pour les gens déjà presque embauchés, et il m'a répondu pourquoi ? De quoi as-tu besoin ? Alors j'ai dit eh bien une autre chemise, ce serait pas mal, et je me suis dit que si ce n'était pas trop cher... Il m'a dit j'envoie Sid avec la voiture, et tu pourras en choisir une, c'est gratuit, modèles de démonstration. Et j'ai dit attends Anthony, non, tu m'en as déjà offert une, et je ne voulais pas du tout te demander de me, enfin – de me *donner* une chemise, je veux dire je tiens absolument à – et là, il m'a coupé la parole en disant non non non – c'était un cadeau d'anniversaire : là, c'est un exemplaire de démonstration. Okay ? Et j'ai dit bon, si tu en es vraiment *sûr*... en tout cas c'est drôlement sympa : merci, Anthony, merci beaucoup. Donc avec ça et une brosse à dents, j'étais quasiment paré. Et Sid, il est vraiment chouette, Sid – il nous a emmenés à la gare, Mary et moi, et nous a mis dans le train et tout... Bon, c'était légèrement gênant pour moi, parce qu'après tout, j'essayais de la jouer cool, mais en même temps ç'a été une sacrée bénédiction, parce que sinon Dieu seul sait où on aurait atterri.

Et pendant tout le trajet en train, Mary – qui avait emporté encore moins de trucs que moi, apparemment : un simple petit sac accroché à l'épaule, essentiellement rempli de pommes, comme je m'en suis aperçu après. Elle croquait des pommes presque non-stop. Elle portait toujours la même robe à fleurs que lui avait offerte Anthony : c'est tout ce qu'elle avait, j'imagine. Donc Mary, pendant tout le trajet en train, la seule chose dont elle parlait, quand elle ouvrait la bouche, c'était du prêtre de la Marine qui célébrait les mariages : avait-il été ordonné par un cardinal ? Oh oui, oui – mon Dieu qu'est-ce qu'elle était mignonne –, oui, tout à fait, par un cardinal, absolument – un des plus grands cardinaux, je dirais même : peut-être même par le pape en personne. Ça l'a fait taire pour un bon moment ; je n'avais aucune idée de ce qu'elle en pensait, ni même de ce que j'avais dit, mais en tout cas, ça lui a cloué le bec. Donc tout ça promettait d'être délicat, n'est-ce pas ? J'avais espéré lâchement, avec une naïveté pathétique, qu'elle aurait peut-être oublié cette sombre absurdité d'histoire de mariage, mais de toute évidence, elle n'avait que ça en tête. J'avais essayé d'en toucher deux mots à Annette, pour qu'elle lui fasse entendre raison, l'air de rien, mais Annette disait qu'elle n'avait rien à lui dire ni à ne pas lui dire et que c'était mon problème et que cela ne la concernait en rien. Évidemment, pas un mot de tout ça à maman : évidemment. Elle était plutôt tranquille quand je suis parti : elle m'a préparé des sandwichs et donné une Thermos de je ne sais trop quoi, du potage peut-être, a ajouté deux livres alors que je sais bien qu'elle n'en a pas les moyens, et a dit qu'elle espérait que j'allais bien m'amuser, et que ce n'était pas la peine de lui envoyer une carte ni rien parce que de toute façon je serais rentré avant qu'elle arrive – et franchement cela ne m'avait même pas traversé l'esprit –, et puis de faire attention. Tu feras bien attention, Clifford ? Tu feras bien attention, c'est promis ? Et j'ai dit ouais, bien sûr, évidemment que je ferai attention (je ne sais pas du tout ce qu'elle voulait dire, mais c'est sûrement ce qu'elle avait envie d'entendre), et elle a dit bon alors fais bien attention. Et j'ai dit que je ferais ça. Attention.

Et puis j'ai rencontré ce type, sur le ferry. Il portait un blazer bleu marine avec des boutons en cuivre et une barbe poivre et sel, et je me suis dit qu'il avait l'allure parfaite – une publicité vivante pour les bâtonnets de poisson Bird's Eye. J'ai rougi jusqu'aux oreilles, je l'ai bien senti, en lui disant ce que j'attendais de lui. Il m'a regardé comme ça en répétant *Marier* ? Vous voulez vous *marier* ? Et j'ai expliqué que oui – enfin *non*, pas vraiment, mais en même temps oui. Sur quoi il a dit que j'étais bien jeune, et j'ai dit je sais. Alors il a dit combien ? J'ai cligné des paupières, en répétant combien ? Qu'est-ce que vous voulez dire, par combien ? Combien j'ai envie de me marier, c'est ça ? Là, il a éclaté de rire, un vrai rugissement (je pense qu'il était légèrement éméché, pour être tout à fait franc), et il a répondu non – non non : combien me donnez-vous pour faire semblant de vous marier, afin de pouvoir parvenir à vos fins scélérates avec ce pauvre agneau innocent ? Ce qui résumait assez bien la situation, on ne peut pas lui reprocher ça, à ce type – je veux dire, il a vite pigé le nœud de l'affaire –, donc j'ai dit eh bien je n'ai pas grand chose, en fait, pour tout vous dire. Et il a dit ça, c'est bizarre, mais ça ne me surprend pas, hein. Bon, tu as combien, mon petit gars ? Et j'ai répondu euh... deux livres ? Et il a répété deux livres ? Et j'ai dit bon, je sais bien que ce n'est pas énorme, mais... euh – disons, deux livres et dix pence ? Ce qui l'a fait hurler de rire, une fois de plus, et il a quand même fini par réussir à articuler non non – deux livres, c'est bon : garde les dix pence pour ta lune de miel.

Donc croyez-le ou non, mais ce truc horrible a vraiment eu lieu. Il a mis sa casquette à visière, élégant et tout, et il a commencé à blablater, Mary, voulez-vous prendre, Clifford, voulez-vous prendre, et patati et patata, il avait sans doute piqué ça dans un film quelconque. Ouais, dans un film ou dans un autre, certainement. Je ne sais pas du tout si les paroles étaient les bonnes ni rien, et je pense que Mary non plus – j'espérais que non, en tout cas – et il a conclu en me demandant : avez-vous l'alliance ? Et naturellement, hein, je ne l'avais pas, l'alliance. À votre avis. Je n'avais rien du tout. Parce qu'à nous deux, Mary et moi, tout ce qu'on avait, c'était deux chemises imprimées cachemire et un sac de pommes. Enfin bref, il faut reconnaître qu'il a été bien, le marin – il a sorti son paquet de Player's, en a tiré le bout de papier argenté, l'a tortillonné en spirale et a fini par obtenir une espèce d'alliance assez correcte. Quand je la lui ai glissée au doigt, Mary, elle l'a regardée comme si c'était un anneau en or massif incrusté de rubis, et puis elle a levé les yeux sur moi et m'a regardé comme si j'étais un Beatle ou je ne sais qui. Je vous déclare unis... par les liens du mariage (vacherie de vacherie de vacherie)... et à présent, vous pouvez embrasser la mariée. Ce que j'ai fait sans traîner, et mon Dieu, mais c'était si doux, si chaud – tous ces trucs que les filles sont, eh bien elle était tout ça. Parce qu'on finit par penser que c'est un on-dit, vous savez, la douceur, la chaleur des filles, mais non, pas du tout, c'est vrai : elles sont vraiment comme ça. Donc ensuite j'ai installé Mary à la cafétéria avec une bonne tasse de thé – elle regardait la mer au loin, en murmurant dans un souffle, avec sa voix, comme ça, Mrs Coyle, Mrs Coyle... Mrs Coyle... Mrs Coyle... ce qui me faisait un peu bizarre, parce que c'est le nom de ma mère – et moi, je suis retourné voir le marin pour lui donner ses deux livres (c'est d'ailleurs stupéfiant qu'il ne les ait pas demandées avant), et il riait toujours comme une baleine, en se tapant sur la cuisse – je suis sûr qu'il était pas mal entamé, là – et je lui ai dit eh bien merci pour tout ça – mais êtes-vous vraiment le capitaine de ce bateau, en fait ? Il a fallu encore attendre un petit moment, le temps qu'il recommence et finisse de crever de rire, et il m'a répondu naaaaan, mon petit gars, naaan, naaan, ce n'est pas moi. En fait, il était chargé de la restauration sur le bateau : il passait bien sa vie à vendre des bâtonnets de poisson pané. Mais bon. Il avait assuré. Et puis je me suis dit que je ferais mieux de rejoindre ma bonne femme.

La pension de famille m'a paru pas mal – même si je n'avais pas vraiment de point de comparaison. Nous avions deux lits en fer : je me suis dit qu'on pourrait les pousser l'un contre l'autre, plus tard. La femme qui tenait l'endroit a dit que la porte était fermée à dix heures et demie pile chaque soir, et qu'on devait la prévenir si on voulait un œuf le matin, ou juste des céréales. Pendant que Mary était là-haut, je lui avais dit que c'était ma sœur. Je ne sais pas du tout si elle m'a cru – mais bon, il faut être honnête, c'était plus crédible que de lui raconter qu'on venait de se marier sur le bateau, vous voyez, et que d'ailleurs, voilà la preuve – une bague en papier d'argent faite par le traiteur du bord, bourré, qui avait dirigé la cérémonie ; et le certificat... ? Il arrive par la poste.

Je tâtais un des lits (pas Mary), et le soleil est arrivé brusquement, droit sur nous, par la fenêtre, et dans toute cette lumière éblouissante, Mary était tellement, tellement jolie que je me suis approché d'elle par-derrière et lui ai caressé doucement les cheveux, sur quoi elle m'a dit : et les prières ? Quoi ? ai-je fait. Et les *prières* – pourquoi n'y a-t-il pas eu de prières pendant le mariage ? Eh bien tu vois, ils les gardent pour plus tard, pour la grande cérémonie à l'église – c'est une règle, pour les mariages en mer : on dit que les prières portent malheur sur un bateau. Comme les chats. Enfin je crois que c'est les chats. Mais quand on sera rentrés à Londres, on ira à la cathédrale et on demandera les grandes orgues et les chœurs et toutes les prières que tu voudras, Mary – un tas de prières, une masse de prières, une montagne de prières.

« Alors mettons-nous à genoux et disons une prière maintenant, d'accord, Clifford ? Pour que Dieu bénisse notre union.

— Hum – bon. Elle est longue, ta prière, Mary ? Parce que si elle est longue, ta prière, on peut peut-être attendre plus tard. Non ? En fait, je n'en connais pas beaucoup, à part celle qu'on dit en allant se coucher et puis le bénédicité et des trucs comme ça. Donc, tu ferais aussi bien de la dire pour moi aussi. Mary... ? Mary... ? Pourquoi tu me regardes comme ça, encore ? Tu n'arrêtes pas de me regarder bizarrement.

— Comment peux-tu ne pas connaître de prière ? Tu es catholique.

— Mmm ? Non – en fait non. Je ne suis pas catho... Mary... ? Qu'est-ce qui ne va pas ? Qu'est-ce qu'il y a, maintenant ? Je ne t'ai *jamais* dit que j'étais catholique. Si ?

— Mais tu l'es forcément. Annette – ta sœur : elle est bien catholique, *elle*.

— Oui, j'imagine que oui, plus ou moins. Je veux dire, je ne sais pas si elle a été baptisée ni rien. Mais c'est possible, oui. Je n'en sais rien.

— Elle n'a pas été *baptisée*... ? !

— Enfin, si, c'est *possible*. Comme je t'ai dit, franchement je n'en sais rien. En tout cas, moi pas. Au moins, ça j'en suis sûr... Je ne suis rien de précis, en fait. Mais bon, si, Annette, je suppose qu'elle est aussi catholique qu'on puisse l'être, et Anthony

— bon, Anthony, il est juif, lui, naturellement. Mais moi, je... ma foi – je ne suis rien du tout.

— Tu n'es pas... *protestant* ?

— Non non. Enfin je ne crois pas, en tout cas... Je suis juste un gars, comme ça. Rien de particulier. Écoute, Mary – tu dois être fatiguée, là. Ç'a été un long voyage, n'est-ce pas ? Aujourd'hui. Si tu venais t'allonger un peu – te reposer un petit moment ? Mmm ? Tiens, regarde – *moi*, je m'allonge. Si tu venais t'allonger à côté de moi, hein ? Mary ? Oui ? T'allonger un petit moment ? Mmm ? Qu'est-ce que tu en dis ? Oh mais pour l'amour de Dieu, mais *viens*, Mary. Désolé ! Je ne voulais pas dire Dieu – euh, pour l'amour de *moi*, Mary : de moi. Oui... ?

— Si elle n'a pas été baptisée... si Annette n'a pas été baptisée...

— Mais elle l'a *peut-être* été. Écoute on va dire qu'elle *a* été baptisée. D'accord ? Okay ? On va dire ça.

— Oui, mais si elle n'a pas été baptisée...

— Oh Mon Dieu. Euh, pas mon Dieu, désolé.

— Ça expliquerait... Si elle n'a pas été baptisée, ça expliquerait comment le serpent a pu entrer dans son sein et la corrompre – et la pousser à brûler le saint crucifix.

— Brûler ? Elle a fait ça ? Vraiment ? Comment ça – tu veux dire qu'elle a mis le feu au... ? Bizarre. Enfin, je suppose qu'elle avait ses raisons.

— C'était un acte terrible.

— Bah, elles en ont sûrement plein d'autres en réserve. Dans un endroit comme ça – elles doivent bien s'arranger pour ne jamais être à court, n'est-ce pas ? Bon, écoute, Mary – si on arrêtait de parler d'Annette et de la religion et de tout ça, hein ? Si on... tiens, viens là, d'accord ? Et puis tu t'allonges à côté de moi. Okay ? Allez – allez viens, Mary, viens... voilà, voilà – c'est bien, bravo Mary. Voilà. On y est. Ce n'était pas si dur, hein ? Non – pas dur, du tout. Ça va, tu es bien installée, comme ça ? Ça va, Mary ? »

Elle était donc allongée à côté de moi sur ce lit très étroit, les paupières serrées, et apparemment, elle n'avait pas l'intention de parler ni rien... Et tout d'un coup, je suis devenu complètement dingue. Tout ce que je pensais devoir dire et faire, des gestes tendres, délicats, tout ça s'est littéralement désintégré dans ma tête – je ne pouvais pas la caresser, la cajoler, et franchement, les blablas, j'en avais jusque-là. Mon besoin immédiat me consumait totalement. J'ai passé la main directement sous sa robe et elle a émis une espèce de jappement, mais sans ouvrir les yeux, et moi j'ai failli crier en sentant sous ma main ce petit monticule, et la douceur de papier de ses cuisses autour – j'étais enragé, comme fou tout d'un coup –, alors j'ai tiré, tiré, tiré plus fort, et finalement déchiré sa culotte, et elle respirait fort et moi je haletais comme une locomotive ou je ne sais quoi, tout en me battant avec la fermeture Éclair et la boucle de cette saloperie de ceinturon, et j'ai réussi en me tortillant à faire glisser mon pantalon jusqu'à mes genoux et je me suis laissé tomber sur elle, je me suis vautré sur elle en remuant comme un malade, mais je n'arrivais pas à entrer, alors j'ai écarté ses cuisses de force et j'ai mis un doigt, et la chaleur que j'ai senti là m'a entièrement envahi, mis dans un quasi-état de choc, et c'est l'image d'Annette qui m'est venue, et j'étais surexcité, sauvage, et effrayé aussi, et je l'ai pénétrée comme ça, de force, elle a laissé échapper un gémissement, un seul, et je me suis enfoncé encore, plus profondément, et là elle a poussé un grand cri, alors je lui ai posé les deux mains sur la bouche et j'ai continué d'aller et venir, entrer en elle, sortir d'elle, et je pensais à Annette, et soudain je me suis convulsé, j'ai tremblé de tout mon corps avant d'exploser en elle, et ce jaillissement, cette marée extraordinaire m'a arraché un rugissement, tandis que je m'immobilisais, raidi comme une statue, avant de me retirer doucement et de retomber sur le dos, conscient seulement d'un lent ruissellement le long de ma cuisse, mon souffle s'apaisant peu à peu, et j'ai touché de nouveau les poils très doux sur ce petit monticule, et je pensais à Annette, c'était bizarre, bizarre.

Ayant donc fini de la violer, sans un sourire, j'ai tourné brusquement la tête et ai observé son profil. Ses yeux toujours clos, les cils clairs dans le soleil ; les joues à peine empourprées. Et là, elle a dit oh Clifford – et cela m'a laissé pantois. Oh Clifford – nous venons de consommer notre union bénie. J'ai lâché un lourd lourd soupir et lui ai répondu oui, oui, voilà – c'est fait, Mary, c'est fait. Et le plus incroyable, c'est que j'avais envie de recommencer – tout de suite, là, maintenant, j'avais envie de tout refaire. Mais déjà elle était debout et époussetait sa robe comme pour en faire tomber des miettes de pain. Il y avait un peu de sang sur les draps, et partout sur ma main aussi : je ne m'en étais pas encore rendu compte.

« Est-ce que nous prions ensemble, maintenant ?

— Vas-y. Prie, Mary. Mais reviens là, d'abord. Reviens.

— Mais on doit aller visiter cette île, Clifford, non ?

— Mmm. Plus tard, peut-être. Viens là, Mary. Viens.

— Tu n'as pas faim ? Moi, j'ai faim maintenant, Clifford.

— On mangera plus tard. Viens, Mary, *viens...* »

Ça a été comme ça toute la journée, et une bonne partie de la suivante. Mary voulait faire tous ces trucs absolument naturels (mis à part les prières, bien sûr – ça, ça n'avait rien de naturel) ; elle voulait se promener, manger du poisson grillé, et puis peut-être trouver un endroit agréable pour prendre un petit thé – et moi, je ne pensais qu'à une chose, la clouer au lit et la prendre encore et encore, avec une détermination farouche, et puis aussi la caresser, la respirer, et puis ensuite recommencer. De sorte qu'elle n'a même pas pu sortir de la chambre, pauvre Mary. J'ai mal, disait-elle – Clifford, ça me fait mal, maintenant. Et je répondais moi aussi, viens Mary, viens... Et elle disait tu crois qu'ils pourraient nous monter des sandwiches ? Et je répondais que oui, certainement, et que je descendrais en demander dans cinq minutes – mais là, viens Mary, tu veux bien ? Viens là, viens là...

Vers la fin du deuxième jour, il est arrivé quelque chose d'assez affreux, enfin je suppose – quelque chose de terrible est arrivé. J'étais enfin repu – je ne pouvais même plus envisager de la prendre, même une dernière fois. Et en regardant Mary endormie, j'ai su, d'un seul coup, que je ne pouvais même plus supporter de la voir. Elle avait l'air tellement niaise et stupide, toute pâle, allongée comme ça – et je savais aussi qu'à peine réveillée, elle voudrait qu'on prie, ou qu'on mange un sandwich, et je me crispais d'avance en imaginant son petit filet de voix tellement agaçant – elle me rendait dingue, sa petite voix. Parce qu'à part ce trou, là, rien ne me plaisait en elle, rien. Donc j'ai fourré ma deuxième chemise imprimée cachemire dans mon sac, avec ma brosse à dents et ma Thermos (c'était bien de la soupe : bouillon de poule avec du vermicelle et des petits pois) et je me suis penché pour l'embrasser doucement, et me suis aperçu que je n'en avais pas envie, non, je n'avais pas envie de l'embrasser, mais sur une impulsion, j'ai sorti mon canif, et j'ai coupé, très délicatement, une petite boucle de ses poils. Je l'ai rangée dans cette petite boîte en métal que j'ai toujours sur moi – une ancienne boîte de tabac de mon père, et vous voulez savoir ce que je mets là-dedans ? Un timbre, quelques petites pièces, et le Scottie noir des Chiens du monde, la seule chose qui ait miraculeusement survécu. J'ai déposé deux billets d'une livre et une demi-couronne sur la table de chevet. J'étais déjà à la porte, et je tournais tout doucement la poignée, et les gonds grinçaient abominablement quand elle a soupiré : Clifford... ? Clifford... ? C'est toi... ? J'ai répondu que c'était moi, que ce n'était rien, qu'elle devait se rendormir. Tu t'en vas, Clifford ? Où vas-tu... ? Je descends, je vais te chercher un sandwich. Oh, merci, Clifford – merci, merci : tu es mon époux. Je t'aime tant. Et Dieu aussi, Il t'aime.

La mer était agitée, pendant le trajet de retour. Et moi, je me sentais libre, libre.

*

« Tiens, regarde, sur la table. Tu vois ? L'adresse d'Annette, et puis tu as son téléphone aussi. Elle m'a dit de te les donner. Elle a avancé à pas de géant, cette jeune demoiselle ; je ne connais pas la rue – ce n'est pas dans le quartier, en tout cas. West One – ma foi, ce doit être – le West End, non ? Jamais je ne vivrais par là, moi, avec toutes ces grandes boutiques et ces allées et venues et tout ça – non, ça ne me dirait rien du tout. » Et j'ai dit à maman ouais – si, moi ça me dit quelque chose, cette rue. J'ai dû passer devant, en bus : plutôt chic, il me semble. Comment a-t-elle pu s'offrir ça ? Elle n'avait pas un sou, n'est-ce pas ? Tu es déjà passée la voir ? Comment est-elle installée ?

« Oooh, là, tu demandes à la mauvaise personne, Clifford. Annette ne m'a jamais fait ses confidences. Aucune idée de la manière dont elle a pu s'offrir ça. Je l'aurais aidée un peu, un tout petit peu, dans la mesure de mes moyens, si elle avait demandé. Mais elle n'a rien demandé. Écoute, vas-y, et tu me diras si elle a besoin de quelque chose – de thé, de lait, tu vois. Enfin des choses comme ça. Non, elle ne m'a pas invitée à venir la voir. J'y serais bien allée, mais elle ne me l'a pas proposé. Enfin – du moment que tu es revenu sain et sauf, Clifford... tu ne m'as pas raconté grand chose d'ailleurs. C'était beau ? C'est beau, là-bas ? Et le temps, vous avez eu quel temps ? Ici, il a mouillassé tous les matins. Et puis ça s'éclaircissait dans l'après-midi...

— C'était très chouette, très chouette, merci. Il n'a pas plu, je ne crois pas. Bon, maman – je vais aller la voir maintenant, si ça ne t'ennuie pas.

— Mais bien sûr, mon chéri. Comme tu veux. Et Mary, ça va bien ?

— Très bien – bon, j'y vais, là.

— Sors ton linge sale, je vais le mettre dans la Hotpoint. Et Mary – elle s'est bien amusée aussi ?

— C'était très chouette. Super. Allez, à plus tard. »

Parce que bon – je n'allais pas m'étendre, n'est-ce pas ? Je n'allais pas répondre je ne sais pas du tout si ça l'a amusée de crever de faim et de se faire défoncer non-stop – et de toute façon je l'ai larguée là-bas. D'ailleurs j'avais moi-même peine à le croire – donc je n'avais pas envie d'y penser, pas envie de m'étendre.

Cela dit, je ne m'étais pas trompé : classe, le quartier. J'ai regardé sur le plan, et c'est tout près de Baker Street – à une petite balade à pied de chez le Grand Détective en personne – vous savez, celui dont Mary n'avait jamais entendu parler. Parce que je veux dire – ça, c'est un des trucs qui m'auraient rendu dingue – il y a de quoi, non ? Vous dites : Sherlock Holmes, et elle répond : Ah bon, c'est où, ça ? Inimaginable. Remarquez, je n'aurais rien contre – enfin vous voyez : recommencer. Avec elle. Mais ça ne se fait pas, hein ? De se jeter comme ça sur une fille, et puis dès que c'est fini, de... enfin, pas de la *détester* – parce que je ne la déteste pas, je n'ai jamais voulu lui faire de mal ni rien. J'avais simplement envie qu'elle ne soit plus là. Jusqu'à la prochaine fois. Ç'aurait été génial, qu'elle soit, je ne sais pas – une de ces petites télés portables comme on fait maintenant. On la sort du placard, on regarde son programme, on éteint et on la range dans le placard. Bon, évidemment, on ne peut pas demander ça à des *gens*. Mais ce serait chouette.

C'était une maison mitoyenne, à façade plate, avec une sorte de fenêtre en demi-cercle au-dessus de la porte, je crois que ça s'appelle une imposte, et une lanterne accrochée. Une des sonnettes indiquait "A. Coyle" – tapé à la machine. C'est drôle, ces vieilles maisons, vous savez, parce que de l'extérieur, elles ont l'air, enfin – elles n'ont l'air de rien, justement, juste un mur avec des fenêtres et une porte – mais une fois à l'intérieur, elles sont absolument immenses. Enfin celle-ci, en tout cas. Une grande entrée, le sol en dalles noires et blanches, du marbre je pense, et un escalier en rond qui n'en finit pas de monter. Annette a ouvert, et m'a dit salut, et j'ai répondu salut, et elle a dit je suis au dernier étage, désolée, et j'ai dit eh bien montre-moi le chemin, et elle est passée devant. Vous savez – la dernière fois que je l'avais vue, Annette, elle m'avait semblé, disons – beaucoup plus vieille, naturellement, mais elle-même, comme une version plus grande et plus formée de ma petite sœur d'autrefois. Mais là, elle était carrément différente, très différente – et j'ai essayé de voir en quoi. Les cheveux, déjà – ils étaient tout lisses, ses cheveux – et puis les vêtements, nouveaux, il me semble. Elle ressemblait un peu à Elizabeth Taylor, ce qui est assez incroyable. Mais c'était aussi le parfum qu'elle laissait derrière elle – ça m'est apparu d'un seul coup – un parfum très frais, et très puissant : je n'ai jamais senti un truc pareil. Maman a bien son eau de lavande, mais ça n'a rien à voir avec ça.

En tout cas, oui, quelle grimpette – quatre étages –, mais l'appartement qu'elle avait là-haut était – oh, mais alors fantastique. Je l'ai adoré, tout de suite. Tellement plus grand que chez maman et moi – notre logement tout entier aurait tenu dans le salon. De la moquette jusque sur les murs – crème ou quelque chose comme ça. Et des fenêtres, la vue était incroyable : les toits, les cheminées, et plein d'arbres derrière, Regent's Park, sûrement, ce devait être Regent's Park. Et il y avait trois chambres, et une salle de bains, et une cuisine avec les placards encastrés et tout, elle avait l'air toute neuve, et une autre petite pièce, une espèce de cagibi, je suppose.

« Wouah, c'est terrible, Annette. Incroyable. C'est cool. Le genre d'appart où vivrait John Steed. Carrément cool, oui...

— Qui est John Steed ? Tu veux boire quelque chose ? Il y a de la bière au frigo. Ou du jus d'orange. Ou je peux nous faire du thé, si tu veux.

— Oh là là – ça fait un sacré moment que je n'ai pas bu de bière. En fait, je ne sais toujours pas si j'aime ça ou pas, la bière. Ouais – une bière, tiens, bonne idée. Steed, c'est un type vraiment classe, dans une série télé. Il porte des super costumes et roule dans une Bentley de collection.

— Tu t'identifies à lui, Cliff ? C'est ton modèle ? Tu trouveras des verres quelque part...

— Eh bien – j'aurais du mal. Même si je vais devenir tailleur – je t'ai dit ? Ah ouais, ouais. Donc je pourrai peut-être faire le mien tout seul. Mais pour la Bentley, hein...

— Je t'en achèterai une, un jour. Tu n'auras qu'à me dire la couleur.

— Ha ! Merci mille fois, Annette. Mille fois. Mais dis-moi – à propos de, enfin tu vois... comment fais-tu pour te payer un endroit comme ça ? Je veux dire – c'est cher, non ? Tu disais que tu n'avais pas un sou.

— Cher ? Je n'y ai même pas cru, quand ils m'ont dit le prix du loyer. Je pensais que c'était pour toute la maison. Mais non, c'est juste pour cet étage. Et le mois prochain, il faut que je repaie, la même somme. Je l'ai volé. L'argent. Tiens – sers-nous. Je ne suis pas douée pour ce genre de chose.

— Tu l'as... *volé* ? Tu as volé l'argent ? Comment ? À qui ? Comment ça, tu l'as *volé*, Annette ?

— J'ai fait les boutiques, et j'ai piqué plein de vêtements. C'est très simple. Personne ne regarde. Et ensuite, je suis revenue et j'ai dit que j'avais changé d'avis et que j'avais perdu le ticket de caisse, et ils m'ont remboursée. J'ai une tête qui inspire confiance : la gentille petite jeune fille sortie du couvent. Trois fois, j'ai fait le coup. Dans des boutiques différentes, naturellement. Et puis j'ai recommencé, mais là, j'ai gardé les vêtements. Ils me plaisent bien. Ensuite j'ai été chez le coiffeur, chez la manucure, chez l'esthéticienne – enfin tout. Ce n'est pas complètement terminé, cela dit. Je ne me sens pas encore complètement lavée. Elle est bonne ? La bière ?

— Mmm ? Oh oui, oui. Très. Très bonne. Mais nom d'un *chien*, Annette... mais qu'est-ce qu'elles t'ont appris d'autre, ces bonnes sœurs ?

— Beaucoup de choses. Diverses. Bon, alors – qu'est-ce que tu en dis, Cliff ?

— De quoi ? De ta nouvelle vie de criminelle ? De voir bientôt ta tête sur des affiches marquées "Wanted" ?

— De l'appartement. Qu'est-ce que tu penses de l'appartement ?

— Oh, l'appartement – eh bien je te l'ai dit. Il est super. Terrible.

— Donc tu es... d'accord, alors ? Pour le partager avec moi ?
— Mais, euh... enfin je veux dire *ouais*, bien sûr, j'adorerais, mais... et en plus c'est vraiment tout près du métro, pour aller au boulot, et tout ça. Enfin je le trouve génial et tout, mais...
— Maman ? C'est ça ?
— Ben ouais... Je ne peux pas la – la laisser, n'est-ce pas ?
— Pourquoi ? C'est comme ça, pour tout le monde. On s'en va. Tu as bien laissé Mary, non ?
— Mmm ? Eh bien... euh, oui, en fait. Comment le sais-tu ?
— C'est évident. Elle est pénible. Je pense qu'elle retournera au foyer. Je suis partie sans laisser d'adresse.
— Oh. Donc – exit Mary, alors.
— Mmm. Je suppose que tu as baisé avec elle. »

Clifford posa son verre et détourna les yeux. Puis il les releva et regarda franchement Annette, bien en face. Ses yeux à elle étincelaient, d'amusement peut-être, et peut-être aussi d'autre chose.

« Je, euh – oui. Et plus d'une fois, en fait.
— Mmm. J'aurais fait comme toi. Si j'avais été un homme. Je comprends très bien. Je hais les hommes – pour ça. Mais je comprends. Tu en veux une autre ? Bière ?
— Mmm ? Oh – non. Je n'ai même pas fini celle-ci. Eh bien, Annette – on a une drôle de conversation, là...
— Tout est drôle, je trouve. Tout. Et donc, ça t'a plu ? De la baiser ? De baiser la petite Mary ? »

Et les yeux d'Annette flamboyaient soudain – elle semblait curieusement excitée.

« Je – oui.
— Son petit con ? Tu as aimé son petit con, n'est-ce pas ? Baiser son petit con ? »

Clifford passa la langue sur ses lèvres, reprit une gorgée de bière.

« Oui – oui ça m'a plu. Beaucoup. Tiens – ça va te faire rire, ça. Ou pas, d'ailleurs. Je ne sais pas pourquoi j'ai fait ça, mais... tiens, regarde – dans cette boîte. Tu vois ? C'est des poils à elle. Je ne sais pas pourquoi j'ai fait ça...
— Je me souviens de ces boîtes-là.
— Hein ? Ah oui – elle appartenait à papa. À notre père... »

Annette gardait le regard fixé sur la boîte métallique.

« Les Trois Nonnes, dit-elle. Tu m'étonnes. C'était un salopard, tu sais. Notre père. Qui n'est pas aux cieux...

— C'est vrai ? Je ne m'en souviens pas vraiment. Pourquoi ?

— Il agressait sa fille, sexuellement. Il la molestait. Tu le savais ?

— Je... non. Je ne savais pas. Il t'a fait ça ? À toi ?

— Mmm. C'est pour ça que je l'ai tué, naturellement. Sinon, je ne l'aurais pas fait, enfin je ne crois pas. C'est pour ça que je l'ai poussé du toit. »

Clifford s'était dressé, il la tenait aux épaules.

« C'est toi ? C'est toi... ?

— Ouais. La seule chose qui m'angoissait, c'était qu'il ne meure pas à l'atterrissage. Mais si. Donc c'était parfait. Bref, alors, Cliff – qu'est-ce que tu en penses ? Ça te dit ? De venir t'installer ici ? De vivre avec moi ? Ce serait bien, vraiment bien. Tu veux ? »

Clifford la regarda droit dans les yeux.

« Je... oui. Oui, Annette. Je veux bien.

— Tu ne m'embrasses pas, Clifford ?

— Tu sens... tu sens tellement bon.

— Je sais. Tu as aimé ? Que je parle comme ça ? »

Clifford lui effleura la joue.

« Oui. J'ai aimé.

— Je sais. Alors vas-y. Embrasse-moi.

— Je t'aime, Annette...

— Je sais. Et moi aussi je t'aime. Embrasse-moi. »

Ses lèvres étaient douces, et plus tendres que celles de Mary.

La nuit

Combien de temps m'accorde-t-on encore, je suis contraint de me poser la question, tandis que je continue à faire ce que je peux, gésir là, parfaitement inutile. Il y a tout le reste de ma vie à revivre en ce jour ; ma vie, bien sûr – c'est tout ce que j'ai eu ; et ce jour, c'est tout ce qu'il me reste. Mais nous sommes rares à supposer, enfin il me semble, qu'il existe réellement un plan préétabli à nos piètres existences – le mot juste, celui de structure, implique pour moi une solidité indiscutable, une symétrie, une stabilité parfaites dues aux soins empressés et au talent d'un architecte de génie. Mais ce serait parler d'un bâtiment parfait, debout mais insensible, impuissant face à ses divers usages et occupations, se laissant régulièrement ravaler et réhabiliter, résigné à la démolition qui viendra. Aucune vie n'a jamais été vécue ainsi. Et donc, nous devons plutôt envisager un panorama immense et rutilant – proie facile des éléments capricieux et tout-puissants, et en même temps rassurant et familier et apparemment praticable, jusqu'aux sommets et aux gouffres de nos victoires et défaites, la chaleur du soleil avant que le ciel ne tombe comme un rideau, nos hauts et nos bas : la nature même de l'animal.

Mais non. S'il y a bien structure, alors elle manque de fondations ; elle gémit dans la bourrasque, capable seulement de masquer l'odeur fétide d'un délabrement intérieur continuel et sans cesse grandissant, tant que l'on s'applique en hâte ce cache-misère. Puis tout donnera de la bande, sombrera en une ruine patente : peu après, ce sera la condamnation. Et le seul paysage que nous ne puissions habiter, c'est le désert : une chaleur impitoyable, et les contours moqueurs, omniprésents mais sans cesse en mouvement des dunes éternelles. Nous bâtissons sur du sable, puis gisons parmi les ruines, desséchés, aveuglés de lumière, émerveillés par un nouveau mirage encore alors que la seule réalité est celle de l'ombre des charognards qui tournent au-dessus de nous, patients, menaçants. Et si par hasard nous percevons le chuchotis de leurs lentes ondulations, si nous entr'apercevons l'étincelle dans leur œil de rapace, nous nous demandons vaguement qui est le malheureux que menace une disparition imminente, bientôt réduit à une carcasse blanchie, puis en poussière blanche. Le désert – c'est la fin de la vie ; le désert, c'est la fin de tout.

Mais la mémoire, elle, fonce et plonge tel un missile, droit au noyau brûlant de l'instant. Donc voilà que je pénètre dans le paradis de Melissa – longtemps après, tant d'années après que j'ai cessé de me demander pourquoi je n'étais pas plus affecté par le fait qu'Annette avait tué mon père. Pourquoi j'avais été si insouciant, si inconscient dans ma manière de duper Mary, avant de l'abandonner. Comment j'avais pu, le sourire aux lèvres, laisser ma mère seule, avec ses trois sous (et Dieu du ciel, vous n'avez qu'à voir, n'est-ce pas, ce qui lui est arrivé alors). Mais quand Melissa est apparue, plus rien ne m'étonnait de ce que j'avais fait jusqu'alors ; même si je devais être encore plus stupéfait – alors que j'approche là de l'extrême bord du trépas – par les faits et gestes d'Émeraude, mon étincelante dame en noir.

Et malgré *tout*, elle ne me laisse pas en paix vous savez... ma mémoire. Elle tire à hue et à dia, elle m'emporte encore ailleurs. Me force à une nouvelle escale sur le chemin. Sonya. Un étrange amour, une autre de mes épouses.

*

« Quelque chose n'allait pas, avec la viande, Clifford ? Elle n'était pas très réussie ? Pas à ton goût, c'est ça ? Clifford ? La viande ? Dis-moi.

— Mmm ? La viande ? Non non. Très bonne. Simplement, j'en avais un peu trop. C'est tout.

— Parce que si quelque chose n'allait pas, tu sais, je préfère que tu me le dises franchement. Je ne serai pas vexée. Je préfère vraiment le savoir, parce que comme ça je pourrai, enfin tu vois – ne pas refaire la même erreur.

— Mais il n'y a aucune erreur. Aucune. Elle était très bonne. Elle était parfaite.

— Vraiment ? Vraiment bonne ? Ou bien parfaite ? Parce quand tu dis parfaite, Clifford – et je sais bien que j'insiste un peu, je sais bien, j'espère que tu me pardonneras d'insister –, c'est que j'ai besoin que ce soit bien clair, tu vois. Clair et net. Parce que je ne supporte pas le, oh comment dit-on déjà... L'ambiguïté. C'est bien le mot, Clifford ? Tu es si doué – si incroyablement doué, avec les mots, toi. C'est bien ce que je voulais dire ? L'ambiguïté. C'est le bon mot ?

— C'est *un* mot, tout à fait, Sonya. Mais tu ne peux pas, n'est-ce pas, me demander de savoir par avance ce que tu essaies de dire.

— Eh bien, que je veux que tout soit – soit clair, pas confus du tout, en aucune façon. Le contraire du flou.

— Mmm. Oui. Donc en effet, tu cherches à chasser toute ombre d'ambiguïté. Et tu penses en avoir pour longtemps ?

— Je te fatigue ? Tu es fatigué ? Oui je dois être fatigante, sûrement. Quelquefois. Avec toi.

— Écoute, dis ce que tu as à dire, Sonya. Comme ça on pourra passer à autre chose.

— Eh bien, tout ce que je veux dire, Clifford, c'est que quand tu as dit que la viande était... parce qu'en fait, tu as dit deux choses, tu vois. Tu as dit qu'elle était bonne – donc bonne, c'est bonne –, mais juste après tu as dit qu'elle était parfaite, tu comprends. Tu te rappelles ? Tu as dit parfaite. Et moi, j'ai besoin de savoir, Clifford – et puis j'arrête avec ça, je te laisse tranquille, promis –, j'ai besoin de savoir si par "parfaite", tu voulais dire – excellente, divine, merveilleuse, hors pair, enfin ce genre de choses, ou si tu as dit "parfaite" comme, enfin disons – ouais, très bien, correct, rien à dire. C'est tout. Parce que bon, tu sais *bien*, Clifford, avec les mots. Ça te connaît, les mots. Tu sais bien que les mots, mon Dieu – ils sont bizarres, quelquefois, non ? Ça arrive. Les mots qu'on emploie tous les jours, chaque jour de notre vie, alors que peut-être on ne – ou bien l'autre personne, c'est plutôt ça. Peut-être qu'on ne sait jamais exactement ce qu'on se dit ?

— Mmm. Il y a beaucoup de mots, comme ça. "Bon", par exemple. Typiquement.

— Bon ? Bon, ça veut dire... agréable. N'est-ce pas ?

— Souvent, oui. Généralement. Mais ça peut vouloir dire "exact", aussi. Le compte est bon. On n'y pense jamais. On ne fait pas attention. Ou bien "extrêmement". En voilà un autre. Extrêmement, dans l'absolu veut dire à un point extrême, un point maximum. Donc quand on dit "extrêmement bon", stricto sensu, cela veut dire "d'une précision totale". Alors que naturellement – pour la plupart des gens cela signifie simplement...

— ... délicieux. Oui. Oh, désolée de t'avoir coupé, Clifford.

— Non, c'est bon. Et je te laisse le soin de deviner la nuance exacte de ce que je veux dire, là, Sonya. Tiens : "Chérie". En voilà encore un.

— Chérie ?

— Oh que oui. Tant de nuances – tant de coulcurs. Mis à part cette habitude des petites gens d'utiliser le mot comme une marque d'affection machinale. Autrefois, ils disaient "mon chou", ou "ma poule". Et puis ils se sont mis à dire "chéri" ou "chérie". Parce que c'était un véritable cadeau pour les féministes arrogantes. Le genre Women's Lib. Trop facile de se hausser du col et de répondre finement : "Je ne suis pas votre *chou*... je ne suis pas une *poule*." Quel ennui. Quel ennui.

— Oh, on n'a pas de temps à perdre avec ces femmes-là. Inintéressant. N'est-ce pas, Clifford ? Mais bon, quoi qu'il en soit – pour la viande, hein ? Dans quel sens as-tu dit ça, exactement ? Que je sache, pour la prochaine fois.

— Très bien, Sonya. Il n'y a rien de répréhensible à rechercher la précision. Donc je voulais dire que c'était là un morceau de bœuf de qualité supérieure, préparé, cuit et présenté de manière particulièrement satisfaisante, avec des légumes tout à la fois parfaitement choisis et étuvés juste à point, un peu croquants. Ce n'est sans doute pas le plat le plus « parfait » depuis la naissance de l'univers, mais certainement très au-dessus de ce qu'il est convenu d'appeler passable. C'est bon ? C'est clair, comme ça ?

— Oui. C'est clair. Merci, Clifford. Aimerais-tu que je... qu'aimerais-tu que je fasse, maintenant ? Pour toi ? Aimerais-tu aller te coucher ? Que je te prenne dans ma bouche ?

— Je crois que je vais juste lire un peu, pour le moment, Sonya. Pourquoi n'en ferais-tu pas autant ? Il y a encore quantité de livres que tu n'as pas ouverts, Sonya.

— Oui, mais certains de ceux que tu me donnes à lire, Clifford... je les trouve très durs, tu sais. Je ne suis jamais certaine de bien comprendre ce que l'auteur veut dire – *entre* les lignes. Parce que dans tous ces romans, il y a comme des couches, n'est-ce pas ? Les personnages peuvent dire une chose, mais en fait il y a un... comment appelles-tu cela, déjà ? Quand quelque chose n'est pas clairement dit, mais est quand même *présent*... ? Le sous-texte, c'est ça ? Enfin bref, je crois que je préfère quand les choses sont dites clairement. Tu vois ? Parce que si ces personnages, ces personnages de roman, là, ils disaient exactement ce qu'ils veulent *dire*, eh bien... on ne serait pas obligé, n'est-ce pas ? De creuser comme ça. De chercher tout ce qu'il y a par en dessous. Leurs secrets.

— Euh, Sonya, je vais peut-être reprendre une goutte de vin. Je dois dire que ce pauillac est particulièrement goûteux. C'est vraiment dommage que tu n'apprécies pas le bordeaux.

— Oh, je n'aime aucun vin rouge, en fait... je trouve ça un peu... elle est presque finie, je vais t'en ouvrir une autre, Clifford. Un peu *lourd*, en fait...

— Merci, ma chérie. Et sais-tu une chose... ta bouche, tes jolies lèvres, là... eh bien elles me paraissent bien tentantes, tout d'un coup...

— Oh, avec plaisir, Clifford. J'adore ça. Mais j'ouvre d'abord cette bouteille, n'est-ce pas ? Oh – Clifford...

— Mmm ?

— Ce n'était pas du bœuf, tu sais. La viande. En fait, c'était de l'agneau.

— Ah... mais en tout cas *délicieux*, Sonya. Tout à fait délicieux, voilà ce que je voulais dire. Bien. Bon, eh bien... tu me fais tout ça, d'accord ? Oui ? Et puis je vais essayer de me coucher pas trop tard, je pense que c'est préférable.

— Oh, je *t'aime* tant, Clifford. Vraiment, vraiment.

— Je sais, ma chérie. Et moi, l'amour que j'ai pour toi est quelque chose – d'extraordinaire, réellement extraordinaire. »

*

Quelquefois, avec Sonya, c'est comme si nous venions tout juste d'être présentés. Comme si elle était prête à se plier en quatre pour me faire plaisir (ce qui est parfois, littéralement, le cas), toujours attentive à deviner mon dernier caprice, traquer la moindre petite idiosyncrasie. Tenez, voilà un mot : idiosyncrasie. Annette, elle ne le connaissait pas, celui-là – jamais entendu – et ça l'a ravie au-delà de toute mesure, je l'avoue non sans plaisir. Nous nous testons l'un l'autre, vous voyez, avec des mots nouveaux, et ceci presque chaque jour – il lui arrive de me piéger, bien sûr, mais de moins en moins souvent. Il faut dire qu'elle lit toujours avec autant de voracité (et comment elle y arrive, avec tout ce qu'elle fait par ailleurs, mystère – mais je lui tire mon chapeau, en tout cas), même si c'est toujours moi qui déniche les auteurs les plus ésotériques, les romanciers les plus marginaux, loin du tout-venant ; et bien sûr, le soir, je continue d'écumer mon Dictionnaire des mots croisés Chambers, même si par ailleurs, je pars en quête de pépites, tel un chercheur d'or. Mais bon : Sonya, oui. Je suis bien conscient que nombreux sont ceux qui m'envieraient. Je vis une lune de miel éternelle, permanente. Chose tout à fait enviable à certains égards, bien sûr, même si l'irréalité de la chose, toute nimbée de rose soit-elle, semble avoir exclu toute édification d'une construction plus solide. Chaque matin, Sonya se lève lumineuse, radieuse à l'idée de tant d'occasions encore de pouvoir me plaire et me faire plaisir, et prête à se dissoudre elle-même de bonheur extatique à la moindre petite satisfaction, aussi artificielle soit-elle, dont elle s'imagine que je pourrais la gratifier. Elle est facile à contenter, comme on dit communément – même si son désir furieux et permanent, à la limite de la pathologie, de me faire plaisir en retour s'avère, euh... peut s'avérer un tout petit peu usant : usant, on va dire ça. Nombre d'époux – je le sais très bien, naturellement – se sentent, *a contrario*, quasiment ignorés par leur femme – comme des objets négligeables et superfétatoires. C'est l'équilibre entre les deux qui semble souvent nous échapper : arriver à équilibrer les deux plateaux de la balance, dans une satisfaction également partagée. Mais bien que j'aie de nombreuses occasions de m'échapper – grâce à Annette, bien entendu (qui d'autre ?) – je dois avouer que, une fois mon escapade terminée, mon plus grand plaisir est de revenir. Sonya fait vraiment une excellente personne auprès de qui revenir ; son plaisir à me voir revenir est irrésistible, comme il se doit, et ses manifestations, je dois bien le dire, sont extrêmement satisfaisantes. L'argent, bien sûr, est le pivot de la chose ; sans lui, l'un de nous deux serait certainement mort, à présent. Et l'argent, ma foi... eh bien je suppose que là encore, c'est sans doute Annette que je me dois de remercier. Sans doute... ? Non, ne barguignons pas : il n'y a pas de « sans doute » : c'est Annette, quoi qu'elle fasse pour le déguiser : Annette est notre bienfaitrice, de A à Z. Oh, je ne dis pas que je ne gagne pas d'argent – parce que si, si, j'en gagne. J'ai un petit portefeuille de clients triés sur le volet, et parfois tant de pain sur la planche que je ne peux même pas en accueillir d'autres, aussi bonnes leurs recommandations soient-elles.

Tant de temps s'est écoulé, depuis l'époque où j'étais un jeune apprenti-tailleur au regard étincelant, dans cette vieille usine délabrée de Hayes – totalement rasée aujourd'hui, d'après ce que j'en sais : c'est devenu une de ces galeries commerciales excentrées, si mes informations sont exactes (et qui, je vous le demande, aurait l'idée d'aller, de son plein gré, se promener dans un endroit pareil ?). Mais je demeure redevable au jeune Hirsch et à son père, car sans eux, jamais je n'aurais découvert le talent qui est le mien. Le seul. Je n'ai jamais été fichu de faire quoi que ce soit, donc vous pouvez bien imaginer que découvrir en moi une capacité apparemment réelle pour quelque chose a été une source de joie non dissimulée. Je me suis aperçu que je pouvais couper du tissu aux ciseaux, et même au cutter, à main levée – chose qui, m'a-t-on dit, demande généralement des années d'entraînement (et il me faut bien admettre que ce n'étaient pas là de simples flatteries), donc j'ai rapidement été promu à l'atelier sur-mesure. Au départ, je faisais uniquement les poches et les ceintures, bien sûr (j'avais alors, et je frémis en y repensant, à peine plus de quoi, j'avais quoi alors ? Dix-sept ans ? Sans doute même pas dix-huit), et plus tard, sous la férule d'un ancien, ma première veste. Je l'ai faite pour Anthony, et ces vieux tailleurs juifs tout rabougris observaient le moindre de mes gestes, suggérant ici et là une petite correction, toujours avec une patience et une gentillesse extraordinaires : jamais je ne les oublierai. Pour la veste, naturellement, tout cela m'a demandé un temps invraisemblable – ils étaient d'une telle indulgence avec moi – mais le résultat, je dois le dire, n'était pas complètement raté et honteux.

Anthony, ce cher vieil Anthony, s'est déclaré absolument ravi du petit veston très ordinaire que j'avais fait pour lui (même si, à l'époque, il a dû dire qu'il était « terrible ! »... enfin il me semble que c'est ce que l'on disait, à l'époque, ce genre de chose : il y a si longtemps, j'ai peine à m'en souvenir), et il faut reconnaître que non seulement il l'a porté et porté, ce petit veston – à chevrons gris-bleu, tweed Holland & Sherry, douze onces, je le revois très bien –, mais il ne cessait de dire à tout le monde qui l'avait réalisé pour lui. Ce qui m'a définitivement donné de l'assurance : ma confiance en moi était grande, comme doit l'être celle d'un jeune homme. Je suis resté pas mal d'années là-bas, apprenant toutes les ficelles du métier, travaillant de plus en plus vite, et passant mes rares heures de liberté (de plus en plus rares, par choix) entre les pubs et les filles, enfin le truc habituel. Au départ, les filles, c'étaient les rebuts d'Anthony : idiotes, belles, souvent défoncées, et manquant totalement du sens moral le plus élémentaire : l'idéal, à l'époque. Et puis les pubs se sont transformés en bars à vins, et les filles sont devenues les miennes – et non plus de deuxième main, comme Anthony prenait plaisir à dire, mais de première qualité (des minettes : on appelait ça des minettes, à l'époque). Oui, les filles que je rencontrais dans les bars à vins étaient beaucoup moins idiotes (pas très difficile, en fait) et généralement beaucoup moins séduisantes, aussi ; il m'a fallu un moment pour décider quel cas de figure je préférais (car l'équation de deux facteurs positifs semblait simplement ne pas exister). Pendant longtemps, je me suis menti à moi-même, en me disant que, bien sûr, une femme intelligente bien qu'assez quelconque était le choix d'un homme raisonnable. Mais l'homme déraisonnable en moi se voyait sans cesse attiré vers les filles faciles, mignonnes, aux lèvres roses, aux longs cheveux lisses, aux faux cils battant éperdument ; ce n'est que depuis peu – et là encore, je suis redevable à Annette – que je peux tranquillement accepter la vérité, et saisir fermement à deux mains cette option si merveilleusement simple. Sur quoi j'en reviens à Sonya... Parce qu'elle le savait, Annette, n'est-ce pas ? Elle m'a toujours connu, de A à Z, depuis toujours. Elle savait que Sonya serait bien pour moi. C'est ce qu'elle a dit quand elle nous a présentés : tu viens me trouver quand tu veux, Cliff – mais il te faut une base, une plateforme. Où revenir te poser. Et cette base, c'est Sonya : moi, elle ne me sert à rien – mais pour toi, Cliff, là, maintenant, je pense qu'elle sera parfaite. Et dans les rares occasions où elle passe nous voir, Annette peut se montrer très cruelle avec Sonya, vous savez. Elle se moque d'elle, rit méchamment de son humilité naturelle, en disant qu'elle aurait fait une parfaite bonne sœur. Au départ, ça m'a mis mal à l'aise. Mais Sonya, elle, acceptait tout ça. Quelquefois, même, j'avais l'impression qu'elle aimait ça, qu'elle en redemandait. Tu devrais essayer, me disait Annette : brutalise-la. Mais je n'en ai pas besoin, disais-je. Non, disait-elle, mais peut-être que Sonya, si. Tu la bats ? Non, disais-je : non. Tu devrais peut-être, disait Annette ; tu veux que je le fasse ? Non, disais-je : non. Mon mariage avec Sonya, en fait, a été extrêmement discret ; Annette s'est occupée de tout : elle a eu du pain sur la planche.

Quoi qu'il en soit – moi je coupais et je coupais et je cousais. L'argent rentrait ; des sommes dérisoires pour aujourd'hui, mais à l'époque, une livre, c'était une livre, si vous voyez ce que je veux dire. Donc j'ai pu aider ma mère de manière un peu plus substantielle – et c'était un vrai plaisir de pouvoir le faire, vous savez, parce qu'elle ne s'est jamais complètement remise, la pauvre, de la manière dont je l'avais quittée. Parce que, littéralement, j'étais là un jour, et le lendemain, j'étais chez Annette. Que la jeunesse peut donc être dure dans son insouciance (et pas que la jeunesse, naturellement, pas que la jeunesse). Je passais souvent la voir – au début –, et je lui donnais tout ce que je pouvais. Puis, comme les exigences conjuguées de filles et des bars à vin se faisaient davantage sentir, je suis passé moins souvent, je lui ai donné moins. Puis est arrivée l'époque où j'envoyais juste une petite carte, et il y avait alors sur le répondeur d'Annette un long message plaintif, expliquant essentiellement à quel point elle détestait parler à ce sacré appareil, et éventuellement souhaitait juste nous faire savoir à nous deux, Annette et moi, qu'elle espérait que nous allions toujours bien et que pour sa part tout allait pour le mieux, et que surtout on ne s'inquiète pas pour elle. Ce n'est qu'après qu'Annette m'a offert un appartement à moi (ses affaires commençaient à vraiment bien marcher) que le moment m'a semblé venu d'intervenir ; bon, ai-je dit – il faut vraiment faire quelque chose, là. On ne peut pas laisser maman dans ce trou à rats. Okay, a dit Annette – je vais lui prendre quelque chose : mais pas trop près d'ici, hein. Quel genre d'endroit lui plairait, à ton avis ? Et ça m'a fait rire – en souvenir doux-amer de tous les cottages fleuris de roses que je lui avais promis, des années auparavant. Oh, ai-je dit, un petit appartement correct, dans un quartier agréable : un rez-de-chaussée sur jardin, peut-être, pour qu'elle puisse prendre un peu l'air et faire pousser deux trois fleurs. Très bien, a dit Annette – je vais voir ce que je peux faire. Et j'ai ajouté euh – écoute, Annette, est-ce que cela te contrarierait vraiment si c'était, euh... enfin, serais-tu d'accord pour que ce soit *moi* qui lui achète un appartement ? À elle ? Parce que simplement, je lui ai si souvent dit que... Oh mais je t'en *prie*, Cliff, a fait Annette : tu lui diras absolument ce que tu voudras – choisis-le toi-même si tu veux. Franchement, moi, je n'ai pas trop le temps. Pour le fric, tu verras ça avec Tumulty, okay ? (Que je vous dise : Tumulty, c'est Edgar Tumulty, le bras droit d'Annette, celui qui s'occupe de tout.) Il est doué pour tirer un maximum de ce rat, de ce boulet de banquier. Donc j'ai dit okay, Annette : et merci. Tu n'as pas à me remercier, Cliff – jamais, pour rien. Et elle m'a embrassé, tendrement d'abord, puis avec son ardeur coutumière. Nous avons bu un peu de champagne, puis nous nous sommes recouchés.

Il y a des années de tout cela, bien sûr – mais le mode de vie demeure à peu près inchangé, quoique sujet à quelques écarts occasionnels. Annette n'est pas d'un tempérament jaloux, ce qui, je dois le reconnaître, ne cesse de me surprendre. Elle me prêtera facilement une fille pour l'après-midi, avec un ruban même, comme un paquet-cadeau ; Oh, dis-je – mais c'est adorable, quelle idée touchante, vraiment il ne fallait pas, Annette. Quant à ma vie avec Sonya, bien sûr – mon Dieu, c'était bien l'idée d'Annette, au départ, non ? Son plan. Aucun rapport avec moi et elle. Elle a fait tant, tant de choses pour moi au fil des années, ma grande sœur – mais savez-vous ce qui m'a le plus bouleversé ? Eh bien, cet appartement ; pas le mien – pas celui dans lequel je vis avec Sonya, non (encore qu'il soit extrêmement agréable), mais celui que, grâce à la générosité d'Annette, j'ai – ou plutôt la banque a – pu offrir à maman. Et le grand moment, c'est quand elle a pu constater que cette fois, enfin, je n'étais plus le gamin jacassant qui lui promettait monts et merveilles, mais un homme adulte, qui s'en sortait plus que bien.

Nous en avons visité quelques-uns, maman et moi, avant de dire « c'est celui-là ». L'agent immobilier – et où diable dénichent-ils ces gens-là, d'ailleurs ? Avec leurs costumes abominables et cet orgueil à toute épreuve qu'ils ont de leur ignorance crasse ? – ne cessait de nous assurer, ce lamentable petit magouilleur, que le trou le plus minable, le plus sinistre était en réalité, mine de rien, spacieux et très lumineux, mais il est bien évident qu'étant sordide et stupide, il s'imaginait que nous l'étions aussi – tous les trois tassés dans un gourbi infâme, et visiblement incapables d'apprécier le charme qui en émanait, et les mille possibilités qu'offrait cet espace exceptionnel. L'appartement, je l'ai finalement trouvé par un coup de chance, comme c'est si souvent le cas. Je traversais Hampstead, par un beau dimanche après-midi, au volant de ma... je vous ai dit ? Je vous en ai parlé, déjà ? De ma Bentley. Rien que prononcer le nom, c'est un vrai bonheur ; elle date des années soixante – c'est une S2 –, bleu marine, cuir gris clair. Superbe, et à un prix étonnamment raisonnable, comme toutes ces belles vieilles autos, vous savez ; pour la même somme, on achèterait une vilaine petite bagnole moderne tout en plastique – et c'est ce que font les gens, savez-vous, c'est ce qu'ils font. Annette insistait pour que je prenne absolument le modèle qui me plaisait, mais quelquefois, je la trouve trop prodige, trop généreuse, à son propre détriment. Enfin, elle s'en sort *très bien* dans le métier qu'elle a choisi, mais il y a des limites, n'est-ce pas : l'argent, ça ne pousse pas sur les arbres (quand je lui ai dit ça, j'ai cru qu'elle allait m'arracher la tête). Quoi qu'il en soit, je m'étais un peu perdu dans le quartier – je devais penser à autre chose – et je me suis retrouvé au bas de cette rue assez étroite qui monte jusqu'au Heath ; je me disais vaguement que j'allais devoir repartir en marche arrière (ça, c'est l'ennui, avec la Bentley – elle est tout sauf maniable ; son rayon de braquage est celui d'un autobus) et tout d'un coup, du coin de l'œil, j'aperçois un petit panneau « À vendre » très discret, cloué sur un arbre, avec le nom d'une agence dont je n'avais jamais entendu parler. L'appartement en rez-de-chaussée possédait visiblement une entrée indépendante – l'allée mal entretenue serpentait sur le côté de la maison, sous des arceaux chargés de glycine. Une demeure du début dix-neuvième, selon moi – de grandes fenêtres avec des montants de vitre très minces : elle vaut la peine qu'on la visite, me suis-je dit. Quant à maman, son enthousiasme à l'idée de déménager s'était évaporé – elle se sentait un peu plus diminuée physiquement, vous savez, à chaque fois que l'on sortait d'un nouveau taudis ridicule, minable, sinistre (je voyais son moral s'effondrer peu à peu), et j'ai eu un mal fou à la convaincre de m'accompagner. Je crois que nous avons su, elle comme moi, à l'instant où nous avons franchi le seuil. Un beau salon très clair, lambrissé à mi-hauteur, avec une cheminée en état de marche ; équipement Rayburn dans la cuisine ; deux chambres de belles dimensions. Le jardin était un enchantement : il fallait voir ses yeux étinceler. J'ai marchandé, naturellement – Hampstead n'est pas connu pour les bonnes affaires qu'on y fait – mais ils ne reculaient pas d'un pouce. Alors, l'appart, ça marche ? m'a demandé Annette. Non, pas vraiment – ils ne veulent rien entendre, pour le prix. Mais il lui plaît ou pas ? Oh oui, oui, il est sensationnel. Bon, alors donne-leur leur fric et qu'on en finisse, Cliff – tu as un problème ou quoi ? (Mmm – elle peut être très directe, Annette : elle dit ce qu'elle pense. C'est peut-être pour ça que Sonya supporte ses mauvais traitements : au moins, il n'y a pas d'ambiguïté.) Donc voilà – je leur ai donné leur fric, et on en a fini.

Nous avons redécoré toute la maison, naturellement – c'est elle qui a entièrement choisi les peintures, les papiers : elle s'est montrée étonnamment efficace, savez-vous, maman, et d'un enthousiasme sans bornes. Elle m'a indiqué quel style d'accessoires elle voulait, et je me suis employé à les lui trouver : une fois posés, ils étaient superbes – absolument parfaits. Je lui ai trouvé un petit secrétaire Regency (là, il a fallu que je tape un peu dans mes économies – mais elle le valait bien, vraiment), et elle s'en est déclarée enchantée – elle a adoré tous ces petits tiroirs. La cuisine était en très bon état, donc nous l'avons laissée presque telle quelle, en changeant juste les carreaux : maman voulait du rouge. Du rouge ? Tu es bien sûre, maman ? Tu veux dire du rouge *rouge*, c'est ça ? Parce que tu n'as jamais rien eu de rouge à la maison – tu te souviens quand je voulais peindre ma chambre en rouge, quand j'étais petit ? Tu m'as répondu de ne pas être idiot. Pauvre Clifford, a-t-elle répondu : pauvre Clifford. Oui – *rouge*, absolument : rouge sang. C'est à cette époque à peu près qu'elle a commencé à me surprendre. On entend souvent parler, n'est-ce pas, de gens d'âge mûr qui acquièrent une sorte de « nouvelle jeunesse » à l'occasion d'un événement fondamental. Eh bien là, cela semblait le cas, avec un peu de retard. Qu'est-ce que tu veux récupérer dans le vieil appartement, maman ? Rien, a-t-elle dit : rien du tout. Comment ça – absolument rien, véritablement ? Non non, a-t-elle insisté : absolument rien, véritablement. Mon Dieu, ai-je dit, il n'y a pas grand-chose à garder, c'est sûr – mais le combiné radio-pick-up, par exemple... ? Surtout pas le pick-up, a-t-elle répondu – je ne veux plus jamais le voir. Comme on pouvait s'y attendre, elle a changé d'idée au tout dernier moment. On vous le met où, le pick-up, madame ? a demandé le déménageur, le tenant suspendu entre deux bras puissants. Dans le jardin, a-t-elle dit – le long du mur du fond. Dans le *jardin*, madame ? Vous êtes bien sûre ? Absolument, a-t-elle répondu avec un calme impressionnant : absolument. Donc il l'a déposé là où elle lui disait de le mettre ; pour ma part, je n'ai fait aucun commentaire. Plus tard dans la semaine, en passant la voir, j'ai eu l'occasion de donner des coups de pied dans ses cendres ; elle avait pris un plaisir indescriptible, me dit-elle, à y mettre le feu. C'était une manière de se débarrasser – c'est ce qu'elle a dit – de se débarrasser de la culpabilité, du poids de toutes ces années gâchées, pendant lesquelles elle n'avait fait que cirer et cirer et cirer ce truc, pour qu'Arthur soit fier quand il y mettait ses disques. Disques qu'elle avait brisés en petits morceaux, un à un ; ceux qui refusaient de se casser, elle les avait gondolés, tordus autant que possible, et scarifiés avec un couteau. Parmi les débris, j'ai repéré des éclats de la lampe ornée d'un kukaburra coiffé d'un chapeau. Comme je disais, c'est à cette époque qu'elle a commencé à se montrer surprenante. Nous avons fêté le déménagement au champagne, maman et moi (Annette a dit qu'elle était trop occupée), champagne qui a inspiré à maman deux réflexions : les bulles lui chatouillaient le nez, et le goût lui plaisait beaucoup. Mais au cours de cette même semaine, alors que tout allait pour le mieux, que les choses semblaient tourner de la meilleure manière qui soit, un coup de fil est arrivé, à propos de grand-mère.

Nous y sommes allés avec la Bentley, maman et moi (Annette a dit qu'elle était trop occupée), et j'ai été soulagé de savoir que nous n'arrivions pas trop tard. Durant tout le trajet, maman n'a pas du tout parlé de grand-mère, pas un mot – elle ne parlait que de la voiture. Quel dommage, disait-elle, que papa n'en ait jamais eue : toutes les balades que nous aurions pu faire, les pique-niques, tout ça. Sais-tu, Clifford − et j'ai horreur de te demander ça, parce que tu as déjà été tellement généreux avec ta vieille mère : je ne savais pas que ton travail de couturier marchait si bien (je n'insiste pas). Mais tu sais, Clifford, j'aimerais beaucoup avoir une petite auto à moi. Une auto ? Vraiment ? Mais maman, tu ne sais pas conduire. Mais évidemment, je sais *bien*, Clifford, allons. Il faudrait simplement que j'apprenne, c'est bien évident : Jean Beery, elle a bien appris à conduire, donc je ne vois pas pourquoi je n'en serais pas capable, moi aussi. Non, bien sûr, maman − mais Mrs Beery, mon Dieu... enfin, c'était il y a très longtemps. Eh bien, Clifford, mieux vaut tard que jamais, n'est-ce pas ? Et je me suis mis à rire − c'était délicieusement drôle, tout ça. Bon, très bien maman − je vais voir, pour les leçons de conduite ; je m'en occupe dès demain matin.

Grand-mère était méconnaissable. Non pas méconnaissable en tant que grand-mère, ce n'est pas ça, mais simplement en tant qu'être humain. Elle semblait perdue, abandonnée en plein désert, la texture (encore que je ne l'aie pas éprouvée) de sa main et de son corps tout desséché semblable à de l'écorce d'arbre, ou peut-être à de la viande boucanée, et ses yeux à deux blancs d'œufs à demi cuits. Ses tous derniers mots, chuchotés à l'oreille de ma mère, furent qu'elle voulait que celle-ci récupère la boîte à biscuits en métal argenté : quel usage pourrait-elle bien en avoir, maintenant ? Les boîtes à biscuits, c'est pour les jeunes − et regarde-moi, Gillian : je suis vieille. Vieille. Sur quoi elle a rendu son dernier soupir. Difficile de juger des sentiments de maman. Tout ce qu'elle a dit, sur le chemin du retour, c'est que grand-mère n'était pas vieille. Mon Dieu, ai-je fait remarquer, elle n'était *quand même* pas jeune, hein ? Grand-mère. Et elle m'a répondu, assez sèchement, que je ne comprenais pas, du tout : quand elle disait que grand-mère n'était pas vieille, ce qu'elle voulait dire, c'est qu'en fait elle était au-delà de la vieillesse, au-delà du cinquième âge : elle était virtuellement morte depuis des années et des années. Et moi, Clifford, je ne serai pas comme ça, jamais, jamais − avais-je bien entendu ? Oui, maman, j'ai bien entendu : très bien entendu. Je l'ai déposée, et avant de repartir (il fallait que je m'occupe des obsèques, et des leçons de conduite), j'ai dit eh bien maman – quelle triste journée. Ça va aller, tu es sûre ?

« Mais bien sûr que ça va aller, Clifford. Quelle drôle de question. Pourquoi cela n'irait-il pas ? Ça a toujours été, toujours. »

Enfin – pas vraiment, mais je pense que Clifford n'écoute pas la moitié de ce que je dis, il me prend sans doute pour une vieille un peu toquée. Mais non, en fait non, ça n'a pas toujours été. Mais maintenant, si, ça va. Et ça va aller de mieux en mieux. Je ne sais pas exactement quelle direction je vais prendre, mais je sens que quelque chose va se présenter bientôt, j'en suis certaine. Et là, rien ne m'arrêtera. Parce qu'il le *faut*, voyez-vous. Je me dois bien cela, à moi-même. J'ai une dette envers moi-même. Et ça peut sembler idiot (c'est pourquoi je n'en dis rien), mais je pense que l'heure est venue de me rembourser. Parce que c'est peut-être vrai, n'est-ce pas, que la vie, c'est pour les jeunes – c'est ce que maman a toujours dit, et moi aussi. Mais où était la vie, alors, quand j'étais jeune ? Je ne l'ai pas vue, la vie, moi ; jamais. Si j'avais dû essayer de définir ce qu'était la vie – chose que je n'aurais jamais osé songer à faire – alors j'aurais dit que c'était une simple rumeur dont on parle, ou bien une lumière allumée quelque part, mais très loin. La libération de la femme que je suis n'a que trop tardé. Donc le peu de vie qui me reste à vivre, eh bien... je vais le saisir et lui faire honneur.

*

« Voici les chiffres, Miss Annette. Je vous les laisse posés là ? Pour que vous y jetiez un œil ?

— Oh, merci, Tumulty. Et qu'est-ce qu'ils disent, les chiffres ?

— Eh bien... ce n'est pas... mon Dieu, pour être franc, ils sont un peu...

— Mauvais. Un peu mauvais, c'est ça ? Une fois de plus. Mauvais *mauvais* ? Très mauvais ?

— Non non – pas *très* mauvais. Mais pas *bons*, il faut le reconnaître...

— Mmm. Laissez-les-moi là, Tumulty, vous voulez bien ? Je vais voir ça. Oh là là. Ça ne va pas du tout, du tout.

— C'est les filles, Miss Annette. Il nous faudrait plus de filles...

— Ouais. On a essayé, n'est-ce pas ? On a fait ce qu'on pouvait, comme d'habitude. Mais on n'en trouve plus. Ce n'est plus comme avant, n'est-ce pas, Tumulty ? Quand on n'avait que l'embarras du choix. Quand tout marchait comme sur des roulettes.

— C'était la grande époque, Miss Annette. Mais peut-être que ça va revenir, hein ?

— On peut toujours espérer. »

Oui. On peut toujours. Espérer. Parce qu'on ne va sûrement pas prier, mais ouais, espérer, on peut. Jusqu'à ce qu'il n'y ait plus d'espoir en stock. Et là, on fait quoi ? Parce qu'il faut *faire* quelque chose, et pour la première fois de ma vie, je ne sais pas quoi. Parce que non, ce n'est *pas* comme dans le temps, ça, c'est clair. Nom d'un chien, mais au début, quand j'ai commencé, tout marchait comme sur des roulettes. Je pense n'avoir même jamais décidé consciemment que c'était ça que je voulais faire – c'était une sorte de destin, inscrit, même si ça semble d'un romantisme niais, dit comme ça. C'était comme si j'avais su, en retrouvant Londres et en respirant de nouveau, après cet étouffement de trop d'air frais en Irlande – et je n'étais qu'une gamine, j'avais à peine dix-huit ans –, que je ne supporterais plus de manquer de quoi que ce soit, ni que l'on me limite en quoi que ce soit : un boulot minable, avec un patron tyrannique, et pour quel salaire de misère ? Dans un petit bureau, une petite arrière-boutique délabrée, sinistre – cette simple idée me glaçait. Même provisoirement, je n'aurais pas supporté. Je me souviens – mon Dieu, je me souviens de la tête de Cliff, quand je lui ai dit (c'était un gamin à l'époque, il ne faut pas oublier ça) que j'avais tranquillement volé des vêtements avant de me les faire rembourser par ces crétins, pour pouvoir louer cet appartement tout à fait sympathique près de Regent's Park (j'ai vraiment aimé y vivre, le temps que ça a duré), et puis m'occuper de moi, de mon corps – mon corps avait besoin de soins, de douceur, après toutes ces années de privations et de maltraitances. Bien sûr, je ne savais absolument pas comment j'allais régler le mois suivant – et ce n'étaient pas des manteaux et des vestes volés qui allaient me nourrir tous les jours, n'est-ce pas ? Mis à part l'impossibilité d'envisager cette activité comme une carrière à long terme, j'étais très, très consciente du fait qu'il ne faut jamais forcer sa chance. Il suffisait d'un seul surveillant de magasin moins stupide et plus attentif que les autres, et c'en était fini de moi, avant même que j'aie commencé. Aujourd'hui, naturellement, avec ces caméras partout – ma foi, je n'aurais pas l'ombre d'une chance. Cette chance qu'il ne faut jamais forcer.

Donc j'ai fait le point de la situation, franchement, j'ai regardé les cartes que j'avais en main. Je n'avais aucune éducation, aucune compétence technique, à part pour allumer des feux et mettre du linge à tremper, et naturellement, aucune relation, nulle part. Toutefois, j'avais ma beauté (les bons jours, je peux encore faire penser à Elizabeth Taylor – jeune, je veux dire), de la ruse et de l'esprit – toutes choses que le couvent avait échoué à détruire en moi – et surtout une détermination absolue à non seulement survivre (parce que ça, je l'avais déjà fait, n'est-ce pas ? Toute ma vie, je n'avais fait que cela), mais à conquérir, à triompher, à maîtriser. Mais à maîtriser quoi ? (Là, Dieu seul savait quoi ; enfin, puisqu'Il voit tout, Il devait bien savoir, n'est-ce pas ? Et je me demande s'Il a aimé ce qu'Il a vu, sur ce coup. J'espère au moins que ça Lui a fait un vilain choc.) Tout ce que j'avais à monnayer, c'était moi-même – autant voir les choses en face –, mais ce serait à mes conditions. J'avais peur – bien sûr que j'avais peur – mais dès le début, j'ai posé cette règle : toute personne intéressée devrait clairement comprendre que c'était moi qui imposais mes conditions. Parce que sinon, eh bien... eh bien cela voulait dire qu'ils avaient gagné, n'est-ce pas ? Les sœurs, les prêtres. Qu'ils avaient fait de moi une esclave, éternellement à la disposition de ceux que je méprisais le plus au monde. Donc voilà, j'ai acheté un numéro de – je crois que ça s'appelait *What's On*, ou quelque chose comme ça. J'ai fait la liste de tous les cinémas et boîtes de nuit, enfin de tout ce qui se passait à Londres à l'époque. Il y avait des pages d'annonces pour des mannequins et des « professeurs de français » et tout ça (la candeur naïve de cette époque – tout est si différent aujourd'hui), et j'ai appelé quelques numéros, pour voir, au hasard. Ma foi – le cauchemar total. Des bonnes femmes à l'accent cockney qui m'appelaient « mon chou », carrément, et s'imaginaient que je voulais profiter de leurs services innommables. Je me suis baladée du côté de Soho et de Paddington – on voyait là des cartes punaisées dans les entrées, la porte juste entrebâillée ; à l'intérieur, on devinait des lambris jaunâtres, tout luisants de crasse à force de frottements et de va-et-vient. Je n'y suis jamais entrée. Je n'avais personne à qui parler, nulle part où aller. Ç'a été une sale période – jusqu'au désespoir. J'ai encore volé des vêtements, récupéré de l'argent liquide. Et aussi une robe de cocktail en taffetas bleu vif, une atroce petite robe de pute – jamais je ne laisserais une de mes filles simplement songer à porter un truc pareil –, mais qui correspondait à ce qu'il me fallait, à l'époque. Je balançais mes cheveux d'un côté de ma tête, et laissais pendre les boucles. Je portais des talons aiguilles – et c'était une torture d'y fourrer mes pauvres pieds de paysanne (sans compter que ceux que j'avais volés étaient trop petits d'une pointure : encore de la douleur à offrir au Seigneur). Un fume-cigarette de bonne taille, avec au bout une cigarette de couleur – mais pas allumée. Au départ, l'idée de devoir fumer m'angoissait, mais finalement plus du tout. J'ai grillé paquet sur paquet au cours des années ; aujourd'hui, j'ai arrêté, enfin j'espère – parce que l'envie revient, souvent. Quoi qu'il en soit – si j'avais bien compris les codes, alors j'étais une jeune femme sophistiquée, citadine, indépendante, que l'on ne voyait que dans les endroits où il fallait être vue ; si je n'avais rien compris aux codes – et Dieu sait que c'est une chose délicate, une imposture redoutable –, alors un videur me balancerait sur le trottoir en deux secondes. Il fallait bien faire le test. Un soir, je suis arrivée en taxi au London Hilton, et suis montée directement au bar du dernier étage – j'avais lu tout ça dans *What's On*, si c'est bien le nom de cette fameuse revue : mon passeport à un shilling et six pence pour simplement m'approcher de la bouche du volcan, l'entrevoir de loin – la preuve, enfin, de l'existence de ce magma de lave en fusion qui, je le savais, bouillonnait juste là, au-dessous, en bas, sous mes pieds.

Il y faisait sombre, l'atmosphère était intime ; face aux baies vitrées (et au-delà, au panorama de Londres illuminé, si douloureusement beau), un homme en costume pailleté d'or effleurait les touches d'un piano à queue blanc, faisant s'envoler – parfois perdus dans le bourdonnement des conversations – un arpège, une vague d'accords, une note isolée n'évoquant jamais vraiment un thème identifiable. Je me suis installée sur une banquette de velours rouge, dans un coin tranquille ; j'ai immédiatement été saisie en voyant foncer vers moi un serveur en boléro rouge sombre, et je me suis accrochée aux capitons du siège, prête à résister à toute agression, toute tentative pour me jeter dehors. Mais non – l'homme était infiniment respectueux ; et son amabilité, sa déférence m'ont envahie d'un ravissement totalement disproportionné : il souriait, m'appelait Madame, me demandait ce que je désirais, ce qui me ferait plaisir. Le souvenir de cet instant me fait encore vibrer, et je le garderai toujours contre mon cœur : personne jusqu'alors ne m'avait appelée ainsi, ne m'avait demandé ça. J'ai commandé du champagne – dont j'avais entendu parler sans jamais y goûter, bien entendu. Il est arrivé aussitôt, dans un verre tout en hauteur, comme un vase, avec un petit napperon en papier au-dessous. Le serveur a disposé devant moi, sur la table de verre épais, tout un assortiment de petites coupelles contenant des cacahuètes très salées, des petits biscuits en forme de tube, et des espèces de vilains fruits noirâtres et tout collants (des olives bien sûr : je ne connaissais pas). Je n'avais pas commandé tout ça, mais je me suis mise à manger – finissant chaque coupelle jusqu'à la dernière miette avant de passer à la suivante. J'ai trouvé les olives amères, et le champagne acide. À la fin de la soirée, j'étais définitivement acquise aux deux.

« Vous semblez bien seule, dit l'homme. Puis-je me joindre à vous... ? »

Annette leva les yeux, l'air extrêmement surpris ; en fait elle s'inquiétait que l'abordage ait pris tant de temps : y avait-il une erreur, une maladresse dans sa tenue, dans son attitude ? Mais bon, voilà, ça y était : un homme. Vieux – pas loin de la quarantaine, peut-être. Un sourire apparemment sincère, un costume luisant dans la lumière de la lampe. Ce n'était pas là, Annette le savait, l'homme qu'elle recherchait, mais c'était au moins un début, aucun doute – un panneau indicateur. Peut-être même – sait-on jamais – un éclaireur.

« Mais je vous en prie. Il semblerait bien que mon amie... ne viendra pas.

— Dans ce cas, dit l'homme, prenant place à côté d'elle, c'est fort dommage pour elle – ou lui – et, je dois le dire, un grand bonheur pour moi. Je m'appelle Richard... ?

— Annette. Et vous, euh... ?

— Si je viens souvent ici ? Mais c'est à moi, n'est-ce pas ? De demander cela. Non, pas très souvent. Enfin – pas plus souvent qu'ailleurs, en tout cas. Mais je ne vous y ai jamais vue, j'en suis certain. Je m'en souviendrais, sans le moindre doute.

Ivan ! Oui – Ivan ! Une bouteille s'il vous plaît – une Veuve. Sur mon compte. Et donc, Annette, qu'est-ce qui vous amène ainsi au sommet du monde ? Je vous l'allume ?

— Mmm ? Oh – non, non, merci. J'essaie d'arrêter. L'ascenseur.

— Euh... pardon ?

— C'est ce qui m'a amenée au sommet du monde. L'ascenseur. Désolée. Pas très drôle.

— Ah oui – l'ascenseur. Excellent. L'ascenseur, oui. Ah – voilà le champagne. Excellent. Servez, servez, Ivan – voilà : allez-y, mon vieux. Très bien, Annette – à votre santé, alors. Cheers. Mmm – fameux. Écoutez, Annette – c'est une coïncidence extraordinaire, mais à moi aussi, on m'a posé un lapin. Nous devons être des gens abominables, tous les deux. Donc je me demandais si nous ne pourrions pas fonder une sorte de, mon Dieu, de club des abandonnés, en somme, et peut-être – enfin, nous faire un petit dîner entre parias, ou quelque chose ? Qu'en dites-vous ?

— J'ai un peu abusé des cacahuètes et des biscuits...

— Oh, nous ne sommes pas obligés de faire un festin. Je connais un endroit tout à fait charmant, juste au coin de la rue. À deux minutes. Je suis un habitué – je ne pense pas que vous serez déçue.

— Je suis certaine que non. Eh bien, ma foi... Merci, Richard, avec plaisir. »

Je me souviens de tout, comme si c'était hier. On a laissé presque toute la bouteille de Veuve Cliquot, tant Richard était impatient d'être ailleurs, avec moi (et Dieu seul aurait pu dire – Tu me regardes toujours, Dieu ? – quel trophée le pauvre type imaginait remporter à la fin de la soirée ; quoi que ce fût, il ne l'a pas eu – pas même un lot de consolation). J'ai trouvé que c'était un terrible gâchis – je parle de la Veuve – et lui ai dit oh, mais on ne peut pas l'emporter avec nous ? Il a paru trouver ça d'une drôlerie irrésistible (« Vous aimez plaisanter, n'est-ce pas, Annette ? Et le coup de l'ascenseur ! Excellent ») ; mais je ne plaisantais pas, moi – du tout. Évidemment, aujourd'hui, je ne m'y attarderais pas – mais à l'époque, ça m'a semblé un gaspillage affreux. Bref, on a pris la voiture pour aller à ce restau, juste au coin – il avait une Jaguar Type E, Richard, décapotable, ce qui m'apparaît aujourd'hui comme l'évidence même, n'est-ce pas ? – et j'ai trouvé l'endroit plutôt agréable. Ce qui est aussi l'évidence même : c'était le tout premier restaurant dans lequel je mettais les pieds. Italien. J'ai absolument voulu que Richard commande pour moi, ce qu'il a fait avec plaisir, naturellement. Je me souviens très bien que c'était la meilleure cuisine que j'aie jamais mangée : rien d'étonnant. Et que les serveurs étaient encore plus visqueux que les olives.

Je pense que Richard a été fort surpris quand, à la fin du repas, j'ai insisté pour qu'il m'emmène quelque part. Quelque part... ? Quel, euh... – qu'entendez-vous par là, Annette ? Je veux dire, mon appartement est juste au bout de la rue, si vous avez envie d'un changement de décor... Non non, ai-je dit – non, dans un night-club, un endroit excitant, un endroit *dangereux*. Il faut reconnaître qu'il a assuré, bravement : *dangereux*, ne cessait-il pas de marmonner, pour lui-même : *dangereux*, hein ?... Oh, ouais tiens – je sais où on va aller, je connais un endroit qui vous plaira.

Eh bien non, pas du tout – il n'avait pas compris. On a atterri dans une espèce de salon normal, comme chez des gens, avec un vague bar coincé dans un coin, entouré d'hommes qui buvaient sec, car les pubs étaient à présent fermés. Il y avait là deux putes, relativement discrètes – ce n'est que plus tard que j'ai compris pourquoi elles s'étaient montrées si discrètes et si peu communicatives : de nouveaux visages, ça pouvait être n'importe qui : les Mœurs, des malfrats, n'importe qui (encore que, Richard et moi aurions-nous pu passer pour l'un ou l'autre... ?). Mais il y avait là un type qui ressemblait déjà plus à ce que je voulais. J'avais intérêt à faire vite : quand Richard s'est excusé pour aller au, juste ciel, au « petit coin », il appelait ça comme ça, je me suis approchée de l'homme (qui s'est avéré être un Grec) et je lui ai dit que j'avais envie d'aller dans un endroit un peu plus agréable que celui-là, s'il voyait ce que je voulais dire, mais alors maintenant, tout de suite, immédiatement. Une minute plus tard, on était tous les deux au fond d'un taxi, filant plein ouest (minable, hein ? La manière dont les hommes font tout ce que vous leur demandez). Pauvre Richard, cela dit : c'était vraiment un gentil garçon. Mais ce n'est pas un gentil garçon dont j'avais besoin. (Rétrospectivement, je tremble encore pour moi-même, vous savez : les risques que j'ai pris à l'époque, sans le savoir, en poursuivant obsessionnellement une ambition nébuleuse, que je n'avais même pas encore clairement définie. J'étais seule et animée d'une volonté farouche – j'avais intérêt à l'être.)

Jusqu'à l'Embassy Club, le Grec n'a pas eu assez de mains, d'yeux et de salive – de toute évidence, il avait compris de travers, comme le font les hommes. Il avait un nom, le Grec, un nom qui m'échappe à présent, je me souviens juste que je n'arrivais pas à le prononcer parce qu'il y avait trop de s, me semble-t-il. L'Embassy, par contre – ce nom-là, je m'en souviens parfaitement, parce qu'il s'est révélé être un endroit clef pour moi – cette boîte était tout à fait le genre d'endroit que j'avais envisagé. Il y régnait une sorte de chaleur sereine, dans le murmure permanent des confidences échangées. Les murs étaient recouverts d'une espèce de feutrine violette et ponctués, m'a-t-il semblé, de centaines de petites appliques de cuivre, chacune projetant à peine une lueur de bougie sur les cadres dorés et les confortables fauteuils de cuir clouté. Au bar (le Grec commençait à devenir agaçant, là – il insistait pour qu'on en prenne juste un rapide avant de filer dans ce petit hôtel juste à côté : j'aimerais bien, disait-il) – mais donc, au bar était installée la plus belle femme que j'aie vue de ma vie. Tout à la fois discrète et présente – incarnant parfaitement le personnage que j'avais, je le voyais à présent, si maladroitement tenté de me composer : aisance et sophistication – cet air d'être chez soi au milieu du luxe, et en même temps une vivacité, une rapidité à capter toute variation, toute nouvelle nuance de l'atmosphère. Le Grec a dû être un peu surpris quand je me suis assise à côté d'elle. Mais sans doute pas plus que la femme elle-même.

« Je vous connais ? » a-t-elle demandé.

J'ai secoué la tête. « Je trouve simplement que vous êtes très belle.

— Vous... c'est gentil. Vous aussi vous êtes belle. À votre manière. Y a-t-il quelque chose que... ? Ce monsieur vous accompagne ? »

J'ai jeté un coup d'œil au Grec, qui allait et venait comme un prédateur avide. Il ne savait pas encore s'il devait se vexer et se mettre en colère ou pas.

« Non, ai-je répondu. Non, c'est à *vous* que je veux parler. »

Là, il a compris : il a commencé à émettre toute sorte de sons aussi affreux qu'incompréhensibles (du grec, je suppose) et à agiter les mains en tous sens. Ne voyait-il pas qu'il n'était qu'un marchepied ? Il m'avait amenée là – à présent il pouvait filer. Était-ce si difficile à comprendre ? Les hommes, pourtant si simples eux-mêmes, semblent ne jamais voir ce qui saute aux yeux. Quoi qu'il en soit, il a fini par partir – un membre du personnel étant venu lui murmurer à l'oreille que ce serait peut-être la meilleure chose à faire. Il m'a traitée de tous les noms possibles et imaginables, naturellement (il était repassé à l'anglais, enfin, un certain type d'anglais). Des noms que, pour la plupart, je ne connaissais pas, mais il n'y avait qu'à voir la rage qui flamboyait dans ses yeux et à entendre son débit saccadé pour comprendre que ce n'était pas du tout, du tout des amabilités. Peu importait – il avait disparu. Et donc j'ai pu parler tranquillement avec Amanda : car cette beauté portait le doux nom d'Amanda (ou plutôt ne le portait pas, comme je devais le découvrir plus tard, mais là, ici et maintenant, c'était son nom). Dans mon avidité d'apprendre, ma maladresse, j'ai dû me montrer d'une brutalité presque effrayante.

« Vous travaillez ici ? Vous avez un contrat pour travailler ici ? Ou bien vous êtes juste là comme ça, ce soir ? Ils savent que vous êtes là ? Les patrons ? Ou je ne sais qui. Ça leur plaît ? Ils s'en fichent ?

— Bien, écoutez, je ne pense pas avoir à répondre à vos questions, merci beaucoup. En fait, j'attends quelqu'un, telle que vous me voyez, donc si vous voulez bien, mademoiselle...

— Annette. Je m'appelle Annette. Et c'est moi, elle. La personne que vous attendez. Écoutez – j'ai de l'argent. Quarante livres. Si je vous les donne, vous voulez bien parler avec moi ? Répondre à mes questions ?

— Quarante livres... ? Montrez-moi ça.

— Tenez. Voilà. C'est pour vous. Alors, vous voulez bien ? Parler avec moi ? »

Elle a levé un sourcil (divin) et a haussé les épaules, en un mouvement très étudié.

« Ma foi... d'accord. Si c'est ce que vous voulez.

— Oui, c'est ce que je veux. Je nous aurais bien commandé un verre à toutes les deux, mais je viens de vous donner tout ce que j'avais. »

Ça l'a fait rire, Amanda. Elle nous a commandé deux flûtes de champagne, que je commençais à adorer. Elle avait une voix extraordinaire (je pense que depuis cet instant, j'ai toujours altéré ma propre voix, consciemment ou pas, en prenant exemple sur la sienne). Ses mains et ses ongles étaient semblables à ceux qu'on voit dans un magazine sur papier glacé, illustrant un article sur les mains et les ongles. Son tailleur et son sac étaient griffés Chanel, m'a-t-elle dit – je n'avais jamais entendu parler de Chanel ; j'y achète nombre de mes affaires à présent – car l'élégance discrète, disait-elle, – la tenue, la classe – était d'une importance capitale si l'on voulait vraiment faire de l'argent. Et vous ? (J'insistais.) Vous en faites vraiment, de l'argent, beaucoup ? Oh oui, a-t-elle dit, vraiment beaucoup. Et donc ces quarante livres que je viens de vous donner, là – est-ce que c'est beaucoup d'argent ? Ou est-ce que c'est pas beaucoup ? Dites-moi, quarante livres, c'est beaucoup d'argent, ou pas (n'oubliez pas que nous sommes dans les années soixante, là) ? Quarante, a-t-elle répondu, mon Dieu, ce n'est pas rien, mais ce n'est pas beaucoup non plus – je voyais ? Ma foi, je commençais, oui. Mais à présent, il me fallait savoir ce qu'elle faisait pour gagner beaucoup d'argent – quand, comment, avec qui, et où. J'ai eu beaucoup de chance de tomber sur Amanda, ce soir-là : elle s'est montrée immédiatement ouverte. Elle avait dû gagner énormément d'argent, avant, et semblait ne pas se soucier de perdre, oh – largement plus d'une heure, une heure et demie avec moi, finalement ; et ces fameuses quarante livres que je lui ai données, elle a dû les redépenser, et même au-delà, en champagne pour nous deux. Elle m'a expliqué que l'Embassy était un des quatre ou cinq endroits extrêmement sélect où elle venait le soir. Elle s'asseyait, radieusement belle, et attendait, tout simplement : cela ne durait jamais très longtemps – mais ce soir, c'était très tranquille, elle ne savait pas pourquoi. Elle graissait la patte de la direction pour que celle-ci ignore sa présence ostensible. Elle habitait – et travaillait – dans un appartement en rez-de-jardin juste derrière Euston Square (presque fini de payer), et sa clientèle se composait généralement d'hommes d'âge mûr – cinquante, soixante ans, voire plus – aux goûts somme toute assez similaires. Sous-vêtements traditionnels et plutôt classe (c'étaient ses propres termes) semblaient être l'élément clef, plus le rouge à lèvres, et les ongles longs et peints. Ils voulaient qu'on les admire, qu'on les adore, et attendaient d'elle flatteries et reconnaissance qu'elle se faisait un plaisir de leur fournir contre, parfois, plusieurs centaines de livres. Toutefois, elle devait se montrer ferme quand il leur prenait fantaisie de la fesser, car une peau immaculée était un accessoire de base obligatoire. La fellation, bien sûr, allait de soi. Je n'avais jamais entendu ce mot : j'ai cru qu'elle parlait d'inflation, comme dans les journaux, et je ne voyais pas du tout le rapport : elle a dû m'expliquer ce dont il s'agissait (et jamais je ne ferais cela, pour tout l'or du monde). Certains hommes, m'a-t-elle dit – pas ses clients, mais ceux de collègues ou d'associées – aimaient être battus et férocement humiliés. Vraiment ? Vraiment, battus, humiliés ? Mmm, a-t-elle dit en hochant la tête – ça marche très bien, ça, beaucoup d'argent à se faire, d'après ce que j'en sais ; mais moi, ça ne me dit rien. Ah bon, ça ne vous dit rien ? Ça ne vous dit rien ? répétais-je ; parce que nom d'un chien – moi, ça me dirait bien.

Bien sûr, il ne fallait pas oublier son protecteur, dans le tableau. Son protecteur ? C'était qui, son protecteur ? C'était quoi, un protecteur ? Pour la première fois, elle s'est faite évasive – ne tenait pas plus que ça à aborder ce sujet. Il m'a fallu force supplications et cajoleries pour lui faire cracher qu'il y avait un homme (quoi d'étonnant ?) – mais elle ne voulait pas s'étendre sur cet aspect des choses – un homme qui lui prenait cinquante pour cent de ses revenus. Pourquoi ? Pourquoi faites-vous ça ? Pourquoi les lui donner ? Ce n'est pas son argent – c'est le vôtre. Qu'est-ce qu'il fait, en retour ? En retour, a répondu Amanda d'une voix basse, posée, il me laisse mon visage, pour que je puisse continuer à travailler pour nous deux. J'ai pris ses deux mains : Écoutez-moi, Amanda, écoutez-moi, s'il vous plaît : Voulez-vous travailler pour moi ? Je ne vous prendrai pas la moitié de ce que vous gagnez. Et je ne vous menacerai pas, non plus, jamais. Elle m'a regardée fixement, et tout d'un coup a éclaté d'un rire sonore : Travailler pour *vous* ? ! Mais enfin, mais qu'est-ce que vous voulez dire, Annette ! Vous êtes une jeune fille – quasiment sans le sou : mais qu'est-ce que ça peut bien vouloir dire, travailler pour *vous*... ? Oh, pas *maintenant* – je ne voulais pas dire maintenant – bien sûr que non, pas tout de *suite*. Mais un jour. Quand tout aura changé. Alors, vous voudrez bien ? Elle a ri de nouveau, secouant la tête, comme consternée devant une naïveté aussi incommensurable. Vous voudrez *bien* ? Dites oui, Amanda, je vous en prie – dites oui. Sur quoi elle a dû décider que ça ne coûtait rien de me faire plaisir : très bien Annette – oui, je vous le promets : vous m'appellerez quand vous voudrez, et je serai là. Oh, et à propos, Annette – je ne m'appelle pas vraiment Amanda. Mon nom, c'est Gillian. Et là, c'est *moi* qui ai éclaté de rire – impossible de m'en empêcher (et elle ne cessait de me demander pourquoi).

On est parties peu après – son appartement était grand, et décoré avec un goût très sûr : tout à fait charmant, en fait. Avant de nous endormir, nous nous sommes allègrement livrées aux joies de ce que l'on appelle le tribadisme, je le sais à présent. D'ailleurs j'ai testé Clifford avec ce mot, il n'y a pas longtemps : il ne le connaissait pas, comme je l'avais deviné. J'ai eu grand plaisir à lui expliquer que c'était une activité exclusivement saphique, où les femmes miment une copulation hétérosexuelle, dans la position du missionnaire ; en l'occurrence, avec Amanda – impossible de l'appeler par son véritable nom –, j'ai pris d'office la position dominante, ce qui nous a plu à toutes deux, de manière évidente. Pas si éloigné de ce que je faisais avec Cliff, à présent que j'y repense. Parce que pour moi, il n'a jamais été, et il ne sera plus jamais question de pénétration, plus jamais – parce que c'est ça les hommes, ils mettent quelque chose en vous, et ensuite ils vous l'arrachent. Cliff est le seul homme au monde de qui je me sente proche : on se caresse, on se frotte doucement ; on rit et on chuchote, énervés comme tout, à moins que quelqu'un débarque de manière impromptue (parce que oui, je laisse exprès la porte déverrouillée). Les gens peuvent trouver ça drôle, mais moi pas, parce que je l'aime. Quant à Amanda, des années, des années plus tard – eh bien je l'ai effectivement appelée, vous savez, et oui, elle m'a rejointe. Elle m'aide pour la gestion, à présent, mais pendant longtemps, ça a été ma meilleure fille. Je ne prenais que vingt pour cent (l'argent qu'elle a gagné, ce n'était pas beaucoup, c'était très beaucoup, énormément beaucoup, croyez-moi), et je n'ai jamais, jamais menacé de la défigurer.

Mais donc, à l'époque, la présence d'un homme était indispensable, pour commencer. Au départ, je refusais cette idée, mais le temps perdu me coûtait cher – parce que ma décision étant prise (de me vouer à un destin bien singulier), je voulais ce que je voulais tout de suite, il me le fallait immédiatement. Au départ, sottement, j'avais simplement essayé de singer les trucs et les postures d'Amanda – en m'installant au centre, ou non loin, d'une toile d'araignée préexistante, comptant sur la brillance des fils et la séduction de l'appât. Mais ça ne pouvait pas marcher comme ça. Je n'osais pas voler dans la boutique de Bond Street – et c'étaient pourtant là les tenues qu'il me fallait : pas d'argent. Je ne pouvais pas sans cesse graisser la patte des portiers, barmen, patrons : pas d'argent. C'est Amanda qui, finissant peut-être par avoir pitié, m'a donné un nom et un numéro de téléphone : Angelo. Va voir Angelo, m'a-t-elle dit, mais sois prudente, Annette, promets-moi d'être prudente (parce que tu ne comprends sans doute pas bien dans quel monde tu mets les pieds). Et bien sûr, je l'ai été, prudente – c'était devenu naturel. J'avais conscience de ma vulnérabilité, de l'extrême fragilité de mes espoirs, et en même temps – j'étais tellement curieuse –, je me sentais, moi, tel un oiseau rapace, suivant l'odeur de la proie innocente, prêt à plonger et à fondre sur elle sans la moindre pitié (et à l'écorcher vive, à la dépecer jusqu'à l'os).

« Donc... Annette, c'est cela ? Vous buvez quelque chose ?

— Une coupe de champagne, avec plaisir, Angelo. Merci.

— On a des goûts de luxe. J'aime bien. Cela veut dire qu'on est prête à travailler dur. Comment avez-vous eu mes coordonnées ?

— C'est important ?

— Non, sans doute que non. Tenez, Annette, votre champagne. C'est votre vrai nom, Annette ?

— Oui. Et Angelo, c'est le vôtre ?

— On fait de l'humour ?

— Pas spécialement.

— Alors on essaie de... ? D'être maligne, c'est ça, Annette ?

— Non plus. Pourquoi je ne m'appellerais pas Annette ?

— Dans ce milieu... beaucoup de filles préfèrent éviter tout lien avec leur autre vie. Leur vie officielle. Vous comprenez ?

— Je n'ai pas d'autre vie. Je n'ai pas de vie du tout. C'est pour ça que je suis là. Je vais vous dire ce que je suis prête à faire, et ce que je ne ferai pas.

— Ah bon, vous croyez ? Vous allez *me* dire ? Ttt-ttt, erreur, ma petite. Annette, ou je ne sais quoi. C'est vous qui travaillez pour moi – *si* vous travaillez pour moi, parce que je peux vous dire que jusqu'à présent, je n'aime pas trop votre attitude. Mais si vous travaillez pour moi, vous faites ce que *je* dis, bordel. C'est clair ?

— Non. Ça ne marche pas comme ça. Vous me donnez juste un objectif à atteindre. Vous me dites combien je dois rapporter, et vous l'aurez. Mais pour le reste, c'est à mes conditions.

— Ha. Elle me tue, celle-là. Vous me tuez, Annette, vraiment. Vos *conditions* ? Vous avez des *conditions*, maintenant ? Vous savez à qui vous parlez, là ? Qu'est-ce qui vous fait croire que vous êtes si à part ? Ce n'est pas ce qui manque, les jolies gueules. Qu'est-ce qui vous rend si spéciale, par rapport à mes autres filles ?

— Moi. Je suis spéciale. Vous verrez. Mais ce sera à mes conditions. Y aurait-il encore du champagne, par hasard ?

— Franchement Annette : vous me tuez. Carrément. La bouteille est là, dans le seau. Si vous en voulez, servez-vous. Donc voyons – faites-moi rire, maintenant. Ces conditions, ces fameuses conditions, Annette. Allez-y, frappez.

— Eh bien justement. C'est exactement ça. Frapper. Frapper les hommes. Les attacher, les ligoter, les torturer, leur cracher dessus, les faire saigner, les faire supplier, les fouetter jusqu'à la moelle, les bâillonner, les laisser crever de faim, les tuer à moitié, c'est ça dont j'ai envie. Je les enchaînerai dans le froid, je les cramerai avec des cigarettes – je leur hurlerai dessus jusqu'à ce qu'ils pleurent comme des gamins, et là, je leur défoncerai la figure à coups de pied. Voilà ce que je ferai. Vous ne dites rien, Angelo... vous me regardez sans rien dire. Eh bien, mais parlez. Parce que moi, je viens de vous le dire : c'est ça que je ferai. Et – chose importante – c'est *tout* ce que je ferai.

— Il y a *bien* un créneau...

— C'est ce qu'on m'a dit. Je veux gagner de l'argent, Angelo. Beaucoup d'argent, et aussi vite que possible. Je travaillerai plus dur que toutes les filles que vous avez jamais eues. Et je vous donnerai vingt pour cent de mon chiffre.

— Vous... *me*... donnerez... vingt pour cent. Vous savez, Annette, je commençais à vous apprécier, et voilà que vous reprenez cette sale attitude. Écoutez-moi. Sans mon accord, vous ne travaillez pas. Du tout. Pigé ? Pas seulement ici, mais nulle part. Si vous ne vous montrez pas plus gentille, Annette, alors vous êtes finie avant même d'avoir commencé.

— Ôtez votre main.

— Sinon ?
— Sinon je te fracasse cette bouteille sur la gueule.
— La vache. On ne tient pas à la vie, ou quoi, ma petite ? J'aurais pu mal, très mal réagir...
— Arrêtez. Tout ceci est idiot. Vous me laissez vous prouver ce que je peux faire, ou pas ? Dites-moi quel chiffre vous voulez par semaine : je le ferai. Vous aurez vingt pour cent.
— Tu déconnes complètement, mais je vais te dire ce que je vais faire : je vais t'installer dans un appartement, ici même, dans l'immeuble. Pigé ? Tu paies un loyer. Je te donne une ligne téléphonique. Tu me donnes telle somme chaque semaine, j'ai bien dit chaque semaine. Si ça ne fait que vingt pour cent de ton chiffre, tant mieux pour toi. Mais si ça fait cent pour cent, eh bien là tu es mal : parce que c'est ça que je veux, et pas moins. C'est à prendre ou à laisser. Tu décides.
— Je prends.
— Haha. gentille fille. Donc on fait affaire. Ah ouais – Annette ? Si tu me doubles, tu finis en pâtée pour chats. Pigé ?
— Vous parlez toujours comme ça ? Ôtez cette main.
— Sinon, c'est la bouteille, c'est ça ?
— Exact.
— Tu commences quand ?
— J'ai déjà commencé. »

*

Et j'ai fait exactement ce que je disais – ce qui ne surprendra personne. J'ai si bien travaillé que mes bras ont commencé à montrer de fiers biceps bien durs et bien saillants. Les tarés dingues de soumission arrivaient sans discontinuer. Je me souviens en particulier en avoir revu un, le soir même, à la télévision. Il arborait un visage rose de poupon, et très solennel en même temps, comme il sied à un ministre, et parlait de la situation du pays. Sous son costume de Savile Row, je savais son corps dans un état absolument lamentable, au point d'évoquer une victime de l'Inquisition après les sévices. Avant de me quitter, il se rinçait toujours la bouche avec un whisky pur malt de vingt et un ans d'âge, pour ôter le goût de l'urine. Une des filles, dans un appartement au-dessous, m'a avoué être beaucoup trop timorée et délicate pour ce genre de boulot – point de vue largement partagé, semblait-il. C'est peut-être pourquoi Angelo était si désireux de m'avoir (car malgré tout son bla-bla, je savais, et j'avais su dès la première seconde, qu'il me voulait). En repensant à tout cela, aujourd'hui, eh bien je suis assez fière, savez-vous, de ce que j'ai réussi au cours de ces premières années. Au tout début, je n'ai rien gagné, naturellement : Angelo faisait ce qu'il fallait pour ça (un truc d'orgueil, j'imagine, même si ça lui a vite passé). Mais un homme qui aime la soumission ne sait faire qu'une chose : en redemander. Le bouche à oreille a fonctionné (et grâce à qui ? Je me demande toujours comment ça marche), et j'ai eu bientôt une écurie de clients réguliers, sans compter les larves pathétiques qui rognaient sur le budget hebdomadaire alloué à leur épouse, et économisaient sou par sou pour s'offrir un petit voyage en enfer (ce qui ne leur suffisait jamais, bien entendu). Chaque semaine, j'augmentais mes tarifs, ce qui paraissait curieusement les exciter. Angelo a bientôt touché la somme convenue, et il me restait quand même quatre-vingts pour cent du chiffre d'affaires.

Donc voilà à quoi je passais mes journées : à arracher un par un, à la pince, les poils de la poitrine d'un homme dont les tétons étaient pris dans les tenailles en plomb dentelées d'électrodes reliées à une batterie qui lui balançait une décharge dès qu'il poussait un gémissement (et il en poussait pas mal). À immerger la tête d'un homme dans une baignoire remplie d'eau et de glace – et la laissant là jusqu'à ce qu'il devienne tout bleu et trouve juste la force de frapper mollement le sol de ses paumes. À enfermer un homme à clef dans un placard sous l'escalier, ligoté avec de l'adhésif d'emballage, bâillonné par une boule de caoutchouc, ne lui laissant que ses narines en état de fonctionner. À fouetter et frapper des hommes par dizaines, jusqu'à ce qu'ils voient les ruisselets de sang parfaitement dessinés serpenter gracieusement de la couronne d'épines incrustée dans leur front. Il y avait un prêtre dans le lot. Qui arrivait avec cet objet précisément, à ces fins ; il me suppliait de l'enfoncer bien fort, encore plus fort. Il portait une perruque pour dissimuler les cicatrices. Son vœu le plus cher était de se faire clouer sur une croix ; la seule raison, disait-il, pour laquelle il ne me le demandait pas, était qu'il ne pourrait dissimuler les blessures et ne pourrait donc plus élever le calice pendant l'office, ni offrir le corps du Christ aux fidèles, au moment de la communion. Moi, je l'aurais fait très volontiers – je lui aurais cloué les mains et les pieds ; je lui aurais volontiers enfoncé un clou dans le crâne, s'il m'avait payée pour ça (et peut-être même pour rien). Avec certains, il y avait un code convenu à l'avance – un signe, un geste signifiant que la limite n'était pas loin d'être franchie, et que je devais mettre fin à la torture ou à l'humiliation, quelle qu'elle soit, que je m'employais à leur faire subir de plus en plus activement. Souvent, je choisissais de l'ignorer ; leur reconnaissance en était décuplée, presque sans bornes. Je me souviens d'un type en particulier – un médecin de Harley Street, soixante-cinq ans, facilement. Il était assis sur la chaise percée, avec les poids en plomb accrochés aux parties génitales, un classique, et j'étais en train de lui envelopper la tête dans des langes de bébé. Soudain, il a donné une série de petits coups sur l'accoudoir de la chaise, signe d'arrêter, mais je lui ai donné un coup de cravache sur le sexe, avant de continuer à lui emmailloter la tête avec les grandes bandes de gaze. Ce n'est que plus tard que je m'en suis aperçue : il était mort. Un collègue à lui, également client, s'est arrangé pour étouffer l'histoire – l'a fait sortir de l'immeuble, a signé le certificat de décès, et m'a payée en plus pour mon silence. Sur le faire-part publié dans le *Times*, il avait été victime d'un infarctus alors qu'il séjournait, en vacances, dans les Norfolks Broads.

Clifford, je m'en souviens, était extraordinairement peu curieux quant à ce que je faisais de mes journées, de mes soirées ; parfois, je travaillais jusque tard dans la nuit, mais je finissais toujours par rentrer à notre petit appartement du côté de Baker Street – ne fût-ce que pour me jeter sur le lit, épuisée – et Cliff me faisait toujours la conversation agréablement, et s'en tenait aux généralités. Il était déjà tailleur à l'époque, et il a vraiment fait son chemin depuis : je suis très fière de lui. Il fallait bien, toutefois, que je lui explique ce que je faisais – à un moment ou à un autre. J'avais bien conscience, depuis longtemps, que quelle que fût la quantité de travail fourni et d'argent généré en une semaine (et ça faisait vraiment beaucoup, vous savez, autant qu'Amanda, et beaucoup plus qu'il ne m'en fallait pour m'offrir un nid confortable ; mais non – je voulais plus, parce qu'il me le fallait, n'est-ce pas, le pouvoir)... donc je savais que, jusqu'à ce que je sois moi-même patronne, que j'aie mis un pied sur l'échelle de l'accession à la propriété, je serais toujours sous la coupe de gens comme Angelo. Et que je n'y arriverais pas comme ça. Donc comme je disais, le moment était venu de franchir une étape. Donc j'ai expliqué tout ça à Clifford – sans trop entrer dans les détails ni rien – enfin, pas à ce moment-là ; je lui ai simplement exposé les choses dans les grandes lignes. Il s'est montré d'un calme extraordinaire, tout à fait serein – je dois dire que je m'en doutais.

« Donc autrement dit, Annette, nous allons recevoir des, euh – des filles, ici ? Dans l'appartement ?

— Eh bien oui – enfin, pas tout le temps. Elles ne seront pas là à demeure. Mais oui – dans les chambres que nous n'utilisons pas. Cela dit, il va falloir organiser ça très soigneusement, parce que si les voisins s'aperçoivent de quelque chose, le propriétaire sera forcément mis au courant, et nous, on sera mal, là. Mais l'idée, Cliff, c'est que je puisse bientôt acheter une maison quelque part – je ne sais pas trop où, encore. Mais une maison à nous. Pas trop loin, peut-être – mais dans un coin vraiment bien, vraiment chic, obligatoirement. Vers Mayfair. Chelsea. Enfin tu vois.

— Je vois. Mais cette maison, alors ? Nous y vivrons aussi, n'est-ce pas ? C'est ça, l'idée ?

— Oui – je pense que oui. C'est vraiment ce que je veux, tu sais, si je peux y arriver. Tu crois que je peux réussir, Cliff ?

— Je crois que tu peux tout réussir – quoi que ce soit, si tu y tiens vraiment. Et je t'aiderai, si tu veux. Si tu me le demandes, je t'aiderai.

— Cliff. Je t'aime tant.

— Et moi aussi, Annette. Moi aussi je t'aime. Euh. Juste une chose...

— Oui, Cliff ? Qu'est-ce qui t'inquiète ?

— Mon Dieu – rien ne *m'inquiète*, ce n'est pas vraiment ça... c'est juste que, euh – enfin, ces hommes, Annette. Ces hommes, tu vois... qu'est-ce que tu... ? Enfin je veux dire... ?

— Je les bats comme plâtre. Et même plus. Ils adorent ça. Ils ont besoin de ça. Je les aide. Ils me paient. Et jamais – jamais, aucun – ne me touche, même du bout d'un doigt. C'était ça, Cliff ? C'était ça qui te tracassait ?

— Mmm. Oui, je pense que oui – oui. C'était ça qui me troublait, tu vois.

— Cliff chéri. Il n'y a qu'un homme de qui je serai proche, toujours.

— C'est vrai ? Et c'est qui ?

— C'est *qui* ? ! Vraiment, tu ne le sais pas, Cliff ? Mais enfin, c'est toi. Toi ! Tu es le seul pour moi. Tu ne le savais pas ?

— C'est chouette... ça fait plaisir d'entendre ça. Je te soutiendrai, Annette. Je ferai tout ce que tu me demanderas.

— Et tu ne détestes pas ta sœur, d'être devenue aussi bizarre ?

— Te détester ? Ha ! Oh non, là je ne vois *pas*, Annette, je ne vois *pas du tout*. Et tu n'es pas bizarre, je ne te trouve pas bizarre du tout – ni toi ni moi, d'ailleurs. Ce sont les autres, tout le monde. Les autres – c'est eux qui sont bizarres. »

*

Et vous savez quoi, c'est à peu près ainsi que les choses se sont passées, en réalité : comme je l'avais prévu. J'ai dû me mettre sur le dos un crédit effroyable pour la toute première maison – dans Sloane Street, et je garde toujours une immense tendresse pour elle –, mais dès que j'ai pu réduire mon remboursement mensuel à une somme moins terrifiante (cela a pris un temps fou, même si je ne gardais rien pour moi-même, à cette époque – le travail en soi, c'était ce qui comptait, et je suppose que c'est encore le cas) – il m'a fallu un deuxième emprunt immobilier, pour Ebury Street, cette fois. Les filles – forces vives des affaires – me venaient essentiellement présentées par des amies, ou recommandées par des amies d'amies qui avaient entendu parler de l'intérêt que présentait ma petite affaire. Au départ, c'est Amanda qui m'en a fourni une ou deux. C'est elle aussi qui m'a présenté à Edgar Tumulty, en qui j'ai eu aussitôt confiance ; j'avais raison : il a toujours travaillé avec moi, depuis lors – pas vraiment un ami, mais un collaborateur très sérieux, et un allié. Tumulty, en retour (je l'appelle Tumulty : je n'ai jamais réussi à me faire au côté Edgar de la chose), a apporté avec lui quelques hommes – aux fins de sécurité. Je ne tiens pas particulièrement à les considérer comme mes « hommes de main », mais c'est pourtant, finalement, ce qu'ils sont.

J'ai toujours été très stricte dans mon choix : nombreuses sont les filles que j'ai dû refuser. Sonya, par exemple, était de celles qui, dès le départ, n'avaient franchement pas la moindre chance : j'ai su immédiatement qu'elle ne ferait ça que pour les avantages matériels ; mais les vraies, bonnes recrues, elles veulent du sexe, ou plutôt – enfin, c'est difficile à expliquer, mais on les sent tout de suite. Et même si elle était d'une extraordinaire modestie, ce qui plaît toujours énormément aux hommes, n'est-ce pas (ma foi, elle n'était même jamais très loin de ramper, pour être honnête), son humilité était si profondément ancrée en elle que, d'un point de vue professionnel, ça pouvait se révéler très lassant pour le client : il faut un peu de couilles, dans ce boulot. Par contre, j'ai instantanément su qu'elle ferait un adorable petit jouet pour Clifford, et je la lui ai donnée. Je les ai collés ensemble. Ce qu'on appelle un *happy end*, en fait.

Non, mes filles, il faut qu'elles aient l'air sorties des pages de... non, pas un magazine pour gamines, pas du tout – mais *Vogue*, ou *Tatler*, ce genre de truc. Elles ne doivent jamais avoir l'air de ce qu'elles sont. C'est une chose que ma clientèle apprécie énormément, je crois – cela ajoute un plus à l'excitation de la chose. Donc jusqu'à ces derniers temps, tout marchait bien. Oh, je ne dis pas qu'il n'y a pas eu de problèmes par le passé : je ne me vois pas rétrospectivement comme une sorte de mère poule bienveillante, indulgente, houspillant gentiment sa joyeuse basse-cour de putes, non non, pas du tout. Bien sûr qu'il y a eu des problèmes ; quelquefois, une fille refusait de passer le check-up régulier que j'exigeais absolument. Dans ces cas-là, il y a forcément une bonne raison, n'est-ce pas, donc *exit* la fille. Il faut toujours aussi se procurer des quantités industrielles de pilules, sans que cela soulève des problèmes et des questions, ainsi que la gamme complète des autres contraceptifs possibles ; et pourtant, il a fallu gérer quelques avortements à l'occasion – ce qui, de nos jours, n'est qu'une simple formalité (si seulement elles savaient ce que c'était, dans le temps). Certaines filles, bien sûr, décident de garder le bébé – auquel cas nous devons, là encore, nous séparer d'elles, bien à regret. De manière plus générale, Amanda et moi nous occupons des filles, des rendez-vous, etc., et Tumulty prend en charge la sécurité et les questions financières. J'ai en lui une confiance absolue. Il s'arrange pour blanchir l'argent liquide par un système extrêmement sophistiqué auquel, je dois l'avouer, je ne comprends rien du tout, et quand le moment est venu de l'investir ou – plus souvent – de balancer une fortune pour les pots-de-vin (et je reviendrai bientôt sur les enveloppes et les pots-de-vin : ils en sont maintenant à hanter non seulement chaque seconde de ma journée, mais à envahir mes nuits, aussi) – sa provenance apparaît immaculée. Et ce cher Cliff, il croit m'aider, lui aussi, mais en fait non, pas vraiment ; je lui donne des petits trucs à faire, pour l'occuper – comme ça il croit se rendre utile, vous voyez. Je ne veux pas l'ennuyer avec tous ces détails de gestion. Et les filles, bien entendu – je lui laisse l'usage de toutes les filles ; c'est tellement charmant de le voir s'amuser. Parce que je comprends très bien – les hommes, ils en ont besoin, ils sont programmés comme ça. Et bien sûr, il peut aussi en profiter avec moi, il le sait très bien, et Sonya, ma foi – je ne pense pas qu'elle soit terriblement active, vous voyez (franchement, elle est d'un ennui mortel), donc tout ça fonctionne gentiment. Un peu comme Iris Murdoch disait – Cliff et moi, on adore Iris Murdoch, tous les deux – dans un de ses derniers romans, je crois : « Tout homme a besoin de deux femmes, une gardienne du foyer et une nymphe exquise. » Eh bien ça se passe comme ça pour Clifford, maintenant – si ce n'est qu'il a toutes les nymphes exquises dont il a envie. Et moi aussi, évidemment.

Il y a des modes en matière de sexe, vous savez, des passades, des icônes du moment, comme pour tout le reste, sans doute. Pour l'instant, le truc qui monte, c'est de se faire envelopper bien serré dans des langes et de se faire nourrir au sein, tendrement. J'ai une nourrice assez charmante, qui bosse à mi-temps, Anastasia – ah ! les noms qu'elles se choisissent, ces filles ! –, particulièrement appréciée en ce domaine, ainsi que me le rapporte la clientèle. Quant à moi, aujourd'hui encore, je ne déteste pas écrabouiller, rouer de coups de pied et de poing, réduire en bouillie quiconque me supplie de le corriger, à l'occasion. Lavinia, elle, se déguise parfois en bonne sœur. Eh bien savez-vous, je ne supporte pas de la regarder – en fait je n'ose pas, peut-être. Je ne tiens pas à lui faire de mal. Une fois, je suis entrée dans sa chambre, et tout était accroché là – la robe, la guimpe, cette saloperie de saloperie de chapelet – et j'ai failli tourner de l'œil. De rage. M'évanouir de rage. De haine...

Mais c'est de la douleur, en fait. Que je ressens. Tellement de filles m'ont quittée, récemment – dans ce bizness, ce n'est jamais la loyauté qui prévaut. Parce qu'en fait, elles ont toutes gagné tellement d'argent — car qui d'autre les autoriserait à garder quatre-vingts pour cent de leur chiffre d'affaires ? — qu'elles ont décidé de faire ce que font, de nos jours, les filles de vingt-huit ou trente-deux ans : l'une d'elles a ouvert une boutique spécialisée dans les fripes de luxe, ce qu'elle appelle des vêtements *vintage* ; je ne lui en ai pas voulu — je lui ai vendu des tonnes de fringues pour trois fois rien, des stocks de nos tenues à peine portées. Les filles, voyez-vous, ne s'habillent que pour se déshabiller aussitôt, donc ça veut dire très peu d'usure. La plupart semblent impatientes de poser le pied, comme elles le disent, sur le premier barreau de l'accession à la propriété, et je ne peux pas le leur reprocher. D'autres, naturellement, ont rencontré un charmant jeune homme (inutile de demander où ni comment), et souhaitent tirer un trait sur un passé quelque peu mouvementé, j'imagine — peut-être même carrément occulter ce qu'elles ont été (chose que, pour ma part, je ne songerais même pas à faire). Et bien sûr, mes filles, comme je le disais, sont si terriblement classe, dans leur allure, dans leur manière de parler, qu'un certain nombre de mes clients aisés leur promettent de faire d'elles des dames (ce qui est absurde — parce que ce sont des dames, déjà : j'y tiens absolument, je m'en charge moi-même), et bien sûr, elles acceptent, ces gamines si impressionnables. Avec empressement même, surtout si le monsieur possède un titre, comme nombre d'entre eux. Ça, c'est terrible. Je perds une fille et un client du même coup (encore que généralement, le client réapparaisse au bout d'un certain temps ; parce qu'épouser sa pute préférée, c'est rarement une bonne idée, sur le long terme, n'est-ce pas ? Vous savez bien ce que l'on dit de l'usure du couple ? Et compte tenu de leur expérience, croyez-vous que ces jeunes épousées se demandent longtemps où est passé leur mari, quand il disparaît une heure ou deux dans l'après-midi ?).

Résultat : entre ces défections, et l'intervention d'autres forces, extérieures, plus puissantes, je perds de l'argent, en quantité effroyable — et ce depuis un temps que je ne veux même pas tenter d'évaluer. Il y a une limite à mes moyens — limite qui approche à la vitesse grand V. Parce qu'il est évident qu'une personne normale, monsieur ou madame Tout-le-monde, ne pourrait même pas concevoir les sommes que représente l'entretien de ces deux petites maisons finalement toutes simples. Mis à part les frais courants : le remboursement d'emprunt – et là, non seulement sur les deux maisons, mais aussi sur le petit appartement de Clifford (plus celui de notre mère, bien entendu) –, les factures qui tombent chaque mois, etc., tout cela se monte à une fortune en soi, j'en ai bien peur, mais ce n'est pas le plus important. Parce que voyez-vous, il faut comprendre que mes dépenses ne peuvent jamais être claires ni officielles. Tout le monde – et je dis bien tout le monde – doit être tenu au silence, à tout prix. Par exemple, on ne peut pas faire appel à la blanchisserie comme une personne normale le ferait. Et les blanchisseurs sont tellement, tellement gourmands pour nous assurer de leur discrétion. Et c'est la même histoire avec – oh, mais avec qui vous voudrez : les plombiers, les décorateurs, les livreurs – jusqu'au laveur de vitres (auquel j'ai bien fait valoir, et pas seulement en théorie, qu'en toute bonne logique, c'est *lui* qui devrait me payer pour faire son boulot – mais bon). Un des hommes de Tumulty, voyez-vous, passe sa vie à nous changer les ampoules ; nous les achetons – roses, soixante watts – en gros (chez Osram, on lui a dit qu'ils n'en fabriquaient plus que pour nous, maintenant). Les vêtements, c'est la peau du dos. La lingerie, c'est la peau des fesses. Les sent-bon – les bains moussants, les huiles parfumées, tout ça : les yeux de la tête. Tout comme le blanchissage en permanence. Quant à Tumulty et ses sbires, il faut bien entendu les graisser généreusement. Il y a ce que je donne à Clifford, aussi – il apprécie tellement ce qui se fait de mieux, dans tous les domaines ; mais je l'aime, voyez-vous, donc c'est de bon cœur. Les autos, naturellement (nous en avons deux – une Mercedes noire et une BMW, toutes deux d'occasion, mais elles en jettent) pour le travail à l'hôtel, fort lucratif... mais qui tend à disparaître à présent, je le crains : les riches touristes ne viennent plus à Londres comme autrefois. Mais le plus gros poste... eh bien, ce sont les pots-de-vin, naturellement. Au début, on a eu quelques problèmes avec des boîtes rivales, mais ils ont assez vite laissé tomber : du menu fretin pour eux, je suppose. Mais à présent, c'est la police qui a l'air d'en avoir après moi. Il y a ce brigadier – il est connu comme le loup blanc, plus véreux qu'une pomme pourrie, mais il passe toujours au travers. Tout ce qu'il aurait à faire, me dit-il – et je sais qu'il ne plaisante pas, je sais qu'il le ferait sans la moindre hésitation –, c'est de prendre son téléphone et de glisser un mot aux Mœurs, Annette

– et ils vous tombent dessus comme la chtouille sur le clergé, n'est-ce pas, Annette ? (Parce qu'il parle comme ça, ce répugnant personnage.) Donc montrez-vous plus finaude, hein, Annette ? Mmm – ouais. Ce sont ces frais-là qui sont devenus un véritable handicap. Et en plus, il croit que les filles lui appartiennent, ce salopard. Un jour, Susannah vient me trouver : Hanson – il s'appelle Hanson – lui avait passé les menottes (ses menottes de service, pas nos accessoires raffinés, cuir et fourrure) avant de la gifler plusieurs fois, en plein visage et sur les seins : elle était en larmes – pas tant de douleur, je pense, qu'à cause des contusions, toutes jaunes et violettes. J'ai continué de la payer jusqu'à ce qu'elles aient disparu et qu'elle puisse retravailler. J'ai été trouver Hanson, j'ai protesté : il m'a ri au nez.

Oh, écoutez, je ne veux même plus penser à tout ça – je n'en peux plus. Je me prends un petit verre de champagne, là, et puis je fais mes mots croisés. Cliff et moi, nous nous sommes mis aux mots croisés du *Times* – depuis pas mal d'années, quand même. Au début, on était complètement effarés, bien sûr – je ne sais pas lequel de nous deux était le plus contrarié par notre incapacité à y *comprendre* quoi que ce soit. Mais Cliff a acheté un Chambers sur ça – qui explique le système et certains de leurs trucs. Et on a commencé à progresser, doucement. Dieu du ciel, je n'oublierai jamais le jour où nous avons, à nous deux, réussi à finir notre première grille du *Times* ! Fous de joie, on était ! Cela dit, dès le lendemain, on se retrouvait le bec dans l'eau, ce qui nous a quelque peu dégrisés. Mais maintenant, on est devenus quand même assez forts. Je ne sais pas lequel de nous deux est le meilleur. Moi, je pense – mais jamais je ne le dirai à Cliff. Nous les faisons chacun pour soi, à présent – on se téléphone pour se dire combien de temps on a mis (sans tricher, en toute honnêteté), et on réussit presque toujours à compléter la grille. Et d'ailleurs, je me demande si Clifford sait... ? Que nous sommes des « cruciverbistes » ? Je me demande s'il est déjà tombé sur ce mot quelque part. Moi, ce n'est que récemment, dans le Chambers : il vient juste après « crucifier ». Je le testerai là-dessus, la prochaine fois. Je ne sais pas s'il va passer ce soir ou non. Il est allé voir notre mère. Il y va souvent. Je ne sais pas trop pourquoi. Mais oui, c'est possible – il passera peut-être, plus tard dans la soirée. Et je le testerai là-dessus. Cruciverbiste : c'est mignon, non ? Je suis sûre qu'il ne connaît pas. Bon, alors – voyons voir ce qu'ils nous ont pondu aujourd'hui (mmm – divin, ce champagne). Un horizontal, alors... c'est merveilleux les mots croisés, vous savez : ça m'évite de penser à, oh – à tout le reste. Pendant un moment.

Et quand je les fais avec Clifford, bien serrés l'un contre l'autre, bien sûr, c'est beaucoup plus facile. Mais vous voyez, il est quasiment au centre de tout, et c'est ça le problème, en même temps, c'est là que je me sens bloquée dans mon élan, quelquefois. Vous savez quoi, souvent je me dis que s'il n'y avait pas Clifford, je pourrais tout laisser tomber : je plaquerais tout, d'un seul coup, et je passerais à autre chose. Tranquillement. Au départ, tout ça, c'était pour moi, absolument... mais à présent je me sens obligée de le protéger, de l'aider, d'être là pour lui. Et quand on a commencé à donner, vous savez, on n'a pas le droit d'arrêter comme ça : il faut sans cesse alimenter le réservoir, remplir le vide. Amanda – bien sûr, elle m'a été d'un grand réconfort, pendant longtemps, mais au bout d'un moment, nous avons toutes les deux senti – et je savais que c'était vrai – que nos cœurs, puis nos regards, et enfin, inévitablement, nos corps se faisaient plus distants, cessaient peu à peu de fonctionner à l'unisson, comme au début. La collision avait remplacé la collusion. Nous avons décidé d'un commun accord de ne pas continuer, et en cadeau d'affectueuse rupture, Amanda m'a offert une magnifique poupée (qui lui ressemblait, bien évidemment), et cette poupée, je l'ai appelée Belinda. Quand j'étais petite, maman me forçait toujours à jouer avec ces poupées complètement niaises que je méprisais totalement. Elle leur faisait plein de vêtements (avec des chutes de chutes de tissu), mais je n'ai même jamais dégrafé un des petits boutons-pression roses, ne fût-ce que pour voir s'ils leur allaient (et bien sûr qu'ils devaient leur aller, à la perfection). Belinda est incroyablement douce au toucher, comme de la chair, ses cheveux n'ont pas ce côté électrique et rêche du nylon, on dirait de vrais cheveux, incroyablement soyeux, comme s'ils poussaient vraiment sur un crâne de chair et d'os. Je crois que je n'ai jamais donné de nom à mes poupées, quand j'étais petite ; mais celle-ci, je l'ai appelée Belinda, parce que c'est joli, simple, pur. Je la couche avec moi, et je lui parle, vous savez. Je lui dis que nous sommes bien fatiguées toutes les deux, que nous allons dormir profondément, sans un rêve. Quelquefois ça marche, et ça me ravit ; mais quelquefois, aussi, il y a des larmes minuscules qui montent jusqu'à ses grands yeux, et se rassemblent sur les cils relevés avant de couler et de disparaître, alors il faut que je la serre contre moi, et on pleure toutes les deux, doucement, bien serrées. Mais dans le chagrin, on s'éloigne... Alors, je m'invente une autre fiction où me réfugier.

*

Elle adore le Ritz, à présent – c'est son restaurant préféré, dit-elle. Mais il y a longtemps, la première fois que je l'y ai amenée pour déjeuner, maman était extrêmement mal à l'aise (oh, mais c'est tellement *chic*, Clifford, c'est affreusement *chic* – ce qui m'avait tout à coup rappelé... oh, toute sorte de choses idiotes, venues d'un lointain passé : ça m'avait fait sourire). Mais maintenant, eh bien – on jurerait, savez-vous, qu'elle est née au milieu de tout ça. Bien sûr, nous avons tous changé, mais chez elle, la métamorphose n'a rien eu d'hésitant ni de progressif – elle a été aussi rapide que spectaculaire (à mes yeux au moins). Aujourd'hui encore, je me surprends à oublier que la personne assise en face de moi est ma mère, cette femme qui m'a élevé, jadis, dans un autre monde. Et c'est quand elle redevient brièvement cette autre femme que je ressens comme une décharge électrique – comme si je m'éveillais –, et que je me souviens. Elle est tellement différente. Bon, le visage – non, son visage n'a pas changé, pas vraiment : un peu marqué, bien sûr – des yeux beaucoup plus sombres (les lentilles de contact, dit-elle) – mais ses cheveux évoquent maintenant le plumage d'un corbeau, ils sont incroyablement lisses. Ses vêtements aussi – terriblement élégants : elle a un couturier qui passe à la maison, et une petite main pour les retouches, que je suis ravi de lui offrir. Ou plutôt Annette : mais peu importe – nous sommes tous deux ses enfants, n'est-ce pas ? Finalement. Mais la chose la plus totalement déconcertante, chez elle – pour dire la vérité, je ne sais pas trop comment gérer ça, et je n'arrive pas à bien expliquer ce que cela veut dire – est que l'on peut avoir une conversation tout à fait normale, banale, et tout à coup elle va sortir un truc incroyable, absolument effarant, et parfois sur un ton sans rapport avec celui, tranquille, serein de la phrase précédente, et même sous-tendu par une sorte de menace sourde ; et moi, je tâtonne à la recherche du pourquoi et du comment, je cherche quel mot, quelle remarque insignifiante a bien pu déclencher ça. J'échoue, à chaque fois – mais déjà elle est repartie à bavarder joyeusement, comme si de rien n'était. Dans ces cas-là, on commence à s'interroger sur soi-même, vous savez ; à se demander si ce n'est pas soi. J'en ai parlé à Annette, un jour, mais vous voyez... Annette et notre mère, elles se voient si peu que je doute qu'Annette ait simplement assisté à ce genre de chose, donc il n'y a que moi pour tenter maladroitement de le rapporter et de le décrire, ce que je n'arrive jamais très bien à faire. Elle est vieille, voilà tout ce qu'en dit Annette. Comme si ça expliquait tout. Ma foi, oui, elle *est* vieille – enfin, assez vieille, quand même –, mais ce n'est pas ça du tout. C'est l'inverse : quand elle agit comme ça, elle semble justement très jeune, pleine d'énergie ; c'est moi qui me sens lourd, lent, à la traîne. Je pensais que je finirais par m'y habituer ou – mieux encore – par ne même plus le remarquer. Que je mettrais ça sur le compte d'un simple caprice de sa nature, d'une défaillance tout humaine – mais à chaque fois que cela arrive (parce que ça peut aussi ne pas arriver pendant plusieurs jours d'affilée, voyez-vous – et ça vous endort ; et tout à coup, il va y avoir cette lueur dans ses yeux, et les mots qui sortiront de sa bouche dépasseront l'entendement)... et donc à chaque fois que cela arrive, je me sens non seulement idiot, exclu (même si déjà, il y a ça), mais j'ai en plus le sentiment que ces réflexions apparemment jetées au hasard, loin d'être de vagues bribes d'une errance de la pensée, d'un courant souterrain de colère latente qui émerge par moments – font, d'une manière qui m'échappe, partie d'un schéma plus complexe et plus obscur ; c'est un peu comme si, à la recherche de cohérence, elle s'efforçait de les relier en une seule chaîne. Ou – c'est peut-être mieux, ça – que sous la surface généralement sereine, pacifique, quelque chose bouillonnait, profondément enfoui en elle. Annette dit que je suis dingue ; il m'est arrivé d'espérer qu'elle ait raison. La première fois que j'ai assisté à ça, je pense – c'est en tout cas la première fois dont je me souviens –, c'était peu après qu'elle a passé son permis de conduire. Je l'avais inscrite pour trente leçons, pensant que soit elle laisserait tomber au bout de deux ou trois, soit je devrais la réinscrire pour un forfait de trente tous les trois ou quatre mois, voire même *ad vitam aeternam*. Elle en a pris douze : elle a eu son permis. Je – enfin je veux dire Annette – lui ai acheté une Golf ; pourquoi je ne peux pas avoir une Triumph Herald ? me fait-elle. Jean Beery, elle avait une adorable petite Triumph Herald. Mais ils ne la fabriquent plus, la Triumph Herald, maman – c'était il y a bien longtemps, souviens-toi. Sur quoi, par une de ces coïncidences étranges, une de ces ironies dont la vie est si friande (de celles qu'un écrivain avisé hésiterait à utiliser dans un récit de fiction) – deux jours plus tard, elle apprend que Mrs Beery est morte : accident de voiture. L'horreur. Maman n'a pas pleuré, mais elle était livide ; on aurait dit qu'elle était folle de rage. Quand elle a fini par parler, elle n'a dit et répété qu'une seule chose : ce n'est pas *juste*, ce n'est pas *juste* que ça arrive à Jean, pas à elle. Pourquoi ce n'est jamais les salauds qui partent ? Hein ? Jean a toujours été si bonne pour moi – et pour nous tous, Clifford, bien plus que tu ne peux le savoir. Tu te rappelles, quand tu es allé en voyage à Jersey ? Avec cette gamine si ennuyeuse ? Oh, ai-je dit : oui, vaguement. Eh bien c'était un cadeau de tante Jean. Elle a toujours été si gentille. Et maintenant, elle est morte. Et pourquoi n'ai-je pas fait l'effort de la voir plus souvent, quand elle était encore vivante ? Maintenant, elle est morte. Et je n'ai jamais eu d'autre amie qu'elle, tu sais – parce que je n'ai pas eu de jeunesse, pas eu de vie. Il n'y avait que ton père. Et Jean. Et maintenant elle est morte. Mais rien ne peut plus m'arrêter, maintenant, n'est-ce pas ? Rien, non – rien ne peut plus m'arrêter maintenant (et c'est là, je pense, qu'elle a commencé). Je n'ai jamais vraiment imaginé pouvoir percer le secret de ses humeurs – être au fait de ce qui semblait souvent la rendre amère, dure. Mais je me trompais. Au cours de ce dernier déjeuner au Ritz, elle a décidé d'éclairer ma lanterne : et mon Dieu, j'aurais vraiment préféré qu'elle s'abstienne.

« Dis-moi, Clifford, est-ce que tu manges ça parce que tu penses que c'est, oh – je ne sais pas... élégant ? Ou bien y prends-tu vraiment plaisir ?

— Quoi ? Le caviar ? J'adore ça. Dès la première fois où j'y ai goûté, j'ai adoré ça. Pourquoi ne veux-tu même pas essayer ? Je suis sûr que tu aimerais, toi aussi. C'est délicieux.

— Non merci, Clifford. Je sais que ça semble idiot, mais j'ai toujours trouvé que ça avait quelque chose de, mon Dieu – de sale. Ça me fait toujours penser à ton père, quand il graissait la chaîne ou je ne sais quoi, sur ton tricycle : à la fin, ses doigts ressemblaient tout à fait à ça : tout noirs et visqueux.

— Il graissait mon tricycle ? Papa ?

— Ma foi, je ne vois pas ce qu'il aurait bien pu graisser d'autre. Certainement pas ma desserte en tout cas – ça, jamais. Ou bien c'était la tondeuse, peut-être. En tout cas, je sais qu'il graissait quelque chose...

— Il n'a même jamais remis la pédale sur mon tricycle. J'ai dû jouer deux fois avec. Ensuite il est resté à rouiller dans le cabanon. Et puis j'ai grandi.

— Eh oui. C'est comme ça. Mais ces coquilles Saint-Jacques, en tout cas – absolument divines. Juteuses et tout. Et propres.

— Il te manque, quelquefois ? Papa ?

— S'il me manque ? Ton père ? Non, Dieu du ciel ! Pourquoi devrait-il me manquer ? Jean me manque, par contre. Je pense souvent à elle. Cest affreux, tu sais, quand quelqu'un d'aussi proche disparaît tout d'un coup, comme ça.

— Tu devrais commencer à t'y faire. Veux-tu encore une goutte de chablis ? C'est excellent avec les coquilles Saint-Jacques, me semble-t-il.

— Qu'est-ce que tu veux dire ? Qu'est-ce que tu veux dire par là ? M'y *faire* – mais qu'est-ce que ça veut dire exactement ?

— Eh bien, je voulais simplement dire que... non, maman, je voulais simplement dire que tu as l'air... enfin, l'air de rajeunir un peu plus tous les jours. Que tu défies le temps, carrément. Tu nous enterreras tous, aucun doute.

— Oh, mais c'est horrible, de dire une chose pareille. Comment peux-tu ? Tu parles de *toi* ? C'est ça ? Oh, mais je ne pourrais pas, je ne survivrais pas. Toi – tu ne mourras jamais. Tu es mon petit garçon. Le seul homme de qui je pourrais me sentir proche. En fait oui, je veux bien encore un peu de chablis, Clifford – il est vraiment délicieux. Merci. Mais bien sûr... si on ne fait pas rapidement quelque chose, ma foi – je ne pense pas qu'on ait encore droit à beaucoup de déjeuners somptueux, n'est-ce pas, Clifford ? Si maman ne fait rien, en tout cas. Mais j'ai l'intention de faire quelque chose, bien entendu. Simplement, ça m'aurait fait plaisir que l'on me le demande, c'est tout. Enfin, c'est d'Annette que je parle, naturellement. Mais elle me croit idiote. Ou trop vieille. Ou les deux. Bref, je pense qu'elle ne m'en parlera jamais. Il me semble qu'ils auraient pu débarrasser nos assiettes, là, tu ne crois pas ? Parce que visiblement, on a terminé, tous les deux. C'est tout de même incroyable, n'est-ce pas ? Dans un endroit comme ça.

— Je crois que le serveur arrive... oui, le voilà, le voilà. Euh... euh, que... de quoi veux-tu parler, exactement ? Qu'est-ce que tu veux dire par *faire* quelque chose ? Et pourquoi est-ce qu'on ne pourrait plus déjeuner comme ça ? Tu n'as plus envie ? C'est ça ? Il y a quelque chose qui ne va pas ?

— Mon Dieu, mais évidemment, qu'il y a quelque chose qui ne va *pas*. Qu'est-ce que tu as dans les yeux, Clifford ? Franchement – si ta mère n'était pas là pour voir ce qui se passe, qu'est-ce que tu deviendrais ? Mmm ? Oh, ça n'a aucun rapport avec *toi*, bien sûr que non, pas du tout, Clifford. Non, c'est Annette. Ses petites affaires, là. D'après ce que j'ai cru comprendre, c'est en train de partir en quenouille. Ah – l'agneau de lait ! Merveilleux. Il a l'air parfaitement à point, n'est-ce pas ? Tu n'aimes pas, quand ils enlèvent les cloches en argent, comme ça ? Toutes en même temps. C'est toujours une vraie surprise, même si on sait très bien ce qu'il y a en dessous. Et prends des légumes verts cette fois, Clifford. Si tu ne manges pas de verdure, tu ne seras jamais grand et fort quand tu seras grand.

— Mais je suis grand, maman. Non ? Je suis adulte, maman.

— Mmm ? Oh oui, bien *sûr*, bien sûr – bien sûr, Clifford. Mais pour ta maman, tu seras toujours un petit garçon, tu sais. Et ta sœur – je sais que c'est la même chose, pour elle. Il y a quelque chose en toi qui n'a jamais, jamais changé, Clifford.

— Mais ce que tu disais, maman – à propos de, euh – des "affaires" d'Annette, c'est ça ? Attends, attends – qu'est-ce que ça veut dire, je n'ai pas changé ? Évidemment que j'ai changé. Mais regarde-moi, pour l'amour de Dieu... !

— Oh, oui, à *l'extérieur*, oui, tout à fait. Un grand monsieur, avec des beaux costumes et tout : tu es tellement doué, Clifford, pour pouvoir faire des choses aussi belles de tes deux mains. Et puis ta belle voiture. Et ces énormes cigares... pas bon pour ta santé, d'ailleurs, Clifford, j'aimerais bien que tu arrêtes un peu.

— Ça fait partie de... de ce que font les hommes. Mais bon – oublie tout ça. Que disais-tu ? À propos de nos déjeuners ? À propos de ces fameuses "affaires" ? De quelles affaires veux-tu parler ?

— Clifford. Je ne peux pas croire que tu sois aussi naïf. Je sais que tu ne l'es pas, tout au contraire. Et ne crois pas, toi, que je sois aveugle. Tu n'imagines pas, sérieusement, que je n'ai aucune idée de ce qui se passe, depuis toutes ces années ? Quand même pas ? Tu as pris de la sauce ? Oui ? Mais regarde, tu n'as encore pas pris de légumes verts, hein.

— Une pomme de terre, ça me va très bien pour l'instant, merci, merci.

— Et te voilà qui rougis, maintenant. Tu as toujours rougi pour un rien. Ne détourne pas les yeux, Clifford. Ça ne sert à rien de fixer ton assiette, comme ça, n'est-ce pas ? Alors tu croyais ça, vraiment ? Que je n'étais pas au courant ? Je suis très déçue. Les brocolis sont délicieux – oh, mais prends-en un *peu* Clifford – pour faire plaisir à maman. Tiens – je t'en mets dans ton assiette. Voilà. Tu vois – j'ai été longtemps comme toi. Oh que oui. Presque toute ma vie, en fait. À faire l'autruche, à ne pas vouloir savoir ce qui se passait en réalité, parce qu'alors on attendrait de moi que je fasse quelque chose – et pour être tout à fait honnête, Clifford, j'ai toujours trouvé que j'avais assez de pain sur la planche comme ça. Parce que quand vous étiez petits, tous les deux, eh bien ce n'est pas ce qui manquait, le pain sur la planche. Et donc quoi que traficotait ton père, eh bien – je me disais que ce n'était pas mes affaires. Et quand il négligeait même les choses de base, quand il ne s'occupait même pas du minimum pour la vie quotidienne – eh bien c'était son problème : cela ne me concernait pas. Mais aujourd'hui, Clifford, je vois bien que j'avais tort. Parce que finalement, c'est nous tous, n'est-ce pas ? Qui en avons pâti. Et c'est ce que tu es en train de faire, là, Clifford : l'autruche. Te mettre la tête dans le sable. Et Annette aussi, à un degré moindre, bien sûr. Oh, elle a eu la belle vie, elle était radieuse, n'est-ce pas ? Quand tout allait bien. Quand tous ses projets aboutissaient. Mais maintenant, ma foi... elle ne *gère* pas la situation. Elle feint de l'ignorer. Mais ça ne se règle pas tout seul, tu sais. Jamais. Ce genre de choses. Donc je ne vais pas rester là à regarder ça, n'est-ce pas ? À attendre que ça empire, et que ce soit trop tard. Non je ne peux pas, je ne peux plus. Parce que ça ne va pas, ça – ça n'irait pas du tout. Clifford – si vous ne finissez pas immédiatement vos brocolis, jeune homme, je vais vraiment me fâcher. Et on aurait bonne mine, hein ? Parce que si je te les fais manger moi-même, tout le monde va penser oh mon Dieu, regardez, quel bébé – il faut encore que sa maman lui donne la becquée. On ne devrait sans doute pas commander une autre bouteille de chablis, n'est-ce pas ? En même temps, je ne vois pas pourquoi on ne commanderait pas une autre bouteille de chablis. Je crois que je n'ai plus de place pour le dessert, moi. Quel festin ! Oh, mais *mange*, Clifford. Qu'est-ce qui ne va pas ?

— Je, euh... pas faim. Écoute, maman... en fait je ne sais pas si je pensais que tu savais ou pas, franchement. C'est sans doute une chose à laquelle je préférais ne pas penser. Mais... tout ce truc à propos de ces "affaires", qui ne vont *pas*, comme tu dis. Eh bien – je ne sais simplement pas de quoi tu veux parler. Je suis absolument sincère avec toi, là, crois-moi.

— Oh, mais je te *crois*, Clifford, et c'est exactement ce que je disais. L'autruche. Tu pourrais te servir de tes yeux et de tes oreilles, non ? Sinon tu ne sauras jamais ce qui se *passe* autour de toi. Et Annette – naturellement, elle ne va rien te *dire*, n'est-ce pas. Ce n'est pas dans sa nature. Parce que déjà, bien sûr, c'est ta grande sœur – et elle se sent responsable de toi, ce qui est très bien. Et deuxièmement, elle ne veut pas, mon Dieu – mettre des mots sur ça, n'est-ce pas ? Parce que là, ça deviendrait trop réel. Elle serait obligée de voir la vérité en face. Les seules personnes au monde qui saisissent la gravité de la situation – parce qu'elle l'est Clifford, la situation : elle est très, très grave, tu sais –, c'est Annette et Edgar. Et moi, naturellement. Edgar, Annette et moi.

— Comment – Tumulty, tu veux dire ?

— Combien d'Edgar connaissons-nous, Clifford ? Évidemment, Tumulty. C'est par lui que je sais tout ça. Il me raconte tout. Au départ, il ne voulait pas – très discret, très sur son quant-à-soi. Et puis il a dû se dire que ça ne mangeait pas de pain, de faire plaisir à une vieille dame un peu toquée. Et puis il a dû commencer à s'apercevoir que nous étions tous dans le même bateau. Que je *m'intéressais*, tu vois. On a beaucoup parlé depuis, tous les deux. Donc tu vois, j'ai fait mon travail à la maison – ou plutôt mes devoirs, c'est ce que tu disais, à l'école, non ? Oui, c'est ça : les devoirs. Tu sais qu'il est amoureux d'Annette, n'est-ce pas, Clifford ? Non – sans doute que non. Eh bien, aussi curieux que ça puisse paraître, il l'est, très amoureux, et depuis des années. Même s'il se rend certainement compte qu'il n'obtiendra jamais rien. Et sais-tu, Clifford – malgré le petit, euh – arrangement, disons, entre Annette et toi, il ne t'en veut pas le moins du monde. Un vrai gentleman. Enfin bref – j'ai décidé, maintenant. J'ai tout prévu. Enfin, Edgar et moi : on a un plan. Un plan d'action. Je te le dis maintenant ? Ou bien j'attends qu'on soit réunis, tous ensemble ? Annette, Edgar – tout le monde ?

— Un... un *plan* ?

— Mmm. Une crème brûlée, tiens. Je pourrais peut-être faire honneur à une crème brûlée.

— Mais quel genre de plan ? Mais qu'est-ce qui ne va *pas*, exactement ? Tu ne m'as toujours pas expliqué ce qui n'allait *pas*...

— Eh bien en deux mots, mon chéri – si on ne fait rien, si on laisse la situation se détériorer, j'estime que d'ici quelques mois, pas plus, eh bien mon Dieu – il ne nous restera plus grand-chose. Tu vois. Mais bon, je suppose que tu n'as pas la moindre idée de ce dont je parle, là, n'est-ce pas ? Non, pas la moindre, c'est bien ce que je pensais. Et puis naturellement, il y a ce problème avec la police. Parce que nous sommes des clients parfaits pour une condamnation pour source de revenus contraire à la morale publique. Sordide, je sais. Mais c'est comme ça. Ou une crêpe Suzette, peut-être. Très mauvais pour la ligne. Mais bien tentant quand même. Qu'est-ce que tu prends, Clifford ? Tu vois, ce serait affreux. De perdre tout ça, de renoncer à toutes ces choses si agréables – on y est tellement habitués, maintenant. Donc pas question. Il faut arrêter cette gangrène. Un peu de jelly, non ? Tu aimes bien la jelly. Toute tremblotante, sur une petite assiette...

— Je prendrai juste un café, maman. Toi, prends ce que tu veux. Mais... je pense que... non, ne me le dis pas maintenant. Ton plan. Quel qu'il soit. Nous en parlerons tous ensemble, chez Annette, d'accord ? Je pense que c'est mieux. Là, c'est beaucoup pour moi. Ça me suffit pour le moment.

— Mmm. Oui. je vois bien que ça te met complètement la tête à l'envers. Bon, très bien, Clifford. Alors finissons notre déjeuner tranquillement, d'accord ? Je suis sûr que tu aurais donné tous tes jouets, n'est-ce pas Clifford ? Pour un déjeuner pareil. Quand tu étais à l'école. C'était qui, déjà cette horrible femme ? À la cantine ? Celle qui te forçait à manger du gâteau au fromage ou je ne sais plus quoi ?

— Oh non, pitié ! Chadwick. Je la déteste. Je la déteste pour ça. Je la détesterai toujours. Donc maman – tu prends du dessert, finalement ? Parce que sinon, on peut peut-être prendre le café au fumoir. Je fumerais bien un petit cigare...

— Ooooh, Clifford – toi et tes jouets de grand monsieur. Eh bien, il faut faire en sorte, n'est-ce pas. De pouvoir les garder, tous tes jouets. Parce que je t'aime, mon Clifford – tu le sais, hein ? Le seul homme de qui je suis proche. Oh, mais oui ! juste ciel – j'allais oublier. Regarde – tiens, regarde : j'ai quelque chose pour toi. Cela fait une éternité que j'ai ça dans mon sac. Tiens. Tu ne l'as pas déjà, n'est-ce pas ? J'espère que tu ne l'as pas déjà, dis-moi ?

— Mais c'est... quoi ?

— Eh bien, mais ouvre et *regarde*, petit sot. C'est soit Snap, soit Crackle, soit Pop. Et ils jouent d'un instrument, tous. Les Rice Krispies – eh bien j'aime ça, maintenant. Oh, mais laisse-moi *faire*, attends... Alors, voyons... Oh, c'est Pop, en jaune. Il joue de la trompette. Ooohhh. Tu l'as déjà, Pop, Clifford ? En train de jouer de la trompette ?

— Mmm. Non, maman. Je n'ai pas Pop.

— Même pas dans une autre couleur ?

— Non. Je n'ai pas Pop, du tout.

— Oh, très bien alors. Je suis si contente. Bon, demande l'addition, Clifford, et puis on va aller prendre le café. Avec deux trois petits fours, peut-être. Ça te dirait, Clifford ? Oui ?

— Oui, maman. Tout à fait.

— J'en ai une autre boîte à la maison. Pas encore ouverte. Je me demande bien qui est dedans...

— Oui, je me demande aussi.

— Comme ça, tu auras toute la collection en un rien de temps. Aussitôt dit aussitôt fait. Tu as laissé tomber ta serviette de table, Clifford, regarde.

— Oui, maman.

— Alors ramasse-la, comme un grand, je ne vais pas la ramasser pour toi, quand même. C'est bien. Bon, tu veux aller aux toilettes ou quelque chose ? Parce que c'est maintenant...

— Tout va bien, maman. Ça va très bien.

— Mon chéri. Mon Clifford. Je t'aime, tu sais...

— Je sais, maman. Moi aussi, je t'aime. »

*

La coupe, vous voyez – c'est la partie du travail que je préfère. Quand j'ai bien posé mes patrons, fait toutes les marques à la craie, et que je tranche dans ce tissu magnifique, à coups de ciseaux habiles, avec ces mouvements tout à la fois amples et délicats partant du coude, mais conclus par une brève, élégante, presque imperceptible torsion du poignet. Il faut toujours garder à l'esprit que c'est là un objet en trois dimensions, mou mais résistant, près du corps mais autorisant l'aisance et la souplesse, comme l'exige un vêtement de cette qualité. C'est en partie pour cela que la veste est toujours assemblée sur une sorte de petit coussin de toile rembourrée ; cousez-la à plat, et elle restera toujours plate, vous voyez.

Et cette veste que je viens de couper, là, est particulièrement somptueuse. Destinée au juge Fenton, un des meilleurs clients d'Annette. Un homme de grande stature, je dois dire ; il plaisante toujours en disant qu'il a le corps d'un dieu, et qu'il est dommage que parmi tous les dieux du Panthéon, ce soit le sien qui ait été choisi pour incarner plus ou moins le tout-puissant Bouddha. Il fait tout en double, le juge Fenton. Peut-être que les gens influents font ça naturellement. Deux costumes en même temps – et deux filles aussi (d'où ces dépenses somptuaires). Les filles m'ont dit qu'elles tirent à la courte paille pour savoir laquelle va pouvoir éviter son poids autant que possible en lui offrant tout un interminable répertoire érotique de titillations et prouesses dilatoires (parce que les filles, vous pouvez me croire, elles sont drôlement calées), tandis que l'autre – généralement Marilyn – devra rester écrasée sous lui. Mais ce que je veux dire, c'est que je prends toujours un immense plaisir à couper une veste pour le juge Fenton, parce que le patron est immense, la surface à travailler vous donne du cœur à l'ouvrage. J'avoue que je délègue les finitions à un petit atelier de Soho – d'excellents artisans, tous autant qu'ils sont : Savile Row fait systématiquement appel à eux. Il y a une femme, Eddie elle s'appelle, elle doit avoir quatre-vingt-dix ans et est quasiment aveugle, et elle s'occupe de finir toutes les boutonnières au fil de soie. Je dois dire que je n'en ai jamais vu une qui soit moins que parfaite, et elle peut finir une veste – ce qui fait jusqu'à seize boutonnières, savez-vous, si c'est un veston croisé – en deux matinées, généralement.

« Je peux faire quelque chose pour toi, Clifford ? Une tasse de thé, peut-être ? Tu as besoin de quelque chose ? Il y a quelque chose qui te ferait plaisir ?

— Non, merci Sonya. Ça va très bien comme ça. Je finis de couper les manches, et puis je vais chez Annette. On a une petite réunion prévue.

— Une réunion ? Comment – une réunion de famille ? Je suis invitée ? Je peux me changer en cinq minutes, si tu veux que je vienne.

— Oh... non, pas vraiment. Enfin je ne crois pas, Sonya. Ce n'est pas ce genre de réunion. C'est... enfin, une réunion, tu vois.

— Je ne dérangerai personne. Je n'ouvrirai pas la bouche, Clifford, si tu veux que je me taise.

— J'en suis bien certain, Sonya. Mais franchement – je préférerais que tu restes là. Je n'en aurai pas pour très longtemps.

— Bon, très bien, alors. Comme tu voudras, Clifford. Je vais tout préparer pour te faire une jolie maison, pour quand tu reviendras. D'accord ? Y a-t-il quelque chose qui te ferait plaisir, pour dîner ? On a le choix entre du filet de bœuf, du carré d'agneau, ou des côtes de porc – et puis aussi du veau de...

— Mmm – comme tu voudras, tout ça a l'air délicieux. Merci, Sonya.

— Ou du poisson si tu préfères. Tu préfères peut-être du poisson. On a des soles, de la truite, du vrai saumon sauvage, de la lotte – et je peux aussi te prendre un homard. Tu adores ça, le homard.

— Mmm – comme tu voudras, tout ça a l'air délicieux. Merci, Sonya. »

Et je lui proposerais encore bien autre chose, simplement pour qu'il reste encore, mais là, je suis au bout de mes possibilités. Et pendant que je lui récite ces menus usants (et c'est toujours la même chose – c'est-à-dire ce qu'il y a de mieux, toujours le meilleur pour mon Clifford), je vois bien ses yeux qui vont et viennent, je sens dans tout son corps une tension, un besoin de s'en aller, de filer ailleurs, et sans moi bien sûr. Je lui pose des questions, comme ça il est obligé de répondre ; si je me contentais de faire des réflexions, il hocherait la tête avec énergie, ou aurait un sourire las, et n'aurait rien écouté. Rester silencieuse, c'est le perdre d'autant plus vite. Je dois être aussi ennuyeuse qu'Annette me le dit – et sa mère aussi, maintenant : elle aussi me le dit sans arrêt. Ou bien est-ce cette erreur de me sentir toujours battue d'avance ? Est-ce que cela aurait pu me ternir jusqu'au point d'exister à peine ? Je sais bien qu'aux yeux de Clifford, je ne serai jamais étincelante, ni même brillante, mais si au moins je pouvais apprendre à luire, un peu... Simplement, l'amour que j'ai pour lui me rend si faible – faible, prête à accepter avec enthousiasme tout ce qu'on me propose, faible jusqu'à manquer de m'évanouir quand je me rends compte de l'immensité, de la profondeur de cet amour à la fois résigné et tout-puissant que j'éprouve pour lui. Et quoi qui sorte de ma bouche, je sais que mon regard implore : ne me laisse pas, Clifford, – ne me laisse pas maintenant, ni jamais. Et en te voyant franchir la porte, je meurs un peu, et déjà je me languis de ton retour. Si tu ne revenais pas, j'en mourrais. Et ça, je dois faire en sorte que cela n'arrive jamais – je dois accepter avec enthousiasme tout ce qu'il me donne. Je lui ai depuis longtemps pardonné ses escapades avec les filles – pour Annette, j'ai essayé de comprendre, de toutes mes forces, et puis j'ai complètement arrêté d'essayer : je ravale ma bile, j'ignore cette amertume. Et même là, immobile, muette, avec peut-être l'air d'une débile mentale, les larmes à peine contenues font briller mes yeux, et je ne me supporte pas, je suis furieuse contre moi-même. Il file vers la porte, il ne pense qu'à la porte.

« Et comme dessert, Clifford ? Qu'est-ce qui te ferait plaisir... ? »

Il a fallu que ça sorte, et maintenant je me maudis, comme toujours. Et en prenant une grande inspiration, avant de me lancer dans cette pitoyable litanie des diverses tartes et génoises, mousses et meringues, crêpes et crèmes caramel (je me hais, je me hais), je le vois qui s'approche, s'approche encore de la porte. Au revoir, donc, Clifford : adieu, mon amour.

« Mmm – comme tu voudras, tout ça a l'air délicieux. Merci, Sonya. »

Il faut que j'y aille, là. Parce que ses inventaires, je les connais – ça peut durer jusqu'au milieu de la nuit (elle est tout à fait adorable, Sonya, certainement, mais je peux vous dire que ça peut devenir extrêmement, extrêmement usant, vous savez, de devoir sans cesse la remercier). Et puis je viens de regarder ma montre. Il faut vraiment que je file, là. J'avais proposé à maman de passer la prendre avec la Bentley, mais non, a-t-elle dit, elle viendra toute seule en voiture, parce qu'à partir de maintenant je tiens à être tout à fait indépendante. Oh, et au fait Clifford : je... enfin tu vois, pour être tout à fait franche, je n'aime plus vraiment trop cette petite Golf. Avant, si : au début, je la trouvais parfaite. Mais j'espère que tu ne me trouveras pas ingrate si je la remplace par quelque chose d'un peu plus spacieux, et d'un peu plus puissant aussi, et légèrement plus confortable, si possible. Mais non, mais non bien sûr, l'ai-je rassurée – tout ce que tu voudras : tu as un modèle précis en tête ? Ou veux-tu que je me renseigne à droite et à gauche, et je te ferai des propositions ? Mon Dieu, en fait, Clifford, tout ce que je demande, c'est à me débarrasser de la Golf – tu en tireras ce que tu peux. Parce que j'ai déjà commandé une nouvelle voiture, il y a quelque temps : on me la livre demain matin. Oh, vraiment ? Vraiment ? Eh bien, tu, euh... tu ne perds pas de temps, hein. Et c'est quoi ? Tu as choisi quoi ? Oh, c'est une Jaguar, Clifford : le dernier modèle. Tout ce qui nous reste à faire, maintenant, c'est de nous arranger pour que je puisse la payer. Ce qui est, n'est-ce pas, le but de cette petite réunion.

Ma foi, oui. Dieu seul sait, très franchement, quel était le but de cette petite réunion, comme elle dit, et quant à son issue – là, je me gardais bien de conjecturer. Annette est restée bouche bée quand je l'ai mise au courant. Je dois dire que je me sentais un peu idiot, en apprenant à Annette que notre mère était à présent au courant du problème, et que Tumulty et elle avaient conçu un plan, de concert – alors que j'ignorais toujours moi-même, naturellement, quelle était la nature et l'étendue dudit problème ; que c'était en fait par maman que j'avais appris la simple existence d'un problème quelconque. Annette a commencé par piquer une crise de colère – elle a hurlé sur Tumulty (je n'aurais pas aimé être à sa place), qui s'est contenté de croiser les mains devant son entrejambe, comme toujours, et de garder les yeux baissés. Ce n'était pas là une attitude de contrition – il attendait simplement que la tempête soit passée, sur quoi Annette, une fois calmée, verrait d'elle-même que l'on ne pouvait pas ignorer plus longtemps la gravité de la situation, et que, ainsi soutenue par nous tous, elle pouvait s'autoriser un minimum de soulagement : elle ne serait plus toute seule à porter ce poids sur les épaules. Et en effet, elle l'a été, soulagée. En apparence, en tout cas. Mais quand maman a pris la parole, elle arborait le masque rigide de qui supporte et se contient sans rien dire, même si sa bouche, sans cesse mobile, semblait toujours prête à esquisser un rictus de mépris.

« Je dois dire que tu as très joliment décoré cette pièce, Annette. Il y a si longtemps que je n'étais pas venue ici. Ce tapis – il est nouveau, non ? Je ne l'avais jamais vu, si ? Ah bon. Eh bien je n'ai pas dû faire attention, alors. Oh, Edgar – mais ne restez pas planté là – entrez, entrez, venez vous asseoir à côté de moi. Parce qu'on forme une équipe, maintenant, n'est-ce pas ? Nous tous. Qu'as-tu dit ma chérie ? Rien ? Mon Dieu, tu as fait un bruit bizarre. Tu es ballonnée ? Alors moi, je te conseille de prendre des charbons. Enfin bref – je sais que vous n'avez pas envie de m'entendre radoter comme une pauvre veille toquée, donc venons-en directement aux faits, d'accord ?

— Oui, ça changerait un peu.

— Ooooh, Annette – on ne va pas jouer les petites ironiques, n'est-ce pas ma chérie ? Elle a toujours été comme ça, vous savez, Edgar. Enfin – depuis le temps que vous travaillez avec elle, vous n'avez que trop eu l'occasion de le savoir. Quoi qu'il en soit, ma chérie – Et Edgar, vous interviendrez, n'est-ce pas ? Si j'oublie quelque chose, ou s'il y a une chose que je n'ai pas très bien comprise. Parce que je pense qu'il est important que nous comprenions tous *bien*. Bon : le premier point, bien entendu, c'est le problème des filles elles-mêmes. Parce que sans les filles, vous serez bien d'accord : ce n'est même pas la peine de discuter. Il faut absolument empêcher les meilleures de nous quitter.

— Oh, je vois. On n'a qu'à faire ça, n'est-ce pas ? Franchement – tu ne crois pas que j'y ai déjà *pensé* ? Tu crois que je n'ai pas *essayé* ?

— Mais si, bien sûr, Annette, bien sûr. Ne me prends pas pour une sotte. Parce que moi, je t'admire tellement, d'avoir réussi à mettre sur pied une telle entreprise. Toute seule, en plus – je suis sûre que je n'y serais pas arrivée. Mais tu vois, Annette – et tu sais quoi, jamais je n'aurais cru, surtout quand tu étais plus jeune, devoir te dire un jour une chose pareille –

mais tu vois, ma chérie, ce qui se passe – c'est que tu es trop *gentille*. Tu es beaucoup trop *bonne*. Et je sais que tu te l'es dit, toi aussi. Parce que les filles, tu leur as demandé de rester, évidemment, et elles ont poliment décliné, et voilà le résultat. Mais ça ne va pas, ça. Ça ne va pas du tout. Il faut les... les convaincre. N'est-ce pas, Edgar ? Edgar, il sait – il sait très bien que j'ai raison.

— Les convaincre. Très bien. Je vois. Et comment, d'après toi, peut-on les...

— Bien sûr, je ne veux pas dire, n'est-ce pas – les *obliger*. Non. Je veux dire qu'il faut leur montrer leur erreur. Il faut *faire en sorte* qu'elles restent d'elles-mêmes. Les, comment dire – bien leur expliquer les terribles conséquences d'un départ. Je sais, je sais – je sais que ça semble horrible. Mais Edgar m'a assuré que ses hommes peuvent se montrer très euh – convaincants, donc. Ils sont affreusement sous-employés, tu sais, Annette. Parce que ces hommes, mon Dieu – ils sont parmi les meilleurs, à Londres, dans leur domaine, et toi tu te contentes de leur faire jouer les chauffeurs, les portiers, changer les ampoules, tout ça... Il est temps de leur donner l'occasion de... oh mon Dieu : de se donner un peu d'exercice. Et puis, Annette, cette histoire de vingt pour cent : c'est absolument ridicule – et ça contribue largement à toutes ces défections, bien entendu. Il faut immédiatement relever le tarif à cinquante pour cent.

— Je ne peux pas. Je leur ai donné ma parole.

— Oui, certes – mais elles, elles mangent la leur. Il est question de survie, Annette. J'aurais cru que tu comprendrais ça mieux que n'importe qui, avec ce que tu as traversé. Et de toute façon – cinquante pour cent, c'est toujours beaucoup plus que ce qu'elles auront n'importe où ailleurs. C'est ce qu'Edgar m'a dit. Et même ainsi, les hommes d'Edgar auront encore du pain sur la planche ; je suggère qu'ils serrent la vis aux clients, qu'ils leur mettent la pression, je crois que c'est le terme aujourd'hui. Les plus connus doivent bien comprendre qu'ils paient aussi pour être anonymes. Et le rester. Non non – on ne discute pas maintenant, Annette, je t'en prie. Chacun pourra dire son mot plus tard. Et je sais que tu vas me répondre honnêteté et confiance et loyauté et tout ça, mais là, on est un peu au-delà, tu ne crois pas, ma chérie ? Laisse-moi t'expliquer mon point de vue – et réfléchis, comme je l'ai fait. Parce que cela fait longtemps que j'y réfléchis, sais-tu. Tu n'aurais pas dû me laisser pourrir si longtemps dans cet affreux petit deux-pièces. J'ai eu tout le temps pour réfléchir, et dans des conditions lamentables. Et c'est aussi une chose dont tu aurais pu te préoccuper, Annette, compte tenu de ce que tu as vécu toi-même. Enfin bref – je suis certaine que l'argent va bientôt rentrer, et en quantité. Très bientôt. Argent qu'il ne faudra pas investir comme tu l'as fait jusqu'à présent, Annette. Il faudra le prêter. Avec un taux d'intérêt conséquent, inutile de le préciser. À des gens qui ne peuvent pas s'enfuir ni aller voir ailleurs. Edgar m'a assuré que Lenny – c'est bien Lenny, Edgar ? Oui, oui, c'est ça – Lenny. Eh bien il est très doué pour ce genre de chose, Lenny, d'après ce que m'a dit Edgar. Bon, à présent...

— Oh, parce qu'il y a autre chose ? Ce n'est pas tout, il y a encore autre chose ?

— Oh, mais ne sois donc pas si *maussade*, Annette. Écoute ta *mère*, d'accord ? J'ai la tête sur les épaules, une vieille tête, mais bien d'aplomb. On ne sait jamais, tu pourrais peut-être même apprendre quelque chose, en m'écoutant.

— Je pense que tu es folle. Je t'écoute...

— Tu peux bien penser ce que tu veux, même si je trouve très choquant de dire ça à sa mère, mais bon. Donc – le policier. La prochaine fois qu'il te demande encore plus d'argent, Annette – tu le fais monter ici, tu lui offres un verre – tout ça avec ton plus beau *sourire*, Annette, en disant que tu aimerais en discuter un peu. C'est Hanson, c'est ça ? Oui, c'est ça. Bref, quoi qu'il en soit – **tu bavardes, tu bavardes**, tu plaides ta cause, et pendant ce temps-là, Edgar filme la scène avec une caméra vidéo, dans la pièce à côté. Et ensuite, on offre une projection privée à notre détective de choc. Pour lui, le choc. Simple et efficace. Je doute qu'il nous ennuie encore, après ça. Le dernier problème, c'est comment faire venir de nouvelles filles, et de premier choix.

— On a essayé. On n'en trouve pas. Et surtout si je commence à demander cinquante pour cent...

— On ne demande pas cinquante pour cent, on leur laisse la moitié de leur chiffre, ce n'est pas la même chose. Et il y en a, il y en a. Évidemment qu'on en trouve. De belles femmes qui meurent de faim – on en trouve toujours. Il suffit de savoir où chercher, c'est tout.

— Mm-mm, je vois. Et toi, tu sais. Je ne sais pas – mais toi, si. C'est ça ?

— Eh bien il *semblerait*, Annette – j'en ai bien peur, mais oui, il semblerait que ce soit *ça*, n'est-ce pas Edgar ? Ce cher Edgar – trop loyal pour dire quelque chose, tu vois. Les Russes, Annette. Il y en a des tonnes. En situation illégale, pour la plupart, et souvent très belles : à la recherche d'un homme riche. Des Tchèques, des Estoniennes, des Lettonnes. Certaines Africaines. Toutes avides de visa, de mariage, de papiers... Il faut les convaincre. Les hommes d'Edgar peuvent s'occuper de celles qui sont partantes, mais pour d'autres, il faudra peut-être les capturer. Avec ces produits, tu sais, que l'on met dans une boisson. Je crois que la molécule s'appelle de la Kétamine. Et la marque, ça s'appelle du Rohypnol. Très efficace. Enfin d'après ce qu'on m'a dit. Bon, je sais que ça semble un peu expéditif comme méthode, j'en suis bien consciente – mais le but est simplement de les amener ici un peu plus vite, tu vois. Je suis sûre qu'elles adoreront, une fois faites à l'idée. Et si elles n'adorent pas, eh bien... eh bien un des hommes d'Edgar peut toujours les persuader de ne pas partir quand même. Clifford – je me suis dit que tu participerais volontiers, dans ce domaine précis. Tu es un tel charmeur – ça te donnerait un petit côté voyou qui t'irait très bien. Tu les ramènes ici – et te connaissant, mon petit gars, tu ne choisiras que de la toute première qualité – et ensuite, mon Dieu, Edgar peut prendre le relais. N'est-ce pas, Edgar ? Oui, bien sûr. Bien, alors dis-moi, Annette : qu'en penses-tu ?

— Mais attends, maman – tu ne crois tout de même pas que je vais... !

— Silence, Clifford. Je parle à ta sœur. Alors, Annette ?

— Mmm. Voyons voir. Si je n'ai pas oublié un détail en route, ce que tu suggères – non non, tu ne suggères pas, tu *exiges*, c'est bien ça ? –, c'est qu'à la simple prostitution, on ajoute, euh, attends que je calcule... proxénétisme, extorsion de fonds, menaces, chantage... ah, et oui, enlèvement, aussi. C'est ça ? J'ai tout bien résumé ?

— Oooh, Annette – toujours vingt sur vingt en vocabulaire, n'est-ce pas, ma chérie ? Oui – je pense avoir expliqué les choses de manière un peu plus élégante, tu me pardonneras, mais oui – je crois que tu as saisi l'idée générale. Oh, et puis, ma chérie – j'allais oublier. Comme avec toi, Clifford, l'autre jour – tu te souviens ? Pendant le déjeuner ? Que j'ai failli oublier de te donner le Pop jaune ? Avec sa trompette ? Tu vois ? Oui, eh bien c'est exactement la même chose avec cette photo, là – j'ai cette photo sur moi, pour Annette, et j'allais complètement oublier de la lui donner. Tiens, ma chérie : une photo pour toi. Oh, et Clifford – j'ai un petit quelque chose pour toi aussi, mais il faudra que tu le prennes la prochaine fois, parce que maman a encore complètement oublié de le mettre dans son sac – je t'ai trouvé un Crackle ! Un rouge : il joue de la batterie.

— Mais c'est... c'est quoi ? C'est une photo de quoi ? Je n'arrive pas à voir...

— Franchement, Edgar – votre homme s'est donné un mal fou pour prendre cette photo, et cette jeune fille n'arrive même pas à voir ce que c'est. Mon Dieu, mais ça te fait penser à *quoi*, Annette ?

— On dirait... je ne sais pas à quoi ça me fait penser... de l'herbe, un tas de chiffons... c'est une main, là ? Elle est affreusement sombre...

— Oh, ce n'est pas ça, pas du tout. Tu donnes ta langue au chat, alors ? Bon, je vais te dire. Bien sûr, ce n'est pas très très évident, mais j'aurais quand même cru que tu la reconnaîtrais. C'est sœur Joanna ! Et ne me dis pas que tu ne te souviens pas d'elle, parce que je sais très bien que si. Franchement, Edgar – elle n'a jamais cessé de parler d'elle, de dire à quel point elle la détestait. Eh bien voilà – tu n'auras plus à la détester, maintenant. Parce qu'elle est partie. *Merci*, maman...

— C'est... ? Mais... je ne comprends pas. Comment as-tu... ?

— Oh, ça n'a pas été facile – n'est-ce pas, Edgar ? Apparemment, elle ne sortait de cet affreux endroit que le vendredi matin. C'est bien le vendredi, n'est-ce pas ? Oui, c'est ça. Le vendredi. Donc l'homme d'Edgar, là-bas, en Irlande, eh bien il a été obligé d'attendre et d'attendre sous la pluie battante, le malheureux. Et il lui a mis une balle dans la tête. La tête, on ne la voit pas – il ne devait pas en rester grand-chose. Elle était extrêmement âgée, bien sûr – de toute façon elle allait mourir bientôt. Mais tu vois, Annette – j'ai pensé que tu apprécierais. Et puis c'était une manière de te montrer que certaines choses, ma foi... enfin, qu'on peut régler certaines choses vite et bien. Vois-tu ? Oh, et Clifford – je ne voulais pas que tu te sentes lésé. Parce qu'il y a une chose que j'ai apprise, Edgar, vous savez – en tant que mère, si on fait un petit cadeau à l'un, eh bien il faut absolument en faire un à l'autre, aussi, sinon, ça les vexe terriblement, vous savez, et on ne...

— Mais... mais ce n'est pas *possible* !

— Oh, mais tais-toi, Annette, je parle. Mais oui, j'ai bien peur de te décevoir, mon Clifford. Parce que ta Mrs Chadwick – tu vois, tu te souviens ? Oui, bien sûr tu te souviens. Elle est morte, Clifford – il y a cinq ans, je crois. Je suis vraiment désolée – j'aurais tellement aimé te la faire tuer, mais bon – on n'y peut rien, hein ? Enfin, elle est morte, au moins. Espérons simplement que c'était une longue et douloureuse maladie ou quelque chose, n'est-ce pas. C'est comme pour cette horrible Mrs Farlow – je crois que vous étiez trop petits, tous les deux, pour vous souvenir de Mrs Farlow. Enfin toi, *peut-être*, Annette. Une horreur de femme, c'était. Donc Edgar a retrouvé sa trace, jusqu'à son dernier domicile, et vous ne savez pas quoi, – eh bien elle aussi – déjà morte. C'est bizarre, n'est-ce pas, que toutes ces bonnes femmes qui nous ont gâché la vie soient... bref, ç'a été encore une cruelle déception. Enfin c'est comme ça. Au moins, j'aurai pu faire quelque chose pour Annette. Oh, mais Clifford – j'ai autre chose pour toi, pour compenser. Non, non – je ne parle pas de *Crackle*, non non : ça, ce n'est pas vraiment un cadeau, n'est-ce pas ? Non, écoute – après... parce qu'Annette va peut-être, éventuellement, nous proposer une tasse de thé, on ne sait jamais... donc après, Clifford, tu rentres avec moi à la maison, et là tu verras ce que j'ai pour toi ! Ça ne te semble pas une bonne idée, Annette ? Une tasse de thé ? Oh, mais pour l'amour de Dieu, mais cesse de me regarder comme *ça* ! Mais qu'est-ce qui ne va pas ? Ce n'était qu'une vieille *bonne sœur*, et tu la détestais, non ? C'est elle qui t'a fait du mal, non ? Et moi qui pensais que tu serais contente. Les gosses d'aujourd'hui – on a beau se mettre en quatre pour leur faire plaisir, il ne faut pas en attendre la moindre reconnaissance. Il me semble que tu ne faisais pas autant la délicate quand tu étais petite. Et moi, je ne t'ai pas regardée comme *ça*, n'est-ce pas ? La fois où tu as tué ton père. Donc arrête de te conduire comme une enfant gâtée, et offre-nous plutôt une bonne tasse de thé bien chaud. Ah oui – j'ai regardé dans le dernier paquet que j'ai acheté, mais je crois qu'ils ont arrêté, Clifford, tu sais. Les images... »

Et, après le départ soudain de maman, tous les trois – Annette, Tumulty et moi –, nous sommes restés sonnés, muets, dans une atmosphère suspendue. Le silence semblait d'autant plus brutal, et irréel à la fois, que, tout au long de son discours posé, assuré (car il l'était, n'est-ce pas ? Plein d'une terrible assurance), la pièce avait laissé bruire toutes sortes d'interjections, profération d'incrédulité, vaines tentatives pour la faire taire, soupirs scandalisés – parfois même un éclat de rire incongru (moi quelquefois, Annette le plus souvent), entrecoupés de pauses terrifiantes, quand nous demeurions suspendus au-dessus d'un gouffre inexplicable, reculant avec la dernière énergie tandis que sous nos pieds le sol apparemment ferme se craquelait, se fissurait pour dévoiler un vide fascinant (avec au loin le grondement menaçant d'une avalanche qui approchait). C'est Annette, bien entendu, qui a rompu le silence.

« Bon. Elle est dingue, d'accord ? Je veux dire, on est bien tous d'accord, là : elle est complètement siphonnée, non ? Et pourquoi est-elle devenue tout d'un coup tellement... claire et nette ? Elle n'a jamais été comme ça, n'est-ce pas, Cliff ? Aussi cohérente. À parler comme ça. D'où cela lui est-il venu, d'un seul coup ?

— Nous avons tous changé...

— Oui, je sais bien – mais nous nous sommes donné du mal pour ça, n'est-ce pas Cliff ? Elle, elle débarque tout d'un coup et on voit cette... *chose*. Grands dieux. Bon, écoutez, Tumulty – c'est vous, c'est bien vous qui l'avez fait entrer dans le cercle magique. Qu'avez-vous à dire ? Vous n'avez pas prononcé un mot. Alors ? Dites-moi. Elle est cinglée ? Non ? »

Tumulty s'est contenté d'étirer les lèvres en un sourire crispé, sans joie, le regard opaque (dénué de toute étincelle d'amusement), et a écarté les doigts, étendu ses grandes mains osseuses, les sourcils relevés presque jusqu'à la racine des cheveux. Voilà, me suis-je dit, tout ce qu'on pourra tirer de lui : à nous de l'interpréter à notre convenance.

« Ce n'était pas... » ai-je osé – très prudemment, car Annette, je la sentais osciller, vous voyez, entre une chose et son contraire absolu (je ne savais pas quoi, et n'avais aucune envie de le savoir). « Ce n'était pas... entièrement absurde, cela dit. N'est-ce pas ? Je veux dire – toi, Annette, toi tu connais par cœur toutes les ficelles du métier. Enfin, vous aussi, Tumulty, bien sûr. Moi – oh, moi, je suis un peu sur la touche, en fait, non ? Mais si la situation est grave à ce point, eh bien... il m'a plutôt semblé entendre des réflexions de bon sens, là... C'est courageux, c'est vrai. Je veux dire risqué. Complètement effrayant, en fait. Mais peut-être jouable. Parce que je ne pense pas que Tumulty serait resté assis là sans rien dire – parce qu'il s'est quand même confié à elle, au départ – s'il n'était pas d'accord, dans les grandes lignes. Et ce projet – c'est un projet commun, si nous avons bien compris. N'est-ce pas, Tumulty ? »

Tumulty a fermé lentement les yeux – puis, tout aussi lentement, les a rouverts tout grands, nous laissant, à Annette et moi, plus de temps qu'il ne nous en fallait pour observer le spectacle et en tirer nos conclusions.

« Bon, il y a certainement des points... des points sur lesquels on peut réfléchir, a admis Annette – et sa voix n'était pas aussi hostile que je l'avais craint. Vous savez quelle confiance j'ai en vous, Tumulty. Et bien sûr, vous savez dans quelle situation nous nous trouvons. Coincés, complètement. Si tout cela pouvait effectivement *marcher*... Je veux dire – vous ne feriez pas ça, n'est-ce pas ? Nous embarquer tous dans ce truc, si vous ne pensiez pas que ça peut vraiment marcher ? Non. Vous ne feriez pas ça. Il faut réfléchir. Il faut réfléchir. Euh – Tumulty... Cette photo. C'est vraiment elle ? C'est vraiment... sœur Joanna ? Il n'y a pas d'erreur ? Ce n'est pas une autre de ces sorcières ? C'est bien *la* sorcière ? C'est vrai ? C'est sûr ? »

Une fois de plus, Tumulty ferma les yeux, et cette fois, il hocha la tête, lentement, l'air sinistre : il n'y avait aucun doute.

« *Putain...* ! lâcha Annette, dans un souffle.

— Tu es, euh... ça te fait de la peine, Annette ? »

Je ne savais pas trop quoi dire d'autre ; d'ailleurs ce n'était même pas ce que je voulais dire – mais bon, voilà.

« De la peine ? Oui, ça me fait de la peine. De la peine de ne pas avoir été *là*. J'aurais adoré *voir* ça. La voir me reconnaître – voir la peur, la terreur pure, incontrôlable dans ses yeux, tandis que le canon de l'arme se levait vers sa tête. Pourquoi ont-elles toujours si terriblement peur de la mort, ces sales vieilles ? Elles ont passé leur vie à prier Dieu – bon, eh bien il est temps de rencontrer en personne le maître des cérémonies, alors pourquoi est-ce que tu ne te réjouis pas ? Hein ? Pourquoi est-ce que tu ne fais pas la fête, espèce d'immonde saloperie, de répugnante *créature...* ? !

— Annette ? Ça va ? Tu trembles. Tu veux boire quelque chose ?

— Mmm ? Non. Non. Ça va. Ça va très bien. Bon, Cliff – tu files, maintenant. Il faut que je discute avec Tumulty. Voir tout ça en détail. Tout régler. Toi, tu vas chez elle. Pour voir si elle n'a pas acheté une mitrailleuse ou un truc comme ça. C'est peut-être ça, le cadeau dont elle te parlait, Cliff : elle a peut-être eu l'idée de t'acheter une mitrailleuse. »

En fait non – ce n'était pas cela, mon cadeau. Il se révéla être tout petit, et éternellement précieux. En arrivant, j'ai été surpris de voir une voiture inconnue garée à la place habituelle de la Golf – une Jaguar bleu nuit, étincelante – et plus surpris encore, en jetant un coup d'œil par les vitres teintées de vert, de trouver maman encore assise sur le siège, agrippée au volant. Mince, me suis-je dit, elle a eu une attaque ou quelque chose ; l'excitation, le stress, tout cela a été trop pour elle. Mais non, non – ce n'était rien de ce genre. Elle avait aux lèvres un sourire extatique. Elle m'a expliqué qu'elle aimait bien simplement s'asseoir là, et respirer l'odeur musquée du cuir, et puis le siège aussi, le siège lui-même la maintenait divinement, lui soutenait les reins et lui offrait la position la plus parfaite qui soit – bien plus confortable que le fauteuil du salon ; parce que vous voyez, son dos la fait un peu souffrir depuis quelque temps, oh, rien de bien méchant, rien qui doive m'inquiéter le moins du monde : ça ne vaut même pas la peine d'en parler. Puis elle est sortie de la voiture et s'est mise à me pousser vers l'appartement (avec des petits coups dans les omoplates, « Allez, Clifford – allez, tu avances ou quoi ? Oh, mais tu as toujours été tellement *lymphatique...* »)

Avais-je envie d'une tasse de thé ? Non, – non pas de thé, merci maman. Un peu de champagne ? Il y a une bouteille dans le frigo, si ça me dit de l'ouvrir. Non non – ça va très très bien comme ça, merci, maman, mais je peux te servir quelque chose, à toi, si tu veux ? Oh grands dieux, non, Clifford – je suis beaucoup trop énervée pour ça. Alors, dis-moi, Clifford. Ce qu'elle a dit. Une fois que j'ai été partie. Elle a dû dire que j'étais une vieille complètement gaga, et qu'on ferait mieux de me laisser à mon tricot et ne plus penser à moi. Ou quelque chose comme ça. N'est-ce pas ? Ah – je vois bien que oui, à tes yeux : tu ne peux jamais rien cacher à maman, n'est-ce pas Clifford ? Elle lit en toi à livre ouvert – ç'a toujours été, toujours. Et puis plus tard

– quelques secondes plus tard : Attends, attends une minute ! Et Edgar ? Parce que *lui*, ce n'est pas une vieille toquée, n'est-ce pas ? Donc elle a dû commencer à réfléchir à tout ce que j'avais *dit*, forcément. Et à l'heure qu'il est, elle doit avoir compris que tout cela est parfaitement sensé. Aux grands maux les grands remèdes, tu comprends, Clifford ? Les grands remèdes. Il le faut. Et quand tout sera rétabli, et qu'elle fera des affaires en or, Annette, naturellement, sera la première à clamer partout que c'est grâce à elle – tu vois : que c'est elle qui a redressé la barre – et tu sais quoi, Clifford ? Tu veux que je te dise ? Cela me sera égal. Tant que nous nous en *sortons*, tous – c'est ça qui compte pour moi. Parce que je pense vraiment, vraiment que nous le méritons, tu sais. Pas toi, Clifford ? De nous en sortir. Je pense véritablement que c'est notre dû.

Je n'avais pas remarqué (mais je n'étais sans doute pas censé le remarquer) que tout en jacassant, elle posait sur la table, entre nous, une toute petite bourse fermée par un cordonnet, rose, probablement en chevreau – en tout cas d'une douceur ineffable au toucher.

« Oh, ne *touche* pas, Clifford – toujours à tout tripoter, hein ? Non, tu attends, comme un gentil garçon. Bon, maintenant – ferme les yeux. Non non – on ne discute pas. Ferme les yeux et tends la main. Et quand tu sentiras quelque chose sur ta paume, tu refermeras la main bien fort, bien fort – et on ne *triche pas*, jeune homme : promets-moi. »

J'ai fait exactement ce qu'elle me disait (évidemment que j'ai fait ce qu'elle me disait), et j'ai bientôt senti tomber sur ma paume un petit objet froid, dur, léger.

« Je peux ouvrir les yeux, maintenant ?

— Pas encore. Quand je te le dirai. Attends... attends... laisse-moi... C'est bon. Maintenant, Clifford – maintenant, tu peux ouvrir les yeux. »

Donc j'étais là, assis face à elle, les poings toujours crispés – et devant moi, maman aussi semblait tenir quelque chose bien serré dans sa main. Et bien qu'il ne fît pas sombre dans la pièce, elle avait allumé une bougie entre nous.

« Je... je peux ouvrir la main, maintenant ?

— Oui, Clifford. Maintenant, tu peux. Ouvre la main. »

Donc j'ai ouvert la main – et j'ai baissé les yeux sur la petite pierre étincelante au creux de ma paume, dans laquelle la lueur de la bougie prenait des éclats féroces : comme des échardes acérées de lumière orange et bleu.

« C'est... c'est beau. C'est... c'est très beau. C'est un... ?

— Oui. Un diamant. Un diamant parfait. Pas du tout comme ces affreux zircons – tu te souviens, Clifford ? De ces petits fragments d'anthracite, sur cette horrible petite bague que ton père m'avait achetée ? Non, ça, c'est une vraie pierre. Et elle est à toi. Et regarde ce que j'ai, *moi*... »

Elle avait tendu la paume – et a avancé la main vers moi, jusqu'à ce que nos doigts se rencontrent. La pierre qui luisait là était d'un vert magnifique, profond, un vert menaçant.

« Diamant, a-t-elle dit. Et Émeraude. C'est nous, à présent. C'est ainsi que nous devons nous appeler, Clifford – parce que c'est ce que nous sommes. Je suis Émeraude. Et toi, mon amour – toi, tu es Diamant. »

Je ne sais pas pourquoi, mais j'ai senti une brûlure monter à mes yeux, et une larme se former, que je parvenais tout juste à contenir. Il y avait en moi un malaise mêlé d'une vague excitation, tout cela submergé, surtout, par une fascination totale ; une profonde complicité nous enveloppait. J'ai levé les yeux, me suis senti transpercé par les éclats de feu qui s'allumaient dans l'obscurité dense, intense de ses pupilles. Ma mère avait disparu, celle qui m'ouvrait les bras dans l'avenir était cette étincelante dame noire.

*

Je pense qu'il a bien aimé : non, j'en suis sûre, j'en suis absolument certaine. Parce que ce n'est pas tous les jours, n'est-ce pas, qu'une mère offre à son fils unique un joyau aussi parfait, aussi particulier. Mais j'espère qu'il en prendra bien soin, cela dit – qu'il ne se contera pas de le jeter n'importe où, comme il le faisait avec son cartable et ses sacrées petites autos, ses fameuses Matchbox (on passait sa vie à marcher dessus). Edgar m'a dit qu'il avait un arrangement avec ce petit bonhomme, là, qui a une boutique dans Hatton Gardens : apparemment, c'était une affaire, le diamant et l'émeraude, et mon Dieu, je pense qu'il faut savoir faire confiance quelquefois, dans la vie, pour certaines choses. Elles sont magnifiques, ai-je dit à Edgar : je te dois combien ? Rien, a-t-il répondu : oublie ça. Mon Dieu, mais c'est absolument *adorable* à toi, Edgar, et j'espère que tu ne me trouveras pas ingrate, mais je ne pourrai jamais, en aucune manière, réussir à « oublier ça ». Bon, on arrête de tourner autour du pot : combien ? L'émeraude, c'est cadeau, a-t-il dit. Pour toi. Je tiens à ce que tu la prennes. Et franchement, vous savez, quand il me tient comme ça, bien serrée, dans ses grands bras si forts, si virils, il est délicieusement impossible de résister. Eh bien je te remercie, Edgar – sincèrement, tu sais – mais tu vas me laisser payer le diamant de Clifford : là, j'insiste. Ouais ouais – comme tu voudras, a-t-il fait, avec sa grosse voix bourrue (on dirait un nounours géant, mon Edgar, vous savez : et quand on le connaît bien, c'est exactement ce qu'il est).

Mais j'aime tellement lui offrir des choses (je parle de Clifford, là – avec Edgar, c'est plus compliqué : encore que je lui aie tricoté un passe-montagne, et il a eu l'air de bien aimer – Edgar, je veux dire). Parce que ça me rappelle quand il était petit (et là, je reparle de Clifford, bien sûr) et que j'étais la seule personne, la seule à pouvoir le protéger de tout le mal que l'on pouvait lui faire, dans ce vaste monde si effrayant. Ah là là – lui et ses bonbons, et ses soldats, et ses maquettes Airfix ! Adorable, adorable. Et puis quand je le bordais pour la nuit, et qu'il me racontait mille choses, mille bêtises, tout ce qui lui passait par la tête. L'autre soir, justement, je feuilletais l'album de photos (ça m'arrive de plus en plus souvent), et vous savez, je vois toujours le petit garçon en lui : en fait, il n'a pratiquement pas changé. Je prendrai toujours soin de lui : j'espère qu'il le comprend bien. Oh, et puis les filles, aussi, vous savez – certaines des filles se sont mises à m'appeler maman, et je dois dire que ça me touche beaucoup. J'essaie de faire en sorte qu'elles ne manquent de rien. Je suis toujours disponible pour un conseil, et même un travail de couture, un point, une retouche (parce qu'il faut les voir, les jeunes filles d'aujourd'hui, avec du fil et une aiguille entre les mains ! Franchement – elles n'ont aucune notion de rien : rien que l'idée de couture, ça leur met la tête à l'envers). Je leur achète ceci ou cela, en ville, quand elles ont trop de travail pour pouvoir sortir. Mais elles savent aussi ne pas trop en profiter : gentille, mais pas poire, ça me semble assez bien résumer mon attitude, et elles seraient sans doute d'accord. Toutes sauf une, en tout cas. Cette Lucinda – elle a vraiment été terrible. Oser me menacer, comme ça. Me dire carrément, les yeux dans les yeux, que si je ne lui donnais pas, oh – je ne sais même plus quelle somme, quelque chose d'extravagant, elle allait trouver le, le quoi, déjà... ? Cette horrible petite feuille de chou qui ne parle que de gens célèbres et de scandales. Ma foi, j'ai dû me montrer très ferme : on ne me fait pas chanter, moi, lui ai-je dit. Non, mais ça ne vous empêche pas de faire chanter les *autres*, me répond-elle, cette effrontée. Affreusement mal élevée, et d'une ingratitude, après tout ce qu'on a fait pour elle. Enfin – on trouve toujours une pomme pourrie dans le panier, je suppose : il faut s'y attendre. Mais je suis très, très proche de certaines autres filles, une ou deux en particulier, plus que je l'ai jamais été d'Annette, je pense. C'est drôle, n'est-ce pas ? Vraiment curieux, non ? Ç'a toujours tellement été une forte tête, vous voyez – enfin, elle l'est toujours, bien sûr. Beaucoup d'esbroufe dans tout ça, je le sais très bien. Mais à qui peut-elle s'adresser quand elle a besoin de réconfort, la pauvre enfant ? Clifford ? Je ne pense pas qu'il pourrait l'aider, vous savez : il ne verrait rien. Elle pourrait toujours venir me trouver, bien sûr, mais jamais elle ne le ferait, au grand jamais. Et moi, je ne peux pas, n'est-ce pas ? *Dire* quelque chose. Quoi que ce soit... donc on en reste là. Il faut bien accepter. Comme, ooooh – tant d'autres choses. Parce que contrairement à ce que certains pourraient croire, je ne suis pas particulièrement ravie, savez-vous, de la personne que je suis devenue en apparence. Ni d'être tout à coup *responsable* des choses. Mais je n'avais pas le choix... Après toutes ces années où j'avais totalement, mais alors totalement – où je m'étais totalement perdue de vue moi-même, disons – il fallait bien, n'est-ce pas, que je devienne quelqu'un, que je fasse *quelque chose*... ? Et c'est tout ce qui s'est présenté. On fait ce qu'on peut avec ce qu'on a, et il y a toujours plus malheureux que soi. On ne peut jouer (c'est ce que m'a dit Edgar, un jour, et j'ai trouvé ça plutôt pas mal) – on ne peut jouer qu'avec les cartes qu'on a en mains (sans s'appuyer sur la finesse ni la sagesse, ai-je conclu, mais en comptant résolument sur le bluff le plus éhonté). Mais j'espère bien que mon apparente confiance en moi est non seulement convaincante aux yeux des autres, mais aussi fondée sur une réalité solide (quelquefois, je m'entends, et je me convaincs presque moi-même). Cela dit, Dieu nous aide, parce que si je me trompe de bout en bout, il risque

d'y avoir des pleurs et des grincements de dents. Et souvent, j'ai bien besoin qu'on me rassure, moi aussi :
« Dis-moi, tout ça va bien tourner, n'est-ce pas, Edgar ? À la fin... ? »

Il a juste poussé un vague grognement, le pauvre amour (j'ai dû le réveiller), et puis il a roulé vers moi sur le lit et il m'a attrapée et serrée contre lui – pas trop délicatement, je dois dire.

*

Les semaines et les mois qui ont suivi, mon Dieu, je ne peux pas dire que cela ait été très facile. J'ai essayé, la plupart du temps, de – enfin, de prendre de la distance, dirais-je. Avec tout ça. Annette était visiblement beaucoup plus consciente que moi de ce qui se passait. Ça va sans dire. Tout changeait, de fond en comble. Amanda nous a quittés, vous savez : elle a dit qu'elle était horrifiée, quand Annette a essayé de lui parler de... enfin, de tout ça. Elle a dit qu'elle ne voulait même pas écouter ; et elle nous a quittés. Annette avait toute confiance en Amanda, mais je pense quand même que ça va aller (Dieu du ciel, je l'espère, en tout cas). Quant à maman, eh bien... (ou bien Émeraude, comme je suis censé l'appeler à présent. Parce que je suis obligé, non ? Sinon, elle se met dans des états épouvantables)... enfin, quelle que soit la manière dont on l'appelle, elle aussi est très consciente de ce qui se passe. Consciente, d'ailleurs, ce n'est pas le mot juste. En fait, consciente n'est pas du tout, du tout le mot qui convient parce que soyons francs : c'est elle qui est à la base de tout ce qui arrive. Bon, Annette n'aimerait certainement pas entendre ça (et elle ne l'entendra pas – pas de ma bouche), mais la vérité, c'est que dorénavant – et vous n'avez qu'à demander à Tumulty, si vous ne me croyez pas – les ordres viennent directement de là-haut, – et que là-haut, étrangement, c'est, euh... Émeraude. Un nom plutôt idiot et de mauvais goût, je sais bien – mais compte tenu de cette nouvelle et curieuse situation, peut-être moins idiot et moins de mauvais goût que, euh... maman. C'est véritablement extraordinaire. Je suis désolé si je vous apparais lent, ou mou ou benêt (toujours l'air effaré, ce qui doit être bien agaçant), mais en fait je trouve tout cela tellement risible, vraiment, et tellement difficile à accepter... Non, d'ailleurs – pas risible : ce n'est pas drôle, vous savez. Et ce n'est pas non plus que je n'accepte pas : parce que j'accepte tout, moi, il faut l'avouer. Simplement, quand je pense à *l'origine* de tout ça... Enfin je veux dire, je n'y pense pas sans arrêt (je tente, comme je le disais, de prendre mes distances autant que possible, avec un succès variable), mais quand même, je ne peux pas m'empêcher de me souvenir de la cause, de qui a tout planifié et organisé, et franchement, j'en tremble. J'en grelotte. Je veux dire, elle va me demander de lui raconter en détail mon dernier enlèvement et la seconde suivante, me donner un petit jouet trouvé dans un paquet de Corn Flakes – m'interrogeant, avec exactement la même insistance, pour savoir si nous l'avons déjà, et combien il nous en manque (« Dis-moi, Diamant ! ») pour finir la collection... Je ne pense pas qu'elle soit en train de devenir folle... Annette, si, Annette pense qu'elle perd complètement la boule – sans trop s'étendre, toutefois, sur la nature ou l'évolution de ce dérangement mental, si c'en est un. Moi, ce que je pense, c'est que l'évolution est terminée, le processus abouti : elle ne devient pas folle, tout cela appartient au passé, et quel qu'en ait été le déclencheur, cela ne date pas d'hier. Mais s'il faut continuer à utiliser ce mot à la fois tout simple et terrible de « folle », alors je pense qu'elle l'est devenue, oh – il y a bien, bien longtemps de cela, toute seule, en silence. C'est peut-être vrai, ce qu'elle a dit, cette fois-là, vous savez, qu'on n'aurait pas dû la laisser pourrir si longtemps dans cet affreux petit deux-pièces. Encore que sans cela, selon toute probabilité, elle ne se serait jamais, euh... trouvée elle-même. Elle n'aurait pas ressuscité, comme elle l'a fait, de toute évidence. Mais en même temps, certes – et je sais, je sais que c'est agaçant, mais je suis toujours obligé (c'est dans ma nature) de jeter au moins un coup d'œil sur l'autre face de la médaille – sa renaissance, si on peut l'appeler ainsi, aurait pu suivre une évolution plus graduelle, aurait pu être moins affreuse. Ce qui est d'ailleurs une chose terrible à dire, n'est-ce pas ? À propos de sa mère ? Et l'on est obligé de se demander si c'est juste ce fait que j'essaie de ne pas voir, et non cette contusion générale qui va en s'élargissant, la souillure, la tache du blâme qui gagne. Parce que pour nous tous, la noirceur du péché est devenue une compagne de chaque instant, une complice complaisante, une alliée obscure et perverse dans cette croisade apparemment toute naturelle, pour faire en sorte que le mal terrasse et piétine le bien – jusqu'à en annihiler les dernières douces fragrances : nous devons tous être à présent mithridatisés contre les puanteurs mêlées de nos propres sécrétions.

J'ai essayé, assez mollement, de distiller l'essence même, fondamentale de tout cela – essayé d'être un tant soit peu clair, même de manière passagère – de faire en sorte qu'Annette réagisse, sente les premières vapeurs de brouillard, sursaute peut-être aux premiers relents de ce courant d'air vicié et corrosif qui annonçait l'arrivée d'une tempête destinée à nous balayer, nous atomiser tous (en passant, comme ça), suivie d'une brume miasmatique si enveloppante, si épaisse qu'elle nous empêcherait de constater nos propres faits et gestes. Je voulais qu'elle arrête tout. Mais elle n'a pas voulu. Je ne le lui ai pas vraiment demandé, donc elle n'a pas refusé. Mais de toute façon, elle ne voulait pas. Et je dois dire que de toute façon, elle n'aurait pas pu, du tout : quand débarque, dans un grondement de tonnerre, un énorme rocher lancé à pleine vitesse, on ne peut que rester figé, effaré, sans même songer à s'enfuir ni à contrarier son élan terrifiant. On peut juste faire un pas de côté. Ce qui est, plus ou moins résumé, tout ce qu'elle avait à en dire. Ses épaules étaient chaudes contre les miennes au creux des draps blancs froissés ; mais ses doigts étaient frais, tandis qu'elle me caressait doucement, de la manière que je préfère toujours.

« Tu veux bien, maintenant, Cliff ?

— Tu ne m'as jamais demandé ça...

— J'en ai toujours eu envie. Tu n'es pas obligé d'y aller fort, tu sais. Enfin, pas si ça ne te dit rien. Je vais m'allonger sur toi, en travers. D'accord ?

— Mais Annette – pourquoi veux-tu que je te frappe ? Je ne peux pas te – te caresser, doucement, comme toujours ?

— Mais c'est un jeu, Cliff. Juste un jeu, presque rien. Une fessée – ce n'est pas frapper. Mais tu peux si tu en as envie. Me frapper. Fort, si ça te dit. Ça ne me dérange pas. Ça me plairait. Venant de toi. De personne d'autre que toi. Parce que je t'aime. »

Elle aime bien regarder, m'a-t-elle dit, quand par hasard, ici ou là, il est question d'une « punition » à administrer. Mais d'après ce que m'a dit maman (Émeraude !) – et je préférerais tellement, tellement ne pas le savoir –, Annette aime aussi faire beaucoup plus que simplement regarder. Émeraude dit qu'elle tient ses informations de Tumulty – que c'est Tumulty qui lui a raconté ça. Et ensuite elle me l'a répété. Et j'aimerais mieux qu'elle ne l'ait pas fait. Quelquefois, une de nos nouvelles filles – c'était Varushka, tout récemment – une de mes dernières acquisitions, en fait (superbe, un squelette magnifique : j'espère simplement qu'elle a bien seize ans passés) – donc quelquefois, une des filles se montre un peu trop sûre d'elle, voire même quelque peu avide de pouvoir : Annette dit qu'il faut leur rappeler gentiment qui est la patronne. Qui tient le fouet à la main. Ai-je dit « gentiment » ? Mon Dieu – pas si gentiment, j'en ai bien peur. Au début, j'ai cru qu'elle me testait avec un nouveau mot, tout simplement, comme elle le fait de plus en plus fréquemment ces derniers temps (et elle me coince, savez-vous, plus souvent qu'à mon tour ; je ne trouve plus le temps – et franchement je ne vois pas pourquoi – d'écumer mon Chambers à loisir). « Bastinado. » Voilà ce qu'elle a dit. Moi, je ne voyais pas : pas la moindre idée – j'ai hasardé « orphelinat », tout en sachant que ce n'était pas ça. En même temps, je me doutais – après le coup du « tribadisme » – que cela pouvait avoir quelque chose à voir avec le sexe. Mais en fait non, bien sûr : ça a tout à voir avec la violence. Deux pôles qui semblent, pour Annette évidemment, n'en faire qu'un. Parce que comme elle me l'a expliqué (et pourquoi font-elles ça, toutes ces femmes ? Me raconter des trucs comme ça, à moi ?), si tu frappes la fille sur la plante des pieds, tu ne laisses aucune trace visible. Ce sont ses propres mots. En outre, m'a-t-elle assuré, c'est atrocement douloureux : la fille s'en souvient, tu vois. Après, elle évite de franchir la ligne blanche. Toujours. Et rien de tout cela n'a jamais l'air de la déranger. Je pense que c'est juste la police – c'était la peur du gendarme qui l'arrêtait. Peur sans motif, apparemment : il semble que le policier véreux se tienne à carreau, pour l'instant. (Comment savait-elle tout ça ? Émeraude. Notre mère. Comment savait-elle que ça marcherait ? Comment a-t-elle pu *savoir* tout ça... ?) Bref. Mais avec Annette, voyez-vous, et jusqu'à aujourd'hui, la violence allait toujours dans le même sens. C'était elle, la maîtresse toute-puissante qui l'infligeait. Et là... elle veut que je la frappe. Fort, si ça me dit. C'est assez curieux.

« C'est bon, Cliff ? Ça va, c'est confortable, comme ça ? Je ne suis pas trop lourde ?

— Non non. C'est parfait. C'est parfait comme ça.
— Je suis belle, Clifford ?
— Tu es toujours belle, Annette. Toujours, pour moi.
— Et mes fesses, elles sont jolies ? Tu les trouves jolies, Cliff ?
— Elles sont, euh... ravissantes. Superbes.
— Bien... alors vas-y, Cliff. Vas-y.
— Tu es vraiment, vraiment sûre, Annette ?
— Oh, mais pour l'amour de Dieu, mais *vas-y*, Cliff. Allez. Vas-y.
— Bon. Très bien. Si tu es sûre. Tiens. Et tiens. C'est bon ? Je ne te fais pas trop mal ?
— Mais je ne... je le sens à *peine,* Cliff. Oh, mais *continue.* Vas-y.
— Bon. Très Bien. Tiens ! Et comme ça, Annette... ?
— Oh, mais c'est pas vrai. Mais *frappe-moi,* Cliff. *Frappe*, Dieu du ciel. Qu'est-ce qui ne va pas ? Tu ne vas pas me casser en *morceaux*, tu sais.
— J'espère bien que non, Annette. Bon. Très bien. Et comme *ça*, alors ?
— Mmm. C'est bien, Cliff. C'est bien. Continue. Encore. Mmm. Mmm. Ouh. Ouh. Oh, arrêtez, monsieur, je vous en *supplie...* !
— Mmm ? Oh. Okay. Désolé. Je croyais que tu voulais que je...
— Mais je *veux,* Cliff. Vas-*y* ! Vas-*y* !
— Mais tu viens de me demander d'...
— Oh mais nooooon, Cliff ! Frappe ! Oui. Oh oui. Cest bon. C'est bon. Mmm. Mmm. Oh, arrêtez, monsieur, je vous en *supplie*, monsieur... !
— Euh... ça veut dire que je continue, c'est ça ?
— Mmm. C'est ça. Bon, alors vas-*y*, non ? Continue !
— C'est drôlement compliqué, ton truc.
— Oh là là. Okay – okay, Clifford. Ça ne marchera pas. Laisse tomber. Arrête, d'accord ? Voilà. On va juste se caresser.
— Bon. Très bien. Parfait. C'est ce que j'avais suggéré dès le départ... »

Plus tard – j'avais joui, elle avait joui, et on se sentait bien, tous les deux apaisés et repus, assis dans le salon à siroter du champagne – et soudain Tumulty apparaît, frappant un peu tard à la porte qu'il venait de franchir. Il a dit à Annette que c'était bon. Qu'il s'en était débarrassé. Puis il est ressorti, tranquillement.

« Débarrassé de quoi, Annette ? De quoi parlait-il ?

— Oh, de rien.

— De rien ? Écoute, de toute évidence, non, pas de *rien*, quand même, Annette. Sinon, il n'aurait rien dit, justement.

— Oh... c'était juste un truc, tu vois... dont il fallait se débarrasser.

— Oui. Jusque-là, je te suis. Mais *quoi*, Annette, c'est ça ma question, tu comprends.

— Mais ça ne t'intéresse pas, Cliff.

— Ah – erreur, Annette. Grosse erreur. Parce que justement on dirait bien que ça m'intéresse, tu vois. D'où ma question, n'est-ce pas.

— Tu es franchement pénible, quand tu commences comme ça, Cliff. Il n'y a pas un bar où tu comptais aller, là ? Ce n'est pas ce que tu as dit ? Que tu allais nous ramener une autre fille ?

— Si – si, c'est ce que j'ai dit. Et c'est exactement ce que je vais faire. Mais tu vois, on n'a toujours pas résolu cette petite question, de savoir...

— Oh, grands dieux, mais tu veux *vraiment* le savoir, Cliff ?

— Apparemment, oui, Annette. On dirait bien, tu ne crois pas ?

— Okay, Cliff. Très bien. D'un corps.

— D'un corps ?

— Tu me poses la question, je te réponds.

— Attends – un corps, comme... un mort, tu veux dire ?

— On parle rarement de corps pour les vivants, hein. Quand ça vit. Quand c'est une personne. C'est quand c'est mort qu'on dit un corps.

— Mon Dieu ? Et c'est qui ? Qu'est-ce qui s'est passé ?

— Oh, je t'en prie, laisse tomber, Cliff.

— Que je laisse tomber ? Comment ça – que je laisse tomber ?

— Ce qui est fait est fait, d'accord ?

— Mais qu'est-ce qui est fait ? Qui a fait quoi ? Mais qu'est-il *arrivé*, pour l'amour de Dieu ? Qui est mort ?

— Oh... personne.

— Le corps, c'est personne ? Attends, fais un effort, Annette. Un client des filles, ou quelque chose ?
— Oui. Non.
— Oui ? Non ? Ce n'est pas un client... ?
— Je t'ai dit *non*, non ?
— Et alors, alors ?
— Comment ça et alors alors ? Alors quoi ?
— C'était quoi ? Qui ? Le corps ?
— Oh, c'est pas vrai...
— Alors ? Qui ? Qui est mort, grands dieux ?
— Une fille. Une des filles. Okay ?
— Oh non. Qui ? Laquelle ?
— Oh... tu ne la connais pas.
— Comment ça je ne la connais pas ? Je connais toutes les filles, alors qu'est-ce que ça veut dire ?
— Lucinda. Okay ? C'est Lucinda.
— C'est vrai... ? Lucinda ? Oh. Oh mon Dieu. Oh là là là là. Et comment ? Pourquoi ?
— Elle est... morte, voilà. Elle marchait à la coke. Tu sais bien.
— Ah bon ? Non, je ne savais pas. Aucune idée. Donc elle a... c'est une overdose ? C'est ce que tu veux dire ?
— Si tu veux.
— Mais comment ça, "si je veux" ? C'en est une ou pas ?
— Bon, écoute, Clifford – pas la peine de me crier dessus, d'accord ?
— Je ne crie pas.
— Tu hurles, bordel !
— Je veux juste *savoir*, c'est tout.
— Tu veux savoir ? Bon, alors va demander à ta mère, si tu veux savoir. Va, va demander à ta mère, tiens.
— À *notre* mère, Annette. C'est *notre* mère. Tu t'en souviens ?
— Elle a toujours beaucoup plus été ta mère que la mienne...
— Tu crois ?
— Je le sais. Elle me l'a dit. Quand on était mômes. Elle m'a dit un jour que toi, Cliff – tu tenais d'elle, et moi de mon père.
— Notre père.
— Qui n'est pas aux cieux, oui, c'est ça.
— Je vois. Celui que tu as tué, tu veux dire ?

— Laisse tomber, Cliff.
— Okay. Je laisse tomber. J'arrête. Je pars.
— Très bien. Pars.
— Ce n'est pas très gentil, Annette.
— Oh, mais tire-toi, Clifford, d'accord ?
— Bon. Très bien. J'y vais. »

Et j'y suis allé. Jusqu'au bar. Et durant tout le trajet, je ne cessais de me dire : la dame noire, la dame étincelante, elle pense que je tiens d'elle.

*

Il dit qu'il veut savoir la vérité, mais ce n'est pas vrai. Parce qu'il ne lui en parlera jamais, naturellement : pas un mot. Il me hurle dessus, tout en sachant que c'est sa mère qui a toutes les réponses – mais il ne lui en parlera jamais, il ne fera même pas une allusion. Il a cette idée en tête, vous voyez – même à son âge – que si vos parents agissent de telle ou telle manière... eh bien, c'est que c'est bien, n'est-ce pas ? Parce que c'est eux qui dictent les règles, finalement. Non ? Naturellement, il ricanerait, si on lui exposait un raisonnement aussi simpliste, mais c'est fondamentalement ça, quoi qu'il puisse en dire. Personnellement, je n'ai jamais adopté cette façon de raisonner : je savais que ce que mon père faisait était mal – et qu'il devrait payer pour ça. Mais Clifford, lui, je pense qu'il pourrait justifier le fait de ne pas voir, de ne jamais rien voir, simplement parce que sa mère est à l'origine de ce qu'il ne veut pas voir. Même tout ce qu'il fait pour récupérer des filles – c'est sa mère qui le lui a dit, donc c'est parfait. Et même moi, je trouve ça écœurant, je dois l'avouer – moi qui ne vois rien de mauvais chez ce garçon, et qui l'aime, Dieu sait combien ; vous me trouverez peut-être affreusement hypocrite, compte tenu de mon propre trajet, mais voilà – voilà ce que je ressens. Et c'est pourquoi, je pense, j'admirerai toujours Amanda de nous avoir quittés quand elle l'a fait : elle était loin d'être la pureté incarnée, Amanda, mais elle voyait très clairement la limite à ne pas franchir, et elle n'a pas hésité, elle ne s'est pas laissé attendrir par mes railleries les plus perverses. Mais peu m'importe en fait ce qu'est devenue notre mère – j'aime qu'elle s'occupe des affaires, et qu'elle s'occupe de moi : elle ne l'a jamais fait auparavant. J'adorerais redevenir enfant... jusqu'au moment où mon père, puis les sœurs, m'ont dépouillée de l'enfance. C'est ce que j'ai dit à Belinda, ma poupée, et il m'a semblé la voir sourire, comme pour me souhaiter la bienvenue. Et rien que ça, ça m'a fait pleurer.

*

Cela peut sembler horrible, vous savez – ça ne m'apparaissait pas ainsi à l'époque, étrangement, mais en y repensant aujourd'hui, je vois bien à quel point j'étais, euh – dans l'erreur, dirons-nous... donc oui, ça doit sembler horrible, donc, quand je dis que j'en suis venu à considérer ces petits tours dans les bars comme tout à fait normaux, comme faisant partie des affaires, un truc à régler, tout simplement.

La première fois, j'étais mort de peur, évidemment – et englué de culpabilité, mal à l'aise au point d'imploser, mais oui, effrayé avant tout – mais au fond, voyez-vous, je suis encore très content et très fier que l'on m'ait confié, à moi, cette partie essentielle de notre activité. Parce que c'était vrai : je m'étais imaginé – depuis combien de temps, mon Dieu ? – que la gestion quotidienne de nos affaires m'échappait complètement ; qu'Annette – parce qu'elle m'aimait, je suppose – continuerait de faire en sorte que j'aie toujours tout ce que je voulais, sans jamais avoir vraiment mis la main à la pâte. Et je pense qu'Émeraude aurait volontiers joué le jeu, aussi – parce qu'elle m'aimait, je suppose –, mais elle a senti qu'il était temps de m'octroyer une part active et sérieuse... Peut-être cela me permettrait-il de grandir, afin de me montrer à la hauteur ? Voire même d'apprécier ce rôle... et en tout cas, de me sentir infiniment plus, euh – j'allais dire plus *propre*, je ne sais pas du tout pourquoi ; parce que non – aucun d'entre nous ne se sentira plus jamais comme ça, propre... mais en tout cas c'était agréable de savoir que je n'étais plus simplement celui qui reçoit, celui qui prend : le parasite, soyons clairs. Et naturellement, son instinct s'est révélé toujours aussi juste (en fait elle continue de m'élever – de faire mon éducation –, en mettant toutefois moins l'accent sur la différence entre le bien et le mal). Et moi, je me suis révélé excellent dans mon domaine, j'en ai bien peur. Tout à fait. Et Tumulty, je l'ai bien remarqué, me considère avec un nouveau... mon Dieu, j'hésite à employer le mot de « respect », vous voyez, mais le simple fait qu'il me considère, tout simplement – jamais un mot n'est dit, bien entendu ; c'est parfois juste une manière de carrer ses épaules, devant moi... enfin, disons que ça ne nuit absolument pas à mon estime de moi (et ne cherchons pas plus loin).

Il y avait deux possibilités distinctes d'aborder ces petites sorties – draguer dans les bars, ne jamais boire, siroter à peine, et être toujours aux aguets d'une potentialité prometteuse. Certains endroits étaient... eh bien, certains comptaient parmi les bars et boîtes les plus cotés de Londres : ceux dont tout le monde a entendu parler, où il est difficile d'entrer, où l'on fait des fêtes sophistiquées pour le lancement d'un livre, d'un disque, d'un film. Faire ami-ami avec les portiers, c'était le premier pas. Ensuite, s'assurer la collaboration du barman en chef était presque toujours essentiel. Avant de leur donner le moindre argent, toutefois, je devais être certain, autant qu'il est possible de l'être dans ces affaires crapuleuses, que non seulement ils coopéreraient, mais qu'ils comprenaient parfaitement, disons, la nature du contrat ; toute protestation d'innocence ultérieure se verrait étouffée sans ménagement aucun : ils devaient en être bien conscients. Au début, il y avait toujours un ou deux hommes de Tumulty derrière moi ; cela aidait à bien faire passer le message. J'ai commencé par m'intéresser à ces femmes actives et indépendantes dont on dit communément qu'elles ont « beaucoup de classe », ce qui ne manque jamais de faire naître un sourire sur mes lèvres. C'est la perfection de leur allure qui les distingue – mais juste assez pour être remarquées par un pro (c'est-à-dire, moi, nommément). Ce sont des beautés dignes des pages centrales d'un magazine pour hommes, superbement vêtues et accessoirisées – toujours un degré, mince mais essentiel, au-dessus de leurs congénères : que de temps, que d'argent pour arriver à cette vision parfumée, d'une perfection désarmante. Le facteur déterminant, bien sûr, est qu'elles ne sont jamais accompagnées mais, quand on les aborde, attendent justement un ami (c'est-à-dire moi, nommément). À ces femmes-là, je me contentais de suggérer qu'elles s'en sortiraient mieux si elles venaient bosser avec nous ; certaines avaient besoin d'une avance en liquide pour se décider, et ça ne posait aucun problème. D'autres devaient voir, de leurs yeux, un homme de Tumulty glisser la main dans sa poche intérieure, l'air mauvais : cela suffisait généralement à les convaincre.

Mais tout ceci faisait simplement partie des affaires. Personne ne se faisait la moindre illusion, voilà ce que je veux dire ; leur innocence corrompue faisait partie d'un lointain passé. Ces femmes travaillaient depuis longtemps et pour encore longtemps (dans le meilleur des cas, et si elles s'en rendaient compte, elles n'en disaient rien), et comme il m'apparaissait clairement qu'elles étaient à présent irrécupérables pour elles-mêmes, un arrangement était peut-être possible pour nous. C'est sur des cas de ce genre que je me suis fait les dents. L'autre possibilité, toutefois – autre méthode, autres lieux, autre genre de filles – était radicalement différente : le vice le plus noir, le péché le plus accompli, et je m'y suis mis avec une facilité déconcertante. Parce qu'apparemment – et je n'en avais pas la moindre idée, vous savez, puisque je n'ai pas le temps ne serait-ce que de feuilleter les journaux : je fais juste les mots croisés – apparemment, depuis quelque temps, une vague d'immigrants généralement illégaux a déferlé sur Londres, sans parler du tout la langue, sans argent, sans projet, et bien souvent sans même un endroit où dormir. Les hommes – c'est Tumulty qui m'a raconté tout ça, et je suppose qu'il sait ce dont il parle –, s'ils sont honnêtes et travailleurs (douce formule à nos oreilles), se font employer sur des chantiers, à la journée. D'autres deviennent hommes de main, évidemment – légalement, comme videurs, ou plus officieusement. Les femmes (et c'est là que j'entre en scène) sont réellement jeunes et innocentes ; on pourrait croire que ça va leur briser le cœur. Mais pas du tout. Parce que j'ai rationalisé la chose, voyez-vous. Parce que bon – c'est comme je vous disais : elles n'ont rien, pour certaines d'entre elles, rien du tout. Donc finalement, moi, je leur offre plus que ce dont elles ont jamais rêvé, en fait. Une chambre élégante et bien chauffée, de jolis vêtements, de vrais repas, le coiffeur, l'usage d'une voiture de luxe... parce que mon Dieu, là d'où viennent la plupart d'entre elles, vous savez, il faudrait être un ministre pour avoir la moindre chance de vivre comme ça. Raison pour laquelle, naturellement, beaucoup sont tout à fait partantes. Bien sûr, je ne leur raconte pas tout, pas tout de suite (évidemment que non), mais ces filles, elles ne sont pas idiotes, vous savez ; beaucoup ont suivi des études, sont diplômées, et certaines, rares mais quand même, possèdent même quelques rudiments balbutiants d'anglais. Elles sont souvent d'une beauté remarquable –

les Slaves, les Estoniennes en particulier, ont un type de beauté aristocratique absolument irrésistible pour les hommes d'ici, avec des pommettes hautes, de grands yeux, un large front et la bouche la plus généreuse que l'on puisse imaginer. Donc je les ramène pour les présenter à Annette. Elles vont souvent par paire, vous savez – ce qui est d'autant mieux : d'une pierre deux coups. Après une journée ou deux dans la maison d'Ebury Street (parce que les nouvelles, on commence toujours par les mettre à Ebury Street), elles se détendent, se lâchent quelque peu, tout excitées par les parfums, les vêtements, les bijoux, etc., et là, elles vont éventuellement se dire que, quand même, il doit y avoir un truc quelque part. On le leur explique. Certaines hochent la tête, lentement – avec peut-être une vague tristesse –, poussent un profond soupir, et acceptent. D'autres, mon Dieu – d'autres deviennent folles de rage : très soupe-au-lait, certaines. Elles nous menacent de toutes sortes de choses, en filant vers la porte. C'est là que j'interviens de nouveau, j'en ai bien peur. Je trafique ce qu'elles boivent. Nous avons tout un assortiment de ces médicaments, là – oh, je ne pourrais même pas vous dire : Dieu seul sait d'où ils proviennent. Les filles ne tournent pas de l'œil (quel intérêt cela présenterait-il ?), mais elles se font... dociles. Elles ricanent un peu, comme des gamines, et se montrent parfaitement complaisantes. Quelquefois, entre deux doses, elles semblent s'ébrouer, se réveiller soudain – trouvant sans doute au fond d'elles-mêmes un vague souvenir de qui elles étaient – et là, elles peuvent devenir réellement méchantes. Donc on a des chaînes, pour ça. Et moi, je les surveille. Des jours d'affilée, quelquefois. Elles me regardent avec haine. Puis, au bout d'un moment, elles ont envie de me faire plaisir – au départ, c'est bien sûr un simple subterfuge, mais ensuite, je crois que ça devient sincère, tout simplement parce que nous sommes enfermés ensemble, tous les deux : nous avons au moins cela en commun. Oui, ce doit être le syndrome de Stockholm qui fait son œuvre – cette étrange complicité entre l'otage et son geôlier. Mais c'est là un lien assez douloureux, et je pense que ni l'un ni l'autre ne l'oublie jamais. Au fait, je ne les touche pas, ces filles. Ce n'est jamais arrivé. Sans doute parce que, de manière assez perverse, je les vois comme mes filles à moi ; parce que je sais ce qu'elles ont traversé.

Avec certaines, les problèmes commencent dès le bar. Qu'elles comprennent ou ne comprennent pas un traître mot de ce que je leur dis, elles secouent la tête, systématiquement. Je leur désigne la porte – elles secouent la tête. Je sors des billets – elles secouent la tête. Je souris tant que je peux et les abreuve de vains compliments, et tout ce qu'elles savent faire, c'est secouer la tête. C'est, hélas, le moment où il faut bien ajouter quelques gouttes dans leur boisson. Extrêmement efficace. Moins d'une heure plus tard, nous voilà tous deux titubants jusqu'à un taxi, morts de rire – deux copains un peu éméchés après une sortie en ville. Le lendemain matin, elles se sentent, et sont, dans un sale état, je dois le dire – mais toutes les autres filles se montrent gentilles avec elles ; certes, on leur a bien dit de l'être – mais je pense aussi que c'est dans leur caractère, de toute façon. On en trouve généralement une de la même nationalité, et le processus d'intégration peut commencer. Le problème, avec cette méthode – et je ne débats pas de l'aspect moral de la chose, là, vous l'aurez compris : je parle simplement des inconvénients d'ordre pratique –, c'est qu'une fois installées dans une de nos maisons, une fois qu'elles ont discuté entre elles, vu toutes ces têtes, qu'elles ont compris et accepté le scénario... eh bien, évidemment, on ne peut plus, n'est-ce pas ? Les laisser partir. Jamais. Non. On ne peut pas. L'une d'elles a essayé, une fois, de partir. Une de mes filles, j'en ai bien peur (Annette n'arrêtait pas de m'associer avec elle, d'ailleurs ; elle était très jeune et venait de pas très loin – une Irlandaise, très jolie. Annette me disait toujours que ç'aurait pu être la fille de Mary – tu te souviens de Mary, Clifford ? Ta petite épouse d'autrefois ? Oui, Annette – oui, je m'en souviens. Eh bien moi, j'ai bien l'impression que c'est sa fille. Merci, Annette, merci – autrement dit, c'est aussi la mienne : ha ha ha). Mais c'est la seule, je crois : la seule qui ait jamais essayé. Elle a balancé une chaise au travers de la fenêtre du salon du rez-de-chaussée, à Ebury Street – elle a essayé de crapahuter par-là, et s'est coupée affreusement. Tumulty m'a dit qu'Émeraude avait décidé qu'il fallait lui faire une piqûre, pour la calmer – qu'elle dorme un peu. Une piqûre ? Je ne peux pas lui faire de piqûre – je n'ai jamais fait ça, je n'y connais rien, moi. Aux piqûres. Je veux bien lui préparer un cocktail si vous voulez – avec une petite poignée de pilules – mais il n'est pas question que je touche à une seringue. Mais

Tumulty me l'a tendue, toute prête. Il a légèrement appuyé, et un peu de bruine a jailli de l'aiguille étincelante, avec un petit sifflement. Mon Dieu, ai-je dit... puisque vous l'avez en main, Tumulty, vous pouvez peut-être la lui faire vous-même, non ? Mais Tumulty m'a répondu qu'Émeraude tenait absolument à ce que ce soit moi. Pourquoi, ai-je demandé : pourquoi ? Parce que c'est une de mes filles ? Tumulty s'est contenté de hausser les épaules, comme il le fait généralement. Le menuisier et le vitrier sont arrivés peu après (tous deux travaillent spécialement pour nous, inutile de le préciser), ils ont réparé la fenêtre et constaté que la chaise était irrécupérable, naturellement, et voilà, fin de l'histoire, en fait : passons à autre chose.

Donc j'ai filé dans un bar, comme je l'avais promis à Annette – pas un de mes endroits habituels ; je veux dire que j'y étais déjà venu, mais je n'étais pas un habitué – du côté de Holland Park. Je me suis installé dans un coin, j'ai commandé une coupe de champagne, histoire d'y tremper vaguement la lèvre supérieure, et me suis mis à parcourir la scène, l'air de rien, d'un œil que j'espérais d'une indifférence toute professionnelle. Pour être franc avec vous, je n'étais pas d'humeur, du tout. Par moments, la motivation revenait un peu – je me réjouissais à l'idée d'exercer ma séduction ô combien contrôlée sur quelque jeune femme à l'abandon, et réceptive (ou pas), de voir si je parvenais à la circonvenir sans avoir recours à la pharmacopée toujours prête dans ma poche. Mais ce soir, ma foi... en fait, je n'arrivais pas à me sortir de l'esprit (parce que pourriez-vous y parvenir, *vous* ?) cette idée funeste, taraudante, obsédante : la mort de Lucinda, son corps, dont on s'était débarrassé. Parce qu'entre ça et l'ombre de Hanson, le policier véreux – muselé, mais pour combien de temps ? –, je suis en danger, je le sens bien. Et, oh oui, certes, nous avons été *malins* – Émeraude, elle gère tout ça de main de maître ; Annette, elle tient les filles au creux de sa main ; Tumulty, il est rapide, silencieux et sans pitié ; et moi, je recouvre mes traces. Mais il suffit d'un oubli, de la plus infime erreur – ou même d'une malheureuse intervention divine : un éclair qui, en une fraction de seconde, nous illuminerait, nous exposerait aux yeux de tous, figés en un flash d'un blanc terrible... rien de plus. La seule question, c'est quand. Émeraude ne veut même pas entendre parler de concessions ; et c'est l'instinct d'Annette, je pense, que de nier et de continuer aveuglément, droit devant ; Tumulty – il ne fera jamais défection, il ira jusqu'au bout, tête brûlée qu'il est. Je suis le seul, là, qui songe à un retrait en urgence, un rapide et silencieux pas en arrière ; et je me rends compte – ce n'est que maintenant que je m'en rends compte, seulement maintenant – que ce point de vue, à lui seul, que mes actes, mes arguments, mon désespoir plaintif (parce que je pourrais très bien en arriver là)... que tout ceci appelle la brusque bourrasque qui pourrait bien emporter mes paroles futiles dans l'éther, dans le silence. Il faut voir les choses en face : ma vie peut prendre fin d'un moment à l'autre. Et parfois – j'ai honte à ce point –, parfois, je pense qu'elle devrait. Prendre fin. Et je me sens, vraiment, en danger.

Donc voilà ce que je me disais, là, dans ce bar. Et puis tout à coup, je n'y ai plus du tout pensé : plus du tout. Parce que c'est à ce moment que je l'ai vue. C'est à cet instant que mon regard s'est fixé sur elle. Mais ce que je ressentais, vous savez, n'avait aucun rapport, aucun, avec ce détachement professionnel qui est le mien. Il semblait bien (c'est ainsi que je me le suis formulé) que c'était là quelque chose de tout différent.

« Bonsoir. Me trouveriez-vous extrêmement mal élevé si je vous proposais de vous asseoir avec moi ? »

Elle a levé les yeux – les yeux les plus verts que vous ayez jamais vus, pleins d'une timidité presque contrite, et en même temps brillants d'une lueur d'amusement contenu, voire même de défi, dans cet éternel duel entre l'homme et la femme. Grands aussi, et d'une profondeur capable de dissimuler une immensité de secrets éparpillés comme dans une galaxie, chacun plus fascinant que les autres. Un doigt long et fin écartait à présent l'épaisse frange châtain, dévoilant un sourcil effilé ; on peut littéralement dire que ces yeux étaient de jade – une chose je n'avais encore jamais vue. (Une pleine seconde avait pu s'écouler depuis que je m'étais approché de sa table.)

« Au fait, je m'appelle Clifford. Donc, puis-je ? M'asseoir avec vous ? Vous offrir quelque chose ? »

Elle semblait réfléchir à ceci ; réfléchir à quelque chose.

« Vous avez une très belle voix, Clifford.

— Et... vous aussi. Très. »

Et c'était vrai, juste ciel : la perfection dans la modulation – très proche du phrasé et du timbre que j'avais mis Dieu sait combien d'années à essayer d'atteindre. Mais cette femme : elle avait tout, naturellement.

« Donc – puis-je m'asseoir ? Oui ? Vous offrir un verre ? Je suis au champagne.

— Je vois bien. Mon Dieu, en fait, j'attends plus ou moins quelqu'un... »

Là, je suis resté un instant bouche bée. Me serais-je trompé ? Non. Non, sûrement pas. Non – je ne me trompais pas. Elle n'était pas comme ça, cette fille : elle avait tout, naturellement. Et soudain je me suis rendu compte, avec une bouffée de honte, que je m'étais engagé si loin, si bas sur cette route descendante qui me menait là où je devais aller, où que ce fût, que j'avais du mal à prendre pour argent comptant cette réponse si simple, si banale.

« ... mais en fait, c'était juste une amie, qui a l'air de se moquer un peu de me poser un lapin. Non, asseyez-vous, j'en serais ravie, Clifford. Et je prendrais très volontiers un verre de champagne – merci. Mon problème, c'est que – apparemment, je suis coincée, en haut à droite... »

Je gardais les yeux fixés (littéralement collés je suppose) à ses yeux – et puis sur la ligne de sa mâchoire, la lourde masse de ses cheveux ; une partie de mon cerveau avait enregistré le côté s'asseoir, le côté champagne de la chose – et soudain, je suis revenu à moi, dans un sursaut. Juste ciel : elle avait, posé sur son genou, un exemplaire du *Times* plié en quatre, à la page des mots croisés, et un stylo Mont Blanc oscillait entre ses doigts. Un vernis d'un rose profond laquait ses ongles élégamment taillés ; de la même nuance que son rouge à lèvres, ce qui n'avait rien de surprenant. Et ses lèvres – à peine écartées – étaient d'une densité charnelle pleine de promesses, qui m'a ému d'une manière... bon, je pourrais dire que je me souvenais n'avoir été que rarement ému de cette manière, mais en fait non, je ne l'avais jamais été, jamais, de ma vie.

Je me suis assis à côté d'elle sur la banquette de cuir clouté, j'ai fait un signe excessif en direction du bar, et je me suis employé à plisser le front au-dessus du coin en haut à droite.

« Le problème, me semble-t-il, c'est que vous avez mis "notice", là – vous voyez, En 9 horizontal. Et il me semble que ce serait plutôt "native". Vous ne croyez pas ? On a le N, le T, le I, et le E...

— Oui oui – c'était juste pour voir. Je fais toujours ça, quand ça n'avance pas. Ou pas assez vite. Visiblement, vous vous y connaissez, en définitions mystérieuses. Êtes-vous mystérieux, Clifford ?

— Mmm ? Oh, mon Dieu non, je ne dirais pas ça. Mais bon, je – enfin je ne m'en sors pas trop mal. Je suis un – un cruciverbiste acharné.

— Mmm. Ça veut dire que vous faites des mots croisés, c'est ça ?

— Mmm – oui, c'est ça. Tout à fait. Vous m'impressionnez.

— Oh, il n'y a pas de quoi. C'est une racine latine, n'est-ce pas ? Ah – du champagne. Merveilleux. »

Elle est toute petite, vous savez – et j'aime bien ça. Mais en même temps, on dirait qu'elle a des membres interminables et gracieux. Une espèce de tailleur en bouclette : corail, chiné vert vif. Ses chevilles me font monter les larmes aux yeux... je ne m'étais encore jamais fixé sur les chevilles d'une femme ; mais les siennes me bouleversent, me donnent envie de les enserrer doucement, de les sentir entre mes doigts, minces et fraîches. Lorsqu'elle penche la tête, ses cheveux retombent à peine, et je peux entrevoir un peu plus de sa joue ronde et blanche, avec une touche de rose au-dessous ; son parfum m'environne, jusqu'à me faire clore les paupières, délicieusement étourdi, et derrière les molécules rouges sur le noir, je sens mon cerveau à la fois engourdi et brûlant, et prêt à rugir.

« Que faites-vous, Clifford ? À part les mots croisés.

— Je – oh, pas grand-chose. Je suis tailleur, en fait.

— Oh, mais c'est *merveilleux*. Oh, mais c'est absolument passionnant.

— Vous trouvez ? Vous trouvez ? Ah bon. Et, euh – et vous ? Qu'est-ce que vous faites ?

— Je suis peintre. Pas peintre en bâtiment. Je peins des tableaux.

— Dieu du ciel. Je n'en ai jamais rencontré. D'artiste.

— Mais *vous* – vous êtes un artiste, Clifford. Vous coupez la matière. Vous créez, avec vos mains. Nous sommes tous les deux des artistes. Tous les deux.

— Eh bien, oui. Oui, sans doute. »

Et ai-je la moindre idée de la manière dont le temps a filé ? Non, aucune. Pourrais-je vous dire, avec un luxe inouï de détails, de quoi nous avons parlé ? Non, je ne pourrais pas, bien sûr. J'étais devant elle comme en transe. Nous avons bu du champagne, nous avons bavardé, nous avons ri – je lui ai pris la main. Durant ces heures, ces heures sublimes où toute l'horreur qui m'entourait s'éloignait comme la mer se retire, où tout et tous, à part nous deux, cessaient de compter, ou simplement d'exister, quelque chose en moi grandissait et s'épanouissait, et m'épanouissait. Je ne savais pas ce que c'était. Et puis ça m'est apparu, d'un seul coup – et le choc de cette vérité m'a presque terrassé. Je lui tenais la main. Mon visage était proche du sien au point que ses cheveux me frôlaient la joue, et son parfum continuait de m'envahir. Enfin, j'ai parlé, très prudemment.

« Vous savez – je vous aime. Le savez-vous... ?
— Mmm. Oui.
— Et – vous ? Pourriez-vous... ?
— Je pourrais. Oui. Je vous aime, Clifford. Depuis le premier instant où je vous ai vu. »

Je sentais mes yeux tout plissés de tristesse tant j'étais heureux : seules les larmes pouvaient être sincères en un tel moment.

« Et... vous ne trouvez pas ça bizarre... ? Cet amour, comme ça ?
— Non, Clifford. Non. »

Et moi, j'ai hoché la tête, lentement, lentement, au rythme de ce qui nous prenait, nous envahissait, immense, irrépressible.

« Je ne... je ne connais même pas votre nom. Je suis dans un rêve... »

Elle a ri, elle m'a murmuré son nom, comme un baiser :
« Melissa... »

C'est ce soir-là que la simple bonté, je suppose, a cessé de me suffire. J'ai quitté Sonya. Je l'ai quittée, c'est tout. Elle vagissait et s'accrochait à moi tandis que je franchissais le seuil.

*

Mon fils, mon fils unique – c'est un crétin. Je pensais que c'était mon diamant, mais la vérité m'apparaît clairement : ce n'est qu'un crétin, ni plus ni moins. Parce que je veux dire – il la connaît depuis combien de temps, cette femme ? Quel que soit son nom. Combien ? Quelques semaines. C'est tout. C'est une histoire de quelques semaines – et le voilà qui dit être tout à fait décidé à épouser cette idiote. Quel que soit son nom. Et moi, j'ai dit à Annette, qui, au moins, a un minimum de bon sens, on peut lui reconnaître ça, à cette fille – donc je lui dis, mais comment pourrait-il, de toute façon ? Se marier. Et Sonya, alors ? Son épouse. Attends – il a complètement oublié qu'elle existait ? Elle était très bien, Sonya – Sonya, j'approuvais. Et Annette, elle me dit mais moi *aussi*, j'approuvais, parce que c'est quand même moi qui la lui ai trouvée, n'est-ce pas ? Et elle a toujours su rester à sa place, Sonya. Bon, bien sûr, je l'ai toujours *méprisée* – comment faire autrement. C'est très difficile de ne pas maltraiter les gens qui acceptent tout, tout le temps. Mais après, Annette me dit : mais si, il *peut* épouser cette femme, quel que soit son nom, parce qu'en fait, tu sais, j'ai arrangé un faux mariage, entre Sonya et lui. Elle le voulait tellement – elle voulait que ce soit officiel ; Clifford, je pense que ça lui était égal. Donc j'ai pris un comédien : je ne voulais pas voir Clifford pieds et poings liés, tu comprends. En plus, rien que de voir un prêtre, j'aurais vomi partout. Ou bien je l'aurais tué. Mais vu les circonstances, j'aurais peut-être mieux fait d'organiser une vraie cérémonie. *Oui*, Annette, ai-je dit, oui, tu aurais certainement mieux fait (parce que je n'étais pas au courant, voyez-vous, – pas du tout au courant de cette histoire : elle ne me dit jamais rien. Qu'est-ce qui a bien pu lui passer par la tête, pour demander à un *comédien* de les marier. Non, je vous jure – cette fille, franchement...). Et elle ajoute bon, écoute, ce qui est fait est fait, n'est-ce pas ? Il est trop tard, maintenant... Ma foi – peut-être que oui, mais peut-être que non. Parce que je veux dire, mais qu'est-ce qu'il a dans le *crâne*, ce garçon ? Mmm ? Comment peut-il ne pas voir que sa mère et sa sœur... mais enfin, on l'*aime*, pour l'amour de Dieu. Nous sommes sa *famille*, n'est-ce pas ? Parce que Dieu sait qu'aucun d'entre nous n'a jamais eu d'*amis*, n'est-ce pas ? Bon, j'avais bien ma chère Jean, bien sûr – mais même elle, en fait, elle me prenait en pitié, je le vois bien, maintenant. Clifford, il a eu son copain d'école, pendant un petit moment, à l'époque – c'était comment, son nom, déjà ? Anthony. Un peu bizarre, cet Anthony, même si Clifford, bien entendu, n'a jamais rien remarqué. Quant à la pauvre Annette, ma foi – personne, jamais. Donc tous les trois, vous voyez – nous sommes *faits* les uns pour les autres. Donc qu'est-ce qu'il lui prend de nous tourner le dos, d'un seul coup ? Ma foi, inutile de me l'expliquer, n'est-ce pas. C'est parfaitement clair : cette *femme*. Quel que soit son nom.

Et bien sûr, il a *choisi* son moment ! Clifford a peut-être oublié – enfin, quand je dis peut-être, n'est-ce pas... Tout, absolument tout lui sort de la tête depuis... depuis son histoire avec cette femme. Donc oui, il a bien *évidemment* oublié Annette, et moi – mais nous, nous ne pouvons pas, n'est-ce pas. Oublier. Et Edgar. Et nous ne pouvons pas oublier, parce que nous sommes tous, chacun d'entre nous – et Clifford aussi, s'il avait seulement assez de cervelle pour le voir – en plein dans cette situation que l'on appelle communément, je crois, un équilibre instable. Bon, d'accord, très bien, je vous accorde qu'elle est, dirons-nous, sous contrôle – pour le moment au moins. Mais imaginez qu'une autre fille décide de n'en faire qu'à sa tête ? Et combien de temps s'écoulera-t-il avant que Hanson décide de communiquer ses informations ? À cette bande de requins. Donc, que d'incertitudes, vous voyez, que d'incertitudes ! Cela dit, pour être honnête, il y a d'autres aspects, plus positifs. Nos clients les plus connus, par exemple, ont à peine bronché quand on leur a demandé une, oh – une surtaxe, dirons-nous : le prix du silence. Je pense qu'ils s'y attendaient, vous savez : ils sont assez avisés. Les filles aussi – elles ont accepté la baisse de pourcentage (ma foi, avaient-elles le choix), dans le même esprit : elles savaient que les jours heureux, ça ne dure pas toujours. Cela dit, je ne suis pas sûre de... une bande de requins, c'est ça, c'est ce qu'on dit ? Pas une troupe de requins, ça, non. Une horde ? De requins ? Oui, une horde, peut-être. Enfin bref.

Mais donc à présent, n'est-ce pas – grâce aux bons soins du jeune Master Clifford – nous avons un nouveau souci à ajouter à la liste : Sonya. Elle ne sait pas grand-chose – mélange d'insouciance et de sottise –, mais elle en sait certainement bien assez pour intéresser la police. Quel égoïsme, quelle irresponsabilité de la part de Clifford, de la faire se retourner contre nous. Et elle continue de lui écrire, vous voyez ; il n'ouvre pas ses lettres, mais moi si. Son écriture est quelquefois parfaitement immonde – des espèces de graffitis enfantins, rédigés d'une main possiblement avinée. Donc elle clame sans cesse son amour éternel – chose probablement sincère, encore que cela m'a toujours paru plus proche du manque d'une droguée, ce besoin désespéré de sa simple présence, et ce désir éperdu et assez pitoyable de lui plaire. Et elle fait allusion à d'éventuelles conséquences. Ce ne sont pas exactement des menaces – jamais rien de précis (donc elle n'est pas si idiote, finalement) – mais elle déclare qu'elle ne divorcera jamais (pauvre chérie – elle ne sait absolument pas que leur union a été bénie par un comédien de troisième zone), et que, s'il ne la reprend pas, elle « secouera le cocotier », ou bien « lui rendra la vie impossible ». Voyez ? Rien sur quoi on puisse véritablement mettre le doigt. Selon Annette, c'est une grenade dégoupillée, c'est trop de risques : il faut s'occuper d'elle. Oh grands dieux mais *non*, Annette, dis-je, – tu vas devoir t'ôter cette idée de la tête. Elle est trop – trop proche de nous. On ne peut pas organiser ce genre de chose pour quelqu'un que l'on *connaît*. Ce serait mal. Moralement. Ce serait un péché. Naturellement, elle s'est contentée de ricaner, Annette – parce qu'elle ricane, voyez-vous, dès qu'on prononce le mot de « péché » devant elle, elle se moque ouvertement de vous. Très franchement, je me demande quelquefois quelles erreurs j'ai bien pu faire, avec elle. Et en outre, dis-je, si on suggérait un truc pareil à Edgar, ce serait risquer de perdre son respect, vois-tu. Je veux dire, il est d'une loyauté à toute épreuve, on n'en fait plus des comme ça, je ne t'apprends rien – donc oui, il le ferait ; mais je pense qu'après coup, il nous regarderait, oh, je ne sais pas, d'un œil différent, peut-être. Et le remède, au bout du compte, risquerait d'être pire que le mal. Et s'il y a bien une chose sur laquelle nous devons essayer de nous concentrer, en ces circonstances délicates, eh bien c'est certainement le bout du compte. Mais tu n'es pas obligée, pas du tout obligée de le mettre dans le coup, me répond Annette. Tumulty. Je m'en occuperai, moi. Je le ferai moi-même. (Et franchement – de qui tient-elle ce genre de chose ? Qu'est-elle donc devenue ?) Oh non, que non, tu ne feras rien de ce genre, ma petite fille, et je ne veux même plus en entendre parler. Donc pour l'instant, voilà où nous en sommes ; bien sûr, la situation exige et exigera d'être suivie minute par minute : une attention constante. Si par malheur une des prochaines lettres de Sonya contenait le mot de « police », eh bien nous serions obligées de tout reconsidérer, j'en ai bien peur. Ce qui serait désolant, parce qu'à la base, Sonya est parfaitement innocente : donc il ne reste plus qu'à espérer qu'elle saura rester à sa place.

Non, ce qui a toujours été un mystère pour moi – car il faut bien se rappeler que, jusque très récemment, je menais une vie très, très protégée, très à l'écart –, c'est pourquoi ils font ça, les hommes. Je ne parle pas de la relation elle-même, non non – ni de ses ramifications perverses et tordues – mais je me demande pourquoi ils accordent tant d'importance au fait que ce soit avec telle ou telle femme. Parce que je veux dire, dès l'instant où la partenaire n'est pas complètement répugnante, quel intérêt, grands dieux, de prendre tant de risques, de blesser tant de gens, pour faire exactement ce qu'ils pourraient faire, ma foi – ailleurs ? C'est sans doute pour cela que je haïssais Arthur. À l'époque, bien sûr, je ne savais pas que je le haïssais ; je savais seulement que je n'étais pas censée le haïr, puisque c'était mon époux. Et donc je me comportais comme une épouse doit le faire, en pensant que c'était une manifestation d'amour, et j'attendais qu'il m'aime en retour. Et c'était peut-être le cas, d'une certaine manière. Mais je savais tout de ses agissements les plus sordides. Bien sûr que je le savais – les épouses savent toujours : on n'a pas besoin d'une Mrs Farlow pour vous tenir au courant, parce qu'on sait déjà, tout, tout ce qu'on ne veut à aucun prix ni savoir ni affronter. Mais vers la fin, il donnait l'argent du foyer à une putain, et à l'occasion violait légalement sa femme ; ce qui n'est pas vraiment une preuve d'amour, n'est-ce pas ? Du tout. Et puis il y avait Annette ; on n'en a jamais parlé, vous savez, mais je sais très bien, pour Annette, et encore aujourd'hui. On aurait pu croire que de l'avoir tué aurait depuis longtemps calmé sa rage, son désir de vengeance, mais non, absolument pas : elle est toujours aussi remontée. Et puis il y a eu les sœurs, évidemment. Clifford, mon Dieu – il avait l'adoration servile de Sonya. Et puis celle d'Annette (ce que je trouve assez touchant : ça me rappelle quand ils étaient petits). Et elle lui laisse le libre usage des filles. Cela devrait suffire, me direz-vous ? Pour un homme. Mais pas pour mon Clifford, apparemment (d'ailleurs, il faut que je pense à lui dire qu'ils ont arrêté les musiciens, chez Rice Krispies – ils n'en mettent plus dans les paquets, et on n'a jamais eu de Snap ; pas de Snap bleu, en tout cas. C'est moche. Maintenant, ils mettent des tatouages lavables de Disney à la place, beaucoup moins intéressant). Donc comme je disais, il nous a tourné le dos à tous, tout ça pour ce sac d'os. C'est à croire qu'il le fait exprès, n'est-ce pas ? Il ne passe presque plus jamais à la maison, vous savez ; et je ne sais même plus quand nous avons déjeuné ensemble pour la dernière fois, comme dans le temps. Et Annette me dit qu'il ne ramène plus de nouvelles filles (et on en a besoin – on en a sans cesse besoin : ce sont nos forces vives). Ah là là. Enfin – il faut s'accrocher. Ne pas s'égarer, vous voyez : tenir les rênes bien en main. Parce que si l'on commence à s'affoler, eh bien – en moins de temps qu'il n'en faut pour le dire, on a la tête à l'envers, et ce n'est jamais très prometteur pour l'avenir, vous en conviendrez, n'est-ce pas. Parce que même à mon âge, je pense y avoir droit. À un avenir. Ne fût-ce que pour compenser le fait que je n'ai pas beaucoup de passé. Parce que la vie, vous savez, ce n'est peut-être pas pour les jeunes – pas uniquement, en tout cas. C'est aussi pour moi.

Mais quant à ce mariage... un mariage ! J'ai peine à y croire. Quel crétin. J'ai tenté de le lui interdire. J'ai menacé de ne pas venir. Rien à faire. C'est Annette qui s'est occupée de ça – pas de cérémonie, juste un bref passage devant l'officier de l'état civil (de toute façon, on n'avait pas le choix, vu l'état de péché dans lequel nous vivons tous en permanence, et sans compter l'aversion d'Annette pour les prêtres), et bon, je suppose que je vais devoir faire contre mauvaise fortune bon cœur, n'est-ce pas ? Mais je suis très contrariée. Très. Je ne suis pas sûre de tenir le coup. Je pense que cela – cela risque de me briser. Peut-être que... je devrais peut-être en toucher à un mot à Edgar, vous savez. Un banc... ! C'est ça, le mot – j'en suis sûre : un *banc* de requins, pas une bande. C'est ça. C'est drôle, non ? Donc je – attendez... qu'est-ce que je... ? Ah oui – ça y est. Oui. Je devrais, peut-être. En parler discrètement à Edgar. Comme ça, autour d'une tasse de thé. À propos de cette femme. Quel que soit son nom. On peut peut-être encore sauver la situation. Parce que Clifford : j'ai besoin de Clifford, de mon Diamant. Parce que s'il doit être avec quelqu'un, eh bien c'est avec moi. Moi, vous voyez.

*

Bon – je conçois parfaitement (j'aurais du mal à ne pas le voir) que jusqu'à présent ma vie de prétendu adulte a été loin d'être... conventionnelle, dirons-nous, même si d'une autre manière, étrangement, elle a été extrêmement rangée, vous voyez – soigneusement cloisonnée et, oui, absolument vide. Il y a eu mon enfance – assez quelconque, dirais-je, jusqu'au moment peut-être où ma sœur a tué mon père – incident suivi d'une... vous savez quoi, je m'en souviens à peine. Une période crépusculaire, faite de rien du tout, en réalité, voilà au mieux comment je la qualifierais – et ensuite... tout le reste. Mais dire qu'aujourd'hui ma vie a changé est trop minable, trop dérisoire pour commencer même d'exprimer ce bouillonnement qui s'opère tout à la fois en moi et comme en mon absence. C'est un peu comme si – pardonnez-moi l'image – ces cylindres luisants, alignés verticalement, contenant des liquides de couleurs fort différentes – des tubes à essai, voilà – avaient été arrachés à leur support et jetés en vrac, violemment. Je me gorge de ce mélange, des marbrures qui se font peu à peu, du luxe entêtant de toutes ces couleurs voluptueuses qui s'étalent et se mêlent. Les yeux étincelants, je danse dans le tourbillon, étourdi par la myriade des éclats incessants (cet éblouissement ondulant). À la source de cette légère et fantasque cascade qui m'emporte, un seul mot, un nom : Melissa. Voilà. C'est aussi simple que ça.

Depuis le soir de notre rencontre, nous avons été... ma foi, on pourrait utiliser, littéralement, le terme d'inséparables. Ce tout premier soir, nous nous sommes embrassés sur un nuage, et avons tenté de nous séparer. Je pense que nous désirions l'un comme l'autre cette douce tristesse. Mais tout regret a fondu à la chaleur qui nous habitait. Nous l'avons congédiée, au profit d'une passion presque effrayante tant elle était incontrôlable. Nous soupirions dans la nuit, épuisés, effarés d'une telle joie presque enfantine. Les battements de mon cœur résonnaient, audibles, étranges, comme si un inconnu, devenu fou, ruait en moi. La chaleur de son corps, ce choc, m'a arraché un cri. Et comme je me suis livré de nouveau à ce tohu-bohu d'une ivresse divine, elle a semblé vouloir tirer de moi, avidement, tout ce que j'avais à lui donner, et moi je suppliais tout ce qui était en moi de se liquéfier et de se ruer en elle, sans fin, jusqu'à nous mêler ensemble en une fusion parfaite. Ensuite, nous sommes restés ainsi l'un contre l'autre, à la dérive sur un radeau, à nous seuls – chacun caressant machinalement les cheveux humides, épars, de l'autre, nos épaules moites se touchant. Et ensuite, des heures durant, j'ai pu observer sa joue et contempler son cou, et admirer, fasciné, le mouvement de chacun de ses doigts lorsqu'elle touillait son thé ou lissait le dessus-de-lit. Chacune de ses paroles – et leur inflexion – valait d'être chérie bien, bien au-delà de la seconde où elle les avait prononcées. Lorsque nous nous éloignions l'un de l'autre, contraints et forcés, je perdais la notion du temps, égaré dans un brouillard de pensées, toutes tournées vers elle : me rappelant chaque mot, la joue que j'observais, le cou que je contemplais, admirant de nouveau, fasciné, le mouvement de chacun de ses doigts. J'avais avec moi un foulard de crêpe corail, tout imprégné d'elle, que je posais contre mon visage pour inhaler son parfum, jusqu'au vertige. Et puis il y avait les minutes, les lentes, interminables minutes avant nos retrouvailles – et là, il y avait cette lumière dans ses yeux, et ce petit couinement de bonheur que nous poussions l'un et l'autre. Tout alors disparaissait dans le choc des corps, cette rencontre charnelle qui annihilait l'univers tout entier. Puis, ravis l'un de l'autre et de soi-même, nous nous installions paisiblement pour gaspiller encore un après-midi, dans cette paix délicieuse, enchantée, connue des seuls amoureux.

« Je te prépare quelque chose à manger ?

— Non, tu serais obligée de me quitter.

— Oh, Clifford... ! Embrasse-moi. Je t'aime, je t'aime. J'y vais ? Tu as faim ? Moi pas. Pas vraiment. jamais.

— Ni moi. Je n'ai pas besoin de manger. J'ai besoin de toi.

— Quelle heure est-il ?

— Je ne sais pas. Je m'en fiche. Tu peins, aujourd'hui ? Tu as envie de peindre ?

— Je devrais. Sûrement. Oui, j'en ai envie, d'une certaine façon. J'ai envie d'avoir peint quelque chose. Mais je ne veux... j'ai envie de ne *rien* faire. Tu comprends ?

— Mmm. Très bien. Moi non plus Melissa, j'ai envie de ne rien faire, de ne plus jamais rien faire, sauf être comme ça avec toi. Parce que je t'aime. Je t'aime tant.

— Oh, Clifford... Mais tu l'es, n'est-ce pas ? Avec moi. Nous sommes ensemble, tout le temps. Nous ne faisons rien. Nous ne faisons rien d'autre.

— Je sais. Et c'est merveilleux. Mais je suis tellement heureux que nous fassions les choses... bien. C'est idiot, ce mot – mais tu sais ce que je veux dire. Je veux que tout soit... mon

Dieu : propre. Pour nous deux. Rompre avec tout le reste. Avoir des enfants. Je veux t'épouser, Melissa, et être père. Jamais je n'aurais pensé cela avant. Mais à présent, oui.

— Je suis si heureuse, si heureuse, Clifford. Je n'ai encore jamais été mariée. Et toi ? Je ne t'ai pas posé la question.

— Moi ? Non. Marié ? Non. Il n'y a que toi. Je n'ai besoin de personne d'autre, dans le monde entier. En fait, je ne me souviens de personne avant toi, de personne. Je ne sais même pas pourquoi j'ai...

— Mais Clifford... je ne veux pas – faire du mal à quiconque. Je ne sais pas trop pourquoi je dis ça – c'est peut-être une intuition, quelque chose, je ne sais pas. Mais je ne veux faire de mal à personne. Tu sais, Clifford, que je n'ai aucune limite. Dans l'amour – mon amour pour toi – je serais prête à tout, et avec joie. Mais mon Clifford... mon Clifford à moi... tu dois aussi savoir que je saurai m'abstenir.

— Tu ne peux pas savoir combien c'est merveilleux d'entendre ça. Je t'aime, Melissa.

— Je sais. Et moi aussi je t'aime. »

Puis l'aiguillon du désir nous bâillonnait, nous aveuglait de nouveau, et je me jetais dans ce torrent d'égoïsme sublime : je m'y désaltérais, je m'y nourrissais, comme depuis toujours affamé, et enfin rassasié. L'amour vrai, vous savez... c'est le plus étrange de tous.

*

Je suis contente... oui, on peut dire ça, je pense, voilà, je suis contente d'avoir... organisé tout ça pour mon cher Clifford – pour Cliff et ce soudain amour passionné, vibrant qui est le sien. Je ne l'ai rencontrée qu'une seule fois, cette Melissa (et d'ailleurs, je ne peux pas m'empêcher de penser – je n'en ai rien dit à Clifford – que c'est le genre de nom que prendrait une de mes filles). J'avais organisé un petit thé, il y a quelque temps – je pensais que ce serait une bonne occasion de nous réunir, Clifford, ma mère, moi... et c'est à peu près tout, en fait ; appeler ça une réunion de famille, ce serait peut-être un tantinet exagéré. On peut sans doute inclure aussi Tumulty – il est si amoureux de moi, après tout (et j'aimerais tellement mieux qu'il ne le soit pas). Mais notre mère, notre chère « maman », autrefois si aimable et timide – et ça me laisse sans voix, quand j'y repense –, eh bien elle est devenue toute rouge, la figure toute gonflée de colère et tachetée de cramoisi, et elle m'a hurlé dessus quand j'ai évoqué cette idée. Et toutes mes protestations, car il ne s'agissait que d'un petit *thé*, Dieu du ciel, se sont heurtées à une fureur qu'un rien semble suffire à susciter, depuis quelque temps. Ce n'est *pas*, Annette, écumait-elle – une fois assez calmée pour être au moins cohérente –, ce n'est *pas* un simple petit thé, c'est une *accréditation*, c'est un *laissez-passer* pour cette femme, quel que soit son nom, qui lui permettra tranquillement, le sourire aux lèvres, de me voler mon *Diamant*. Moi, j'ai cligné des paupières : Euh, excuse-moi ? Ton *quoi* ? Ton *diamant* ? Mais qu'est-ce que ça veut dire, enfin ? Elle a balayé ma question d'un revers de main : Oh, Annette – tu ne comprendrais pas : c'est quelque chose entre Clifford et moi. Je n'ai pas fait remarquer que ce n'était certes pas la première fois qu'il y avait, comme ça, quelque chose entre eux deux ; et qu'il n'y a, par contre, jamais eu quoi que ce soit entre *nous* deux, n'est-ce pas ; ma mère, elle n'a jamais eu de temps pour moi. Je suppose qu'elle me méprisait parce que je tenais de mon père. Mais bon, je l'ai *tué*, cet homme : que voulait-elle de plus ? Je pensais qu'elle m'en serait reconnaissante, mais non, jamais. Je crois que c'est pour cela qu'elle a déniché et fait exécuter cette vieille, immonde bonne sœur, cette pourriture de Joanna : ce n'était pas, comme elle l'a laissé entendre à l'époque, une simple démonstration de force. Ni même un cadeau pour moi. C'était simplement une remise des compteurs à zéro – une manière de retrouver ce statu quo, avant de passer à l'étape suivante et pour la première fois de sa vie, prendre le pouvoir. Enfin, c'est du passé. En tout cas, elle ne voulait même pas entendre parler de ce thé – était même décidée à boycotter le mariage lui-même, mais j'espérais qu'elle finirait par céder un peu de terrain. Maintenant que nous y sommes, je ne pense pas qu'elle aura la force de rester à l'écart : elle ne supporterait pas que Clifford lui en veuille, même un tout petit peu. Cela dit, je l'ai mise en garde – et ces derniers temps, il faut avoir des nerfs d'acier pour oser mettre ma mère en garde – mais je lui ai bien fait comprendre qu'il n'était pas question que ça tourne mal. Je crois bien avoir employé ce terme-là (parce que je sais très bien de quoi elle est capable), et j'ai fait jurer à Tumulty qu'il n'avait accepté aucune offre d'elle, visant à une action violente voire définitive. Au départ, il s'est montré évasif – mais il a fini par approuver, d'un grognement. Je pense pouvoir lui faire confiance. Je n'ai jamais eu le moindre doute quant à cela, mais mon pouvoir sur Tumulty également a été usurpé, ou peut-être le lui a-t-il confié de lui-même. J'ai plaisir à penser qu'il s'est tourné vers ma mère parce qu'il ne pouvait finalement parvenir à rien avec moi. Non, non. Non. C'est faux : je n'ai aucun plaisir à penser cela.

Bref – j'ai donc fait la connaissance de Melissa – on a pris le thé, tous les trois. Je ne sais pas lequel d'entre nous était le plus nerveux. Elle est assez mignonne, je suppose ; de toute évidence, elle l'aime, et d'une manière plus vraie, si je peux m'exprimer ainsi – plus vraie, oui – que les diverses manières dont Clifford a été aimé jusqu'à présent, car contrairement à nous autres, il n'a jamais vécu sans cela, l'amour, quelle qu'en soit la forme. Et j'ai été jalouse, naturellement. Pour la toute première fois. Parce que Clifford et moi, cela fait des semaines que nous n'avons pas couché ensemble ; il dit qu'on recommencera. Moi, je demande quand ? Il répond bientôt. J'ai un doute. En tout cas, j'ai décidé de me montrer généreuse. De tout organiser, de tout payer, pour ce carnaval (et Dieu sait que ce n'est pas donné ; peu importe – je l'aime). Et en plus – toute autre chose mise à part, comment pourrait-il s'en occuper, Clifford ? Il ne saurait absolument pas comment faire, par quel bout prendre les choses, n'est-ce pas ? Il n'a jamais eu à organiser quoi que ce soit : un vrai petit prince, à beaucoup d'égards. Ou un diamant, si vous préférez. Donc j'ai contacté le Savoy et j'ai loué cette grande suite qui donne sur le fleuve, pour la réception, après la cérémonie ; j'en reviens juste, là : très joli, ravissant. Tout dans un camaïeu de tons crème, y compris les fleurs et le linge de table. Le mariage lui-même est prévu dans un très joli bâtiment annexe, entièrement décoré de roses très pâles ornées d'une pléthore de verdure et de rubans. Ensuite, ils partent en voyage de noces à Venise (*Excellent*, a commenté notre mère quand je lui ai dit ça : elle va peut-être se noyer en traversant la rue, cette idiote, quel que soit son nom). Quant à l'officier de l'état civil, c'est un vrai : c'était bien le moins que je puisse faire, pour une deuxième fois – enfin, une troisième fois, en fait, si on compte cette fille, là, cette gamine qui s'était enfuie avec moi, il y a si longtemps. Comment s'appelait-elle, déjà ? Parce que Cliff, bien après, m'a raconté toute cette mascarade, sur le ferry – son besoin éperdu de sexe, enfin, pour la première fois : cela nous a fait beaucoup rire, toute cette absurdité. Mary. C'était ça son nom. Mary, qui, je suppose, doit maintenant vivre l'enfer, avec neuf gamins irlandais qu'elle ne peut pas élever, et derrière elle un sillage de sales types dont elle se souvient à peine. Ou bien elle est morte. Depuis belle lurette. Ça n'a jamais été une survivante, Mary. Je taquinais Clifford, en lui disant qu'une des filles qu'il nous avait ramenées – une Irlandaise, ravissante – était peut-être sa fille, conçue cette fois-là. Il en riait, mais je pense que ça l'a secoué.

Pauvre Cliff, il est resté coi quand je lui ai demandé qui, en ce jour solennel, serait son garçon d'honneur. Mon Dieu, Annette – je n'en sais rien... n'importe qui. *Toi*, tu voudrais bien, Annette ? Tu veux bien être mon garçon d'honneur ? J'ai ri. Plus tard, il m'a dit qu'il avait remis la main sur son ancien copain d'école, Anthony Hirsch – le marchand de fripes –, et avait été effaré en le trouvant, apparemment plus riche que jamais, en ménage avec un certain Trevor, un couturier. Bien sûr, j'aurais pu lui parler des tendances sexuelles d'Anthony bien avant, quasiment depuis le jour où je l'ai rencontré : son enthousiasme envers la gent féminine n'était évidemment là que pour masquer une terreur insondable. De manière assez intéressante, Cliff s'est montré tout d'abord consterné, et ensuite parfaitement dégoûté face à cette révélation (« Je savais bien qu'on n'était pas frères de sang », marmonnait-il sans cesse : Dieu seul sait ce que ça peut vouloir dire.) Il a finalement décidé de demander à Tumulty – ce serait lui son garçon d'honneur. Mais ça fait réfléchir, n'est-ce pas ? Ce genre d'occasion. Quand une famille commence à dresser la liste des invités et tout ça, et s'aperçoit qu'en fait il n'y a personne à inviter, littéralement personne, parce que personne ne connaît quiconque. C'est peut-être pour cela que Cliff est décidé à changer cet état de choses ; et c'est peut-être pour ça que j'ai décidé de l'aider. Donc il y aura juste Tumulty, quelques-uns de ses hommes, quelques filles à moi (les préférées de Clifford ; après, il fera ce qu'il veut avec elles, c'est son affaire)... moi... et notre mère, peut-être : ça, on verra. J'ai demandé à Melissa si sa famille serait présente, et elle m'a répondu qu'elle n'en savait toujours rien ; peut-être encore une orpheline, littéralement ou non. C'est peut-être pour cela qu'entre Clifford et elle, la rencontre a été si forte et si instantanée.

Donc voilà. Le moment est venu. Là, Cliff est au Savoy, la tête pleine de ses pensées à lui, quelles qu'elles soient. Tumulty est avec lui. Ils vont y aller dans oh – dix minutes, je dirais. Melissa, elle, est avec moi – elle m'attend en bas. Bon, ce n'est qu'un acte de l'état civil, un registre de mariage, mais je ne sais pas... Il m'a semblé que ce serait un peu minable, si Clifford et elle arrivaient ensemble. De cette manière, il y a au moins un minimum de cérémonie dans tout ça. Melissa porte un tailleur du soir crème ; et puis une espèce de chapeau. Pas mal, je suppose. Certes, pendant la réception, après, elle risque fort de disparaître complètement dans le décor, mais bon ; aucune importance. Pour ma part, je suis en rouge. C'était assez prévisible, et un tantinet vulgaire, mais voilà, c'est comme ça. (J'ai fait teindre spécialement une paire de chaussures). Bien : tout est prêt. Donc on y va, n'est-ce pas ? On verra bien ce qui se passe.

*

Clifford n'avait encore jamais pris place à l'arrière de la Bentley. Il la trouva – tout en tripotant machinalement l'orchidée violette (envoyée par Annette) glissée de biais dans sa boutonnière – assez spacieuse, quoique peut-être pas vraiment confortable pour un long trajet. Celui-ci, toutefois, ne prendrait que dix minutes. Somme toute – car il avait fait le calcul tout en sirotant une coupe de champagne, pour se détendre, dans sa suite du Savoy –, il était à moins d'une heure d'une vie toute neuve, infiniment plus pure et pleine de promesses. Il espérait de tout son cœur qu'Émeraude, sa mère, aurait laissé sa colère de côté pour assister à la cérémonie. Il avait été contraint d'arrêter de lui rendre visite, si effrayants étaient ses yeux quand elle lui hurlait en plein visage que c'était *elle* – *elle* qui devait avoir son Diamant près d'elle, et non cette autre idiote de bonne femme, quel que soit son nom. Elle pouvait se montrer réellement terrifiante, depuis quelque temps ; la dernière fois, il n'avait plus rien ressenti que cela face à elle : de la terreur.

Il se cala bien dans les coussins de la Bentley, le regard fixé sur la nuque de Tumulty qui braquait pour entrer dans l'allée ;

le gros bourrelet de muscle blafard qui débordait de son col s'engorgea de cramoisi tandis qu'il tournait la tête dans un sens, puis dans l'autre, afin de négocier au mieux le passage entre les deux piliers de brique, puis la grande courbe finale, avant de s'arrêter devant le portique. Le doux ronronnement du moteur s'arrêta net, et déjà Tumulty s'extirpait du siège et avait ouvert la portière arrière, immobile et silencieux. Clifford mit pied à terre – son estomac, ses entrailles comprimés en une seule masse moelleuse d'émotions, trac et d'impatience mêlés, néanmoins sapés par l'envie pressante de s'enfuir en courant pour disparaître quelque part (sentiment qu'il connaissait bien, éprouvé à chaque fois que, dans sa vie, il s'était trouvé à l'extrême bord de s'engager dans quelque chose, quoi que ce fût, heureux ou non).

Ses talons claquaient sur les carreaux en damier noir et blanc, tandis qu'il suivait docilement la masse énorme de Tumulty le long d'un corridor. Puis il n'entendit plus que les semelles s'écrasant avec un bruit mat sur la pierre d'un escalier tournant aux marches étroites ; Clifford montait deux marches derrière Tumulty, le regard baissé, s'émerveillant, sans savoir pourquoi, du dallage luisant qui s'éloignait d'eux en tournant, tandis qu'ils gravissaient l'escalier en spirale, et semblait à présent si loin en bas. Comme Tumulty l'attendait, immobile sur la galerie, près de la balustrade, Clifford remarqua brièvement une vieille femme nanifiée qui traversait le dallage noir et blanc, comme un pion animé, portant contre sa poitrine une pile de dossiers, inconsciente des petites taches blanches et nues que donnait indécemment à voir sa chevelure clairsemée, comme des petits œufs d'oiseau au milieu d'un nid bien net, lissé de salive sèche. Déjà elle avait disparu.

Tumulty ouvrit grand une lourde porte, puis s'adossa au chambranle pour l'empêcher de se refermer dans un soupir feutré ; Clifford ne put que se faufiler contre sa masse imposante, inamovible, se glissant, épaules rentrées, tête baissée, pour réussir à passer dans la grande pièce tout éclairée. Levant les yeux vers Tumulty, il ne put lire sur son visage que l'habituelle absence d'expression ; il lui était souvent venu à l'esprit que Tumulty, derrière ses yeux de statue, cherchait en fait à devenir invisible, par la force de la volonté. Le parfum des roses l'assaillit, avant même qu'il ait eu le temps de voir les bouquets, gerbes, corbeilles innombrables qui parsemaient la salle. Puis soudain, il y aperçut un éclair vibrant, rouge vif – Annette, arborant un étrange sourire, lui faisait signe d'approcher. Clifford la trouva extraordinairement belle ; et puis ce sourire... excitant, c'était cela, tout à fait cela, très excitant. Elle était flanquée des filles – Dolores, Anastasia, Marilyn (adorable, Marilyn), et encore une ou deux autres. Chacune incarnait le fantasme de tout homme ; souriante, babillant doucement avec des petits rires, adressant à Clifford de petits signes de félicitations, du bout des doigts, le bout de chaque doigt écarlate et étincelant, un rêve de manucure. Un grand type – l'air d'avoir chaud, la mine sournoise, probablement l'officier de l'état civil – leur jetait de fréquents et brefs coups d'œil, avec sur le visage un large rictus figé, n'arrivant pas à croire que de si jolies filles puissent lui rendre aussi directement son sourire. Il jetait également de nombreux et brefs coups d'œil en direction des malabars de Tumulty, véritable mur humain, tout en noir, les mains paisiblement croisées dans le dos.

Clifford se dirigea vers Annette – adressant lui aussi des sourires et des hochements de tête contraints de part et d'autre de sa sœur – et sentant Tumulty avancer lourdement dans son dos.

« Tout va bien, Cliff ? Tu es prêt ?

— Oh oui, Annette, oui, certainement. Bien sûr que je suis prêt. Tout ça est superbe, Annette. Et au Savoy, aussi. Merveilleux. Merci mille fois. »

Tous deux chuchotaient, on ne sait trop pourquoi.

« Oh, mais *franchement*, Cliff ! Comment ça, "merci mille fois" ? Mais je t'aime, non ? Je t'aime.

— Je sais, Annette. Et moi aussi je t'aime. Qu'est-ce, euh – qu'est-ce qu'on fait, maintenant ?

— Eh bien on attend, n'est-ce pas ? On attend la future mariée. De toute évidence, elle profite au maximum de son droit à être un peu en retard. Sais-tu si elle vient avec quelqu'un, Cliff ? Sa mère ou quelque chose ?

— Je n'en sais rien. Elle ne m'a rien dit. Mais, euh – à propos de mère... ?

— Mmm, ma foi – tu en sais autant que moi. Je l'ai vue hier, et elle était toujours remontée, elle fulminait comme pas possible.

— Vraiment ? Oh là là. Elle fulminait – pas mal, ça, tiens...

— Oui, j'aime bien. Oh, regarde Cliff — regarde qui voilà... ! »

Donc Clifford fit ce qu'on lui suggérait — il regarda aussitôt vers la porte... C'était elle : Melissa. Son cœur bondit dans sa poitrine, puis se calma, s'amollit, se réchauffa. Elle était si belle : il se rendait compte combien elle lui avait manqué — depuis seulement hier. Il sentit les larmes monter malgré lui tandis que leurs regards se soudaient. Elle avança, l'air modeste, essayant à toute force de garder un visage serein, et en même temps submergée par un flot de pur bonheur.

« Bonjour, Clifford...

— Oh, Melissa, *bonjour*, Melissa. Tu es — tu es tellement... !

— Je te présente Rebecca. »

Clifford remarqua alors la présence d'une femme à ses côtés.

« Rebecca est mon amie. Je ne voulais pas venir seule. Mais je ne voulais personne d'autre qu'elle.

— Eh bien — bienvenue, Rebecca. »

Rebecca sourit, et baissa les yeux.

Puis une autre voix, flûtée, s'éleva soudain.

« Hum — veuillez m'excuser, mesdames et messieurs... », fit l'officier de l'état civil, hésitant — jetant de nouveaux coups d'œil aux hommes de Tumulty, avec dans les yeux une imperceptible lueur signifiant qu'il s'excusait platement d'être né. « Mais nous sommes, euh... nous pouvons commencer à présent, ne pensez-vous pas... ? »

Clifford avait pris la main de Melissa et la serrait très fort ; il jeta un dernier regard vers la porte restée entrouverte, et hocha la tête en signe d'assentiment. C'est le souffle soudain suspendu d'Annette qui lui fit de nouveau tourner la tête, et ses traits se détendirent soudain, son visage s'affaissa de soulagement : elle était venue. Elle était venue, finalement. Le vert profond, intense de son tailleur étincelait comme une pierre précieuse, tandis qu'elle s'avançait vers lui.

« Oh, *merci*, maman — merci mille fois d'être là... ! »

Elle avait les yeux bordés de rouge — et Clifford, au travers de son émotion impuissante, vit qu'elle avait pleuré.

« Émeraude, fit-elle d'une voix presque inaudible, mais menaçante.

— Oui ! s'exclama Clifford en riant. Émeraude. Bien sûr. Écoute, heu... Annette — tu préviens l'officier de l'état civil ? On ne sera pas longs – on peut attendre une minute, c'est possible ? Eh bien, euh – je te présente Melissa. Melissa – je te présente ma mère. »

Émeraude tentait d'arborer son sourire le plus aimable ; Annette observait la scène avec amusement, tandis que Clifford demeurait immobile et raidi, retenant sa respiration. Et, très lentement, Émeraude tendit une main, aussitôt saisie, avec avidité, par une Melissa au bord des larmes. Tout le monde, soudain – mis à part Tumulty et ses sbires –, était absolument *ravi* ; même l'officier de l'état civil – braquant de nouveau sur les filles des yeux comme des soucoupes – semblait ne plus craindre autant pour sa vie. De sorte que le cri bref et aigu s'éleva de manière si inattendue que chacun sursauta violemment, ébranlé jusqu'au tréfonds de soi, tandis que déjà Tumulty fonçait vers Émeraude qui, elle, demeurait là, un gémissement affreux s'élevant dans le sillage de son cri, un doigt trémulant, raidi, comme paralysé d'angoisse, la douleur, la surprise dans ses yeux faisant déjà place à une fureur noire, étincelante, tandis que Clifford balbutiait, éperdu, suppliant tour à tour Annette et sa mère de lui dire, mais je vous en supplie, de me dire ce qui s'est *passé* – mais pourquoi as-tu crié comme ça, maman ? Tu as mal ? Qu'est-ce qui ne va pas ? Mais *dis-moi*... ? ! Et il ne put que suivre sans un mot – tandis que Tumulty maintenait Émeraude aux épaules, de deux grosses mains protectrices – la direction qu'indiquait le doigt tremblant, jusqu'aux deux mains encore plus tremblantes de Melissa dont le visage l'implorait de lui venir en aide, immédiatement, de lui expliquer, à elle aussi... À la seconde suivante, Émeraude poussait un nouveau cri, un rugissement suraigu cette fois.

« Comment osez-vous ! Comment osez-vous ! Comment *osez-vous*... »

Et Tumulty avait lui-même peine à la maintenir à présent, tandis que, le visage distordu, elle griffait l'air, tentant frénétiquement d'atteindre Melissa. Les filles retenaient leur souffle, figées de gêne et d'incrédulité, et les hommes de Tumulty se tenaient prêts à toute éventualité, mollets raidis, certains toutefois que le patron avait le contrôle de la situation – pour le moment au moins. L'employé de l'état civil s'était déjà enfui de la salle, en vitesse – sans que personne l'ait remarqué. Rebecca avait reculé dos au mur.

« Cette *bague*... ! écumait toujours Émeraude – et à présent, Clifford s'était joint à Tumulty pour la retenir. Cette bague était pour mon *Diamant* ! Pas pour vous ! Oh, Clifford, mais comment as-tu *pu* faire ça... ? !

— Mais enfin, ce n'est qu'un *diamant*, maman – je l'ai fait monter en bague. Il est superbe, comme ça ! Je ne pensais pas que tu... »

Et soudain, on ne sait comment, elle se libéra – se dégageant d'un coup d'épaule de l'étreinte d'un Tumulty stupéfait – et déjà, elle tirait violemment sur les doigts raides, glacés, de Melissa qui restait là pétrifiée, appelant à l'aide Clifford, lui-même presque hystérique dans ses efforts inutiles pour arracher des griffes de sa mère les doigts prisonniers de sa future épouse – et donc, quand la porte s'ouvrit d'un coup, venant violemment heurter le mur, personne ne s'en rendit compte au milieu du vacarme général, tandis que Tumulty, entourant Émeraude de ses bras et essayant de la tirer en arrière sans lui faire de mal, poussait un grognement comme un coup d'épaule le repoussait sans ménagement, et que d'autres mains à présent s'accrochaient à Clifford et tentaient de le griffer au visage. Les hommes foncèrent tous ensemble – mais pas assez rapidement pour empêcher une Sonya folle de rage, les yeux hors de la tête, de le frapper en pleine figure, et Clifford – voyant ce flamboiement dans son regard – recula en titubant vers la porte, aidé par Sonya qui le traînait avec elle, et il crut un instant s'étaler par terre, se redressa de justesse et finalement se vit éjecté de la salle, repoussant Sonya, que Tumulty finit par intercepter mais dont les bras s'agitaient toujours comme des ailes de moulin, et la violente douleur qu'il ressentit à la hanche tandis que Sonya continuait de le précipiter contre la rambarde de la galerie faillit le rendre malade d'angoisse, et son esprit se mit à flotter, à dériver, tandis que tout ce qui l'entourait lui apparaissait soudain flou et déformé, et il s'entendit crier, il entendit tout le monde crier, sentit son corps quitter le sol et basculer au-dessus de la rambarde comme celui d'un sauteur au javelot, et seule Sonya le retenait à présent, par les poignets, tandis que ses pieds s'agitaient désespérément au-dessus du vide, et il poussa encore un cri d'effarement puis un hurlement de pure angoisse, comme un des hommes saisissait Sonya aux cheveux et lui assenait un violent coup de poing en pleine figure, sur quoi elle se plia en deux, mais l'homme avait déjà saisi Clifford par l'épaule de sa veste, et il voyait sa mère à présent au-dessus de lui, dont la bouche inondée de larmes et affreusement tordue émettait de petits bruits disgracieux, se démener, éperdue, accrochée à son bras – et Clifford sanglotait et tournoyait dans le vide, impuissant, tandis qu'en bas, tout en bas, un petit groupe de nains effarés retenait son souffle. Il suffoquait, il râlait, cherchant l'air, puis se mit à hurler comme Annette et Melissa le récupéraient enfin, il le savait, le hissaient à côté de Tumulty, et que sa mère demeurait là, tremblante, les mains blanches comme du papier. Mais Sonya se débattait tel un animal, à coups de poing, à coups de pied, et Annette s'étala, entraînant Melissa dans sa chute, et Tumulty tentait de se débarrasser d'elle en ruant, tandis que sa mère, poussant un bref cri suraigu, se jetait vers lui, bras tendu, mais ne parvenait à saisir que le vide, voyant les yeux implorants, terrifiés de son fils s'éloigner soudain, partir dans le vide dans un chœur d'exclamations horrifiées, et le choc brutal l'assomma presque quand il heurta le rebord de la galerie, auquel il tenta de se rattraper – mais faiblement, au bord de la syncope, toutes ses forces sapées par les étourdissements. Annette dévala l'escalier, s'agenouilla à hauteur du rebord, le visage écrasé, coincé entre les barreaux de fer de l'escalier, et ses bras se tendaient et s'agitaient désespérément vers lui, ses doigts pinçaient et effleuraient ses vêtements, et soudain trouvèrent la chaleur de sa main – une chaleur qui lui échappa brusquement comme leurs deux regards terrifiés se soudaient en une seule dernière supplication, et qu'il partait, tourbillonnait lentement, en silence, avant de s'écraser sur les dalles en bas.

Annette demeura immobile et figée, le regard fixe, sourde, comme isolée dans une prison de coton, tandis que tout autour d'elle n'était que hurlements suraigus. Puis elle remonta les quelques marches, titubante, le souffle court, et constata que les hommes de Tumulty avaient saisi cette garce, ils la tenaient à présent, et elle se jeta sur Sonya réduite à l'impuissance, avec une sauvagerie, une férocité auxquelles peut-être elle n'avait encore jamais donné libre cours, et se mit à la frapper, la battre, la larder de coups, lui hurla au visage qu'elle avait commis un *péché* mortel. Mortel, ne le voyait-elle pas ? Elle venait de transgresser l'ultime commandement et en punition de cela, d'avoir tué devant mes yeux le seul, l'unique amour de ma vie, le bon

Dieu t'enverra brûler en enfer pour toujours, toujours, *toujours*... ! Puis Annette recula, submergée par ce paroxysme d'horreur viscérale, et se laissa tomber sur le dos, raide tout d'abord, puis prise de convulsions, lançant ses pieds et ses poings vers quiconque tentait de l'aider. Puis, écartant à coups de coude tout contact, toute main protectrice, elle se rua dans l'escalier interminable, le dévala, manquant les dernières marches dans sa hâte éperdue. Alors, elle se traîna jusqu'à Clifford gisant, pour trouver sa mère déjà à genoux, penchée sur lui, et Melissa, en larmes et l'air d'une folle, lui frottant encore et encore le bras, violemment, comme pour lui reprocher cette inertie. Leurs larmes à toutes trois tombaient à présent sur son visage détourné, écrasé de biais sur le sol. Son crâne comme déformé commençait de s'empourprer, ses cheveux collés et englués faisaient des pointes. Annette vit les ruisselets de sang parfaitement dessinés qui serpentaient gracieusement de la couronne d'épines incrustée dans son front ; et les trois femmes, chacune pour soi, s'accrochaient à son corps.

Le commencement

Mais non. Pas un corps. Pas mort, pas encore. Ou bien si peu que je garde conscience, tandis que je gis là, parfaitement inutile. Donc voilà ce qui m'a amené jusqu'à ceci – et c'était peut-être, quoi – il y a quelques heures à peine, qui peut le dire ? Pas moi. Mais pas des années, comme je le croyais au début. Si ma mémoire ne m'avait pas forcé à revenir au tout début, avant de me pousser à nouveau vers l'avenir, j'aurais pu ne jamais m'en rendre compte.

Tous ces gens penchés sur moi semblent avoir disparu. J'ai conscience d'une pièce faiblement éclairée, d'un bourdonnement, d'une faible lumière verte qui luit là-bas, tenez – je ne sais pas à quelle distance, ni si c'est à ma droite ou à ma gauche. Donc tout – non seulement ce que j'avais, mais ce que j'espérais – m'a été brusquement arraché, et avec quelle brutalité. Et il a fallu que ce soit Sonya qui fasse cela. Je veux dire – parmi tous les autres, combien étrange que ce soit elle. Parce que malgré toutes les années passées avec elle, eh bien vous savez, elle n'a jamais été disons *instrumentale*, Sonya, jamais, pas du tout. Sonya – mon Dieu, elle était juste *là*, voilà tout. Et puis elle n'a plus été là. Et puis elle a de nouveau été là – très brièvement ; je pense qu'elle est certainement morte à l'heure qu'il est : elle n'aura pas résisté à ça. Qu'elle m'ait aimé ou pas. Tous ces gens autour de moi... je suppose que c'étaient les autres : les survivants. La femme qui était là, à ce mariage avec moi, ce mariage qui n'a jamais vraiment eu lieu... comme les deux autres, donc. Parce que je vois bien à présent, naturellement – que loin d'avoir été trigame, je n'ai jamais été marié, du tout : pas une seule fois dans ma vie. Donc je me trompais sur ce point : ma mémoire m'a démontré mon erreur.

Et Annette. Elle doit tellement ressentir l'énormité de ce qui nous est tombé dessus. Et elle sait, Annette, que ce terme n'a rien à voir avec la dimension, mais tout avec le mal le plus obscur et le plus extrême : elle sait cela, Annette. Et Melissa et elle, je les ai perdues, toutes les deux. Il n'y a pas de mystère quant à savoir laquelle des deux était, finalement, l'amour de ma vie. Et puis il y a maman – la Dame en noir, la dame étincelante, mon Émeraude : la seule autre femme qui ait jamais vraiment compté. Oui. Voilà. Et maintenant je suis seul. Tout seul. Comme Maverick. Il ne me resterait que Dieu, si je pouvais croire à une chose aussi fabuleuse. Comme cela, au moins, nous serions deux : le geôlier et son prisonnier. Parce que je commence à voir d'autres choses à présent, et je me recroqueville en moi-même, croyez-moi : j'essaie de les nier. Je m'inquiétais de mon absence de colère face à tout ce qui m'écrasait ; je me demandais pourquoi la tristesse ne s'était pas encore emparée de moi, face à toutes ces amours que l'on m'avait volées. Mais là, je commence à me rendre compte que mes craintes et mes désespoirs, je dois les diriger ailleurs. Parce que je ne suis pas en train de mourir. Mon corps – tout entier – est parti, depuis longtemps. Cet objet pourrait aussi bien être resté là-bas sur le sol, où je gisais, complètement sonné (aucune partie de lui ne veut bouger, en dépit de mes objurgations les plus insistantes ; je devrais avoir chaud, ou froid, mais je n'ai rien du tout, ni l'un ni l'autre). Mais l'esprit, mon esprit, lui, ne part pas, ne fléchit même pas. Je demande la fin, mais la fin ne vient pas ; je tente de juguler la panique tandis que j'attends la fin – car où ailleurs (au début, ma foi) puis-je aller chercher refuge ? Ce sera toujours le commencement, à présent – je suis condamné à revenir en arrière, en arrière, jusqu'à ce que la mémoire me pousse de nouveau en avant, en avant, et me ramène enfin ici, maintenant, gisant, parfaitement inutile. Et puis je repartirai, en arrière. Mes souvenirs – que je suis condamné à piller, encore et encore, pour l'éternité – sont tout ce qui me reste. Je suis prisonnier de moi-même. Et il faut que je me rappelle encore que mon père – c'est dégoûtant, et de la main même de qui le haïssait – a été précipité dans un trou de l'espace et, à peine écrasé au sol, immédiatement recueilli par la félicité de l'oubli ; il devait donc mériter plus que moi. Et tout ce qui me reste, c'est cette terreur qui monte, alors que je supplie encore l'obscurité de m'accorder la charité de la folie, laquelle bien sûr me sera refusée. Parce que je ne suis pas vieux. Les décennies, ces dizaines et ces dizaines d'années, elles sont encore à venir. Le passé est à vivre et à revivre, dans un avenir sans fin. Je sais maintenant que ce n'est pas terminé ; ce ne sont pas les derniers instants de ma vie. C'est simplement le début du reste de ma vie. Le commencement, simplement.

Pas la fin.

Composition et mise en page

CET OUVRAGE
A ÉTÉ REPRODUIT
ET ACHEVÉ D'IMPRIMER
SUR ROTO-PAGE
PAR L'IMPRIMERIE FLOCH
À MAYENNE EN JANVIER 2007

N° d'édition : L.01ELHNFF8991A003.
N° d'impression : 67545.
Dépôt légal : janvier 2007.

Imprimé en France